세계
문학
여행

소설로
읽는
세계사

이 도서의 국립중앙도서관 출판시도서목록(CIP)은 e-CIP홈페이지(http://www.nl.go.kr/ecip)와
국가자료공동목록시스템(http://www.nl.go.kr/kolisnet)에서 이용하실 수 있습니다.
(CIP제어번호:CIP2015008196)

김한식 지음

세계 문학 여행

소설로 읽는 세계사

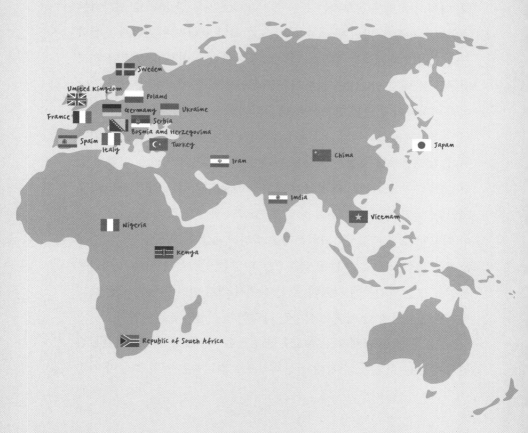

실천문학사

책을 내면서

현대 소설을 전공했지만 문학 못지않게 역사에도 관심을 가지고 있었다. 세세하게 사료를 들춰 잘못된 사실(史實)을 바로 잡을 능력을 키우지는 못했지만 일반교양 수준의 역사 지식 정도는 갖추려고 노력했다. 역사에 대한 이해가 전공의 심화를 위해 꼭 필요하다는 믿음도 있었다. 다행히 문학을 공부하는 동안 문사철(文史哲)을 한 뿌리로 생각하는 주변의 동학들을 많이 만날 수 있었다. 그러다 보니 자연스럽게 소설과 근대 그리고 세계라는 주제를 하나로 묶어보고 싶어졌다. 생각만 하고 엄두를 못 내고 있다 2년 전부터 본격적인 작업을 시작했다. 그리고 이제 부족하나마 원고를 마무리 짓게 되었다.

이 책은 한마디로 소설을 통한 역사 읽기, 역사를 통한 소설 읽기이다. 오래전부터 소설은 시대를 비추는 거울로써의 역할을 자임해 왔다. 그렇다면 소설에서 출발하여 역사 이해로 나가는 작업이 가능할 것 같았다. 이런 생각으로 소설을 읽고, 소설의 배경을 살펴보고, 그 배경이 어떻게 소설로 형상화되었는지를 정리해나갔다. 작업을 진행하면서 소설을 통한 역사 읽기는 궁극적으로 다양한 인간을 만나는 일이라는 사실을 새삼 확인하게 되었다. 소설 속에서 내가 만난 역사는 사건의 기록이면서 동시에 한 시대를 살아간 다양한 인간성의 흔적이었다.

물론 소설 자체가 갖는 고유한 성질은 역사로 환원될 수 없다. 환원되지 않는 소중한 삶에 대해 구체적으로 감각하는 것이 소설이 가진 중요한 가치이다. 경험적이고 구체적인 인간의 행위와 사고를 중시하기 때문에, 소설은 때로 역사보다 더 생생한 시대의 기록이 되기도 한다. 따라서 문학을 통한 역사의 이해는 감동을 통한 과거의 이해이다. 소설 읽기는 시대 흐름에 대한 개괄적 이해가 아닌, 시간 아래서 숨 쉬고 살아간 개인들의 체온을 느끼는 작업이다. 승리자들에 대한 관심이 아닌 실패자들에 대한 관심, 화해가 아닌 갈등에 대한 관심이다. 또, 소설 읽기는 시간의 무게 속에서 어떻게 살아갈 것인지를 생각하는 미래를 위한 준비이기도 하다.

　　세계 문학 여행이라는 이름에 맞게 이 책에서는 가능한 많은 나라의 소설을 다루려 하였다. 서유럽 소설에서 시작하여 아프리카를 지나 아메리카, 아시아를 거쳐 다시 유럽 소설로 마무리하였다. 세계를 여덟 개 지역으로 나누고, 각 지역별로 세 편의 글을 묶었다. 미국과 독일 소설을 대상으로 한 글이 각각 두 편이어서 총 스물두 나라의 소설을 다루게 되었다. 한 편의 글에서 한 종의 소설을 다루려 했지만 필요에 따라 두 종을 묶어 다루기도 했다. 연작으로 발표된 소설이나, 다른 시각에서 같은 역사에 접근한 소설, 한 작가의 다른 소설 등 여러 편을 함께 다룬 이유는 다양했다. 그러다 보니 언급한 작품 수는 30편이 넘었다.

　　시간적으로도 책의 시작과 끝이 근대의 시작과 끝에 맞물리도록 하였다. 근대 소설의 출발이라 할 수 있는 영국의『로빈슨 크루소』에서 출발하여 21세기에 창작된 스웨덴 소설로 책을 마무리하였다. 비교적 이른 시기의 서유럽 소설을 다루었으며, 기타 유럽 소설이 다루고 있는 시기가 가장 최근이다. 지역뿐 아니라 시기적으로도 근대사의 중요한 사건들을 고르게 배치하려 하였다. 결과적으로 20세기에 창작되고 당대를 다룬 소설이 압도적으로 많았다. 책의 체계를 갖추기 위해 시작과 끝을 두기는 했지만 전체를 순서대로 읽을 필요는 없다.

다른 문화와 역사를 배경으로 창작된 소설을 모아 읽는 일은 생각보다 쉽지 않았다. 소설로 역사를 이해하자고 시작했지만 소설을 이해하기 위해 역사를 먼저 공부해야 했다. 낯선 이름들을 만나는 데서 오는 읽기의 지연은 애교에 속하는 편이었다. 자신이 전공하지 않은 나라의 소설을 다룬다는 데서 오는 부담도 적지 않았다. 무엇보다 각 나라의 문학적 전통을 무시한 글을 쓰게 되지 않을까 걱정했다. 하지만 이 책이 개별 국가의 문학을 전공한 이들을 대상으로 하지 않는다는 점으로 위안을 삼으려 한다. 틀린 부분이 있으면 바로잡고 모자란 부분이 있으면 이후에 채워나가기로 하겠다.

이 책은 각 분야의 연구 성과를 충실히 담고 있는 본격적인 연구서는 아니다. 그렇다고 광고나 서평 수준의 가벼운 글을 모은 책도 아니다. 제법 긴 비평문으로 구성되어 있어서 어떤 이들에게는 쉽고, 어떤 이들에게는 다소 어려운 책이 될 수도 있겠다. 현재로서는 세계 여러 나라의 소설을 한곳에 모아놓고 역사와 함께 살펴본 시도라는 데서 의미를 찾을 수밖에 없다. 더 가보아야 할 곳이 많이 남아있지만 이 책이 소설과 역사, 궁극적으로 인간을 이해하려는 독자들에게 조금이나마 도움이 되었으면 좋겠다.

지난 25년 동안 한결같이 내 의지가 되어준 사랑하는 아내 미연에게 이 책을 바친다. 그녀를 만난 것은 내 인생 최고의 행운이었다. 내가 살아가는 중요한 이유인 용현, 용국 두 아들에게도 고마운 마음을 전한다.

2015년 봄을 맞으며
김한식 씀

목차

1. 서유럽
: 근대와 소설의 탄생

새로운 모험의 시작 (영국 _『로빈슨 크루소』)

청년들의 도시와 욕망 (프랑스 _『적과 흑』)

부르주아 가문의 성쇠 (독일 _『부덴브로크 가의 사람들』)

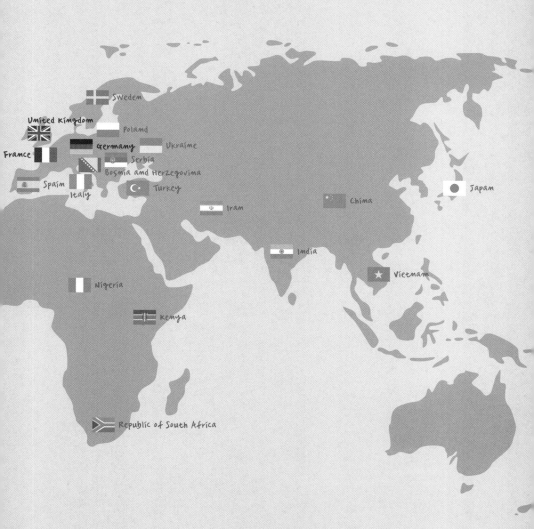

Sweden

United Kingdom

Poland

France

Germany

Ukraine

Serbia

Bosnia and Herzegovina

Spain

Italy

Turkey

Iran

China

Japan

India

Vietnam

Nigeria

Kenya

Republic of South Africa

새로운 모험의 시작

여행과 소설의 출발

여행은 지루한 삶에 활기를 불어넣어주는 에너지이다. 여행을 통해 우리는 일상의 시간과 생활의 공간을 떠나 낯선 시간과 여유로운 공간을 경험할 수 있다. 여행이 주는 경험에는 책에서는 쉽게 얻을 수 없는 생생함이 있다. 여행은 미지의 인간과 문화를 이해할 수 있는 기회도 제공해 준다. 인간을 이해하고 세상을 발견하는 것이 공부라면 여행만큼 좋은 공부도 없다. 일반적으로 경제 수준이 높아질수록 여행을 향한 관심도 높아진다.

그런데 의외로 보통 사람들에게 여행이라는 관념 혹은 문화가 생긴 지는 그리 오래 되지 않았다. 지리상 발견(서구의 기준이지만)이 이루어지고 다른 문화를 접할 수 있는 기회가 많아지면서 여행이 즐거움과 여유의 상징이 될 수 있었던 것이다. 교통수단의 발달과 노동 조건의 향상 역시 변화의 중요한 요인이었다. 현재 우리가 생각하는 여행은 근대화–산업화 이후에나 가능해진 것이고, 지금도 여행은 산업화를 경험한 일부 지구인들에게나 주어진 특별한 혜택이다. 다시 말해 지금 우리가 생각하는 여행은 매우 근대적인 문화인 셈이다.

근대 초기의 여행은 모험의 성격을 띠기도 했다. 여행과 달리 모험은 단순히 여가를 즐기기 위한 행위만은 아니었다. 모험으로서의 여행은 거주의 이전이나 새로운 영토의 개척을 전제한 것이었다. 남들이 알지 못하는 곳을 먼저 차지한다는 만족감과 그것에 따르는 경제적 이득이 이 여행의 진정한 목적이었다. 그리고 이 여행은 편안한 여정이 아닌 큰 어려움이 따르는 고난의 여로를 의미했다. 어려움을 극복하고 그에 따르는 보답을 얻었을 때 모험으로서의 여행은 완성되었다.

근대 소설은 이런 모험과 함께 세계로 뻗어나갔다. 서구에서 비서구로, 농촌에서 도시로 사람들이 움직이면서 근대는 세계로 퍼져나갔고 소설 역시 전 지구적 양식이 되었다. 서구에서 발명된 방적기와 자동차와 컴퓨터를 전 세계가 함께 사용하듯이 서구에서 발생한 소설은 이제 전 지구인의 문학이 되었다. 모험과 여행을 통해 세계를 정복했던 나라에서나 그들에 의해 정복당했던 나라에서나 소설은 '구체적인 인간의 경험을 담아내는 대표적 산문'이라는 점에서 크게 다르지 않았다.

여행이 보편화되면서 여행을 제재로 한 작품 창작도 활발하게 이루어졌다. 프랑스의 쥘 베른은 여행을 제재로 한 작품을 유난히 많이 창작한 작가였다. 『80일간의 세계일주』, 『해저 2만 리』, 『지구 속 여행』, 『달나라 여행』 등이 모두 그의 작품이다. 만약 자유로운 여행이 가능한 조건이 갖추어지지 않았다면 이런 소설들이 창작되기는 어려웠을 것이다. 『80일간의 세계일주』는 영국에서 출발하여 서쪽으로 아메리카, 아시아를 돌아 다시 영국으로 돌아오는 한 신사의 '내기'를 다룬 소설이다. 주인공은 특별한 목적이 있어서가 아니라 단순히 내기로 여행을 한다. 바다나 지구 속이나 달나라로 여행을 떠난다는 상상에서는 공간의 제약에서 자유로워지고 있던 19세기 서구인들의 의기양양한 도전 의식까지 읽을 수 있다.*

세계문학 읽기는 새로운 공간과 시간 그리고 새로운 인간을 만나는 낯선 경험이라는 면에서 여행과 비슷하다. 세계문학에 대한 인식 역시 근대 이후에 분명해졌다. 공간을 달리하는 여러 지역의 문학을 접할 수 있는 환경이 제공된 것은 생각보다 그리 오래되지 않았다. 무엇보다 '민족 국가'라는 관념이 생기기 전에는 세계문학이라는 관념이 생기기 어려웠다. 이때 근대의 지배적 문학 양식이 된 소설이 세계문학의 주요 양식이 된 것은 어찌 보면 당연하다. 소설은 근대의 물결과 함께 세계로 퍼졌으며 운문과 달리 번역의 어려움과 왜곡을 크게 겪지 않아도 되는 양식이었다.

그렇다면 우리의 세계문학 여행은 어디서 시작해야 할까. 소설이 시작되고 여행이 시작된 곳인 영국에서 출발하는 것이 가장 무난하다. 16~17세기 항해 기술의 발달로 지리상 발견이 이루어진 이후 서구의 열강들은 세계를 땅 따먹기 하듯 식민지화하기 시작했다. 세계를 시장으로 삼고자하는 자본의 시대, 즉 근대가 열린 것이다. 아시아, 아메리카, 아프리카는 산업화된 서구에 의해 '발견'되고 발견된 지역은 그들의 지구에 편입되면서 여행의 대상이 되었다. 이러한 흐름의 가장 앞자리에 섰던 국가가 영국이었다. 영국의 평범한 선원, 자본주의 정신을 가슴에 품고 여행하지 않고는 견딜 수 없는 심리 상태를 가진 인물, '로빈

●인간의 상상력은 공간의 제약을 벗어나는 데서 그치지 않고 시간의 제약을 벗어나는 데까지 이른다. 웰스의 『타임머신』은 시간 여행을 다루고 있는 소설이다.

슨 크루소'에서부터 근대 소설(아니 우리의 세계문학 여행)이 시작된다.•

모 험 가 득 한 상 인 의 바 다

　　어린 시절 책장에 꽂아 두었던 위인 전집의 목록을 기억해보자. 출판사마다 달랐겠지만 아마도 마젤란, 콜럼버스, 아문센, 피어리는 목록에 있었을 것이다. 정치인, 기업가, 과학자가 주류를 이루는 목록에서 이들은 모험가나 탐험가로 분류되어 있었다. 이들이 위인으로 인정받는 이유는 그들이 새로운 세계를 발견했기 때문이다. 그들은 바다 너머를 상상하고 다른 이들보다 먼저 새 땅에 발을 디딘 사람들이다. 현재도 새로운 땅을 발견하거나 그곳에 발을 디딘 사람들은 영웅으로 대접 받는다.

　　소설의 주인공 로빈슨 크루소를 실제 존재했던 '위인'들과 비교할 수는 없겠지만 모험이라는 측면에서는 유사한 점이 많다. 근대의 영웅은 마땅히 바다를 건너 새로운 땅을 찾아 나가야 했다. 근대 이전 모험 이야기는 전쟁이나 귀향을 다루거나 악당을 물리치고 공주를 구하는 내용이었다. 『일리아드』, 『오디세이』가 앞의 예에 해당한다면 『리벨룽겐의 노래』나 십자군 관련 이야기는 뒤의 예에 해당한다. 아킬레우스, 아가멤논, 메넬라오스, 헥토르 등의 영웅이 등장하는 『일리아드』는 그리스 도시 국가의 군주들이 모여 바다를 건너 트로이를 공격하는 이야기이다. 『오디세이』는 오디세우스가 고향 이타카로 돌아오는 과정에서 겪는 사건들로 이루어진 서사시이다. 이 서사시에는 페넬로페나 텔레마코스 그리고 칼립소와 같은 인물들이 등장한다. 지그프리트 왕자가

용을 물리치고 공주를 구하는 이야기, 무슬림들에게 점령당한 예루살렘을 공격하는 이야기, 아서 왕의 기사들이 활약하는 이야기 등도 역시 모험의 서사를 취하고 있었다. 그러나 근대의 이야기는 기존의 영토 밖으로 나가 새로운 곳을 개척하거나 그곳에 정착하는 데서 출발한다. 그것은 귀향하기 위한 여행이 아니고, 대의명분을 지키기 위한 모험도 아니다. 삶의 범위를 넓히기 위한 모험이고 세계와 자연을 정복하기 위한 여행이다.

흔히 "로빈슨 크루소"로 불리는 소설 『요크의 선원 로빈슨 크루소의 삶과 이상하고 놀라운 모험』**은 1719년 4월 25일 처음 출간되었다. 다니엘 디포는 『로빈슨 크루소』의 성공 이후 일약 유명 작가가 되었다. 1660년 런던 크리폴게이트 세인트 가일스에서 양초 판매상인 제임스 포의 아들로 태어난 그는 실제 상인이기도 했다. 그는 1683년 학업을 중단하고 콘힐에서 양말, 면직물을 파는 상인이 되었다. 작품 서문에 작가는 소설의 내용이 '나'의 경험담이며 책의 내용은 거짓이 아닌 사실이라고 말한다.*

●근대 소설의 시작으로 많이 이야기되는 소설 『돈키호테』 역시 여행 이야기이다. 그러나 그의 여행은 크루소의 여행과 많이 다르다. 자본주의 상인의 여행이 아니라 중세 기사를 패러디한 시골 노인의 여행이라는 점에서 그렇다. 젊은이의 여행이 아니고 노인의 기행이라는 점, 주인공이 시대의 첨병이 아니라 지나간 시대를 풍자하는 인물이라는 점, 결정적으로 새로운 땅을 찾아가는 여행이 아니라 자신의 땅을 확인하기 위한 여행이라는 점도 다르다. 그럼에도 불구하고 『돈키호테』의 문학적 가치에 대해서는 이론의 여지가 없다. 근대 소설의 맹아조차 보이지 않던 시대에 새로운 문학의 가능성을 보여준 작품이다. 그래도 여기서는 이후 소설과의 연관을 고려하여 『로빈슨 크루소』를 근대 소설의 시작으로 다루는 것이 적당하다고 생각한다.
●●다니엘 디포Daniel Defoe. 소설가이자 언론인. 영국 런던 출생. 1660년~1731년 4월 24일. 대표작으로 『로빈슨 크루소Robinson Crusoe』(1719~22), 『몰 플랜더스 Moll Flanders』(1722)가 있다. 이 글의 텍스트는 남명성 번역의 펭귄클래식코리아판(2008)이다.

소설의 줄거리를 정리하면 이렇다. 크루소는 아버지의 만류를 뿌리치고 선원이 되어 모험 항해에 나선다. 항해 중 아프리카 해안에서 납치되어 노예 생활을 하다 극적으로 탈출한 크루소는 다시 바다로 나서지 않겠다고 결심하지만 이내 더 먼 곳을 향해 배를 탄다. 남미 브라질에 정착한 크루소는 농장주로 큰 성공을 거두지만 모험을 향한 열정을 억제하지 못하고 다시 바다로 떠난다. 이때 그가 탄 배는 풍랑을 만나고 크루소는 홀로 무인도에 표착하게 된다. 다행히 풍랑을 피해 선원들이 포기하고 떠난 배는 크루소와 함께 무인도로 흘러와 있었다. 그는 배에서 식량, 의류, 무기, 그리고 개, 고양이를 운반하여 동굴에 모아놓고 무인도 생활을 시작한다. 혼자이지만 크루소는 용감하게 섬을 탐험하고 근면하게 섬에서의 하루하루를 견뎌낸다. 염소를 길러 고기와 젖을 얻고, 밭을 일구어 곡식을 재배하는 한편 배를 만들어 탈출을 꾀한다. 섬 안쪽의 숲에 별장을 짓고 스스로 섬의 '총독'이 되었음을 선언한다. 무인도에 상륙한 식인종의 포로 프라이데이를 구출하여 충실한 하인으로 삼고, 무인도에 기착한 영국의 반란선을 진압하고 선장을 구출한다. 이런 파란만장한 생활 끝에 크루소는 스페인을 거쳐 28년 만에 정든 고국 영국으로 돌아온다.

『로빈슨 크루소』는 완역판보다는 소년문고 형식의 책으로 많이 소개된 작품이다. 어른들이 진지하게 읽어야 할 소설보다는 어린이들에게 신기한 경험을 전해주는 책으로 취급되곤 했다. 원전과 달리 대부분의 축약본은 무인도에서의 삶만을 다루고 있다. 로빈슨이 아프리카에서 노예로 잡혀 있던 이야기나 유럽에 돌아와 겪게 되는 모험은 빠진 경우가 많다. 그러나 이 소설은 아동물로 다루어질 정도로 단순한 작품이 아니다.**

갈등 없이 부지런한 인물

소설의 주인공 로빈슨 크루소는 이전 소설에서 볼 수 없었던 새로운 인간형이다. 그의 새로움에 대해서는 다양한 해석이 가능한데, 무엇보다 근대적 가치를 실현하는 인물이라는 점을 지적할 수 있다. 그는 상인이며, 모험을 위해 바다로 떠나고, 신교도로서 종교에 충실하며, 소명의식과 근면성을 가지고 있다. 당연히 서구 중심 사고에 젖어 있는 인물이기도 하다. 그는 사회와 단절된 가운데서도 자신을 중심으로 새로운 환경을 만들어내고 합리적으로 자연을 개척한다. 이런 그의 성격 하나하나는 근대 사회를 만들어낸 근대 서구인의 특징이다.

사고와 행동의 기준과 중심이 개인이라는 점 역시 크루소가 갖는 근대적 성격의 하나이다. 그는 자신이 처한 현실에 대해 주체적으로 판단하고 문제 해결을 위해 스스로 행동한다. 실의나 좌절은 그에게 어울리지 않는다. 그는 처한 현실 속에서 할 수 있는 노력을 다 하며 고민이나 갈등마저 사치스러운 것으로 취급한다. 그는 아침에 일어나면 일

●물론 이는 허구를 사실인 것처럼 꾸미는 예전 이야기의 관습으로 이해할 수 있다. 옛 이야기나 근대 초기의 많은 소설에서 작가들은 자신의 글이 지어낸 이야기가 아닌 사실임을 강조한다.

●●축약본과 완역판이 다른 소설로 『걸리버 여행기』를 들 수 있다. 흔히 1부와 2부 난쟁이 나라와 거인 나라를 여행하는 데서 그치는 것이 축약본이다. 그런데 3부와 4부의 이야기는 어린이가 흥미 있어 할 내용이 아니어서인지 축약본에는 빠져 있다. 완역판의 3부와 4부에서 걸리버는 말의 나라와 날아다니는 섬나라를 모험한다. 지혜로운 말이 어리석은 사람을 다스리는 말의 나라에서는 사람을 야후라고 부른다. 날아다니는 섬나라에는 죽지 않는 사람들이 있다. 걸리버는 그곳에서 죽지는 않지만 늙기는 하는 '추'한 인간의 모습을 발견한다. 문학사적으로 『걸리버 여행기』가 풍자소설로 평가되는 것을 보면, 전 작품을 다 읽는 것이 작품의 진면목을 아는 데는 유리하다.

을 시작하고 저녁이 되면 숙소(동굴)에 돌아와 하루를 정리한다. 크루소는 안락한 생활을 꿈꾸거나 계획 없이 하루하루를 게으르게 낭비하는 인간과는 전혀 상관이 없다. 혼자이지만 맡은 바 소임이 있는 사람처럼 자신이 해야 할 일을 스스로 찾아 문제없이 해내는 인물이다.

섬에 표착하여 그가 처음 한 일은 동굴을 요새와도 같은 집으로 개조하는 작업이었다. 동굴 가장 깊은 곳에 화약 등 중요한 물건을 두고 입구 앞에는 나무를 심어 울타리를 만들었다. 혹시 쳐들어올 지도 모를 적을 대비하기 위해 총을 걸어놓을 자리를 만드는 것도 잊지 않았다. 배에서 쓸 만한 물건을 골라 동굴 안으로 옮겨오는 데도 오랜 시간을 보냈다. 그는 섬에서 얼마나 오래 살아야 할 지 알 수 없기 때문에 가능한 모든 준비를 튼튼히 해야 한다고 생각했다. 마침 함께 표류한 개 한 마리만이 유일한 친구이자 동료이다.

> 별장 바로 옆에 울타리를 치고 염소를 키웠다. 넓은 땅에 울타리를 치는 일은 상상할 수조차 없을 정도로 힘들었다. 혹시라도 빈틈이 생겨 염소가 뚫고 밖으로 달아날까 걱정이 되어 울타리 바깥쪽에 작은 나뭇가지를 꺾어 촘촘히 박았다. 어찌나 간격이 좁았는지 울타리라기보다는 막대로 짠 문에 가까웠고 손 하나도 들어갈 틈이 없었다. (중략)
> 이런 걸 보면 내가 놀고먹지 않았다는 것, 그리고 더 편리한 생활에 필요한 것이 있으면 언제나 고생을 아끼지 않고 일했다는 걸 알 수 있다. 가축을 키우면 섬에 살면서 살코기와 염소젖, 버터, 치즈를 넣어둔 살아 있는 보관창고를 가진 거라는 생각이 들었다.(234쪽)

크루소는 염소를 키우기 전에 배에서 가져 온 빈 자루를 털어 화약을 담으려고 했는데, 자루에서 떨어진 씨앗에서 의도치 않게 보리와 벼가 자랐다. 이를 뿌리고 거두는 일을 했으나 처음에는 잘 되지 않았다. 마침내 4년이 되어서는 제대로 된 곡식을 먹을 수 있었다. 무인도에서 혼자 농사를 짓게 된 셈이다. 위에서 보듯 그는 염소를 가두어 가축으로 만들기도 했다. 그는 섬에서 이루어진 일을 보고, 자신이 놀고먹지 않았다는 것, 그리고 더 편리한 생활에 필요한 것이 있으면 언제나 고생을 아끼지 않고 일했다는 것에 자부심을 느끼기도 했다. 이처럼 섬에 표류한 로빈슨 크루소는 인류의 발전을 혼자서 반복하였다.

그의 부지런함은 근대인들이 마땅히 본받을 만하다. 혼자 있으면 게을러지는 것이 인지상정인데 크루소에게서 사람들의 그런 단점을 찾기는 어렵다. 무모하게 섬에서 탈출할 계획을 짜기보다 오랫동안 정착할 사람처럼 주어진 환경을 개척하며 살고 있다. 그에게서 혼자 있는 사람의 외로움은 찾아보기 어렵다.

이런 크루소의 성격은 실상 시대의 요구에 적절히 부응하는 것이기도 했다. 앞서 말했듯 그는 유럽 북부 출신의 개신교를 믿는 상인이다. 종교개혁 이후 개신교도들은 자신에게 주어진 소명을 완수해야 할 의무가 있다고 생각했다. 그들의 머릿속에는 항상 신이 있었지만 그 신은 기도를 드리면 무엇이든지 들어주는 그런 신이 아니었다. 늘 함께하지만 인간 스스로 자신을 구할 것을 요구하는, 그래서 부지런히 자신의 일을 해 나가기를 원하는 신이었다. 크루소가 어디에서든 환경을 탓하지 않고 자신의 삶을 개척해 나가는 데는 이런 종교적 분위기가 영향을 주었음에 틀림없다.

그가 살던 시대의 정신은 다음 글에 압축적으로 정리되어 있다.

신을 기쁘게 하는 유일한 방법은 수도승적 금욕주의를 통해 현세적 도덕을 경시하는 것이 아니라 오직 현세적 의무를 완수하는 것이라 보았다. 이러한 현세적 의무는 각 개인의 사회적 지위에서 발생하는 것으로서 곧 그의 '직업'이 되었다.[*]

막스 베버는 프로테스탄트 정신을 자본주의를 발달시킨 중요한 요인으로 보았다. 그가 말한 자본주의의 정신은 직업의 정신이기도 했다. 프로테스탄트들은 구원에 대한 확실한 표식을 원했는데, 신이 정해준 소명을 잘 따르는 것이 바로 구원에 대한 확실한 답을 얻는 방법이라고 믿었다. 자신에게 주어진 직업을 신이 맡긴 천직이라 여기고 업무를 충실히 하는 것이 현세에서는 알 수 없는, 그러나 이미 정해진 내세의 삶을 보장하는 유일한 길이라는 믿음이었다. 제네바의 금욕적 프로테스탄티스트였던 칼뱅은 이런 주장을 펼쳤던 대표적인 인물이었다.

크루소가 가진 긍정적인 사고방식은 어떠한 상황에서도 그가 절망에 빠지지 않게 도와준다. 자신이 표류한 사실에 대해서도 그는 절망하지 않는데, 현재 자신의 처지를 좋은 점과 나쁜 점으로 분류해서 정리하고 이내 희망적인 쪽으로 생각을 돌린다. 그의 생각을 옮겨 적으면 다음과 같다.

크루소는 자신의 처지를 긍정적으로 생각하기 위해 노력한다. 섬에 표류하게 된 불행을 살아있다는 것에 대한 기쁨으로 바꾸고, 홀로 섬에 버려진 외로움을 사막에서 굶는 것은 아니라는 위안으로 잠재운다. 옷이 없지만 더운 곳이라 옷이 필요 없다고 생각하고, 혼자이지만 섬에 맹수가 없는 것을 다행으로 여긴다. 크루소는 자신이 이렇게 적어

나쁜 점	좋은 점
무섭고 외로운 섬에 홀로 표류했고 구출될 희망이 보이지 않는다.	하지만 다른 선원이 모두 물에 빠져 죽었는데도 나는 살아남았다.
불행한 상태로 세상에 나만 홀로 남았다.	하지만 배에 탔던 사람들 가운데 나만 홀로 죽음을 면했다. 그리고 나만 죽음에서 구하신 신께서 나를 구해 주실 것이다.
나는 세상 사람들로부터 떨어져 나와 외톨이가 되어 세상에서 사라졌다.	하지만 굶거나 아무것도 가진 것 없이 황무지에서 죽어가는 건 아니다.
몸을 덮을 옷가지조차 없다.	하지만 더운 곳에 있으니 만일 옷이 있어도 입지 않았을 것이다.
다른 사람이나 맹수가 공격을 해올 경우 방어 수단이나 저항할 방법이 없다.	하지만 섬에는 아프리카 해안에서 본 것과 같은 날 해칠 법한 맹수가 보이지 않는다. 만일 아프리카 해안에 표류했다면 어떻게 되었겠는가?
이야기를 나누거나 날 위로해줄 사람이 없다.	하지만 신께서는 놀랍게도 배를 해안에 가까운 곳까지 보내주셨다. 나는 필요한 물건을 죽을 때까지 쓸 수 있을 정도로 잔뜩 챙길 수 있었다.(126~127쪽)

놓은 글을 보고, "적어놓고 보니 이것은 아무리 세상에서 제일 불행한 상황에 빠진다고 해도, 반대로 감사해야 할 것이 전혀 없는 경우는 드물다는 것을 보여 주는 확실한 증거였다."(127쪽)고 새삼 뿌듯해 한다.

이렇듯 자본주의적 인간이 갖는 장점은 새로운 종교와 무관하지 않다. 그에 따라 크루소는 자신에게 주어진 소명, 직업을 충실히 수행하

●막스 베버, 『프로테스탄티즘의 윤리와 자본주의 정신』, 박성수 역, 문예출판사, 1996, 60쪽.

며, 금욕적으로 생활한다. 그가 재산을 모으고 땅을 개간하는 이유는 재물에 대한 욕심 때문이 아니라 그 일이 중요하기 때문이다. 자본주의의 이러한 정신이 새로운 세계를 열고 인류사에 눈부신 발전을 이끌어냈음은 엄연한 사실이다. 그러나 이에 따른 부작용도 당연히 컸다. 소명의식에 매몰되다 보면 개인의 직분을 다한다는 것이 타자에게 어떤 영향을 미치는지는 고려하기 어렵다. 금욕주의 역시 개인을 자유롭게 해 주기보다는 억압하는 결과를 낳기 쉽다. 물론 이는 크루소의 잘못은 아니다.

개인의 발견과 제국의 발명

『로빈슨 크루소』는 소설사에서 매우 중요한 위치를 차지하고 있다. 소설이 18세기 초에 발생할 수 있었던 사회적 맥락을 고찰한 비평가 이안 와트(Ian Watt)의 유명한 연구서 『소설의 발생』에 따르면, 소설의 발생은 개인주의의 성숙과 깊은 연관을 맺고 있었다. 소설은 발생에서부터 개인주의에 내재된 가치를 모방하기도 하고 홍보하기도 했다. 대부분의 소설에서 개인들의 특성은 오래된 전통이나 사회적 관습보다 더 중요시되었다. 소설의 이야기들은 대부분 사회와 이러한 개인들 간의 갈등을 다루고 있었다. 즉, 개인이 사회와 충돌하고 대립하면서 자아를 성취해가는 과정들이 소설의 중심 주제로 등장하였다.

소설에서 이런 개인주의의 부각은 당시 사회의 변화와 밀접한 관계가 있었다. 18세기 유럽의 가장 진보된 국가로서 영국은 이 시대에 가장 융통성 있고 안정된 정치경제 제도를 유지하고 있었다. 왕정복고를 주도한 의회와 시민들은 다시 명예혁명을 통해 왕권을 제한하고 자신들의 힘을 키워나갔다. 의회의 강화와 시민사회의 성숙은 민주주의라는 정치적 근대화의 토대를 이루었다. 자본주의 경제체제의 확립과 시장의 자율성 확보는 경제적 근대화를 공고히 하며 중산층의 시대를 열었다. 소설이 왕이나 귀족이 아니라 부르주아 계급을 주인공으로 삼은 이유는 바로 이러한 시대 분위기 때문이었다. 개인주의 성숙이 바로 근대화 과정이란 점을 생각한다면 소설의 발생은 근대화라는 지적, 사회적 변화의 산물이었다. 그뿐만 아니라 소설은 근대화의 변화를 모양 짓고 추진했던 사회적, 문화적 실천 행위의 일부이기도 했다. 『로빈슨 크루소』의 근대 소설적 가치는 바로 이러한 시대를 예견하여 보여주었다는 데 있다.

이런 근대를 살아가는 개인(부르주아)은 한곳에 머물지 않는다. 개인주의 그리고 그들이 가진 자본주의의 근면성은 타자의 영토를 자기 영토화 하는 운동을 발전시켰다. 바다와 육지라는 물리적인 영토뿐 아니라 자본주의와 개인주의라는 문화나 가치를 타자의 영토 안에 이식하는 과정이 크루소의 시대 이후 지속적으로 이어졌다. 이러한 경향은 우리가 잘 알고 있는 제국주의의 시대에 이르면 본격화─노골화된다.

개인주의는 타자에 대한 평등한 시선을 가지고 출발한 것은 아니다. 이를 구호로나마 공언하는 데는 18세기가 마무리되는 시점에 발생한 프랑스 혁명을 기다려야 했다. 근대 초기의 개인주의는 자신의 능력을 발휘할 수 있는 자유를 의미할 뿐이었다. 능력이 없는 누군가를 지배하는 일은 부르주아들에게 전혀 이상하지 않았다. 할 수 있는 일이면 그것은 해도 되는 일, 즉 소명에 어긋나지 않는 일이기 때문이었다. 철저히 개인주의에 바탕하고 있으면서도 타인에 대한 억압을 서슴지 않았던 근대 서구의 역사가 여기에서 비롯된 것인지도 모른다.

어찌 되었든 주인공 크루소의 지루한 섬 생활은 프라이데이라는 흑인 소년을 만나면서 변화하기 시작한다. 섬 한쪽에서 죽음의 위기를 맞이한 그를 크루소가 구해주게 되고 갈 곳이 없는 프라이데이는 기꺼이 자신의 머리에 크루소의 발을 얹어 하인이 된다. 하인 프라이데이에 대한 크루소의 만족도는 매우 높은 편이다.

> 세상에서 프라이데이보다 더 충직하고 상냥하며 진실한 하인을 둔 사람은 없었기 때문이다. 화를 내거나 시무룩해지거나 속셈을 품는 일은 전혀 없었으며 완벽할 정도로 늘 전력을 다해 의무를 이행했다. 마치 아이가 아버지를 대하듯 나를 잘 따랐다. 감히 말하건대 어떤 상황에서라도 날 구하기 위해서라면 목숨까지 바칠 것 같았다.(301쪽)

세상을 긍정적으로 보는 그이기에 프라이데이에 대한 시선이 긍정적인 것은 전혀 이상할 것이 없다. 그런데 여기서 주목할 것은 프라이데이가 하나의 인격으로가 아니라 하인으로 타자화된 상태만으로 크루소에게 의미를 갖는다는 점이다. 난파한 배의 물건이나 섬의 물건들이 그러했듯이 프라이데이 역시 그의 필요에 의해 평가된다. 이 역시 성실한 자본주의적 인간이 갖는 특성으로 이해할 수 있다. 죽음에서 구해 준 자신이 야만인 소년을 하인으로 부리는 것은 당연한 일이고 소년의 입장에서 복종은 다른 의미의 직분인 것이다. 거기다 프라이데이는 신을 알지 못하는 인간이었기에 크루소에 대한 그의 복종은 더욱 자연스러운 일이다.

인간을 지배하고자 하는 무의식은 영국 인 크루소에게 오래전부터 내재되어 있었다. 그는 프라이데이를 만나기 전부터 야만인을 붙잡으면 세 명까지는 하인으로 만들 수 있을 것 같다는 생각을 하고 있었다. 그는 뭐든 시키는 대로 이행하고 절대로 자신에게 해를 끼치지 못하는 그런 하인을 꿈꾸었다. 이런 생각은 그에게 매우 즐거운 것이었는데, 야만인들이 오랫동안 섬에 나타나지 않았기 때문에 자신의 모든 꿈과 계획은 전혀 이루어지지 못했다고 아쉬워하기도 한다.(291쪽) 앞서 말했듯이 그에게 개인주의는 타자를 지배하고자 하는 욕망과 완전히 동떨어져 있는 것은 아니었다.

그는 하인뿐 아니라 섬 전체의 지배자이기도 하다.

내 섬에 사람이 늘어났고 스스로 보기에도 날 따르는 신민이 너무 많았다. 가끔 가만히 생각해 보면 내가 꽤 왕처럼 보인다는 생각에 즐겁기도 했다. 무엇보다 섬 전체가 내 소유였으니 통치권은 당연히 내가 가지고 있었다. 두 번째, 온 국민은 내게 완전히 복종했다. 나는 절대적인 군주이자 법률을 세우는 이였다. 그들은 모두 내가 목숨을 구해 준 사람들이었고 혹시 기회가 있다면 언제든 날 위해 목숨을 버릴 준비가 되어 있었다. 또 한 가지 놀라운 점은 겨우 세 명밖에 안 되는 국민이 믿는 종교가 세 가지나 된다는 것이었다. 하인인 프라이데이는 신교도였고 그의 아비는 이교도이자 식인종이었으며 스페인 사람은 가톨릭을 믿었다. 하지만 나는 내 영토 안에서는 종교의 자유를 허용했다. 그렇다고 적극적으로 권장한 건 아니었다.(345쪽)

시간이 지나면서 섬의 인구도 조금씩 늘어난다. 사정이 있는 몇 사람이 섬에 머물게 된 것이다. 그는 섬 전체가 자신의 소유이며 섬에 대한 통치권이 자신에게 있다고 생각한다. 그리고 섬에 있는 다른 사람들을 자신의 지배를 받는 국민이라 여긴다. 그가 만든 사회 안에서 크루소는 명령하는 사람이 된다. 그는 "다음 날에는 다시 지시를 해서 야만인들의 시체를 땅에 묻고 오라고 시켰다."(346쪽) "함께 어딜 가더라도 완전하게 내 명령에 복종해야만 했다."(354쪽)고 자긍심을 숨기지 않는다. 우리는 혼자서 섬을 탐험하고 부지런히 생존을 위해 일하는 그의 모습과 섬을 본격적으로 '다스리는' 그의 모습 사이에서 괴리를 느낄 수도 있다. 그러나 그것은 다른 둘이 아니라 하나에서 비롯된 두 가지 현상에 불과하다. 부르주아 개인주의의 시작은 동시에 제국주의적 사고의 시작이었기 때문이다.

우여곡절 끝에 그는 섬을 탈출한다. 그는 섬을 떠나기 전에 달력을 확인한다. 떠나는 날은 1686년 12월 19일이었고, 섬에서 산 지 28년 하고도 두 달 그리고 19일이나 지난 후였다. 그런데 그는 정말 섬을 떠나고 싶었을까? 그는 섬을 사랑하게 되지 않았을까? 대답하기 쉽지 않다. 그러나 분명히 말할 수 있는 것은 그는 자신이 만들어놓은 세계에 대해 만족하고 있었다는 점이다. 누구도 그보다 더 섬을 잘 관리할 수 없었으리라는 자부심을 가지고, 28년이 넘는 지난 세월동안 그가 견지해온 성실함과 노력을 스스로 자랑스럽게 생각하며 그는 섬을 떠난다.

근대 이후의 크루소

로빈슨 크루소의 모험은 독자들에게 경이와 만족 그리고 교훈을 준다. 자칫 불우한 인간이 될 수도 있었던 주인공이 혼자 힘으로 새로운 세계를 만들어내는 과정은 독자들의 상상력을 만족시켜 주기에 충분하다. 이것이 당시 세계 발전의 중심으로 떠오른 계급의 세계관을 표현한다는 점은 앞서도 지적한 바이다. 근대 상업 자본주의와 개인주의 그리고 그 배경이 되는 프로테스탄티즘에 대해서도 이야기했다. 한편, 서구 개인주의가 갖는 제국주의적 성격은 서구가 아닌 지역의 독자들을 불편하게 만들 수도 있다고 말했다.

이렇듯 중요한 의미를 가진 인물이기에 로빈슨 크루소는 시대의 변화에 따라 여러 가지 관점에서 재해석되고 있다. 예전의 동화들이 현대적 의미로 재해석되듯이 18세기적 개인주의를 대표하는 인물 크루소는 20세기 이후 비현실적인 인물, 편협한 인물의 전형으로 평가받게 된다. 그의 장점으로 꼽히던 면모들은 이제 타인의 삶을 억압하거나, 주변에 의해 억압된 것으로 취급받는다. 그의 성실성은 제국주의를 합리화하는 데 지나지 않는다고 '폄하'되기도 한다. 특히 그가 야만인들을 대하는 태도는 동시대 서구의 세계인식을 보여주는 일반적인 예로 비판받는다.

미셸 투르니에가 쓴 『방드르디, 태평양의 끝』●이라는 소설은 로빈슨 크루소가 아니라 그의 하인인 프라이데이를 주인공으로 새롭게 쓴 "로빈슨 크루소"이다. 원작에서 프라이데이는 주인에게 충실한 노예에 불과했다. 야생에서 살아온 지난날을 모두 잊고 크루소의 명령에 따르는 순화된 야만인이었다. 그는 미개하고 어리석어서 크루소의 문명이 가진 '우월성'에 쉽게 동화되었다. 오직 크루소를 위해 존재하는 인물이어서 그에게서 인격이나 성격을 찾는 일은 무의미했다.

하지만 프랑스어로 금요일을 뜻하는 '방드르디'를 제목으로 내세

●미셸 투르니에, 『방드르디, 태평양의 끝』, 김화영 역, 민음사, 2003.

운 투르니에의 소설은 프라이데이의 인격을 되살린다. 생각해보면 크루소가 그의 하인을 부르는 이름은 매우 성의 없이 지어졌다. 금요일에 만나서 이름을 금요일로 지은 것인데, 인간의 특성은 전혀 고려되지 않고 명명자에게 갖는 의미만이 부각된 이름이다. 크루소를 수요일에 만났으면 프라이데이는 수요일이 되었을 것이고 월요일에 만났다면 월요일이 되었을 것이다. 작가는 크루소 관점에서 기술되던 프라이데이를 주인과 대등한 인물의 자리로 올려놓는다.

　　투르니에의 프라이데이에게는 혼자 떨어진 섬에서 시간표를 정해 자신의 일을 해 나가는 크루소의 답답함이 없다. 그는 식량을 저축하고 노동을 신성시하기보다는 자신의 욕망이 이끄는 대로 현재를 즐긴다. 동굴 안에서 혼자 시간을 보내는 크루소와 달리 숲 속에서 자유롭게 낮잠을 자고 산책을 한다. 프라이데이는 불을 잘못 다루어 크루소가 동굴 안에 쟁여둔 화약을 터뜨리기도 한다. 매인 것 없이 자유롭게 살기에, 그는 크루소에게 큰 도움이 되지 않는다. 만남을 통해 변화하는 쪽은 크루소이다. 규칙적이고 절제된 생활을 하던 그는 야만인을 통해 욕망의 자유와 생활의 융통성을 배워간다. 섬을 떠나게 되었을 때도 섬 생활에 더 미련을 갖고 머뭇거리는 쪽은 원주민 프라이데이가 아니라 크루소이다.

　　패러디 소설이 원작의 의미를 넘어서는 경우는 많지 않다. 원작을 비판하고 새롭게 해석한다고 해서 원작이 갖는 시대적 의미가 사라지는 것도 아니다. 패러디는 과거와 현재가 갖는 차이를 강조해 준다는 점에서 가치를 가질 뿐이다. 이 소설은 크루소라는 한 인물에 초점을 맞추어 전개된 소설이 크루소 외의 관점을 보여줄 수 없다는 데 착안하여 새로운 시선으로『로빈슨 크루소』를 재해석하였다. 이를 통해 투르니에는 한 시대의 주류적 관점이 시간이 지남에 따라 다른 관점에 의해 대체될 수 있다는 사실을 일깨워준다.

존 쿳시의 소설 『포』*는 크루소와 프라이데이가 있는 섬에 낯선 여인이 표류되어 온다는 가정에서 출발한다. 여성에 대한 욕망마저 상실한 크루소와 섬에서 한참을 보낸 그녀는 함께 영국으로 돌아온다. 영국에 돌아온 크루소는 작가 포에 의해 영웅화된다. 섬에서 그녀가 경험한 크루소는 비열하고 아집에 차 있고 의욕도 없는 늙은이였다. 그러나 포라는 작가가 그린 크루소는 섬에서 혼자 건강하게 살다 돌아온 영웅이었다. 작가에 의해 왜곡된 사실을 바로잡기 위한 그녀의 노력을 담은 것이 소설 『포』이다. 무엇보다 이 작품은 여성적 시각에서 로빈슨 크루소와 프라이데이, 그리고 다니엘 디포를 재해석하고 있다. 백인 크루소와 흑인 프라이데이의 관계를 제국주의적 측면에서 다시 조명하기도 한다. 이 소설은 탈식민주의적 관점에서 고전을 재해석한 작품으로 평가된다.

이상 두 편의 소설들은 공통적으로 초기 자본주의의 건강성과 밝은 미래를 예견하는 크루소의 미덕을 의심한다. 『방드르디, 태양의 끝』은 크루소에게 새로운 삶을 알려주는 프라이데이를 등장시켜 하나의 삶밖에 모르는 어리석은 크루소에게 충격을 주고, 『포』는 크루소에 대한 신화 자체를 부정한다. 두 작품은 패러디를 통해 『로빈슨 크루소』라는 소설이 단선적 서사에 하나의 관점을 적용하여 독자로 하여금 다른 생각을 갖기 어렵게 하는 권위적인 소설이라는 점도 은연중 드러낸다. 크루소가 동시대의 시대정신을 잘 보여주는 인물임에는 틀림이 없

●존 쿳시, 『포』, 조규형 역, 책세상, 2003.

지만 그러한 인물이 갖는 의미는 지역에 따라 시대에 따라 다룰 수 있다는 점도 분명히 밝혀준다.

자본과 소설의 시대

이 소설은 근대 자본주의 정신을 충실히 담아내고 있고 그것의 성공을 예상하고 있는 작품이다. 크루소는 바다로 모험을 떠나 성공하고 돌아온 선원이자 새로운 땅을 발견해 여왕의 영토 안으로 끌어들인 개척자, 주어진 소명을 충실히 이행해 부를 축적한 자본가이다. 소설의 서사 역시 과거를 돌아보거나 타자의 사고에 간섭하는 일 없이 앞만 보고 달리는 인물을 중심으로 단선적으로 짜여 있다. 수백 년이 지난 후에 패러디의 대상이 되었다는 점으로도 『로빈슨 크루소』가 갖는 고전으로서의 위치를 짐작할 수 있다.

소설의 발전은 자본주의의 발전과 긴밀히 연관되어 있다. 소설의 유통은 다른 상품의 유통과 별반 다르지 않았으며 소설의 소비자들은 여유 있는 부르주아들이었다. 신문이나 서적과 같은 대중 매체를 소비할 수 있는 재정적 여유와 문자 해독 능력을 갖춘 이들만이 소설을 소비할 수 있었다. 그들은 자신들의 이야기를 다룬 소설 혹은 여유 있는 시간을 흥미로 채워 줄 소설을 원했다. 모험가 크루소는 이런 소비자들이 바라는 이상적인 인물이었다고 할 수 있다.

그럼에도 불구하고 근대 소설은 자본주의 시대를 찬양하는 데 자신을 바치지 않았다. 반대로 자본주의를 다각도로 조망하거나 그것이 낳은 부정적인 면을 부각하곤 하였다. 우리가 명작으로 평가하는 많은 소설들은 『로빈슨 크루소』와 다른 길을 갔기에 좋은 평가를 받을 수 있었다. 그것들은 크루소라는 인물이 가진 문제점에 주목하였고, 자본주의의 욕망, 권력, 비인간성을 소설의 중요한 주제로 삼았다. 앞으로 우리가 보게 될 인물들에 비한다면 새 시대의 인물인 크루소는 무척 순진했다고 할 수 있다.

근대적 장르로서의 소설

이언 와트, 『소설의 발생』, 강유나·고경하 공역, 강, 2009.

『소설의 발생』 표지

다른 문학 양식들과 마찬가지로 소설도 역사적인 양식이다. 이는 비극의 탄생이 고대 그리스라는 시대적 배경을 가지고 있었던 것처럼 소설 역시 발생과 성장의 시대적 배경을 가지고 있다는 말이다. 소설의 발생 배경으로는 자본주의라는 생산 양식의 발달을 꼽는데, 민주주의와 개인주의 역시 자본주의의 발달과 보조를 같이 했다. 이안 와트의 『소설의 발생』은 소설의 발생과 성장의 이러한 문화사적 배경을 탐구한 책이다.

이 책에 따르면 독서 대중의 탄생과 인쇄 기술의 발달 그리고 도시와 시민 계급의 형성이 지금과 같은 소설을 가능하게 했다. 그렇기 때문에 소설의 주인공은 책을 구매할 능력이 있는 시민 계급의 일원이어야 했다. 작가들 역시 독립된 개인으로서, 귀족과 같은 특별한 계급의 후원 없이 작품으로 직접 돈을 벌어야 했다. 이러한 변화는 문학 외의 다른 예술 분야에서도 비슷하게 나타났다.

배경뿐 아니라 내용에 있어서도 소설은 가장 자본주의적인 양식이다. 와트는 '로빈슨 크루소'를 프로테스탄트 윤리와 자본주의의 관계에 대한 탁월한 형상화라고 말한다. 그에 따르면 크루소는 경제적 이윤을 추구하는 일에 삶을 바친 자본주의적 인간이다. 경제적인 원칙을 다른 무엇보다 중요하게 생각하며, 이윤을 위한 노동과 자기 절제를 실천하는 인물이다. 홀로 무인도에 떨어져 있으면서도 좌절하지 않고 섬을 자기 것으로 만드는 노력을 게을리 하지 않는 것도 자본주의 정신과 무관하지 않다. 『소설의 발생』은 소설에 대한 역사적 이해를 위해 반드시 읽어야 할 책으로 꼽힌다.

G. 루카치, 『소설의 이론』, 김경식 역, 문예출판사, 2007.

프랑코 모레티, 『근대의 서사시』, 조형준 역, 새물결, 2001.

가라타니 고진, 『근대문학의 종언』, 조영일 역, 도서출판b, 2006.

막스 베버, 『프로테스탄티즘의 윤리와 자본주의 정신』, 박성수 역, 문예출판사, 1996.

청년들의 도시와 욕망

새로운 시대의 문학

"프랑스 혁명만으로도 프랑스는 존재할 이유가 있다"는 말이 있다. 근대를 이야기함에 있어 1789년 이후 근 일백 년간 진행된 프랑스 혁명의 과정을 빼놓을 수는 없다. 프랑스는 자유와 평등이라는 이념을 세계에 알리고 왕을 기요틴에 올려 신분제 사회를 철폐하는 데 큰 걸음을 내디뎠다. 비록 여러 차례의 반혁명을 겪기도 했지만 프랑스의 국민들은 다수가 국가의 주인이 되는 사회, 노동하는 사람들이 자신의 권리를 주장하는 사회를 향해 꾸준히 전진했다. 그 과정에서 나폴레옹은 유럽 전역을 공포에 떨게 했고, 노동자들은 파리를 해방시키기도 했다. 우리가 소설을 통해 두 번째로 가 볼 곳은 혁명 이후의 프랑스이다.

19세기 프랑스는 뛰어난 소설가를 많이 배출했다. 발자크, 플로베르, 스탕달은 그중 가장 잘 알려진 이들이다. 에밀 졸라, 모파상, 빅토르 위고, 뒤마 등도 모두 이 시기 활약한 작가들이다. 근대 소설의 발달에서 프랑스가 갖는 의미 역시 특별하다. 19세기 프랑스는 신문 연재소설이라는 새로운 형식을 확립시켰다. 신문의 발달은 자본주의의 발달을 의미함과 동시에 시민의 출현을 의미하기도 했다. 신문을 사서 읽을 수 있는 정도의 교양을 가진 사람들이 많아지면서 소설은 그들이 소비하기에 좋은 방향으로 발전하게 된 것이다. 작가들에게는 특별히 재정적 후원자를 갖지 않고 소설 수입만으로 살아갈 수 있는 제도적 장치가 마련된 셈이다. 이런 환경 속에서 신문 소설이 대중 소설로 흐르는 것은 매우 자연스러운 현상이었지만, 그런 중에도 작가들은 문학사에 남을 의미 있는 작품들을 발표하였다.

이 시기의 프랑스 소설은 사실주의 문학의 전통을 확립한 것으로 알려져 있다. 격변하는 시대의 목격자로서 많은 작가들이 시대 현실을 비판적으로 재현하려 노력하였다. 발자크는 〈인간희극〉이라는 방대한 기획을 통해 혁명 이후 프랑스 사회의 모습을 보여주려 노력하였고, 졸라는 〈루공 마카르 총서〉에서 하층민들의 비참한 삶을 보여주었다. 플로베르나 스탕달, 모파상 역시 기본적으로 현실의 밝은 면보다는 어두운 면에 주목한 작가들이다. 물론 작가들은 자신만의 개성을 애써 숨기려 하지 않았다. 플로베르의 언어관이나 졸라의 자연주의, 모파상의 낭만주의는 작가들의 특징을 보여주는 대표적인 예이다.

우리의 소설 여행은 나폴레옹 실각 이후 왕정복고기를 시대적 배경으로 한 스탕달의 『적과 흑』●으로 간다. 쥘리엥 소렐이라는 시골 청년의 사랑과 욕망, 그리고 파멸을 다룬 이 소설을 통해 혁명 이후 달라

● 스탕달Stendhal. 프랑스 그르노블 출생. 1783년 1월 23일~1842년 3월 23일. 대표작으로 『적과 흑Le Rouge et le Noir』(1830), 『파름의 수도원La Chartreuse de Parme』(1839)이 있다. 이 글의 텍스트는 이동렬 번역의 민음사판1,2(2004)이다.

진 19세기 프랑스의 풍경을 만날 수 있을 것이다. 『적과 흑』은 단순히 사회적 환경의 변화뿐 아니라 변화하는 사랑의 풍속까지 보여주는 소설이다.* 많은 사실주의 소설이 그렇듯이 다른 무엇보다 서사가 주는 흥미를 따라가는 것이 이 소설을 읽는 첫 번째 방법이다. 그리고 인물의 성격이나 사건을 따라가면서 그것이 환유하는 현실을 상상하는 것이 두 번째 방법이다. 이 소설을 통해 우리는 프랑스 혁명이 남긴 유산이 얼마나 크고 중요한지를 생각하게 될 것이다.

유럽의 중심 격동의 파리

20세기 중반부터 21세기 초인 현재까지 세계의 중심 도시는 어디일까? 아마도 많은 사람들이 미국의 뉴욕을 꼽지 않을까? 뉴욕은 세계화로 상징되는 자본주의 금융의 중심지이자 패션, 연극 등 문화의 중심지이다. 타임 스퀘어의 불야성을 이루는 화려한 광고판은 소비와 상업의 중심이 그곳임을 상징적으로 보여준다. 유엔이나 록펠러 센터 그리고 엠파이어스테이트 빌딩은 뉴욕이 미국의 중심이 아니라 세계의 중심이란 사실을 새삼스럽게 웅변한다. 맨해튼 남부에 자리 잡은 뉴욕 증권 거래소와 월스트리트는 세계 경제의 현재와 미래를 지배하는 곳이다. 이에 비한다면 상해나 동경 그리고 서울은 뉴욕의 아류 도시라고 할 수 있다. 물론 이 말이 런던이나 베이징, 모스코바나 베를린이 아무런 의미도 갖지 않는다는 뜻은 아니다.

그렇다면 19세기를 대표하는 도시는 어디였을까? 산업 혁명의 중심지 런던, 맨체스터나 합스부르크 왕국의 수도 빈은 세계의 중심을 자처하기에 부족함이 없었을 것이다. 베를린이나 로마, 샌프란시스코 역시 세계의 중심을 자처할 만했다. 그러나 이 시기 정치 변화의 중심이자 문화 생산의 중심지는 누가 뭐라도 프랑스의 수도 파리였다. 파리의 명성은 프랑스 혁명 이후 20세기의 두 차례 세계대전 때까지 꾸준히 이어졌다. 프랑스는 지정학적으로 서유럽의 중심에 위치해 있고 파리는 프랑스 내에서는 비교할 곳이 없는 최대 도시였다. 한때 유럽의 문화인들은 너나없이 파리로 모여 들었다. 특히 문학과 미술 분야에서 이런 경향은 두드러졌다.●●

파리는 19세기 프랑스 청년들의 욕망을 상징하는 도시이기도 했다. 귀족의 자제에서 가난한 농사꾼의 아들에 이르기까지 시민으로서의 새 삶을 시작하기 위해, 사교계의 화려함을 경험하기 위해 젊은이들은 파리로 몰려들었다. 소위 말하는 출세를 위해, 농촌과 소도시의 답답한 공기를 피해, 그들은 고향을 떠나야 했다. 파리에서 벌어지는 일은 소문으로 전 프랑스로 퍼져나갔다. 그곳에 실패와 좌절, 절망과 죽음이 기다리고 있을지라도 그것이 청년들의 걸음을 막을 수는 없었다.

젊은이들이 도시로 향하는 현상이 19세기 프랑스에서만 벌어진 특별한 일은 아니었다. 산업혁명이 시작된 영국에서도 도시들은 시골서 상경한 노동자들로 가득했고 그에 따라 양적 팽창을 계속해 나갔다.

● 흔히 혁명기 프랑스의 풍경을 가장 잘 보여주는 작가는 발자크라고 한다. 그러나 그의 방대한 소설을 읽는 일은 차후로 미루어야 할 것 같다. 하층민들의 비참한 삶을 다룬 『목로주점』이나 『제르미날』의 작가 졸라와의 만남 역시 다음 기회로 미룬다.
●● 우디 알렌의 영화 〈midnight in Paris〉의 미국인 주인공은 시간 여행을 통해 문화와 낭만이 숨쉬는 1920년대 파리를 돌아본다. 그가 1920년대에서 만난 여인은 자신의 시대보다는 1890년대의 파리를 동경하여 그 시대로 돌아가기를 원한다. 이 영화에는 당시 활동했던 피카소, 헤밍웨이, 달리, 피츠제럴드, 폴 고갱 등 세기를 대표하는 예술가들이 등장한다.

사람이 몰리는 곳에는 자본과 욕망이 함께 모여들었다. 뒤늦게 근대화를 추진한 우리의 형편도 이와 크게 다르지 않았다. 지구적으로 보면 출세를 위해서, 교육을 위해서 큰 도시로 몰려드는 현상은 최근까지 멈추지 않고 있다. 프랑스의 19세기는 신분에 맞추어 주어진 자신의 삶을 살아가던 과거에서 벗어나 격동하는 시대에 몸을 맡기고 새로운 삶을 꿈꾸는 일이 가능했던 시대였다.

19세기 초를 대상으로 한 많은 프랑스 소설이 파리를 공간적 배경으로 한 이유가 이런 시대적 분위기 때문이었다. 『적과 흑』, 『감성교육』, 『고리오 영감』은 대표적인 작품으로 꼽을 수 있다. 각 작품에 등장하는 인물인 쥘리엥 소렐과 프레데릭 모로, 라스티냐은 모두 시골에서 상경한 준수한 청년으로 파리의 욕망과 정치적 혼란을 몸으로 체험한다. 흔히 『적과 흑』은 1830년대의 연대기이며, 『감정교육』은 1840년대의 연대기라는 평가를 받는다. 『고리오 영감』은 1810년대를 지나 1821년 고리오 영감의 죽음으로 마무리되는 작품이다.•

프랑스 혁명의 전개

이제 19세기 아니 근대를 연 강력한 사건인 프랑스 혁명 이야기를 하지 않을 수 없다. 혁명이라는 이름이 가진 과격함 때문에 먼 일처럼 여길 수 있지만 프랑스 혁명은 현재 우리가 지향하는 미래의 이념을 최초로 공공연하게 표명한 중요한 사건이다. 혁명은 이미 200년도 훨씬 이전에 시작되었지만 그 이념은 인류사에서 한 번도 이루어진 적이 없으며 그를 향해 가는 걸음 역시 혁명의 진행처럼 전진과 후퇴를 반복하고 있다. 자유와 평등과 박애는 여러 가지 오해에도 불구하고 인류가 끝내 실현해야 할, 지구 생물 진화의 가장 끝에 놓여 마땅한 목표이다.

　넓게 볼 때 프랑스 혁명은 1830년 7월 혁명과 1848년 2월 혁명을 함께 말하지만, 좁게 볼 때는 1789년의 혁명만을 가리킨다. 현재의 관점에서 프랑스 혁명은 한 번의 사건이 아니라 혁명 이후의 공포 정치와 반혁명 그리고 이어지는 혁명까지 포함하는 긴 과정으로 보는 것이 좋다. 인류의 역사가 한 방향으로 순조롭게 진행되는 것이 아니라 이해당사자 간의 힘 균형에 의해 복잡한 굴곡을 겪을 수 있음을 알려주기 때문이다. 프랑스 혁명은 구체제(앙시앵 레짐)를 무너뜨렸지만 혁명 후 수립된 프랑스 공화정 역시 나폴레옹 보나파르트의 쿠데타로 무너지고 만다. 이후 75년 동안 프랑스의 국가체제는 공화정, 제국, 군주제로 바뀌며 극도로 혼란한 상황을 보인다. 이런 혼란 중에도 1830년 7월 혁명은 샤를 10세를 타도하였고, 1848년 2월 혁명은 루이 필립을 무너뜨려 프랑스에서 왕권을 종식시켰다. 프랑스 혁명은 유럽 대륙의 역사에서 정치적인 힘이 소수의 왕족과 귀족에서 시민에게 옮겨지는 역사적 과정

●19세기 프랑스 문학의 성격은 꿈과 그 꿈의 좌절이 주는 절망이라는 큰 주제로 설명할 수 있다. 이 시기는 정치-사회적 변동과 혼란이 계속되었지만 그 속에서도 진보의 희망을 놓지 않았던 시대이다. 예술가들은 현실에 대한 회의와 실망으로 개인의 가치를 추구하는 경향을 보였는데 이것이 19세기 전반기의 낭만주의로 나타났다. 이후 사회적 가치의 발견과 고발이라는 주제로 사실주의와 자연주의가 크게 유행했고 19세기 후반에는 이 모두를 넘어서려는 상징주의 운동이 일어났다. 따라서 19세기 프랑스 문학은 낭만주의(Romantisme), 사실주의(Réalisme), 자연주의(Naturalisme), 상징주의(Symbolism)의 도식으로 이해할 수도 있다.
●●프랑스 혁명의 정신 혹은 제도는 이미 구체제 속에 내재해 있었다는 의견 역시 만만치 않게 많다. 대표적으로 토크빌의 『앙시앵 레짐과 프랑스 혁명』을 예로 들 수 있다. 새로움은 늘 과거의 맹아를 발전시킨 결과라는 점에서 그리 낯선 생각도 아니다. 맹아이든 무엇이든 그것이 혁명을 통해 폭발한 것임에는 틀림이 없다.

의 전환점이라고 할 수 있다.**

　　프랑스 혁명은 구제도의 모순에서 발생하였다. 구제도 하에서는 고위 성직자(제1신분)와 귀족(제2신분)은 면세 등의 혜택을 누리면서, 주요 관직을 독점하였다. 절대 다수를 차지하던 평민(제3신분)은 무거운 세금을 부담해야 했지만 실제 권력에 다가갈 수 없었다. 왕실은 무능과 사치, 미국 독립 전쟁 참전으로 파산 직전에 이르게 되었다. 재정이 파산 직전에 이르자 평민들에게 부가되는 세금은 더욱 무거워졌다. 루이 16세는 시민들의 불만을 잠재우기 위해 특권 계층에게도 세금을 부여하는 재정 개혁을 단행하려 하였으나 귀족들은 개혁안을 거부하고 삼부회를 소집하였다. 삼부회는 귀족 300명, 성직자 300명, 평민 600명이 대의원으로 선출되었다. 그러나 표결방식을 둘러싸고 귀족, 성직자 대표와 평민 대표 간에 갈등이 생겼다. 귀족, 성직자 대표는 신분별 표결 방식을, 평민 대표는 머리수 표결 방식을 지지하였다. 평민 대표들은 머리수 표결 방식이 채택되지 않자 새 헌법이 제정될 때까지 해산하지 않겠다는 선언을 하고 국민의회를 조직하였다.

　　왕이 이러한 시민들의 움직임을 무력으로 진압하려 하자, 7월 14일 파리 민중들은 혁명에 필요한 무기를 탈취하기 위해서 바스티유 감옥을 습격하였다. 이날이 현재의 프랑스 혁명 기념일이다. 8월 4일에 국민의회는 봉건적 특권이 폐지되었음을 선언하고, 26일에는 인권 선언을 채택하였다. 그러나 국왕이 국민의회의 선언을 인정하지 않자, 시민들은 베르사유 궁전으로 행진하여 왕을 파리로 압송해 왔다. 1791년에는 제한 선거와 입헌 군주제를 골자로 한 새로운 헌법이 제정되어 10월에 입법 의회가 구성되었다.

　　혁명이 프랑스 밖으로 전파될까 두려워한 오스트리아와 프로이센은 자국의 혁명 지지파를 박해하였다. 이에 프랑스는 1792년에 이들에게 선전포고를 하고 혁명전쟁을 시작하였다. 전쟁 초기에 프랑스는 오스트리아와 프로이센의 연합군에게 패배를 거듭하였다. 그러나 혁명전쟁은 민족주의를 자극하여 지방에서 조직된 의용군들을 파리로 모이게 하였고, 프랑스군은 마침내 9월 20일에 프로이센군에게 승리를 거두었다. 전쟁의 승리 후 입법의회가 해산되고 국민공회가 소집되었다. 국민공회는 공화정을 선포하고(제1공화정) 1793년 1월에 루이 16세를 단두대에서 처형하였다.

1793년 6월 로베스피에르가 주도하는 자코뱅파는 국민공회에서 지롱드파를 숙청하였다. 로베스피에르는 민주적인 새 헌법 제정을 보류하고 공안 위원회를 중심으로 혁명 정부를 수립하였다. 그는 국내외의 혼란한 상황 속에서 자신의 의견을 완고하게 관철시켰으며, 많은 사람들을 단두대에서 처형하는 공포정치를 실시하였다. 그의 혁신 정책은 민중의 지지를 얻었으나, 상공업자들과 토지를 얻은 농민들은 혁명이 더 이상 진행되는 것을 원하지 않았다. 원하지 않는 공포정치가 계속되자 반대파는 혁명력 2년 테르미도르 9일(1794년 7월 27일)에 로베스피에르를 국민공회에서 숙청했다.

1795년에 국민공회는 1795년 헌법을 제정하고 이를 바탕으로 총재정부를 수립하였다. 5명의 총재가 행정권을, 원로원과 500인회가 입법권을 갖는 체제였다. 하지만 총재정부는 출범하자마자 반대파들이 일으킨 반란에 직면하게 됐다. 반대파의 반란은 방데미에르 13일(1795년 10월 5일) 나폴레옹 보나파르트 장군에 의해 진압되었다. 반대파의 반란을 진압한 나폴레옹 보나파르트는 이후 이집트 원정과 이탈리아 원정을 통해 국민들에게 인기를 얻었다. 반면, 총재정부는 당시의 경제―

사회적 불안에 대해 제대로 대응하지 못하며 민심을 잃었다. 마침내 나폴레옹은 1799년에 쿠데타를 일으켜 총재정부를 전복시키고 통령정부를 수립하여 제1통령의 자리에 올랐다. 나폴레옹이 실각하고 다시 왕정이 복고되고 공화정이 수립되는 과정이 반복되면서 왕정은 완전한 종말을 맞게 되었다.

도시와 농촌

『적과 흑』의 스토리를 정리하면 다음과 같다. 작은 시골 도시 베리에르에서 목재상의 막내아들로 태어난 쥘리엥은 가족의 부담과 가난의 굴레에서 벗어나기 위해 성직자가 되고자 한다. 성직자가 되는 길만이 자신을 현재의 처지에서 구해줄 수 있다고 생각하기 때문이다. 수도원에서 성경으로 라틴어를 익힌 쥘리엥은 레날 시장 댁의 가정교사로 들어간 후 레날 부인과 사랑하는 사이가 된다. 부인과의 관계가 발각된 쥘리엥은 자신의 욕망을 좇아 파리로 향한다. 파리에서 쥘리엥은 귀족이자 지주 딸인 마틸드를 만나게 된다. 그에게 부와 명예를 안겨 줄 마틸드와 우여곡절 끝에 결혼 직전까지 간다. 그러나 결혼을 얼마 남겨두지 않고 레날 부인으로부터 쥘리엥의 행적을 비방하는 편지가 레날의 집으로 날아온다. 일을 그르치게 되어 화가 난 쥘리엥은 레날 부인을 향해 총을 쏜다. 다행히 부인은 무사했지만 쥘리엥은 살인 미수 혐의로 재판을 받게 된다. 재판을 받으면서 쥘리엥과 레날 부인은 서로의 사랑을 다시 확인한다. 쥘리엥은 자신의 타락이 개인의 책임이 아니라 시대가 낳은 문제라고 말하며 덤덤하게 죽음을 맞는다.

위 정리에서 알 수 있듯 소설의 전반부 배경은 시골 도시 베리에르이고, 후반부 배경은 파리이다. 그러나 전반부의 배경이 되는 소도시 역시 소박한 시골이라는 느낌보다는 파리의 축소판이라는 느낌을 준다. 이제 바야흐로 도시의 특성을 갖추어가는 과정에 있는 도시이다.

소설의 첫 장면에는 시골 도시의 경관이 묘사된다. 묘사는 지극히 평화로운 목가를 연상시킨다. 베리에르는 "프랑슈콩테 지방에서 가장 아름다운 도시의 하나로 통할만 하다. 붉은 기와를 얹은 뾰족한 지붕의 하얀 집들이 언덕의 비탈에 늘어서 있으며, 무성한 밤나무 수풀은 그 언덕의 작은 굴곡을 드러내 보인다. 두(Doubs) 강은 옛날에 스페인 사람들이 건축했으나 이제는 폐허가 된 그 도시의 요새 수백 피트 밑을 흐르고 있다."(1권, 9쪽)고 묘사된다. 그러나 곧 뒤이어 작가는 이 작은 도시가 정치적 격정으로 뒤흔들리고 파당 간의 싸움과 증오심으로 균열되어 있으며 주민들은 모두 금전적 이해관계에 집착하고 있음을 보여준다.

'수입을 가져온다는 것'이, 당신에게 그토록 아름다워 보이던 이 소도시에서 모든 것을 결정짓는 이유인 것이다. 이 도시를 둘러싼 서늘하고 깊숙한 골짜기의 아름다움에 이끌려 찾아오는 외지인은 처음에는 이곳 주민들이 미에 민감할 것이라고 상상한다. 그들은 자기네 고장의 아름다움을 너무나 자주 들먹이는 것이다. 그들이 고장의 아름다움을 중히 여기는 것은 부인할 수 없다. 그러나 그것은 고장의 아름다움이 외지인을 끌어들여 그들의 돈이 여관업자들을 부유하게 만들고, 결국은 입시세(入市稅)의 메커니즘에 따라 '시에 수입을 가져오기' 때문인 것이다.(1권, 18쪽)

아름다움 역시 수입과 연결되기 때문에 강조되는 것이 소도시의 현실이다. 경관은 현지인들이 누려야 할 혜택으로 인식되기보다 외지인들의 돈을 긁어모을 수 있는 상품으로 이해된다. 근대가 상품과 상품의 교환에 의해 유지되는 시스템이라는 사실은 말할 필요도 없지만, 자본주의는 '아름다움'조차 '수입'을 가져오기 때문에 중요한 것으로 만든다. 작가는 이 도시 사람들이 아름다움을 즐기는 것이 아니라 '아름다움을 너무나 자주' 들먹인다고 썼다. 자주 들먹이는 아름다움은 의도 없이 바라보던 예전의 아름다움과 같을 수 없다.

이 도시의 정치적 갈등 역시 파리에 못지않다. 급진 왕당파인 시장은 번영하는 자유주의자들을 의식하여 항상 마음이 편치 못하며, 시의 유력 인사인 빈민수용소장 발르노는 갖가지 저열한 음모를 획책하는 파렴치한이다. 자유주의자들은 그들대로 자유주의의 기치 아래 부의 독점적 지배나 꿈꾸는 탐욕스럽고 기회주의적인 부르주아들일 뿐이다. 왕정복고 통치의 특징인 왕권과 교권의 결합으로 이루어진 교권독재의 분위기는 시골 구석까지 침투해 있다. 쥘리엥 소렐이 성직자가 되고자 생각한 이유는 이런 종교와 권력의 밀월이라는 당시 분위기를 잘 알고 있었기 때문이다.

쥘리엥에게 가족으로부터 완전히 벗어날 수 없는 작은 도시에서의 출세는 한계가 분명하다. 레날 부인과의 사랑도 여의치 않자 그는 파리로 향한다. 다음 문장은 파리로 향하는 그의 심리를 단적으로 보여준다.

쥘리엥은 사제 앞에서는 경건한 감정만을 나타내 보였다. 출세하지 못할 바에는 차라리 골백번이고 죽음을 택하겠노라는 불굴의 결심이 그처럼 창백하고 부드러운 소녀 같은 얼굴에 감추어져 있다는 것을 누가 짐작이나 할 수 있었겠는가!

쥘리엥에게 출세한다는 것은 우선 베리에르를 떠나는 것을 의미했다. 그는 자기 고향이 질색이었다. 고향에서 눈에 띄는 모든 것은 그의 상상력을 얼어붙게 만들었다. (1권, 42-43쪽)

사제 앞에서는 언제나 충실한 모습을 보이고 있지만 그의 마음속에는 출세의 욕망이 꿈틀거리고 있다. 출세를 위해서는 자신의 목숨마저 아끼지 않으리라는 생각까지 할 정도이다. 누구보다 열심히 공부해서 라틴어 성경을 암기해 버린 것도 종교나 학문에 대한 열정 때문이 아니라 출세를 위한 열정 때문이었다. 성직자가 되는 일이 곧 권력에 다가가는 지름길임을 그는 알고 있었다. 베리에르의 부자이자 시장인 드 레날 씨 역시 "큰아들은 군인으로 둘째는 법관으로 막내는 성직자로 만들 작정"(27쪽)을 하고 있었다. 이는 혁명으로 귀족 이외의 계급에게도 어느 정도 기회가 열린 당시 상황에서 가능한 출세의 길들이었다. 타고난 계급 외에 돈과 능력으로 출세가 가능해졌고 그 방법은 어떤 식으로든 제복-군복이나 법복 그리고 성직자의 옷-을 입는 것이었다.

사랑과 욕망의 서사

서사로 보면 『적과 흑』은 주인공의 사랑 이야기를 중심으로 전개된다. 쥘리엥 소렐은 대조적인 여인인 드 레날 부인과 마틸드 드 라 몰과 사랑을 나눈다. 한 여인은 아이가 있는 지방 시장의 아내이고 다른 여인은 미혼의 파리 귀족의 딸이다. 소설에서 주인공의 가장 큰 기쁨과 고뇌는 자신의 사랑 문제와 연관되어 있다. 하지만 쥘리엥의 연애는 그가 품고 있는 야망과 연결되면서 주제에 기여한다. 잘 알려진 대로 이 소설의 주제는 모순에 찬 시대 현실과 그에 대한 주인공의 반항을 드러내는 것이다.

> 쥘리엥의 하찮은 허영심은 독백을 계속했다. 어느 날 내가 입신양명하게 되었을 때 가정교사라는 천한 직분에 있었다고 누가 비난이라도 한다면 나는 사랑 때문에 그랬노라고 말할 수 있을 테니, 더욱더 이 여자를 사로잡아야겠다.(1권, 132쪽)

위 글을 보고 쥘리엥의 사랑을 순수하다고 생각하기는 어렵다. 그는 가정교사라는 직업이 상류 계급 사회에서 천한 것으로 여겨진다면, 사랑 때문에 가정교사 일을 했던 것으로 과거를 조작하려 한다. 가정교사가 그랬듯이 주인공에게는 사랑도 출세를 위한 수단일 뿐이다. 이런 주인공의 무의식은 "사랑은 아직도 야심에 속하는 것이었다."(1권, 151쪽)거나 "사다리는 내 운명과 밀접한 관계가 있는 도구란 말이야!"(2권, 128쪽)라는 토로를 통해서도 드러난다. 그에게는 사랑보다는 욕망의 성취가 중요하고 그 욕망은 출세욕으로 수렴된다. 그의 출세욕은 당연히 시대가 낳은 것이다.

'감히' 쥘리엥과 같은 시골 청년이 상류 계급의 여인들과 사랑을 나눌 수 있었던 것도 시대의 변화 없이는 불가능했다. 우선 마틸드와의 사랑을 이해하기 위해서는 작품의 배경이 되는 왕정복고기의 사회상을 살펴야 한다. 역사 발전의 큰 흐름에서 볼 때 왕정복고는 한시적이었고,

불안정한 체제였다. 그럼에도 불구하고 사회 구조의 변화에서 연유하는 젊은이들의 사회 심리는 크게 변화하고 있었다. 내로라하는 귀족 청년들의 구애를 물리치고 가난한 하층민을 사랑하게 되는 마틸드의 기이한 사랑의 심리는 대표적인 예이다. 그녀의 시민 계급에 대한 태도는 몰락의 마지막 단계에 접어든 귀족 계급에 대한 분노와 반항으로 읽을 수 있다. 소렐과 마틸드의 사랑 부분에서 유난히 심리 묘사가 많고 심리적 갈등이 복잡하게 그려지는 이유가 여기에 있다 할 수 있다.

　　드 레날 부인과의 사랑도 단순하지는 않다. 애초에 레날 부인에 대한 쥘리엥의 사랑은 분명 출세를 향한 욕망과 무관하지 않았다. 하지만 살인 미수 사건 이후 달라진 쥘리엥의 감정으로 보면 그의 사랑을 출세를 위한 욕망만으로 해석하기도 곤란하다. 쥘리엥의 의도가 어떻든 레날 부인은 평생 타인의 애정을 느끼지 못하고 살아온 쥘리엥에게 순수한 사랑을 주었다. 총격을 당하고도 그녀는 '쥘리엥의 손에 죽는 것은 더할 나위 없이 행복한 일이다.'(2권 323쪽)라고 생각한다. 이런 레날 부인의 태도가 쥘리엥의 마음을 돌려놓았는지도 모른다. 레날 부인은 마지막까지 쥘리엥을 돌보아 주고, 결국 쥘리엥도 레날 부인에 대한 자신의 사랑이 진심이었음을 깨닫는다.

　　굳이 쥘리엥의 예가 아니어도 『적과 흑』은 인간의 욕망이 작동하는 메커니즘을 멋지게 간취해낸다. 이 소설에는 크게는 출세의 욕망에서 작게는 자식들의 교육에 이르는 다양한 인간의 욕망이 드러난다. 작가는 이를 '욕망의 삼각형'을 통해 표현한다. 무언가를 욕망하는 사람은 자신이 대상을 직접 욕망한다고 생각하지만 실제로는 특정한 대상을 욕망하는 매개자의 욕망을 모방하는 경우가 많다. 이를 '욕망의 삼각형'이라 부른다.

다음은 쥘리엥 소렐을 가정교사로 들이는 일과 관련된 레날 시장의 심리를 묘사한 부분이다.

> 내 마누라는 정말로 머리가 좋단 말이야! 하고 이튿날 새벽 6시에 소렐 영감의 제재소로 내려가면서 베리에르 시장은 혼자 생각했다. 내게 걸 맞는 우월성을 유지하기 위해 그 얘기를 꺼내기는 했지만, 라틴어에는 날고 긴다는 그 어린 사제 소렐을 내가 데려오지 않으면 쉼 없이 설쳐대 는 수용소장이 나와 같은 생각을 해서 그를 가로채리라고는 꿈에도 생 각하지 못했거든. 그자가 얼마나 자만에 찬 어조로 제 자식들의 가정교 사 얘기를 떠벌릴 것인가⋯⋯! 그 가정교사가 일단 우리 집에 오게 되 면 수단*을 입을까?(1권, 29쪽)

레날이 처음 소렐을 가정교사로 들이는 데는 큰 문제가 없었고 그리 진지하게 생각한 일도 아니었다. 그러나 수용소장이 소렐을 가정 교사로 들인다는 소문이 나면서 그의 마음은 바빠진다. 그는 자신의 자 식들이 좋은 가정교사를 두느냐의 문제보다 경쟁자인 수용소장이 좋은 가정교사를 두느냐에 더 촉각을 세우게 된다. 경쟁자의 욕망을 확인하 면서 시장의 욕망은 구체적으로 변하고 크기 역시 커진다. 그는 "소렐 은 내 제안에 만족하고 기뻐해야 할 텐데도 그렇지 않으니 누군가 다른 편에서도 제안해 온 것이 분명하다."(31쪽)며 불안한 심리를 드러내기도 한다. 이러한 욕망이 가진 함정은 실제 대상의 가치를 정확히 볼 수 없 다는 점이다. 물론 그게 실제 생활에서 크게 문제되는 일은 없다. 어찌 되었든 욕망이 존재하는 것은 엄연한 사실이다.

쥘리엥의 아버지는 시장의 이러한 욕망을 은근히 이용하기도 한다. 자신의 아들을 필요로 하는 곳이 많다는 투의 말을 흘림으로서 타인의 욕망을 자극하는 것이다. 쥘리엥 역시 굳이 어느 집 가정교사로 들어갈 것인가를 일찍 결정하려 하지 않는다. 의식적으로 타인의 욕망을 자극하려는 의도가 아니더라도 이러한 행동은 레날의 욕망을 부채질하기에 충분했다.

앞서 살펴보았던 사랑이라는 감정 역시 대상을 순수하게 욕망하는 것 이상의 복잡한 메커니즘을 가지고 있다.

> 그가 사랑에 빠지는 것은 드 라 몰 양의 우아한 몸매, 탁월한 몸치장의 취미, 하얀 손, 아름다운 팔, 경쾌한 몸놀림 등에 대한 몽상에 넋을 잃고 난 후의 일이었다. 그럴 때면 그녀의 매력을 완성하기 위해서 그는 마틸드가 카트린 드 메디시스와 같은 여자라고 생각하는 것이었다. 쥘리엥이 생각하는 카트린의 성격이란 더할 나위 없이 음험하고 간악한 것이었다. 그것은 지난 시절에 그가 감탄한 바 있는 마슬롱이나 프릴레르나 카스타네드 사제들 같은 성격의 이상형이었다. 요컨대 그것은 그가 생각하는 파리의 이상형이었다.(2권, 98~99쪽)

우아한 라 몰 양의 외모를 보고 우리의 주인공은 카트린 드 메디시스라는 여인을 생각한다. 그의 이상형은 라 몰 양이 아니라 카트린이었고 라 몰은 단지 그녀를 떠올리게 한다는 점에서 욕망의 대상이 될 가치가 있었다. 카트린은 16세기 앙리 2세의 사후에 섭정을 했던 왕비였다. 음험하고 간악하다는 평가에도 불구하고 그녀는 실제 파리의 주인

● 가톨릭 성직자가 입는 긴 옷.

이었으며 왕족이었다. 라 몰 양에게서 그녀를 연상하게 하는 매력이 없었다면 쥘리엥은 그녀에 대한 사랑을 그토록 열정적으로 키워갈 수 없었을지 모른다. 파리로 진출한 시골 청년의 욕망은 젊은 여인의 모습에서 왕비를 보고 그를 파멸에 이르는 길로 이끌었던 셈이다.

나폴레옹이라는 욕망

욕망의 삼각형은 다른 소설에서도 자주 만날 수 있다. 르네 지라르라는 프랑스 비평가에 의하면 『돈키호테』의 주인공 돈키호테가 시대에 어울리지 않게 기사 흉내를 내는 이유는 소설 속의 전설적인 기사 아마디스의 삶을 욕망하기 때문이고, 보바리 부인이 파리 사교계를 동경하게 된 이유는 삼류 소설 속 파리 여인들의 삶을 욕망하기 때문이다.● 타자의 욕망에 대한 모방은 자칫 허영심으로 보일 수 있는데 쥘리엥은 비교적 자신의 삶과 깊은 연관을 가진 것에서 모방 충동을 느끼는 인물이다.

쥘리엥 소렐과 같은 보잘 것 없는 인물이 '감히' 파리에서의 출세를 꿈꾸게 된 데는 나폴레옹의 영향이 절대적이었다. 나폴레옹 보나파르트(1769~1821년)는 프랑스의 군인이자, 정치가이며, 프랑스 혁명 말기의 정치 지도자이자 황제였다. 그는 유럽 전체에 프랑스 혁명의 이상을 퍼트렸으며, 이전 정권의 양상을 복원하는 제국 군주제를 수립했다. 나폴레옹은 코르시카 출신의 포병 장교였다. 그는 프랑스 제1 공화정에서 눈에 띄게 지위가 올랐고 대프랑스 동맹과의 전쟁에서 승리를 거두었다. 그는 1799년에 쿠데타를 일으켰고 이후 제1 영사에 취임하였다.

5년 뒤에 프랑스 원로원이 그를 황제 자리에 앉혔다. 19세기 초반의 많은 승리로 프랑스는 유럽의 지배적 자리에 오르게 되었다. 하지만 1813년 라이프치히에서 프랑스는 대프랑스 동맹에 패배하였다. 패배 이후 나폴레옹은 엘바 섬으로 유배되었지만, 1년이 채 되지도 않았을 때 섬에서 탈출하여 권력을 다시 잡았다. 하지만 1815년 6월에 워털루 전투에서 대패하여 권력에서 내려왔다. 나폴레옹은 삶의 마지막 6년을 영국 왕실에 의해 구속된 채로 세인트헬레나 섬에서 보냈다.

영웅 나폴레옹에 대한 쥘리엥의 생각은 다음과 같이 표현된다.

"아아! 나폴레옹은 프랑스 청년들을 위해 하느님이 보내주신 사람이었다! 누가 그를 대신할 수 있을 것인가? 나보다는 부자라고 해도 그저 좋은 교육을 받을 정도의 여유가 있을 뿐, 자기 대신 입대할 청년을 사거나 출셋길을 개척할 만한 돈이 없는 가련한 사람들은 나폴레옹 없이 무슨 일을 할 수 있겠는가!"(1권, 154쪽)

유럽을 평정했다는 사실 말고도 나폴레옹은 청년들의 우상이 되기에 충분했다. 그는 보잘 것 없는 시골 출신이었지만 자신의 능력만으로 보란 듯이 출세한 인물이었다. 쥘리엥은 자신이 무명의 중위였던 보나파르트가 검의 힘으로 세계의 주인이 되었다는 것을 생각하지 않고 지낸 시간은 아마 한 시간도 없었을 것이라 말한다.(1권, 43쪽) 나폴레옹의 출세는 귀족 사회에서는 꿈꾸기 어려웠던 일이다. 소설 곳곳에서 소렐은 노골적으로 나폴레옹에 대한 숭배를 드러내곤 한다. 그는 프랑스

●르네 지라르, 『낭만적 거짓과 소설적 진실』, 김치수·송의경 역, 한길사 2001.

의 청년 특히 돈이 없는 가련한 사람, 군대를 피할 수 없는 사람에게 나폴레옹은 하느님이 보내주신 사람이었다고 말한다.

물론 쥘리엥은 귀족 계급 앞에서 자신의 숭배가 드러나는 것을 두려워한다. 나폴레옹이나 그를 추종하는 사람들은 당연히 귀족 계급의 적이 될 수밖에 없기 때문이다. 왕정복고기 나폴레옹은 귀족들에게 다시 생각하고 싶은 않은 인물이었다. 전 유럽이 그를 향해 대프랑스 동맹을 맺을 만큼 위협적인 인물이기도 했다.

귀족들에게 들킬 것을 걱정하면서도 그는 나폴레옹의 책과 사진을 늘 간직한다. 쥘리엥이 욕망하는 것은 자신의 욕망이 아니라 나폴레옹의 욕망이다. 야망을 가진 인물이 자신의 롤모델을 선택하여 그를 추종하는 일은 어찌 보면 당연한 것인지도 모른다. 시골의 변변치 않은 집안에서, 나폴레옹과 비슷한 환경에서 자라난 소렐은 자신이 가장 닮고 싶은 사람으로 나폴레옹을 자연스럽게 생각하게 되고 그의 생애를 따라하고 싶은 욕망도 가지게 된 것이다. 비록 군인의 길이 아니라 사제의 길을 택했지만 지향점은 출세를 해서 권력을 갖겠다는 동일한 욕망에 닿아 있었다.

사랑 문제도 나폴레옹과 무관하지 않다. 쥘리엥은 어느 날엔가 자기는 파리의 아름다운 여인들에게 소개되고, 어떤 빛나는 행동에 의해 그녀들의 관심을 끌 수 있으리란 감미로운 공상에 잠기곤 했다. 그는 아직 가난했던 시절에도 찬란한 드 보아르네 부인의 사랑을 받았던 보나파르트처럼 되리라고 생각한 것이다. 영웅적 인물에 대한 쥘리엥의 동경은 마틸드가 그를 좋아하게 되는 이유의 하나이기도 하다. 그녀는 "저 소렐은 언젠가 무도회에서 아버지가 분장하셨던 나폴레옹의 모습을 연상시키는 데가 있"(2권, 52쪽)다고 생각한다.

우리가 어린 시절 위인전에서 보아왔던 나폴레옹의 당시 영향력을 지금 실감하기는 매우 어렵다. 귀족이 지배하던 사회를 지금 생각하는 일이 어려운 것과 같다. 한 가지 분명한 사실은 그가 전 유럽에 프랑스 혁명의 정신을 전파했고 그것을 두려워한 전 유럽이 그에 대항해 싸웠다는 점이다. 그가 비록 전쟁의 패자가 되기는 했지만 전쟁을 통해 프랑스의 이념은 유럽으로 퍼져 나갈 수 있었다. 무엇보다 그는, 보잘 것 없는 신분으로도 전 유럽을 지배할 정도의 권력을 가질 수 있다는, 달라진 세상의 모습을 가장 극적으로 보여준 인물이었다.

스탕달의 소설론

프랑스 혁명이라는 사건은 프랑스뿐 아니라 전 세계에 영향을 미쳤다. 이는 산업혁명과 미국 독립 혁명이 한 나라의 사건에 그치지 않는 것과 같다. 바스티유 습격, 로베스피에르의 공포정치, 나폴레옹, 왕정복고로 이어지는 프랑스 혁명 시기의 주요 사건들은 소설의 좋은 소재로 쓰이기도 했다. 여기서 살핀『적과 흑』은 쥘리엥 소렐이라는 청년을 통해 19세기 초반 프랑스의 현실을 전형적으로 보여준 소설이다. 주인공과 두 여인의 사랑을 중심으로 서사가 전개되지만, 이 소설은 사랑조차 개인의 욕망이 작용하고 있음을 보여주었다. 시골 청년 쥘리엥에게 가장 중요한 인물은 나폴레옹 보나파르트였다. 욕망의 삼각형으로 볼 때 나폴레옹은 당시 청년들의 욕망을 매개하는 인물이었다.

스탕달은 소설을 통해 시대를 비추는 것이 작가의 임무라고 생각했다. 그는 소설의 한 부분에서 다음과 같은 유명한 말을 남겼다.

그런데 독자여, 소설이란 큰길가를 돌아다니는 거울과 같은 것이다. 때로 그것은 푸른 창공을 비춰 보이기도 하고, 또 때로는 도로에 파인 수렁의 진흙을 비춰 보이기도 한다. 그런데 여러분은 채롱에 거울을 짊어지고 다니는 사람을 비도덕적이라고 비난하다니! 그의 거울이 진흙을 비추면 여러분은 그 거울을 비난한다! 차라리 수렁이 파인 큰길을, 아니 그보다도 물이 괴어 수렁이 파이도록 방치한 도로 감시인을 비난함이 마땅할 것이다.(2권, 163쪽)

작가가 어떤 방식으로 글을 쓰는지, 세상에서 어떤 역할을 해야 하는지에 대해서는 여러 가지 의견이 있을 것이다. 스탕달은 세상의 모습을 있는 그대로 사람들에게 보여주는 것이 작가의 임무라고 생각했다. 그 모습에는 아름답고 긍정적인 것들만이 포함되는 것은 아니다. 위의 말대로 하면 그는 수렁이나 진흙이라고 묘사한 사회의 더럽고 부정적인 면을 드러내는 일을 작가의 책무라고 생각한 듯하다. 이런 생각은 19세기 프랑스 혁명이라는 혼란기를 살아온 그의 인생에서 비롯된 것일 터이다. 우리가 문학 여행을 통해 보고자 하는 것도 이런 세상의 모습이 아닐까 생각한다.

프랑스 혁명과 문학예술

빅토르 위고, 『레 미제라블』(전5권), 정기수 역, 민음사, 2012.

〈레 미제라블〉 영화 포스터

원작 『레 미제라블』은 1862년 프랑스의 작가 빅토르 위고가 쓴 소설이다. 제목의 의미는 '불쌍한 사람들'이지만 우리나라에서는 '장발장'이라는 이름으로 소개되기도 했다. 이 소설은 1980년 파리에서 뮤지컬로 각색되어 초연되었고, 현재까지 세계 여러 나라에서 공연되고 있다. 뮤지컬이 인기를 얻자 『레 미제라블』은 2012년 영화로 제작되기도 했다.

이 작품은 기본적으로 혁명의 혼란기를 살아가는 한 인물에 대한 기록이다. 빵 한 조각을 훔치다 붙잡혀 19년의 감옥살이를 하고 석방된 장발장은 자신의 절도 행위를 눈감아준 한 신부의 신뢰와 사랑에 감명 받아 새로운 삶을 살아간다. 이후 사업가로 성공한 장발장은 가난하고 불행한 사람들에게 아낌없이 도움을 주는 시민이 되고 시장의 자리에까지 오른다. 형사 자베르는 그의 정체를 캐기 위해 집요하게 장발장을 쫓는다. 무고한 사람의 누명을 벗겨주기 위해 장발장은 스스로의 신분을 밝혀 자기희생과 속죄를 실현한다.

장 발장이 주인공이기는 하지만, 이 소설은 1830년대를 살아가는 프랑스의 많은 '불쌍한 사람들'의 이야기이기도 하다. 주인공 외에 판틴, 코제트, 마리우스 등의 인물들은 모두 이 시대의 인물상을 대표한다. 이 소설에서 특히 중요한 배경이 되는 사건은 1832년 6월 봉기이다. 프랑스 혁명 이후에도 프랑스의 정치 체제는 왕정과 공화정을 반복하는 혼란에 휩싸였는데, 6월 봉기는 국왕 루이 필리프에 실망한 파리 민중들이 일으킨 사건이었다. 현재 이 소설은 문학적 가치뿐 아니라 사료적 가치를 지닌 작품으로 평가되며, 민중소설 또는 사회소설로 불리기도 한다.

스테판 츠바이크, 『마리 앙투아네트 베로사유의 장미』, 박광자 역, 청미래, 2005.

귀스타브 플로베르, 『감정 교육』(전2권), 김윤진 역, 펭귄클래식, 2010.

에밀 졸라, 『제르미날』(전2권), 박명숙 역, 문학동네, 2014.

톰 후퍼 감독, 〈레 미제라블〉(Les Miserables, 2012)

안제이 바이다 감독, 〈당통〉(Danton, 1982)

부르주아 가문의 성쇠

산업혁명과 프랑스 혁명을 통해 본격적으로 열린 자본주의는 점차 다른 지역으로 확산되어 갔다. 영국과 프랑스가 앞서 있기는 했지만 세계 여러 지역이 자본주의의 맹아를 가지고 있었다. 독일과 이탈리아, 북아메리카, 멀리는 아시아의 일본이 비교적 빠른 시기에 자본주의적 생산관계를 갖추어 나갔다. 자본주의 초기의 정치 구조는 경제 구조에 비해 상대적으로 다양한 양상을 띠고 있었으나, 점차 중앙 집권적인 정치 체제가 주류를 차지하게 되었다.

현재 독일연방공화국(독일)은 지역적으로 서유럽의 동쪽에 위치해 있고 전체 유럽으로 보면 동유럽과 서유럽, 북유럽의 중앙에 위치해 있다. 20세기 들어 두 번의 세계대전을 일으켜 다수의 적이 된 적도 있지만 현재는 유럽 연합의 중심으로 정치·경제적 영향력이 큰 국가이다. 지금의 독일이 갖는 정치·경제적 영향력과 비교해 볼 때 18세기 독일의 존재는 유럽에서도 미미한 편이었다. 프랑스가 파리라는 유럽 최고의 도시를 중심으로 넓고 비옥한 땅에서 오랫동안 안정된 정권을 유지하고 경제를 발전시키고 있었던 데 비해, 이웃한 독일은 강력한 중앙정부를 갖지 못하고 작은 제후국들로 흩어져 크고 작은 전쟁에 시달렸다.

18~19세기 독일은 신성 로마 제국이라는 이름으로 느슨하게 묶인 제후국 연합체로, 단일 경제 공동체를 형성하고 있지 못했다. 대표적으로 남부 고지대 도시들과 발트 해 부근의 북부 도시들은 중세 시대부터 별개의 경제 공동체를 이루고 있었다. 중세 제후국으로 발달해온 영향은 지금도 남아 있어서 독일 지역에는 유난히 다른 색깔의 전통을 가진 도시들이 많다. 영국이 런던, 프랑스가 파리를 중심으로 발달해 온 데 비해 독일은 늦게까지 지역 도시들을 중심으로 발달해 왔기 때문이다. 그래서인지 독일의 중심 도시 베를린이 가진 무게는 앞의 두 도시와 조금 다르게 느껴진다. 베를린 외에 함부르크, 뤼베크, 뮌헨, 쾰른, 프랑크푸르트, 슈투트가르트, 뒤셀도르프, 도르트문트, 브레멘, 하노버, 라이프치히 등이 잘 알려진 독일 도시들이다.

이러한 정치·경제적 상황 속에서 근대 독일은 많은 문인들을 배출하였다. 일반적으로 독일 문학은 독일어로 이루어진 문학을 폭넓게 말하는데, 오스트리아나 일부 동유럽 국가들의 문학도 독일 문학으로 부른다. 18세기 괴테와 실러를 시작으로 횔덜린, 노발리스, 게오르크 뷔히너, 하인리히 하이네, 슈테판 게오르게, 로베르트 무질, 헤르만 브로흐, 슈테판 츠바이크, 라이너 마리아 릴케, 토마스 만, 하인리히 만, 헤르만 헤세, 프란츠 카프카, 마리아 레마르크, 베르톨트 브레히트, 하인리히 벨 등이 독일어권 문학의 맥을 이었다.

토마스 만의『부덴브로크 가의 사람들』•은 발트 해에 인접한 북부 도시를 배경으로 한 부르주아 가문의 성공과 몰락을 다룬 소설이다.

우리는 앞서 영국 소설『로빈슨 크루소』에서 세계를 향해 바다로 나가는 상인 계급의 상승하는 불굴의 정신을, 프랑스 소설『적과 흑』에서 홍성하는 도시 파리를 향해 무작정 달려간 젊은이의 모습을 보았다. 이 독일 소설에서 우리는 자본주의의 발달에 따라 성쇠를 경험하는 부르주아 가문의 인물들을 만나게 된다. 가문의 여러 인물들이 어떻게 변화에 적응하는지를 통해 시대의 변화도 함께 살펴본다.

근대 독일의 발달

유럽 역사에서 독일이 인상적으로 등장하는 시기는 마틴 루터의 종교개혁 이후이다. 잘 알려져 있듯이 종교개혁은 16세기 이후 유럽에서 전통 가톨릭에 대항하여 일어난 개혁 운동들을 통칭하는 말이다. 루터 이후 칼뱅 등 여러 명의 종교 지도자가 새로운 종교 운동을 펼쳤으며 그 영향은 현재까지 이어져 오고 있다. 루터의 종교개혁 운동은 독일 지역 교회의 부패에 대항하여 추진된 것으로, 이후 벌어진 종교개혁의 시발이 되었다. 특별히 독일에서 종교개혁이 시작된 데는 면죄부 판매가 결정적 역할을 한 것으로 알려져 있다. 구 교회의 재정을 확보하기 위해 만들어진 면죄부는 성직자가 많고 중앙 권력이 없었던 독일 지역에서 집중적으로 판매되었다. 영국이나 프랑스처럼 중앙 집권이 확립되어 있던 지역에서는 교회의 권력이 상대적으로 약했다.

루터는 인간은 면죄부가 아니라 내면적인 신앙을 통해 구원받을 수 있다고 주장하면서 중세 초기의 순수 기독교 사상으로 돌아갈 것을 주장했다. 이 일로 교회에서 파문당한 루터는 작센공 프리드리히의 도움으로 숨어 지낼 수 있었고, 이 시기 성서를 독일어로 번역했다. 이 번역은 역사상 최초의 민족어 성서로서 독일어의 문법 확립에도 크게 기여했다. 이전까지 성서는 라틴어로 쓰여 있어서 일부 특권층만이 해독할 수 있었다. 루터의 번역은 언어와 문자에 대한 대중의 인식을 높여, 독일 민족주의 형성에도 이바지하게 되었다. 루터의 개혁은 근대적 개인주의를 발전시키는 데도 기여했다. 신과 인간 사이의 성직자가 차지하는 역할은 줄어들고, 성경을 통해 개인이 직접 신과 만날 수 있다는 생각이 퍼졌다.

종교개혁으로 인한 구교와 신교의 대립은 전쟁으로 이어졌다. 30년 전쟁(1618-1648)은 범위나 영향력 면에서 가장 중요한 종교 전쟁이었다. 이 전쟁은 반종교개혁을 수행하려는 합스부르크가의 무력행사에 신교파가 무력으로 대응함으로써 일어났다. 전쟁은 전 유럽의 대결로 확대되어 복잡한 충돌양상을 보였다. 이 전쟁은 전쟁의 원인이었던 종교분열은 해결하지 못한 채 독일에 정치·경제적인 손상만 입혔다. 전쟁 중 덴마크군과 스웨덴군이 독일에 진주하였고, 후에 프랑스군도 구교 측에 가담하였다. 전쟁은 1648년 베스트팔렌 조약으로 끝이 났으며 이 조약의 체결로 독일의 각 제후국들은 독립국에 가까운 지위를 얻었다. 그나마 독일을 묶어 주던 신성 로마 제국은 유명무실해졌으며, 유럽의 여러 나라에서는 신앙의 자유가 인정되었다. 이 전쟁으로 말미암아 승자 프랑스의 유럽 제패와 프랑스 문화의 유럽 지배가 강화되었다. 스위

●토마스 만Thomas Mann. 독일 뤼베크 출생. 1875년 6월 6일~1955년 8월 12일. 대표작으로 『부덴브로크 가의 사람들Die Buddenbrooks』(1900), 「베네치아에서의 죽음Der Tod in Venedig」(1912), 『마의 산Der Zauberberg』(1924)이 있다. 1929년에 노벨 문학상을 수상하였다. 이 글의 텍스트는 홍성광 번역의 민음사판1,2(2001)이다.

스와 네덜란드의 독립이 촉진되었으나, 독일의 국토는 황폐해지고 정치적 분열과 문화 발달은 뒤처지게 되었다.

18세기에서 20세기 초까지 독일 역사에서 가장 자주 등장하는 왕국은 프로이센이다. 독일 북부 지역에서 호엔촐레른 왕가가 지배했던 이 왕국은 1701년 1월 18일부터 1918년 11월 9일까지 존속했다. 프로이센은 19세기 들어 독일 연방의 맹주가 되었고 프랑스와 대결할 수 있을 정도의 힘을 갖추었다.

프로이센은 나폴레옹의 유럽 지배 기간 동안 위기를 겪기도 했다. 프로이센은 예나 전투와 아우스터리츠 전투 등에서 패한 뒤 영토의 반을 잃었다. 많은 전쟁 배상금을 지불해야 했고, 대륙 봉쇄에 따른 대영제국과의 무역금지와 프랑스군 주둔 등의 경제적 압박을 당해야 했다. 그러나 프랑스의 독일 지배는 프로이센에게 기회를 가져다주었다. 나폴레옹 전쟁은 독일 인들에게 민족적 자각을 불어넣었고 프랑스로부터의 해방을 위한 전쟁에서 프로이센의 역할이 중요해졌다. 일대 개혁을 단행한 프로이센은 대프랑스 동맹에서 중심 역할을 했으며, 1815년 워털루 전투에서 프랑스군을 물리치면서 다시 강대국의 반열에 오르게 되었다. 1815년 빈 회의에서 프로이센은 폴란드 분할로 획득한 영토의 일부를 러시아에 양보했으나, 그 대신 베스트팔렌지역을 획득하였다. 같은 해 독일 연방에도 가입하여 맹주인 오스트리아 제국과 세력을 양분하였다.

프로이센은 관세동맹의 중심이 됨으로서 자신의 위치를 더욱 공고히 하였다. 관세동맹은 39개의 군소국가로 분리되어 있던 연방 내 국가들의 무역을 자유롭게 했으며, 독일 경제의 급속한 성장을 가져오게 했다. 관세동맹은 독일의 민족의식을 일깨우는 역할도 했다. 경제 공동체가 됨으로서 독일은 정치 공동체의 필요성을 절실히 느끼게 되었다.

현재와 유사한 통일 독일을 만든 것도 프로이센이었다. 1848년 프랑스 2월 혁명이 일어나자 그 영향으로 프랑크푸르트 국민회의가 열리고, 이곳에서 독일의 자유주의적 평화통일방안이 논의되었다. 그러나 자유주의적 통일을 주장했던 프랑크푸르트 국민회의의 노력은 실패로 끝나고 독일의 통일은 강력한 힘을 가진 프로이센의 몫으로 돌아갔다. 1862년 프로이센의 수상으로 임명된 오토 폰 비스마르크는 의회와 자유주의 세력의 반대를 억누르고 철혈정책을 추진했다. 소독일주의를 내세운 프로이센은 1866년 오스트리아와의 전투에서 승리하고 합스부르크 왕국을 제외한 북독일 연방을 출범시켰다.

통일을 이룬 프로이센은 프랑스와 전쟁을 벌였는데 이것이 알퐁스 도데 등의 소설에 자주 등장하는 보불전쟁이다. 당시 프랑스는 외교적으로 고립되어 있었을 뿐만 아니라 전쟁 준비도 되어 있지 않은 상태였다. 프랑스군은 마르스라투르 전투와 그라블로트 전투에서 참패해 괴멸되었다. 파리 시민들은 파리 코뮌를 세우고 계속 독일군에 저항하였으나 4개월 만에 항복하고 말았다. 전쟁에 승리한 프로이센은 베르사유 조약을 통해 알자스 지방과 로렌 지방을 되찾았다. 이때 프로이센군은 파리에서 시가행진을 하였다. 빌헬름 1세는 베르사유 궁전에서 황제로 즉위하여 독일 제국의 수립을 선포하였다.

그후 비스마르크는 보불전쟁에서 패전한 프랑스의 복수를 미연에 방지하기 위해 서구 열강과 복잡한 동맹 관계를 구축했다. 이것을 비스마르크 체제라고 부른다. 비스마르크 실각 후 즉위한 빌헬름 2세는 3B정책(베를린Berlin, 비잔티움Byzantium, 바그다드Baghdad)을 추진하여 제국주의적인 팽창정책을 추진했다. 급격히 성장한 프로이센은 영국, 프랑스,

러시아 등과 부딪쳤으며 이는 훗날 제1차 세계대전으로 이어졌다.

북부 독일 부르주아 가문의 쇠락

　　토마스 만의 고향이자 이 소설의 배경인 뤼베크는 프로이센과 멀지 않은 독일의 북부 도시이다. 중세 한자동맹*에 속한 대표적인 도시로 상업이 발달한 지역으로 알려져 있다. 관세 동맹에 참가하고 독일 통일 전쟁 때는 프로이센 편에 섰으며 자유도시의 지위를 오래 유지했다. 토마스 만의 소설들에서는 여러 개의 도시 이미지를 발견할 수 있는데 자유롭고 낭만적인 이태리의 남부 도시 이미지와 성마르고 윤기 없는 독일 북부 도시 이미지가 주로 대비된다. 이는 낭만주의적 경향과 사실주의적 경향, 예술가적 기질과 상인적 기질로 바꾸어 말할 수도 있다. 그의 소설에서 이런 도시 이미지는 인물의 성향과 긴밀히 연관되기도 한다. 토마스 만에게 뤼베크는 당연히 북부 도시를 대표한다.

　　『적과 흑』은 프랑스 혁명 이후 귀족 세력과 부르주아 세력이 힘을 나누기 시작하는 파리를 배경으로 전개된다. 이에 비해 『부덴브로크 가의 사람들』은 이미 귀족 세력은 쇠락하고 상인 가문의 시대가 충분히 열린 시점에서 시작한다. 독일의 북부 지역 도시는 산업 자본이 아니라 상인 자본이 융성한 곳이었는데, 이 소설에 자주 등장하는 항구와 배, 무역과 곡물 등의 단어는 이런 맥락에서 매우 자연스럽다. 시간적으로는 『적과 흑』의 연대(1830년대)가 끝난 후부터 1870년대까지를 다룬다.

　　이 소설은 요한 부덴브로크 가문의 4대에 걸친 가족사이다. 작품은 요한 부덴브로크 1세가 두 번째 부인 안토아네트와 함께 새로 입주

한 멩 가의 커다란 집에서 파티를 여는 것으로 시작한다. 윤택한 경제 형편에 어울리게 이후 멩 가의 집에서는 잦은 모임과 파티가 열리는데, 첫 장면에 등장하는 주요 인물은 아들인 부덴브로크 영사 2세(장)와 그의 아내 엘리자베트, 그들의 두 아들인 토마스와 크리스찬 그리고 딸 토니이다. 이들이 작품 내내 등장하는 주요 인물이라 할 수 있으며, 요한 부덴브로크의 첫 부인에게서 태어난 아들 고트홀트와 3살 아래인 영사의 막내딸 클라라 역시 소설에서 중요한 위치를 차지하는 인물이다. 작품 후반부에는 토마스의 아들이자 집안의 마지막 상속자인 하노가 중요한 인물로 등장한다.

> 그들은 멩 가(街)에 있는 널찍하고 오래된 집의 이층 〈풍경실〉에 앉아 있었다. 요한 부덴브로크 상사(商社)가 얼마 전에 구입한 이 집에, 가족이 거주한 지는 아직 얼마 되지 않았다.(1권, 13쪽)

> "1682년이지요." 영사는 몸을 숙이면서 확실한 연도를 말해 주었다. 그는 저 아래쪽에 파트너도 없이 랑할스 시의원 옆에 앉아 있었다. "1682년 겨울에 완공되었습니다. 당시 〈라텐캄프 상사〉는 전성기를 맞이하기 시작했지요. 그런데 이 회사는 애석하게도 이십 년 전부터 몰락의 길을……"

● 유럽에서 발전이 더디던 발틱 해 주변의 상인들은 도시 간 상호 교류를 위해 13세기부터 길드나 한자(Hansa)를 형성하기 시작했다. 14세기 초에 플랜더스가 연방으로 대두하자, 독일의 상인들은 그 압력을 막고자 도시 연합을 결성하였다. 뤼베크를 맹주로 해 쾰른, 브레멘, 베를린 등지에서 정치 동맹이 설립되었다. 이 동맹은 함대와 요새를 가지고 있었으며, 마치 연합국가 같은 성격을 띠고 있었다.

좌중의 대화가 중단되어 삼십 초 정도 침묵이 흘렀다. 사람들은 접시 속을 들여다보며 한때 날리던 그 가족을 생각했다. 그 가족은 이 집을 짓고 살다가 영락하고 몰락하여 마침내 집을 팔고 이사를 갔던 것이다.(1권, 28~29쪽)

작가는 맹 가로의 이사로 작품을 시작하면서 이 가문의 운명까지 암시하고 있다. 위에서 보듯 새롭게 이사 온 집의 역사를 찾는 과정에서 가족들은 다른 부르주아 가문의 몰락을 이야기하게 된다. 부덴브로크는 이십 년 전부터 몰락의 길을 걷기 시작한 '라텐캄프 상사'의 집을 인수한 것이다. 그들처럼 지금 전성기를 맞이해 새로운 집으로 이사한 부덴브로크도 이 집을 소유할 수 없게 되어 작은 집으로 이사하는 날이 올 것이라는 암시이다.

맹 가로 이사한 지 얼마 지나지 않아 안토아네트 노부인은 사망한다. 이후 요한 부덴브로크마저 급격히 몸이 쇠약해져 사업은 아들인 요한 영사(장)가 이어받게 된다. 그는 두 아들 중 큰 아들인 토마스를 상업학교에 보내 가족의 사업에 참여시킨다. 토마스는 섬세하고 여성적인 기질에 건강한 시민의식을 가진 인물이다. 그리고 딸 토니는 깊은 내면을 가지지 못한 인물로 표면적인 삶에 관심이 많으며 허영심마저 가지고 있다. 토니와 달리 막내딸 클라라는 조용한 성격에 진지한 면을 가지고 태어난다.

가문의 미래에 어두운 그림자를 드리우게 되는 첫 번째 사건은 토니의 결혼 실패이다. 함부르크 출신의 사업가 그륀리히는 멋쟁이에 듣기 좋은 말을 잘 해 영사 부부의 호감을 산다. 영사 부부는 그의 사업이 번창하고 있다는 소문을 듣고, 그와 토니의 결혼이 가문의 사업에도 도움이 될 것이라 생각한다. 그뤼리히에게 전혀 매력을 느끼진 못한 토니는 트라베뮈데의 슈바르츠코프 집으로 가서 마음을 가라앉히려 한다. 그곳에서 그녀는 충직한 수로 안내인의 아들이자 의과 대학생 모르덴에게 처음이자 마지막으로 사랑의 감정을 느낀다. 그러나 그들의 관계는 그뤼리히가 슈바르츠코프 집에 나타나면서 깨어지고 만다.

절망에 빠진 토니는 자신이 가문에 도움을 줄 수 있으리라는 생각으로 그뤼리히의 구혼을 받아들인다. 부자와 결혼해야 자신의 생활 수준을 유지할 수 있으리라는 생각도 그녀에게는 위안이 되었다. 하지만 오래지 않아 그뤼리히가 결혼 지참금을 노린 사기꾼이고 토니에 대한 애정 공세도 거짓이었음이 드러나고 만다. 그가 파산하자 영사는 토니와 그녀의 딸 에리카를 데리고 멩 가의 집으로 돌아온다. 가문에 대한 책임감과 지속되는 긴장으로 몸이 쇠약해진 영사는 1855년 심장 발작으로 숨을 거둔다.

아들 토마스가 일을 맡으면서 회사는 다시 살아나는 것처럼 보였다. 그는 성실하고 빈틈없이 자신의 일을 수행한다. 집안의 가장이 된 토마스는 게르다 아놀트선과 결혼한다. 그녀는 부잣집 딸로 고상하지만 예술가적인 기질이 강하고 신경질적인 면도 있는 인물이다. 그들 사이에서 섬세하고 병약한 기질의 요한(하노)이 태어난다. 토니는 꾸밈없고 소박한 남자 페르마네더와 재혼하여 뮌헨으로 떠난다. 그러나 그는 의지가 나약하고 성격이 게으른 한심한 인간이다. 두 번째 결혼도 실패한 토니는 에리카를 데리고 친정으로 돌아온다. 에리카는 화재 보험 회사 사장인 바인센트와 결혼하지만 그 결혼 역시 불행으로 마무리된다. 에리카의 남편은 횡령죄로 몇 년간 수감생활을 하다 풀려나 어딘가로 사라진다.

토마스는 아버지의 예를 따라 시의원이 된다. 어부 골목의 호화스러운 집으로 이사하고 그곳에서 창사 백주년을 축하한다. 그러나 일에 대한 집착과 긴장으로 그의 몸은 점차 망가져 간다. 쇠약해진 그는 자신의 삶과 성공에 대한 회의에 사로잡히고 사업에서도 큰 손해를 본다. 그의 아들 하노는 육체뿐 아니라 정신적으로도 극도로 섬약해서 사업을 이을 재목이 못된다. 토마스의 어머니 엘리자베트가 죽음을 맞은 후 상사의 경영 상태는 악화일로를 걷는다. 마침내 멩 가의 집마저 신흥 가문으로 부상한 자유주의 기질의 상인 하겐슈트룀에게 팔린다. 크리스찬은 어머니의 사망 후 가족의 반대를 무릅쓰고 알리네 푸로겔과 결혼하지만 푸로겔은 정신 질환 진단을 받은 크리스찬을 병원에 보낸다. 이러한 과정을 혼자 견디면서 극도의 부담과 긴장에 시달리던 토마스는 1875년 치과에서 이를 뺀 후 집으로 가는 길에 쓰러져 죽음을 맞는다.

토마스의 유언에 따라 회사는 청산 절차를 밟는다. 그의 미망인 게르다는 어부 골목의 집이 아닌 아담한 집으로 이사해 하노와 함께 산다. 1877년 열네 살 하노가 장티푸스로 죽자 부덴브로크 가의 남자는 모두 사라지게 된다. 게르다는 그의 아버지가 사는 암스테르담으로 쓸쓸히 떠난다.

부덴브로크의 성격

이 소설을 읽는 재미는 무엇보다 인물들의 성격과 시대의 흐름이 엮어내는 변화를 따라가는 데 있다. 소설의 배경이 되는 19세기 중반

유럽은 귀족의 시대가 저물어가고 본격적으로 부르주아가 사회의 중심에서 활약하는 시대였다. 노동자들의 목소리가 높기는 했지만 그것이 시대의 주류를 이룰 만큼의 세력화를 이루지는 못하고 있었다.

하지만 귀족의 시대가 지났다고 해서 '가문'을 중시하는 풍토가 완전히 사라진 것은 아니었다. 그들의 시대를 마감하고 '평등'한 세상을 열겠다던 부르주아는 오래지 않아 자신들이 가진 특성을 지배 계급의 특성으로 만들었다. 비록 타고난 신분으로서의 세습이 가능한 시기는 아니었지만 자신들의 정체성을 지키기 위해 가문을 중시하는 전통은 버리지 않았다. 혈통이 보장해주는 내용이 없어지면서 가업이나 경제력이 가진 중요성은 더 커졌다고 할 수 있다. 성을 연상하게 하는 넓은 집에서 살고 정기적인 모임을 거르지 않고, 수준에 맞는 집안과 결혼을 하는 풍습은 귀족에서 새 시대의 주인이 된 부르주아에게로 그대로 이어졌다.

앞서 살펴 보았듯이 4대에 걸친 부덴브로크 가의 사람들은 각기 다른 성격을 타고났지만 가업을 잇고 가문의 명예를 지켜야한다는 강박에서 누구도 자유롭지 못하다. 회사의 운명으로는 불행하게도, 세대가 내려올수록 인물들의 성격은 섬약해지고 감정적이 된다. 상사는 요한 부덴브로크에서 전성을 누리다 토마스에 이르러 쇠하게 되고, 하노에 이르러 해체의 과정을 밟고 만다.

토마스의 할아버지 요한 부덴브로크는 갈등 없이 자신의 사업에 매진하고 나름대로 성공의 날을 구가한 인물이다. 자신의 역할에 충실했으며 필요한 것과 필요하지 않은 것을 구분할 줄 아는 '건강한' 시민이다. 유능함과 업적을 중시하며 음악이나 시문학과 같은 예술에는 단순히 사교적 취미 이상의 의미를 두지 않는다. 사업상의 교제가 아닌 사회적 관계에서는 엄격한 한계를 긋고, 낯선 사람들을 배척하는 경향이 있다. 그는 자식에 대해서도 매우 엄격하다. 첫 아내에게서 얻은 아들 고트홀트에 대한 태도는 가문을 유지하기 위한 그의 본능이 얼마나 강한지, 금전에 대한 보존 욕구가 얼마나 강한지 보여주는 대표적인 예이다. 필요 이상 큰 집으로 이사하는 데서는 새로운 계급으로 성장한 부르주아의 과시욕도 느낄 수 있다.

요한의 이러한 성격은 상인으로서 전형적이라 부를 수 있지만 인간적으로 매력적이지는 않다. 자기 의무와 성공, 가족에 대한 책임을 다하고 있지만 종교적 위안도 예술적 취미도 포기한 무미건조한 인생을 사는 인물로 평가할 수 있다. 그렇다고 요한이 대단한 욕망을 가진 인물도 아니다. 소설에서 이러한 개인의 성격은 타고난 것으로 취급되곤 한다.

이에 비해 아들인 요한 부덴브로크 2세는 기독교적인 양식과 사업가로서의 기질 사이에서 갈등을 겪는다. 그는 가장이나 사업가로서 책임을 느끼지만 기본적으로 낭만적인 성향을 갖고 있다.

다음 대화를 통해 두 인물의 성격을 비교해 볼 수 있다.

「아버님, 고트홀트와의 이러한 관계가 저의 마음을 억누르고 있습니다!」 영사가 나지막하게 말했다.
「허튼소리 말아라, 장, 감상적이어서는 안 돼! 무엇이 네 마음을 억누르느냐?」
「아버님, 우린 여기에 유쾌한 기분으로 함께 앉아서 좋은 날을 축하했습니다. 우리는 무언가를 성취하고 달성했다는 기분으로 의기양양하고 행복했습니다. 회사와 가정은 절정기를 맞이했고, 우리의 신용과 명성은 최고의 상태에 있습니다. 하지만 아버님께서 저의 형이자 아버님의 장남과 이러한 고약한 적대 관계에 있으니…… 신의 자비로운 도움으로 건축한 이 건물에 암암리에 틈이 벌어져서는 안 될 것입니다. 가정은 하나가 되어 일치단결해야 합니다, 아버님, 그렇지 않으면 화가 밀어닥칠 겁니다.」

「쓸데없는 소리 말아라, 장! 이런 젠장! 고집불통인 그놈……」

한동안 침묵이 흘렀다. 마지막 남은 촛불이 점점 더 밑으로 타들어 갔다.(1권, 63~64쪽)

아들 장과 아버지 요한이 장남 고트홀트를 두고 언쟁하는 부분이다. 아버지의 태도는 변할 기미가 보이지 않고, 장은 집안의 분위기를 위해서라도 형을 포용해야 한다고 생각한다. 아버지와 장남의 고약한 관계가 개선되기를 바라는 장의 마음에는 거짓이 없어 보인다. 그는 가문의 구성원 모두가 원만한 관계를 유지하고 살기를 바라는 인물이다. 장의 성격은 딸의 결혼을 대하는 태도에서도 드러난다. 가문과 딸의 장래를 위해 그륀리히와의 결혼을 강요하지만 그는 딸의 삶이 위기에 처할 수 있다는 생각에 과감히 이혼 처리를 해 주기도 한다. 그는 냉철하게 딸이 이혼하지 않으면 그륀리히가 지속적으로 자신의 가문에 악영향을 미칠 수 있다는 판단을 내린다.

전 유럽을 뒤흔든 1848년 혁명을 바라보는 태도는 그가 분명히 부르주아 계급에 속하는 인물이라는 것을 보여준다. 시의원이었던 그는 평등한 선거권을 요구하는 대중들의 요구를 부당하다고 생각하지는 않지만 군중들의 폭력성과 야만성에는 부정적인 생각을 가지고 있다. 분노로 흔들리는 장인을 모시고 군중들 틈을 빠져나갈 정도의 굳은 의지를 가지고 있지만 시대가 어느 쪽으로 변해가는 지에 대해서는 인정한다.

　장의 아들 토마스 부덴브로크 시의원은 가문의 온갖 어려움을 짊어져야 하는 인물이다. 그는 자기 의지로 산다기보다 아버지와 할아버지가 만들어놓은 틀을 이어받아 배우처럼 살아간다. 그는 낭만적이고 심미적인 취향이 강하지만 집안에서의 위치 때문에 그것을 제대로 드러내지 못한다. 무리하게 어부 골목으로 이사한 것은 그가 단지 수동적으로 움직이는 것이 아님을 보여주지만 가문의 몰락을 가속화시키는 계기가 된다.

　그의 아들이자 마지막 부덴브로크인 하노 부덴브로크는 상인적 자질을 타고나지 않았으며 그런 사람이 되고자 하는 노력을 기울이지도 않는다. 건강한 보통 아이들과는 사귀지 않고 반사회적인 카이 묄른 백작과 사귀며 스스로 병약하고 비실천적인 몽상가의 자질을 타고 났다고 믿는다. 어머니의 기질을 따라 음악에 심취하기도 하며 삶보다는 고통과 죽음을 친근하게 여기는 성향도 있다. 사회에 대한 통찰 능력은 있지만 아무것도 실천하지 못한다. 그나마 가능한 예술의 길조차 홀로 걸어갈 능력과 의지도 없다.

　이처럼 토마스와 하노는 부르주아적 감성을 가진 인물이 아니다. 그들에게는 주어진 가문의 요구를 실행해야 하는 의무를 가지고 태어난 것이 곧 불행의 시작이었다. 다른 토마스 만 소설에서도 자주 볼 수 있듯이, 이 소설에서 기질과 역할 사이의 괴리에서 오는 고통은 인물들의 삶을 파괴할 만큼 크다.

남부 기질과 북부 기질

크리스찬 부덴브로크는 형 토마스와 비교되는 운명을 타고났다. 그는 모방하는 재주는 뛰어났지만 진지함과 끈기가 부족하여 상인 가문에서 제 역할을 하기에는 부족함이 많은 인물이었다. 공부에도 별 재주가 없었고 상인이 되는 훈련도 견디지 못했다. 가족 외의 사람들 앞에서 상인의 신분을 무시하는 발언을 함으로써 집안의 체면을 손상시켜 가족을 화나게 만들기도 했다. 오랜 떠돌이 생활에서 뤼베크로 돌아와서는 자신의 고통을 남에게 호소하고 자신의 병을 관찰하는 데 모든 에너지를 썼다. 어머니가 사망한 후에는 자신의 돈을 노리는 푸로겔과 결혼함으로써 가족과의 관계를 완전히 끊어버리고 말았다. 결국 아내에 의해 정신 병원에 수감되어 쓸쓸한 종말을 맞고 만다.

토마스의 기질은 크리스찬의 기질과 자주 비교되었다. 어릴 때부터 토마스는 사업가와 회사의 장래 소유자로 키워졌다. 토마스의 행동은 일관성이 있으며 합리적인 명랑성이 있었다. 그러나 토마스 역시 아버지나 할아버지처럼 철저하게 건강한 부르주아 시민의 성질을 갖고 태어난 것은 아니었다. 크리스찬과 유사한 성향도 가지고 있었기 때문에 사업가로서의 생활에 완벽하게 적응하고 있다고 말하기 어려웠다. 그럼에도 불구하고 토마스가 자신을 견뎌낼 수 있었던 이유는 가문에 대한 의무감이 남달리 강했기 때문이다. 그는 자신의 내부에 있는 크리스찬(동생)적인 면모는 해로운 것이며 겉으로 드러나지 않게 주의해야 할 필요를 느끼고 있었다.

「이런 모든 반감이 생긴 게 다 너의 게으름과 자학 같은 악덕의 결과이

자 산물이란 말이야! 일을 해봐라! 신세한탄일랑 그만하고! 네가 미쳐
버린다고 해도 난 눈물 한 방울 안 흘릴 거다. 분명히 말해 그런 일은 결
코 일어나지 않겠지만 말이다. 왜냐하면 그건 너 자신 탓이기 때문이야,
오로지 너 자신……」(2권. 249쪽)

「내가 너를 마음속으로 싫어한다면 그것은 너로부터 나 자신을 보호할
필요가 있었기 때문이야. 너라는 존재와 본질은 나에게 위험한 것이었
어. 그건 정말이야.」(2권. 250쪽)

위 예문은 거의 정신적으로 파탄에 이른 크리스찬을 향해 토마
스가 하는 말이다. 토마스는 자기애에 대해 말한다. 육체·정신적으로
허약해 빠진 크리스찬은 그런 자신을 불쌍하게 생각하며 자기를 돌보
아 주지 않는 가족, 특히 토마스에게 노골적으로 섭섭한 마음을 내비친
다. 크리스찬의 이런 자기애는 토마스에 의해 '신세한탄'으로 폄하된다.
토마스가 보기에 그것은 게으름과 자학과 같은 부정적인 성향 때문에
발생한 것으로 순전히 크리스찬 스스로 책임져야 할 성질의 것이다. 위
에서도 그 탓이 '너'에게 있음을 토마스는 반복해 말한다. 하지만 토마
스의 이런 단호함 뒤에는 자신에 대한 불안감이 담겨 있다. 그는 자신을
안전하게 보호하기 위해 타인의 성격을 강하게 부정하는 것이다.
　　이런 토마스와 크리스찬의 '부정적' 기질은 다음 세대인 하노에
게서 더욱 강하게 나타난다. 그는 학교생활에 적응하지 못할 뿐 아니
라 전시 분위기 속에서 점차 남성화되어가는 사회에도 적응하지 못한
다. 오스트리아와의 통일 전쟁, 이어진 보불전쟁에서 승리한 독일의 젊
은이들은 남성적 도덕률에 충성을 바쳤다. 음주와 흡연 능력, 신체적 힘

및 운동 능력이 아주 높은 평가를 받았다. 하노는 이런 환경 속에서 살아가기에 너무 섬약한 인물이었다.

> 난 그게 안 돼. 난 곧장 피곤을 느껴. 잠이나 자면 더 이상 아무것도 알고 싶지 않아. 난 죽고 싶어. 카이! 아니야, 난 아무 쓸모 없어. 난 아무것도 바라는 게 없어. 난 이름을 떨치고 싶은 생각조차도 없어. (중략) 난 망하는 가문에서 태어났대. (2권, 465쪽)

작가는 인물들을 성격이 아닌 기질로 설명한다. 둘을 엄격히 구분할 수 있는 것인지 모르지만, 기질은 습득되는 것이 아니라 타고나는 것이라는 느낌을 강하게 준다. 작가에 따르면 사람은 타고난 기질대로 살아가게 된다. 크리스찬과 하노의 예로 보면 개인의 파탄이나 절망의 원인도 외부에 있는 것이 아니라 내부의 기질에 있다고 볼 수 있다. 윗글에서 하노는 자신이 세상에 적응할 수 없는 기질이라는 사실을 알고 있다. 하노는 자신의 이러한 기질이 망하는 가문에서 태어났기 때문이라 생각한다. 물론 반대일 수도 있다.•

토마스의 여동생 토니 부덴브로크는 두 번의 결혼 실패와 딸의 불행에도 불구하고 부덴브로크 집안을 끝까지 지켜본다. 가족에 대한

• 토마스와 하노가 가진 섬약한 기질은 토마스 만의 다른 소설에서도 자주 볼 수 있다. 「토니오 크뢰거」는 그 대표적인 소설이다. 토니오는 몰락한 영사집 아들이다. 아버지 크뢰거 영사가 죽고 엄마가 이탈리아 음악가와 재혼을 하면서 토니오는 외롭고 고독한 아이로 성장한다. 그는 분수, 늙은 호두나무, 그의 바이올린, 그리고 먼 바다(발트해)등에 들러싸여서 자작시를 쓰는 시인의 심성을 지니고 자란다. 어린 시절부터 자신과 정반대의 삶을 사는 친구 한스와 한스의 여자 친구 잉게의 일상적이고 가벼운 삶을 자신의 삶과 대비하면서 토니오는 예술인의 삶과 일반 시민의 삶 사이에서 끊임없이 갈등을 겪는다.

자부심이 강하지만 허영심 많고 사려 깊지 못한 성격으로 가족에 큰 도움을 주지는 못한다. 그녀는 현실에 대한 이해도가 낮으며 스스로 반성하기보다는 쉽게 현실을 인정하는 인물이다. 두 번의 결혼을 대하는 태도에서 이는 분명히 드러난다. 이야기를 주도하는 인물은 아니지만 가족사의 중심을 잡아주는 역할을 한다.

> 그녀는 거의 영웅적으로 보였다. 〈회사〉라는 한마디가 적중한 것이다. 필경 그륀리히에 대한 혐오감보다도 그 한마디가 더 결정적으로 영향을 끼친 것임에 틀림없었다.
> 「그래서는 안 돼요, 아빠!」 그녀는 완전히 제정신을 잃고 계속 말했다.
> 「아빠까지도 파산하려고 그러세요? 됐어요! 절대 안 돼요!」(1권, 290쪽)

그녀는 아버지 요한 부덴브로크가 이혼을 할 것인지 남편 그륀리히를 도울 것인지를 묻자 위와 같이 답한다. 그륀리히의 파산을 막기 위해 재정적 지원을 할 경우 요한 상사도 파산의 위험에 처할 수 있다는 말을 듣고 그녀는 결심을 분명히 밝힌다. '회사'라는 한 마디가 무엇보다 강한 설득력을 갖은 것이다. 그녀에게 파산은 죽음보다 더 무시무시한 것이었기 때문이다. 재혼을 할 때도 그녀는 가문을 생각한다. "중요한 것은 나의 행복이 아니라 내가 재혼을 하면서 아주 조용한 가운데 자명하게도 나의 첫 번째 결혼의 실패를 다시 만회"하는 것이라 생각한다. "왜냐하면 그게 우리 가문에 대한 나의 책무이기 때문이야. 어머니도 톰도 그렇게 생각하고 있"다고 말한다.(1권, 452쪽)
한편, 어린 시절 토니가 사랑에 빠진 적이 있는 슈바르츠코프는 이 소설에서 정치적으로 진보적인 입장을 취하는 유일한 인물이다. 그는 혁명에 열광하고 구제도의 타파를 역설하는 의대생이다.

> 아, 그것은 아무래도 상관없습니다. 부덴브로크 양! 네, 전 댁의 성을 부
> 르고 있습니다. 그것도 일부러요…… 엄밀히 말하자면 부덴브로크 아
> 가씨라고 부르는 게 더 합당할지도 모르겠군요! 여기 사람들이 가령 프
> 로이센 사람들보다 더 자유롭고, 평등하고, 우애가 돈독한가요? 제한,
> 격차, 귀족주의-여기나 저기나 마찬가지입니다! 댁은 귀족에 대해 공
> 감하고 있습니다. 댁 자신이 바로 귀족이니까요! 네-그래요, 아직 그걸
> 모르셨나요? 댁의 아버님은 위대한 군주이고 댁은 공주인 셈입니다. 댁
> 과 저 사이에는 깊은 심연이 가로막고 있어요. 우리는 댁과 같은 지배적
> 인 가문의 부류에 속하지 않습니다.(1권, 184~185쪽)

부르주아가 귀족에게 그러했듯이 부르주아에 대한 그의 의견 역
시 공격적이고 냉소적이다. 그는 괴팅엔 대학의 학생 조합원이다. 그는
자유를 원한다고 공공연하게 말한다. 거기에 토니는 멋도 모르고 동의
하고 모르텐과 일심동체가 되는 느낌을 받는다. 토니는 자신과 모르텐
의 차이도 분명히 알지 못한다. 그러면서도 모르텐의 열정적인 태도와
지적인 분위기에 끌려 사랑을 하게 된다. 토니와 그의 사랑이 이루어지
지 못한 것은 어찌 보면 당연하다. 남녀간의 사랑에도 계급의 문제가 개
입하기 때문이다. 사랑에 대한 확신이 강하지 못한 토니는 결국 계급적
이익을 따르게 된다.

부덴브로크 외의 사람들도 분명한 자기 기질을 가지고 있다. 토
마스의 부인이자 토니의 친구 게르다 아놀트선은 사치와 우아함을 함
께 가진 인물이다. 그녀는 예술가적인 기질도 가지고 있다. 그녀는 남편

과 아들의 죽음을 대하면서도 격한 반응을 보이지 않는다. 부부 관계 역시 적극적으로 이끌어가지 않는다는 인상을 준다. 함부르크 상인 그륀리히는 못생긴 대다 사기꾼이다. 토니의 지참금을 노리고 결혼하며 애정 없는 결혼 끝에 파산한다. 장인의 이름으로 그것마저 벗어나려 하는 파렴치한이다. 레브레히트 크뢰거 노인은 부덴브로크 영사의 장인이다. 매우 보수적인 사람으로 1948년 혁명 때 민주화를 주장하는 군중들을 헤치고 집으로 돌아가다 사망한다. 바이에른 토박이인 페르마네더는 야심이 없으며 위엄도 없다. 소박한 이 사람의 성향은 북독일 기질에서 보면 이해하기 어렵고 게으를 뿐이다. 돈과 사회적인 평가에서 자유로운 그를 더 인간적이라 부를 수도 있겠지만 부덴브로크 가문의 관점에서는 그렇게 볼 여지조차 없다.

자유롭지만 외로운 시민

토마스 만은 1875년 평의원이며 곡물 상인이었던 토마스 요한 하인리히 만과 율리아 다 실바 브룬스 부부 사이의 둘째 아들로 북부 독일의 뤼베크에서 태어났다. 어머니 율리아는 7살 때 독일로 망명한 부분적 독일계 브라질리안이다. 토마스 만의 아버지가 1891년에 사망하면서 회사는 청산되었다. 그의 형 하인리히 만 역시 소설가였다. 비교적 보수적이었던 토마스 만과 달리 하인리히는 급진적인 사상을 가진 것으로 알려져 있다. 위 이력에서 알 수 있듯이 그의 첫 작품인 『부덴브로크 가의 사람들』은 자신의 가문 이야기에서 발상을 얻은 것으로 보인다. 토마스 만은 이 작품 외에도 『마의 산』, 『파우스트 박사』, 「토니오 크뢰거」, 「베니스에서의 죽음」 등의 인상적인 작품을 남겼다. 그는 사상적인 깊이, 높은 식견, 연마된 언어 표현, 짜임새 있는 구성 등에 있어서 20세기 독일의 최고 작가로 꼽힌다.

『부덴브로크 가의 사람들』은 한 부르주아 가문의 성공과 몰락이라는 커다란 서사를 다루고 있다. 그들은 의기양양하게 멩 가의 집으로 이사 오고, 어부 거리의 커다란 집을 구입하는 동안 전성기를 누린다. 하지만 오래지 않아 그들은 멩 가의 집을 새롭게 떠오르는 자본가에게 팔 수밖에 없는 형편에 이르고, 4대에 걸쳐 유지되던 가업은 후계자 없이 청산된다. 물론 그 집안의 몰락이 북부 독일 경제에 미치는 영향은 미미할 뿐이다. 관세 동맹 이후 독일의 산업은 급속히 발전하게 되고 뤼베크 시는 프로이센 편을 든 덕에 자유도시로서의 지위를 계속 유지할 수 있었다. 오히려 요한 상사의 몰락은 오래되고 무능한 기업의 몰락이란 의미에서, 새로운 시대의 변화에 어울리는 일이었는지도 모른다.

그러나 이 작품에서 중요한 것은 부르주아 가문도 아니고 그들이 유지해온 회사도 아니다. 헤게모니를 쥔 계급으로, 아쉬울 것 없이 만족스러운 삶을 살아가는 듯했던 부르주아의 외로움에 우리는 주목해야 한다. 장이나 토마스 그리고 하노는 가문의 후계자로서 과연 행복했을까? 그들은 자신이 하고 싶은 일을 하고 살았던 것일까? 이런 질문은 그들의 주변 인물들에게도 그대로 적용할 수 있다. 불행한 결혼으로 굴곡 많은 인생을 살게 된 토니, 크리스찬, 고트홀트, 클라라, 에리카 들은 모두 가문의 희생자라고 할 수 있다. 그들은 누구 하나 행복한 인생을 살지 못했다. 비극적 세계관을 기질로 타고난 토마스 만이 바라보는 부르주아 가문의 진정한 문제는 가문의 몰락이 아니라, 개인의 외로움이었는지 모른다.

신흥자본주의와 독일 제국

미하엘 슈튀르머, 『독일제국 1871-1919』, 안병직 역, 을유문화사, 2003.

「독일제국 1871-1919」 표지

현재 독일은 대표적인 선진국에 속하지만 19세기 이전까지는 그렇지 못했다. 같은 유럽 국가인 프랑스와 영국, 스페인이 세계를 호령할 때 독일은 다수의 지방과 도시로 분리되어 응집된 힘을 발휘할 수 없었다. 중세부터 신성 로마 제국이라는 이름을 오래 유지했지만 실제로 강력한 제국은 아니었다. 『독일제국 1871-1919』은 독일 역사상 최초의 통일된 민족국가를 이룬 프로이센의 역사를 다루고 있다.

프로이센은 같은 언어·문화 지역인 오스트리아를 배제하고 독일 연방 국가들을 통일했다. 이어 프랑스의 나폴레옹 3세를 격파하고 베르사유 궁전에서 빌헬름 1세의 즉위식을 거행함으로써 본격적인 제국의 길을 걷기 시작했다. 이 책은 1871년 황제 빌헬름 1세의 즉위부터 제1차 세계대전의 종결까지를 다룬다. 초반에 등장하는 중심인물은 비스마르크이고, 이 기간 동안 독일은 영국과 프랑스에 필적하는 자본주의 국가로 발전했다.

독일의 자본주의화는 과학과 교육을 내세운 위로부터의 근대화로 평가된다. 뒤늦게 제국주의 경쟁에 뛰어든 독일은 선진 자본주의 국가와 경쟁하면서 급기야 전쟁까지 치르게 된다. 그것이 제국주의 전쟁이라 부를 수 있는 1차 세계대전이었다. 많은 학자들은 자본주의 체제 아래에서는 개인과 개인의 경쟁뿐 아니라 국가와 국가의 경쟁도 필연적인 것으로 본다. 자기 것에 만족하지 않고 남의 것을 내 것으로 삼아야 진정한 강자가 되는 것이 자본주의의 속성이기 때문이다.

강미현, 『비스마르크 평전』, 에코리브르, 2010.

토마스 만, 『마의 산』(상. 하), 홍성광 역, 을유문화사, 2008.

토마스 만, 『토니오 크뢰거』, 강두식 역, 문예출판사, 2006.

2. 동유럽
: 사라진 혁명의 시간

새로운 세상을 향한 꿈(우크라이나_『강철은 어떻게 단련되었는가』)

반도를 지나는 제국의 바람(보스니아/세르비아_『드리나 강의 다리』,『옛날 옛적에 한 나라가 있었지』)

장벽 너머의 이념과 인간(독일_『야곱을 둘러싼 추측들』,『나누어진 하늘』)

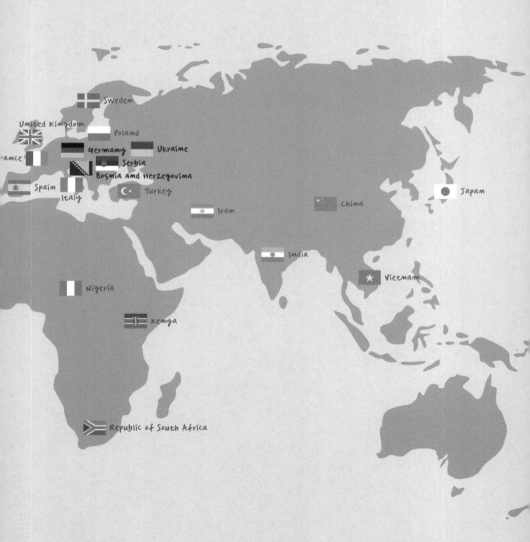

새로운 세상을 향한 꿈

러시아 혁명과 문학

이제 우리는 서유럽을 지나 한때 사회주의 블록을 형성했던 유럽의 동쪽으로 간다. 바르샤바 조약 기구라는 이름으로 뭉쳤던 동유럽 국가들에는 소련, 불가리아, 체코슬로바키아, 동독, 헝가리, 폴란드, 루마니아 등이 포함되었다. 예전에 소비에트 연맹에 속했으나 지금은 독립한 우크라이나, 벨라루스, 발트 삼국, 카프카스 지역 국가들도 넓게 보면 유럽의 동쪽 지역에 속한다고 할 수 있다. 대부분 경제적으로 낙후된 지역이었던 이곳에 사회주의 정부가 서면서 자본주의와 사회주의는 20세기 내내 양극 체제를 이루며 대립하였다.

정치와 경제 분야에서 20세기 초의 가장 중요한 사건은 러시아 혁명이었다. 민중의 힘으로 왕을 끌어내리고, 사회주의를 현실에서 실험할 수 있게 만든 사건이었기 때문이다. 20세기 내내 사회주의는 몇백 년 동안 이어져온 자본주의의 유력한 경쟁자로 위세를 떨쳤다. 비록 지금은 몰락하고 말았지만 그들이 만들어낸 사회주의적 가치, 사회주의의 경험이 모두 역사에서 사라진 것은 아니다. 국유화, 사회보장 등을 포함한 20세기 사회주의 실험의 영향은 실제 사회주의를 경험한 지역 뿐 아니라 그렇지 않은 지역에도 여전히 남아 있다.

일반적으로 러시아 혁명은 1917년 2월 혁명과 10월 혁명을 함께 부르는 말이다. 그러나 넓게 보면, 러시아 혁명은 피의 일요일 사건이 있었던 1905년부터 반혁명 세력을 추출하고 소비에트가 공식 출범한 1922년까지 지속되었다고 할 수 있다. 혁명의 요인으로는 농노제에 기반한 러시아 경제가 갖는 모순과 낙후성, 지식인들의 개혁의지를 받아들이지 못하고 오히려 민중들의 자유를 억압한 전제 정치의 폭압성을 들 수 있다. 러일 전쟁에서 제1차 세계대전에 이르는 전쟁으로 국가의 위상이 떨어지고 민중의 생활이 악화된 것도 혁명의 중요한 원인으로 꼽을 수 있다.

1917년 2월 혁명의 결과 러시아 황제(짜르) 니콜라이 2세가 폐위되었고 러시아 제국은 멸망했다. 당시 혁명에 참여한 이들은 러시아 제국의 수도 페트로그라드의 노동자였으며, 사병들도 혁명에 참여하며 노동자들을 도왔다. 10월 혁명, 혹은 볼셰비키 혁명은 1917년 2월 혁명에 이은 러시아 혁명의 두 번째 단계로 레닌 등이 지도하는 볼셰비키* 들에 의해 이루어졌다. 10월 혁명의 결과 2월 혁명으로 출범한 입헌 민주당 주도의 임시 정부가 무너지고 볼셰비키 중심의 소비에트(노동자, 농민, 군인위원회)로 권력이 집중되었다.

짜르를 몰아냈다고 혁명이 완성된 것은 아니었다. 10월 혁명 이후 혁명을 지지하는 적군과 구체제를 지지하는 백군 사이에 격렬한 내전이 벌어졌다. 적군은 볼셰비키를 지지하는 혁명 세력으로 구성되었지만, 백군의 구성과 배경은 복잡했다. 백군에는 혁명을 반대하는 제반 세력들이 모여 있었는데, 러시아 내의 지주, 군인들은 물론 그들을 후원하는 영국, 프랑스, 미국, 일본 등 제국주의 국가들도 참여하였다. 내전 초기의 전세는 백군에게 유리하게 전개되었다. 비록 혁명에 성공했지만 전쟁 초기 레닌을 중심으로 한 혁명세력의 군사력은 전쟁을 치를 만큼 정비되어 있지 않았다. 반면에 백군은 제정 시대 장교들의 통솔 아래 제국주의 국가들로부터 후원받은 무기로 강력한 전력을 구축할 수 있었다.

하지만 백군에게는 적군이 가졌던 것과 같은 뚜렷한 목표가 없었다. 이들의 목표는 단순히 볼셰비키 정권을 무너뜨리고 과거로 돌아가는 것뿐이었다. 전쟁이 지속되면서 목표 의식이 분명한 적군이 백군을 압박해갔고, 백군을 지원하던 외국의 지원마저 점차 끊어졌다. 과거 제정 시대에 질려있던 노동자와 농민들도 점차 백군에 등을 돌리게 되었다. 결국 크림 반도와 극동 지역에서 끝까지 저항하던 백군 세력은 1922년 이후 러시아에서 완전히 밀려나게 되었다.

니콜라이 오스뜨로프스끼의 소설『강철은 어떻게 단련되었는가』**는 러시아 혁명과 내전을 시대적 배경으로 한 소설이다. 공간적 배경은 내전이 격렬하게 벌어졌던 우크라이나 지역이다. 32살에 요절한 작가의 자전적 요소가 담겨 있는 것으로 알려진 이 소설은 가난한 노동자

●볼셰비키는 블라디미르 레닌이 이끈 러시아 사회민주노동당의 한 분파였다. 멘셰비키나 사회혁명당에 비하여 소수파였지만 10월 혁명 이후 경쟁관계에 있던 정치조직을 누르고 실권을 장악하였다. 이들은 1918년 3월 러시아 공산당으로 명칭을 바꾸고 다시 1925년 12월에 전연방 공산당으로, 그리고 1952년 10월에 소비에트 연방 공산당으로 이름을 바꾸었다.
●●니꼴라이 오스뜨로프스끼Nikolai Ostrovskii. 우크라이나 비리야 출생. 1904년 9월 29일~1936년 12월 22일. 작품으로『강철은 어떻게 단련되었는가』(1934),『눈보라로 태어난 사람들』(1936)이 있다. 이 글의 텍스트는 김규종 번역의 열린책들판(2000)이다.

청년 빠벨 꼬르차긴이 볼셰비키 사상을 배우고 실천하는 과정을 중심으로 전개된다. 그의 영웅적인 삶을 통해 사회주의 건설이 갖는 당위성을 선전하고, 사회주의 건설에 임하는 바람직한 인민들의 자세를 보여주는 것이 이 소설의 주제이다.

이 소설은 대표적인 사회주의 리얼리즘의 성과로 알려져 있다. 사회주의 리얼리즘은 1930년대 소련에서 문학작품을 평가하는 유일한 기준으로 수립된 문학창작의 이론 및 방법이었다. 여기에 따르면 작가는 노동자계급의 세계관에 따른 창작태도를 견지하고, 전형성과 당파성을 작품 내에 구현해야 한다. 계급 없는 사회 건설이라는 목표에 기여하기 위해, 작품은 사회주의에 대한 낙관적인 전망을 제시해야 한다. 주인공은 새로운 사회를 건설하기 위해 장애와 난관에 맞서 분투하는 긍정적이고 적극적인 인물이어야 한다.

동구권 사회주의가 지난 세기의 유물이듯이 현재 사회주의 리얼리즘도 지난 세기의 낡은 유물로 취급되곤 한다. 실제 사회주의 리얼리즘 이론은 기존의 문학관을 철저히 거부하고 문학의 자율성을 심각하게 해쳤다. 주제와 인물에 담긴 노골적인 계몽성은 소설 읽는 재미를 떨어뜨렸다. 하지만 소설 양식도 역사성을 갖는다는 점을 이해한다면 사회주의 리얼리즘 작품에 대해 과도한 거부 반응을 보일 필요는 없다고 생각한다. 소설의 내용뿐 아니라 형식이 사회주의 건설기의 시대 상황을 보여준다고 볼 수 있기 때문이다. 현재가 아닌 미래에 대한 강박, 정치의 전체주의적 성격, 융통성 없는 집단주의적 경제 등이 이 문학 이론에 그대로 반영되어 있다.

혼란의 땅 우크라이나

소설의 배경이 되는 우크라이나는 동유럽에서 러시아 다음으로 큰 영토를 가진 나라이다. 남쪽으로는 흑해, 동쪽과 북동쪽으로는 러시아, 북쪽과 북서쪽으로는 벨라루스, 서쪽으로는 폴란드, 슬로바키아, 헝가리, 남서쪽으로는 루마니아, 몰도바와 접해 있다. 수도는 러시아 문화의 뿌리로 이야기되는 도시 키예프이며, 안톤 체홉의 작품에 자주 등장하는 하리코프는 러시아에 인접해 있다. 키예프를 지나는 드네프르 강은 우크라이나를 동서로 나누며 북으로 벨라루스, 러시아와 연결된다. 동유럽 평원과 이어져 있는 우크라이나의 기후는 온화한 편이다. 공용어는 우크라이나어 및 러시아어이며 러시아어 사용자들은 동남부 지역에 밀집해 있다. 우크라이나의 주민 대다수를 구성하는 사람들은 러시아인, 벨라루스인과 같은 동슬라브인들이다.

우크라이나는 독립된 정치단위로 존재한 경험이 아주 짧고 그나마도 국민들에게 불분명한 기억으로 남아 있다. 그래서 우크라이나인들은 독립적 정치공동체가 가지는 역사적 전통과 이에 바탕을 둔 민족의식을 가진 독자적 민족이 아니라고 보는 사람도 있다. 우크라이나를 러시아와 구분하지 못하는 사람들도 적지 않다. 실제로 우크라이나의 역사는 러시아의 역사와 밀접하게 얽혀 있어 분리하기 어려울 때가 많다.* 우크라이나가 본격적으로 국제 사회에 독립국가로 이름을 알리고 유럽에서 중요한 자리를 차지하게 된 것은 소련 연방이 해체된 이후의 일이다.

●한정숙, 「우크라이나의 역사」, 『우크라이나의 이해』, 씨네스트, 2009, 35쪽.

현재 우크라이나 영토는 과거에 동슬라브인들의 초기 국가인 중세 키예프 공국의 남쪽 지방이었다. 키예프 공국은 현재의 스웨덴 영토에서 온 바이킹들이 세웠으며 내부 분열과 몽골의 침략으로 멸망했다. 우크라이나 땅에는 갈리치아와 볼히니아 두 공국이 그 뒤를 이었다. 두 공국은 합쳐졌다 분열되고 결국은 폴란드에 의해 정복당했다. 17세기 중반에는 우크라이나 중부에 코자크 헤티만국이 세워져 백 년 이상 모스크바 공국의 압력을 견뎌냈으나 결국 폴란드와 러시아에 의해 분할되었다. 이후 폴란드 분할의 결과 이 지역과 주민들은 러시아 제국과 합스부르크 제국의 지배 아래 들어갔다.

　　러시아의 변방으로서 우크라이나는 오랫동안 가난과 불평등에 시달렸다. 18세기 후반 계몽군주를 자처했던 예카테리나 2세는 겉으로 내세운 바와 달리 농노제를 확대하는 정책을 펼쳤다. 그 정책의 가장 큰 피해자는 러시아가 아닌 우크라이나의 농민들이었다. 예카테리나 2세는 자기 총신들에게 우크라이나의 토지를 대규모로 분배하여 주고 그 땅에 살고 있던 농민들과 하층 코자키를 농노로 전환시켰다. 이런 정책으로 평등주의적이었던 우크라이나 사회는 극단적인 신분적 분화를 겪게 되었다.*

　　1917년 러시아 제국이 무너지자 우크라이나인들도 정치적, 민족적 자유를 위해 행동에 나섰다. 10월 혁명이 일어났을 때 키예프 정부는 볼셰비키를 지지하였으나, 우크라이나 민족의 자율성을 둘러싸고 모스크바의 볼셰비키 정부와 갈등을 빚었다. 이에 1918년 1월, 볼셰비키가 파견한 군대가 우크라이나에 진격하였다. 위기 상황에서 중앙 정부는 1918년 1월 25일 우크라이나의 독립을 선언하였다. 볼셰비키가 키예프를 장악하자 키예프 정부는 독일과 오스트리아에 지원을 요청하였다.

두 나라는 대군을 보내 볼셰비키를 몰아냈으나, 중앙 정부가 자신들의 의도에 협조하지 않자 1918년 4월 28일 중앙 정부를 해체해 버렸다.

1919년 우크라이나는 전면적 혼란에 휩싸였다. 우크라이나 민족주의 세력, 볼셰비키, 백군, 독일-오스트리아, 폴란드, 무정부주의자 등이 각기 군대를 동원하여 우크라이나 각 지역에서 전방위 무력충돌을 일으켰기 때문이다. 동 갈리치 ●● 지역에서는 우크라이나인들과 폴란드인들 사이의 충돌이 전쟁으로까지 확대되었다. 볼셰비키 정부에 대한 우크라이나인들의 저항은 부분적으로는 1921년까지 계속되었지만 대세를 돌릴 수는 없었다. 갈리치의 우크라이나인 거주 지역은 폴란드 영토로 남았고, 우크라이나의 나머지 대부분 지역은 소비에트 권력에 흡수되었다.

러시아 내전은 실제로 유럽 여러 국가들이 참여한 국제전의 성격도 띠고 있었다. 러시아인들만이 아니라 독일 제국, 오스트리아-헝가리 제국, 프랑스 제국, 영국, 미국, 오스만 제국, 핀란드, 일본 등이 볼셰비키 정부를 제거하고 제정을 복구하려는 반혁명 전쟁에 참여했기 때문이다. 자본주의 국가들은 러시아를 자본주의 국가로 남겨 공산주의가 확산되는 것을 막으려 하였다. 그들은 볼셰비키가 독일과 단독강화를 맺으려는 것을 우려하였고, 볼셰비키가 연합국에 대한 제정 러시아의 채무를 무효화할지도 모른다는 걱정도 하고 있었다.

볼셰비키의 내전 승리는 사회주의가 동유럽에 안정적으로 정착될 수 있는 기반을 마련해 주었다. 반대로 그들의 승리는 지주 계급이나

●같은 책, 62쪽.
●●우크라이나와 폴란드 국경 지역으로 갈리치 공국이 있었던 곳.

외세뿐 아니라 비러시아계 민족주의 운동의 패배를 의미했다. 타타르인, 바슈키르인 등 독립을 위해 전쟁에 참여했던 많은 민족들의 희망은 내전기간 동안 무너지고 말았다. 볼셰비키는 민족자결을 선포했지만 실제로는 러시아 공산당의 일당독재를 민족주의자들에게 강요했다. 내전으로부터 위풍당당하게 부상한 정치체제의 명칭은 '소비에트 사회주의 공화국 연방'이었지만 소비에트의 역할은 미미했고, 모든 권력은 당에 집중되었다. 공산당원들이 인민위원 소비에트의 모든 관직 그리고 그보다 하위인 정부기구의 요직들을 차지했다. 시간이 지나면서 이러한 권력 집중은 여러 문제를 낳았고, 결국 혁명이 만들어낸 정치체제는 전체주의로 변질되었다.

『강철은 어떻게 단련되었는가』의 주인공 빠벨 꼬르차긴은 노동자 출신의 우크라이나 볼셰비키주의자이다. 이 소설은 철저히 주인공의 관점을 따르고 있다. 소비에트나 당에 맞서는 모든 세력들은 '악'으로 취급된다. 지주, 폴란드 군, 트로츠키주의자 들이 대표적이다. 물론 이러한 주인공의 관점을 지금 받아들이기는 쉽지 않다. 오히려 신념을 향해 온 몸을 던지는 빠벨과 동료들의 열정이 무섭게 느껴지기도 한다. 다시 말하지만 독자는 이 소설이 사회주의 혁명 이후 러시아의 정치–경제가 본격적으로 발전하기 시작하던 1930년대 초 창작되었다는 점을 고려하여 읽을 필요가 있다.

폭풍 속을 달리는 청년

이 소설은 전체 2부로 구성되어 있다. 시간 순서대로 보면 1부는 주인공의 어린 시절에서 시작하여 우크라이나와 폴란드의 평화협정이 체결되는 때까지이다. 이 기간 동안 사회주의 혁명과 내전이 벌어졌다. 2부는 주인공이 사회주의 국가 건설을 위해 온갖 어려움을 헤치고 과업에 임하는 1920년대 후반이다. 레닌의 사망과 스탈린의 권력 장악에서 경제 개발 5개년 계획에 이르는 혼란이 이 시기에 벌어졌다.

공간적 배경이 되는 쉐뼤또프카는 중심지는 도시 모양새를 갖추고 있지만 변두리는 농촌인 작은 읍이다. 주인공 빠벨의 가족은 세무 감독관 집에서 하녀로 일하는 어머니와 노동자인 형 아르쫌이다. 초등학교에 다니던 빠벨은 학교에서 퇴학당하고 어린 나이에 노동을 시작한다. 그는 역 지하의 식당에서 2년간 일하며 노동의 뿌듯함을 느끼지만 세상이 얼마나 부정하게 돌아가고 있는지에 대해서도 알게 된다. 그는 식당에서 일하는 여성들이 손님들에게 돈을 받고 몸을 맡기지 않으면 일자리를 유지할 수 없는 기막힌 현실을 본다. 1급 철물공이 한 달에 48 루블을 받고 자신이 24시간 2교대로 일해 10 루블을 버는 데 어떤 이들은 30-40 루블을 쉽게 팁으로 사용한다는 것도 알게 된다.

어린 시절 노동을 하면서 알게 된 '인생의 심연'은 '계급의식'으로 발전해 그에게 세상을 보는 눈을 열어준다. 그럴 때쯤 "짜르가 폐위되었다"는 놀라운 소식이 작은 도시까지 밀려온다. 하지만 소문 말고 그에게 혁명은 없는 것과 같았다. 시내에는 멘셰비키와 사회민주주의 동맹 지지자들이 새 주인으로 자리 잡았고, 참사회 건물 위에는 새로 붉은 깃발이 걸렸다. 이러한 형식적인 변화 말고 빠벨이나 노동자들의 피부로 느낄 수 있는 변화는 거의 없었다.

11월 들어 '볼셰비키'라 불리는 참호병 출신들이 도시에 나타나면서 빠벨은 변화를 느낀다.

근위병들로서는 전선에서 탈주하는 병사들을 제지하는 것이 벅찬 일이었다. 소총의 연발 사격 소리 때문에 정거장 유리가 자주 깨져 나갔다. 탈주병들은 아주 떼를 지어서 전선으로부터 빠져 나왔는데 총검에 의한 강력한 저지 책동에도 불구하고 그들은 전선을 떨치고 나왔다. 그런가 했더니 12월 초부터는 아예 군용 열차편으로 밀려들기 시작했다.

탈주병들을 저지할 목적으로 근위병들은 정거장에 바리케이드를 쳤다. 그러나 그들은 기관총의 따다닥 소리에 혼비백산하였다. 죽음에 익숙해진 사람들이 차량들로부터 쏟아져 나왔다. 전선에 출정했던 일반 병사들이 근위병들을 시내로 쫓아내버렸다.(35~36쪽)

그는 전선에서 돌아오는 일반 병사들을 보면서 큰 변화가 일어나고 있음을 느낀다. 근위병과 참호병의 싸움은 멘셰비키와 볼셰비키의 싸움을 상징적으로 보여준다. 2월 혁명에 함께 참여했지만 멘셰비키가 조국 방위라는 명분으로 제1차 세계대전을 지지한 데 비해 볼셰비키는 전쟁보다는 노동자 계급의 해방과 공산주의 혁명에 전념해야 한다고 주장하였다. 가난한 노동자인 빠벨의 입장에서는 병사들의 이동이 혁명이 만들어낸 현실적인 삶의 변화로 느껴졌다.

1918년 이후 그의 삶은 혁명에 반대하는 세력들과의 투쟁으로 점철된다. 내전 초기에는 독일이나 폴란드 군을 비롯한 반혁명 군대의 힘이 강하였다. 노동자들은 그들을 약탈자로 보았지만 붉은 군대가 들어오기 전에는 아무런 저항을 할 수 없었다. 정치적으로 독립한 배타적 애국주의는 볼셰비키를 제외한 인민들에게 어느 정도 지지를 얻고 있기도 했다. 러시아와 멀리 떨어져 폴란드-리투아니아, 오스트리아의 영향을 오래 받아왔던 드네프르 강 서쪽의 경우 볼셰비키가 지역을 장악하는 데는 많은 시간이 필요했다.

　이 소설은 반혁명 세력의 부도덕성을 드러내기 위해 배타적 민족주의를 내세운 반혁명 세력의 유대인 학살을 중요하게 부각한다. 소설에는 전투에서 전사자를 낸 기병 중대에서 병사들의 불만을 무마하고 사기를 고양하기 위한 방책으로 한 장교가 학살에 대한 의견을 개진하는 장면이 나온다. 다른 장교들도 부대 내의 불만을 구실로 삼아 학살의 불가피성에 동의하였고, 다음 날 아침부터 약탈이 시작된다. 계급이 아닌 배타적 민족주의를 내세운 세력은 다른 민족에 대한 탄압에 죄책감을 느끼지 않는다는 것이 이 소설의 주장처럼 보인다. 실제로 내전 기간 중의 유대인 약탈은 공공연히 행해진 비밀이었다.

　아직 10대의 노동자인 빠벨에게 계급의식과 볼셰비키의 정당성을 일깨워준 인물은 표도르 주흐라이였다. 주흐라이는 분명하고도 명료하게 그리고 알아듣기 쉽게 자신의 신념을 이야기하는 인물이다. 주흐라이를 통해 빠벨은 〈사회 혁명당〉, 〈사회 민주당〉, 〈폴란드 사회주의자 정당〉 따위의 멋있는 이름들을 가진 여러 정파들이 실제로는 노동자들의 사악한 적이라는 것을 알게 된다. 그리고 모든 부자들에 반대하여 확고부동하게 혁명적으로 저항하며 싸우는 단 하나의 정파는 볼셰비키 정당이라는 것을 깨닫는다.

　볼셰비키가 된 빠벨은 폴란드와의 전쟁이 마무리되자 신경제 건설의 선봉장이 된다. 실제 역사처럼 러시아-우크라이나에서 혁명은 완성되었지만, 인민들의 생활을 향상시켜 줄 경제적 기반은 튼튼하지 못했다. 이를 위해 볼셰비키가 중점 사업으로 추진한 것이 경제 개발 계획이었다. 힘은 약해졌지만 여전히 남아 있는 반혁명 세력은 호시탐탐 볼셰비키의 사업을 방해하기 위해 도사리고 있었다. 빠벨은 이런 어려운 상황에도 불구하고 혼신의 힘을 다해 소비에트를 위해 봉사한 영웅적 인물로 그려진다.

빠벨은 짧은 기간 여러 과업에서 성과를 이룬다. 겨울 난방을 위해 숲에 철도를 놓는 일과 공장 작업 환경을 개선하는 일을 해냈고, 국경 지대의 안전을 지키는 데도 기여했다. 각 과업은 평범한 사람으로서는 쉽게 이룰 수 없는 벅찬 일들이었다. 눈과 추위를 견디면서 땅을 다져야 했고, 근무 태만을 옹호하는 분파주의자들과 대결해야 했으며, 국경 지대의 반혁명 세력과 싸워야 했다. 이런 어려움을 이겨낸 빠벨은 주변에서 영웅으로 대접 받지만 치료하기 어려운 병에 걸리고 만다. 한쪽 눈의 시력을 잃고, 척추 이상으로 온전히 설 수도 없게 된다. 개인에게 닥친 어려움 속에서도 빠벨은 자신의 경험을 후대 사람에게 알리기 위해 글을 쓰기 시작한다. 신체적 장애도 혁명을 향한 그의 불굴의 의지는 꺾지 못한다. 자신의 경험을 담은 자서전적 글쓰기를 통해 그의 영웅적 성격은 완성된다.

긍정적 주인공의 개체 감각

가난하고 배운 것도 별로 없는 빠벨은 노동과 투쟁을 통해 사회주의적 인간으로 성장한다. 노동자 계급의 세계관으로 무장하고 주저함 없이 확신에 찬 행동을 보이며, 개인보다는 계급의 이익을 앞세우는 볼셰비키가 되어 간다. 그가 성장하는 과정은 이 소설의 제목처럼 '강철은 어떻게 단련되었는가'를 보여준다. 그는 논리를 통해서가 아니라 현장에서의 경험을 통해 몸으로 계급의식과 사회주의에 대한 신념을 키워나간 인물이다.

다음은 인간에 대한 그의 생각이다.

인간에게 가장 귀중한 것, 그것은 생명이다. 그것은 인간에게 단 한번만
주어진다. 따라서 인간은 그 삶을, 아무런 목표도 없이 살아온 세월 때
문에 참을 수 없이 아프게 되지 않도록, 비굴하고도 소소한 과거 때문에
불길을 감당하지 못하게 되지 않도록 살아야 하며, 죽음에 이르러서는
다음과 같이 말할 수 있도록 살아야만 하는 것이다. 나의 모든 삶과 모
든 역량은 이 세상에서 가장 아름다운 것, 즉 인간 해방을 위한 투쟁에
바쳐졌노라고. 게다가 우리는 그러한 삶을 서둘러서 살지 않으면 안 된
다. 그 어떤 갑작스런 질병이나 혹은 비극적인 사건이 생명을 멎게 하는
수도 있으니까 말이다.(402쪽)

위 글에서는 '인간 해방'이 살아가는 동안 추구해야 할 가장 아름
다운 가치로 언급된다. 인간의 생명이 중요하다고 하면서도, 생명은 목
표를 향해 온전히 사용할 때 가치 있는 것이라고 말한다. 생명이 멎는
것이 아쉬운 이유는 더 이상 투쟁을 할 수 없기 때문이다. 그에게는 개
인의 생명이 인류 전체의 해방이라는 커다란 목표에 바쳐지는 것이 당
연하다. 빠벨은 이 세상의 모든 부르주아 놈들을 죽여 없애 버리기 전까
지는 여자를 사랑하지 않겠다고 맹세한 바 있다. 그는 모든 사람들을 위
한 하나의 국가가 세워질 것이라 믿는다.

무엇보다 그는 갈등 없는 인물이다. 이 소설의 논리대로 하면 갈
등은 이념에 대한 확신이 없는 사람들에게나 찾아오는 것이다. 그에게
는 분명히 옳은 길이 열려 있다. 이런 인물에게 개인적인 고민이나 미래

에 대한 불안은 끼어들 틈이 없다. 다른 한편 빠벨은 개체로서의 감각을 잃어버린 인물이다. 격렬한 전투로 점철된 나머지 그의 삶은 대중 속에 용해되어 버렸다. 그리하여 모든 전사들처럼 그는 '나'라는 단어를 잊어 버렸고, 오직 '우리' 안에서 사는 사람이 되었다. 그에게는 우리 연대, 우리 기병 중대, 우리 여단과 같은 단어만이 존재한다. 작가는 이를 개인이 위대한 상태에 이른 것으로 이야기한다. 인간 해방을 위해 헌신한 사람이 궁극에 이를 수 있는 수준처럼 묘사한다. 이렇게 하여 빠벨은 사회주의 리얼리즘에서 말하는 긍정적 주인공의 전형이 된다.

이 소설에서는 빠벨과 달리 사회주의에 대한 확신을 갖지 못한 나약한 인간의 모습도 볼 수 있다.

> 네미, 젠장맞을! 난 여기에 단 하루도 더 이상 남아 있을 수 없어! 아니 우리들을 죄나 지은 것처럼 강제 노동으로 내몬 거 아니야. 무엇 때문에 우릴 말이야? 우릴 2주일 동안이나 묶어놨잖아. 그만하면 충분한 거야. 우린 더 이상 바보가 될 수 없다고. 가고 싶은 사람은 가고, 여기서 일하고 싶어하는 사람은 일하도록 내버려 두라, 그 말이야. 원하는 사람은 이 진창 속을 파헤치게 두는 거야. 하지만 내 목숨은 하나밖에 없거든. 난 내일 떠나겠어.(356쪽)

도시에 땔감이 떨어지자 당은 남자들을 모아 숲으로 간다. 숲에서 출발하는 새로운 철로를 놓아 기존 철도와 연결하는 작업을 진행하기 위해서이다. '과업'에 참여한 이들은 한겨울이 닥쳐오는 데 변변한 장비의 지원도 없이 헐벗고 굶주림 속에서 노동을 계속해야 했다. 고된 일에 피로는 쌓여가고 일이 완료될 기미는 보이지 않자 많은 사람들이 집으로 돌아가려 한다. '가정의 안락함'이 주는 유혹을 견디지 못하고 탈출한 사람이 있고, 어떤 이들은 당원증을 반납하고 떠나기도 한다. "한 장의 마분지 쪼가리 때문에 건강을 희생시킬 수는 없"다는 것이 그들의 생각이다. "내 목숨은 하나밖에 없"다는 생각은 '인간 해방'에 최고의 가치를 두고 있는 빠벨의 생각과 대조를 이룬다.

일부의 이런 반응은 빠벨 입장에서 이해되지도 용납되지도 않는다. 당의 과업은 어떤 상태에서도 강제노동이 될 수 없다는 것이 빠벨과 일을 추진하는 이들의 생각이다. 이를 받아들이지 못하는 사람들은 이념과 원칙에 충실하지 못한 나약한 사람들일 뿐이다. 가고 싶다고 과업을 팽개치고 떠나는 이들은 헌신의 의지가 부족한 사람, 나아가 해당 행위자로 취급된다. 혹시 현실에 있을지도 모르는 이런 사람들의 잘못을 교정하기 위해 사회주의 리얼리즘 소설에서는 빠벨과 같은 긍정적 주인공이 강조되는지도 모른다.

그런데 빠벨과 같은 긍정적 주인공은 새로운 사회의 이념을 몸으로 드러내는 인물이기는 해도 복잡한 인간의 내면을 담아내는 인물은 되지 못한다. 누구나 영웅과 같은 의지를 가질 수는 없다는 현실은 차치하더라도, '어려운 여건에도 불구하고' 과업을 이루어야 한다는 주장은 그 자체로 폭력이다. 인간 해방 혹은 바람직한 사회를 꿈꾸면서, 집단 의견에 개인의 무조건적인 동의를 구하는 것도 바람직해 보이지 않는다. 사회주의자들은 목표를 위해 인간을 대상화하는 것이 자본주의의 중요한 특징이라 주장한다. 이를 사물화라 부르기도 한다. 과업을 위해 인간적 조건을 유보하는 이 소설의 상황도 그것과 크게 달라보이지는 않는다.

긍정적 주인공은 강한 계몽적 성격을 갖게 마련이다. 이념형으로 인물상을 설정하고 독자들로 하여금 그 인물에 가까워지기를 강요하기 때문이다. 또, 작가는 이런 인물을 강조함으로써 현실에 대한 부정을 용납하지 않는다. 옳고 그른 것이 분명히 정해진 상태가 아니면 긍정적 주인공은 성립하기 어려운 것이고, 긍정적 주인공의 반대편에 서는 것은 당연히 옳지 못한 일이 된다. 일반적으로 이런 소설의 마무리는 긍정적 주인공의 행위에 정당성을 부여해 준다. 사회주의 리얼리즘에서 주인공은 어떤 의미로든 성공한 삶을 산 사람으로 기록되기 때문이다.

이렇게 보면 사회주의 리얼리즘이나 긍정적 주인공은 요즘 소설에서 우리가 쉽게 접할 수 있는 인물과는 다르다고 할 수 있다. 주지하다시피 소설 인물의 성격은 행위만큼이나 내면에서, 확신보다는 갈등속에서 발견되는 것이다. 역사적 사건 못지않게 일상의 작은 사건이 서사에서 중요할 수도 있다. 의지로 쉽게 해결되는 갈등보다는 이러지도 저러지도 못할 만큼 복잡한 사건으로 괴로워하는 인간의 모습도 현대 소설에는 자주 등장한다. 선과 악의 명확한 구분도 불분명한 것이 일반적인 소설의 특징이다. 사회주의 리얼리즘 소설이 왜 현재까지 이어져 오지 못하는지는 더 이상 설명할 필요가 없겠다.

혁명을 보는 다른 관점

일반적으로 서사는 독자를 하나의 결론으로 이끄는 경향이 있다. 인간과 사건에 대해 다루다 보면 의식적이든 무의식적이든 작가가 개입하게 되고, 작가의 크고 작은 판단이 작품에 드러나게 된다. 이런 경향은 전통적인 사실주의 소설에서 잘 나타나며 우화나 신화와 같은 더 오래된 이야기 형식에서는 더 노골적으로 드러난다. 사회주의 리얼리즘은 큰 중심 서사로 전개되는 까닭에 어떤 소설 못지않게 독자를 하나의 주제로 이끄는 힘이 강하다.

이 소설은 철저히 볼셰비키의 관점을 따르고 있다. 앞서 살펴보았듯이 주인공이 볼셰비키가 되는 과정, 볼셰비키가 되어서 과업을 수행하는 과정이 중요하게 서술되고 있기 때문이다. 하지만 행간을 통해 볼셰비키와 다른 관점의 존재를 읽어낼 수도 있다.

> 격렬하고 무자비한 계급 투쟁이 우끄라이나 전지역을 휩쓸었다. 점점 많은 사람들이 무기를 들었고, 전투가 하나 끝날 때마다 새로운 전투 참가자들이 생겨났다. (중략) 형형색색으로 치장한 뻬뜰류라의 무리가 눈사태처럼 현을 가득 메웠다. 그들은 〈키가 작거나 큰 목사들〉, 〈각종 비둘기들〉, 〈대천사들〉, 〈천사들〉, 〈오만한 자들〉 등으로 불렸는데 그 도당의 수는 셀 수 없을 정도로 많았다.(103쪽)

위 글에서 서술자의 의도는 적들의 힘을 강조함으로서 그들을 물리친 아군의 역량을 돋보이게 하는 데 있다. 그것을 고려하고 보더라도 혁명에 반대하는 세력이 셀 수 없을 정도로 많았다는 점은 사실로 보인다. '다수'라는 뜻을 가진 볼셰비키의 숫자는 실제로 혁명 당시 그리 많지 않았다. 오히려 소수였던 그들은 수적 열세를 만회하기 위해 더욱 강한 이념 무장을 강조했다. 소련 연방이 해체된 이후 연방 내 민족들이 앞 다투어 독립을 선택한 이유도 힘에 눌려 있던 '다수'의 민족주의가 여전히 살아 있었기 때문이다.

실제 우크라이나 민족주의를 내세운 '뻬뜰류라' 무리들은 뚜렷한 군율과 서열도 없이 불분명하게 조직된 세력이었다. 그럼에도 이들은 정치적으로 완전히 독립된 세력으로 한때 우크라이나 전역을 장악하기도 했다. 언어도 우크라이나어를 사용했다. 계급적 관점에서 보면 이들은 노동자 계급의 단일한 헤게모니를 인정하지 않는 민족 부르주아 집단이었다. 그러나 다른 관점에서 보면 이들은 볼셰비키에 종속되기를 거부하고 독립과 자치를 주장한 자연 발생적 민족 집단이었다. 어떤 관점에서 보느냐에 따라 그들에 대한 판단은 충분히 달라질 수 있다. 특히 그들이 우크라이나를 장악할 정도로 강력한 세력이었다는 점에서 그들이 가진 대중적 기반이 결코 허약하지 않았음을 알 수 있다.

한편, 정치 세력의 이념이 어떻든 전쟁을 겪어야 하는 인민들의 삶은 일상이 유지될 때보다 고통스러울 수밖에 없었다.

지금 저는 누구의 초상화를 내다 걸어야 할지 유심히 살펴보고 있는 중입니다. 재수 없게 걸리면 골치 아픈 사건에 휘말리게 되잖아요. 제 이웃인 게라심 레온찌예비치를 아실 거예요. 그 사람이 한번은 제대로 살펴보지 못하고 레닌의 사진을 내다 걸었는데, 아, 글쎄 세 놈이 냅다 그 사람한테 덤벼들었지 뭡니까. 나중에 알고 보니 뻬뜰류라 부대 놈들이었다니까요. 놈들은 사진을 보자마자 〈너, 임자 한번 잘 만났다!〉 하더니 채찍으로 스무 대나 그를 후려갈겼다니까요, 글쎄. 놈들은 〈네 놈의 공산주의자 낯짝을 완전히 벗겨 주겠다. 이 개새꺄!〉라고 말하더군요. 그 사람은 변명도 못하고, 끽 소리 한 번 못 내고 완전히 당해 버린 겁니다.(105쪽)

혁명의 이념이 아무리 훌륭하다 하더라도 모든 사람이 그 이념에 동의할 수는 없다. 이념에 동의하더라도 대부분의 사람들은 소극적으로 혁명의 시간을 견뎌내는 데 만족한다. 며칠 안에 도시의 주인이 바뀌는 상황 속에서 힘없는 인민은 어느 쪽을 강력히 지지하는 '무모한' 행동을 하기 어렵다. 민족주의자들 앞에서 볼셰비키를 지지하거나 볼셰비키 앞에서 민족주의를 지지하는 일은 매우 위험하기 때문이다. 위 글에서처럼 누구의 초상화를 내걸어야 할지 고민하는 사람들에게 이념의 잣대를 들이대는 일은 매우 위험한 폭력이다.

정치 체제나 이념에 대해 제대로 고민해 보지 않은 사람들이 갑자기 선택을 강요당한 예를 우리 현대사에서도 찾을 수 있다. 낮에는 국군 밤에는 빨치산이 총부리를 겨누는 상황에서 살아야 했던 농민들이 어느 쪽을 선택했느냐는 이념의 차원을 넘어서는 문제였다. 한국전쟁 때는 점령군에 맞지 않는 '만세'를 불렀다 목숨을 잃은 안타까운 일도 있었다.

이 소설의 정치적 관점은 좀 더 복잡한 데까지 닿아 있다. 다음과 같이 볼셰비키가 트로츠키주의를 비판하는 데서 우리는 오히려 그들의 권위주의를 읽을 수 있다.

그들은 우리들 볼셰비끼들을 가리켜 당의 딱딱한 제도를 지지하는 자들이며, 자기의 계급과 혁명의 이익을 배신한 인간들이라고 부르고자 하였습니다. 우리 당의 뛰어난, 가장 단련된 분견대이며 영예로운 고참 볼셰비끼 활동가들, 즉 러시아 공산당을 창립하고 키워 왔으며, 황제의 전제 국가가 감옥에 집어 넣어 죽이고 했던 그들을, 세계 혁명을 내세우는 멘셰비끼주의와 뜨로쯔끼와의 가차없는 투쟁을 레닌 동지의 영도 하에 전개시키고 있는 그들을 저 반대파들은 당의 관료주의의 대표자들이라고 몰아 세우려 한 것입니다. 적이 아니고서야 누가 감히 그런 말을 입에 담을 수 있겠습니까? 당과 당기구는 하나의 전일적인 것이 아닙니까?(535쪽)

볼셰비키당 이론가이자 혁명의 지도자인 레온 트로츠키는 역사적으로 경제체제는 일국의 경제로서가 아니라 세계체제의 관점에서 파악되어야 한다고 주장하였다. 이는 스탈린의 일국사회주의론과 반대되는 것이었다. 그는 당의 관료제를 맹렬히 비난하고, 당 안팎으로 보다 민주적인 요소가 도입되어야 한다고 주장하기도 했다. 민주적인 요소란 공장과 당세포에 하층 노동자들이 참여해야 하고 그들의 의견이 더 많이 반영되어야 함을 의미하는 것이었다. 또한 획일적인 당의 운영에 반대하면서 트로츠키는 일반적인 당정책을 지지하는 모든 당원에게는 자유롭게 자신의 의사를 발표할 수 있는 자유가 주어져야 한다고 주장했다.

위 예문은 이러한 트로츠키주의에 대한 비판으로 읽을 수 있다. 볼셰비키의 이론가였던 트로츠키를 멘셰비키와 동급에 놓은 것부터가 바른 관점으로 보이지는 않는다. 트로츠키는 볼셰비키가 권력을 장악한 이후에는 반종파투쟁의 대상이 되었다. 기본적으로 볼셰비키는 당내에서 다양한 의견이 개진되는 것을 허용하지 않았다. 이에 트로츠키는 분파의 자유를 주장하고 권위주의의 위험성을 경고하였다. 하지만 위 글은 "러시아 공산당을 창립하고 키워 왔으며, 황제의 전제 국가가 감옥에 집어넣어 죽이고자 했던" 이들을 관료주의자라고 비판하는 이들을 반대파로 치부한다. 볼셰비키와 다른 의견을 내는 일이 영웅의 권위에 도전하는 '불경'처럼 취급되고 있다. 절대적이고 객관적인 진리를 소유한다고 하는 환상이야말로 전체주의의 뿌리이며, 따라서 사회 변혁을 꿈꾸는 사람이 가장 경계해야 할 반동적인 사고이다.[●] 실제 트로츠키는 스탈린 집권 후 망명을 떠나야 했다. 어느 정치 조직이고 권위주의에 대한 비판을 수용하지 못하면 대중조직으로서의 생명력은 다했다고 볼 수 있다.

자본주의와 다른 미래

홉스봄은 지난 20세기를 '극단의 시대'라 정의하였다. 사회주의 혁명에서 출발하여 현실 사회주의의 몰락까지를 20세기로 보고 자본주의와 사회주의의 극단적인 대립을 이 시기의 특징으로 본 것이다. 다르게 보면 20세기는 자본주의와는 다른 미래를 꿈꾸고 실험한 시기였다고 할 수 있다. 물론 그 실험조차 실제로는 서구와 다른 자본주의였다는 것이 현재의 일반적인 관점이기는 하다. 서구와 대결하기 위해 선택한 스탈린의 독재는 히틀러와 비견되는 전체주의 체제로 평가된다. 동유럽과 중앙아시아를 연방 안으로 흡수하거나 자신들의 지배 아래 둔 일도 순수한 계급적 관점에서 벌어진 일이라 보기는 어렵다.

그러나 여러 가지 비판에도 불구하고 사회주의 혁명이 갖는 역사적 의미가 과소평가될 수는 없다. 노동자 계급을 내세운 정당이 황제를 몰아내고 자신들의 정부를 세웠다는 점은 인류사에 기록될 만한 사건이었다. 제왕의 통치 영토나 민족이 아닌 계급으로 공동체를 상상했

●이유선,「자본주의를 넘어서는 사회적 상상」,『포스트모던의 테제들』, 사월의책, 2012, 27쪽.

다는 점도 획기적인 일이었다. 비록 소련에서의 사회주의는 실패했는지 모르지만, 사회주의의 충격을 받는 서구 세계의 변화만으로도 러시아 혁명의 가치는 충분하다. 러시아 혁명은 거침없이 달리는 불전차 같던 자본주의에 자극을 주었고, 노동자들에게도 인간다운 삶이 보장되어야 한다는 메시지를 전 세계에 던져주었다.

　　앞서 살펴 본 바와 같이 『강철은 어떻게 단련되었는가』는 사회주의 리얼리즘에 기초하여 볼셰비키의 정책이 갖는 정당성과 사회주의 체제의 우월성, 그리고 사회주의적 인간형의 강인함을 선전하는 소설이다. 하지만 여러 세대가 지난 지금 우리는 볼셰비키의 관점을 따르는 일이 매우 낡은 것임을 알고 있다. 짜르를 몰아낸 혁명의 정당성이 또 다른 권위주의에 의해 어떻게 훼손되었는지도 알고 있다. 이 소설에 드러난 볼셰비키의 선전을 통해 어떻게 위험한 권위주의가 싹트게 되었는지도 알게 되었다.

　　긍정적 주인공 빠벨의 삶은 영웅적이기는 하지만 보통 사람들의 삶과는 거리가 있어 보인다. 그가 보여주는 이념에 대한 확신 역시 그리 현실적으로 느껴지지는 않는다. 작가가 비판하는 반대파들이 부정되어야 하는 이유가 설득력 있게 제시되었다고 보기도 어렵다. 소설이 작가의 신념과 주장 이상을 보여주지 못한다는 느낌도 있다. 따라서 이 소설이 체제를 선전하고 인민들의 동의를 얻어내기 위한 정치적 수단이었다는 비판은 매우 정당해 보인다. 그러나 소설이 필요에 따라 정치적 수단이 될 수도 있다고 믿는 이들에게는 이런 비판이 전혀 설득력을 갖지 못한다. 가능한 모든 수단을 동원해 목표를 달성하려 했던 시대에는 이런 소설이 필요했을 수도 있다. 여기서 우리는 소설의 내용뿐 아니라 형식도 역사적이라는 당연한 사실을 새삼 떠올리게 된다.

사회주의 리얼리즘과 문학예술

세르게이 에이젠슈타인 감독, 〈전함 포템킨〉(Bronenosets Potemkin, 1925)

〈전함 포템킨〉 영화 포스터

소련 해체 후 독립한 공화국 우크라이나는 친서방 세력과 친러시아 세력 사이의 갈등으로 자주 뉴스에 등장했다. 이곳은 현재뿐 아니라 과거에도 오랫동안 분쟁의 땅이었다. 지금도 러시아 흑해 함대가 주둔하고 있는 우크라이나 남쪽의 크림 반도는 역사적으로 러시아 남하정책의 상징이었던 곳이다. 에이젠슈테인의 영화 〈전함 포템킨〉은 이 크림 반도를 배경으로 한다.

영화는 혁명 이전의 러시아를 배경으로 민중의 불만과 혁명 의지를 담아내고 있다. 전체 서사는 그리 복잡하지 않다. 제정 러시아 시대인 1905년, 전함 포템킨의 수병들은 장교들의 학대와 열악한 근무 조건에 불만을 품고 선상 반란을 일으킨다. 수병을 공격하라는 장교의 지시를 받은 포병들은 그들에게 불복하고 수병과 동지가 된다. 전함을 장악한 병사들은 오뎃사 항구로 향하고 병사들의 반란 소식을 들은 시민들은 부두로 몰려나온다. 이때 짜르의 명령을 받고 출동한 코자크 군대는 시민들에게 무차별 총격을 가한다. 이에 분노한 시민들은 수병들과 합세하여 짜르의 군대와 싸우며 혁명의 대열에 서게 된다.

실화를 바탕으로 했다고 알려진 이 영화는 영화사적으로 매우 중요한 작품으로 평가된다. 특히 몽타주 기법이 유용하게 활용된 오뎃사 계단 장면은 이후 여러 차례 오마주되기도 했다. 계단 장면은 약 6분 정도 계속되는데, '하강하는 아이가 탄 유모차' 이미지와 '잔혹한 군인들'의 모습이 반복 교차된다. 체제 선전 영화로 폄하하는 이들이 없지는 않지만, 많은 평자들에게 〈전함 포템킨〉은 영화의 발전을 가져온 기념비적인 작품이라는 평가를 받고 있다.

막심 고리키, 『어머니』, 최윤락 역, 열린책들, 2000.

미하일 숄로호프, 『고요한 돈강』(전2권), 맹은빈 역, 동서문화사, 2007.

안나 제거스, 『제7의 십자가』(전2권), 김숙희 역, 시공사, 2013.

반도를 지나는 제국의 바람

동서의 교량 발칸

그리스와 이태리의 고대 유적, 지중해의 맑은 바다, 베르사유 궁전과 몽생미셸 성, 독일과 스웨덴의 자동차, 대영 박물관과 루브르 박물관, 바르셀로나와 프라하, 빈과 베니스. 유럽을 생각하면 우리는 오래된 문화와 교양 있는 사람들, 그림 같은 성과 경제적 풍요를 떠올린다. 유럽에 대한 이런 이미지가 모두 허상은 아니겠지만, 역사를 돌아보면 유럽이 실제 그렇게 평화롭고 풍요로웠던 지역은 아니다. 지난 몇 세기 동안 유럽 사람들의 삶은 먼 곳에서 우리가 막연히 상상하는 것과 많이 달랐다. 그 기간의 큰 전쟁이나 대규모 학살은 주로 유럽 대륙에서 발생했다.

불행한 유럽 역사를 이야기할 때 빠지지 않는 곳이 발칸 반도다. 이탈리아 반도와 아나톨리아(터키) 사이에 위치한 발칸 반도의 여러 국가들에서는 20세기 말까지 후진적이고 비참한 독재와 학살, 전쟁과 살상이 끊이지 않았다. 제1차 세계대전의 방아쇠를 당겼던 오스트리아 황태자 저격 사건을 비롯하여 루마니아의 독재자 차우체스쿠의 폭정이나 보스니아와 코소보에서의 인종 대학살은 세계를 흔들어놓은 대표적인 사건들이었다.

발칸 반도가 처음으로 하나의 정치 세력 안에 들어간 것은 마케도니아 출신인 알렉산드로스 대왕 때이다. 그 후에도 발칸은 로마–비잔틴–투르크 등 외부 세력의 지배를 받았다. 이후 오스트리아–러시아–영국–이탈리아 등이 이 지역의 역사에 개입하였다. 15세기부터 19세기까지는 오늘날의 터키인 오스만 튀르크의 지배를 받았다. 400년에 이르는 오스만의 지배 기간 동안 발칸은 유럽에 위치하지만 동방의 문화가 뿌리내린 이색적인 지역이 되었다. 현재까지도 발칸에는 종교와 음식을 비롯한 동서양의 다양한 문화가 혼합되어 있다.

오스만 튀르크의 힘이 약화되고 유럽 제국주의 세력의 경쟁이 본격화되는 19세기에 이르러 발칸에는 그리스, 세르비아, 불가리아 등 몇 개의 민족국가가 형성되었다. 제1차 세계대전 후에도 몇 개의 독립국이 탄생하였으나, 제2차 세계대전 때 발칸의 대부분은 나치스 독일의 침략을 받았다. 제2차 세계대전 후에는 남쪽의 그리스를 제외한 지역에 사회주의 정권이 수립되었다. 이후 발칸은 50년 가까이 그리스, 불가리아, 루마니아, 알바니아, 유고슬라비아로 나뉘어 있었다. 소련의 힘이 약해지면서 슬로베니아, 크로아티아, 보스니아 헤르체고비나, 마케도니아, 세르비아, 몬테네그로 등 6개 공화국으로 이루어진 연방공화국이었던 유고슬라비아가 해체되었다. 현재도 세르비아 남서부의 코소보 지역은 독립을 주장하고 있는 상태이다.

발칸 지역의 문학이 우리에게 소개된 것은 비교적 최근의 일이다. 이 글에서 다룰 이보 안드리치, 두샨 코바체비치는 구 유고슬라비아 지역을 대표하는 작가들이다. 안드리치는 보스니아 출신의 세르비아인이며, 코바체비치는 세르비아 작가이다. 최근에 소개된 이 지역 작가들의 작품들은 그들의 역사와 밀접한 관계를 가진 경우가 많다. 그러나이 지역의 문학을 본격적으로 평가하기 위해서는 더 많은 시간이 필요할 듯하다.

종교와 인종 그리고 코소보

발칸 반도는 지형상 중앙 권력이 성립하기 어려운 조건을 가지고 있고, 주변에는 강대국들이 많아 역사적으로 많은 침략을 받았다. 알렉산더 제국에 이어 고대 로마가 들어온 후 동로마 제국이 천 년 동안이 지역을 지배했다. 이후에는 몽골의 침략을 받았고 근대 초까지는 이슬람 세력의 지배를 받았다. 발칸은 지금도 유럽에서 유일하게 이슬람교도들이 다수 거주하는 지역이다. 거기에 동로마 제국의 종교인 동방정교와 서구의 영향을 받는 가톨릭을 믿는 지역과 사람들도 존재한다. 이러한 역사적 배경 때문에 발칸 지역의 정치 지형은 종교와 민족 그리고 이념이 얽혀 복잡한 양상을 띠게 되었다.

발칸 하면 우선 떠오르는 것이 종교 분쟁이다. 발칸 반도는 로마 가톨릭과 동방정교, 이슬람교가 만나는 지역으로 세 종교 모두가 나름대로 깊은 뿌리를 내리고 있는 곳이다. 더 중요한 것은 이들 종교의 분포가 민족의 분포와 일치하지 않는다는 점이다. 동방정교는 로마 가톨릭과 구분되는 동로마 제국의 종교로 교황처럼 하나의 중심을 두지 않고 국가 단위의 교회로 발달하였다. 주로 러시아, 우크라이나 등 슬라브 지역에 널리 퍼져 있으며 발칸에서는 세르비아 지역과 마케도니아 지역, 보스니아-헤르체고비나 지역에 퍼져 있다. 이에 비한다면 가톨릭은 서방의 주류 종교라 할 수 있다. 베니치아 공화국과 프랑크 제국 그리고 오스트리아-헝가리 제국의 영향권 아래 있었던 크로아티아나 슬로베니아는 가톨릭 지역으로 분류된다. 이슬람은 소수로 발칸 전역에 고르게 퍼져 있는데 알바니아는 분명한 이슬람 지역으로 남아 있다.

이 지역의 인종 문제도 매우 복잡하다. 구 유고슬라비아 지역은 세르비아 인들이 다수를 차지하지만 알바니아 인, 보스니아 인, 터키 인 등이 복잡하게 얽혀 살고 있다. 루마니아는 언어적으로는 라틴계이나, 인종적으로는 슬라브 족에 가깝다. 남부의 그리스는 문화적으로 고대 그리스의 전통을 계승한다고 할 수 있으나, 인종적으로는 터키-슬라브 등 반도를 침입해온 여러 민족이 섞여 있다. 불가리아 역시 반도의 다른 인종과 구분되는 독자적인 민족적 특성을 유지하고 있다.

20세기 초부터 발칸은 여러 제국 사이에 끼어 많은 전쟁을 겪었다. 오스만 제국이 힘을 잃어갈 무렵 오스트리아-헝가리 제국과 러시아 제국이 발칸을 놓고 경쟁 관계에 놓였다. 하지만 이들은 섣불리 상대방과의 전면 대결을 시도하지 않았다. 이런 가운데 드디어 두 제국의 대리전 양상을 띤 전쟁이 발생하였다. 그것을 일반적으로 1차 발칸 전쟁이라 부른다. 오스만 제국으로부터 보스니아-헤르체고비나를 빼앗은 오스트리아-헝가리 제국에 대해 러시아는 범슬라브주의를 내세워 세르비아 등이 발칸동맹을 결속하게 하였다. 발칸동맹은 1912년 세르비아, 몬테네그로, 불가리아, 그리스 사이에 맺어졌다. 하지만 발칸동맹이 내세운 범슬라브주의는 명분이 없는 것이었다. 실제로 불가리아가 다키아 인의 후예, 그리스가 도리아 인, 이오니아 인들의 후예였기 때문이다. 1912년 10월 '발칸동맹'의 회원국들은 그 당시 서유럽 강대국들의 제지에도 불구하고 오스만 제국에 선전포고를 하였다.

1차 발칸 전쟁 이후 강화조약에서의 영토 분배를 둘러싸고 발칸 동맹 내부에서 대립이 심화되었다. 1913년 6월 29일을 기하여 발칸동맹의 회원국 중 하나였던 불가리아가 돌연 세르비아와 그리스를 공격함으로써 '제2차 발칸 전쟁'이 일어났다. 그로 인해 이번에는 세르비아, 몬테네그로, 그리스, 루마니아에 오스만 제국까지 가세하여 불가리아에 선전포고를 하였다. 그 결과, 불가리아는 주변국들에게 많은 영토를 할양해야 했다.

두 차례의 '발칸 전쟁'에 의해서 발칸 반도 지역 국가들 사이의 대립은 점차 격화되었다. 민족주의에 눈뜬 발칸 반도 지역의 국가들은 이번에는 오스트리아-헝가리 제국 영토 내부의 발칸 인들(슬라브 인, 슬로베니아 인, 크로아티아 인, 보스니아 인)을 회유하는 방법으로 유럽 대륙으로의 영토 확대를 꾀하였다.

발칸의 20세기 초반 역사는 20세기 후반에 다시 반복되었다. 20세기 후반 유럽 역사의 가장 큰 비극으로 기록될 것이 확실한 유고슬라비아 내전-코소보 사태는 발칸의 과거 역사를 모르고는 이해하기 어렵다. 보스니아 내전은 1992년부터 1995년까지 계속되었으며, 약 25만 명이 사망하고 300만 명 이상의 난민을 만들었다. 특히 1995년 7월에는 유엔이 안전지대로 선포한 스레브레니차에서 8000명에 가까운 이슬람계 주민들이 학살되었다. 이는 2차 세계대전 이후 유럽에서 자행된 최악의 학살사건으로 불린다.

발칸의 복잡한 역사와 현재의 문제를 단적으로 보여주는 예를 코소보에서 찾을 수 있다. 세르비아의 코소보 정복과 학살, 나토의 개입과 휴전은 세기가 끝나가는 1998년에 일어났다. 명분에 불과하고 현재를 사는 사람들에게는 무의미할 뿐이지만, 코소보 사태의 먼 원인은 터키의 발칸 지배와 관련이 있다. 1389년 6월 28일은 대세르비아 제국이 멸망한 날이다. 세르비아를 중심으로 구성된 발칸 연합군은 동로마 제국을 밀치고 강자로 떠오른 오스만 제국과 운명을 건 싸움을 벌였다. 그러나 발칸 연합군의 10만 병력은 6만의 오스만 병사들에게 대패를 당하고 만다. 그 전투가 벌어진 곳이 코소보였고, 세르비아는 이후 코소보를 신성한 지역으로 여겼다.

발칸을 점령한 오스만 제국은 이 지역에 대한 자신들의 지배권을 강화하기 위한 정책을 펼쳤다. 아나톨리아의 터키 인들을 이주시키기도 하고, 세르비아 정교도들을 이슬람교로 개종하기 위한 회유책도 썼다. 개종하지 않은 세르비아 인은 이 지역에서 추방되기도 했다. 그 결과 이 지역은 유럽임에도 불구하고 유난히 무슬림들이 많은 지역이 되어 갔다. 인종 구성의 역전도 일어났다. 원래 세르비아 인들의 땅이었음에도 불구하고 코소보의 인구는 세르비아계 1인당 알바니아계 9명의 비율이 되었다. 20세기 말 세르비아는 1389년의 신화를 핑계 삼아 자신들의 '성지'에서 수백 년을 살아온 무슬림-알바니아 인들을 축출하려 한 것이다.

코소보는 이에 맞서 독립을 선언하였으나 곧 세르비아의 군사적 침략을 받았다. 세르비아 대통령 밀로셰비치는 코소보의 자치를 보장하라는 유럽 국가들의 제의를 무시하였다. '인종 청소'라는 무시무시한 이름으로 행해진 세르비아의 코소보 침략으로 약 100만 명의 이재민이 생긴 것으로 추정된다. 나토는 폭격뿐 아니라 지상군까지 투입하여 밀로셰비치를 고립시켰다. 코소보 전쟁이라고도 부르는 이 사건은 발칸 반도에 얽혀 있는 종교문제, 인종문제의 뿌리와 성격을 잘 보여주었다.

터키 시대의 드리나 강

　이보 안드리치의『드리나 강의 다리』*는 보스니아의 비셰그라드 근처 드리나 강에 놓인 실제 다리와 그 주변을 배경으로 한다. 전체 서사를 관통하는 주제나 인물은 없지만, 다리 주변의 역사적 변화와 그 변화 속에서 끈질기게 살아가는 사람들의 다양한 모습을 보여주는 작품이다.

　작가 이보 안드리치는 1892년 보스니아의 작은 마을에서 태어났다. 크로아티아 자그레브에서 대학 생활을 했고 1921년 이후는 외교관으로 세르비아의 베오그라드에서 생활하였다. 구 유고슬라비아 북서부의 세르비아 인 거주 지역과 두루 관련된 삶을 살았다고 할 수 있다. 보스니아는 무슬림을 비롯하여 정교도인 세르비아 인과 가톨릭인 크로아티아 인, 유태인들이 섞여 살고 있는 곳이다. 오랜 터키 점령 기간 동안 이주해온 터키 인들과 개종을 통해 무슬림이 된 토착민도 있어서 이 지역에서는 인종과 종교가 완벽하게 일치하지는 않는다. 보스니아는 이들의 다양한 종교와 그에 맞는 문화가 공존하는 곳이다.

　이 소설은 크게 두 부분으로 나뉜다. 첫 장부터 8장까지는 터키 (오스만 제국)가 지배하는 시기를 배경으로 하고(1516~1878), 9장부터 24장까지는 오스트리아가 지배하던 시기(1878~1914)를 배경으로 한다. 앞부분이 터키 지배하의 전근대라고 한다면 뒷부분은 오스트리아 지배하의 근대라 할 수 있다. 각 장마다 등장하는 인물이 다르고 중심 이야기도 달라서 중심인물과 중심 사건을 꼽기가 쉽지 않다. 특별한 주인공보다는 11개의 아치로 이루어진 다리와 다리 근처에 살고 있는 다양한 사람들의 삶이 그 자체로 주제가 되는 소설이다. 그래서 이 소설은 가감 없는 보스니아 역사의 연대적 기록이라 평가되기도 한다. 시대의 특징을 다리의 역사에 비추어 기술하고 그에 대한 작가의 회한과 감상을 서정적으로 담아내고 있다.

소설은 드리나 강이 건설되기 전의 강가에서 시작한다. 터키 정부에 의해 징집되어 드리나 강을 건너는 소년들에 대한 이야기이다. 다리가 건설되기 전 비셰그라드의 나루터는 어머니와 아이들의 이별이 이루어지는 장소였다. 열 살에서 열다섯 살의 보스니아 아이들은 이 나루를 건너 영원히 돌아오지 못할 타국으로 떠났다. 제국의 중심으로 끌려가는 그들은 터키 인이 되어 자신의 신앙과 고향, 자신의 뿌리를 잃고 살게 된다. 이 강을 건넌 이 중에는 터키 제국의 높은 자리에서 일을 하게 되는 사람도 있었다. 소설 속에 등장하는 소콜로비치라는 마을 출신의 위대한 베지르 메흐메드 파샤는 그런 인물 중 하나였다. 그는 어린 시절 강가에서 이별하던 장면을 잊지 못해 다리를 건설하라는 명령을 내린다.**

다리 건설은 강 주변에 살고 있는 이들에게 큰 고통을 주었다. 아

●이보 안드리치Ivo Andrić. 소설가이자 외교관. 보스니아 헤르체고비나 출생. 1892년 10월 10일~1975년 3월 13일. 작품으로 『드리나 강의 다리』(1945), 『트라브니크의 연대기』(1945)가 있다. 1961년 노벨문학상을 수상하였다. 이 글의 텍스트는 김지향 번역의 문학과지성사판(2005)이다.

●●오스만은 발칸 지역 출신 그리스도교 젊은이들을 징집해 이슬람교로 개종시키고 평생 복무시킨 데브시르메 제도를 시행하였다. 데브시르메 제도로 충원된 군대는 술탄을 호위하는 보병대인 정예병단이었는데 그들은 예니체리라 불렸다.

비다가라는 인정사정없는 관리는 강제로 많은 노동력을 동원했다. 그는 노동자들에게 돌아가야 할 정당한 보수마저 횡령하였다. 이런 터키인들의 공사에 대한 세르비아 인들의 불만은 높아만 갔다. 그러나 아리프베그로 관리자가 바뀌면서 다리는 무사히 완공되었다. 일단 다리가 완공되자 다리에 대한 부정적인 생각들은 사라지고, 다리는 생활의 중심이 된다. 이후 이 지방 사람들은 개인적이거나 가족적이거나 공동의 경험들에 관한 모든 이야기들에서 언제나 '다리 위에서'라는 말을 듣게 된다. 이 드리나 강 위의 다리에서 어린아이들의 최초의 산책, 그리고 소년들의 첫 장난들이 시작된다.

다리의 심장 카피야에서는 많은 일이 벌어졌다. 오래된 다리에는 전설과 미신이 섞여 있었다. 세르비아 쪽과 터키 쪽이 서로 다른 전설을 가지고 있기도 했다. 무엇보다 다리는 좌안과 우안의 삶을 이어주는 역할을 했다. 이슬람과 기독교, 터키 인과 세르비아 인이 섞여 살듯이 강의 이쪽과 저쪽은 서로 오가면서 어울려 살았다.

때로 드리나 강에는 큰 홍수가 일어나 주변의 모든 것이 쓸려갈 때도 있었다. 전염병이 돌아 많은 사람이 죽기도 했다. 그럼에도 다리는 건재했다. 다리가 건재한 것처럼 사람들 역시 그런 일들을 그다지 슬퍼하지 않는 기적 같은 태도로 슬픔을 이겨나갔다.

그렇게 하늘과 강과 산 사이 카사바에서 대를 이어간 세대는 혼탁한 물결이 휩쓸고 간 것에 그다지 슬퍼하지 않는 태도를 터득하게 되었던 것이다. 그곳에서 삶은 끊임없이 닳고 소모되지만 그러면서도 역시 지속되고 '마치 드리나 위의 다리처럼' 단단하게 서 있기 때문에 이해할 수 없는 기적이라는 카사바의 무의식적인 철학이 그들에게 스며든 것이었

다.(117쪽)

19세기 중엽의 몇십 년 동안 터키 제국은 서서히 무너져갔다. 터키 인들은 이제 세르비아의 마지막 도시마저 포기하지 않으면 안 되었다. 19세기 중엽 25년 동안에는 사라예보에 흑사병이 두 번, 콜레라가 한 번 덮쳤다. 당시의 카사바는 사람들이 지나가지 않는 삭막한 곳이 되었다. 그러나 불행은 영원히 지속되지 않는다. 어떤 불행도 잠깐 지나가거나 망각 속에 흩어지거나 자취를 감추고 말았다. 그리고 다리 위에서의 삶도 모든 어려움에도 불구하고 언제나 반복되었다. 다리는 해를 거듭하거나 세기가 바뀌어도, 인간사의 가장 힘겨운 변화들에도 변함없었다. 매끈하고 완벽한 아치 아래 강물이 도도히 흘러가듯이 이 모든 것들도 그 위에서 지나갔다. 이런 강의 모습을 통해 작가는 멈추지 않고 흐르는 역사에 대해 말한다.

오스트리아 시대의 드리나 강

19세기 말 터키 세력이 물러가고 오스트리아가 비셰그라드에 들어왔다. 그들은 보스니아 헤르체고비나를 보호한다는 명분을 내세웠다. 그러나 사람들은 다리에 붙은 그들의 공고문을 보고 침통한 감정을 느꼈다. 공고문을 보면 보호가 아닌 점령군으로 그들이 들어왔다는 것이 분명하였기 때문이다. 그 시절의 분위기를 작가는 두려움으로 표현한다. "입성한 오스트리아 놈들은 복병들을 두려워했다. 터키 인들은 오스트리아 놈들을, 세르비아 인들은 오스트리아 놈들과 터키 인을 두려워했다. 유태인들은 모든 것들과 모든 이들을 두려워했다."(183쪽) 두려움은 드리나 강의 다리에 사는 모든 사람들에 해당하는 문제였다.

　　그러나 작가는 다리에 대한 믿음을 버리지 않는다. 지난 3세기 동안 자신을 버리지 않고 상처나 흔적 없이 남아 있는 이 하얀, 오래된 다리는 '새로운 황제 치하에서도' 그렇게 계속 남아 있을 것이라 말한다. 아무리 '큰 홍수'라도 언제나 이겨내서 본래의 하얀 자태를 드러내듯이 다리는 이번에도 이 격동의 홍수를 꿋꿋이 이겨낼 것이라고 말한다. 작가는 긴 역사로 볼 때 다리를 점령하는 사람들은 바뀌었지만 다리와 그 주변 사람들의 생명력은 더 오래 유지되어 왔다는 점을 강조한다.

　　오스트리아가 다리를 점령한 몇해 후 소설의 첫 장면에서 본 것과 비슷한 징집 장면이 연출되었다. 이번에는 반대쪽에서 징집된 소년들이 오스트리아를 향해 다리를 건넜다. 이 시절에는 "사라예보와 보스니아,/가엾은 모든 어머니들,/자신의 아들을 황제에게/바친다네."라는 노래가 유행했다. 황제가 바뀌었어도 보스니아 입장에서는 별로 달라진 것이 없었다. 어머니들의 서러운 눈물이 나루터가 아닌 다리에 뿌려지는 것이 달라졌을 뿐.

　　다리에도 프란츠 요셉의 평화가 30년 동안 지속되었다. 터키 시대의 선명하고 생생한 기억은 이미 사라졌고 최대한 신질서를 받아들인 젊은 세대가 성장했다. 이 시기 이제껏 알지 못했던 공장들과 기계들이 다리 근처 마을에 들어섰다. 전에도 물론 돈도 있었고 부자도 있었다. 그러나 부자는 흔치 않았고 구렁이가 몸을 감추듯 돈을 감추고 살았으며 권력이나 자기 방어라는 형태로만 자신들의 우월성을 나타낼 뿐이었다. 이 권력과 자기 방어라는 것은 그들 자신에게나 그들의 주위 사람에게나 다 같이 어려운 일이었다. 그러나 이제 부는 향락과 개인적인 만족이라는 형태로 공공연하게 표시되었다. 그래서 사람들은 부의 환상을 눈으로 확인할 수 있게 되었다. 점차 새로운 시대가 열리고 있었다. 오스트리아를 통해 자본주의 근대의 바람이 밀려오게 되는 시기였다.

변화된 시대 특히 돈이 가진 힘에 대한 작가의 묘사는 길게 이어진다. 옛날에는 얻을 수 없었고 멀리 동떨어져 있었고 비용이 엄청나 구할 수 없었던 것들을 이제는 돈이 있고 방법을 아는 사람은 누구나 얻을 수 있게 되었다. 이제껏 깊숙한 곳에 묻어두었거나 전혀 만족을 얻지 못하던 여러 가지 정욕과 식욕과 기타 욕구가 대담하고 공공연하게 추구되었고 전적으로, 아니 적어도 부분적으로도 충족되고 있었다. 강가에는 호텔도 들어섰다. 주변의 풍경과 풍속도 당연히 변화했다.

눈에 띠는 새로운 변화는 민족주의의 발흥이었다. 사라예보에는 세르비아 인들과 이슬람교도들로 나뉜 민족주의 단체가 생겨났고, 다리 옆 도시 카사바에는 그 지부가 설치되었다. 사라예보에서 발행되는 새로운 신문들이 카사바에도 들어왔다. 사람들은 도서실을 만들고 합창단을 조직하였다. 처음에는 세르비아 인, 다음에는 이슬람교도들, 그리고 맨 마지막으로 유태인들까지도 도서실을 만들고 합창단을 조직하였다. 민족주의적이며 종교적인 광범위한 토대와 더불어 대담한 강령을 가진 새로운 이름의 단체들이 계속해서 출현하였고 나중에는 노동자 단체까지 조직되었다. 철도가 부설됨에 따라 여행 시간이 단축되었을 뿐만 아니라 화물 수송도 더 수월해졌는데, 동시에 사건들이 일어나는 속도도 빨라졌다. 세르비아 은행과 이슬람 은행 두 곳이 문을 열었다.

그렇게 1912년 가을이 왔고 발칸 전쟁에서 세르비아 인들이 승리한 1913년이 왔다. 여기서 작가는 민족들의 독립을 말한다. 젊은이들은 유학을 위해 먼 곳으로 떠났다가 돌아오고 민족주의를 설파하고 연애도 하고 논쟁도 한다. 작가는 관념적인 이 젊은이들을 비판하기도 한다. 마침내 드리나 강의 다리에 대한 연대기의 마지막 해인 1914년이 왔다. 그해는 풍년이었다. 사라예보에서 일어난 암살사건은 유럽 전체를 흔들어 놓았다.

오래전부터 이미 어느 누구도 우리에게 물어본 적이 없었고 계산에 넣지도 않았소. 오스트리아 놈들이 보스니아로 들어왔지만 터키 황제도 오스트리아 황제도 우리에게 묻지 않았지. 베그들과 터키의 지주들이 허가를 했는가 말이오? 또 어제까지도 우리의 라야였던 세르비아와 몬테네그로가 반란을 일으켜 터키 제국의 영토를 반이나 빼앗아갔지만 아무도 우리를 거들떠보지 않았지. 이제는 오스트리아 황제가 세르비아를 치는데 역시 우리에게는 묻지도 않고 대신에 총과 군복을 주며 오스트리아 놈들의 앞잡이가 되어 자기네들이 직접 쌰르간으로 가서 뒈질 필요 없이 우리더러 세르비아 인들을 쫓으라는 말이잖아. 자네한테는 이런 생각이 들지 않는단 말이야? 우리에게는 그 수많은 세월 동안 그토록 큰일들이 있었지만 아무도 우리에게 묻지도 않았는데 이제 와서 이런 호의라니 갈비뼈가 튀어나올 일이 아닌가. 내가 자네에게 말하건대. 이것은 아주 커다란 일이니 필요 이상 한쪽으로 쏠리지 않는 것이 상책이야. 이곳 국경에서는 싸움이 시작되었지만 그것이 어디까지 닿을지 누가 아느냐 말이야. 이 세르비아의 뒤에도 누군가가 있어 그렇지 않을 리가 없어.(427쪽)

폭격에 의해 다리가 파괴되고 세르비아 군이 들어왔다. 다리가 건설되던 16세기에서 20세기에 이르는 400년 동안 다리는 튼튼히 강을 가로지르고 있었지만 사람들은 수없이 태어나고 죽었다. 다리가 본 그들의 삶은 기쁨이나 성취보다는 슬픔과 좌절의 연속이었다. 안타까운 것은 슬픔과 좌절을 가져온 원인이 대부분 내부의 문제가 아닌 외부의 문제였다는 점이다. 돈과 장사가 그랬던 것처럼 중요한 일들은 먼 고장에서 믿을 수 없을 만큼 빠르게 변화되고 결정된 것이었다. 주사위가 굴려지는 것도 전쟁이 일어나는 것도 저 먼 고장이었고 이곳 사람들의 운명이 결정되는 곳도 저 먼 고장이었다. 작가는 보스니아가 가진 가장 큰 슬픔이 여기에 있다고 말한다.

사 랑 이 할 수 있 는 모 든 일

두샨 코바체비치는 소설가이자 세르비아를 대표하는 시나리오 작가이다. 『옛날 옛적에 한 나라가 있었지』●는 〈언더그라운드〉라는 영화로 잘 알려져 있는 작품으로, 시나리오를 각색한 것이다. 실제 역사와 가상 역사의 혼합이라는 흔치 않은 형식과 인물들의 독특한 성격 때문에 조금은 낯선 느낌을 주는 소설이다. 인물 성격이 희화화되고 대화가 많고 행동이 과장되어 있어, 매우 야단스럽고 소란스럽게 느껴지기도 한다.

소설은 전체 3부로 구성되어 있는데 각각은 20년 이상의 시간 차

●두샨 코바체비치Dušan Kovačević. 소설가이자 희곡 작가. 세르비아 므르쟈노바츠 출생. 1948년 7월 12일~ . 대표작으로 『발칸의 스파이』(1883), 『옛날 옛적에 한 나라가 있었지』(1995)가 있다. 이 책의 텍스트는 김상헌 번역의 문학과지성사판(2010)이다.

이를 두고 있다. 1부의 첫 장면은 1941년 4월 6일 일요일이다. 파시스트 점령하의 베오그라드에서 파르티잔을 자임하는 츠르니가 만삭의 아내를 버리고 나탈리야라는 배우와 강제로 결혼식을 올리는 장면이 1부의 중심이다. 전기공 출신으로 누구든 마음에 들지 않는 사람에게는 서슴없이 권총을 꺼내는 츠르니는 폭력적이며 고집 세고 위험한 인물이다. "사람들은 독일과 국내의 첩보원보다 츠르니를 더 두려워"할 정도였다. 요란스러운 선상 결혼식에서 나치에 체포된 츠르니는 마르코에 의해 구출 되어 지하 세계로 피신한다.

2부는 1962년 5월 26일, 즉 20년이 지난 후의 시간에서 출발한다. 마르코에 의해 지하로 옮겨진 츠르니와 이전부터 비밀리에 지하에서 무기를 생산하고 있던 사람들은 아직도 나치와의 전쟁이 끝나지 않은 것으로 알고 있다. 마르코는 나탈리야와 결혼하여 지하 입구에 집을 짓고 민족의 영웅이 되어 살고 있다. 지상 세계에서는 츠르니 역시 나치와의 전쟁 중에 죽은 영웅이 되어 있다. 마르코의 동생 이반은 형과 츠르니, 나탈리야의 관계를 짐작하는 유일한 인물이다. 츠르니의 객기와 마르코와 나탈리아야 갈등이 드러난다.

3부는 1992년 베를린 정신병원의 이반으로부터 이야기가 시작된다. 시기적으로는 보스니아 내전이 한참 벌어지고 있을 때이다. 그는 마르코가 지하 세계 모두를 속인 것을 알고 유럽의 지하로 난 길을 통해 베오그라드의 지하로 돌아온다. 결국 마르코를 비롯해 소설에 등장했던 모든 사람들은 죽음을 맞는다.

물론 소설에서 벌어진 상황은 매우 비현실적이다. 특히 2부의 내용이 그렇다. 이 부분에 등장하는 사람들은 발칸의 중심에 있는 유고슬라비아의 성곽 밑 지하실에서 버섯을 재배하고 자전거로 전기를 만들어 살고 있다. 그들은 전쟁의 종식을 알지 못하고 무기를 만들며 여전히 나치가 베오그라드를 지배한다고 믿는다. 게다가 지상으로 통하는 길이 아주 막힌 것도 아니어서, 마르코는 자주 지하를 드나들기까지 한다. 시간을 속이기 위해 마르코가 지하 세계의 시계를 수시로 뒤로 돌리는 일 역시 그럴듯해 보이지는 않는다. 무엇보다 모든 사람이 마르코의 말만 믿고 어둠 속에서의 삶을 그렇게 오래 견뎌왔다는 것은 믿기 어렵다.

하지만 다르게 보면 이런 상황의 설정이 이 소설을 흥미 있게 만든다고 할 수 있다. 지하는 흔히 인간의 무의식에 비유되는데, 이 소설에서도 지하는 지상의 삶이 가진 진실을 보여주는 곳이다. 지하 세계는 마르코를 비롯한 몇 사람의 욕망을 충족시켜 주기 위해 존재하는 공간이기도 하다. 그들은 지상에서의 삶을 유지하기 위해 지하 세계를 유지해야 했다. 마르코는 츠르니의 영웅적 행동을 가로채고 그의 연인을 가로챈 인물이다. 또 지하 세계에서 생산되는 물건들은 지상 세계에서도 쓸모가 있는 것들이어서, 마르코에게 많은 이익을 가져다주었다.

소설의 전체를 관통하는 서사는 여배우 나탈리야를 사이에 두고 벌어지는 마르코와 츠르니의 우정과 배신 그리고 사랑이다.

사진에는 츠르니, 나탈리야와 마르코가 서로를 끌어안고서 웃고 있었다. 그 두 남자는 그녀를 쳐다보고 있었고 그녀는 카메라 렌즈 속에 있는 자신의 모습을 쳐다보고 있었다. 가장 친한 친구이자 결혼대부의 여인을 사랑하는 사내가 무슨 짓을 할 수 있단 말인가? 보통의 사내라면 침묵하고 조용히 괴로움을 견뎌내겠지만, 마르코는, 내가 알고 있는 한에서는, 자기 자신에게 그것을 허락지 않을 것이다 그는 괴로움을 이겨내기 위해 무슨 짓이든 할 것이다. 무슨 짓이든. 정말 무슨 짓이든 말이

다.(394쪽)

　사랑은 사람으로 하여금 무엇이든 할 수 있게 한다지만, 그래도 마르코의 선택은 극단적이었다. 친구를 배신한 것은 물론 동생을 비롯한 수많은 사람들을 태양도 없는 지하에 20년 동안이나 가두어 두었다. 스스로는 전쟁 '영웅'이 되어 칭송을 받지만, 상황이 어려워지자 무기 밀매로 얻은 돈으로 해외 망명을 계획한다. 그의 이런 행동을 설명하는 데 '괴로움을 이겨내기 위해 무슨 일이든 할 수 있는 성격' 때문이라는 작가의 말은 설득력이 조금 부족해 보인다.

　1부에서 마르코와 츠르니는 동에 번쩍 서에 번쩍하는 의적처럼 그려진다. 그들은 자신들을 조국을 억압하는 외세에 대항하는 민족 영웅이라 생각한다. 같은 민족을 위협하고 가끔은 폭력을 휘두르고 돈을 벌기 위해 위험한 모험을 저지르는 것도 다 민족을 위한 행위라는 대의명분으로 합리화된다. 자기를 속이는 행위는 많은 인물들에게서 공통적으로 나타난다. 츠르니는 지하 세계에 있으면서도 나치에 저항해야 한다는 명분을 놓지 않는다. 마르코는 자신의 행위가 모두 사랑을 위한 것이라 여긴다. 나탈리야 역시 줏대 없이 권력 있는 사람 편에 서는 자신의 행위를 약이 필요한 불구의 동생을 위해 어쩔 수 없이 하는 일이라 합리화한다.

　마르코의 이중생활은 부와 명예를 향한 인간의 욕망이 가진 역겨움을 드러내기에 충분하다. 츠르니에게 영향을 주어 공산주의자로 만든 것이 자신이었음에도 불구하고 타고난 강인함과 잡초 같은 성격으로 사건을 주도하는 츠르니의 행동은 마르코에게 질투의 대상이 되었다. 마르코와 츠르니는 무기 밀매를 통해 부를 축적하게 되는데 이 과정에서 그들은 무기 밀매자, 도둑들, 강도들과 협력하는 관계가 된다. 마르코의 이러한 욕망은 그를 강제노역에 시달리던 주민뿐 아니라 츠르니까지 속이는 완벽한 이중생활로 이끈다.

　　조국을 나치의 손아귀에서 벗어나게 하기 위해 어려움을 참아내며 무기를 생산하는 이들과 그들을 이용해 부를 축적하는 마르코의 관계는 민중과 정치인에 대한 비유로 보이기도 한다. 그럴듯한 명분을 내세우면 그 명분에 희생되는 쪽은 언제나 힘없고 가난한 민중들이다. 하지만 불온한 욕망을 가진 사람들에게 명분은 수단에 불과한 경우가 많다. 인류 역사는 지도자의 그럴듯한 말이 얼마나 많은 사람들을 희생시켰는지 잘 보여주고 있다. 마르코 역시 그런 지도자 중 하나로 느껴진다.

　　지하 생활이라는 우스꽝스러운 상황은 우연히 발사된 탱크의 포탄에 의해 깨진다. 포탄에 의해 지하실과 지상을 잇는 문이 열리게 되고, 20년 동안 지하에서 살던 츠르니와 그의 아들 요반은 이 틈을 타서 지상으로 탈출한다. 그들은 지하를 벗어나자마자 여전히 진행되고 있는 것으로 믿는 나치와의 전쟁에 나선다. 마르코의 동생 이반도 이 와중에 잃어버린 원숭이 친구 소니를 찾아 지하실을 떠난다. 이들이 탈출한 후 지하 세계는 마르코의 다이너마이트 폭파로 인해 사라지고 만다.

　　시간이 흘러 노인이 된 이반은 지하실의 모든 사람들이 마르코에게 속아왔다는 것을 깨닫고 베를린 정신병원을 탈출하여 집으로 돌아온다. 지하실 폭발로 인해 불구가 된 형 마르코는 자동차 안에 앉아 분노에 찬 이반이 휘두르는 막대기에 맞아 죽고, 동생 역시 보스니아 내전에 참가한 어느 군인들이 쏜 총에 맞아 죽게 된다.

　　이 소설은 집시 악단의 시끌벅적한 음악으로 시작해서 다시 음악으로 마무리된다. 선상에서의 결혼식 장면은 그 소란스러움의 절정이라 할 수 있다. 작가는 결코 가볍지 않은 주제를 위트와 해학을 통해 전달해준다. 과장된 행동을 하는 과격한 불한당 츠르니나 이중생활을 하며 갈등을 겪는 마르코의 행위만이 웃음을 자아내는 것이 아니다. 지상 세계의 현실 자체가 쓴 웃음을 자아내게 한다. 츠르니가 탈출할 때, 지상에서는 마르코의 회고록을 바탕으로 한 영화를 찍는 중이었다. 마르코의 회고록 내용은 대부분 츠르니의 행적을 도둑질한 것이었다. 그 안으로 지하에서 탈출한 츠르니가 뛰어든다. 지상에서 마르코는 전쟁 영웅이 되어 있는데, 츠르니는 여전히 전쟁을 치르고 있는 것이다. 과거 밀매상에 불과했던 무스타파가 전쟁 이후에 정치 고위층의 자리에까지 오른 것은 마르코조차 화나게 하는 일이었다.

소설의 인물들은 처참한 상황에서도 유쾌함을 잃지 않는다. 등장인물들은 고문을 당하고 수없이 다친다. 사람이 든 가방 속에서 폭탄이 터지는 일도 있다. 그러면서도 소설은 처참하다는 인상을 주지 않으며 인물들은 그런대로 잘 살아간다. 이 소설이 "1990년대 중반 보스니아 내전에 휘말려 있던 세르비아 인들에게 종교와 문화적, 역사적 경험이 다른 여러 민족들이 서로 화합하며 살아가던 과거 사회주의 시절의 유고슬라비아를 떠올리며 진한 향수를 느끼게 해주었다."●는 평가는 처참한 현실을 유쾌하게 그려낸 소설의 특성과 무관하지 않다.

이 소설의 시작과 끝이 전쟁이라는 점은 주목할 만하다. 예전 유고슬라비아 지역의 역사를 열고 닫는 것이 전쟁이라는 점에서 그럴듯한 설정이라 할 수 있다. 그리스를 제외한 발칸 반도의 나라들이 냉전기간 동안 소련의 영향을 받는 사회주의권으로 분류되었지만 유고슬라비아는 비동맹권의 대표적인 국가로 남아 있었다. 자본주의 사회에 대해 반발하고 있었지만 소련과도 일정한 거리를 두고 있었다. 그 중심에는

2차 세계대전 파르티잔 활동의 영웅이었던 티토의 카리스마가 있었다. 그는 세르비아 중심의 발칸 지역을 하나로 묶어둘 만큼 강한 상징성을 띤 인물이었다. 오랫동안 정권을 쥐고 있었기에 부정적 평가가 따르기도 하지만, 그의 집권 기간 유지되던 비동맹 노선은 큰 영향력을 가지고 있었다. 세르비아는 그 중심에 있었고, 유고 연방의 해체를 끝까지 막으려 했던 국가였다. 『옛날 옛적에 한 나라가 있었지』라는 제목이 주는 느낌처럼 이 소설은 혼란스럽고 고통스러웠던 시절이지만 그럼에도 불구하고 하나가 되어 축제처럼 지내왔던 과거를 그리워한다. 그것이 세르비아를 제외한 다른 민족들에게 어떤 느낌으로 다가올지는 다른 문제이지만 말이다.

운명은 먼 곳으로부터

지금까지 구 유고슬라비아에 속했던 발칸 지역의 소설 두 편을 살펴보았다. 구체적인 역사를 다루고 있지만 둘의 성격은 매우 달랐다. 한 편은 역사처럼 사실의 기록에 충실한 데 비해, 다른 하나는 터무니없는 상상력을 발휘하고 있었다. 하지만 두 소설 모두 발칸의 역사를 애정 어린 시선으로 바라보고 있으며, 전쟁을 중요한 제재로 사용하였다.

『드리나 강의 다리』는 강에 다리가 건설되던 1516년에 시작하여 제1차 세계대전이 시작되는 1914년까지의 역사를 다룬다. 대부분의 시기 오스만 제국이 발칸을 지배했고, 19세기 후반부터는 오스트리아 제

●김상헌, 「옮긴이 해설」, 『옛날 옛적에 한 나라가 있었지』, 451쪽.

국이 이 지역을 지배했다. 이 소설은 제국의 지배가 피지배자들에게 미친 다양한 영향과 시대의 변화를 다룬다. 많은 인물이 등장하고 장마다 중심 이야기도 달라서 이 소설에서 특별한 주인공을 찾기는 어렵다. 강에 놓인 다리와 그가 지켜 본 역사, 다리 근처에 살고 있는 다양한 사람들의 삶이 모두 소설의 주제가 된다.

『옛날 옛적에 한 나라가 있었지』는 나치가 발칸을 점령한 1941년 4월에서 시작하여 보스니아 전쟁이 한창이던 1992년에 끝난다. 시기적으로 티토의 유격대 활동 시기부터 유고슬라비아의 해체 시기까지를 시간적 배경으로 한 셈이다. 공간적 배경은 현 세르비아의 수도인 베오그라드의 지상과 지하이다. 중심인물인 츠르니, 마르코, 나탈리야의 애증 관계가 여러 가지 사건을 만들고, 결국 그들의 삶을 파국으로 이끈다. 처참한 현실과 기괴한 인물이 비상식적인 행위로 환상적인 이야기를 만들어내지만, 이 소설 역시 발칸의 인간과 역사에 대한 깊은 관심과 애정을 보여준다.

순수하게 역사를 주체적으로 끌고 가는 사람이나 민족은 없다고 할 수 있다. 스스로 자신의 의지로 미래를 개척해 간다는 식의 선언이 가진 미덕이 없지 않지만 실제로 그것이 현실에서 실현되는가는 다른 문제이다. 그렇다고 해도 타인이나 타민족의 영향에 의해 운명이 정해지는 것은 억울한 일이다. 발칸은 유난히 외부의 바람을 많이 탄 지역이었다. 주변의 강한 세력들이 언제나 확장의 교두보로 생각한 반도라는 점에서 과거 한반도의 운명과 유사한 면도 있다.

아시아, 아프리카, 남아메리카에서는 발칸과 같은 사례가 아주 흔하다. 사실은 지금도 지구의 많은 지역의 운명이 외부의 보이지 않는 힘에 의해 결정되곤 한다. 과거의 강한 국가는 영토의 확장을 통해 이익을 얻었는데 비해 지금은 경제적 이익을 위해 굳이 물리적으로 그은 국경을 허물지 않을 뿐이다. 이미 자본에게 국경은 허물어진 지 오래이다. 여전히 물리적인 침략을 앞세우는 경우가 없지는 않지만, 그들은 총칼 대신 문화라는 이름으로 벽을 무너뜨리고 이익을 얻는다. 눈에 보이지 않지만 우리의 운명을 흔드는 힘은 여전히 먼 곳에 존재하고 우리는 그 존재조차 모른 채 살아가고 있다.

유럽의 화약고 발칸 반도
재스퍼 리들리, 『티토―위대한 지도자의 초상』, 유경찬 역, 을유문화사, 2003.

『티토』 표지

동구권이 해체되기 전까지 발칸 반도의 서쪽 지역은 유고슬라비아라는 연방공화국으로 묶여 있었다. 사회주의 국가였던 유고슬라비아에는 세르비아, 몬테네그로 외에도, 보스니아 헤르체고비나, 크로아티아, 마케도니아, 슬로베니아 등이 포함되어 있었다. 대부분의 동유럽이 소련과 긴밀한 관계를 맺고 위성국가라는 오명을 쓰고 있었던 데 비해 유고슬라비아는 사회주의를 내세우고도 소련과 다른 노선을 걸었다. 이 연방의 중심에는 티토라는 인물이 있었다. 『티토』는 그의 생애를 다룬 평전이다.

대외적으로 티토는 소련뿐만 아니라 미국에 대해서도 비동맹정책을 실시했다. 이러한 중립정책을 추구하는 동안 그는 인도의 네루, 이집트의 나세르와 협력하여 25개국이 참여한 비동맹회의를 소집했다. 히틀러에 저항한 파르티잔 시절부터 저항운동의 지도자로 그가 보여준 결단력, 적응력, 도덕적 열정, 강인한 체력, 유머 감각 등은 독립 후 30년 이상 유고슬라비아에 안정된 체제를 제공했다.

유고슬라비아는 1980년 티토 사망 이후 민족분규로 연방 해체의 길을 걸었다. 크로아티아, 슬로베니아, 마케도니아, 보스니아 헤르체고비나가 차례로 독립하였고, 연방의 중심이었던 세르비아 내부에도 여전히 민족 문제가 남아 있다. 연방의 해체와 함께 티토의 자취도 발칸 지역에서 조금씩 사라져 갔다. 이 책은 그가 사망한 이후의 유고슬라비아를 다루면서 역으로 티토의 출생과 성장 그리고 그의 정치역정을 소개하고 있다. 물론 그가 살았던 시대와 주요 인물들에 대한 이야기도 빠뜨리지 않는다.

다니스 타노비치 감독, 〈노 맨스 랜드〉(No Man's Land , 2001)

야스밀라 즈바니치 감독, 〈그르바비차〉(Grbavica, Grbavica: The Land Of My Dreams, 2005)

야스밀라 즈바니치 감독, 〈그녀들을 위하여〉(For Those Who Can Tell No Tales, 2013)

에밀 쿠스트리차 감독, 〈언더그라운드〉(Underground, 1995)

장벽 너머의 이념과 인간

독 일 의 분 단 문 학

　20세기의 마지막을 특징짓는 중요한 사건으로 베를린 장벽의 붕괴를 꼽는다. 1917년 러시아 혁명의 영향에 의해서 형성된 세계는 1980년대 말에 산산조각 났고 베를린 장벽의 붕괴는 그것의 강력한 상징이었다. 장벽이 무너진 몇년 후 동독과 서독은 통일을 이루었으며 이후 동독이라는 나라는 지구에서 영영 사라지고 말았다. 베를린 장벽이 상징하는 동서의 대결은 단순히 유럽의 한 도시에 한정되지 않았다. 장벽의 소멸은 나토와 바르샤바 조약기구의 대결 구도 자체가 해소되는 역사의 큰 변화를 의미했다.

　그런데 우리는 베를린 장벽이 무너지는 장면에는 익숙하지만 어떤 과정을 통해서 장벽이 만들어지게 되었는지에 대해서는 잘 알지 못한다. 외교적으로도 벽이 무너지기 전까지 장벽 저쪽에 가려진 세계에 대한 관심은 별로 크지 않았다. 자본주의 국가에 살고 있는 우리에게 자본주의의 승리로 여겨지는 베를린 장벽 붕괴는 반가운 뉴스였겠지만,

독일의 분단이나 분단 당시 상황에 대해서는 특별히 관심을 가질 이유가 없었는지 모른다. 장벽 저쪽의 삶에 대해 궁금해 하는 것이 마치 죄가 되는 것처럼 여겨지던 시절도 있었다.

지난 세기 말까지 독일은 몇 안 되는 분단 국가였다. 그들은 동서의 대결이 벌어지는 전선에서 각기 다른 이념을 택하고 다른 미래를 설계했다. 동쪽은 소련의 영향 아래 사회주의 국가 체제를 택했고, 서독은 미국의 영향 아래 자본주의 국가 체제를 택했다. 서독이 마셜 플랜 아래서 지속적인 경제 발전을 이루었던 데 비해 동독은 선전하던 바의 사회주의 낙원을 달성하지 못했다. 역사적으로 우리는 서독과 우호적인 관계를 유지했으며 동독과의 관계는 소원했다. 동독을 철의 장막 아래 갇힌 어둠의 국가 정도로 취급했고 대중에게 공개된 그들의 정보도 부족했다.

독일의 분단도 우리나라의 경우처럼 제2차 세계대전 막바지에 급하게 결정되었다. 독일 국민에게도 분단은 큰 충격이었음에 틀림이 없다. 우리처럼 내전을 겪지 않았고 생사확인조차 어려운 철저한 단절을 겪지는 않았지만, 독일 분단 역시 당사자들이 원한 것은 아니었다. 전범국의 힘을 약화시킨다는 명분은 있었지만, 전후를 지배했던 이념 경쟁과 진영 논리도 분단에 중요 원인이 되었다.

우리처럼 독일에서도 분단 문학으로 분류되는 작품이 다수 창작되었다. 여기서 우리가 관심을 갖는 것은 동독 작가들의 작품이다. 『야콥을 둘러싼 추측들』*을 쓴 우베 욘존과 『나누어진 하늘』**을 쓴 크리

●우베 욘존Uwe Johnson. 현재는 폴란드에 속하는 포메른 지방의 카민 출생. 1934년~1984년. 대표작으로 『야콥을 둘러싼 추측들』(1959), 『기념일들』(1970)이 있다. 이 글의 텍스트는 손대영 번역의 민음사판(2010)이다.

스티나 볼프는 독일의 분단 문학을 대표하는 작가로 꼽힌다. 두 작가 모두 분단 이후 동독에서 작가로 활동했는데, 우베 욘존은 1950년대 말 동독을 떠났고 크리스티나 볼프는 동독 체제 안에서 작품 활동을 계속하였다.

　　두 작품 모두 분단이 평범한 개인에게 미친 영향을 다루고 있다. 사랑하는 사람이 서쪽을 선택해 떠난 이후에 동쪽에 남아 있는 주인공의 심리와 행동이 섬세하게 그려져 있다. 이 과정에서 당연히 어느 체제를 선택할 것인지와 관련된 개인의 갈등도 드러난다. 사랑하는 사람의 선택과 자신의 가치 판단 사이에서 갈등하는 인물들은 각각의 체제가 가진 장점과 단점을 냉정히 돌아보게 된다. 동-서독의 선택이 단순히 이념의 문제가 아니라 생활의 문제이자 가치관의 문제라는 점을 강조한다는 것도 두 소설의 공통점이다. 또 독일 분단 이전의 역사인 파시즘 전쟁이 독일 역사에 미치고 있는 영향도 중요하게 다룬다. 전쟁을 겪은 세대와 이후 세대의 차이도 소설 속 인물을 이해하는 데 중요하다.

　　무엇보다 두 작품이 우리의 관심을 끄는 이유는 이들을 같은 분단 조건 아래서 창작된 우리 문학과 비교할 수 있다는 데 있다. 『광장』에서 『태백산맥』에 이르기까지 우리나라에서도 주목할 만한 분단 문학 작품들이 창작되었다. 직접적인 비교는 곤란하겠지만 분단이라는 상황에 대응하는 양쪽의 문학 양상을 비교해 보는 일은 흥미로워 보인다. 반대로 다르게 나타나는 분단에 대한 반응을 통해 두 국가의 분단 양태가 어떻게 다른지 생각해 보는 일도 재미있으리라 생각한다.

패전과 분단 그리고 베를린 장벽

제2차 세계대전이 끝나고 승전국들은 기존 통일 국가를 인위적으로 갈라놓는 외교 정책을 시행했다. 전쟁 당시에는 같은 연합국이었던 미국과 소련이 전쟁 후에는 자본주의와 사회주의라는 대결 축으로 변하였고, 그들 사이의 긴장을 완화하기 위한 조치로 접경지대 국가를 분할하게 된 것이다. 분단 정책은 차츰 영향력을 확대해가던 사회주의에 대한 자본주의 진영의 방어 전술로 이해할 수도 있다. 전쟁에서 참호를 파고 서로 대치하며 상대방을 감시하고 긴장을 조성하듯 분단국가를 통해 긴장을 조성 또는 완화하겠다는 의도였다. 전쟁이 끝나자마자 유럽에서는 독일의 분단이 이루어졌고 아시아에서는 한반도의 분단이 이루어졌다. 시기적으로는 좀 이후지만 베트남의 분단 역시 중국이라는 사회주의권을 견제하기 위한 자본주의 진영의 정책이었다. 분단이 자본주의 진영의 정책이었다는 점은 패전국 일본이 아닌 한반도를 분단 대상으로 삼은 것과 동독 외의 독일 세 지역이 연방을 구성하게 된 것으로 확인할 수 있다.

전범국이자 패전국인 독일은 미국, 영국, 프랑스, 소련의 4대 강국에 의해 분할되었다. 분할된 각 지역은 군사적으로 점령되었고 각 점령국은 독자적으로 점령지에 대한 결정을 내릴 수 있었다. 이때 미국과 소련은 독일의 미래에 대해 다른 생각을 가지고 있었다. 소련은 전쟁 배

●●크리스타 볼프Christa Wolf. 독일 란츠베르크 출생. 1929년~2011년. 대표작으로『나누어진 하늘』(1963),『크리스타 T에 대한 추념』(1968)이 있다. 이 글의 텍스트는 전영애 번역의 민음사판 (1989)이다.

상금을 통해 소련의 경제력을 미국과 동등한 수준으로 끌어올리려 했고 그를 통해 자신들의 영향력을 동부 유럽으로 뻗으려 했다. 미국은 자본주의 경제체제 및 서구식 민주주의 체계를 독일에 정착시키려 하였다. 독일 내에서는 소련이나 미국의 정책에 동조하는 세력과 중립국으로 남으려는 세력이 공존하였다. 결국 소련은 독일을 완충지대로 만드는 일이 실패로 돌아가자 동부 독일을 인민민주주의, 즉 소련식 체제로 개편하고자 했다. 미국은 경제 지원을 통해 소련 점령 지역을 제외한 서쪽을 연방으로 묶어 서구 사회에 편입시켰다.

독일의 수도이자 상징적 의미가 큰 도시 베를린은 국토 동쪽에 치우친 도시였기에 소련의 점령 지역 아래 들어가게 되었다. 미국, 영국, 프랑스는 독일의 다른 영토와 마찬가지로 베를린을 4개국이 공동으로 관리해야 한다고 주장했다. 독일의 수도였다는 중요성 때문에 이런 주장이 받아들여지고 서쪽 베를린은 동쪽 독일 안의 섬으로 존재하게 되었다. 이런 특징 때문에 베를린은 오랫동안 동쪽과 서쪽을 오갈 수 있는 가장 용이한 지역이었다. 동독 주민들의 서쪽을 향한 이탈이 심해지자 동독에서는 1961년 8월 13일에 베를린 시내에 장벽을 설치했다. 장벽은 처음에 45km의 철조망으로 설치되었으나, 얼마 후에는 그 길이가 150km까지 늘어났다. 철조망은 이내 붉은색 벽돌로 된 두꺼운 콘크리트 벽으로 바뀌었다. 이후 30년 가까이 베를린 장벽은 동서 냉전의 상징물로 존재했다. 1989년 11월 냉전체제가 정리되고 사회주의권이 붕괴됨에 따라 동서 대립의 상징이던 베를린 장벽은 철거되고 현재는 브란덴부르크 문을 중심으로 약간의 벽만이 기념물로 남아있다.

분단 이후 서쪽 지역과 동쪽 지역은 정치 체제 및 경제 체제에서 다른 길을 걸었다. 서독은 1948년 이후 시장 경제를 활성화시켰다. 소비자들의 요구를 충족시키는 물자는 풍족했으며 중앙은행의 조정에 의한 통화의 안정은 저축과 투자를 촉진시켰다. 무엇보다 마셜 플랜●에 의한 대규모의 미국 원조가 국내 자본 형성에 유리하게 작용하였으며, 동방으로부터 유입된 난민은 풍부한 예비 노동력을 제공하였다. 서독은 노사 간의 화합, 효율적 관리로 전후 유럽 각국의 생산성 저하를 극복할 수 있었다. 1950년에 발발한 한국전쟁은 새로운 경제적 자극제가 되어 독일 연방을 발전시키는 데 중요한 역할을 하였다. 그렇지만 1955년까지 서독은 완전한 주권 국가는 아니었다. 하원을 통과한 결의안도 연합국 최고사령관의 서명을 받아야 했다. 1954년 파리 조약 이후에야 서독은 연방 공화국으로 주권을 승인 받았으며 서독 정부가 독일의 유일한 정부로 인정받았다.

동독은 서독과 달리 중앙 통제 경제를 채택하였다. 중앙 통제 경제는 소련이 경제의 후진성을 극복하기 위해 1930년대에 채택한 강제적 산업화 모델이었다. 강압적인 중앙 통제 경제와 그로 인한 주민들의 탈출은 동독의 경제에 심각한 타격을 입혔다. 베를린 장벽을 세운 이후에는 동독도 노동력의 이탈 없이 보다 안정적인 경제 정책을 세울 수 있었다. 그런데 애초부터 소련보다 공업화가 앞섰던 독일에 소련의 제도를 그대로 적용한다는 것은 앞뒤가 맞지 않은 시대착오적 발상이었다.

●마셜 플랜의 정식 이름은 유럽 부흥계획(European Recovery Program)이다. 정책 제창자인 미 국무 장관 조지 마셜의 이름을 따 흔히 마셜 플랜이라 부른다. 미국의 후원으로 제2차 세계대전 후의 서–남유럽의 경제를 재건하여, 민주주의 국가들이 살아남을 수 있는 안정된 조건을 만들고자 세운 계획(1948~1952)이었다. 이 계획에 따라 영국, 프랑스, 이태리, 서독, 네덜란드에 집중적인 경제 지원이 이루어졌다. 미국의 지원은 경제협력으로 시작했으나 이후에 안보협력으로까지 나아가는 기반을 만들었다.

전후 동독의 경제가 발전하지 않은 것은 아니지만 서독과의 비교에서는 우월성을 확보하기 어려웠다. 무엇보다 서독에게는 경제를 도와줄 튼튼한 서구 파트너가 있었지만 동독에게는 든든한 파트너가 없었다. 그나마 존재하는 파트너도 시장 경제가 활성화되지 않아 높은 효율성을 기대하기 어려운 파트너였다.

개인의 가치관과 정치 현실

우베 욘손의 『야콥을 둘러싼 추측들』은 1956년 가을 동부 독일 예리효에 살았던 야콥에 관한 이야기로 독일 문학에서 분단이라는 주제를 다룬 최초의 작품으로 평가된다. 이 소설은 동·서독의 분단이라는 문제를 야콥이라는 개인의 죽음을 통해 비극적으로 드러낸다. 비록 서베를린이 가끔 배경으로 등장하기는 하지만 대부분의 사건이 이루어지는 곳은 동독 지역이며 사람들도 동독인들이다.

이 소설은 주제가 갖는 의미뿐 아니라 형식의 새로움으로 큰 반향을 일으켰다. 작가는 야콥의 죽음이라는 분명한 사건을 전후하여 벌어진 일들을 표현하는 데 매우 복잡한 서술 형식을 동원하고 있다. "대화-독백-서술자 서술"의 형태를 반복해서 사용하고 있는데, 누가 서술의 주체인지 확인하기 어려운 부분도 많다. 부분에 따라서는 사건이 누구의 관점에서 설명되는지 사건에 대한 설명을 신뢰할 수 있는지 분명하지 않다. 시간적 배경은 1956년 가을 무렵 약 두 달 동안인데 시간 순서대로 기술되지 않아 사건의 선후를 판단하기도 쉽지 않다.

사건의 순서대로 재배열하여 이야기를 정리하면 다음과 같다.

동독 정보국의 롤프스는 서독의 미군 사령부에서 통역으로 일하는 게지네 크레스팔을 스파이로 포섭하기 위해 공작을 편다. 처음에 그는 게지네를 딸처럼 돌봐준 야콥의 어머니 압스 부인을 만나는데, 그녀는 신변의 위협을 느끼고 서독으로 도망간다. 롤프스는 다음으로 엘베 강변의 도시에서 철도원으로 일하는 야콥에게 접근하여 그녀를 동독으로 초청하게 한다. 헝가리 봉기가 있던 1956년 10월 23일 게지네는 야콥을 찾아오고 둘은 감시를 피해 예리효의 집으로 간다. 그러나 둘은 어디에서도 감시를 피할 수 없음을 깨닫는다. 야콥은 그녀를 서독으로 돌려보내기 위해 롤프스에게 도움을 청한다. 롤프스는 게지네와 베를린에서 다시 만나기로 약속하고 그녀를 서독으로 돌려보낸다.

한편 동베를린 대학 영문과 조교인 요나스는 동독 사회주의의 개선에 관한 글을 쓰려고 한다. 그는 베를린에서 만난 게지네에게 첫눈에 반해 예리효에 있는 게지네의 고향 집을 찾아온다. 그는 같은 날 서독으로 떠난 어머니 관련 서류 처리를 위해 예리효로 온 야콥을 만난다. 야콥은 일을 마치고 일터로 돌아가고 요나스는 좀 더 머물며 글을 쓴다. 이후 요나스는 반체제 인사로 간주되어 직장을 잃는다. 요나스는 야콥에게 원고를 맡기러 다시 그를 찾아간다. 야콥은 게지네를 만나러 서독으로 가는 길에 친구 외헤에게 그의 원고를 맡긴다. 서독에서 어머니와 게지네를 만난 야콥은 서독에 남으라는 두 사람의 설득에도 불구하고 동독으로 돌아온다. 1956년 11월 짙은 안개가 낀 어느 날 새벽, 직장으로 돌아온 야콥은 출근길에 선로에서 사고로 목숨을 잃는다.

야콥은 전쟁 중에 어머니 압스 부인과 함께 포메른에서 예리효에 왔다. 포츠담 협정 이후에도 그들은 고향으로 돌아가지 않고 가져온 세간을 팔아 예리효에 정착하였다. 야콥은 7년 전 발트 해 연안의 보잘

것없는 도시 메클렌부르크에서 독일 제국 철도에 들어왔고, 현재 관할인 엘베 강 북쪽 근무지 대부분에서 수습사원과 사무원, 조수로 일하고 있었다. 야콥은 건실한 철도 공무원 이상도 이하도 아닌 사람이었다. 그런 평범한 사람에게도 분단은 어김없이 영향을 미치고, 자유로운 선택의 권리를 빼았는다. 게지네가 서방으로 가면서부터 야콥에게 분단의 영향은 피할 수 없는 운명이 되었다.

어느 날 롤프스가 찾아왔을 때 야콥은 다음과 같이 생각한다.

> 그는 자신의 삶을 바쳐 애쓰면서 살아왔는데 결국 이렇게 되어 버린 것이었다. 지금 세상은('시절'은) 개인이 자기 삶을 꾸려 갈 수 있는 힘은 적고, 오히려 자신이 시작하지도 않은 일에 대해서 책임을 지도록 되어 있다. 이제 그는 규정과 습관에 따라 일터와 하숙집 사이를 오가며, 그렇게 살아갈 수 있다는 것에 가끔 놀라게 된다. (중략) 야콥은 자신이 지금처럼 일상생활에서 가끔 사라지는 일에 대해서 누구한테도 말하지 않겠노라고 천천히 그리고 또박또박 자기 이름을 적어 서명했다.(66쪽)

개인이 자기 삶을 꾸려 나갈 여지가 적은 시대를 긍정적으로 보기는 어렵다. 야콥은 이념에 대해서는 큰 관심이 없는 사람이다. 자신이 해야 할 일과 거기에 따르는 책임에 대해서만 생각하는 보통 사람이다. 그럼에도 불구하고, 아니면 그렇기 때문에, 자신이 감시당하는 현실을 받아들이지 못한다. 오히려 이런 세상에서 일상을 유지하면서 아무렇지도 않게 살아갈 수 있는 것이 더 이상하다고 느끼기도 한다. 하지만 그는 비밀리에 정보요원을 만나 무언가 대화를 나눌 것에 동의한다. 그것이 게지네에 대한 정보와 연관되리라는 것을 모르지 않지만 그로서는 거부할 수도 없다.

　그가 동독을 떠나지 못하는 데는 그의 집과 직장이 동쪽에 있다는 것이 결정적 이유로 작용한다. 그는 오랫동안 일한 철도 업무에 자부심을 가지고 있으며 젊은이들이 서쪽으로 떠나 노동력이 감소하고 있는 현실을 안타까워한다. 그는 자신이 사직하면 다른 사람들이 자신을 대신하기 위해 얼마나 어려움을 겪을 지도 생각할 줄 아는 사람이다. 자신이 일을 버리고 떠난다면 결과적으로 자신이 누군가에게 불친절하게 구는 것이기에 자신은 그만둔다는 말을 할 수 없다고 생각한다. 집의 경우도 마찬가지이다. 전쟁이 끝났을 때 함께 고향을 떠났던 사람들은 고향으로 돌아갔지만 그의 어머니는 세간을 팔고 요리사로 취직하여 예리효에 정착했다. 야콥도 어머니와 자신에게 새로운 삶을 열어준 이 도시를 떠나기가 싫었다.

　이 소설에서 야콥은 특정 이념을 깎아내리거나 특정 이념의 우월성을 선전하지 않는다. 그 역할은 지식인에 속하는 요나스나 게지네에게 돌아간다. 게지네가 통역을 할 만큼 영어에 능한 지식인이고 요나스가 대학 조교인 데 반해 야콥은 어린 시절부터 철도에서 뼈가 굵은 노동자이다. 그러기에 야콥이 보는 세상은 구체적이고 현실적이다. 그는 노동자의 눈으로 동서의 현실을 어느 정도 냉정하게 바라본다.

　　그들은 뉴스에서 헝가리 폭동이 진압되었다는 소식을 듣는다. (중략) 그녀는 핸들 위로 몸을 굽혀 기대고 창밖에 가늘게 내리는 잿빛 비를 바라보면서 고개를 갸웃한 채 아나운서의 목소리에 귀를 기울였다. 아나운서는 영국과 프랑스 군의 이집트 상륙이 임박한 것 같다는 최신 뉴스를 전했다. "상륙할 거야." 그녀는 화를 내며 말했다. 야콥은 올려다보지 않고 다만 어깨를 으쓱했다. 일전에 그녀는 그렇게 되면 더 이상 사령부에서 일하지 않겠다고 선언했다.(353쪽)

소련의 헝가리 침공과 영국의 이집트 상륙이 공교롭게도 11월 초 비슷한 시기에 벌어졌다. 이 두 사건은 분단에 대한 두 사람의 인식에 결정적 영향을 미친다. 위의 예문은 두 사건에 대한 게지네의 반응을 주로 보여주고 있지만, 야콥 역시 소련군이 철도를 이용해 헝가리로 진입하는 장면을 직접 목격한다.

스탈린 사후 조금은 완화된 소련의 중심에서 벗어나기 위해 동구권에서는 자유를 향한 시위와 개혁이 이어졌다. 그 대표적인 사건이 헝가리 혁명이었다. 1956년 10월 23일 부다페스트에서는 자유를 갈구하는 시민들이 공산당 독재와 공포 정치에 항의해 반정부 시위를 벌였다. 시위대는 복수 정당제에 의한 총선거, 소련군 철수, 표현과 사상의 자유, 정치범 석방 등을 요구하였다. 이에 헝가리 정부는 너지를 수상으로 임명하여 정치범 석방, 비밀경찰 폐지, 소련군의 부다페스트 철수를 발표하고, 헝가리의 바르샤바 조약기구 탈퇴와 중립화를 선언했다. 헝가리의 이러한 움직임에 대해 소련은 11월 4일 탱크 1,000대와 병사 15만 명을 헝가리에 투입해 너지 정권을 힘으로 무너뜨렸다.

영국과 프랑스의 이집트 상륙은 수에즈 운하 소유권을 놓고 벌어진 사건이었다. 1956년 7월 이집트 나세르는 영국군이 이집트를 철수한 한 달 만에 전격적으로 수에즈 운하를 국유화하고 거기서 생기는 수입으로 댐 공사를 하겠다고 선언했다. 영국은 주저 없이 군사적 응징을 결정했다. 프랑스 역시 나세르를 응징하기 위해 전쟁에 참여했고 이스라엘이 추가로 참여하였다. 이를 흔히 수에즈 전쟁이라고 부른다. 이스라엘의 시나이 반도 침략에 이어 11월 5일부터는 영국과 프랑스 공수

부대와 해상 수송부대가 이집트에 상륙하고 운하를 향하여 진격했다.

종전 이후 체제 경쟁을 하고 있던 동서 진영이지만 그들은 자신들이 영향력에서 벗어나려는 '괘씸한' 나라들을 기꺼이 군사력으로 억눌렀다. 내세우는 이념과 상관없이 자신의 이익을 위해 폭력을 휘두른다는 점에서 양쪽은 하나도 다를 것이 없었다. 위의 두 사건을 통해 많은 사람들이 서독의 뒤를 받치고 있는 서방이나 동독의 뒤를 바치고 있는 소련이 크게 다르지 않다고 생각하게 되었다. 야콥 역시 동서로 나뉘어 경쟁하는 것이 무의미하다는 생각을 갖고 있는 사람 중 하나였다.

서독에 남게 되는 게지네나 동독으로 돌아가는 야콥 모두 자기 선택에 대한 확신을 가지고 있지는 않았다. 1956년 사건은 그들이 몇 년 동안 품어온 동서독에 대한 의심을 확인시켜 주는 역할을 하였다. 그래서 독자들은 이 소설 곳곳에 드러나는 것처럼 과연 야콥은 왜 죽은 것인가에 의문을 던지게 된다. 7년 동안 근무하던 철길에서 기차에 치여 죽는 일이 어떻게 가능한가도 의심하게 된다. 같이 일하던 철도 노동자들 역시 야콥이 죽은 이유를 잘 알지 못한다. 누구는 그가 건너다니던 철길에서 사고를 당한 것을 납득하지 못하지만 누구는 그날 유난히 안개가 짙었다며 사고를 납득하려 든다. 그가 동독으로 돌아온 이유가 그렇듯이 그의 죽음에 대해서도 추측만이 가능할 뿐이다.

이념과 가치, 거대 담론의 시대

이 소설은 흔한 첩보영화처럼 개인에게 자행된 감시와 그러한 탄압에 못 견뎌 저항하는 사람들의 긴장감 넘치는 이야기는 아니다. 오히려 자신의 터전을 떠나지 않고 자리를 지키고 있는 사람들의 심리를 잔잔하게 다룬 소설이라 할 수 있다. 어느 체제를 선택하느냐에 대해서도 생각만큼 큰 의미를 두지 않는다. 야콥의 어머니 압스 부인과 게지네가 서독으로 간 상황에서 야콥은 서독으로 가지 않는다. 많은 젊은이들이 동독을 떠났고, 야콥에게도 떠날 기회가 있었지만 그는 다시 동독으로 돌아온다. 요나스 역시 마찬가지이다. 그는 스탈린 사후에 벌어진 동구권의 일시적인 자유 분위기에 맞추어 동독의 개혁 방안에 대한 글을 쓰지만 그것이 문제가 되어 직장을 잃고 감시당하는 처지에 놓인 사람이다. 그럼에도 불구하고 그는 서독으로 탈출하지 않는다.

이들의 행동을 이해하기 위해서는 이 소설이 창작된 시기가 동구권의 사회주의 실험이 시작된 지 10년이 지나지 않은 때였다는 점을 고려해야 한다. 주지하다시피 사회주의는 자본주의 모순을 극복하기 위한 체제였다. 실제로 자본주의의 과잉 경쟁과 소외 그리고 식민주의는 수많은 모순과 문제를 야기했다. 자본 자체가 가치가 되는 자본주의와 달리 사회주의는 인간이 가치가 되는 사회를 건설한다는 목표를 세우고 있었다. 사회주의의 이러한 이념은 자본주의와 그들의 전쟁인 제2차 세계대전을 겪은 이들에게 설득력을 지닐 만한 것이었다.

이 소설의 인물들은 서로에게 왜 서독으로 가지 않느냐는 질문을 자주 한다.

젠장. 그는 이렇게 생각했을지도 몰라. 사회주의가 전후 젊은이들한테는 좋은 새 출발인데, 팔 년 후에 이곳을 떠나야 하느냐고 말이야. 그리고 예를 들어 사회 진보라는 의미에서 사회주의적 잉여 가치가 더 올바르고, 이러한 관점에서 베를린행 기차표는(나한테는 출국 허가서와 비행기 표

지.) 역사적 퇴보라고 말이야. 그렇지 않을까?(184쪽)

"넌 왜 서쪽으로 안 가? 거기엔 게지네도 있고 학계에서도 다시 일하게
해 줄 텐데……?"
"그건 공화국을 탈주할 이유가 안 돼. 그건 기차역에서 마중 나와서 안
녕하세요, 오셨군요, 하고 말한 다음에 적당하게 대접을 해 주고 새 출
발을 지원해 주는 데 불과한 거야. 하지만 나는 그곳에서 살아 나가야
한단 말이야." 요나스가 정중하게 말했다.(306쪽)

첫 번째 글은 롤프스의 질문에 대한 요나스와 게지네의 대화이
다. 질문의 내용은 "그동안 당신은 어째서 서쪽으로 가지 않았습니까?"
이다. 롤프스는 야콥 어머니의 서독행에 대해서는 "왜 그녀는 서독으로
갔습니까?"라고 묻기도 한다. 두 물음은 그것 자체로 모순이 된다. 여하
튼 이에 대해 지식인 요나스는 사회주의가 전후 젊은이들에게 좋은 새
출발이라고 말한다. 전쟁을 일으킨 자본주의 세계로 돌아가는 것이 퇴
보이며 아직 사회주의가 8년 밖에 되지 않았다고 말한다. 물론 감정 섞
인 반응을 통해 그가 완전히 확신을 가지고 한 말이 아니라는 점을 알
수 있다.
두 번째 글은 야콥과 요나스의 대화이다. 요나스는 서독을 방문
해 본 경험이 있고 그곳에 잘 섞일 만한 사람이다. 또 그곳에서 직업을
얻을 수도 있었다. 요나스는 새로운 도시에 살아보고 싶은 욕망이 없지
는 않지만 사는 도시를 바꿨을 때의 새로움이나 매력이 새로운 시작을
할 만큼 충분하지 않다는 생각을 한다. 위 글에는 동독을 벗어났을 때
자신이 처하게 될 현실에 대한 생각도 담겨 있다. 서쪽이 자신을 환영해

주는 것은 마치 예의를 갖춘 적당한 인사에 가까운 것이지 그것이 자신의 생활까지 보장해 주는 것은 아니라고 생각한다.

자본주의의 친절에 대한 요나스의 비유는 여러 가지를 생각하게 한다. 그는 버스의 친절은 절대로 승객을 위한 것이 아니라고 느낀다. 서독의 친절은 고객에 대한 서비스처럼 보이고 동쪽에서 온 방문객의 눈에는 굉장히 놀라운 일이기는 하지만 거기에 속아 넘어가서 자유 경쟁이라는 원칙이 과잉 생산 위기나 대량 해고, 군비 확장, 전쟁과 같이 썩 유쾌하지 못한 결과를 가져올 수도 있다는 사실을 망각해서는 안 된다고 한다.

동독에 남아 있는 많은 사람들은 서쪽으로 가지 않느냐는 질문을 왜 여기 남아 있느냐는 질문으로 고쳐야 한다고 생각한다. 그들은 "가치 법칙은 옳고, 또 사회주의는 현재 상태에 머물러 있지 않을" 것이라는 기대를 가지고 있다. 여기서는 앞서 야콥의 경우에서 확인한 바와 달리 체제의 선택에 이념이 강력한 영향을 미치고 있음을 확인하게 된다.

그러나 가치에 대한 이러한 순진한 확신을 실현하기 위해서는 다른 무엇이 필요하다. 이를 정치라고 할 수 있는데, 정치가 꼭 이념을 그대로 실현하는 것은 아니다. 실제 역사 속이나 소설 속 동독은 젊은이들이 생각하는 이념을 만족스럽게 실현했다고 보기 어렵다. 낙후된 경제 등 다양한 문제가 원인으로 제기될 수 있을 것이다. 그 원인이 무엇이든 그 결과는 가치 혹은 대의에 대한 강박으로 나타났다.

롤프스의 생각으로 읽히는 다음 부분은 그 강박의 일단을 보여 준다.

우리에게 찬성하지 않는 자는 우리에게 반대하는 자이며 진보라는 관점에서 불의이다. 지금 우리가 던지는 질문은 우리에게 찬성하는 자가 누구인가 하는 것이지, 짙은 안개 낀 하늘 아래 지면 습곡(褶曲) 사이 어둠에 싸인 마을에 깃든 이 밤이 네 마음에 드는가 하는 것이 아니다.(225쪽)

진보에 대한 희망이 모든 것을 앞서던 시절이 있었다. 자신이 가진 이념이나 가치관을 확신에 찬 목소리로 주장하고 그것에 대한 의심을 죄악으로 여기던 시대였다. 세상을 큰 틀로 설명할 수 있고 그런 만큼 큰 틀 안에서 세상을 변화시키는 것도 가능하다고 믿던 시대였다. 무엇보다 진보를 확신한 사람들은 그것을 가로막는 반동적 사상과 행동을 기꺼이 단죄할 준비가 되어 있었다. 위 예문에서는 '찬성하는 자'와 '반대하는 자'를 명백히 나누고 있다. 자신들에게 반대하는 자들은 진보에 반대하는 자들이고 그런 이유에서 불의라고 정의한다. 진보를 위해서는 찬성하는 자가 누구인지를 아는 일이 중요하다. 진보라는 이념 아래 감상이나 취미는 마땅히 물어야할 중요한 질문은 아니라고 말한다. 이는 진보에 대한 강박이라 불러도 좋을 듯하다.

이러한 강박이 가진 문제점을 아는 순간 자기 체제에 대한 회의가 찾아온다. 서독으로 떠난 게지네는 진보에 대한 사회주의의 강박을 씁쓸하게 읽어낸다.

"우리는 정말 완강하게 진보라는 대의에 헌신하고 있어요." 크레스팔은 아마 진보라는 대의에 대해 옹호할 만한 것을 하나도 찾지 못했을 것이다.(왜냐하면, 대체 그게 무엇이란 말인가?) 하지만 완강하게 헌신하고 있다는 것에 대해서는 미심쩍은 생각이 들었다. 완강하게라는 말은 사회주의 국가 권력이 적에 대하여 썼던 단서이고, '호전적인', '아는 체하는', '어리석은', '쓸모없는'과 같은 의미이기 때문이다. 하지만 헌신한다는 말은 사회주의 국가 권력이 다른 부분에 대하여, 그러니까 일단 사회주의로 들어선 길에 대하여 동요하지 않고 일할 의지를 갖고, 지칠 줄 모르게, 확신에 차서, 당 지도부의 지시를 따르는 주민들과 전 세계의 노동 계급에 대해 썼던 것이다. 그러면 (크레스팔은 생각했다.) 요나스가 완강하게 헌신한다고 말한다면 그것은 대체 무슨 의미였을까? (중략) 그리고 요나스는 자신이 속한 나라의 정부밖에는 생각할 수 없기 때문에, 가끔 나무만 보고 숲은 보지 못했다. 그가 얼마나 똑똑한데, 그럴 수 있을까?(208쪽)

위 예문은 요나스에 대한 게지네 크리스팔의 반응이다. 우선 그녀는 '진보라는 대의'가 무엇인지 의심한다. 그리고 '완강하게 헌신'한다는 말의 의미도 다시 생각해 본다. 무엇인가를 완강하게 버티어낸다면 그것은 반대로 지킬 만한 가치가 약하다는 의미가 될 수 있다. '완강'에는 그것을 지키려는 사람이 가진 어리석음과 쓸모없는 태도가 포함되어 있는 것 같기도 하다. 그녀는 헌신이라는 말에 대해서도 생각한다. 일단 사회주의에 접어든 국가들이 자신들의 길에 대해 확신에 차서 지칠 줄 모르고 일한다는 의미일 것이다. 그렇다면 진보라는 대의에 완강하게 헌신한다는 말은 맹목적인 노력을 포함하게 된다. 자칫 문제 자체에 대한 질문은 잊어버릴 위험을 안고서 말이다. 요나스가 나무는 보지만 숲을 보지 못한다고 비판하는 데서도 이러한 관점이 드러난다. 본문에 나오는 말처럼 사람들은 사회주의 건설이 왜 정당한가 하면, 그건 자본주의가 정당하지 않기 때문이라고 말한다. 결국 그건 정말 사회주의 자체로는 설명할 수 없는 정당성일 뿐이다. 이 소설의 인물들은 이런 딜레마에 빠져있거나 딜레마를 극복하기 어렵다고 생각하고 있다.

이처럼『야콥을 둘러싼 추측들』은 1956년 동독이 처한 현실을 등장인물들의 사유 과정을 통해 보여주고 있는 소설이다. 그러한 현실 속에서 살아가는 사람들이 내면을 깊이 있게 그려낸 점은 현재까지 이 작품이 독일 분단 문학의 대표작으로 꼽히는 이유이다. 선악이나 이념의 우열을 넘어서 현재를 살아가는 개인들의 평범한 삶을 대상으로 하고 있다는 점도 인상적이다. 이를 통해 작가는 개인에게 미치는 역사의 무게가 얼마나 무거운 것인지를 다시 한 번 생각할 수 있게 해준다.

나누어진 마음, 나누어진 하늘

『나누어진 하늘』은 분단 독일에서 벌어지는 여러 모순을 드러내고 있다는 점에서 앞서 살펴본『야콥을 둘러싼 추측』과 유사하다. 사랑하는 연인이 동서로 갈라진 국토 때문에 이별하게 된다는 점도 유사하다. 서베를린에 다녀온 후 주인공이 기차 사고를 당한다는 설정도 비슷한 면이 있다. 그러나 주인공 리타는 죽지 않고 병원에서 회복하여 생기를 되찾는다. 소설은 그녀가 병원에 입원한 시점에서 과거를 회상하는 형식으로 진행된다. 소설의 시간적 배경은 베를린 장벽이 설치되는 1961년 이전 몇 년 동안이다.

이 소설은 한 소녀가 연애와 노동을 통해 성숙한 여인으로 성장해 가는 과정을 서사의 중심축으로 삼고 있다. 19세의 시골 처녀 리타는 29세의 화학자 만프레드와 사랑에 빠진다. 기회를 얻어 대도시 사범학교에 다니게 된 리타는 차량 제조 공장에 다니면서 노동 현장을 경험한다. 소설의 내용은 이렇게 보낸 2년 세월의 기억이다.

물론 제목에서 암시하듯 이 소설은 독일의 분단과 그와 관련하여 동독에서 벌어지는 일들을 중요하게 다룬다. 특히 시골 처녀 리타가 공장에서 일하면서 발견하게 되는 사회 문제의 묘사는 작품에서 매우 큰 비중을 차지한다. 생산성의 저하와 노동력의 부족, 자재의 부족까지 그녀가 일하는 현장에 닥친 현실은 비관적이기만 하다. 차량 공장의 늙은 공장장은 업무 차 떠났던 베를린 여행에서 돌아오지 않는다. 다음 달에 공장에 들이닥치게 될 생산 실패의 책임을 모면하려 했으리라는 소문이 파다하다. 이런 와중에도 리타는 공장과 체제의 가능성을 발견하기 위해 노력한다.

리타는 도시에 머물 곳이 없어 약혼자인 만프레드의 집에 머문다. 소설의 내용 절반은 만프레드와 그의 가정 그리고 리타의 관계로 채워진다. 『야콥을 둘러싼 추측』이 한 집에 살던 남녀가 동·서독으로 나뉘는 스토리를 근간으로 했던 것처럼 이 소설도 한 집에 살던 약혼자 만프레드와 리타가 동·서독이라는 공간으로 나뉘는 과정을 다룬다. 또, 만프레드의 집은 성격이 다른 세대가 공존하는 공간이기도 하다. 1961년 동독에는 크게 세 세대가 공존하고 있었다. 한 세대는 성년으로 히틀러 전쟁을 체험한 세대이고, 다음 세대는 어린 시절 전쟁을 겪어 그 시대에 대한 환멸을 안고 있는 만프레드 세대이다. 그리고 리타는 그와는 다른 시대적 환경에서 성장한 세대라 할 수 있다.

만프레드의 서베를린행에는 개인적인 이유가 많이 포함된 것으로 그려진다. 그의 가족들은 화목하지 못했다. 리타는 식사하면서 "헤어푸르트 부인의 두 눈의 신경질적이고 자극된 번득임, 헤어푸르트씨의 허약해진 무관심, 만프레드의 패쇄적인 증오."(243쪽)를 발견하기도 한다. 만프레드는 아버지가 나치스 돌격대 옷을 입고 있던 모습을 지금도 생각하며 그런 그가 현재도 잘 지내고 있는 것에 환멸을 느낀다. 어머니는 품위 있는 자신과 어울리는 않는 남편에게 아무런 말도 하지 않는다. 이런 환경 속에서 만프레드가 역사에 대해 부정적인 생각을 갖게 된 것은 어찌 보면 당연하다. 그는 이성이 역사를 구성하는 요소였던 적은 한 번도 없다고 생각하는 인물이다. 그는 늘 오늘날 사랑은 불가능하다고, 우정도 이루어질 희망이 없다고 말한다. 그러나 리타는 이런 만프레드를 이해하지 못한다. 그녀는 만프레드를 만나기 전까지 자신이 불운한 시대에 태어났다는 생각을 해본 적이 없는 인물이다. 따라서 그녀는 자신을 잃을 두려움 같은 것은 가져 본 적이 없다.

사실 두 사람의 사랑은 베를린 장벽이 아니어도 오래 가지 못했을 가능성이 크다. 둘은 이미 마음속에 다른 하늘을 가지고 있었다. 물리적 장벽은 이미 갈라진 마음이 다시 돌아올 수 없게 만든 하나의 계기에 불과했다. 만프레드의 개인주의, 퇴폐, 부정적인 사고는 리타가 공장에 다니면서 갖게 된 건강한 사고방식과 화해하기 어려운 것이었다. 그녀는 이미 역사학 교수인 슈봐르첸이나 공장 노동자들에게 훨씬 더 마음이 가 있는 상태였다.

야콥처럼 리타도 서베를린으로 떠난 만프레드를 만나러 가지만 그곳에 머물지 않고 동쪽으로 돌아온다. 비록 불의의 사고를 당하지만 천천히 건강을 회복한다. 그녀가 본 서베를린은 특별한 감흥이 없는 도시였다. 그녀는 그곳에서 높은 건물과 많은 차량 그리고 넘치는 상품을 볼 수 있었다. 그리고 그녀 역시 그것들을 마음에 들어 했다. 그런 가게들에서 쇼핑을 하면 얼마나 좋을지를 상상해 보기도 했다. 그러나 결국 그녀는 동쪽으로 돌아오고 만다.

그런데 그 모든 것이 결국은 먹고 마시는 것 그리고 옷 입는 것과 자는 것으로 귀착되는 거예요. 무엇하러 먹을까? 라고 나는 자문했지요. 꿈처럼 멋진 집에서 사람들은 무얼 할까? 길이 가득 차도록 큰 저 차들을 타고 사람들은 어디로들 가는 것일까? 그리고 이 도시에서 사람들은 밤에 잠들기 전에 무슨 생각을 할까?(281쪽)

리타가 보기에 먹고 마시는 가장 기초적인 것에서 우위를 보이는 서베를린에는 사는 또 다른 목적이 없는 것처럼 보였다. 잘 갖추어진 집에서 살지만 그들이 어떤 생각을 하는지 리타는 알지 못했다. 반대로 자신이 다니던 공장에는 나름의 목표를 가지고 살아가는 사람들이 많았다. 현재가 아닌 미래의 가치, 물질이 아닌 정신의 가치를 이야기하는 분위기도 있었다. 서베를린에서 그녀가 이런 이념을 발견하지 못했기에 그녀는 '좋아 보이는' 서베를린에 선뜻 머물 수 없었다.

이 소설은 동독의 현실에 대한 비판을 포함하고 있지만 그것을 체제에 대한 비판으로까지 연결시키지는 않는다. 오히려 서쪽으로 넘어간 만프레드와 그의 가정 묘사를 통해 동독 안에 남아 있는 자본주의적 요소를 부정적으로 드러낸다. 현실적으로 처한 문제점들을 인정하지만, 현실에서의 실패를 최종적인 것으로 승인하지는 않는다. 무엇보다 이 소설은 장벽이 갈라놓기 전에 사람들 마음속에 이미 나누어진 하늘이 존재하고 있었음을 보여주고 있다.

전후의 분단이 결국 당사자들의 선택이 아니라 이념 대결이라는 전 지구적 사건의 부산물이었다는 점은 분명하다. 독일과 우리는 분단을 겪었다는 점에서 같고, 한쪽이 여전히 겪고 있다는 점에서는 다르다. 그것이 아니더라도 양국의 문학이 갖는 성격을 단순히 비교하는 데는 무리가 있을 것 같다. 우리 문학을 말하면, 큰 내전의 경험과 권위주의 정권의 존재는 작품에서 자유롭게 인물을 형상화하는 데 제약이 되어 왔다. 서로에 대한 이해도 깊지 않았다. 체제 선택 후 남북이 서로를 이해할 수 있는 시간은 길게 잡아도 3년이 조금 넘었다. 여러 나라와 국경을 맞대고 있지 않고 반도에 위치해 있다는 점도 우리 문화가 폐쇄적이 되기 쉬운 조건이었다. 분단 당시 경제 수준도 독일과는 비교할 수 없을 만큼 낙후되어 있었다. 미국이나 소련의 관심도 독일에 비해 낮은 편이었다.

분단 문학이라고 해서 분단의 역사적 현실만을 다루는 것은 아니다. 그것이 문학인 한 그러한 현실 속에서 살아가는 인간들의 구체적인 모습이 작품의 중심이 될 수밖에 없다. 앞서 살펴본 두 편의 소설은 분단을 맞이하는 인물들의 섬세한 심리가 탁월하게 그려진 작품들이다. 사고의 입체성을 확보하기 위해 다양한 서사적 실험이 행해진 것도 인상적이다. 그러면서도 중요한 역사적 사건의 의미를 잘 짚어주어, 역사가 개인에게 미치는 영향이 어떤 것인지 생각하게 해 준다. 비록 한 체제를 중심에 놓고 있지만 두 체제에 대한 균형 잡힌 판단을 보여주려고 노력한 점도 긍정적으로 평가할 수 있다.

러시아 혁명 이후 사회주의는 세계의 지성을 매료시켰다. 인간이 상품이 아닌 인간 자체로 대접받는 자본주의 이후를 상상하는 많은 이들의 지지를 받았다. 하지만 현실 사회주의는 자본주의 이후가 아닌 자본주의 이전에서 출발하여 강력한 자본주의와 경쟁해야 했다. 자본주의와의 경쟁은 사회주의가 가져올 것이라 상상한 많은 것들을 미래로 미루거나 믿음으로 대체하는 결과를 낳았다. 현실 사회주의가 자본주의와 대항하기 위해 실제로 사용한 방법은 자본주의의 그것과 크게 다르지 않았다. 그럼에도 불구하고 자본주의 이후를 상상한 많은 사람들이 순수한 열정으로 자신의 시대를 살아간 것도 사실이다. 타인의 삶을 훼손하지 않는다면, 자신의 믿음을 실현하기 위해 노력하고 희생하는 인물들을 탓할 수는 없다. 이는 현실에서 그들이 얼마나 절망하고 좌절하는지의 문제와는 다른 것이다. 야콥과 리타가 동독에 남은 이유도 이런 사람들 때문이었다.

동유럽 사회주의의 해체와 문학예술

볼프강 벡커 감독, 〈굿바이 레닌!〉(Good Bye, Lenin!, 2003)

〈굿바이 레닌〉 영화 포스터

동서독의 통일은 대등한 일대일의 통합이 아닌 강한 서쪽이 약한 동쪽을 흡수한 사건이었다. 사회주의 체제를 유지했던 동독은 자본주의 대국으로 성장한 서독과의 경쟁에서 이길 수 없었다. 많은 동독 사람들이 서독을 동경했으며 그들과 같은 삶을 살기를 원했다. 하지만 모든 동독 사람들이 체제의 몰락을 쉽게 받아들이지는 못했다. 자신들이 만들었던 국가와 사회에 대한 감정이 사람마다 달랐기 때문이다. 독일 영화 〈굿바이, 레닌〉(2003)은 통독 전후의 동독 풍경을 그려낸 작품이다.

열성적인 공산주의자이자 교사이던 크리스티아네는 남편이 서독으로 망명해버린 이후 홀로 아들과 딸을 키운다. 10년이 지난 어느 날, 그녀는 대규모 반정부 시위에서 아들 알렉스가 경찰에 끌려가는 장면을 보고는 충격을 받아 쓰러지고 만다. 그녀가 혼수상태를 헤매는 사이 동서는 하나가 된다. 알렉스는 혼수상태에서 깨어난 어머니가 이 사실을 알 경우 더 큰 충격을 받을까 걱정하여 동독이 무너졌다는 사실을 숨긴다.

이 영화는 알렉스가 어머니에게 현실을 숨기는 과정에서 벌어지는 에피소드들을 재미있게 표현한다. 그는 통일 후 급속히 생활을 지배하게 되는 자본주의의 침입을 숨기는데 주력한다. 그가 숨겨야 하는 현실에는 이케아 가구 광고, 주차된 BMW, 벤츠가 그려진 광고판, 거대한 코카콜라 광고 등이 포함된다. 이 영화에서 가장 인상적인 부분은 손을 내미는 제스처를 한 블라디미르 레닌의 동상이 헬기에 매달려 빌딩 사이 어딘가로 끌려가는 장면이다.

전영애, 『독일의 현대문학─분단과 통일의 성찰』, 창비, 1998.

테오도로스 앙겔로풀로스 감독, 〈율리시즈의 시선〉(The Gaze Of Odysseus, 1995)

플로리안 헨켈 폰 도너스마르크 감독, 〈타인의 삶〉(The Lives Of Others, 2006)

빔 벤더스 감독, 〈베를린천사의 시〉(Der Himmel ?ber Berlin, 1987)

3. 아프리카
: 내면화된 식민지의 삶

과거의 유산과 근대의 비극(나이지리아 _ 『모든 것이 산산이 부서지다』, 『더 이상 평안은 없다』, 『신의 화살』)

해방과 식민지인의 자의식(케냐 _ 『한 톨의 밀알』)

분리의 아픔과 차별의 고통(남아프리카 공화국 _ 『검은 새의 노래』, 『보호주의자』)

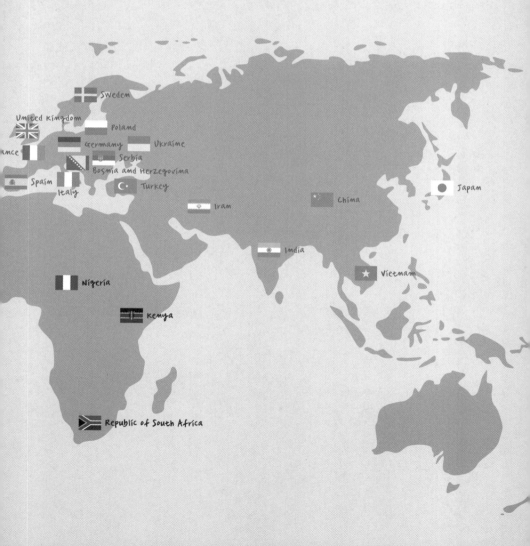

과거의 유산과 근대의 비극

아프리카 지도를 펴고

　지도가 어떻게 만들어지는지를 생각해보자. 지도는 높은 산이나 넓은 강, 사람들이 많이 모여 사는 마을을 표시한다. 호수나 들판의 경계, 크고 작은 길도 지도에 빠져선 안 된다. 가끔은 온천이나 동굴과 같은 특별한 지형이 그려지는 경우도 있다. 마을들이 모여 지역의 경계를 이루고, 지역의 경계는 나라와 나라 사이의 경계로 확대된다. 큰 산맥이나 강은 경계를 나누는 중요한 기준이 된다. 이런 지형은 실제 그곳에서 생활하는 사람들을 정치-경제-문화적으로 갈라놓기 때문이다. 이런 생각으로 아프리카 지도를 처음 본 사람들은 자를 대고 그은 것처럼 직선으로 뻗어 있는 국경선을 보고 생경함을 느끼게 된다. 그리고 그 선이 실제 그곳에 사는 사람들의 의지와는 상관없이 그어졌으리라 짐작하게 된다.

　역사와 문화를 무시한 채 그어진 경계선은 생활의 터전을 왜곡시키고 거주민들의 삶을 비참하게 만들었다. 가까운 예로 우리는 해방과 함께 한반도에 그어진 38선을 떠올릴 수 있다. 지도에만 추상적으로 존재하는 그 선은 실제 우리 민족의 삶과는 무관한 경계를 만들었고 결국은 전쟁의 중요한 원인이 되었다. 서구 열강들의 편의에 의해 그어진 아프리카 국경선도 38선처럼 그 안에서 사는 사람들의 삶을 왜곡시키고 새로운 문제를 만들어냈다. 어제까지 함께 어울려 살던 부족이 다른 나라로 갈라져야 했고, 반대로 거리를 두고 살았던 부족들이 하나의 국가 안에 강제로 편입되어야 했다. 지배의 편의를 위해 기존의 질서가 무시되는 일은 비일비재하였다.

지도와 경계의 문제는 근대 아프리카가 처한 여러 문제 중 하나일 뿐이었다. 서구의 식민지가 되면서 생긴 변화는 아프리카의 정체성을 흔들어 놓았고, 반복되는 기근은 매년 수많은 아이들의 목숨을 앗아갔다. 자원을 차지하기 위한 군벌들의 경쟁은 죄 없는 이들을 사지로 몰아넣었다. 독재와 쿠데타 그리고 내전 역시 아프리카를 재앙으로 몰고 갔다. 현재 아프리카가 겪는 이런 고통의 책임이 모두 식민지 지배자들에게 있는 것은 아닐 것이다. 하지만 자신들의 편의를 위해 아프리카의 정치-경제 구조를 심각하게 왜곡시킨 서구인들의 행위는 여전히 아프리카에서 원죄로 남아 있다.

서구의 근대가 시작되면서 동시에 진행된 아프리카의 식민화는 아프리카 인들이 물질과 정신 세계 전반에 광범위한 영향을 미쳤다. 식민지 개척의 이유가 자원 수탈과 새로운 시장의 확보에 있었기 때문에 경제에 미친 영향은 가장 직접적이었다. 하지만 문화적인 영향도 만만치 않게 컸다. 식민지에 접근하는 첨병은 종교와 교육이었다. 서구의 유일신교는 물질적인 힘을 앞세워 많은 아프리카 인을 개종시켰다. 그들은 식민지 젊은이들에게 교육 기회를 주고, 이를 통해 서구화된 지식인을 만들어 내었다.

지금도 많은 아프리카 국가들이 유럽 어를 공용어로 사용하고 있고, 많은 작가들이 유럽 어로 작품 활동을 하고 있다. 오래된 부족의 언어가 존재했음에도 불구하고 통합된 언어를 찾을 수 없는 곳에서는 식민지 지배국의 언어가 지배층의 공식적인 언어로 자리 잡은 것이다. 고급 교육에 사용되는 언어가 고급문화를 만드는 언어가 되는 것은 당연하다. 우리가 문학으로 만나는 아프리카는 원시성이 살아 있는 자연 그대로의 대륙이 아니라 유일신교를 믿으며 유럽 어를 사용하는 서구화된 대륙이다.

아프리카 지식인들은 일찍이 유럽 유학을 통해 그들의 문화를 배우고 문학도 배웠다. 소설이라는 양식은 그들의 전통적인 이야기와 많은 면에서 달랐다. 근대 아프리카에서는 마을신을 섬기던 데서 유일신을 섬기는 것으로의 변화처럼 구비전승에서 문자문화로의 전환이 이루어졌다. 이런 여건 속에서도 많은 아프리카 출신 작가들은 아프리카의 역사와 아프리카 인들의 삶을 문학 속에 담으려 애썼다. 나이지리아 출신의 작가 아체베의 3부작『모든 것이 산산이 부서지다』,『더 이상 평안은 없다』,『신의 화살』*은 전통과 근대의 문제, 아프리카 지식인의 정체성 문제를 다룬 수작으로 꼽힌다.

●치누아 아체베Chinua Achebe. 나이지리아 동부 이보 족 마을 출생, 1930년 11월 16일~2013년 3월 22일. 작품으로『모든 것이 산산이 부서지다』(1958),『민중의 사람』(1966)이 있다. 이 글의 텍스트는 각각 민음사의 조규형 번역판(2008)과 이소영 번역판(2009, 2011)을 사용하였다.

나이지리아 근대사와 소설가 아체베

아프리카 대륙은 북쪽의 동서 폭이 넓고 남쪽으로 오면서 점차 좁아지는 모양을 하고 있다. 서쪽은 사막 기후가 끝나는 곳에서 커다란 만을 이루며 좁아지는데 그곳이 유명한 기니 만이다. 기니 만 주변은 다른 아프리카와 달리 국경을 맞댄 작은 나라들이 옹기종기 모여 있는 곳이다. 북아프리카를 제외하고는 유럽 인의 손길이 비교적 일찍 닿은 곳인데, 지리적으로 보아도 유럽에서 인도를 찾아가는 항로에서 가장 먼저 만나는 곳이다. 서부 아프리카 해안선을 따라 내려가다 보면 모리타니, 세네갈, 감비아, 기니비사우, 기니, 시에라리온, 라이베리아, 코트디부아르, 가나, 토고 등의 나라들을 볼 수 있다. 그 기니 만에 위치한 가장 큰 나라가 나이지리아다.

지중해에 면한 북아프리카는 고대 유럽의 역사에도 자주 등장하는 지역으로 중세 이후 이슬람의 일원으로 편입되었다. 역시 프랑스 등의 식민지 등을 오래 겪었으며 현재도 정치적으로 불안한 지역이다. 모로코, 알제리, 튀니지, 리비아, 이집트 등은 지중해를 사이에 두고 있는 관계로 유럽으로 향하는 이들이 많은 나라이다. 아프리카 동남쪽에 위치한 케냐 탄자니아 지역은 '동물의 왕국'이나 '킬리만자로' 산으로 유명하고, 대륙의 남단에는 비교적 기후가 좋고 백인들이 많이 살고 있는 남아프리카 공화국이 있다. 르완다 주변의 남부 아프리카는 학살과 종족 전쟁이라는 부정적 이미지가 떠오르는 지역이다. 앙골라, 나미비아, 잠비아, 르완다 등은 자본주의 선진국들의 이익과 토착 군벌이나 부족의 이익이 상응·충돌하면서 20세기 후반 최고의 비극을 만들어냈다. 이들에게는 국토에 가치 있는 광물이 매장되어 있다는 점이 오히려 더 큰 불행을 가져왔다. 동쪽 아래 마다가스카르는 자연사적으로 매우 의미 있는 동식물이 많이 서식하고 있는 거대한 섬이다.

다시 기니 만으로 눈을 돌려 보자. 이 지역은 흔히 '노예 해안'이라 불린다. 15세기 포르투갈 인이 들어온 이후로 줄곧 노예들이 팔려가는 관문 역할을 했던 곳이다. 나이지리아 원주민들도 미국 등으로 팔려가는 비극적인 시대를 살아야 했다. 1807년 영국은 공식적으로 노예 무역을 폐지했으나, 다른 나라 선박들이 대서양을 통해 노예를 실어 나름으로써 계속 그 맥이 이어졌다. 당시 아프리카 서부 해안에는 영국 함대가 진주하여 노예 무역을 저지했으며, 영국 상선들은 야자유와 기타 생산품을 거래하기 시작했다. 당시까지만 해도 나이지리아의 내륙오지는 외부에 거의 알려져 있지 않았으나, 19세기 중반 몇몇 유럽 탐험가들에 의해 서방세계에 알려지게 되었다.

기니 만에서 노예 무역 다음의 재앙은 식민지화였다. 영국은 1861년에 라고스를 합병하면서 본격적으로 기니 만 지역을 지배하기 시작했다. 나이지리아 역시 1886년 영국 식민지가 되었다. 나이지리아가 독립한 것은 세계대전이 끝나고도 한참 뒤인 1960년 10월이었다. 나이지리아는 영국의 식민지로 묶여 있었던 것 말고는 단일한 공동체 의식이 적은 몇 개의 부족 연합체였다. 서로 복잡한 관계에 있었던 북부의 하우사 족과 풀라니 족, 서부의 요루바 족, 동부의 이보 족 등 대부족들을 단일 통치체제 속에 묶어둠으로써 여러 가지 문제가 발생했다. 1962년 서부 지역에서는 정부가 붕괴되었다. 1964년에는 연방선거를 거부하는 사태가 발생하기도 했다. 마침내 1965년 10월의 부정선거로 서부 지역이 무정부 상태에 빠진 틈을 타, 일부 군 장교들이 쿠데타를 일으켜 연방정부를 전복시키고 군사정권을 수립했다. 이후 나이지리아아의 정치 상황은 20세기 내내 불안하게 유지되었다.

알버트 치누알루모구 아체베는 1930년 11월 16일 나이지리아 동부 이보 족 마을 오기디에서 태어나 2013년 3월 21일 미국 보스턴에서 사망하였다. 소설가, 시인, 교수 그리고 비평가로 활동했으며 일반적으로 치누아 아체베라는 이름으로 알려졌다. 그는 기독교도 부모 사이에서 태어나 성공회 신자로 자랐다. 아체베의 아버지는 조상들이 믿어왔던 종교를 믿는 것을 그만 두기는 했지만 전통을 존중했다.

아체베는 대학생 시절 세계종교와 아프리카 전통 문화에 매료되었고 이때부터 글을 쓰기 시작했다. 졸업 후 그는 나이지리아 방송 서비스(NBS)에서 일하며 곧 라고스로 옮겼다. 아체베는 자신의 소설들을 영어로 썼으며 아프리카 문학에 '식민침략자들의 언어'인 영어의 사용을 옹호했다. 침략자들의 언어를 사용하면서도 그들의 역사에 대해서는 냉정하게 평가했는데 인종 차별이나 제국주의적 시선이 담긴 소설에 대해서는 비판을 서슴지 않았다. 아체베의 소설은 이보 사회의 전통, 기독교 영향의 효과 그리고 식민지 시대 이후의 가치 충돌을 주로 다룬다. 그의 문체는 전통 구전에 의존하고 있는데, 전통 이야기의 묘사, 잠언 그리고 웅변조를 적절히 활용한 것으로 평가된다.

근대화되는 식민지의 풍경

지구상의 절반 이상 지역은 제국주의에 의한 식민지화와 근대화를 함께 경험하였다. 그들은 스스로의 전통을 발전시키지 못하고 어쩔 수 없이 서구의 문화를 받아들여야 했다. 그들이 서구의 문화를 만나는 장면 몇 가지를 떠올려 보자.

가장 먼저 떠오르는 것이 선교사이다. 선교사는 서양의 종교, 즉 기독교를 아직 단일 신에 대한 신앙이 발달하지 않은 지역에 전파하기 위해서 파견된 사람들을 부르는 이름이다. 가톨릭이나 개신교를 가리지 않고 지리상의 발견 이후 많은 선교사들이 비서구 지역으로 파견되었고, 그들은 원주민들의 삶을 계몽하는 역할을 했다. 그들은 단지 기독교라는 종교만이 아니라 서구의 발달된 기술을 전파하는 데도 크게 기여했다. 낙후된 지역에 병원이나 학교를 세우거나 자유와 평등의 원리를 미개한 지역에까지 퍼뜨리곤 하였다. 멀리 볼 것도 없이 현재 우리나라에서 손꼽히는 오래된 병원들 중 다수가 개화기에 서양의 선교사들이 세운 것들이다.

근대화 이전에 비서구 지역에 파견된 선교사들에 대해서 어떤 시각을 가져야 하는지는 쉽지 않은 문제이다. 그들의 역할이 순수하게 원주민들의 삶을 위한 것이었다 해도 결과적으로 그들이 자본주의의 첨병 역할을 수행했다는 평가는 피할 수 없기 때문이다. 무리한 선교가 빚은 문제는 셀 수 없이 많았다. 선교는 지역의 전통과 문화에 적응하는 방향으로 이루어지기도 했지만 그보다는 서구의 문화를 새로운 땅에 그대로 이식시킨 경우가 더 많았다. 기독교가 로마에서 공식적으로 인정받는 데 300년 이상 걸린 것을 고려할 때 어느 지역에서든 종교가 정착하는 데는 많은 시간이 필요하다. 선교사들은 그 시간을 단축시키는 역할을 했다.

두 번째로는 한 공간 안에 다른 인종과 문화가 섞여 있는 장면이다. 큰 저택에 살고 있는 백인들과 그들의 시중을 들고 있는 원주민들의 모습은 영화나 그림에서 흔히 볼 수 있다. 그 배경은 인도나 남아메리카, 아프리카 어디라도 좋다. 흰색 식탁보가 깔린 식탁에서 담소를 나누며 여유롭게 식사하는 사람들과 그들의 접시에 음식을 놓고 커피를 따르는 앞치마를 두른 원주민 여인의 모습을 떠올려 보자. 마차나 자동차를 타고 들판을 달리는 양복 입은 남성들의 배경으로 괭이를 들고 땅을 갈고 있거나 마차나 자동차를 향해 인사를 건네는 사람들을 떠올려도 좋다. 이런 일반적인 풍경은 식민지 지배자와 피지배자의 상황을 상징적으로 보여준다.

원주민의 문화와 서구의 문화는 충돌을 일으키기도 하지만 결국은 서로 섞여 함께 생명을 유지한다. 도시에서 비교적 빠른 시기에 서구화가 이루어진다면 농촌이나 외곽 지역의 서구화는 늦게 이루어지게 마련이다. 자연스럽게 도시와 외곽 지역의 경제력 차이도 생기고 도시는 꿈을 좇는 이들로 넘치게 된다. 도시 안에 부유한 이들이 거주하는 지역과 가난한 사람들이 거주하는 지역으로 나눠지게 되고, 높은 범죄율과 세대 간의 단절은 사회 문제로 부각된다. 도시 외의 지역에서도 새롭게 밀려오는 서구 문화와 전통의 갈등이 심각한 문제를 일으킨다. 이런 갈등을 통해 많은 사람들이 전통과 근대의 조화라는 피하기 어렵지만 해결하기 어려운 질문과 만나게 된다.

세 번째는 경제 구조의 변화와 계급 구조의 재편이다. 근대화는 자본주의 세계 시장으로의 편입을 의미한다. 자본주의 세계 체제는 이미 생산력의 발달을 통해 공산품 시장을 선점한 몇몇 나라들에 의해 주도된다. 공산품의 가치와 원자재 가격의 불균형을 통한 이윤의 부당한 분배는 제3세계의 경제 구조를 불합리하게 만들고 내부의 부를 분배하는 데도 모순을 낳게 만든다. 이전의 안정된 삶은 파괴되고 부는 외부로 빠져나가 다국적 기업이나 선진국의 부자들에게도 흘러간다. 제인 오스틴의 소설이 보여주듯이 선진국에게 제3세계는 부를 제공하는 안정된 배경으로 존재한다.

제3세계 안에서의 계급 구조도 변화를 겪게 된다. 전통적인 계층 구조는 자본가와 그와 협력하는 관료라는 새로운 지도 계급을 중심으로 재편된다. 군인이 지배 계급으로 부상하는 일도 자주 볼 수 있다. 무엇보다 서구의 영향 아래 근대화를 진행하는 곳에서는 서구 제국과의 관계가 개인과 집단의 운명에 큰 영향을 미친다. 종교와 언어 역시 중요하다. 서구의 언어를 잘 구사하는 사람은 지배자들의 일을 도울 뿐 아니라 피식민지인들 위에 군림하기 쉽다. 이러한 변화 아래 친족 중심의 질서는 위기를 맞는다. 가정에서의 위치나 나이로 권위를 유지하던 시기는 지나가고, 새롭게 구성된 사회적 관계 안에서 새로운 권위가 생겨난다.

지금까지 장황하게 비서구권에서의 근대에 대해 이야기했다. 아체베의 3부작『모든 것이 산산이 부서지다』,『더 이상 평안은 없다』,『신의 화살』은 나이지리아 역사를 배경으로 변화하는 시대를 살아가는 인간들의 모습을 그리고 있다. 전통 사회의 몰락, 기독교와 전통의 갈등, 독립된 국가의 불안과 부패가 각각의 소설이 다루고 있는 주제이다. 이 소설들은 모두 영어로 창작되었다. 아프리카의 현실을 깊이 고민하고 썼다고 하지만 아체베는 영국에서 양질의 서구 교육을 받은 기독교 엘리트이다. 어찌 보면 식민지 국민으로서 피해를 본 것 보다는 덕을 본 것이 많은 사람이다. 이런 기반 때문인지 그의 소설들은 전통에 대해 긍정적인 면만을 부각하고 있지는 않다. 기독교도라 해서 서구 종교를 강조하는 모습도 찾아보기 어렵다. 작가는 옳고 그름의 문제를 떠나 이미 벌어진 자신들의 과거를 소설을 통해 덤덤하게 돌아본다.

지난 것이 모두 무너지고

연작 세 작품 중 『모든 것이 산산이 부서지다』(1958)와 『신의 화살』은 백인들이 본격적으로 나이지리아에 들어와 정착하던 시기를 배경으로, 『더 이상 평안은 없다』(1960)는 나이지리아가 독립한 이후인 20세기 중반을 시간적 배경으로 한다. 각 지역마다 전근대/근대의 갈등 양상이 다르겠지만 아체베가 대표적으로 내세우는 갈등은 전통과 기독교의 갈등이다. 물론 기독교 문제는 당연히 종교 안에 국한된 것이 아니라 정치와 문화를 포함한다.

서구의 몇 나라를 제외하고 근대화는 곧 전통과의 갈등을 낳는 사건이었다. 그의 소설에서 전통은 나름대로 지속되어온 이유를 가지고 있다. 외부의 시선으로 볼 때 비합리적이고 때로는 야만적으로 보이는 문화라 하더라도 그것이 오래 지속되어 왔다면 그럴만한 충분한 이유가 있기 마련이다.

밤이 되자, 횃불이 나무 삼각대 위에 놓이고 젊은이들은 노래를 불렀다. 어르신들이 큰 원으로 앉아 있어, 젊은이들은 빙 돌아가며 한 분 한 분 앞에서 그를 칭송하는 노래를 불렀다. 이들은 모든 어르신들에 대해 칭송할 말이 있었다. 어떤 이는 뛰어난 농사꾼이었고, 어떤 이는 부족을 대변하는 훌륭한 웅변가였다. 오콩코는 살아 있는 위대한 씨름꾼이자 전사였다. 원을 한 바퀴 돈 다음 이들이 원의 중앙에 자리를 잡자, 여자 아이들이 나와 춤을 췄다. 처음엔 신부가 함께하지 않았다. 드디어 신부가 오른손에 수탉을 들고 나왔다. 그러자 모인 사람들의 환호성이 높이 올랐다. 춤을 추던 모든 여자들이 신부에게 길을 내줬다. 신부는 수탉을 악사들에게 건네고는 춤을 추기 시작했다. 신부가 춤을 추자 놋쇠 발목 장식이 짤랑거렸고 몸은 엷은 노란 불빛 속에 문신과 함께 빛났다. 나무와 진흙 그리고 악사들이 금속 악기로 연이어 여러 노래를 연주했다. 모두들 즐거웠다.(『산산이 부서지다』, 141쪽)

이 소설이 아프리카 문학의 정수로 꼽히는 이유는 원주민들이 간직해온 문화가 서구 세력의 침입에 의해 서서히 몰락해 가는 과정을 생생하게 묘사하고 있기 때문이다. 그러나 이 작품이 단순히 서구를 가해자로 아프리카를 피해자로 묘사하는 데 그치고 있는 것은 아니다. 제국주의 세력과 기독교에 대한 비판과 함께 전통 사회의 나약함과 수동성 그리고 전근대적인 성격을 함께 비판하는 균형 잡힌 시각을 보여준다.

주인공 오콩코는 이러한 나이지리아의 성격을 잘 보여주는 인물이다. 그는 개인적인 성실성과 전통 문화에 대한 존경심을 간직하고 있는 평범한 가장이었다. 주변 사람들보다 부지런히 일해 남부럽지 않게 가정을 꾸려 부족 안에서 인정받는 사람이 되고 싶어 했다. 불명예스럽게 죽은 아버지와 다른 삶을 살고 싶어 했으며, 자신의 힘을 과시하기 위해 전쟁에도 앞장섰다. 하지만 오콩코는 마을 축제에서 예기치 않은 실수를 저질러 마을에서 추방되었고, 칠 년이 지난 후에야 마을로 돌아올 수 있었다. 그런데 그가 돌아왔을 때 마을은 백인 교회를 중심으로 유입된 서구 문명 때문에 혼란에 휩싸여 있었다. 부족의 전통에 따라 버려지고 소외당했던 이들과 억압받던 여성들이 교회 세력에 합류하면서 백인들은 점차 힘을 키워가고 있었다. 이어서 들어선 법원은 백인의 법에 따라 부족민들을 지배하기 시작했다. 그는 이런 현실 앞에 좌절하며 자신의 신세를 한탄하였다. 마을에서 추방되면서 부족장이 되려던 그의 꿈은 좌절되었고 서구 문화가 들어오면서 가장으로서의 권위마저 지키기 어렵게 되었기 때문이다.

사실 오래전부터 오콩코에게는 이케메푸나의 죽음이라는 몰락의 전조가 있었다. 어느 날 다른 부족 사람이 오콩코의 부족 사람을 습격해 죽인 일이 벌어졌다. 오콩코의 부족은 상대 부족에게 남녀 한 쌍의 인질을 요구하며 거절하면 전쟁을 벌이겠다고 선포했다. 상대편에서는 요구한 대로 남녀 한 쌍의 인질을 보냈다. 여자는 습격으로 아내를 잃은 남자의 새로운 아내가 되었고, 어린 소년은 처형될 때까지 오콩코가 맡기로 결정되었다. 하지만 처형이 2년 넘게 늦어지면서 오콩코의 아들과 그 소년 사이에 우정이 싹트고, 오콩코 역시 소년에게 자식과 같은 감정을 느끼게 되었다. 소년이 이미 가족의 구성원으로 자리 잡고도 한참 시간이 지나서야 부족 회의는 소년을 처형하자는 결정을 내렸다. 이때 오콩코는 굳이 나서지 않아도 된다는 주변의 만류를 뿌리치고 직접 소년을 처형하였다. 감정의 흔들림을 보여 남들에게 공과 사를 망각하는 남자로 인식되는 것이 싫었기 때문이다. 그러나 이 사건으로 오콩코의 아들 은위예는 아버지를 피도 눈물도 없는 잔인한 인간으로 여기게 되었다. 나아가 그는 전통 사회에 대한 거부감을 키우고 기독교에 대한 호감을 갖게 되었다.

목소리를 가다듬은 남자가 다가와 도끼를 치켜들자, 오콩코가 눈을 돌렸다. 내리치는 소리가 들렸다. 단지가 떨어져 땅 위에 부서졌다. 오콩코가 이케메푸나에게 달려 나가자 "아빠, 사람들이 날 죽여요!"라는 외침이 들렸다. 두려움에 휩싸인 오콩코가 자신의 도끼를 빼 소년을 내리쳤다. 그는 자신이 나약하다고 여겨지는 것이 두려웠다.(76쪽)

물론 이케메푸나의 죽음은 오콩코 개인이 부른 비극일 수 없다. 아버지와 달리 부족 안에서 성공하고자 했던 오콩코의 욕망이 사건을 더 비극적으로 만든 면이 있지만, 근본적으로 이케메푸나의 죽음을 부른 것은 아프리카의 전통이다. 인도주의적인 관점에서 볼 때 인간의 목숨을 대하는 아프리카의 태도를 긍정적으로 보기는 어렵다. 이밖에도 오콩코의 마을에서는 오수 같은 불가촉천민을 둔다든지 쌍둥이는 모두 숲에 버린다든지 하는 일이 전통이라는 이름으로 행해진다. 남성인 오콩코가 아닌 여인들의 삶은 전반적으로 불행하게 묘사된다. 한 예로 동네 여인 에퀘피는 사는 동안 참으로 많은 고생을 겪는다. 아이를 열이나 낳았지만 아홉이 대부분 세 살도 못 되어 죽었다. 아이를 하나 묻고 또 묻어가면서 그녀의 슬픔은 절망으로 그리고 암울한 단념으로 변해 갔다고 한다.

물론 소설을 통해 오콩코가 속한 문화가 왜 그토록 빠르게 무너졌는지, 그들의 문화가 가진 근본적인 문제가 무엇이었는지를 알기는 어렵다. 오비 족의 문화를 비판함에 있어 합리/비합리의 잣대를 들이대는 것이 온당한 것인지, 반대로 문화 상대주의의 관점에서 그들의 문화를 근대의 문화와 동등한 위치에서 보아야 하는지 판단하기도 어렵다. 오비 족 입장에서 서구 문화를 어떻게 받아들이는 것이 좋은 방법인지도 알기 어렵다. 하지만 소설에서는 근대를 쉽게 받아들이려 하지 않은 사람들은 비참하게 파멸하고 만다.

아체베도 이런 질문에 대한 답을 가지고 있지는 않다. 한 시대의 종말과 새로운 출발이 함께 이루어지는 지점에서 개인은 나약할 수밖에 없음을 주인공 오콩코를 통해 보여줄 뿐이다. 오비 족의 훌륭한 사나이 오콩코는 자신의 경험이 허락하는 한 최선의 삶을 살려 했고, 그런 의미에서 부족의 가치를 대변하기에 부족함이 없는 인물이었다. 아무도 서구 문화에 대응하려 하지 않을 때 오콩코는 홀로 나서 그들에게 복수의 맛을 보여줄 만큼 용감했다. 그러나 용감한 그도 힘의 절대적 열세는 알고 있었고, 과거에 꿈꾸던 욕망을 실현할 수 있는 방법이 영원히 사라진 것도 알고 있었다. 따라서 오콩코는 스스로 복수의 정신을 지키는 일이 자살밖에 없다고 생각했다. 그의 자살은 개인의 몰락이지만 크게 보면 부족의 운명이며 아프리카의 비극이라고 할 수 있다.

세상은 이미 달라졌고

19세기 후반이 배경인『모든 것이 산산이 부서지다』에 이어『신의 화살』은 20세기 초 이보 족 우무아로 마을을 배경으로 한다. 마을에 교회가 세워지고 영국 인 관리들의 통치가 본격적으로 시작되는 시점에서 이야기가 전개된다.

주인공은 나이지리아의 이보 족이 모시는 신들 중 하나인 울루 신의 사제이다. 그는 이름 없이 울루 신의 사제라는 뜻의 에제울루(Ezeulu)라 불린다. 울루 신은 부족의 가장 큰 신이다. 왕이 없는 부족이기에 에제울루는 막강한 힘을 가진 인물이다.

그는 고집은 세지만 정직한 사람이다. 그는 이웃 부족과 토지 분쟁이 일었을 때 자기 부족에서는 유일하게 상대방 부족의 토지 소유권을 인정한 인물이다. 그는 앞뒤가 막힌 고지식한 인물은 아니어서 새로운 시대의 변화에 대비하기 위해 셋째 아들 오두체를 새로 생긴 교회에 보내기도 한다. 에제울루의 정직함과 개방적인 행위는 주변 사람들로부터 비판의 표적이 된다. 특히 셋째 아들이 마을에서 신성시 여기는 비단뱀을 상자에 가둔 일은 신성모독에 해당하는 사건으로 마을을 떠들썩하게 만든다. 이는 뱀과 같은 토템을 신성시하는 부족의 전통과 다른 우상을 섬기지 않는 서구 교회의 첫 번째 충돌이기도 하다.

　　식민지 당국은 원주민을 효율적으로 지배하기 위해 추장을 임명하려 하고 그 후보로 토지 문제에서 정직함이 입증되었던 에제울루를 소환한다. 그러나 에제울루는 자신을 만나기 위해서는 자신을 찾아와야 한다고 주장하며 소환에 불응한다. 이때부터 식민 당국과 에제울루의 싸움이 시작된다. 부족들의 의견이 모아지지 않아 혼자 식민 당국을 찾아간 에제울루는 수감되는 신세가 되고 그 안에서 식민 당국과 부족에 대한 복수심을 키운다.

　　두 달 후 석방되어 집으로 돌아온 에제울루는 마을의 영웅이 된다. 그를 싫어하던 사람들도 그가 추장 제의를 거부한 것에 대해서는 긍정적으로 생각한다. 마을 원로 하나는 에제울루가 감옥에 갇히게 된 것에 대한 유감을 표명하기도 한다. 그러나 에제울루는 새로운 얌을 수확하기 위한 절차를 진행하지 않아 마을 사람들을 굶주림으로 몰고 간다. 그는 울루 신의 사제로서 매달 새 달이 뜰 때마다 얌(yam)한 개씩을 먹고 얌이 하나 남았을 때 새 얌 축제(New Yam Feast)를 선포할 권한이 있었다. 그의 행위는 개인적 복수이면서 동시에 울루 신이 마을에 내린 징벌이라고 할 수 있다. 그런데 울루 신의 이름으로 찾아온 마을의 재앙은 선교사에게는 다시없는 호재로 작용한다. 서양 신에게 귀의하면 울루 신의 벌을 피하면서 굶주림을 면할 수 있기 때문이다. 에제울루의 의도와 달리 제 때에 얌을 추수 하고자 하는 이들은 서양 종교의 신자가 된다. 한편 에제울루의 둘째아들 오비카는 마을 유력자의 장례 절차에 꼭 필요한 달리기 주자가 된다. 열을 무릅쓰고 레이스를 완주한 오비카는 그 자리에 쓰러져 급사하고 충격과 배신감으로 에제울루는 정신을 잃는다.

이상의 내용을 통해 알 수 있듯이 『신의 화살』은 아프리카의 원시 신앙이 기독교 유일신에 자리를 내주는 과정을 잘 보여주고 있다. 에제울루에게는 네 아들이 있는데 아들의 성격을 통해서도 시대의 분위기와 변화를 읽을 수 있다. 큰아들 에도고는 가면을 만드는 등 예술에 관심이 많다. 둘째 오비카는 아버지를 가장 많이 닮았다는 평가를 받지만 일보다는 노는 일에 앞장선다. 셋째 오두체는 어린 시절 서양 종교를 배우라는 아버지의 뜻에 따라 새로운 종교에 넘겨진다. 그리고 넷째 은와포는 아버지를 많이 닮아 다음 사제가 될 가능성이 큰 아들이다. 앞서 말한 바대로 둘째는 급사하고, 셋째는 서양 종교를 받아들여 이미 전통을 따를 생각을 하지 않는다. 첫째는 아버지와는 달리 조각에 빠져 있고, 막내는 어리다.

에제울루는 울루 신이 시키는 대로 다 했는데도 자신에게 불행이 닥친 현실을 받아들이지 못한다. 하지만 작가가 보기에 에제울루는 "신의 화살"에 불과하다. 화살은 자신이 방향을 결정할 수 없다. 신의 활시위에 걸려 있는 화살은 조준된 방향으로 날아갈 수밖에 없다. 신의 의도를 현재의 관점에서 다른 말로 바꾸면 역사의 흐름이 될 것이다. 전통 사회의 문제나 서구의 침략이라는 큰 흐름 속에서 작은 부족의 사제에 불과한 개인이 무엇을 바랄 수 있고 무엇을 바꿀 수 있었겠는가.

이 소설에서 아체베는 아프리카의 고유한 문화가 무너진 이유를 외부에서만 찾고 있지는 않다. 백인들의 물리력이 갖는 영향력은 절대 무시할 수 없는 것이고 실제로 그의 소설에서도 아프리카의 전통을 무너뜨린 가장 큰 힘은 백인들의 물리력이다. 그러나 기독교의 전파는 물질의 힘이 갖는 의미와 조금 다르다. 기독교는 부족 주류 사회에서는 거부 당했지만, 인간 이하의 취급을 받던 사람들과 멸시당하던 호칭 없는 남자들, 천대받던 여자들을 중심으로 급속하게 퍼져나간다. 그들 입장에서야 부족의 전통 따위 보다는 모두가 같은 인간이라는 가르침을 주는 기독교가 훨씬 매력적으로 다가왔을 것이다. 이는 기독교가 부족의 전통문화가 갖는 약점을 가장 정확한 지점에서 공략한 것이라 할 수 있다.

작가의 이러한 일종의 균형감각은 등장인물을 다루는 시선에서도 드러난다. 오콩코와 에제울루라는 주인공들의 정열적이고도 비극적인 삶을 통해 그는 식민지 이전 시절에 대한 막연한 향수를 보여주는 것이 아니라 냉철하게 현실의 변화를 보여주려 한다. 두 남자의 삶은 부족 내에서는 성공한 것이었지만 가족들과의 소통에 실패하고 자식들에게는 신뢰를 얻지 못해 궁극적으로 실패한 것이었다.

산산이 부서진 자리

발표 순서로는 두 번째이지만 가장 늦은 시기를 다룬 소설 『더 이상 평안은 없다』는 나이지리아가 독립된 후인 1960년대를 시대적 배경으로 한다. 이 소설의 주인공 오비는 전작 『모든 것이 산산이 부서지다』에서 서양 선교사들이 공동체를 파괴하는 것을 보고 자살을 선택한 오콩코의 손자이다. 오비의 아버지 은워예는 그러한 아버지와 결별하고 이보 전통문화를 버리고 기독교로 개종하여 교리문답 교사가 되었다. 오비는 라고스에 거주하는 부족진보연맹의 도움으로 영국 유학을 다녀온다. 연맹은 라고스에 거주하는 이보 족 사람들이 변화하는 시대에 적응하기 위해 세운 단체이다. 말하자면 오비는 부족에서 큰 기대를 걸고 있는 똑똑한 청년이었던 셈이다.

당시의 시대 분위기는 다음의 짧은 예문으로도 짐작이 된다.

대학 학위는 현자의 돌이었다. 대학 학위 하나가 일 년에 150파운드를 받는 3급 사무원을 570파운드 연봉에 자동차를 굴리고 보잘것없는 집세를 내면서도 사치스러운 가구가 비치된 구역에서 살아가는 고급 공무원으로 바꾸어 놓았다. 그리고 실제로 봉급이나 문화적 설비의 불균형이 단지 이정도로 그치는 게 아니었다. '유럽인의 자리'를 차지한다는 것은 실제로 유럽인에 버금가는 것이었다. 일반 대중의 위치에서, 칵테일파티에서 "요즘 자동차가 잘 굴러가는가?"라는 한담을 나누는 엘리트 그룹으로 신분이 상승하는 것이었다.(136~137쪽)

위의 예문은 우리에게도 매우 익숙하다. 외국 유학을 다녀와 높은 자리를 차지하고 외국의 문화를 고급문화인 양 향유하는 과거 일부 특권층의 모습이 떠오른다. 현자의 돌은 금속을 금으로 바꾸어놓는다는 전설상의 돌이다. 여기서는 급격한 신분 상승을 가능하게 하는 수단이라는 의미로 사용된다. 대학 학위 그것도 영국에서 받아온 학위는 주인공의 찬란한 미래를 보장해 준다고 해도 지나친 말이 아니었다.

그러나 오비는 진보연맹의 기대와는 달리 정치학이 아닌 영문학을 전공하였고, 부족의 기대를 부담스러워한다. 출세에 대한 욕망도 강한 편이 아니다. 꿈을 안고 영국에서 돌아오지만 그는 귀국하자마자 여러 가지 문제에 부딪친다. 오비가 당면한 문제는 대략 세 가지로 정리할 수 있다.

첫 번째는 오비가 사랑하게 된 클라라와의 결혼 문제이다. 둘은 영국 유학을 마치고 돌아오는 배에서 만나 친하게 된다. 둘은 같은 이보어를 사용한다는 점과 어렵게 유학 생활을 마쳤다는 점 때문에 쉽게 가까워지고 사랑하는 사이가 된다. 그러나 클라라의 조상은 이보 족 내에서는 불가촉천민에 해당하는 오수였다. 신분의 문제가 오비에게는 크게 문제될 것이 없었지만 그의 가족들에게는 매우 중요한 문제였다. 시대가 변했음에도 불구하고 전통이 여전히 현재를 규율하고 있는 것이다. 집안의 반대로 클라라는 임신 중절 수술을 받고 오비를 떠나게 된다. 이후 오비의 삶은 절망에서 빠져나오지 못한다.

두 번째로 오비를 압박하는 조건은 주변의 기대이다. 그는 도시에 나와 있는 이보 족 연합체의 도움으로 영국 유학을 다녀왔다. 당연히 연합은 그에게 많은 기대를 걸고 있다. 지방 부족으로 도시에서 기를 펴고 있지 못한 것에 대한 보상도 원한다. 그러나 실제 유학을 마치고 돌아온 오비는 연합에 이질감을 느낀다. 가족들의 기대 역시 그에게는 큰 부담이다. 그도 마을의 대표로 뽑혀 유학을 다녀온 만큼 마을과 가족을 위해 무언가 베풀어야 하는 것은 당연하다고 생각한다. 그러나 현실의 여건은 그리 만만하지 않다. 클라라와의 결혼 문제로 가족과 갈등을 불러일으키면서 가족에 대한 그의 부담은 반감으로 변하고 만다.

세 번째는 생활의 문제이다. 오비는 유학 심사와 관련된 중요한 자리에서 일을 하게 되는데 겉으로 보기와는 달리 자리가 넉넉한 살림을 보장해 주지는 못한다. 혼자 살아가는 것이 아니라 주변의 기대도 어느 정도 충족시켜야 하기에 더욱 그러하다. 동생의 학비나 가족의 생활비를 보조해 주어야 하고, 진보연맹에 진 빚도 갚아야 한다. 고위 공직자로서 기본적인 품위를 유지해야 한다는 주변의 시선도 그의 생활에 압박이 된다. 그는 자리를 잡자 바로 자동차를 구입한다. 사는 곳도 신분에 맞는 곳으로 택한다. 그러나 실제로 살림은 넉넉하지 못하다. 물론 그렇다고 그의 형편이 일반적인 나이지리아 사람들의 형편에 비추어 더 어렵거나 부족하다고 볼 수는 없다. 유학을 다녀온 고위 공직자라는 객관적 조건은 변함이 없기 때문이다.

이런 현실 속에서 오비는 급격히 파멸이 이른다. 동생들의 학비를 대고 어머니의 병원비를 대야 하고, 진보연맹의 기대까지 떠안아야 했던 오비는 무심코 많지 않은 액수의 뇌물을 받고 만다. 그로 인해 오비는 재판까지 받는다. 그의 미래에는 이제 어두운 그림자가 드리워진다.

오비의 몰락은 무엇보다 우유부단한 그의 성격에서 비롯되었다. 오비는 클라라와의 결혼 문제로 대표되는 전통과의 대결에서 유약함을 보여주었다. 자신의 경제적 기반이 얼마나 허약한 지도 간과했다. 하지만 오비의 몰락을 순전히 그의 성격 탓만으로 돌릴 수는 없다. 그를 좌절하게 했던 결혼과 뇌물 수수는 오비 개인이 아닌 나이지리아가 안고 있는 문제였기 때문이다. 건강한 정신을 가진 한 젊은이를 힘들게 한 것은 그가 적응하기에는 너무나 혼탁했던 주변 환경이었다. 작가가 주로 비판하는 대상 역시 오비가 아니라 그를 파탄으로 몰고 간 나이지리아의 현실이었다.

근대의 비극

이보 족 오콩코 가족의 삼대에 걸친 이야기는 오비의 비극으로 끝을 맺는다. 세 작품의 발표 순서가 시간의 흐름을 따르지 않은 이유는 『신의 화살』에서 다루고 있는 내용이 작가에게 가장 많은 고민을 요구했기 때문일 것이다. 전통과 근대가 만나면서 발생한 갈등은 비단 아프리카만의 문제가 아니었다는 점을 우리는 알고 있다. 대부분의 비서구 지역에서 전통을 고집할 수도 없고, 새로운 것을 전면적으로 받아들이기도 어려운 상황을 겪었다. 문제없이 근대로의 진입이 이루어진 곳이 거의 없는 것으로 보면 적절하게 또는 합리적으로 전통과 새로운 것을 조화시키는 방법은 아예 없는지도 모른다.

『더 이상 평안은 없다』에서 오콩코는 다음과 같이 말한다.

> "진정한 비극은 결코 문제가 해결되는 법이 없지요. 영원히 절망적인 상황이 계속되지요. 전통적인 비극은 너무나 쉬워요. 영웅은 죽고 우리는 감정의 정화를 느끼게 됩니다."(63쪽)

완전한 몰락으로 관객이 카타르시스를 느끼는 전통 비극과 달리 근대의 비극은 절망적 상황이 계속 이어진다는 데 있다. 19세기 말부터 20세기에 걸친 시간 동안 아프리카의 절망은 계속 이어져 왔고, 미래에도 지금도 문제가 쉽게 해결될 것으로 보이지는 않는다. 부족 간의 갈등이나 정치적 부조리 등은 가장 쉽게 상상할 수 있는 문제들이다. 아체베가 아프리카의 문제에 대해 깊은 관심을 가지면서도 영어로 창작활동을 할 수밖에 없는 이유도 이러한 조건과 무관하지 않다.

비록 아체베가 다루고 있는 배경은 19세기 후반 이후의 아프리카 그것도 나이지리아에 한정되지만 그의 소설을 우리와 상관없는 아주 먼 이야기로 여길 수만은 없다. 조선이 식민지화되는 과정에서 전통과 새로운 것이 빚은 갈등은 아프리카의 그것과 크게 다르지 않았다. 독립 후 우리나라의 부정부패는 또 어떤가. 미국에서 학위를 받고 돌아와 마치 현자의 돌을 가진 것처럼 행동했던 사람들이 이제 모두 사라졌다고 할 수 있을까. 우리 역시 내부의 문제를 해결하지 못하고 외부의 힘이 의해 사회가 재배치되는 경험을 해야 했다. 그러다보니 무엇이 옳은 것이고 그른 것인지 스스로 판단하는 능력도 약해졌다. 아체베의 소설에 등장하는 비극을 새삼 안타깝게 받아들이게 되는 이유가 여기에 있다.

아프리카 식민주의와 그 유산

에드워드 즈윅 감독, 〈블러드 다이아몬드〉(Blood Diamond, 2006)

〈블러드 다이아몬드〉 영화 포스터

블러드 다이아몬드(Blood Diamond)는 전쟁 중인 아프리카 지역에서 생산된 다이아몬드로, 그 수입금이 전쟁 수행을 위한 비용으로 충당된다는 데서 붙여진 이름이다. 시에라리온을 비롯하여 앙골라, 라이베리아, 코트디부아르, 콩고, 짐바브웨 등 내전을 겪고 있는 나라들의 국민들은 이 블러드 다이아몬드에 의해 두 번의 고통을 당하고 있다. 영화 〈블러드 다이아몬드〉는 다이아몬드를 소재로 아프리카의 비참한 현실을 사실적으로 그려내고 있다.

이 영화는 1990년대 일어난 시에라리온 내전을 배경으로 짐바브웨 용병 출신 대니 아처와 노동자 솔로몬 밴디의 이야기를 다룬다. 아처는 폭력이 난무하는 아프리카에서 벗어날 기회를 얻기 위해 다이아몬드를 손에 넣으려 한다. 밴디는 소년병으로 끌려간 아들을 구하기 위해 다이아몬드에 목숨을 건다. 이 둘은 각기 다른 목적을 가지고 있지만 내전에서 살아남기 위해 함께 길을 간다. 여기에 분쟁의 진실을 밝히려는 열혈 기자 매디 보웬이 끼어든다. 다이아몬드를 둘러싸고 벌어지는 세 사람의 갈등과 고난은 개인을 넘어 아프리카의 현실을 상징한다.

보통 다이아몬드는 사랑과 정절의 상징이며 부유함과 화려함을 나타낸다. 그러나 아프리카의 다이아몬드는 재앙을 가져오는 불순한 광물일 뿐이다. 다국적 기업인 다이아몬드 공급회사, 경제력을 얻은 지방 호족, 부를 놓치지 않으려는 중앙 정부 모두 다이아몬드를 캐는 노동자나 그곳에 살고 있는 주민들에게는 아무런 관심이 없다. 슬프게도, 빛나는 보석 다이아몬드는 아프리카의 어둠을 더 깊게 만든다.

프란츠 파농, 『검은 피부 하얀 가면』, 이석호 역, 인간사랑, 2013.

프란츠 파농, 『대지의 저주받은 사람들』, 남경태 역, 그린비, 2010.

에메 세제르, 『식민주의에 대한 담론』, 이석호 역, 그린비, 2011.

알리스 셰르키, 『프란츠 파농』, 이세욱 역, 실천문학사, 2013.

테리 조지 감독, 〈호텔 르완다〉(Hotel Rwanda, 2004)

해방과 식민지인의 자의식

동아프리카 역사와 작가 응구기

　〈동물의 왕국〉과 같은 다큐멘터리 프로그램에서 아프리카는 자주 동물의 낙원으로 그려진다. 코끼리, 사자, 악어, 들소 들이 푸른 초원과 늪지대를 배경으로 펼치는 드라마는 생명의 경이로움에 대해 생각하게 한다. 주로 동아프리카의 탄자니아나 케냐를 배경으로 한 이런 프로그램은 아프리카가 가진 '특별함'을 강조한다. 그 특별함은 자연이 살아 있는 곳, 원시를 간직한 곳이라는 '긍정적' 이미지와 연결된다. 그러나 훼손되지 않은 먼 대륙에 대해 경이로움을 느끼면서 우리는 한 가지를 잊곤 한다. 바로 그곳에도 사람이 살고 있다는 사실이다.

　근대 이후 아프리카를 대하는 유럽 사람들 역시 '사람'에 주목하지 않았다. 그들은 자신의 경제적 요구를 위해 이 큰 대륙과 사람들을 철저히 이용하였다. 16세기에서 19세기까지 횡행했던 노예 무역은 인류사에서 가장 부끄러운 역사 중 하나로 기록된다. 노예 무역을 통해 유럽의 상인들은 부를 축적했고, 아메리카의 농장은 값싼 노동력을 공급

받았다. 아프리카의 지배 계급 역시 노예 수출을 권력 기반을 다지는 데 활용하였다. 노예 무역이 금지된 19세기 이후에는 아프리카의 자원이 유럽인들의 관심거리였다. 다이아몬드, 금, 은이 많이 매장된 지역에 대한 외부의 관심은 지금까지도 그 지역 민중들의 삶을 비참하게 만들고 있다.

대부분의 아프리카 국가와 마찬가지로 케냐도 19세기 말에서 20세기 초까지 식민지를 경험하였다. 케냐는 식민지가 되기 전부터 영국의 영향을 많이 받았다. 현재도 영어를 공용어로 사용하고 있으며 기독교 문화도 일부 남아 있다. 1963년 독립 전까지 케냐는 영국으로부터의 독립을 위해 지속적인 투쟁을 전개하였다. 그 중 '마우마우' 운동은 사하라 이남에서 벌어진 대표적인 해방 운동으로 알려져 있다. 많은 아프리카 국가들이 독립 이후 사회주의 노선을 따랐던 것과 달리 케냐는 해방 후에도 친서방 정책을 펴 자본주의 국가들과 우호적인 관계를 유지해 왔다.

응구기 와 시옹오는 케냐뿐 아니라 동아프리카를 대표하는 작가이다. 그는 1938년 영국령 동아프리카의 고지대 리무루에서 태어났다. 그의 아버지는 비옥한 고지대의 땅을 백인에게 빼앗긴 키쿠유 족 출신이었다. 응구기는 기독교 신자로 자랐으나 나중에 기독교를 버리고 이름도 제임스 응구기에서 응구기 와 시옹오로 바꿨다. 그는 참된 아프리카 문학은 아프리카의 언어를 사용해야 한다고 주장하였다. 그의 정치 풍자 소설 「나는 원할 때 결혼하겠다」는 동남아프리카의 언어인 스와힐리 어로 창작되었다. 『십자가의 악마』는 마우마우 운동을 주도했던 키쿠유 부족의 언어로 창작된 소설이다. 그는 케냐의 역사와 현실을 바탕으로 작품을 창작하였는데, 초기 소설에서는 식민통치 하에서 고통받은 케냐 인의 삶을, 후기 소설에서는 사회주의 계급이데올로기를 바탕으로 한 민중의 해방을 주로 다루고 있다.*

그의 이름을 세계에 알린 대표작『한 톨의 밀알』**은 1967년 영어로 창작되었다. 이 소설은 해방과 마우마우 운동을 배경으로 하는데, 무엇보다 소설 속 인물들의 심리 묘사가 뛰어난 작품이다. 작가는 독립 쟁취를 위한 거친 삶 속에서도 사랑과 증오, 우정과 배신 사이를 오가는 인간들의 심리를 예리하게 포착하였다. 우리는 소설을 통해 비극적 상황에서 살아가는 인물들의 다양한 삶의 방식을 만날 수 있다. 그들의 삶은 영웅적이지도 비열하지도 않다. 처한 상황에 어떻게 대응하는지의 차이는 있지만 그들의 선택은 모두 이해할 수 있는 범위 안에서 이루어진다.『한 톨의 밀알』은 인간의 삶은 지역과 역사를 떠나 충분히 보편적일 수 있음을 보여주는 소설이다.

이 소설은 조셉 콘라드의 소설『서구인의 눈으로』라는 작품과 비슷한 주제를 다루고 있다. 주요 인물의 배반과 그것으로 인한 인물의 죄의식이 중심 서사를 이룬다. 하지만 응구기가 콘라드의 글쓰기를 전면적으로 수용하고 있는 것은 아니다. 그는 콘라드의 제국주의적 관점을 비판하는 입장을 견지해 왔다.『암흑의 핵심』이나『로드 짐』에서 보이는 인종 차별적 태도는 응구기가 콘라드를 비판하는 대표적인 이유이다.

식민지 해방운동 마우마우

아프리카는 유라시아 다음으로 큰 대륙이다. 그런 만큼 대륙 내 지역적 차이도 크다. 사하라 사막 북쪽과 남쪽은 근대 이전까지 매우 이질적인 공간으로 존재했다. 대서양과 접한 서쪽 지역과 인도양과 접한 동쪽 지역의 역사 역시 다르게 전개되어 왔다. 남아프리카 공화국이 위치하고 있는 남부 아프리카 역시 독특한 인종 구성과 문화를 가지고 있다. 그럼에도 불구하고 근대 아프리카는 인접한 유럽 사람들에 의해 하나의 타자로 인식되었다. 19세기 말에서 20세기 중반까지 영국, 프랑스, 독일, 벨기에 등은 아프리카를 분할하여 자원의 공급지이자 상품의 소비지로 삼았다.

아프리카의 동부 지역은 지구상에서 가장 오래되고, 오랫동안 지속된 인류의 진화기록을 간직한 땅이다. 약 600만 년에서 400만 년 전 원시인류가 나무에서 내려와 두 발로 걷기 시작한 지역이 그곳이다. 이디오피아 북부의 골짜기에서 발견된 오스트랄로피테쿠스 유적은 약 440만 년 전의 것으로 알려져 있다. 탄자니아의 올두바이 협곡, 케냐의 쿠비포라, 니아사 호수의 서안 등 고대 호숫가의 퇴적지에서 발견된 유적의 연대는 200만 년 전으로 추정된다. 이 첫 번째 인류는 흔히 호모 하빌리스로 불린다. 다른 호숫가 유적지에서는 호모 에렉투스라 불리는 인류의 손도끼 증거들이 발견되기도 했다.

서구 문명과 고립되어 있었기 때문에 사하라 사막 이남의 근대 이전 기록을 찾기는 쉽지 않다. 기원전 3000년 이후 급속히 사막화가 진행된 사하라는 대륙을 완전히 갈라놓지는 않았지만 북쪽과 남쪽 지역의 교류를 어렵게 만들었다. 북부 아프리카 지역이 지중해 경제권에

● 유승, 「응구기의 소설 세계」, 『신영어영문학』 24, 2003.2, 62쪽.
●● 응구기 와 시옹오Ngũgĩ wa Thiongo. 케냐 고지대 리무루 출생. 1938년 1월 5일~ . 대표작으로 「나는 원할 때 결혼하겠다」(1977년), 『한 톨의 밀알』(1967)이 있다. 이 글의 텍스트는 왕은철 번역의 들녘출판사판(2000)이다.

속해 있었던 것과 달리 사하라 남쪽 지역은 넓은 땅에 적은 인구로 자족적인 경제 구조를 유지하고 있었다. 항해술이 발달하면서 사하라 남쪽의 아프리카가 본격적으로 유럽에 알려졌는데, 포르투갈 인 바르톨로뮤 디아스가 희망봉을 '발견'한 것은 비교적 최근인 15세기 말이었다.

서구의 식민화가 본격화되는 19세기 이전까지 아프리카에 가장 큰 영향을 미친 이방인 세력은 이슬람이었다. 이슬람은 이집트와 홍해를 거쳐 동아프리카 내륙까지 들어왔다. 이슬람 이후 아프리카를 찾아온 이방인은 노예 상인들이었다. 16세기부터 19세기에 이르는 기간 동안 최소 천만 명 이상의 아프리카 인들이 서인도 제도나 미국, 아라비아에 노예로 팔려갔다. 정도로 보면 서부 아프리카 지역이 동부 아프리카 지역보다 피해가 심했지만 노예 무역이 더 늦게까지 지속된 곳은 동부 아프리카 지역이었다. 노예 무역은 19세기 초 노예의 생산성이 크게 떨어지고, 서구에서 인권에 대한 자각이 커지면서 쇠퇴하기 시작하였다.

19세기의 마지막 20년 동안, 유럽 열강은 힘들이지 않고 신속하게 자기들 마음대로 아프리카를 분할했다. 19세기 후반 북아프리카를 두고 영국과 프랑스의 반목이 심해지자 독일의 비스마르크는 1884년 베를린 회의를 개최하였다. 회의에 참가한 대표들은 나이저 강* 하류에 대한 영국의 우월한 지위와 나이저 강 상류 지방에 대한 프랑스의 권리를 인정했다. 이 회의를 기점으로 독일은 잔지바르 맞은편의 대륙 영토 (지금의 탄자니아와 케냐를 포함한 땅)에 대해서 보호령을 선포했다. 이전까지 이곳에 대해서는 간접적인 영향력을 행사하는 데 만족해 왔던 영국은 1866년 독일과 조약을 맺어 이 지역을 분할하였다. 이 조약에 따라 북쪽의 케냐는 영국이, 남쪽의 탄자니아는 독일이 차지하게 되었다.**

1895년 영국은 동아프리카 보호령을 발표하고 케냐 공동체로부터 비옥한 토지를 빼앗아 유럽인들을 고지대에 정착하게 하였다. 이어 1920년 영국은 케냐를 식민지로 점령했다. 식민지 초기부터 케냐의 원주민들은 영국의 식민 통치에 반대하는 운동을 펼쳤다. 그중 가장 유명한 저항 운동이 마우마우(The Mau Mau) 운동이었다. 이 운동은 키쿠유족이 케냐에서 유럽인들을 축출하기 위해 일으킨 것이었다. 마우마우는 암살과 태업 같은 적극적인 운동을 전개하였다. 이에 식민지 정부는 1952년 10월 국가 비상사태를 선포하고 키쿠유 반란군에 대한 군사 작전을 벌였다. 그 결과 1956년까지 11,000여 명의 키쿠유 저항세력과 유럽인 100여 명이 사망하였다. 또한 2만 명이 넘는 키쿠유 인들이 수용소에 갇혀 정부의 정책에 순응하며 민족주의 정신을 버리도록 강요당했다. 식민지 정부의 이러한 조치에도 불구하고 키쿠유 저항군은 케냐 독립운동의 선봉에 섰다. 결국 케냐는 1963년 6월 자치법을 획득한 후 그해 12월 12일 영국으로부터 독립하였다.

이 운동의 상징적인 지도자는 조모 케냐타였다. 그는 영국에서 유학 생활을 하던 기간을 포함하여 오랜 세월을 해외에서 보낸 후 케냐로 돌아와 케냐아프리카연합을 이끌었다. 그는 아프리카 민족주의라는 온건한 조직을 이끌고 있었음에도 폭력 운동을 부추기는 언사를 서슴지 않았다. 마우마우가 극렬한 상황으로 치달아 가자 영국 정부는 케냐타를 구속하고 케냐아프리카연합의 활동을 불법화했다. 그의 구속에도 불구하고 해방 운동은 수그러들지 않았으며 결국 그는 해방 운동에 이어 독립의 상징이 되었다. 독립 후 케냐타는 케냐의 초대 총리가 되었고

●기니 동쪽에서 발원해서 서아프리가 기니 만으로 흐르는 사하라 남쪽의 큰 강.

●●존 아일리프, 『아프리카의 역사』, 강인황 역, 이산, 2002, 338쪽.

이후 십년 넘게 케냐의 정치를 이끌었다.

　　마우마우 전사들 대부분은 키쿠유 인들이었지만 엠바 인과 메루 인들도 소수 포함되어 있었다. 서로 피의 맹세를 한 전사들은 주로 과거 집단 거주지나 도시 빈민촌 출신들이었다. 이들은 숲이나 중남부 케냐의 구릉지에서 전투를 벌였다. (『한 톨의 밀알』에는 '맹세'와 '숲'에 대한 이야기가 자주 나온다.) 식민지 정부는 마우마우에 참여한 사람들에게 강제 노동을 포함한 가혹해위를 자행하였다. 많은 사람들이 신체적 폭력을 당하고 일부는 사망하기도 했다. 최근 영국 정부는 마우마우와 관련한 식민지 정부의 가혹행위를 공식적으로 사과한 바 있다.

　　이 소설은 해방 기념일인 1963년 12월 12일 전후를 시간적 배경으로 한다. 해방을 맞이하는 사람들의 현재 모습과 과거 행적을 비슷한 비중으로 다룬다. 인물들의 회상으로 등장하는 과거는 대부분 마우마우 운동이 벌어지던 시대이다. 운동과 관련된 사건을 다루기도 하지만, 이 소설은 마우마우를 전후한 식민지 시대 인물들의 행동이 현재의 삶에 어떤 영향을 미치고 있는지에 초점을 맞추고 있다. 작가는 이 소설에 등장하는 인물들은 모두 만들어낸 가공의 인물이라 말한 바 있다. 굳이 이런 설명이 필요할 만큼 이 소설은 실제 식민지인들이 경험했을 법한 사건과 그들의 내면을 그럴듯하게 보여주고 있다.

해방을 맞이하는 여러 표정

　　구체적으로 비교해 들어가면 많은 차이가 있겠지만 케냐와 우리나라는 모두 제국주의 식민지를 경험하고 20세기 중반에 해방을 맞았다는 공통점이 있다. 그런 만큼 새 국가를 건설하는 과정에서 해결해야 할 공통된 문제도 안고 있었다. 우리나라의 경우 해방 후 맞이한 긴급한 과제 중 하나가 친일파 청산이었다. 같은 한반도의 식민지인이었지만 식민지를 살아가는 사람들의 방법은 매우 달랐다. 누군가는 식민 정부에 협조하여 부와 편안을 누렸고, 누구는 독립을 위해 싸우다 큰 고초를 겪었다. 들어내놓고 싸우지는 못했어도 해방을 위해 적은 노력이나마 기울인 사람이 있었는가 하면 적극적이지는 않지만 개인의 안위를 위해 식민 정부에 협조한 사람도 있었다. 해방 이후 자기를 들어내는 양상도 여러 가지였다. 해방이 자신의 공로인 양 떠벌이는 사람, 겸손하게 자신의 노력을 숨기는 사람, 잘못을 부끄러워하고 반성하는 사람, 과거를 잊기 위해 자기마저 속이는 사람 등등. 케냐 사람들 역시 식민지 시대 삶과 관련하여 다양한 모습으로 해방을 맞이하였을 것이다.

식민지 시대에 개인이 시대에 어떤 식으로 대응하며 살았는지, 해방된 시대의 개인이 어떻게 살아가는지가 이 소설의 중심 내용이다. 작가는 영국의 지배에서 벗어나려는 투쟁 과정에서 빚어진 케냐 인들의 감정과 고뇌를 사실적으로 그려낸다. 직접 무장 투쟁에 참여했던 사람, 동지를 배신한 사람, 영국 인의 편에 섰던 사람 등 다양한 인물들이 등장하지만 작가는 선악의 기준에 의해 인물들을 분류하지는 않는다. 비록 그들의 삶에 대한 평가는 다를 수 있지만, 다양한 사람들의 삶을 온정적인 시선으로 바라보고 있다. 작가는 각 인물들이 왜 그렇게 살 수밖에 없었는지에 더 관심을 가지고 소설을 전개하고 있다.

물론 소설의 제목 '한 톨의 밀알'은 혁명으로 희생된 사람들을 기리는 제목이다. 성경에 나오는 구절 그대로 한 톨의 밀알이 썩지 않는다면 이후에 많은 결실을 거둘 수 없듯이, 많은 사람들의 희생이 해방을 가능하게 했다는 뜻으로 읽을 수 있다. 소설에서 잠시 언급되는 기독교에 저항한 와이야키, 1923년의 해리, 1952년의 케냐타는 대표적인 '밀알'들이다. 그밖에도 이 소설에 등장하는 영웅 키히카나 '숲 속의 전사'들 역시 한 톨의 밀알이라 할 수 있다.

이야기는 무고라는 인물의 배신과 주변 사람들의 오해, 그리고 무고의 고백을 중심으로 전개된다. 무고는 마우마우 운동과 관련하여 수용소 생활을 한 '영웅'이다. 마을 사람들은 키히카의 의로운 죽음을 기리면서 무고가 키히카를 마지막까지 숨겨준 영웅이라 믿는다. 키히카는 숲에 들어가 마우마우 운동을 이끌던 인물로 누군가의 고발에 의해 교수형을 당했다. 사람들은 해방 기념일 행사에서 무고가 연설을 해주기를 바란다. 하지만 무슨 이유에서인지 그는 연설을 거절하고 사람들을 만나는 것조차 꺼려한다. 무고가 대중들에게 나서는 것을 꺼릴수록 그에 대한 신화는 확대되고 과장된다. 한편 식민지 시기 삶에 대한 자의식으로 고민하고 있는 기코뇨와 뭄비는 흔들림 없는 의지의 인간으로 평이 난 무고를 찾아와 자신들의 고민을 이야기하고 의지가 되어줄 것을 부탁한다.

무고와 달리 영국 식민 정부를 적극적으로 도왔던 카란자는 사람들의 원망을 한 몸에 받고 있는 인물이다. 그는 친구들과의 맹세를 어기고 자경대원이 되어 영국 정부에 협조한 것은 물론 같은 마을 사람들을 탄압하는 데 앞장서기도 했다. 사람들은 카란자가 키히카를 고발했을 것이라 생각하고, 영국 편에서 권력을 누려온 그를 고난을 겪고 살아온 무고와 자주 비교한다. 해방 기념일을 맞이하여 사람들은 그의 죄를 밝혀내어 응당한 처벌을 내릴 준비를 하고 있었다.

기코뇨와 뭄비 사이의 관계가 변화하는 과정 역시 이 소설에서 큰 비중을 차지하는 이야기이다. 기코뇨는 마을에서 이름난 목수였고 뭄비를 사랑했다. 둘이 결혼을 하자마자 비상사태가 선포되면서 기코뇨는 오랜 수용소 생활을 해야 했다. 키히카를 비롯한 동네 청년들이 그랬듯이 그도 '맹세'를 한 젊은이였기 때문이다. 오랜 수용소 생활을 마치고 집에 돌아왔을 때 그는 아이를 업고 있는 뭄비를 보고 절망한다. 그녀를 볼 수 있다는 희망으로 견딘 수용소 생활이었지만 그녀는 자경대장 카란자의 아이를 낳아 기르고 있었던 것이다. 이런 상황을 견디는 기코뇨와 뭄비의 고민과 갈등은 이 소설에서 무고의 갈등 못지않게 중요한 의미를 갖는다.

　　캐냐에 거주하는 사람들 중에는 영국에서 건너 온 백인들도 많았다. 그들의 행동과 의식은 당연히 아프리카 인들의 그것과 달랐다. 마우마우 사건과 관련되어 있는 인물 존 톰슨은 전형적인 식민지 관료였다. 그는 케냐의 여러 지역에서 경찰 서장을 지낸 인물로, 흑인들을 신속하고 효과적으로 다루는 데 남다른 수완을 가지고 있었다. 식민지 정부에서 화려한 장래가 보장된 촉망받는 관리였던 셈이다. 그러나 비상사태 이후 그의 경력에 문제가 생겼다. 그는 수용소로 발령을 받고 마우마우 가담자들을 정상적인 영국 시민으로 복귀시키는 임무를 부여받았는데, 그가 관리하는 리라 수용소에서 수감자들이 죽는 사건이 발생한 것이다. 그 사실이 밖으로 새어 나가고 책임자인 그는 전 세계 신문에 알려졌다. 그리고 기티마의 연구소로 전출되었다. 케냐의 해방을 맞아 그는 쓸쓸히 고향으로 돌아갈 준비를 하게 된다. 기티마에는 다른 백인 반 다이크 박사가 있었다. 그는 흑인들에게 치욕적인 장난을 치는 인종주의자로 술에 취해 철도 건널목에서 사망한다. 그는 존 톰슨의 부인 디킨스와 연인 관계이기도 했다. 그밖에 린드 박사는 흑인들보다 자신의 개를 더 중요하게 생각하는 인물이다.

소설은 무고가 자신이 키히카를 영국 경찰에 넘겼음을 자백하는 데서 절정에 이른다. 마침내 독립기념일이 되자 마을은 축제 분위기에 휩싸이고 사람들은 연설을 들으려고 무고를 기다린다. 무고 없이 진행된 기념식에서 조직의 지도자들은 키히카를 넘겨준 배신자로 카란자를 지목하고 징벌하려 한다. 이때 상황을 관망하던 무고가 단상에 올라 진실을 고백한다. 배반 행위를 고백함으로 해서 그는 카란자를 구하고 자신의 죄의식에서도 어느 정도 벗어날 수 있게 된다. 카란자를 처벌하려던 사람들은 무고의 고백에 당황해하며 기념식조차 정신없이 마친다. 이후 무고는 마을 원로들로 구성된 재판에 끌려가 사라진다.

무고의 고백은 사람들에게 큰 충격이었다. 무고가 배신했다는 사실이 그들을 놀라게 했고, 그의 고백은 고백하지 않은 사람들의 죄의식까지 일깨웠다. 사람들은 남들이 죄를 캐내지 않는 데도 고백을 한 그를 마냥 부정적으로 볼 수만은 없었다. 그보다 더 큰일을 저지르고도 얼굴을 들고 태연하게 살아가는 사람이 많다는 것을 알기 때문이다. 직접적인 영향을 받은 인물이 기코뇨와 뭄비이다. 무고의 고백 이후 그들은 현재 생활을 구속하고 있는 식민지 시대 자신들의 행동에서 벗어나기 위해 결단을 내린다.

배반자의 자기 고백

이 소설의 첫 장면은 소설 전반의 내용과 주제를 암시한다.

무고는 불안했다. 그는 누워서 지붕을 쳐다보고 있었다. 양치류와 풀로 이은 지붕에 걸린 그을린 타래 등 모든 것들이 그의 심장을 겨누고 있었다. 맑은 물 한 방울이 몸 바로 위로 아슬아슬하게 걸려 있었다. 물방울은 점점 커지면서 그을음이 스며들어 더러워졌다. 그러고는 막 떨어지려 했다.

그는 눈을 감으려고 해봤다. 그런데 눈이 감기질 않았다. 머리를 움직이려고도 해봤지만 침대에 붙어 꼼짝할 수 없었다. 물방울은 더욱더 커지면서 눈 가까이로 달려들었다. 손바닥으로 눈을 가리고 싶었다. 그러나 손과 발이 말을 듣지 않았다. 그는 절망적으로 마지막 몸부림을 치다가 잠에서 깨어났다.(9쪽)

위 글은 구체적인 사건이 제시하고 있지는 않지만 무고의 심리를 잘 묘사하고 있다. 우선 인물의 불안한 심리를 나타내는 문장이 여럿 눈에 띤다. 그 불안이 일종의 죄책감과 연관되어 있다는 사실도 짐작하기 어렵지 않다. "심장을 겨누고 있"다든지, "꼼짝할 수 없었다", "마지막 몸부림"과 같은 구절은 '벌'에 대한 공포를 표현한 말이기도 하다. 무고가 이렇게 불안해 하는 이유는 작품의 중반이 지나서야 조금씩 밝혀진다. 독자들은 그 불안의 이유를 짐작할 수는 있지만 정확히 알지는 못한 상태로 소설을 읽어나가게 된다.

무고가 키히카를 고발하여 케냐의 민중들을 배반하게 되는 과정은 비교적 상세히 서술되어 있다. 무고는 가난한 집 출신으로 어릴 적 부모를 잃고 먼 친척 숙모 손에 자랐다. 숙모 와이테레로는 여섯 명의 출가한 딸을 둔 과부였다. 그녀는 술에 취하면 그에게 횡포를 부리곤 했다. 숙모마저 죽자 그는 어디에도 의지할 곳이 없는 처지가 되었다. 외로운 그는 땅으로 마음을 돌렸다. 땀 흘려 일해 성공과 부를 거머쥐고 세상 사람들에게 인정받고 싶었다. 땅을 파는 일 자체로 그는 위로를 받았다. 크게 성공하지는 못했지만 혼자 일해서 먹고살 만큼 되었을 때 사건이 터지고 말았다.

비록 불우하게 자랐지만 평범한 사람이었던 무고는 키히카와의 만남을 재앙으로 여겼다. 키히카는 서장을 죽인 후 도망 중에 무고의 집에 숨었고 무고를 자신들의 일에 합류시키려 했다. 무고는 소심한 사람으로 문제 되는 일에 끼어들기를 꺼려하는 인물이었다. 해방이라는 대의를 생각할 만한 여유가 있는 사람도 아니었다. 다만 키히카가 자신을 '피로 목욕'시킬지도 모른다고 불안해 할 뿐이었다. 아무에게도 해를 끼친 적도 없는 자신이 그로 인해 위험에 처한다는 것은 옳지 못하다고 생각했다. 그는 키히카를 하룻밤 숨겨준 일 때문에 자신은 평생을 감옥에서 보내야 할지도 모른다는 불안감에 빠졌다.

그의 불안은 키히카에 대한 증오로 발전했다. 그가 생각하기에 키히카는 자신과 달리 부잣집 아들이고 지명도도 높은 사람이다. 그런 사람이 자신과 같은 보잘 것 없는 사람의 삶을 엉망으로 만들어놓는 것에 대해 불만을 갖는다. 무고는 사건에 연루 된 후 자신의 삶이 비참하게 무너지는 상상을 하였다. 이러한 심리상태는 병적인 상태로 발전하고 결국 그는 키히카를 식민지 경찰에 고발하고 만다.

그는 제 발로 경찰서로 걸어 들어가 서장을 만나고 서장에게 자신이 언제 어디서 키히카를 만나기로 했는지 고백했다. 너무나 길고 고통스러운 악몽에 시달렸기에 그는 누군가에게 이야기를 할 수 있다는 것만으로도 위로가 되었다. 그는 참을성 있게 얘기를 들어주는 백인에게 고마움마저 느꼈다. 그러나 끝까지 이야기를 들어준 백인은 배반자 무고의 심정을 조금도 이해해 주지 않았다. 이야기의 진위를 의심할 뿐 아니라, 동료를 배반한 그의 인격을 경멸하기까지 했다.

> 톰슨은 무고에게 본보기로 벌을 주었다. 때때로 톰슨은 간수들을 시켜 다른 죄수들이 보는 앞에서 그에게 매질을 하게 했다. 그러다가 화가 머리끝까지 오르면 간수들에게 채찍을 빼앗아 직접 매질을 하기도 했다. 만약 무고가 울부짖거나 살려달라고 애걸했다면 그의 마음이 풀렸을지도 몰랐다. 그러나 무고는 외마디 소리 하나 내지 않았다. 톰슨은 수감자들이 자기를 조롱하고 경멸하고 있다는 느낌이 들었다.
> 무고는 수감자들 사이에서 유명해졌다. 자포자기 상태를 넘어선 그는 신음소리조차 내지 않았다. 어떤 벌을 받아도 마땅하다는 생각이 무고를 고통을 무디게 했다. 반면 수감자들은 그의 체념을 다른 각도에서 바라보았다. 무고의 행위는 그들에게 용기를 불러일으켰다.(198~199쪽)

톰슨은 경찰서장으로 무고의 고발을 접수한 사람인데, 수용소장이 되어 다시 무고를 만났다. 톰슨은 다른 사람이 보는 앞에서 무고에게 매질을 가했다. 그런 매질에 무고는 외마디소리 하나 내지 않았다. 매질의 이유가 구체적으로 밝혀져 있지는 않지만 무고에 대한 소장의 인간적인 경멸이 포함된 것이라 짐작할 수 있다. 무고는 수용소에서 자신에게 가해지는 고통에 대해 체념 상태에 빠지게 된다. 그는 이미 자포자기 상태를 넘어섰다. 그의 자포자기는 두 가지로 해석 가능하다. 반복되는 매질이 저항 의지조차 꺾어 놓았다는 점과 자신의 배반에 대한 죄의식이 의지를 꺾어놓았다는 점이다.

그러나 역설적으로 이런 무고의 자포자기는 다른 사람들에게는 무엇보다 강한 저항으로 보였다. 해방이 다가오자 무고는 수용소에서 당한 양만큼 중요한 인물로 부각되었다. 그는 키히카를 마지막까지 숨겨준 사람으로 유명해졌다. 키히카가 붙잡힌 이유에 대해서 아는 사람은 아무도 없었다. 무고에 대한 소문은 꼬리에 꼬리를 물고 커졌다. 사실 키히카를 고발한 내용만 뺀다면 그가 겪은 고난은 충분히 다른 사람의 관심을 받을 만한 것이었다. 주변에서는 무고에게 지역 대표자가 될 것을 권하기도 한다.

　　해방이 되어도 무고의 정신은 자유롭지 못했다. 세상 사람들과 떨어져 조용히 땅이나 파면서 살고 싶은 소망은 그에 대한 과장되고 잘못된 소문 때문에 이루어지지 못했다. 결정적으로 자신이 아닌 다른 사람이 배신자로 지목되었을 때 그는 자신의 행위를 대중들 앞에서 고백하고 만다. 그의 고백은 죄인이 되는 길이었지만 다른 한편으로는 자신을 해방시키는 행위였다. 죄책감에서 어느 정도 벗어나자 그는 매일 밤 찾아오던 불안과 공포에서도 자유로워질 수 있었다.

　　영웅을 배신했다는 점에서 무고는 성경의 유다를 떠올리게 하는 인물이다. 유다는 유명한 〈최후의 만찬〉에 등장하는 예수의 12제자 중 한 사람이었다. 그는 대제사장들과 원로들에게 은전 30닢을 받고 예수의 거처를 알려주었고, 호위병들을 이끌고 예수에게 갔다. 유다는 예수에게 입을 맞춤으로써 호위병들에게 누가 예수인가 알렸다. 유다의 죽음에 대해서는 여러 가지 설이 있는데, 예수가 사형 판결을 받는 것을 본 뒤에 후회하고서 은전을 돌려주고 목매어 죽었다는 이야기가 가장 잘 알려져 있다.

　　그러면 무고는 과연 어떤 사람으로 평가해야 하는가? 그가 고백을 통해 카란자의 목숨을 살려주는 부분은 분명히 용기 있는 행동으로 평가할 만하다. 아무도 자신의 과오를 모르고 있었기 때문에 침묵은 그의 편이 되어줄 상황이었다. 게다가 이미 사람들은 그를 영웅처럼 대우하고 있었다. 그러나 무고는 사람들에게 영웅으로 불리기보다는 한 사람을 목숨을 살리는 쪽을 택했다. 그런 행동이 마음속에 늘 남아 있던 죄의식을 씻을 수 있는 유일한 길이기도 했을 것이다. 결국 무고는 영웅을 배신할 때도 심한 갈등을 겪었고, 배신을 고백하는 데도 심한 갈등을 겪은 그저 나약하고 평범한 사람일 뿐이었다.

　　실제 소설에서 그의 죽음은 사람들에게 다른 정신의 혼란을 가져다 준다. 처음에는 무고를 영웅으로 대접해온 자신들의 어리석음이 혼란을 불러 일으켰고, 다음에는 자신의 배신을 솔직히 고백한 무고의 행동이 혼란을 불러 일으켰다. 비록 배신자이기는 하지만 자신의 행위를 드러낸 무고의 용기는 많은 사람들의 자의식을 자극했다. 식민지 기간 동안 있었던 부끄러운 행위를 고백하는 일이 얼마나 어려운지 모두 알고 있었기 때문이다. 큰 잘못을 저지르고 아무렇지도 않게 살아가는 이들이 많다는 사실도 사람들은 알고 있었다. 이런 생각을 하는 사람들에게 그의 용기는 두고두고 칭찬할 만한 것이 된다.

　　그렇다고 해서 식민지 시기 그의 배신행위가 정당화되는 것은 아니다. 그는 대의를 위해 행동하는 사람을 개인의 안위를 위해 고발했고, 한 사람을 죽게 만든 인물이다. 그의 행위가 지탄 받아야 할 것이라는 데는 논란의 여지가 없다. 단지 이 소설은 무고의 행위가 가진 정당성과 부당성을 본격적으로 문제 삼고 있기보다 그의 심리에 초점을 맞추고 있을 뿐이다. 무고의 배반이 실제 식민지를 겪은 지역에서 벌어졌음직한 사건이고, 무고가 인간 정신의 어떤 한 측면을 잘 보여줄 수만 있다면, 소설은 그것으로 충분하다고 할 수 있다.

시대의 요구와 개인의 욕망

　　기코뇨는 해방 운동과 관련하여 6년이나 수용소 생활을 하고 고향으로 돌아온 목수이다. 무고의 삶이 키히카와의 만남으로 인해 완전히 달라졌듯이 수용소 생활을 통해 기코뇨의 삶도 크게 달라졌다. 수용소에서 돌아온 후 달라진 기코뇨의 내면을 따라가면 무고와는 다른 의미에서 '상처' 입은 식민지인의 내면을 살필 수 있다.

　　그는 수용소에서 나온 후 삶의 의욕을 상실한 사람처럼 행동한다. 그 이유는 달라진 부부관계에 있었다. 기코뇨가 수용소에서 돌아왔을 때 아내는 다른 남자의 아이를 키우고 있었다. 그는 그런 아내를 진심으로 받아들일 수가 없다. 그는 마을에서 가장 근사하고 현대적인 집을 지을 만큼 재산도 모았고, 정치적 입지도 다지고 있었다. 가난했던 어린 시절을 보냈던 그의 이력으로 보면 대단한 성공이라 할 수 있었다. 그러나 그는 이런 현실을 즐기지 못한다. 음식을 먹어도 맛을 모르고 그저 살아야 하니까 살아가고 있을 뿐이었다.

　　그가 괴로워하는 또 다른 이유는 수용소 생활에서 느낀 수치심을 떨쳐버릴 수 없기 때문이다. 키히카를 비롯한 많은 수용자들은 집에 돌아가기 위해 애초의 맹세를 어기는 일을 하지 않을 수 없었다. 기코뇨는 수용소 시절 자신의 나약했던 정신 상태에 대해 수치심을 느꼈다. 집에 돌아가고 싶다는 간절한 마음이 조직에 대한 충성과 나라에 대한 애정을 넘어서는 순간을 경험한 것이다. 그는 무고에게 "나 자신의 자유를 얻을 수 있다면 나라 전체라도 백인에게 팔아넘겼을 것"이라고 자신의 당시 심정을 고백한다. 그는 키히카와 같은 용감한 사람들, 끝내 배신하기를 거부한 사람들에게 경탄을 금치 못했지만, 동시에 증오의 감정도 느끼곤 했다. 그들은 자기에게 용기가 없다는 것을 일깨워주었기 때문이다.

> 두고 떠난 뭄비의 모습이 그를 끌고 있었다. 그 모습이 그를 부르며, 육체적인 어려움과 기다림의 고통으로 거의 망가져버린 그의 감정을 불러일으켰다. 금방 올 거라던 독립에 대한 소망이 와르르 무너져버린 후, 그는 유일하게 변하지 않는 현실인 뭄비와 완가리의 모습에 매달려 살았다.(158쪽)

기코뇨는 자신이 운동에 참여했다는 고백을 했지만 곧바로 석방되지 않았다. 선별 과정에서 맹세와 관련된 다른 이들의 이름을 대지 않았기 때문이다. 그는 일곱 군데의 수용소를 전전하며 집에 돌아와 어머니와 아내를 볼 날만을 기다리며 견뎌왔다. 기코뇨는 6년이 지난 후에 고향 타바이로 돌아왔다. 그 과정에 단식도 했고, 다른 수용자들이 죽어가는 것도 보았다. 이런 그를 견디게 해 준 것은 고향에 돌아갈 수 있고, 돌아가면 아내를 볼 수 있다는 희망이었다. 그에게 이 희망은 독립에 대한 소망이나 동지들에 대한 신뢰보다 더 큰 힘이 되었다. 작가는 기코뇨를 통해 이러한 '나약함'이 이후에 수치심으로 변하는 과정을 잘 보여준다.

부정적인 인물인 카란자는 식민지에서 흔히 발견할 수 있는 유형의 인물이다. 영국 인들에게 충성하고 식민지인들을 못살게 구는 데 앞장서는 '악한' 인물이라 할 수 있다. 카란자는 친구들이 맹세를 하고 숲으로 들어가는 시기에 자치 대장이 되어 그들을 잡아들이는 일을 했다. 백인 경찰을 도와 막강한 권력을 휘두르기도 했다. 가장 극적인 행위는 수용소에서 이루어졌다. 그는 잡혀온 사람들 중에서 마우마우에 가담한 사람을 골라냈다. 취조가 시작되기 전 사람들이 그의 앞으로 줄지어 지나갈 때 머리를 까딱여 가담자들을 가려낸 것이다. 그는 백인들의 권력이 끝난다는 사실을 받아들일 수 없고, 해방이 되어 백인들이 고향으로 떠나는 것을 두려워한다.

하지만 처음부터 그가 백인들 편에 섰던 것은 아니다. 카란자 역시 마을 친구들과 함께 맹세에 가담했던 인물이다. 그가 친구들을 배신한 가장 큰 이유는 뭄비의 사랑을 얻지 못했기 때문이다.

> 나중에 카란자가 청혼하자 그녀는 웃으면서 거절했다. 그런데 그 거절이 결정적으로 그를 그녀에게 묶어버린 계기가 되었다. 그는 때가 오기를 기다렸다. 기코뇨가 수용소로 끌려갔을 때 카란자는 뭄비에게서 결코 떨어지지 않겠다고 마음을 굳혔다. 그는 운동과 맹세의 비밀을 팔았다. 뭄비와 가까이 있기 위해 지불한 값이었다.
> 그 후 운명의 수레바퀴는 백인에게 더욱더 의존하도록 그를 몰아쳤다. 그는 백인에게 의존함으로써 사람들을 살리고, 감옥에 보내고, 죽이는 힘을 갖게 되었다. 사람들은 머리를 조아렸다. 그는 그들을 경멸하면서 두려워했다. 여자들은 그에게 몸을 바쳤다. 가장 존경할 만한 여자들까지 한밤중에 찾아왔다. 그러나 그가 사랑하는 뭄비는 굴복하지 않았다. 그렇다고 그녀를 강제로 어떻게 할 수는 없었다.(310쪽)

키히카의 동생 뭄비는 아름답기로 소문난 아가씨였다. 많은 젊은 남성들이 그녀와 결혼하기를 바라고 있었는데, 그녀는 의외로 가난한 목수 기코뇨와 결혼했다. 자신과는 비교할 수 없이 비천한 인물로 여기던 기코뇨에게 뭄비를 빼앗긴 카란자는 복수를 결심하였다. 그의 복수는 궁극적으로 뭄비의 마음을 자신에게 돌리는 것이었다. 그러기 위해서 카란자는 살아남아야 했고 권력을 쥐어야 했다. 백인들을 돕고 동지들을 배반한 일련의 행동들은 뭄비의 사랑을 얻기 위한 그의 집념에서 비롯된 것이었다.

이 소설은 무고의 배반을 선악의 단순 판단으로 처리하지 않듯이 카란자의 배반에 대해서도 일방적으로 비난하지는 않는다. 그가 비록 지탄 받아야 할 인물이긴 하지만, 인간이 어떤 선택을 하게 된 데는 나름의 이유가 있기 마련이라는 것을 보여준다. 카란자에게는 그것이 여인에 대한 사랑이었다. 키히카가 서장을 죽인 후 많은 청년들이 어깨에 총을 메고 산으로 들어갈 때, 그는 그녀를 위해 수용소에도 가지 않고 숲에도 가지 않겠다고 결심했다. 그리고 마을에서 늘 뭄비 옆에 머물러 있었다. 그녀가 그를 더욱 혐오하게 되리라는 것을 알았지만, 그에게 사랑은 케냐의 해방보다 더 크고 중요했다.

인물을 다루는 데서 짐작할 수 있듯이, 이 소설의 마무리는 반성과 화해이다. 기코뇨는 아내 뭄비를 받아들이지 못하는 자신을 반성한다. 그리고 자신이 카란자, 무고와 같이 공공연히 동지를 배반하고 목숨을 건지기 위해 백인들에게 협력했던 자들과 얼마나 다른지 돌아본다. 스스로를 지키려 노력했던 뭄비를 비난할 자격이 있는지에 대해서도 생각한다. 이는 단순히 기코뇨만의 생각으로 느껴지지 않는다. 작가가 굳이 식민지 해방 운동의 영웅이 아니라 약속을 배신한 인물들을 주인공으로 내세운 이유는, 그들의 과오를 폭로하기 위해서가 아니라 미래에 필요한 '하람비'(화해)의 정신을 강조하기 위해서이다.

해방과 식민지의 피해자들

『한 톨의 밀알』은 반식민지 투쟁 과정에서 배신의 상처를 입은 부족민의 고뇌를 섬세하게 표현해 낸 수작으로 평가된다. 민중에 대한 한없는 이해와 애정을 바탕으로 숲에 의지해 살아가는 케냐 사람들의 정서를 아름다운 문체로 그린 작품이라는 평가도 받는다. 무엇보다 이 소설이 우리에게 친근하게 다가오는 이유는 식민지를 겪은 등장인물들의 모습이 낯설지 않기 때문이다. 친일파가 있었듯이 케냐에도 친영파가 있었고, 용감히 무장 투쟁에 나선 사람이 있었는가 하면 동료를 배신한 자들도 있었다. 누구는 목숨을 잃어 해방의 싹을 틔웠지만 누구는 해방을 부끄러운 마음으로 맞이해야 했다. 자신의 과오를 반성하는 사람이 있었는가 하면 과거의 일을 잊은 듯 뻔뻔하게 새 시대를 맞이하는 사람들도 있었다. 이 소설은 마치 거울처럼 해방 이후 우리 사회의 모습과 닮은 케냐 사람들의 모습을 비춰준다.

두 배신자 무고와 카란자가 해방을 맞이하는 모습은 분명한 대조를 이룬다. 원치 않았던 소문으로 영웅 대접을 받은 무고는 자신이 한 행위 때문에 괴로워하다 결국 자신이 영웅이 아닌 배신자임을 고백한다. 이에 비해 식민지 시대 온갖 악행을 범했던 카란자는 반성은커녕 여전히 자신의 안위에만 신경을 쓴다. 기코뇨는 배신자는 아니지만 영웅도 아닌 인물이다. 그는 수용소에서 백인들에게 용감히 저항하지 못한 것에 대한 자의식으로 괴로워한다. 남편을 6년이나 수용소에 보내야 했던 아내 뭄비 역시 식민지의 피해자라 할 수 있다.

몇 가지 기독교 신화가 소설의 중요한 모티브로 활용되었다는 점은 주제와 무관하게 독자의 관심을 끈다. 자신을 찾아온 키히카를 백인에게 고발한 무고는 예수를 팔아넘긴 유다를 떠올리게 한다. 해방을 출애굽과 연결시키는 부분도 인상적이다. 파라오의 땅에 모세가 머물다 돌아왔듯이 영국에 머물던 케냐타가 케냐의 해방을 위해 돌아왔다고 사람들은 말한다. 소설 전체 서사의 진행은 회계와 고해 성사를 연상하게 한다. 인물들은 자신의 과거를 반성하고 심정을 고백하기 위해 친구나 이웃을 찾는다. 그렇다고 이 소설이 기독교적인 색채를 띠고 있다고 보기는 어렵다. 독자의 이해를 돕기 위해 잘 알려진 설화를 인유한 것으로 이해할 수 있다.

이 소설은 해방 기념일을 현재로 하여 인물들이 과거를 회상하는 형식을 취하고 있다. 새로운 출발을 맞아 과거의 갈등이나 상처와 화해하는 인물들을 다룬다. 그러나 해방된 조국의 미래에 대한 긍정적인 전망을 보여주지는 않는다. 오히려 소설 말미에는 새롭게 피어나고 있는 배반의 씨에 대한 우려가 드러난다. 기코뇨는 떠나는 영국 인의 농장을 인수하기 위해 다른 사업가들과 함께 국회의원을 찾아갔다. 그런데 며칠 후 농장은 그 국회의원의 소유가 되어 있었다. 대부분의 신생 국가에서 그렇듯 정치인들이 치부를 위해 권력을 사용하고 있음을 암시하는 부분이다. 백인들이 물러난 자리에서 새로 시작하는 케냐의 운명도 왠지 순탄하지 않을 것 같아 뒤끝이 쓸쓸하다.

탈식민주의와 아프리카 문학

응구기 와 시옹오, 『탈식민주의와 아프리카 문학』, 이석호 역, 인간사랑, 1999.
치누아 아체베, 『제3세계 문학과 식민주의 비평』, 이석호 역, 인간사랑, 1999.

응구기 와 시옹오

치누아 아체베

20세기 중반까지 대부분의 아프리카 지역은 유럽 열강의 지배를 받았다. 근대화 역시 서구의 침략과 함께 시작된 지역이 대부분이었다. 아프리카 안에서 '국가'라는 개념과 범위 자체가 외부 세력에 의해 주어졌다고 볼 수도 있다. 20세기 아프리카 문학에서 가장 흔한 주제가 전통과 근대의 갈등이라는 점은 이런 면에서 당연해 보인다. 언어의 문제도 같은 맥락에 놓이는데 현재도 아프리카에서는 영어를 비롯한 유럽의 언어가 공용어로 쓰이고 있다.

영어 사용 문제에 있어 응구기의 『탈식민주의와 아프리카 문학』과 아체베의 『제3세계 문학과 식민주의 비평』은 다른 입장을 취하고 있다. 응구기는 등단한 뒤 20년 가까이 영어로 글을 써오다 1970년대 중반 다시는 영어로 글을 쓰지 않겠다고 다짐하고 그의 부족어인 기쿠유 어로 작품을 쓰고 있다. 대부분의 아프리카 나라들과 마찬가지로 케냐의 공용어는 영어이다. '인간의 정신을 나포하는 가장 강력한 권력의 매개가 언어'라고 생각하는 그는 부족어의 사용이 제국주의에 반대하는 방법이라 생각한다.

이와 달리 아체베는 공용어로서의 영어는 피할 수 없는 현실이라 생각한다. 그는 현재 아프리카 인이 사용하는 언어가 곧 아프리카 언어이지 다른 아프리카 언어가 따로 있는 것은 아니라 주장한다. 얼마나 오래전에 뿌리 내린 언어인가는 그리 중요한 문제가 아니라는 것이다. 그는 영어를 사용하기는 하지만 영어로 쓰인 제국주의 텍스트는 신랄하게 비판한다. 크게 보면 두 작가의 입장은 아프리카 탈식민주의 노선의 두 분류를 보여준다 할 수 있다.

김학수 외, 『아프리카의 언어와 문학』, 다해, 2007.

이석호 편역, 『아프리카 탈식민주의문화론과 근대』, 동인, 2001.

한국현대영미소설학회, 『영어권 탈식민주의 소설연구』, 신아사, 2012.

분리의 아픔과 차별의 고통

남아프리카 공화국이라는 먼 땅

한 지역의 전통과 문화, 제도 등을 폭넓게 이해하는 일은 그 지역 소설을 읽는 데 큰 도움이 된다. 소설이 아무리 개인의 창작이라 해도 개인의 창작을 가능하게 하는 조건은 사회적일 수밖에 없기 때문이다. 반대로 그곳에서 생산된 소설을 이해하기 위해 알아야 할 것이 너무 많다면 쉽게 거기에 접근하지 않게 된다. 사전 지식 없이 소설을 읽을 경우 이해도가 떨어질 수밖에 없기 때문이다. 우리에게 있어 남아프리카 공화국(이후 남아공)의 소설은 그 대표적인 경우이다.

남아공의 역사는 한 국가를 넘어 근대 세계 역사의 어두운 면을 적나라하게 보여준다. 남아공은 식민지의 경험을 가지고 있을 뿐 아니라 인종 차별이라는 슬픈 기억을 안고 있다. 식민의 이유 역시 전형적이다. 서구 세력은 남아공의 풍부한 자원에 관심을 가지고 무력으로 쳐들어왔다. 이곳은 외부에서 들어온 정착민들 사이의 갈등이 전쟁으로 비화된 곳이기도 하다. 남아공 역사에서는 원주민인 흑인과 이주민인 백인의 갈등은 물론, 이주민들인 보어 인과 영국 인의 갈등까지 확인할 수 있다.

우리가 쉽게 떠올릴 수 있는 남아공의 이미지는 대략 희망봉, 다이아몬드, 아파르트헤이트, 넬슨 만델라 등이다. 희망봉은 수백 년 전 유럽이 동방으로 가는 항로를 개척하기 위해 아프리카를 돌아가면서 발견한 땅 이름이다. 유럽인들에게는 희망의 발견이었지만 역설적으로 남아프리카 인들에게는 힘겨운 식민 역사의 전주곡과 같은 사건이었다. 다이아몬드 역시 남아프리카에는 축복이자 저주였다. 유럽인들은 남아프리카 지역에 매장된 다이아몬드를 캐내기 위해 너무나 많은 아프리카 인들의 피와 땀을 강요했다. 그 부의 대부분은 자신들이 가지고 가면서. 인종 분리 정책으로 번역되는 아파르트헤이트는 흑인과 백인을 완전히 분리하는 정책이었다. 남아공은 이 정책을 20세기 후반까지 포기하지 않았다. 넬슨 만델라(1918년 7월 18일~2013년 12월 5일)는 남아공에서 평등 선거 실시 후 뽑힌 최초의 흑인 대통령이다. 대통령으로 당선되기 전에 그는, 아프리카 민족회의(ANC)의 지도자로서 반아파르트헤이트 운동 즉, 남아공 옛 백인정권의 인종 차별에 맞선 투쟁을 이끌었다. 1964년에 국가 반역죄 종신형을 선고받아 1990년 2월 11일 석방될 때까지 남아공 인권운동을 상징했던 인물이었다.

여기서 다룰『검은 새의 노래』와『보호주의자』는 인종 차별 정책이 절정에 이른 남아공을 배경으로 한다.『검은 새의 노래』•는 남아공의 흑인 작가 루이스 응꼬씨의 대표작으로, 흑인 청년과 백인 소녀 간의 성

•루이스 응꼬씨Lewis Nkosi. 남아프리카공화국 더반 출생. 1936년 12월 5일~2010년 9월 5일. 대표작으로『검은 새의 노래Mating Birds』(1986),『지하의 사람들Underground People』(2002)이 있다. 이 글의 텍스트는 이석호 번역의 창비판(2009)이다.

(性)을 통해 남아공의 '인종'과 '국가' 문제를 날카롭게 파헤친 작품이다. 『보호주의자』*는 기업가인 백인의 삶과 남아프리카 농장의 흑인 노동자들의 삶을 대비시켜 인종 분리가 양쪽 모두에게 어떤 영향을 주었는지 보여주는 작품이다. 부와 농토를 소유한 주인공의 삶이 실제로는 뿌리 뽑힌 주변인으로서의 삶에 불과한 데 비해 농토와 일체감을 지니는 흑인 원주민들의 삶이 보다 인간적이라는 것을 부각하고 있다.

두 소설은 유사한 역사적 배경에서 탄생하였다. 분리주의를 보는 관점도 근본적으로는 같다. 두 작품 모두 인종주의가 강제하는 부조리와 모순에 처한 개인의 내면을 묘사한다. 이들의 내면을 통해 본질적으로 성실하고 선량하며 인간적인 사람들이 인종 차별 사회에서 어떻게 훼손되어 가는지를 다룬다. 또, 비정상적인 사회에서 개인의 사랑이나 열정이 정상적으로 발현될 수 없다는 점을 고발한다. 물론 두 소설이 각각 흑인과 백인을 주인공으로 하고 있으며 분명히 다른 서사적 수법을 활용하고 있다는 점을 무시할 수는 없다.

백인들의 각축과 아파르트헤이트

지금의 남아공과 말라위, 나미비아 지역에는 오래전부터 반투족을 비롯한 여러 종족이 거주하고 있었다. 이 지역에 백인이 본격적으로 들어오기 시작한 것은 17세기 중반 이후이다. 1652년 네덜란드 동인도 회사는 자국 선박의 유류 보급기지 확보와, 보석과 천연자원의 취득을 위해 케이프타운에 정박소를 설립하였다. 이곳으로 이주하기를 원하는 발 빠른 유럽인들이 늘어나는 것을 틈타, 네덜란드의 동인도 회사는 이들에게 토지 분배를 시작하였다. 이후 네덜란드 인들과 독일 인의 이주가 본격적으로 시작되고, 백인들이 정착하기 위한 농업 생산이 시작되었다. 네덜란드 인은 전매회사를 통해 원주민들과 교역을 시작하였고, 기존의 경제체제를 잠식해 들어갔다. 점차 원주민들은 임금노동자 또는 노예로 전락해 갔다.

이렇게 동인도 회사를 통해 아프리카로 이주해온 네덜란드 인과 종교 개혁 이후 박해를 피해 이주해온 백인들은 자신들을 보어 인이라 불렀다. 이들은 남아공에서 가장 살기 좋은 케이프타운 주변에 모여 살았는데, 인구가 늘면서 점차 내륙으로 거주지를 확대해 갔다. 보어 인들이 반투 족 영역인 동 케이프 지역으로 진출하면서 보어 인과 반투 족 사이에 충돌이 일어났다. 19세기 후반 약 100년간의 분쟁 끝에 반투 족은 백인에게 굴복하고 말았다.

보어 인들이 내륙까지 주거지를 넓힌 상황에서 영국이 남아공으로 진출해 왔다. 1806년 영국은 케이프타운을 점령하였고, 1814년에 정식으로 영국령으로 편입시켰다. 영국 인들은 자신들의 이민을 위해 보어 인들을 내륙 오지로 몰아넣었다. 이렇게 되어 남아공에는 반투 족을 비롯한 원주민과, 17세기 이후 거주해온 보어 인 그리고 19세기 들어 새롭게 진출해온 영국 인이 함께 거주하게 되었다.

내륙으로 밀려난 보어 인들은 오렌지 자유국(1854)과 트란스발 공화국(1854)을 세워 영국의 식민통치로부터 독립했다. 19세기 후반에

●나딘 고디머Nadine Gordimer. 남아공 요하네스버그 교외 이스트랜드 출생. 1923년 11월 20일~2014년 7월 13일. 1991년 노벨문학상을 수상하였다. 대표작으로 『보호주의자 Conservanist』, 『거짓의 날들The Lying Days』(1953)이 있다. 이 글의 텍스트는 신현규 번역의 하서출판사판(1993)이다.

는 다이아몬드와 금의 발견으로 경제가 활기를 띠었다. 보어 인들은 영국이 자신들이 세운 공화국을 남아프리카 연방에 포함시키려고 하자 이에 맞서 저항했고, 마침내 1899년 두 공화국과 영국 사이에 전쟁이 발발했다. 1902년 보어 인들은 전쟁에서 패하고, 두 공화국은 영국의 식민지가 되었다. 이어 1910년 남아프리카법의 제정으로 이들은 남아프리카 연방에 포함되었다. 보어 인이 세운 두 공화국은 소수 백인의 지배권을 보호하고 기독교 문명의 우월성을 보호한다는 명목으로 백인과 아프리카 원주민을 엄격하게 차별하는 관습을 확립시켰다.

악명 높은 아파르트헤이트apartheid는 '분리발전 정책'이라는 이름으로 시작되었다. 이 정책은 인종 간의 분리와 불평등을 인정하는 '법'이었다. 20세기 후반까지 세계 곳곳에 인종에 대한 편견과 불평등이 존재했다는 것은 공공연한 사실이지만 그것이 '법'으로 공식화되어 존재했다는 데 아파르트헤이트의 '특별함'이 있었다. 이 법은 국민을 백인과 순수 아프리카 흑인인 반투 인, 유색인 그리고 아시아 인으로 구분했다.

아파르트헤이트란 단어는 1917년 보어 인 얀 크리스티앙 스뮈츠의 연설에서 처음 등장했다. 비록 아파르트헤이트는 보어 인이 주축이 된 정부가 주도했지만, 그 뼈대는 영국 식민지주의가 케이프 식민지 등지에 도입한 통행법에서 비롯되었다. 이 법률은 영국 당국 통제 하에 있는 백인과 유색 인종의 거주 구역으로 흑인들이 접근하지 못하도록 통제, 차단하는 데 목적이 있었다.

1948년에 집권한 국민당은 과거의 인종분리 정책을 더욱 확대하면서 아파르트헤이트라는 이름을 붙였다. 1950년 제정된 '집단 지역법'은 도시에 각 인종의 거주 구역과 업무 구역을 따로 설정했고, 정부는 이미 존재하는 '신분증 소지법'을 더욱 강화했다. 그밖에도 인종들 사이의 거의 모든 사회적 접촉을 금지하고 인종에 따른 공공시설의 분리를 정당화했다. 별도의 교육 기준을 설정하고 인종에 따라 특정 직업을 갖는 것을 제한하며, 유색 인종의 노동조합을 축소하고, 유색 인종이 중앙 정치에 참여하는 것조차 인정하지 않는 법률들이 제정되었다.

　　흑인과 백인의 분리를 명확히 하기 위해 남아공은 1951년 '반투정부법'을 제정하였다. 이 법에 따라 정부는 반투 족의 자치를 위한 부족 기구를 재건하였다. 1959년에는 '반투자치촉진법'을 제정해 남아공 내에 10개의 아프리카 흑인 거주 구역을 설정했다. 1970년에는 '반투거주구역시민권법'을 제정하였는데, 이에 따라 모든 아프리카 흑인은 실제 거주 구역에 관계없이 흑인 거주 구역의 시민으로 규정되었다. 그들은 흑인 거주 지역의 시민으로 남아공 시민에서는 자연스럽게 배제되었다. 1980년대 초에는 흑인 거주 구역 중 4개가 공화국으로 독립을 승인받았고, '블랙스테이트'라고 부르는 나머지 거주 구역도 어느 정도의 자치를 인정받았다.

　　자치권을 인정받았지만 모든 흑인 거주 구역은 정치적으로나 경제적으로 여전히 남아공에 의존했다. 마찬가지로 남아공의 경제도 유색 인종의 노동력에 의존하고 있었다. 이 때문에 분리 정책이 백인들에게 반드시 유리하게 작용하지만은 않았고, 점차 남아공 내에서도 아파르트헤이트에 대한 반대 여론이 일었다. 아프리카 흑인 단체들은 일부 백인의 지원을 받아 시위와 파업을 벌였고, 폭동과 파괴 활동도 끊임없이 이어졌다. 아파르트헤이트는 국외에서도 비난을 받았다. 1961년 남아공은 영국 연방에서 탈퇴하였고, 1985년에는 영국과 미국이 남아공에 대한 선택적 제재 조치를 단행했다.

　　이러한 국내외적 압력 속에서 1990~1991년 클레르크 대통령은 아파르트헤이트 관련 법률들을 대부분 폐지하며 사회의 근본적인 변화를 꾀하였다. 하지만 인종분리는 여전히 남아프리카 사회에 구조적으로 굳게 자리 잡고 있었다. 1993년의 신헌법으로 흑인과 기타 인종집단에 참정권이 부여되고 1994년 총선거에서 아프리카민족회의의 의장인 넬슨 만델라가 대통령에 당선되었다. 이에 따라 남아프리카에서는 최초의 흑인정권이 탄생했고, 법률상으로는 아파르트헤이트가 사라지게 되었다.

히틀러 정권의 끔찍한 인종 청소가 일어난 뒤에도 피부색과 혈통으로 사람을 구분하는 야만적인 사상이 여전히 남아 있었던 셈이다. 남아공의 경우는 흑인이 백인 근처에 거주하는 것조차 허락하지 않는 가장 악랄한 예였다.

생각해보면 공식적이지는 않지만 이런 인종 차별은 세계 곳곳에 존재했다. 미국의 예만 들어도 인종 차별은 먼 옛날의 일이 아니다. 미국 메이저 리그 최초의 흑인 선수는 재키 로빈슨이다. 그는 1947년부터 1956년까지 로스앤젤레스 다저스의 전신인 브루클린 다저스의 멤버로 활동하였다. 그는 미국 내의 인종 차별을 없애는 데 크게 기여함으로써 메이저 리그 야구 선수들로는 유일하게 전 구단에서 영구결번으로 지정된 선수이다. 그러나 재키 로빈슨이 처음 경기에 뛰었을 때, 상대편은 물론 관중들과 일부 같은 팀 선수들조차 그와 뛰기를 거부했다. 흑인과 같이 야구를 할 수 없다는 이유에서이다. 그가 백인들과 어울려 야구를 하기 전에는 흑인들만의 야구 리그가 따로 있었다. 흑인 인권 운동가로 잘 알려진 마틴 루터 킹 2세가 활동한 시기는 1960년대였다. 이는 1960년대까지 인종 차별이 공공연히 행해졌다는 말이 된다. 주마다 사정이 다르기는 했지만 제2차 세계대전 이후에도 많은 주에서 백인 학교와 흑인 학교가 분리되어 운영되었다.

그런데 여기서 우리가 잊지 말아야 할 것은 아파르헤이트가 순전히 인종적 혐오에서 비롯된 것만은 아니라는 사실이다. 바탕에 인종적 편견이 깔려 있다는 점은 분명한 사실이지만 경제적인 요인도 중요하게 작용하고 있었다. 남아공의 분리 정책은 값싼 노동력을 쉽게 얻을 수 있는 방향으로 전개되어 왔다. 흑인들을 도시에 접근할 수 없게 한다거나, 괴뢰 국가를 세워 흑인들을 분리시키는 일이 모두 백인들의 경제적 이익을 최대화하기 위한 방법이었다. 예전이나 지금이나 값싼 노동력의 확보는 자본의 중요 관심사이다.

아프리카 소설과 소설가

아프리카를 대표하는 작가들을 떠올려 보자. 원주민의 언어를 사용하는 토속적인 작가를 떠올렸다면 아마 실망할지 모른다. 잘 알려진 아프리카 작가들 대부분은 서양식 대학 교육을 받고 유럽 유학을 다녀와 노년은 미국에서 보냈다. 그들이 사용하는 언어는 영어나 프랑스어 등 식민지 지배국의 언어이다.(앞에서 살핀 응구기는 특별한 경우이다.) 그들의 정서 역시 완전히 아프리카적이라고 보기는 어렵다. 다시 말해 우리가 만나는 아프리카 작가는 국제어를 사용하고, 서구 문화에도 익숙한 지식인일 가능성이 높다.

아프리카 문학이라고 해도 지역의 편차가 크다. 식민지의 침탈과 전통의 붕괴 그리고 근대화되는 아프리카의 문제점을 다룬 '전통' 아프리카 소설은 주로 중부 아프리카 지역 작가들에 의해 창작되었다. 서

아프리카의 월레 소잉카, 치누아 아체베(이상 나이지리아), 동아프리카의 응구기 와 시옹오(케냐), 가브리엘 루홈비카(탄자니아), 데이비드 루바디리(말라위)는 이를 대표하는 작가들이다. 북부의 경우는 유럽의 직접적인 영향을 오랫동안 받아왔고 이슬람 인구가 절대적으로 많다. 따라서 지중해 문화권 또는 이슬람 문화권에 가깝다고 말할 수 있다. 남아공의 소설은 이런 아프리카 문학과도 구분되는 고유한 특징을 가지고 있다. 무엇보다 아파르트헤이트의 경험이 그들의 소설을 지배하고 있다.

남아공은 두 명의 노벨 문학상 수상자를 배출했다. 나딘 고디머와 존 멕스웰 쿠제이다. 두 사람 모두 백인이며 영어로 소설을 썼다. 남아공 출신답게 남아공의 인종 문제를 소설에서 주로 다룬 작가들이다. 백인들이 남아공의 주요 작가가 될 수 있었던 데는 정치적 상황의 영향이 크다. 짐작하듯이 남아공에서는 흑인이 정상적인 작가 활동을 하는 것이 어려웠기 때문이다. 특히 인종 차별이 벌어지는 현실을 다룬 작가가 흑인이라면 그것은 남아공에서 용서될 수 없는 일이었다. 그런 중에도 루이스 응꼬씨, 에스끼아 음파렐레는 적극적으로 반아파르트헤이트 운동에 나섰던 흑인 작가이다.

나딘 고디머는 1923년 11월 20일 러시아계 유태인 아버지와 영국계 유태인 어머니 사이에서 태어났다. 고디머의 작품들은 남아프리카 사회에 내재된 긴장과 불안을 포착해 보여주는 데 능하다. 그녀는 인종 차별이 행해지는 남아프리카의 상황을 암울한 색조로 그려낸다. 인종 차별이 존재하는 사회에서 백인들이 가진 특권은 결국 감정과 이성의 마비 상태를 가져온다는 것이 그녀가 자신이 속한 백인 사회를 바라보는 관점이다. 그녀의 소설에서 인간성의 이러한 마비 상태는 인간관계의 왜곡을 가져오는 것으로 그려진다.

루이스 응꼬씨는 1936년 남아공 더반에서 태어났다. 그는 줄루인 신문『일랑가 이아쎄 나탈』과 1950년대 흑인의식운동을 주도하던 진보적 잡지『드럼』에서 여러 해 동안 기자로 일하면서 아파르트헤이트 정권에 저항했다. 1961년 정권에 의해 강제 추방당한 후 남아공이 민주화된 1994년까지 30년 넘게 망명 생활을 했다. 남아공의 인종과 정치 문제를 정면으로 다룬 실험적인 작품을 주로 써왔으며,『검은 새의 노래』는 그의 첫 장편이다.

『보호주의자』는 커다란 사건 없이 일상을 잔잔하게 그려내면서도 남아공이 가진 문제를 깊이 있게 드러낸 소설로 평가된다. 이를 통해 작가는 유럽에서 이식되어 온 유럽 문명과 아프리카 토양에서 자생한 문명이 결코 한데 어울릴 수 없는 이질적인 것임을 드러낸다. 이러한 주제를 드러내기 위해 이 소설은 내면 독백과 과거 회상, 환상 속의 대화, 아프리카 전래의 설화를 적절히 배합한 독특한 문체를 사용한다.

이와 대조적으로『검은 새의 노래』는 아프리카 원주민들의 불행한 역사와 비참한 현재를 다루고 있다. 이 소설에서 흑인들은 백인들의 삶을 위해 자신들의 삶을 침식당하면서도 아무런 저항도 할 수 없는 현실에서 살고 있다. 출세를 위해 도시로 오지만 그들의 삶은 공동체를 이루며 살아가던 과거의 삶보다 나을 것이 없다. 백인처럼 교육을 받고 백인과 같은 삶을 살겠다는 꿈(이 꿈은 모든 식민지인들이 한 번씩 밟고 가는 신기루이지만)을 꾸지만 결국 모든 것을 잃고 만다. 평범한 학생에서 사형수가 된 이 소설의 주인공은 흑인들의 이러한 삶을 전형적으로 보여주는 인물이다.

두 소설은 모두 주인공의 몰락을 다룬다고 할 수 있다. 그러나 그 몰락의 종류가 같다고 볼 수는 없다. 개인의 관점에서 보면 당연히 처참한 비극일 수 있지만, 그러한 몰락을 가능하게 하는 조건에 대한 평가는 다를 수 있기 때문이다. 가해자의 고통과 피해자의 고통은 고통이라는 점에서는 다르지 않지만 그 기원에서는 큰 차이가 있다. 가해자와 달리 피해자에게는 전혀 선택의 여지가 없다.

식민주의자, 뿌리 없는 사막의 삶

『보호주의자』의 주인공 메링은 전형적인 백인 식민지배자이다. 그는 남아공의 풍부한 철광 자원으로 돈을 벌고, 농장을 사고, 흑인 인부를 고용한다. 메링은 언제 어디서나 주인 대접을 받는다. 도시의 사무실에서도, 사교 모임에서도, 농장에서도 그렇다. 한편으로 그는 아프리카의 자연에 탄복하여 그것을 아끼려고 마음먹고 있지만, 아프리카의 천연자원을 착취하고 훼손하여 돈을 버는 일을 한다.

매사에 빈틈없고 철저하게 자신의 소유물을 관리하는 메링은 외견상 자유를 누리고 권력을 소유한 것으로 보인다. 하지만 그의 내면은 너무나 황폐하다. 그는 아내와 이혼했고, 아들과도 서먹하게 지낸다. 사귀는 여인은 있지만 사랑하는 사람은 없다. 성적으로도 조금 비뚤어져 있어서 여자 친구의 딸아이에게 성적인 관심을 갖고, 비행기 옆자리에 앉은 소녀를 거리낌 없이 추행하기도 한다. 속마음을 털어놓을 친구도 없다. 그는 터무니없이 길거리의 매춘부에게 걸려 외진 곳으로 끌려가는 위기에 처하기도 한다.

정체성의 문제로 보면 그는 여러 면에서 이방인이다. 메링은 나미비아라 불리는 남서아프리카 출생이다. 혈통으로는 독일계이지만 영어를 사용한다. 메링을 키워준 늙은 독일인 부부는 나미비아에 살고 있지만 그들은 서로 연락도 없이 지낸다. 메링의 아들이 그들 사이를 가끔 이어줄 뿐이다. 메링은 유럽과 일본을 자주 드나들지만 사업을 위해서일 뿐 그 이상의 인연을 가진 곳은 없다. 그는 부자이고 바쁘게 사는 것 같지만, 어느 특정한 전통이나 역사와도 관련을 맺고 있지는 못하다.

그의 이런 정체성 없는 삶은 그가 아프리카 대지와 맺고 있는 피상적인 관계에서 기인한다. 여러 번 반복해서 등장하는 그의 직업은 선철업자이다. 그러나 그가 하는 일을 추리해보면 그는 아프리카의 광물 자원을 백인의 특권을 이용해 착취하여 외국으로 파는 일, 산업 폐기물을 처리하는 일을 하는 사람이다. 아프리카를 식민지화하고 착취하는 최전방의 '사업'을 담당하고 있는 인물인 셈이다. 그런 그가 농장을 사서 관리한다는 것은 어찌 보면 어색한 일이다. 당연히 그의 농장에 대한 관심은 농업이나 전원생활과는 거리가 멀다. 적당히 농장을 경영하여 국가로부터 보조금을 받자는 것이 농장 소유의 목적이다. 그가 농장에서 어떤 의욕적인 사업도 벌이지 않는 이유는 자연을 보존하기 위해서가 아니라 적당한 손해를 보기 위해서이다.

그는 아프리카 대지에서 나는 가치 있는 것들을 팔아 돈을 버는 사람이다. 그러나 대지에 뿌리를 내리지는 못하는 사람이다. 그는 흑인 아이들이 알을 걷어가는 바람에 농장에서 뿔닭의 개체수가 줄 것을 걱정하지만, 낯모를 흑인의 시체가 발견된 것에는 큰 관심을 보이지 않는다. 농장에 있는 집에 대해서는 "여자를 데려와도 좋을 만한 멋진 장소라는 생각에 사로잡혀 있었을 뿐이었다."(57쪽) 결정적으로 그는 그 대지에 사는 사람들과 어떤 긴밀한 유대도 갖고 있지 못하다.

그의 관심을 따라가다 보면 아프리카의 자원 착취 문제와 만나게 된다. 그가 어린 시절을 보낸 나미비아 지역의 스와코프문트 지역은 "수천 년 동안 이 세계가 원하게 될 줄은 상상도 못했던 우라늄이 묻혀 있는 산자락"(199쪽)이다. 그곳은 단일 광산으로는 세계에서 가장 큰 규모로 개발되고 있다. 이런 개발 앞에서 소수 민족의 권리 따위는 관심 밖에 놓인다. 그는 니켈과 관련하여 보츠나와에 다녀오기도 한다. 일상 에서도 그는 철광이나 망간과 같은 광물에 대한 뉴스 기사에 큰 관심을 보인다.

이 소설에서, 백인이라고 모두 메링과 같이 아프리카의 광물에만 집착하는 것은 아니다. 메링의 옛 친구 안토니오는 백인이 아프리카를 소유할 수 없다고 생각하는 여인이다. 안토니아는 메링에게 결여된 열정 과 충성심, 희생심을 가지고 있다. 그녀는 메링에게 땅에 대한 애착이 감 상적이며, 원주민이 아닌 사람은 누구도 땅을 완전히 소유할 수 없음을 일깨워 주려 한다. 그녀는 메링에게 "당신이 농장을 사는 식으로 종잇장 에 서명을 한다고 해서 이것을 소유할 수는 없"(200쪽)다고 말한다.

하지만 남들의 생각이야 어떻든 메링은 자신이 살아가는 방식을 고수한다.

> 나는 세상을 변화시키되, 조금은 내가 좋아하는 방식으로 유지시키겠다
> – 세상을 변화시키는 일이 그토록 쉽다면 누군들 세상을 한 번 고치려
> 들지 않겠는가. 자기 자신을 위해서 자기 좋아하는 방식대로 무엇인가를
> 유지하고 보호하려면 방해하는 것이 무엇이든 – 죽어서 그러든 숨어서
> 그러든 – 일체 무시할 수 있는 배짱을 갖지 않으면 안 된다.(114쪽)

이 소설의 제목처럼 메링은 무엇인가를 보호하려는 사람이다.

세상을 변화시키는 일이 쉽지 않다고 생각할 뿐만 아니라 세상의 변화는 자신이 좋아하는 방식이어야 한다고 생각한다. 이런 사람은 세상의 변화가 자신이 원하는 방향과 조금이라도 어긋날 경우 자신의 이익을 유지하는 쪽을 선택하는 사람이다. 메링이 자신의 사회적 위치에도 불구하고 자기만의 세계에 갇힌 답답한 사람으로 보이는 이유가 이런 고리타분한 생각 때문이다. 그의 삶은 편협하고 자기중심적이어서 외롭고 불안전할 수밖에 없다.

메링은 부자인 것 같지만 다른 관점에서 보면 그가 고용한 농장 관리인 흑인 야코버스보다 더 가난한 사람이다. 야코버스는 경제적으로 가난하지만 가족, 전통문화, 정체성을 유지하고 있다. 주변 사람들과의 유대감도 강하다. 이 소설에서 야코버스로 대표되는 흑인들의 삶은 그들이 일하는 토양의 일부로서 풍성함을 지닌다. 메링이 그가 속한 백인 사회로부터 고립되어 가면서 크리스마스와 연말도 홀로 지내는 것과는 대조적으로 흑인들은 축제를 즐기고 죽은 남자의 혼백을 달래주는 의식을 치른다. 그들은 집단적 삶의 정신적 풍요로움을 여전히 누리고 있다. 그들은 대지를 착취하지 않고 대지와 함께 생활하며 그곳에서 벗어나지 않는다. 농장을 비롯한 아프리카의 대지는 문서상 백인들에 속해 있지만 실제 주인은 그곳에서 살고 있는 흑인들이라 할 수 있다.

이 소설을 통해 고디머는 백인 식민주의자의 내면을 신랄하게 파헤치고 있다. 작가는 백인 식민주의자들은 선대의 부와 권력을 후대로 이어가기 어렵다고 말한다. 백인은 결국 패자일 수밖에 없으며 대자연을 거스르지 않는 흑인이 승자가 될 것이라 예상한다. 소설에서 흑인들은 지배당하는 것처럼 보이지만 그들 나름대로 백인들과 인도인들을 평가하고 그들을 다루는 법도 파악하고 있다. 작가는 방향 감각을 잃고 허물어져 가는 메링의 모습을 보여주면서, 원주민들의 역사와 전통 속으로 들어온 백인 문명과 문화가 얼마나 보존할 가치가 있는가에 대해서도 생각하게 만든다.

번역을 통해 원문의 언어적 특성까지 이해하기는 어렵지만, 이 소설은 영어와 아프리카 어, 원주민 흑인들의 말과 인도인들의 말이 서로 교체되면서 다른 인종들 간의 가로막힌 벽의 의미를 느끼게 한다고 평가된다. 이런 언어의 장벽은 더 나아가서 정치적, 문화적, 역사적인 관계에서의 단절 상태를 암시한다. 번역문으로 이런 특징을 파악하는 것은 쉬운 일이 아니지만, 그러한 장점을 느끼지 못한다고 해도 『보호주의자』는 충분히 생각할거리가 많은 소설이다.

백인과 흑인, 주인과 노예

『보호주의자』가 큰 중심 사건 없이 전개되는 데 비해 『검은 새의 노래』는 뚜렷한 하나의 사건을 중심으로 펼쳐지는 이야기이다. 소설은 백인 여성을 강간한 죄로 수감되어 사형을 선고받은 흑인 청년 씨비야의 독백으로 전개된다. 어느 날 해수욕장의 백인 전용 구역에서 일광욕을 하던 백인 여성과 우연히 마주친 그는 그날부터 이상한 집착에 사로잡혀 매일같이 백사장에 나와 그녀를 관찰한다. 인종 간의 결합을 금지하는 남아공의 인종법 때문에 그들은 결코 맺어질 수 없는 사이지만, 그는 그녀가 가는 곳이면 어디든 뒤를 쫓는다. 그는 그녀 역시 자신의 행동을 알면서도 그것을 즐기고 있다고 느낀다. 그러던 어느 날, 그는 바닷가 근처 방갈로에서 문을 열어놓은 채 나체로 누워 있는 그녀를 보고 충동적으로 방에 침입한다. 잠시 후 그녀가 저항하는 소리를 듣고 달려온 사람들에게 붙잡힌 그는 강간죄로 기소된다.

이 사건은 국내외 언론의 관심을 받게 되고 주인공은 졸지에 주목 받는 인물이 된다. 소설은 그 사건을 둘러싼 정황과 씨비야의 과거와 가족사 등을 그의 회상과 법정 심문, 그리고 취리히에서 온 심리학자와의 대화를 통해 서서히 밝혀나간다. 그의 목소리를 통해 아파르트헤이트로 대변되는 남아공 사회의 복잡한 모순이 드러난다. '검은 새의 노래'로 번역된 원 소설의 제목은 'Mating Birds'인데, 이는 자연스러운 새들의 결합을 그렇지 못한 인간들의 형편과 대비시킨 것이라 할 수 있다. 자신의 과거와 사건의 전말을 회상하는 씨비야의 독백은 건조하고 냉소적이다.

이 소설은 아파르트헤이트 시대의 남아공을 직접적으로 고발한다. 분리 정책이 부른 비극을 다룬다는 점에서 『보호주의자』와 같지만 정책의 직접적인 피해자인 흑인을 서술자로 하고 있다는 점에서 독자들이 느끼는 현실감은 다르다. 작가 루이스 응꼬씨 역시 남아공의 대표적인 민족 집단 중 하나인 줄루 족 출신이다. 이 책의 서두에는 '백인들의 옷을 빨아 내가 글을 배울 수 있게 해주신 에스터 마까띠니 할머니께'라는 헌사가 실려 있다.

백인 여성과 접촉해 교수형을 당하게 되었다는 분명한 중심 사건을 가지고 있지만 실제로 작가가 이 소설에서 보여주고자 하는 것은 주인공과 그 가족의 과거 삶이다. 그들의 삶은 모순으로 가득 찬 남아공의 현실을 전형적으로 보여주기 때문이다.

내 사건이 불러일으키는 부정적인 인상은 기실 범죄 자체의 혐오감에서 기인하는 것이라기보다는 인종적 요인에서 연유하는 바가 크다는 것이다. 간단히 말해, 그 소녀는 백인이고 나는 흑인이라는 것이다. 나는 이처럼 정당하고 관대한 해석에 토를 달 용의가 없다. 왜냐하면 누구나 알고 있기 때문이다. 내가 교수형을 당하는 이유는 한 소녀를 강간했기 때문이 아니라 한 백인 여자와 잠자리를 함께했기 때문이다.(33쪽)

문제의 핵심이 어디에 있는지 주인공은 분명히 알고 있다. 그는 앞서 살펴본 1950년 배덕법을 위반한 것이다. 재판을 받으면서도 그는 재판의 본질이 한 소녀에 대한 강간이 아니라 강간 혐의자의 피부색과 피해자의 피부색에 있다는 생각을 떨쳐 버리지 못한다. 그는 재판의 결과가 어떻게 나올지도 알고 있다. 그런 만큼 절망의 끝에서 나오는 그의 회고는 처절하고 솔직한 것이다.

그의 어린 시절은 비교적 편안했다. 줄루 족의 대가족 제도 안에서 보호받으며 살았기 때문이다. 줄루 족은 가족 구성원 간의 조화를 위해 불행이라는 정서를 허락하지 않았다. 젊은 어머니 농까녜지의 쾌활한 성격과 소탈함 역시 그의 어린 시절을 풍요롭게 했다. 그의 불행은 백인들이 줄루 족이 살고 있는 땅을 탐내어 그의 가족을 먼 곳으로 쫓아내면서부터 시작되었다. 그는 "어렸기 때문에 이 나라의 다른 곳에서 흑인들이 처한 가혹한 삶의 질곡을 잘 알지 못했다. 땅은 기름졌고 우리에게 많은 가축이 있었다. 먹을 것은 넘쳐났고 저축할 거리까지 있었다."(53쪽)고 회상한다. 백인들이 땅을 빼앗기 전에 그는 결코 가난하지 않았다. 하지만 "새로운 백인 정착촌 건설을 위해 만짐로페라는 마을 전체가 80킬로미터 내륙으로 옮겨가야"(72쪽) 했다.

군인들이 불도저를 몰고 마을로 들어온 날, 사람들은 출입금지 선 밖에 서서 믿을 수 없다는 표정으로 자신들의 가옥과 외양간이 무너지는 모습과 그나마 얼마 없는 물건들이 군용 트럭에 실려 가는 모습을 지켜보았다. 몇몇 군인들은 이대로 떠나는 게 흡족하지 않은 듯했다. 아무런 도발이 없었음에도 불구하고, 군인들은 자신들의 오랜 터전이 참담하게 무너지는 모습을 말없이 지켜보던 군중에게 달려들어 무력을 행사했다. (중략) 아버지는 온 가족을 이끌고 음짐바에서 30km 떨어진 외삼촌네 마을로 피난했다.(73쪽)

백인들은 해안에 가까운 좋은 땅을 차지하기 위해 흑인들을 몰아내고 그곳에 도시나 전원주택 단지를 만들었다. 쫓겨난 흑인들은 아무런 보상을 받지 못하고 황무지와 같은 미개척지에서 새로운 삶을 시작해야 했다. 이런 상황이 반복되면서 흑인들은 도시에서 살아갈 방도를 찾게 된다. 도시로 유입된 흑인들은 자연스럽게 빈민가를 형성하게 되고 백인들에게 싼 노동력을 제공하며 근근이 살아간다. 이러한 변화는 사실 근대 자본주의가 진행해온 도시화의 전형적인 사례라 할 수 있다. 근대화의 현상적인 모습이 산업화와 도시화이며 그것이 전 지구적으로 진행된 것이 자본주의 시대의 특징이다. 그렇다면 남아공의 인종 분리 정책은 결국 자본주의의 특수한 양태라고 보아도 무리는 없을 것이다. 인종의 차이를 내세운 점은 매우 특별하지만 그것을 통해 얻어진 결과는 자본이 만들어낸 세계의 변화와 크게 다르지 않았다고 할 수 있다.

백인들과 접촉하면서 흑인들도 "글을 읽고 쓸 줄 알며, 멀리 떨어져 있는 사람들과 마음대로 소통할 수 있는 능력, 백인들이 지닌 그 마술적인 능력을 가지고 싶어"(61쪽)했다. 주인공 역시 주변의 배려로 학교 교육을 받았다. 그러나 그를 가르치기 위한 주변의 희생은 너무 컸다. 그녀의 어머니는 아들의 학비를 벌기 위해 도시로 들어와 처음에는 백인들의 옷을 빨아주는 세탁 일을 했다. 벌이가 시원치 않자 판잣집 동네에서 흑인들을 상태로 하는 주점을 운영하기 시작했다. 그리고 그의 집에서는 아들이 보기에는 도덕적인 타락으로 보이는 일들이 하나둘씩 벌어졌다. 도시로 와서 달라지는 농까녜지의 모습은 절망을 주지만 그 덕분에 주인공은 대학에 다닐 수 있었다. 어렵게 진학한 대학이지만 그는 학교를 졸업하지 못했다. 그는 흑백 분리 수업에 반대한 동맹 휴업을 주동했다는 이유로 학교에서 쫓겨났다.

이 소설은 불행한 흑인에 대해 이야기하지만 백인에 대한 흑인의 증오를 표면에 내세우고 있지는 않다. 씨비야도 자신을 유혹해 죽음에 이르게 한 소녀를 원망하지 않는다. 그는 흑인에게 백인이 그렇듯이 백인에게도 흑인은 거울 같은 존재라고 생각한다. 실제로 분리 정책은 흑인에게 큰 고통이고 불행이지만 백인에게도 좋은 것만은 아니었다. 백인들 역시 흑인들과의 관계 속에서 스스로를 왜곡시켰기 때문이다. 이 상황은 유명한 주인과 노예의 변증법을 떠올리게 한다. 흑인들에게 주인으로 군림한다고 해서 백인들의 내면이 풍요로워지는 것은 아니다. 노예를 거느린 주인은 점점 더 부족한 인격체가 되어갈 뿐 노예의 건강성을 뛰어넘을 수는 없다. 노예 앞에서 만들어진 주인의 주체는 노예가 사라지면 허약해지고 허무하게 사라질 운명에 놓인다.

사형을 앞두고 씨비야는 자신이 증오하고 두려워했던 백인의 세계란 것이 기실 사상누각과 같은 것임을 깨닫는다. 그 세계는 영원하지 않을 것이며 따라서 언젠가 사라져 버릴 것이라 믿는다. 자신이 강간했다는 그 소녀는 피부가 하얗다는 것을 빼면 아무런 미덕도 지니고 있지 못한 소녀였다. 그가 보기에 하얀 피부는 이 세상에 존재하는 그 어떤 피부보다 말썽과 불행을 야기한 피부에 불과하다. 남아공 안에서만 보아도 백인들의 권력은 흑인들의 노동력에 기초하지 않고는 아무것도 하지 못한다. 그래서인지 아무런 빛도 보이지 않는 현실이지만 이 소설에서 바라보는 미래는 그렇지 어둡지만은 않다.

낙관적인 혹은 비관적인

남아공의 아파르트헤이트를 배경으로 한 두 편의 소설을 살펴보았다. 두 소설은 같은 배경에서 창작되었지만 현실을 드러내는 방법과 주제에서는 다른 점이 많았다. 『보호주의자』는 식민주의자의 내면을 중심으로 인종 분리가 결국은 백인의 내면까지 황폐하게 만든다는 것을 보여주었다. 작가는 백인들은 대지를 착취하고 이용할 수 있지만 대지와 하나가 되지는 못한다고 말한다. 그런 의미에서 아프리카의 주인은 대지에 뿌리를 두고 건강한 삶을 유지하는 흑인들이라는 것이 이 소설의 관점이다. 『검은 새의 노래』는 분명한 사건을 중심으로 이야기가 전개되어 비교적 쉽게 읽히는 소설이다. 이 소설은 교수형을 앞둔 주인공의 회상을 통해 남아공의 현실을 구체적으로 드러내고 있다. 또, 현실을 지배하고 있는 백인들의 질서가 얼마나 허약한 것인지도 함께 보여준다.

"우리의 땅을 건드리지 마라!" 한 사람의 목소리는 나약하고 쉽게 흔들린다. 그러나 그 목소리들이 한데 뭉치면 하나의 강력한 소리가 되어 옥사 전체를 뒤흔들며 천둥 같은 함성 속으로 몰아넣는다. 그렇다. 나는 바로 이 목소리들과 함께 갈 것이다. 신새벽의 자유를 노래하는 저 목소리들보다, 매일같이 하늘에서 거침없이 짝짓기를 하는 저 새들보다 더 훌륭한 송별은 내게 없을 것이다.(214쪽)

위 예문은 『검은 새의 노래』의 마지막 부분이다. 마치 독재 정권 아래의 민주 투사들이 부르짖었음 직한 구호이다. 많은 사람들의 이러한 의지가 남아공에서 인종 분리 정책을 철폐하게 만들었음은 이론의 여지가 없다. 세기말 이후 남아공은 '거침없는 짝짓기'로 상징되는 자유와 사랑 그리고 본능에의 충실을 향해 큰 발을 내딛고 있다.

우리는 인종 차별이 몇몇 정신 나간 사람들의 괴상한 정책이었다고 생각해서는 안 된다. 이는 히틀러가 정신병자이고 그가 아니었으면 나치 문제는 일어나지 않았을 것이라고 여기는 것만큼 어리석다. 히틀러는 시대가 만들어낸 인물이었고 유대인 학살조차 암묵적 동의 아래 벌어진 일이었다. 인종 분리 역시 인종적 편견을 넘어서는 이성적 판단이 개입된 정책이었다. 남아프리카의 자원을 약탈하는 과정에서 효과적으로 노동력을 착취할 수 있는 방법으로 유지되어 오던 것이 아파르트헤이트였다.

그렇다면 현대 사회에서 아파르트헤이트는 모두 사라진 것일까? 노골적인 인종 분리 정책은 사라졌지만 계급과 계층의 분리가 완전히 사라진 것은 아니다. 단지 그것이 외모와 같은 노골적인 기준에 의해서 행해지지 않을 뿐이다. 현재도 우리는 학벌, 지역, 경제력으로 사람들을 구분하는 사회에 살고 있다. 오히려 제도화 되지 않아 눈에 보이지 않기 때문에 그런 벽을 허무는 일은 더 힘들어졌다. 시간이 지날수록 그 벽이 점점 높아지고 두꺼워지는 것 같아 걱정스럽기도 하다.

아파르트헤이트의 역사와 문학예술
자크 랑, 「넬슨 만델라 평전」, 윤은주 역, 실천문학사, 2007.

「넬슨 만델라 평전」 표지

잘 알려진 대로 넬슨 만델라는 남아프리카 공화국의 인종 차별 정책인 '아파르트헤이트(Apartheid)'에 맞서 평생을 싸워온 인물이다. 그의 생애는 온전히 흑인 인권의 회복과 인간 평등에 바쳐졌다. 재판, 사형 선고, 27년간의 수감 등 혹독한 고난을 겪으면서도 그는 백인에 대한 분노와 징벌이 아니라 화해와 관용을 선택하였고, 남아프리카 공화국 최초의 흑인 대통령이 되어 평화와 민주주의를 실현하려 노력하였다. 그는 은퇴한 뒤로도 세계 평화와 인권운동의 정신적인 지도자로서 활약하다 2013년 사망하였다.

자크 랑의 『만델라 평전』은 만델라를 세계라는 무대에 선 배우처럼 묘사한다. 만델라의 극적인 인생을 극적인 형식에 담은 셈이다. 이 연극에서 만델라는 투사로 거듭나는 그리스 비극의 안티고네, 무장투쟁을 주도하는 스파르타쿠스, 로벤 아일랜드의 감옥이라는 바위에 묶인 프로메테우스, 아파르트헤이트 협상을 주도한 지도자 프로스페로, 대통령에 당선되어 흑백 갈등 치유와 세계 평화를 위해 일하는 넬슨 왕으로 그려진다.

많은 연극의 주인공이 그렇듯이 이 책 속의 만델라는 완전한 영웅은 아니다. 그는 때로는 두려워하고, 때로는 부끄러워하고, 때로는 비겁하기도 한 소시민의 면모를 지닌 인물이다. 그의 위대함은 자신의 계급적 배경과 부유한 삶을 스스로 버리고 이상과 현실을 조화시키기 위한 노력을 멈추지 않았다는 데서 발견할 수 있다. 대통령에 당선된 날 노구에도 불구하고 어색하게 아프리카 인다운 춤을 추던 그의 모습이 이런 그의 인간성을 압축적으로 보여준다.

아프리카문화연구소 편, 『나를 인간이라고 부르지 말라』, 이석호 역, 동인, 2001.

리처드 어텐보 감독, 〈자유의 절규〉(Cry Freedom 1987)

존 G. 아빌드센 감독, 〈파워 오브 원〉(The Power of One, 1992)

빌 어거스트 감독, 〈굿바이 만델라〉(Goodbye Bafana, 2007)

클린트 이스트우드 감독, 〈우리가 꿈꾸는 기적: 인빅터스〉(Invictus, 2010)

4. 남아메리카
: 대륙에 드리운 우울한 그림자

수탈당한 대지의 고독(콜롬비아_『백 년 동안의 고독』)

아주 흔한 독재자 이야기(페루/도미니카_『염소의 축제』)

혁명의 대륙 좌절의 역사(칠레_『우리였던 그림자』,『연애 소설 읽는 노인』)

수탈당한 대지의 고독

라틴 아메리카 소설의 힘

"하늘은 너무 멀고 미국은 너무 가까이 있다." 지난 세기 라틴 아메리카의 상황을 압축적으로 설명해주는 말이다. 콜럼버스가 서인도 제도에 상륙한 후부터 라틴 아메리카는 식민지의 운명에서 벗어나지 못했다. 처음에는 스페인 사람들의 약탈을 견뎌야 했고, 19세기 독립 후에는 자본주의 강국 영국의 영향력에서 자유롭지 못했다. 19세기가 저물기 전, 강국으로 부상한 미국은 자신들의 번영을 위해 라틴 아메리카의 정치와 경제를 관리하기 시작했다. 찬란했던 아메리카의 옛 문명은 외세의 침략을 받으면서 잊혀졌다. 마야, 잉카, 아즈텍 문명은 '유적'으로나 접할 수 있는 과거가 되었고, 문명을 일으켰던 인디오들도 서구인들의 침략과 함께 소수로 전락하고 말았다.

서양 근대의 산업혁명은 유럽-아프리카-라틴 아메리카의 삼각무역에 의해 탄력을 받았다. 자본은 유럽의 공산품과 아프리카의 노예 그리고 아메리카의 사탕수수를 비롯한 자원을 결합하여 이전에는 상상할 수 없었던 부를 생산해냈다. 이 과정에서 풍부한 자원을 가진 남아메리카의 불행이 시작되었다. 대표적으로 17세기의 포토시(볼리비아)는 "세계에서 가장 많은 것을 제공하면서 가장 조금밖에 갖지 못한 도시"가 되었다. 도시에서 캐낸 엄청난 은은 스페인을 거쳐 영국과 네덜란드를 부유하게 만드는 데 사용되었다. 자원의 약탈도 약탈이지만, 단작 재배를 통해 라틴 아메리카의 땅은 황폐화되어 갔다. 카카오, 커피, 고무, 면화, 바나나는 그 대표적인 작물들이다.•

　　라틴 아메리카의 인종 구성은 다른 어느 대륙보다 복잡하다. 원주민이라 할 수 있는 인디오들은 약 1만 년 전 동아시아로부터 건너간 것으로 알려져 있다. 그들은 오랫동안 구대륙과 분리된 상태에서 살았다. 16세기 이후 유럽인과 아프리카 인들이 몰려들면서 이 지역의 인종 구성은 다양해졌다. 백인과 인디오 혼혈이나 백인과 흑인 혼혈은 물론 19세기 이후 이민 온 백인과 동양인들도 인종 구성에 가담하였다. 현재도 브라질 남부나 아르헨티나, 칠레 등의 온대 지역에는 백인과 동양인의 비중이 높고, 열대에 가까운 지역에서는 흑인들의 비중이 높다.

　　라틴 아메리카는 20세기 중반 이후 세계문학의 중심으로 부상하였다. 특히 소설가들이 갑작스럽게 세계적인 주목을 받았다. 평단에서는 이 시기 작가들이 발표한 소설들을 붐 소설이라고 불렀다. 멕시코의 카를로스 푸엔테스, 페루의 마리오 바르가스 요사, 그리고 콜롬비아의 가르시아 마르케스는 잘 알려진 초기의 붐 소설가들이다. 이 작가들은 라틴 아메리카의 역사를 독특한 서사 형식을 통해 표현해, 소설의 죽음을 운운하던 서구 세계에 큰 충격을 던져 주었다. 이들 외에 아르헨티나의 소설가 호르헤 루이스 보르헤스는 연작 형태의 짧막한 이야기들로 구성된 독특한 소설들을 발표하여 이후 소설에 많은 영향을 미쳤다.

위 작가들은 공통적으로 소설에 시공간을 초월한 환상적 요소를 가미하고, 소설 구성과 언어에 실험성을 도입하였다. 일상 현실에 꿈과 마술적 요소를 혼합하는 이러한 기법을 흔히 '마술적 리얼리즘'이라고 부른다. 마술적 리얼리즘은 환상을 통해 현실의 예기치 않은 변화, 현실에 대한 각별한 계시, 현실의 풍요로움을 제공하는 특별한 깨달음, 현실의 층위와 범주의 확장 등을 드러낸다. 이때 환상은 망상이나 상상과는 다른 일종의 '경이로움'을 포함한다. 마술적 리얼리즘은 억압적이고 권위주의적인 독재 사회에서 자주 나타나며, 정치적으로 위험한 표현을 순화하는 방법이다. 혹자는 환상이 현실에 대한 시적인 재단이거나 부정의 수단이라 평가한다.

마술적 리얼리즘으로 단연 주목할 만한 작가는 마르케스이다. 그의 장편『백 년 동안의 고독』●●은 라틴 아메리카 문학을 세계에 알렸을 뿐 아니라 소설의 새로운 가능성을 열었다. 이 작품에는 환상, 비범한 인물들, 기괴한 사건, 서스펜스, 색다른 유머 등이 흥미롭게 결합되어 있다. 그는 콜롬비아를 상징하는 마콘도라는 가상의 마을에서, 호세 아르카디오 부엔디아 집안이 살아가는 백 년의 역사를 긴 호흡의 문체로 풀어내었다. 환상적인 이야기 속에 콜롬비아뿐만 아니라 나아가 라틴 아메리카의 슬픈 역사를 담고 있는 소설이기도 하다. 이 소설은 정치적 이유 때문에 콜롬비아에서 출판되지 못하고 1967년 아르헨티나의

●E. 갈레아노,『수탈된 대지』, 박광순 역, 범우사, 1999, 참조.
●●가브리엘 가르시아 마르케스Gabriel Garcia Marquez. 콜롬비아 아라카타카 출생. 1927년 3월 6일~2014년 4월 17일. 대표작으로『아무도 대령에게 편지하지 않았다El coronel no tiene quien le escriba』(1961),『백년동안의 고독Cien a?os de soledad』(1967)이 있다. 1982년 노벨문학상을 수상하였다. 이 글의 텍스트는 안정효 번역의 문학사상사판(2001)이다.

수다메리카 출판사에서 처음 출판되었다.

주목받지 못한 땅 콜롬비아

남아메리카는 축구를 잘하는 대륙 정도로 알려져 있다. 현란한 발 기술을 자랑하는 이곳 출신 선수들이 세계 무대를 누비고 있으며, 가끔 신데렐라 같은 성공 신화를 안고 있는 빈민굴 출신의 선수도 이 대륙에서 탄생한다. 브라질이나 아르헨티나는 축구 신화의 중심국들이다. 그들의 쌈바 축제나 탱고 춤 역시 잘 알려져 있다. 자유 무역 협정으로 우리가 많은 농산물을 수입하고 있는 칠레는 최근 들어 익숙해진 이름이다. 그럼 콜롬비아는 어떤가. 유명한 커피 생산국이고 축구를 제법 잘하는 나라, 마약과 관련하여 가끔 미국 영화에 등장하는 나라 정도가 우리가 아는 콜롬비아이다.

콜롬비아는 남아메리카 대륙의 북서쪽 중앙아메리카와 연결되는 곳에 자리 잡고 있다. 동쪽으로는 베네수엘라와 브라질, 남쪽으로는 에콰도르와 페루, 북서쪽으로는 파나마와 국경을 맞대고 있다. 북쪽으로 열린 카리브 해는 자메이카, 아이티, 도미니카 공화국, 온두라스, 니카라과, 코스타리카 해역과 닿아 있다. 콜롬비아의 국토 면적은 세계 26위이며, 남아메리카에서는 브라질, 아르헨티나, 페루 다음으로 큰 나라이다. 콜롬비아의 기후는 적도와 근접한 위치의 열대기후에서 만년설을 볼 수 있는 산악기후까지 다양하다. 강수량 역시 태평양 연안과 남동쪽 지역이 큰 차이를 보이고, 그나마 강우는 두 번의 우기에 집중된다.

현재 콜롬비아 지역의 고대사에 대해서는 알려진 바가 거의 없다. 12세기 무렵에는 칩차(Chibcha)문명을 비롯해서 여러 문화가 발전하였는데, 스페인이 1536년 처음으로 콜롬비아에 발을 들여놓았을 때 칩차 족은 약 120만 명이 살고 있었다고 한다. 스페인의 식민지가 시작된 17세기 무렵부터 18세기 말까지 아프리카에서 흑인들이 이입되면서 콜롬비아의 인종 구성은 다양해졌다. 식민지에 대한 스페인의 가혹한 지배는 식민지 주민들의 불만을 샀으며 그것은 많은 반란으로 이어졌다. 19세기 초 라틴 아메리카 전역에서 민족해방운동이 활발히 벌어질 때 콜롬비아에서도 시몬 볼리바르의 지도로 해방운동이 크게 일어났다.

1819년 산타페데보고타 전투에서 승리한 해방군은 현재의 콜롬비아, 베네수엘라, 에콰도르, 파나마를 포함한 대콜롬비아 공화국을 결성하였다. 하지만 1830년 베네수엘라와 에콰도르가 탈퇴하면서 대콜롬비아 공화국은 와해되고, 지금의 콜롬비아와 파나마에 해당하는 지역이 신그라나다 연방으로 독립하였다. 연방주의를 실험하던 콜롬비아는 1886년 콜롬비아 공화국을 선포하였다.

해방 투쟁 과정에서 권력을 장악한 것은 지주 계급이었다. 지주들은 외국 자본과 결탁하여 콜롬비아의 정치와 경제를 좌지우지했다. 한때 콜롬비아에 속했던 파나마의 독립은 라틴 아메리카에서 자본의 이익이 어떻게 관철되는지 잘 보여준다. 파나마 지협에 태평양과 대서양을 연결하는 운하를 만들면 큰 이익을 얻을 수 있다는 생각으로 미국 자본은 콜롬비아 정부와 교섭을 시작했다. 콜롬비아 정부와 미국의 교섭이 교착 상태에 이르자, 파나마 지역은 콜롬비아로부터 독립을 선언하였다. 파나마 정부는 콜롬비아 정부보다 좋은 조건으로 미국에 운하 공사를 허용하였다. 콜롬비아 정부는 얼마 안 되는 배상금으로 미국과 타협하고 파나마의 독립을 인정할 수밖에 없었다.

20세기 전반기 동안 콜롬비아에서는 보수당과 자유당의 정권 교체가 비교적 안정적으로 이루어졌다. 그러나 제2차 세계대전 후 양 정당 간의 분쟁이 격화되어 1948년에는 내전에 이은 군사독재 기간을 겪었다. 이 군사독재 체제는 1957년 보수-자유 양당의 정치휴전으로 완화되고, 이후 4년마다 양당에서 정권을 교체하고 각료-국회의석 등은 절반씩 차지한다는 형식을 취하였다. 자유당과 보수당이 정권을 주고받는 양태는 20세기가 끝날 때까지 지속되었다.

　　이상에서 살펴 본 콜롬비아의 역사적 상황은 『백 년 동안의 고독』의 중요한 배경이 된다. 즉, 1903년에 콜롬비아에서 자유당과 보수당 사이의 전쟁을 종식시키기 위해 체결된 네에를란디아(Neerlandia)조약, 1928년에 일어난 바나나 농장의 대학살 사건, 15세기에 사용된 병기 및 스페인 범선의 발견, 천일 전쟁으로 불리는 콜롬비아 내전 등이 마콘도 역사의 후경(後景)으로 드리워진다. 이런 사건들은 마르케스 만의 독특한 소설 미학으로 작품에 형상화된다.•

　　특별히 '천일 전쟁'과 '바나나 농장 학살 사건'은 이 소설의 중심 서사와 직접적으로 연결된다. 천일 전쟁은 1898년 선거에서 승리한 민족주의 보수파 마누엘 안또니오 산끌레멘떼(Manuel Antonio Sanclemente)가 자유파와 민족주의 보수파가 제시한 개혁안을 거부함으로써 발생한 전쟁이었다. 이 내전은 1899년 8월부터 약 1000일 동안 지속되다가 1902년 11월에 끝이 났다. 이 내전으로 약 15만 명이 죽고 국가 경제는 파탄에 이르렀다. 내전 이후에는 대지주들의 지원을 받은 보수당 정권의 권력이 더욱 강화되었다. 소설 속 아우렐리아노 대령이 평생을 두고 치른 전쟁은 이 '천일 전쟁'을 떠올리게 한다.

　　20세기 내내 콜롬비아가 그랬듯이 소설 속 마콘도 마을 역시 미국 자본의 영향에서 자유롭지 못했다. 바나나 농장에서 일어난 노동자 파업의 진행 과정은 역사적 사건을 근거로 하고 있다. 1928년 콜롬비아 대서양 연안에서 대파업이 발생했을 무렵 콜롬비아 최대의 농장 소유자는 미국의 유나이티드 프루츠사였다. 파업 직후 바나나 농장 근로자는 한 철도역 앞에서 모두 총살당했다.** 그러나 대학살 기록은 역사에서 말소되었다. 소설에서는 대령의 증손자 호세 아르카디오 세군도가 파업에 직접 참여하고, 학살을 직접 목격한다.

부엔디아 가문의 역사

　무엇보다『백 년 동안의 고독』은 재미있다. 책을 펴서 덮을 때까지 쉴 새 없이 사건이 이어지기 때문에 독자들은 잠시도 긴장을 늦출 수 없다. 각각의 사건은 인물의 행동 중심으로 속도감 있게 전개된다. 많은 인물들이 등장하고 그들의 이름이 같거나 비슷하기 때문에 독자들은 이야기의 선후를 맞추는 데 애를 먹을 때도 있다. 그러나 복잡해 보이는 이야기는 이름이 갖는 공통점과 한 가문의 역사라는 일관성에 의해 단순하게 정리된다.

　이 소설은 마콘도라는 마을을 배경으로 6대에 걸친 부엔디아 가문의 성쇠를 다룬다. 상상 속의 마을 마콘도는 백 년 동안 한 사람도 죽은 자가 없을 정도로 신비롭고 평화로운 마을이었으나, 외부와 교류하

●송병선,「백 년 동안의 고독, 총체적 소설」,『외국문학』37, 1993 가을, 303쪽.
●갈레아노, 앞의 책, 208쪽.

면서 쇠락의 길을 겪게 되는 곳이다. 호세 아르카디오 부엔디아와 그의 아내 우르슬라가 발견하여 세운 마을은 6대손 아우렐리노가 돼지 꼬리가 달린 아이를 낳으면서 운명을 다하고 만다. 마콘도가 겪는 쇠락의 과정은 단순히 한 가정의 몰락을 말해주는 것이 아니라 콜롬비아라는 나라의 역사를 집약적으로 보여준다.

총 20개 장으로 구성되어 있는 이 소설은 크게 세 부분으로 나눌 수 있다. 1에서 3장은 마콘도 마을이 건설되어 외부 문명을 받아들이며 성장하는 과정을 다루고, 4장에서 15장은 과학이 발전하고 경제가 번영하던 마콘도에 쇠락의 징후로 여겨지는 변화가 일어나는 과정을 다룬다. 16장에 20장은 마콘도의 쇠퇴와 파멸에 관한 이야기이다. 소설은 이렇게 많은 장으로 구분되어 있지만, 장 별로 나누어 이해하기 보다는 각 세대를 대표하는 인물을 중심으로 이야기를 정리하는 것이 좋다. 우르슬라의 분류에 따르면 아우렐리아노라는 이름을 가진 아이들은 머리는 좋은 편이지만 성격은 내성적이고, 호세 아르카디오라는 이름을 받은 아이들은 충동적이며 모험심을 타고나서 어떤 비극적인 면모를 지녔다.

부엔디아 가문의 가계를 따라 소설을 정리하면 오른쪽 표와 같다. 마콘도 마을은 호세 아르카디오 부엔디아와 우르슬라 부부, 그리고 그들을 따라 모험을 떠났던 젊은이들에 의해 건립되었다. 아르카디오와 우르슬라는 사촌 간으로 집안의 반대에도 불구하고 결혼을 했다. 두 사람의 결혼 이전에도 이들 집안은 복잡한 가계로 얽혀 있었다. 우르슬라의 숙모와 호세 아르카디오의 삼촌이 결혼을 해서 낳은 아들은 돼지 꼬리를 가지고 태어났고, 결혼할 때가 되어 돼지 꼬리를 자르다가 출혈 과다로 죽었다. 근친상간으로 이어져 온 이 집안에 아르카디오

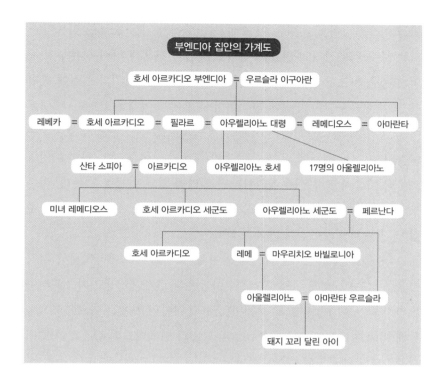

부엔디아 집안의 가계도

부엔디아 부부의 결혼은 새로운 불행의 출발점이 된다. 결혼은 했지만 우르슬라는 어머니의 충고를 따라 부엔디아와 잠자리는 하지 않았다. 이 소문을 듣고 부엔디아에게 모욕을 준 푸르덴치오 아귈라는 부엔디아의 창에 찔려 죽고 만다. 살인을 한 후 부부는 아주 먼 곳으로 떠났고, 산을 넘어 오래 헤매던 끝에 발견한 계곡에 그들이 세운 마을이 마콘도였다.

　　마콘도에 정착한 우르슬라 부부는 아들 둘과 딸 하나를 낳는다. 그리고 호세 아르카디오 부엔디아의 친척이 되며 우르슬라에게는 둘째 조카뻘이 되는 레베카가 그들을 찾아오자 양딸로 삼는다. 그들의 둘째 아들 아우렐리아노 대령은 이 소설 전반부에서 가장 중요한 인물이다. 그는 보수당의 선거 부정을 목격하고 홀연히 전쟁에 나서 서른두 차례의 전쟁을 치르고 영웅으로 돌아온다. 하지만 그는 정치와 현실에 환멸을 느껴 황금물고기 세공에 집중하며 골방에서 여생을 보낸다. 대령은 이 소설의 제목이 암시하는 시대의 '우울'과 '고독'을 가장 잘 보여주는 인물이다. 그는 전쟁에 나가 있는 동안 영웅의 아이를 갖기 원한 여인들로부터 이름이 모두 아우렐리아노인 열일곱 명의 아들을 얻는다. 마콘도의 첫째 아들 호세 아르카디오는 힘세고 거친 인물로 집시를 따라 수십 년간 세계를 주유하다 마을로 돌아온다.

　　두 아들은 어머니 같은 직업여성 필라르 테르네라에게서 각각 아들을 얻는다. 호세 아르카디오의 아들은 아르카디오이고 아우렐리아노의 아들은 아우렐리아노 호세이다. 부엔디아의 가계는 아르카디오를 통해 이어져 오는데, 그는 산타 소피아 드 라 삐에다드와 결혼하여 호세 아르카디오 세군도와 아우렐리아노 세군도 그리고 딸 레메디오스를 낳는다. 이들은 후반부 이야기를 이끌어가는 중심인물들이다. 아우렐리아노 세군도는 할아버지 아우렐리아노 대령처럼 작업실에서 고독한 작업에 매진하며 페르난다와 결혼하여 아들 호세 아르카디오와 딸 레메, 아마란타 우르슬라를 낳는다. 호세 아르카디오 세군도는 바나나 농장 파업을 이끌고 노동자 학살을 목격한다.

　　아우렐리아노 세군도의 자유분방한 딸 레메는 마우리치오 바빌로니아라는 바나나 공장 노동자에게서 아들 아우렐리아노를 얻는다. 아우렐리아노는 숙모인 아마란타 우르슬라를 사랑하여 소설의 곳곳에서 예견되었던 돼지 꼬리 달린 아이를 낳는다. 돼지 꼬리 달린 아이를 낳기 전부터 마콘도는 크게 쇠퇴하여 폐허가 되어 있었다. 부엔디아 가문의 대가 끊어짐과 함께 마콘도의 운명도 완전히 끝나 역사와 기억 속에서 사라지고 만다.

주로 남성들 위주로 가계도를 설명했지만 집안을 실질적으로 이끌어가는 인물들은 여성이다. 가장 오랜 시간을 살면서 마콘도 마을의 성쇠를 지켜보는 인물은 마을을 건설한 우르슬라이다. 그녀는 정신 이상이 된 남편을 밤나무에 50년간 묶어놓고 돌보아주고, 장사를 해서 집안의 경제를 책임진다. 그녀는 손자들이 죽은 후에도 살아남아 대령의 전쟁, 바나나 농장의 파업, 4년간의 장마를 모두 경험한다.

밖에서 부엔디아 집안으로 들어온 여인들인 레베카, 산타 소피아, 페르난다는 집안의 불행과 맞서거나 불행을 촉진시키는 역할을 한다. 아마란타는 피에트로 크레스피라는 남자를 놓고 레베카와 경쟁하는데, 그녀는 자신이 차지하지 못한 남자를 다른 누구도 차지할 수 없도록 온갖 방법을 동원하여 방해한다. 그리고 막상 그가 자신에게 관심을 보였을 때는 단호히 거절한다. 조카 아르카디오가 자신에게 애정 표현을 했을 때도 산타 소피아와 결혼을 주선하여 관계를 피한다. 그녀는 레베카를 죽이려다 실수로 대령의 아내 레메디오스를 독살한 죄책감에 평생 시달리기도 한다. 레베카는 집시를 따라 갔다가 돌아온 호세 아르카디오와 숲에 집을 짓고 욕망에 따른 삶을 살다 말년에는 쓸쓸한 고독 속에서 죽는다. 레난타 레메디오스(레메)는 자유분방한 욕망의 화신으로 주변 남성들에게 재앙을 불러오는 존재이다.

이들 인물들의 삶을 특징지을 수 있는 단어는 '욕망'과 '고독'이다. 서른두 번이나 전쟁을 일으켰던 아우렐리아노 대령의 욕망이나 노동자의 지도자가 되어 파업에 참여했던 호세 아르카디오 세군도의 욕망은 사회적 의미를 띤 것이었다. 가문의 남자들은 성적인 욕망에 끌리기도 한다. 그것도 근친을 향한 욕망인 경우가 대부분이다. 이 두 가지 욕망은 좌절되거나 금지되기 때문에 필연적으로 고독으로 이어진다.

실패한 역사의 고독

작품 초반에는 마을이 건설될 당시의 모습과 호세 아르카디오의 위상이 소개된다.

호세 아르카디오 부엔디아는 마을에서 가장 뛰어난 두뇌의 소유자여서, 그의 계획에 따라 세워진 마을의 모든 집들은 별로 힘들이지 않고 집 옆의 강에서 직접 물을 길어다 먹을 수 있었으며, 햇빛이 쨍쨍한 날이더라도 집집마다 그늘이 똑같이 들어서 서로 불평이 없었다. 그래서 3년 동안 마을 주민 3백 명이 알고 있는 모든 마을들 가운데 마콘도가 가장 질서 있고 열심히 일하는 곳이었다. 마을사람들은 나이가 서른이 넘은 사람이 없었고, 마을에서 죽은 사람도 아무도 없어서 모두 행복하기만 했다.(22쪽)

마콘도 마을이 처음 설 때는 모든 것이 평화롭고 평등했다. 특별히 좋은 자리에 집을 지은 사람이 없었고, 그래서 물과 햇빛, 그늘은 풍부했다. 호세 아르카디오는 이 마을을 설계한 사람이다. 그의 자손들은 명목상으로나마 마지막까지 이 마을에서 지도자의 지위를 누린다. 이렇듯 초기 마콘도는 유토피아를 닮아 있었다. 조금 확대 해석하자면 이는 외부의 침입이 있기 전 콜롬비아(라틴 아메리카)의 모습이라 볼 수도 있다.

바깥세계와 접촉하면서 마콘도의 균형은 깨어진다. 지역적으로 단절되어 있었을 뿐 마콘도는 다른 마을에서 그리 멀리 떨어져 있지 않았다. 이틀 정도 거리에 다른 마을이 있었고 그 마을 사람들이 처음으로 마콘도를 찾아온다. 그들은 이곳의 토질이 좋고, 늪지대 한가운데 위치한 지리적인 조건이 유망하다는 말을 퍼뜨리고 다녔다. 소문을 들은 많은 사람들이 마을로 들어왔다. 마콘도 마을은 곧 가게와 공장과 장삿길을 갖춘 커다란 읍내가 되었으며, 장삿길을 따라서 헐렁헐렁한 바지를 입고 귀걸이를 한 아랍 상인들까지 드나드는 교역의 길목이 되었다.

이어 콜롬비아의 정치가 마을에 영향을 끼치면서 소설의 본격적인 갈등이 시작된다. 밖으로 마을이 알려지면서 마콘도에도 정부로부터 관료가 임명되어 온다. 돈 아폴리나르 모스코테라는 보수당 군수는 부임하자마자 독립기념일을 축하하기 위해 모든 집을 푸른 빛깔로 칠하라고 지시한다. 파란색은 실제 콜롬비아 보수당의 색이다. 호세 아르카디오 부엔디아는 그를 찾아가 이 마을의 역사에 대해 말한다. 처음에 어떻게 이 마을을 세웠는지, 땅을 어떻게 분배했는지, 길을 어떻게 닦았는지 등을 언성을 높이지 않고 말한다. 그리고 나라나 누구의 도움도 없이 이 마을이 어떻게 발전해 왔는지를 소상하게 들려준다. 지금까지 아무의 간섭도 없이 평화롭게 살았으니 앞으로도 그냥 내버려 두었으면 좋겠다는 것이 그의 의견이다. 그는 아무 관계도 없는 높은 사람이 와서 이래라저래라 하는 것이 싫다고 분명히 말한다. 외부의 힘과 마을이 최초로 갈등을 겪는 장면이라 할 수 있다. 초기에 돈 아폴리나르 모스코테 군수는 마을의 질서를 따르는 듯 했지만 점차 관료로서의 위치를 확고히 해 간다. 특히 정치적인 상황이 급박하게 돌아가면서 마을에서 그의 역할도 커진다.

다른 지역처럼 마콘도에도 선거가 있었다. 선거가 있던 밤에 아우렐리아노와 도미노 놀이를 하던 군수는 투표함의 봉인을 뜯고 투표함 속의 빨간 투표용지를 열 장만 남겨두고 나머지는 모두 없애버린다. 그리고 그들은 투표함에 새 봉인을 다시 붙이고, 이튿날 아침 날이 밝자마자 그 투표함을 도청으로 보낸다. 아우렐리아노 대령은 부정선거의 현장을 직접 목격하게 된 것이다. 이를 계기로 그는 보수파에 맞서는 자유파가 되어 무장 투쟁에 나선다.

대령이 자유파가 된 이유는 특별한 이념 때문은 아니다. 보수파가 나쁜 짓을 하기 때문에 반대쪽에 선 것일 뿐이다. 그러나 그는 점차 자유파들에 대해서도 비판적인 입장이 된다. 그는 자유파들이 의회에서 자리나 하나 얻어 볼까 하고 눈치만 살핀다는 것을 알게 된다. 혁명 초기에 가장 적극적인 후원자였던 자유파 지주들이 토지의 소유권을 갱신당하지 않기 위해서 보수파 지주들과 비밀리에 결탁을 한다는 것도 알게 된다.

그의 삶은 그야말로 파란만장했다. 부엔디아 대령은 서른두 차례 무력 봉기를 일으켰지만 모두 실패했다. 열일곱 명의 여자에게서 각각 열일곱 명의 아들을 두었으나, 그들 가운데 가장 큰 아이가 서른다섯 살이 되던 해 그들은 모두 살해되었다. 적들이 열네 번이나 그를 암살하려고 시도를 했고, 일흔세 차례의 기습을 받았으며, 총살형도 한 번 당했으나 그는 살아남았다. 그는 말 한 마리를 단숨에 죽일 만큼 많은 분량의 독을 탄 커피를 마시고도 목숨을 건졌다. 그는 공화국 대통령이 그에게 수여한 무공훈장을 거절했다. 한때 그는 혁명군 총사령관의 자리에 올라 정부가 가장 두려워하는 인물로 손꼽힐 만큼 위세가 당당했다. 그러나 전쟁이 끝난 다음에는 나라에서 준다고 하는 연금 수령을 거절하였으며, 늙은 다음에는 마콘도에 있는 은세공 작업실에서 스스로 만든 자그마한 황금물고기 장식을 팔아서 먹고살았다. 그가 받은 상이라고는 내란을 마감하는 네에를란다 조약에 서명하고 난 다음에 스스로에게 입힌 상처뿐이었다. 그는 자기 가슴을 권총으로 쏘았는데 총알은 급소를 하나도 건드리지 않고 관통하여 등으로 빠져 나왔다. 이런 삶의 과정을 지나 결국 실험실로 칩거한 대령의 모습에서 우리는 이 소설의 주제인 '고독'을 생각하게 된다.

「친한 친구로서 한마디 묻겠는데, 자넨 왜 전쟁에 뛰어 들었지?」
「왜? 무슨 다른 이유라도 있어야 하나?」게리넬도 마르께스 대령이 말했다.「물론 난 위대한 자유당을 위해서 싸우고 있어.」
「싸우는 이유를 알고 있다니 자넨 참 행복한 사람이야.」그는 말했다.「그런데 내 얘기를 한다면 말야, 난 그저 자존심 때문에 전쟁을 하고 있다는 걸 이제 와서야 겨우 깨닫게 되었어.」
「그것 참 안됐군.」게리넬도 마르께스 대령이 말했다.
아우렐리아노 부엔디아 대령은 친구의 놀란 표정을 보고 재미있다는 듯이, 미소를 지었다.「안됐다고 생각될지도 모르지.」그가 말했다.「하지만 어쨌든 간에, 왜 싸우는지도 모르면서 싸우는 것보다야 낫지 않겠어?」아우렐리아노 부엔디아 대령은 친구를 뚫어져라 쳐다보다가는 다시 미소를 머금고 덧붙였다.
「그리고 자네처럼 누구에게도 아무 의미가 없는 목적을 위해서 싸우는 것보다야 낫지.」(157쪽)

거의 이십 년 동안의 내전은 어쨌든 끝이 났다. 그렇다면 그 긴 기간의 전쟁은 과연 무엇을 낳았는가. 위 글에서 아우렐리아노 대령은 "자유파들과 보수파들의 유일한 차이점은 자유파들은 다섯시 미사를 드리러 가고, 보수파들은 여덟시 미사를 드리러 간다는 것뿐"이라고 냉소적으로 말한다. 그는 자유파를 위해 싸웠지만 그 싸움이 결국은 일부 정치가나 지주를 위한 민중들의 희생에 불과했다는 점을 깨닫는다. 아우렐리아노는 자신이 살아온 과거 전체에 대해 근본적인 회의에 빠지고 만다. 위에서 말한 바대로 왜 싸우는지를 모르는 싸움만큼 의미 없는 일은 없기 때문이다.

여기까지 오면 이 소설의 고독이 결국 허무의 감정과 연결된다는 것을 알 수 있다. 그것은 외적인 가능성에 도전하지 못하거나 그것에 실패한 후 스스로에게 침잠하면서 생기는 것이다. 대령은 목숨을 걸고 평생에 걸쳐 노력한 일의 결과가 아무것도 아니라는 생각에 이르렀을 때 고독을 느낀다. 그리고는 고독을 달래기 위해 황금물고기를 만들고 다시 금을 녹여 물고기를 만드는 일을 반복한다. 아마란타가 수의를 만들고 아우렐리아노 세군도가 양피지에 집착하듯이 황금물고기 만들기는 그가 시간을 견뎌내는 수단인 셈이다.

자본의 침략과 가려진 죽음

기차가 정기적으로 마콘도에 들어오기 시작하면서 마을의 변화가 급속히 진행된다. 변화는 마을에 바나나 농장이 들어서면서 절정에 이른다. 잭 브라운이라는 그링고(미국인)가 농경학자, 수문학자, 지형학자, 측량사 들을 데리고 마을로 들어온다. 그링고들은 따로 마을을 세워

종려나무를 심고 집을 짓는다. 한번 사람들이 늘어나자 그 증가 속도는 점차 빨라지고, 일반적인 도시화처럼 사람들이 모이기 때문에 몰려드는 사람들이 늘어난다.

외국 자본에 의해 운영되는 바나나 농장은 온갖 불합리한 행위로 노동자들을 착취한다. 임금을 대신하는 전표 문제나 열악한 노동 환경 등 이윤을 극대화하기 위해 행해지는 횡포는 노동자들의 반감을 사게 된다. 이런 분위기 속에서 농장에 십장으로 취직한 호세 아르카디오 세군도는 바나나 농장의 인부들을 선동해서 파업을 일으키려고 한다. 파업을 선동한다는 것이 알려져 그는 총알 세례를 받기도 한다. 막상 파업이 진행되자 회사 측은 노무자들이 단순 시간제 인부들에 불과하다고 노동고용 자체를 부정한다. 회사는 고용인이 아닌 이들의 청원을 받아들일 수 없다고 주장한다. 이에 더 큰 규모의 파업이 벌어진다.

파업이 커지자 계엄령이 선포되고 군대가 개입한다. 군대의 개입은 단순한 파업의 진압이 아니라 대규모 노동자 학살로 이어진다. 기차역에 많은 사람들이 모여 시위를 하고 있을 때 기관총으로 무장한 군인들은 도망가는 노동자와 그의 가족들을 향해 총을 발사한다. 이 학살로 인해 약 3천 명이 죽는다. 현장을 지켜보고 살아남은 사람은 호세 아르카디오 세군도 뿐이었다.

호세 아르카디오 세군도가 정신을 차렸을 때 그는 어둠 속에서 하늘을 보고 누워 있었다. 그는 자기가 한없이 길고 소리가 안 나는 기차에 실려 가고 있으며, 그의 머리에 피가 말라붙었고 온몸이 쑤시는 기분을 느꼈다. 그는 잠을 자고 싶어서 견딜 수가 없었다. 공포와 두려움에서 벗어났으니, 여러 시간 동안 잠부터 자고 봐야겠다고 생각하며 그는 몸이 덜 쑤시게 옆으로 돌아눕다가 자기가 죽은 사람들 사이에 끼여 있음을 깨달았다 기찻간에는 가운데 통로 말고는 빈자리가 없었다. 시체들의 체온이 하나같이 늦가을 석고상처럼 차가웠고, 입에 문 거품이 모두 말라붙은 꼴을 보니 학살이 벌어진 다음에 꽤 오랜 시간이 흘렀던 것이 틀림없었으며, 시체를 쌓아올린 솜씨는 바나나를 운반할 때처럼 마구 쌓아놓았다. 악몽과 같은 장면에서 달아나려고 호세 아르카디오 세군도는 몸을 질질 끌고 기차가 달리는 방향으로 이 찻간에서 저 찻간으로 나아갔으며, 잠든 마을을 지날 때마다 창문으로 섬광처럼 희끗희끗 비쳐 들어오는 불빛에 그는 남자들 시체와, 여자들 시체와 어린아이들의 시체가 썩어서, 바다에 쏟아버리려고 실어가는 바나나처럼 축 늘어져 있는 것을 볼 수 있었다.(341쪽)

　　작가는 다른 부분에 비해 바나나 농장 학살 사건 관련 부분은 비교적 사실적으로 묘사한다. 소설 전반에서 확인할 수 있는 현실의 환상적인 처리 방식은 확인하기 어렵다. 위 글만 보아도 시체가 바나나처럼 마구 쌓아올려진 모습과 기차 주변의 풍경이 잘 묘사되어 있다. 아르카디오 세군도가 시체를 접촉했을 때 느낀 감촉, 그가 시체 사이에서 느낀 공포 역시 잘 표현되어 있다. 이 부분에서 작가가 사실적인 묘사를 선택한 이유는, 앞서 다룬 보수파와 자유파의 천일 전쟁과 마찬가지로 바나나 농장의 학살 사건 역시 역사적 사실에 근거하고 있기 때문일 것이다.
　　바나나 농장의 노동자 학살은 가르시아 마르케스가 태어난 해인 1928년 그가 태어난 지역에 속한 시에나가에서 실제로 발생한 사건이다. 바나나는 커피와 담배 등과 함께 콜롬비아가 주로 생산하는 농산물이다. 1899년 콜롬비아랜드사와 보스톤푸르츠사가 합병하면서 탄생한 미국의 바나나 회사인 유나이티드 푸르츠사는 콜롬비아 카리브 해안 지방에 수많은 바나나 농장을 건설했다. 외국회사는 노동자들을 기만하고 착취하였으며, 근로 조건을 개선하려는 바나나 노동자들의 노력은 회사와 정부 당국으로부터 철저히 외면당했다. 이 지역 주민이 바나나 회사와 관계를 맺지 않고서는 일자리를 찾을 수 없는 상황이었기 때문에 회사가 이를 이용해 노동자를 착취했던 것이다. 많은 이민자들이 공장 근처에 거주하기 시작했으며 마르케스 가문은 그 첫 번째 이민자 그룹중의 하나였다. 바나나 회사와 정부 당국의 태도에 분개한 노동자들은 파업을 선언하고 시위를 시작했는데, 이에 대하여 정부는 시위대를 불량배 패거리로 규정하고 이들에 대한 무차별 사격으로 대응하였다. 외국자본으로 인한 사회 경제적인 비극은 삼천 명이라는 엄청난 사람들의 죽음으로 막을 내렸다.[•]

　더 비통한 일은 사건이 발생한 후에 발생했다. 학살 사건은 정부와 기업의 조작으로 인해 벌어지지 않았던 사건이 되고 말았다. 정부가 사용 가능한 모든 매스컴을 총 동원해 전국적으로 수천 번이나 되풀이해 유포한 공식 발표는 사망자가 한 명도 없었고, 만족한 노무자들은 모두 가족을 찾아 돌아갔으며, 바나나 회사는 비가 그칠 때까지 작업을 중단한다는 내용이었다. 그러면서도 밤이 되고 통행금지가 실시되면, 그들은 총 개머리판으로 문을 부수고 들어가서는 용의자들을 잠자리에서 끌어내 다시는 돌아오지 못할 여행길로 보내 버렸다. 눈에 보이는 사실에도 불구하고 외국 기업과 결탁한 정부는 국민을 계속 기만했다.

　콜롬비아가 겪은 이런 끔찍한 폭력의 역사는 정부의 은폐로 인

●배기완, 「폭력과 백 년 동안의 고독」, 『세계문학비교연구』13, 2005, 132-133쪽.

해 사람들의 기억 속에서 점점 사라져 갔다. 내란과 노동자 학대와 학살에 대한 집단적 망각에 빠진 마콘도 역시 이어지는 한발과 개미와 폭풍우 등의 자연 재앙을 통해 지상에서 사라지게 된다. 근친상간으로 돼지 꼬리를 단 아이가 태어난 것이 부엔디아 가문의 종말을 상징하지만, 마을로서의 마콘도는 과거에 대한 망각과 함께 사라진다고 할 수 있다. 사람들을 끝없는 고독 속에 빠뜨리는 병균은 아우렐리아노 대령의 반란이나 호세 아르카디오 세군도의 정당한 노력도 무의미하게 만드는 역사 안에 있었다.

마술적 리얼리즘과 고독

마르케스는 남아메리카 마술적 리얼리즘을 대표하는 작가로 평가된다. 그는 자기가 살고 있는 구체적 현실을 출발점으로 삼아 상상력을 동원해 자기 주위의 사물들을 새롭고 놀랄 만한 현실로 바꾸어 낸다. 그는 자기 소설에서 실제에 근거하지 않은 것은 하나도 없다고 말한다. 그는 라틴 아메리카에서 실제로 일어난 일 그리고 그 현실 속에서 생생하게 살아가는 사람들에 대해 말하고 있다. 단지 그 이야기 속에 우리의 이성이나 논리를 넘어선 초자연적인 세계가 현실과 하나로 어우러져 있을 뿐이다. 이런 기법이나 사유는 라틴 아메리카의 자연이나 문학적 풍토에서 나온 것으로 이 지역 문학이나 예술에 역동성을 주고 있는 전통의 일부이다.*

『백 년 동안의 고독』은 기독교적인 직선론적 시간관이 아닌 순환론적 시간관에 기초하고 있다. 즉, 서사와 인물들을 통해 시간이 단선적으로 흐르는 것이 아니라 반복-순환하고 있음을 보여준다. 이런 시간관은 마술적 리얼리즘에서 흔히 나타나는 환상성의 기초가 된다. 죽은 자와 산 자의 구분이 모호하고, 전 세대의 기억이 이후 세대에게 고스란히 전수되고, 백 년의 역사가 양피지에 미리 기록되는 일은 이런 세계관에 기초할 때만 가능해진다. 생과 사의 문제도 마찬가지이다. 대표적으로 우르슬라의 죽음은 태어난 곳으로의 회귀라는 의미를 가지고 있다. 우르슬라는 조금씩 몸이 쪼그라들어서 점점 태아의 모습으로 돌아갔다. 결국 죽음을 앞두고는 버찌처럼 말라 작은 씨앗처럼 건조해진다.

이 소설에는 비현실적 표현이 자주 사용된다. '팔팔 끓고 있는 얼음', '돼지 꼬리를 달고 태어난 아이', '흙과 벽에서 굵은 석회를 먹는 레베카', '바다용의 뱃속에서 발견된 십자군 병정의 투구', '하늘을 나는 담요나 양탄자' 등은 현실에서 발견하기 어려운 사물이나 사람들이다. 싱가폴에서 죽었던 집시 멜키디아데스 다시 살아 돌아온다든지, 푸르덴치오 아퀼라의 유령이 마콘도를 찾고, 호세 아르카디오 부엔디아가 정신 이상이 되어 밤나무에 50년 동안 묶여 지낸다는 설정도 현실성이 떨어진다. 상징적인 의미를 띠고 있지만 마콘도에 4년 11개월 이틀 동안 비가 내리다가 그로부터 10년 동안은 비가 한 방울도 오지 않았다는 기술도 비현실적이다.

죄를 지은 사람들에 의해 건설된 마을 마콘도의 멸망은 피할 수 없는 예정된 운명이었는지 모른다. 백 년을 미리 내다보고 세밀한 부분까지 하나도 빼놓지 않고 기록한 멜키디아데스의 양피지에도 마을의

● 서성철, 「현실과 상상력의 갈림길에서」, 『라틴 아메리카의 문학과 사회』, 까치, 2001, 137쪽.

멸망은 예견되어 있었다. 그러나 실제로 마콘도 마을을 쇠락으로 이끈 것은 외부의 폭력이었다. 부엔디아 가문의 근친상간이 보수파와 자유파의 오랜 정치 행태를 비꼰 것이라면 마콘도 마을의 원죄도 역사에서 비롯된 것이라 볼 수 있다. 이것이 『백 년 동안의 고독』을 역사에 희생당한 가문, 나아가 역사에 짓밟힌 대륙의 현실을 고발한 작품으로 평가하는 이유이다.

남아메리카문학의 두 거장: 보르헤스와 마르케스

호르헤 루이스 보르헤스, 『픽션들』, 황병하 역, 민음사, 1994.

보르헤스

마르케스

호르헤 루이스 보르헤스 (1899-1986)는 마르케스와 함께 남아메리카 문학을 대표하는 작가이다. 남아메리카 문학의 특징이라 할 수 있는 환상적 리얼리즘은 이 두 작가로 인해 세계적으로 알려졌다. 이제까지 접해보지 못했던 경이롭고 충격적인 미학 세계를 보여주었다는 평가에서 포스트모더니즘의 가능성을 열었다는 평가에 이르기까지 그의 문학에 대한 수식어는 차고 넘친다. 1944년 출간된 『픽션들』은 그에게 세계적 명성을 안겨 준 단편 소설집이다.

콜롬비아 출신 마르케스가 이야기꾼의 천성을 가진 소설가라면 아르헨티나 출신 보르헤스는 시인을 닮은 소설가라 할 수 있다. 열 페이지 전후의 적은 분량에도 불구하고 그의 소설은 읽기가 녹녹치 않다. 짧은 이야기 속에 너무 많은 지식, 너무 낯선 경험이 담겨 있기 때문이다. 사실과 허구가 아무렇지도 않게 섞여있고 죽음이나 영원, 시간 등의 관념이 바로 이야기의 주제가 된다. 실존 인물의 이력을 왜곡하고 가짜 참고문헌과 각주를 다는 기법도 독자에게는 익숙하지 않다. 작가의 백과사전적 지식이 곳곳에 드러나서 글 읽는 속도는 한 없이 늘어진다.

그럼에도 불구하고 그가 들려주는 이야기는 지적 호기심을 자극하기에 부족함이 없다. 기발하고 경이로운 이야기를 만나는 즐거움은 백과사전적 지식 읽기의 고통을 어느 정도 상쇄한다. 대중적 성공과 상관없이 세계 문학사 안에서 보르헤스의 문학이 갖는 위치는 굳건해 보인다. 역사와 현실, 가상과 실제의 경계를 넘어 세계를 인식하는 새로운 시도를 했다는 점만으로도 그의 문학은 높은 평가를 받을 만하다.

가브리엘 마르케스, 『이야기하기 위해 살다』, 조구호 역, 민음사, 2007.

보르헤스, 『불한당들의 세계사』, 황병하 역, 민음사, 1994.

가브리엘 마르케스, 『내 슬픈 창녀들의 추억』, 송병선 역, 민음사, 2005.

가브리엘 마르케스, 『꿈을 빌려드립니다』, 송병선 역, 하늘연못, 2014.

아주 흔한 독재자 이야기

독재자의 시대

　뉴스에서 본 것 같은 어느 나라의 정치 이야기이다. 권력자는 미국의 도움을 받아 대통령에 당선되고 혼란스러운 국내 정치 상황을 정리한다. 일단 권력을 잡자 그는 초기에 보여주던 최소한의 건강성마저 잃어버리고 권력을 강화하고 정권을 연장하는 데만 힘쓴다. 경제 개발이라는 명분으로 국민을 설득하지만 경제 발전으로 인한 이익은 다수의 국민에게 돌아가지 않고 일부 권력층과 그에 빌붙은 인사들에게 집중된다. 강력한 정보기관은 정권의 안녕을 위해 반체제 인사들을 감시하고, 체포, 살해한다. 권력자의 가족들은 국가를 통해 얻은 이익을 나누어 갖는 일에 대한 도덕적 반성이 전혀 없다.

　도덕적 타락은 경제적인 영역에 한정되지 않고 남녀 관계를 포함한 폭넓은 인간관계로 퍼져나간다. 이는 국가 전체의 타락으로 이어지고 튼튼한 동맹국이었던 미국도 권력자를 탐탁스레 여기지 않는다. 민주주의를 요구하는 다양한 시도가 있었으나 강력한 정보기관에게 발각되어 많은 사람들이 죽음을 맞는다. 결국 미국의 지원을 받은 세력에 의해 권력자는 암살당하고 그의 가족들은 모두 외국으로 망명을 떠난다. 이후 민주주의 절차를 존중하는 정권이 들어서지만 미국에 대한 종속은 줄어들지 않으며 언제라도 독재 정권이 들어설 위험은 남아 있다.

위 사례는 20세기 지구 역사에서 흔히 발견할 수 있는 독재자의 처음과 끝을 보여준다. 나라 이름을 알려주지 않으면 도대체 어디를 말하는지 알기 어려울 만큼 '흔한' 이야기이다. 동남아시아, 서남아시아, 유럽, 아프리카, 남아메리카 그리고 한반도에서 이와 유사한 틀을 가진 이야기를 발견할 수 있다. 몇 년간 통치했는지, 얼마나 많은 사람들을 살해했는지, 어떤 강대국의 힘을 빌었는지, 정치 형태가 무엇이었는지는 다르겠지만 권력이 국민이나 국가보다 높은 곳에서 자유, 평등, 인권을 유린했다는 점에서는 유사한 이야기들이다.

어떤 사람들은 독재는 공화국이라는 낯선 체제가 정착하는 과정에서 피하기 어려운 시련이었다고 주장하기도 한다. 그들의 관점에서 보면, 독재 정권을 경험한 많은 나라들은 19세기나 20세기에 독립한 신생국들이었으며, 준비 없이 독립한 나머지 스스로 민주 정부를 세울 힘이 없었다. 오랜 시련을 통해 인권과 민주주의의 가치를 스스로 터득한 것이 아니었기 때문에 그런 '낙후된' 곳에서 민주주의를 정착시키는 일은 그리 쉬운 일이 아니었다. 국민들도 혼란보다는 전체주의가 주는 질서를 편안히 여기는 오래된 관습에서 벗어나지 못했다.

그러나 이런 생각은 독재를 경험한 이들에게는 너무나 잔인하고 무책임하다. 심지어 무의미하기도 한다. 우리의 관점과 상관없이 변하지 않는 것은 그 시대에 누군가는 죽고 누군가는 어디론가 사라졌다는 사실이다. 반대로 누군가는 남의 것을 빼앗아 부자가 되고 호사를 누렸다. 또, 그런 독재자들 뒤에는 언제나 그를 이용해 이익을 챙기는 많은 사람들이 존재했다. 그들은 자신의 욕심이 아니라 자국의 안녕, 더 나아가 세계 평화를 이야기할지 모른다. 그들이 아무런 이익을 챙기지 않았다면 그럴지도 모른다. 그러나 알다시피 그들은 독재자보다 더 큰 이익을 가져가곤 했다. 독재자는 국민을 감시·처벌하며 이익을 얻고 그 이득을 다른 누군가와 나눌 때 자신의 권력을 유지할 수 있었다. 독재자가 무너지는 계기는 아래로부터의 저항에서 오기도 하지만 대부분 잘 보여야할 '분'들의 변심에서 온다.

　　마리요 바르가스 요사는 『염소의 축제』*에서 도미니카 공화국의 전형적인 독재자 트루히요와 그가 지배하던 시대에 대해 이야기한다. 트루히요는 실제 존재했던 인물로 사실과 크게 다르지 않은 모습으로 작품에 등장한다. 소설 속에서 그의 암살에 참여하는 사람들도 실제 인물을 모델로 했으며 사건 역시 사실에 근거하고 있다. 소설은 도미니카를 배경으로 하지만 요사는 페루 사람이다. 그가 굳이 이웃 나라의 독재자 이야기를 소설의 소재로 삼은 이유는, 트루히요가 남아메리카의 불행한 역사를 상징적으로 보여준다고 생각했기 때문이다. 20세기의 끝에 발표된 이 소설은 사건의 긴박감과 인간에 대한 통찰력, 시대의 아픔에 대한 연민이 고르게 담겨 있는 수작으로 평가된다.

도미니카의 역사와 정치

　　도미니카 하면 가장 먼저 떠오르는 이미지는 야구일 것이다. 세계 야구 대회를 하면 도미니카는 항상 우승 후보로 꼽힌다. 대부분의 미국 프로 야구 팀에는 도미니카 출신 선수들이 활약하고 있다. 그러나, 당연한 말이지만, 야구만 하고 사는 나라는 없다. 브라질이나 아르헨티나 사람들이 축구만 하고 살지는 않는 것처럼. 잘 알려진 바와 같이 대부분의 중앙아메리카 지역은 미국의 영향권에 있다. 푸에르토리코처럼 미국령은 아니지만 도미니카는 다른 어느 카리브 해 국가들보다 미국의 영향을 많이 받는 나라로 알려져 있다.

　　도미니카는 카리브 해에서 쿠바 섬 다음으로 큰 히스파니올라 섬의 동쪽을 차지하고 있는 공화국이다. 섬의 서쪽 1/3은 아이티 공화국이다. 다른 중남미 지역과 마찬가지로 이 섬은 스페인의 식민지였다. 히스파니올라 식민지는 번창했지만 16세기 멕시코와 페루가 발전하면서 스페인의 관심에서 멀어졌으며, 17세기가 끝나갈 무렵 섬의 서부 1/3이 프랑스에 할양되었다. 현재 독립국 아이티가 된 이 지역은 흑인 노예의 노동으로 사탕수수를 생산하는 지역이 되었다. 1795년에는 히스파니올라 섬 전체가 프랑스에 넘겨졌으나 1809년 동부 2/3는 스페인으로 되돌아왔다. 이 지역이 1821년 도미니카 공화국으로 독립하였다. 그러나 건국하고 몇 주일 지나지 않아 도미니카는 아이티군의 침략을 받았고 1844년까지 점령된 상태로 있었다. 점령에서 벗어난 도미니카 공화국은 잠깐씩 민주정부가 들어선 것을 제외하면 줄곧 독재 세력의 통치 아래 있었다.

　　『염소의 축제』의 주요 인물이자 20세기 도미니카 정치를 이해하

●바르가스 요사Mario Vargas Llosa. 페루 아레키파 출생. 1936년 3월 28일 ~. 대표작으로 『판탈레온과 방문객』(1973), 『염소의 축제』(2000)가 있다. 2010년 노벨 문학상을 수상하였다. 이 글의 텍스트는 송병선 번역의 문학동네판1,2(2010)이다.

는 데 핵심 인물인 라파엘 트루히요는 1891년 10월 도미니카 공화국 산 크리스토발에서 태어났다. 1918년 도미니카 군에 입대했으며, 미국 해병대의 훈련을 받아 미국과 가까워졌다. 이후 승진을 계속하여 1927년에는 장성이 되었다. 1930년에는 호라시오 바스케스 대통령에 대항해 군부반란을 일으켜 권력을 장악했다. 그때부터 암살되기까지 31년간 트루히요는 자신의 가족을 공직에 임명하고 많은 정적을 살해했으며 군통수권을 장악해 도미니카 공화국에서 절대적인 권력을 행사했다. 그의 암살 후, 1966년 호아킨 발라게르가 대통령으로 선출되어 1978년까지 재직했는데, 그의 보수 정부는 미국과 긴밀한 관계를 유지했다. 1978년에는 야당 후보자인 안토니오 구스만 페르난데스가 대통령에 당선되어 평화적인 정권이양이 이루어졌다.

트루히요의 통치 기간 동안 도미니카는 전에 없는 평화와 번영을 구가했다. 그는 아이티에 점령당하고 경제 침체를 겪는 등 안팎으로 우울했던 국가에 활력을 불어넣어 주었다. 그러나 국민들은 이 번영의 대가로 그들의 시민적-정치적 자유를 희생해야만 했다. 또한 경제 발전의 혜택은 트루히요와 그의 측근 및 지지자들에게 유리하도록 불공정하게 분배되었다. 그가 권력 유지를 위해 취했던 가혹한 조치에도 불구하고 국내의 반대 세력은 정권 말기에 계속 증대했으며, 독재 정치에 대한 국제 여론도 점점 악화되었다. 이 때문에 그는 점차 군부의 지지를 잃게 되었으며, 그 결과가 기관총 암살로 이어졌다.

독재자 하나가 암살되었다고 해서 그가 남겨놓은 유산이 일시에 사라지지는 않았다. 하나의 체제가 유지되기 위해서는 그를 지지하는 세력이 그를 반대하는 세력보다 강한 힘을 가지고 있어야 하고 그들에게는 그만큼의 혜택이 돌아가야 한다. 이는 자연스럽게 기득권 세력을 낮게 되고 기득권 세력은 자신들의 권력을 놓지 않기 위해 가능한 노력을 다 한다. 굳이 기득권 세력이라 부르지 않더라도 기왕의 정권 아래에서 편안함을 누리던 사람들은 기존의 시스템에 불편을 느끼지 않는다. 그들에게는 새로운 변화가 불편한 것이다. 이렇게 해서 한 사회의 보수적인 계층이 만들어지는 것인데, 30년간의 통치 기간 동안 만들어놓은 보수적 기반은 혁명적 변화를 어렵게 만들었다.

요사는 이 소설에서 단순히 암살이 이루어지는 상황만을 그리고 있지는 않다. 워낙 유명한 역사적 사건을 소재로 하고 있기에 역사에 기록된 사건과 인물들을 큰 왜곡 없이 다루고 있지만, 역사를 넘어서는 문학적 상상력을 발휘하고 있다. 이를 통해 작가는 사건의 경과만이 아니라 사건에 참여하는 인물들이 내면을 섬세하게 그려낸다. 트루히요의 암살에 참여한 사람들의 개인적인 사연들과 트루히요를 피해 평생을 미국에서 살아온 한 여인의 내면이 소설의 서사에서 가장 큰 비중을 차지한다. 작가는 암살 이후의 상황에 대해서도 비중 있게 다루고 있다. 독재자의 암살이 혁명으로 이어지지 못하는 이유를 인물들의 행적을 상세히 추적하며 보여준다. 혁명으로 이어지지 못한 암살은 독재자의 가족이나 권력자들은 남겨두고 거사에 참여한 사람들의 목숨만 앗아갔다. 작가는 우울하고 답답할 수 있는 이런 상황도 담담하게 그려낸다.

정치와 개인의 삶

소설은 다른 시간과 공간에서 벌어지는 세 가지 이야기로 시작한다. 첫 번째 장은 미국에서 고향인 산토도밍고(예전 이름은 트루히요 시)

로 돌아온 여주인공 우라니아를 추적하는 형식이다. 두 번째 장은 이른 새벽 독재자 트루히요의 관저에서 시작한다. 세 번째 장은 늦은 저녁 고속도로에 자동차를 세워놓고 트루히요가 나타나기를 기다리는 네 청년의 이야기로 시작한다. 세 이야기는 장을 바꾸어가며 이어진다. 1장, 4장, 7장, 10장, 13장, 16장, 24장은 우라니아를 중심으로 그녀의 관점을 중심으로 전개된다. 2장, 5장, 8장, 11장, 14장, 18장은 트루히요의 관점에서 그의 하루와 그와 관련된 역사적 사건들을 다룬다. 이어 3장, 6장, 9장, 12장, 15장, 17장, 19~23장은 독재자 제거와 그와 관련된 인물들의 도피행적, 그들의 죽음을 다룬다. 장의 배치에서 알 수 있듯이 이 소설은 처음에는 세 이야기가 비슷한 비중으로 진행되다 후반으로 가면서 살해 관련자들에 대한 이야기가 큰 비중을 차지한다. 그러나 소설의 끝은 우라니아 이야기가 장식하고 있다.

세 가지로 이야기가 병행하여 전개됨에 따라 이 소설은 독재자 살해라는 사건에 입체성을 부여하고 사건이 아닌 인물에 집중하는 효과를 거둔다. 세 이야기는 주인공만 다른 것이 아니라 이야기의 성격도 다르다. 우라니아를 중심으로 전개되는 이야기는 과거 사연을 숨겨 두어 추리소설처럼 독자의 궁금증을 불러일으킨다. 트루히요를 중심으로 전개되는 이야기에서는 그의 인간적인 면모를 조금이나 느낄 수 있다. 그는 이미 칠십 세의 노인으로 젊음을 유지할 수 없는 한계를 만났다. 생리 작용조차 마음대로 조절할 수 없는 인물이다. 그러면서도 여전히 젊은이처럼 욕망을 포기하지 못하는 그의 모습에서 말기에 이른 정권의 누추한 모습을 읽을 수 있다. 네 청년의 이야기로 시작한 장들은 살해 사건과 관련된 역동적인 서사가 펼쳐지는 부분이다. 트루히요를 죽여야 하는 이유와 사건에 참여한 사람들의 운명이 조금은 비극적으로 그려진다.

　　여주인공 우라니아는 트루히요 시절 한때 상원 위원장을 지냈던 아구스틴 카브랄의 딸이다. 말하자면 혜택 받은 계층에 속했다고 할 수 있다. 거기에 남다른 총명함으로 주변의 기대를 한 몸에 받던 학생이기도 했다. 그녀는 지도자의 권위에 대해 한 치의 의문도 갖지 않았고 진심으로 수령을 존경하는 학생이었다. 당시 다른 이들처럼 그녀는 트루히요를 "수령이자 총통, 자선가이자 새로운 조국의 아버지이며 고명하신 각하인 라파엘 레오니다스 트루히요 몰리나 박사"라 불렀다. 이 소설에서 그녀는 아버지의 죽음을 앞두고 35년 만에 고향을 찾은 것이다. 충실한 국민이었던 그녀가 그렇게 오랫동안 고향을 떠나 살아야 했던 이유는 작품이 마무리되면서 밝혀진다. 다른 이야기들이 역사적인 사실에 근거해 매우 정치적이라는 느낌을 주는 데 비해 우라니아의 사연은 사적인 이야기로 느껴진다. 사실 이 작품은 이 여인의 이야기 때문에 소설이 된다.

　　작품 후반 아델리아 고모와 저녁 식사를 하면서 그녀는 자신이 왜 미국으로 떠날 수밖에 없었는지 그리고 왜 오랜 시간 고향을 찾지 않았는지 이야기한다. 그녀에 따르면 평화롭던 그녀의 가정에 위기가 찾아온 이유는 그의 아버지가 권력을 잃었기 때문이었다. 특별히 수령에게 잘못한 것도 없는데 트루히요는 그를 모든 관직에서 물러나게 했다. 수령은 무엇이 어떻게 문제인지 알려주지도 않았고 그에게 면담을 허락하지도 않았다. 상원위원은 자신의 위치에서 밀려났다는 현실과 함께 자신의 충성심이 의심 받았다는 사실을 견디지 못했다. 또 절대 권력자의 눈 밖에 났다는 소문이 퍼지자 그와 가까웠던 사람들조차 그와 만나기를 꺼려했다. 사실 작품에서는 상원위원이 실각한 구체적 원인이 밝혀지지 않는다. 그에게 작은 실수가 없었던 것은 아니지만 결정적인 실수로 보기는 어려운 것들이었다. 주변에서는 단지 주기적으로 자신의 심복들을 시험하는 트루히요의 시험에 걸려든 것이라 짐작하기도 한다.

상원위원은 자신이 억울함을 증명하기 위해 무엇이든 할 준비가 되어 있었다. 그 이유는 트루히요에 대한 남다른 충성심 때문일 수도 있고, 권력에 맛을 들인 사람이 옛 권력을 잊지 못해서일 수도 있다. 이때 친구이자 또 다른 실력자인 마누엘 알폰소가 충성심을 증명할 제안을 해 온다. 바로 소녀에서 벗어난 딸을 트루히요의 별장으로 보내자는 것이다.

> "이것 아나, 지식인? 난 한시도 주저하지 않았을 것이네. 그건 그의 신임을 다시 받기 위해서도 아니고, 그를 위해 어떤 희생이라도 감수할 수 있다는 것을 보여주기 위해서도 아니네. 단지 수령님이 내 딸에게 즐거움을 주고 그 아이와 함께 즐거움을 누릴 수 있도록 하는 것보다 내게 더 큰 기쁨과 행복이 없기 때문이네."(2권 135쪽)

위는 마누엘 알폰소가 상원의원 카브랄을 설득시키기 위해 하는 말이다. 수령에 대한 자신의 충성심을 증명하기 위한 방법으로 알폰소는 상원위원에게 딸을 바치라 한다. 그것이 수령을 위한 일이라면 그보다 더 큰 기쁨과 행복이 없다고 설득한다. 그것은 수령을 위한 일이기도 하지만 수령이 딸에게 기쁨을 주는 일이 된다는 궤변도 서슴지 않는다.

작품 곳곳에서 수령의 정치권력은 남성의 성적인 권력으로 은유되어 표현되곤 한다. 그는 관리들의 아내들과 잠자리를 함으로써 자신의 권력과 잠자리에서의 능력을 자랑하고, 그를 통해 아내를 내 준 남편들에게 자신의 권력이 그들 위에 있음을 보여준다. 수령은 젊음을 유지하는 방법으로 무엇보다 어린 여성들과의 잠자리를 즐기며 상대방이 그것을 일종의 '은혜'로 받아들이기를 원한다. 반대로 관리들은 권력을 유지하기 위해 자존심과 명예를 포기해야 하는 처지에 놓이게 된다. 이러한 관계 맺기는 정치를 공적인 관계가 아닌 사적인 영역으로 좁히는 결과를 낳는다. 살해당하던 날도 트루히요는 별장에 불러놓은 젊은 아가씨를 만나러 가는 길이었다.

이렇게 해서 열네 살의 소녀 우라니아는 좋은 곳으로 간다는 알폰소 아저씨를 따라 갔다 별장에 갇히고 만다. 그곳에서 늙어서 성적 능력까지 쇠해진 염소*에게 추행을 당하고 수도원에 숨는다. 그곳에서 우라니아는 영원히 아버지를 보지 않을 것이며 어떤 남자도 만나지 않을 것을 결심한다. 그리고 수녀의 도움으로 도미니카를 떠난다. 그날 밤은 그녀에게 지울 수 없는 두 가지 기억을 남긴다. 자신을 늙은 수령에게 보낸 아버지에 대한 분노와 추잡스러운 수령에게 당한 추행의 끔찍한 경험이다. 물론 그런 일이 벌어지는 자기 나라에 대한 혐오도 수십 년이 지나는 내내 떨쳐버리지 못한다. 도미니카로 돌아온 그녀는 병상에 누워 있는 아버지를 향해 "난 결코 잊지 않았고, 아빠를 용서하지 않"겠으며 그 이유는 "아빠가 결코 진심으로 그 일을 유감이라고 생각하지 않았기 때문"(1권, 180~181쪽)이라고 분명히 말한다.

이처럼 이 소설은 독재가 개인에게 준 상처를 서사의 중심에 놓고 진행된다. 뉴욕에서 성공한 전문인으로 살아가는 그녀의 인생을 뿌

---

*염소는 트루히요의 별명인데, 서양 문학에서는 악마나 번식력의 상징으로 널리 쓰인다.

리부터 불구로 만들어놓은 사건을 첫 장과 마지막 장에 배치하여 정치가 제도나 체제만의 문제가 아니라 개인에게 미치는 구체적인 현실이라는 점을 강조한다. 또 우라니아의 이야기를 통해 이 소설은 도미니카 독재가 남겨놓은 상처가 현재까지 이어지고 있음을 보여준다. 35년 동안 그녀가 고향을 찾지 않았다는 점, 그녀가 여전히 아버지를 용서하지 못하고 있다는 점이 이를 상징적으로 보여준다.

물론 현실 세계에서 정치가 개인에게 미치는 영향은 천차만별이다. 구체적으로 문제를 겪지 않는 사람들은 정치에 무관심하기 쉽다. 그들에게는 정치가 하루하루의 삶과는 거리가 먼 추상적인 것으로 느껴질 수도 있다. 그러나 인식하고 있지 못할 뿐, 개인의 삶의 방식이 어떻든 간에 정치는 매우 작은 일상에까지 파고들어와 있는 것이 현실이다.

과거를 기억하는 다른 방식

앞서 말했듯이 독재자 하나가 죽었다고 사회가 한 번에 좋아지는 것은 아니다. 아이러니컬하게도 독재를 경험한 대부분의 나라에서는 독재자의 사후에도 순탄한 민주화가 진행되지 못했다. 그 이유는 여러 가지가 있겠지만, 무엇보다 새로운 시대를 사는 사람들이 대부분 미래에 대한 기대보다는 과거에 대한 향수에 집착하기 때문이다. 자신이 과거 권력에 의해 직접적인 이익을 얻었던 사람들의 경우는 그렇다고 하더라도 긴장과 고통 속에서 살던 이들까지 과거를 그리워하는 현상은 기이하다고까지 할 수 있다.

이는 정치적인 문제이면서 동시에 심리적인 문제이기도 하다.

과거의 기억에 몸서리치는 우라니아가 찾아와서 만난 도미니카 사람들도 예외는 아니었다.

> "그러니까 말이에요." 간호사는 상냥하고 싹싹하게 보이려고 애쓴다. "그는 독재자였고, 그래서 그에 대한 말도 많을 거예요. 하지만 그때가 더 살기 좋았던 것 같아요. 모든 사람이 일자리를 갖고 있었고, 범죄도 그다지 많지 않았어요. 그렇지 않아요, 아가씨?"(중략) 어쩌면 이후에 들어선 정부들이 너무나 엉망이어서 많은 도미니카 사람들은 트루히요를 그리워하게 된 것인지도 모른다. 이제 사람들은 권력 남용과 살인, 부패와 비밀 염탐, 격리와 두려움을 잊어버렸다. 공포는 이미 신화가 되어 있었다. '모든 사람이 일자리를 갖고 있었고, 범죄도 그다지 많지 않았어요.'
> "범죄는 계속 일어났어요, 아빠." 그녀는 환자의 눈을 쳐다보고, 그는 눈을 깜빡거린다. "그토록 많은 도둑들이 집을 약탈하거나, 그토록 많은 노상강도들이 보행인들의 지갑이나 시계 혹은 목걸이를 빼앗지는 않았어요. 하지만 사람들은 살해되고 고문당했으며 실종되었어요. 심지어 체제와 가장 가깝게 지내던 사람들도 그런 일을 당했지요. 가령 그의 멋쟁이 아들 람피스는 헤아릴 수 없이 권력을 남용했어요. 그가 날 찝쩍거릴지 모른다는 생각에 아빠가 얼마나 벌벌 떨었는지 기억나요?"(1권, 169쪽)

독재자의 특징 중 하나는 자신의 권력에 위협이 되지 않는 일에는 관대하고, 자신의 권력에 도전하지 않는 자들에게는 한없이 너그럽다는 점이다. 따라서 권력에 위협을 가하지 않으면서 성실히 노력한 사람들 중에는 약간의 성공을 거둔 이들도 있었을 것이다. 독재 권력이 쳐놓은 울타리 안에서 편안하게 살았던 사람들은 압제를 질서라 여기기도 한다. 특히 압제가 사라진 다음에 벌어지는 자유로움에 대해서 이들은 혼란과 무질서라는 이름으로 불편해하고 비판한다.

질서를 선호하고 혼란을 꺼리는 인간의 심리는 충분히 이해할 수 있다. 예상할 수 없는 삶에 대한 불안감은 외부로부터 강요된 질서라도 기꺼이 수용하고자 하는 마음으로 이어지기 쉽다. 반대로 사람들은 과거의 일이라면 부당하게 누리던 권리마저 당연하게 받아들이고 현재의 불편함은 정당하게 진행되는 절차마저도 마땅치 않게 보곤 한다. 생각해보면 과거를 긍정적으로 기억하는 일은 매우 안전하다. 현재의 불만을 과거와 비교하는 일은 편리하기도 하다. 사람들은 자신의 현재에 불만이 많을수록 과거는 긍정적으로 현재는 부정적으로 재단하게 된다. 현재 나의 어려움이 나의 책임이 아니라 정치나 경제를 담당하고 있는 사람들의 책임이라는 생각으로 안도할 수 있기 때문이다. 이런 심리 메커니즘은 다음과 같이 작동한다. 왜 지금 나를 어렵게 만드느냐. 지금 과거를 나쁘다고 비판하는 당신들은 그들보다 더 못하다. 그들은 먹고 사는 일은 걱정하지 않게 해 주었다. 세상의 어려움은 온전히 당신들 탓이다. 역시 현재 나의 어려움은 당신들 탓이다. 말하자면 이런 식이다.

과거에 대한 향수는 생물학적인 작용과도 관계있어 보인다. 우리는 누구나 어린 시절을 그리워한다. 어린 시절은 아름다운 추억들로 가득하다. 그러나 모든 기억이 아름다울 리는 없다. 좋았던 기억을 주로 되살리기 때문에 추억은 아름다울 수 있는 것이다. 외롭고 쓸쓸하고 고통스러웠던 기억은 과거 속으로 사라지고 기쁘고 안전하고 편안한 기억들만 현재에도 살아남게 된다. 또 어린 시절 '추억'들은 대부분 책임 없이 이루어진 것들이다. 책임을 대신할 어른이 있었기에 어린 시절은 안전하고 즐거울 수 있었다. 그러나 어른이 된 지금은 삶이 그리 한가하지 못하다. 무엇보다 자신에 대해 책임을 져야 하는데 그것만도 쉬운 일이 아니다. 현재는 어려운 정치적 판단을 요구하는 경우도 많다. 자칫 선택의 결과가 나와 가족에게 직접적 영향을 미친다. 그래서 현재는 늘 어렵고 힘들다.

경제가 발달했다는 환상은 독재가 남긴 유물 중 하나이다. 자유나 평등과 같은 '무질서'를 야기하는 이념을 포기하고 군대와 같은 일사분란을 추구할 경우 일시적인 성과를 거둘 수 있는 것이 사실이다. 타의에 의해 강제로 일하더라도 생산성은 어느 정도 높아진다. 그러나 그 효과는 일시적일 수밖에 없다. 그렇게 해서 얻어진 이윤이 고르게 분배되지 않는다면 누군가는 혜택을 누리지 못하게 된다. 또, 현재의 성과를 위해 미래의 자산을 당겨서 써버린다면 미래 세대들은 더 큰 부담을 안게 될 수밖에 없다. 사람들이 왜곡된 경제 발전의 이러한 속성을 간파하지 못할 경우 그때가 좋았다는 생각이 사회를 지배하게 된다.

한편, 우라니아가 비록 주인공이지만 이 소설에서는 죽은 트루히요의 가족, 트루히요에게 충성했던 사람들, 트루히요를 증오했던 사람들, 국가의 미래를 위해 수습에 나서는 사람들이 그의 죽음 후에 어떻게 반응하는가가 매우 중요하다. 이 소설의 제목이 '염소 사냥'이나 '염소 암살'이 아닌 '염소의 축제'인 이유도 이러한 사람들의 심리 상태를 다루고 있기 때문이다. 독재자의 죽음을 둘러싸고 벌어지는 한 판의 축제에 반대자와 지지자와 피해자와 가해자가 함께 등장하여 제각기 염소의 죽음 후를 설계하고 거기에 적응하고 있는 것이다. 축제의 참가자는 한 판 소란스럽게 축제를 즐기고 있으며 그들의 축제가 어디로 흘러갈지 정확히 알지 못한다. 일은 벌어진 것이고 벌어진 일은 또 자기 힘으로 굴러가게 마련이다.

독재자 이후의 사람들

　　앞서 살펴본 우라니아는 허구의 인물이고 그녀를 통해 소설은 현재 관점에서 과거 도미니카를 이야기하고 있다. 이에 비해 다른 장에 등장하는 인물과 사건들은 고증을 통해 최대한 사실에 가깝게 구성되었다고 한다. 이 장들에서는 소설을 통해 역사를 보여주고자 하는 작가의 의지를 느낄 수 있다. 작가가 복원해내는 역사는 크게 트루히요가 만들어놓은 현실과 그 현실을 깨뜨리려는 인물들의 모습으로 나누어 살펴 볼 수 있다.

　　많은 독재자들의 시대처럼 트루히요 시대는 동상과 현판이 넘쳐났다. 그가 집권하던 시대 거의 모든 집에는 '이 집에서 트루히요는 수령님이다'라는 청동 명판이 걸려 있었다. 도미니카 사람들은 수령에 대한 충성을 의심받지 않도록 자발적으로 명판을 사다가 집 안의 가장 잘 보이는 장소에 걸어놓았다. 독재자뿐 아니라 독재자의 가족에 대한 우상화가 이루어지기도 했다. 수령의 영부인은 자비로우신 도덕주의자로 유명하였다. 당연히 그것은 그녀의 자질이 뛰어나서가 아니라 트루히요의 권력 덕분이었다. 30년 동안 도미니카에서는 트루히요가 마음만 먹으면 못할 일이 없었다. 우라니아가 회상하기에 그는 능히 물을 포도주로 만들고, 빵을 수없이 늘릴 수 있는 사람이었다.(1권 35~36쪽)

　　살인에 참여했던 사람들도 과거에는 모두 트루히요의 공적을 찬양했다. 그러나 권력이 오래되면 썩는 것인지, 본래 부정적이었던 측면이 시간이 지난 후에 드러나는 것인지 그에 대한 사람들의 평가도 달라진다. 이 역시 독재자를 경험한 나라들에게 공통적으로 나타나는 현상이다.

> 하기야 20년 전 혹은 25년 전에 그의 주변에 트루히요 신봉자가 아닌 사람이 있었던가? 모두가 염소를 조국의 구원자로 떠받들었다. 그는 지방 토호 세력과의 전쟁에 종지부를 찍었고, 아이티의 재침략 위험을 종식시켰으며, 세관을 통제하고 도미니카 화폐 사용을 금지했으며 예산 승인권을 가지고 있던 미국과의 굴욕적인 종속을 마감시켰고, 자발적이건 강요에 의해서건 최고 인재들을 정부에 입각시킨 사람이었다. 그러니 트루히요가 자기 마음에 드는 여자들과 사랑을 나눈 게 무슨 문제가 되겠는가? 혹은 공장과 농장과 목장들을 모두 삼켜버렸다는 게 뭐 그리 대수겠는가? 어쨌든 그는 도미니카를 번영시킨 주역이 아니었던가? 그 덕분에 이 나라가 카리브해에서 가장 강한 군사력을 가지게 되지 않았는가? 지난 20년 동안 토니 임베르트는 이런 이유들을 내세우며 그를 옹호했다. 그래서 지금 그의 속이 뒤틀리는 것이었다.(1권, 245~246쪽)

위 글에서도 우라니아에게 닥쳤던 문제와 본질적으로 다르지 않은 문제를 확인할 수 있다. 공적으로 오해된 사실 때문에 다른 모든 과실이 용서되는 상황이다. 인물이나 사건에 대한 긍정적인 시선이 부정적인 시선으로 바뀌는 데는 생각보다 긴 시간이 필요했다. 트루히요는 30년 이상 도미니카를 통치했고 통치한 지 이십 년이 지난 후에야 그에 대한 반정부 운동이 활발해진다.

세 번째 이야기는 트루히요를 살해하기 위해 고속도로에서 기다리고 있는 사람들을 주인공으로 한다. 이들은 CIA가 제공한 총으로 무장하고 차를 도로에서 차단하고 기관총으로 수령을 살해하려 한다. 이들은 모두 개인적인 사연을 가지고 있다. 말하자면 정치적인 정의 실현 못지않게 개인적인 원한을 풀어야 하는 사람들이다. 우선 안토니오 임베르트는 트루히요에게 그의 동생과 관계된 원한이 있다. 그의 동생 세군도는 감옥에 수감 중이다. 그는 푸에르토 플라타 지방의 주지사 출신이었으나 지금은 기관에 의해 감시받는 처지가 되어 있다. 그는 염소 사냥 이전에 있었던 1961년 5월 30일의 거사 참가자 중에서 생존한 인물이다. 이 사건의 주동 인물이라 할 수 있는 안토니오 델라 마사 바스케스는 오래전부터 트루히요 살해 계획을 세워온 인물이다. 그는 반정부 활동에 참여했던 동생 옥타비오의 죽음으로 인해 분노를 느끼고 독재자를 제거하기로 결심했으며 사건 당시에는 트루히요 소유의 제재소 관리인이었다. 아마도 가르시아 게레로는 트루히요의 경호원으로 그가 산크리스토발 푼다시온 별장으로 갈 것이라는 정보를 빼낸 인물이다. 트루히요는 아마도가 사랑하던 루이사의 동생이 반정부 활동 혐의가 있다고 하여 그녀와의 결혼을 포기하게 만들었다. 이어 아마도는 반정부 활동가 한 사람을 살해하는 일을 맡게 되는데, 죽은 이는 그가 사랑하는 여인의 동생인 것으로 밝혀진다. 그는 이 일을 계기로 트루히요 제거에 앞장서게 된다.

살해를 위해 동원된 첫 번째 차에 탑승했던 위의 인물들은 소설 속에서 영웅으로 그려진다. 비록 혁명을 일으키겠다는 계획은 실패로 돌아갔지만 자신이 무엇을 했는지를 분명히 알고 있으며 앞으로 자신들에게 닥칠 운명도 담담하게 받아들이는 인물들이다. 그들은 처음부터 자신들의 운명을 낙관적으로 보지는 않았다. 그들에게는 트루히요가 죽었다는 사실 말고 나머지는 별로 중요하지 않았다. 독재자에게서 이 나라를 해방시키는 것, 그것만이 그들의 관심사였다. 그 장애물이 제거되면, 비록 처음에는 일들이 제대로 돌아가지 않을지라도, 적어도 자유의 문이 활짝 열릴 것이라고 그들은 믿었다.

> "내가 후회한다고 생각하지 마." 임베르트가 말했다. "사실 나는 쿠데타 같은 건 꿈도 꾸지 않았어. 안토니오 델라 마사가 꿈꾸었던 군과 시민의 합동 평의회는 기대하지 않았어. 난 항상 우리가 자살 테러를 하는 사람들이라고 생각했어."
> "조금 더 일찍 얘기하지 그랬어요." 아마디토가 농담했다. "그랬다면 유서를 써놓았을 텐데요."(2권, 149쪽)

위의 간단한 대화에서 확인할 수 있듯이, 그들은 자신들의 운명이 결정된 순간에도 의연한 태도를 보인다. 이들은 실제 도미니카 역사에서도 영웅으로 대접받고 있다고 한다. 이들이 벌인 축제의 희생물은 당연히 트루히요였다. 그러나 혁명의 실패를 통해 혁명을 꿈꾸던 이 젊은이들 역시 축제의 희생양이 되었다고 말할 수 있다. 그들은 트루히요와 달리 이후 벌어질 일을 위해 자신들이 희생양이 되는 것을 기꺼이 받아들이고 있다.

이 사건과 관련하여 도미니카에 영웅들만 있었던 것은 아니다. 오랫동안 세웠던 계획을 무산시킨 푸포 로만 장군은 우리 역사에도 존재했을 법한 실망스러운 인물이다. 국방부 장관이자 트루히요 누이의 남편인 그는 거사에 참여하기로 했다. 군사 책임자였기에 트루히요의 시체를 확인하고 그가 빠르게 움직였으면 군권을 장악할 수 있는 위치에 있었다. 그러나 그는 결정적인 시기에 모습을 감추는 비겁함을 보인다. 그의 비겁함으로 살인은 혁명의 시발이 아니라 단순한 암살에 그치고 만다. 이후 정국의 주도권은 군이 아닌 정보부로 돌아가고, 주도권을 잃은 그는 반란 혐의로 체포되어 처형된다. 그가 적극적으로 참여했더라도 결과가 어떻게 되었을지는 알 수 없지만 그의 행위는 역사 앞에서 부끄러운 일이었음에 틀림이 없다.

호아킨 발라게르 대통령은 실제 도미니카 역사를 수습하고 이후 민주 정부의 대통령이 된 인물이다. 소설에서도 정국을 정리하는 인물로 등장한다. 진보적이지는 않지만 균형 감각 있는 관료라 할 수 있다. 그는 사태가 발생했을 때 대통령 궁을 떠나지 않고 그곳이 정국의 중심이 되게 만들었다. 트루히요 가족들에게 권력을 넘기기 위해 바로 사임해야 한다는 견해에 대해 장남 람피스가 유럽에서 돌아와야 한다고 주장하며 시간을 번다. 트루히요의 가족들을 존중하면서도 미국과의 관계를 잘 유지하기 위한 노력도 게을리하지 않는다. 종교 지도자를 추방하거나 해치는 것을 막고 트루히요의 가족들이 해외로 재산을 빼돌릴 수 있도록 묵인해준다. 트루히요 가족들이 살해와 관련된 인사들을 체포하고 처형하는 일도 눈 감아 준다. 그런 한편 대외적으로는 트루히요의 정책을 비판하고 도미니카의 새로운 시대를 선언한다. 미국의 압력을 적절히 이용하여 트루히요의 동생을 비롯한 가족들이 모두 도미니카를 떠날 수 있도록 유도한다. 어느 정도 희생은 감수하면서 독재자 가족의 영향력을 줄이는 데 성공한 셈이다. 그는 서로 끔찍하게 혐오하던 정보부의 아베스 가르시아와의 일전에서도 승리한다. 그렇다고 그가 지도 체제나 정부의 성격을 전면적으로 바꿀 만큼 혁명적인 인물은 아니다. 좀 더 이성적인 인물로 권력자가 바뀌었다고 보는 것이 적절하다.

새로운 시대의 권력과 독재

    독재자의 등장이 그렇듯이 독재자의 퇴장 또한 대항하는 미력한 힘들로 이루어내기는 어렵다. 소설에서 트루히요 살해에 동원된 총들은 미국 CIA가 제공해준 것이다. 수령 살해에 대한 그들의 암묵적인 동의가 있었다는 말이 된다. 또 트루히요 사망 이후에는 대규모 함선들이 도미니카 수도 산토도밍고 앞 바다에 등장하여 무력시위를 벌인다. 이 역시 트루히요 세력에 대한 압박으로 작용한다. 트루히요의 죽음 직후 대통령 발라게스는 국가의 안녕을 위해 미국이 원하는 정책을 펼 것이라고 공언한다.

> 1960년 6월에는 베네수엘라의 베탕쿠르 대통령에 대한 암살 기도가 있었다. 이 사건으로 그동안 든든한 협력자였던 미국을 비롯해 수많은 나라들이 트루히요 체제를 비난했으며, 1960년 8월 6일에 코스타리카 회의에서 미국은 도미니카 공화국 제재에 찬성표를 던졌다.(1권 239쪽)

    위 글은 매우 암시적이지만 사건의 전후 맥락을 이해하는 데 큰 도움을 준다. 미국이 도미니카 편을 들기를 거부한 순간 트루히요의 운명은 정해진 것인지도 모른다. 트루히요의 주장대로 '미국의 최고 조력자'였던 그의 운명은 미국에게 불편한 존재가 되면서 급격히 달라진 것이다.

    트루히요와 그의 시대를 지나간 역사의 한 장면으로 치부할 수도 있다. 인터넷이 세계를 거미줄처럼 엮고 있는 지금 같은 세상에 이런 독재가 다시 가능할 것 같지는 않다. 그것도 비교적 개방되고 잘사는 나라에서는. 실제로 독재자가 군대와 정보기관을 이용해 무력으로 정권을 유지하던 시대는 지났는지도 모른다. 그러나 권력을 가진 자와 지배받는 자의 불공정한 관계마저 사라진 것은 아니다. 권력은 능수능란하게 자신의 외피를 바꾸어 입는다. 신석기 이후 그런 관계가 사라진 시대는 없었고, 어떤 혁명도 지배와 피지배관계를 한 번에 역전시킨 사례도 없었다. 이러한 비극적인 역사는 지금도 진행형이다.

독재자에게 자양분을 제공하는 이들이 있는 한 독재는 언제든 다시 부활할 수 있다. 이제 예전과 같은 노골적인 감시와 처벌 체제를 통하지 않더라도 독재는 가능하다. 손쉬운 방법으로, 언론을 장악하고 노동운동을 탄압함으로서 자본이 이익을 충분히 확보하는 길을 걷는다면 그 역시 독재라 할 수 있다. 다만 군사 독재가 아니라 관료 독재나 자본의 독재로 이름만 바뀔 뿐이다.

남아메리카 군부독재의 역사와 저항

장 코르미에, 『체 게바라 평전』, 김미선 역, 실천문학사

『체 게바라 평전』 표지

남아메리카는 독재자의 대륙이었다. 도미니카, 칠레, 볼리비아, 아르헨티나 등 많은 나라가 독재를 경험했다. 이들을 다룬 문학을 따로 남아메리카 독재자 문학이라 부를 정도이다. 다른 면에서 보면 남아메리카는 혁명의 대륙이기도 했다. 성공 여부와 관계없이 제국주의와 독재에 맞선 민중들의 저항이 늘 들끓던 대륙이었다. 이들의 혁명을 이끈 대표적인 인물이 체 게바라였다. 장 코르미에의 『체 게바라 평전』은 그를 다룬 가장 권위 있는 글이다.

이 책에서 저자는 남겨진 방대한 자료를 활용해 체 게바라의 과거를 착실하게 재현하고 있다. 게바라와 가까웠던 사람들을 인터뷰한 자료, 그가 남겨놓은 편지글이나 잡문들 대부분이 이 책에 활용되었다. 이를 통해 저자는 혁명 전사로서의 게바라가 아닌 인간 게바라의 모습을 그려내려 한다. 일찍이 샤르트르는 게바라를 '이 시대의 가장 완벽한 인간'이라 표현했다. 이 책에서도 그는 최고의 전사인 동시에 지도자였고 휴머니스트이자 독서로 다져진 지성인이었다.

실제로 볼리비아군의 총에 맞아 죽음에 이르기까지 체 게바라가 보여준 삶은 완벽한 혁명가의 그것이었다. 피델 카스트로와 함께 쿠바 혁명을 성공시킨 이후 그에게는 안락한 삶과 권력이 보장되었다. 하지만 게바라는 쿠바에서 할 일은 끝났다는 편지를 남기고 아프리카로 날아가 혁명가의 자리로 돌아갔다. 아프리카에서의 혁명이 실패하자 그는 다시 남아메리카로 돌아와 볼리비아 혁명에 관여했다. 그는 많은 사람들이 오래도록 그리워하는 흔치 않은 영웅이다.

존 듀이건 감독, 〈로메로〉(Romero, 1989)

마누엘 후에르가 감독, 〈살바도르〉(Salvador, 2006)

로저 스포티스우드 감독, 〈언더 파이어〉(Under Fire, 1983)

페르난도 E. 솔라나스, 옥타비오 젠티노 감독(공동), 〈불타는 시간의 연대기〉(La Hora De Los Hornos: Notas Y Testimonios Sobre El Neocolonialismo, La Violencia Y La Liberacion, 1968)

월터 살레스 감독, 〈모터사이클 다이어리〉(The Motorcycle Diaries, 2004)

혁명의 대륙 좌절의 역사

문학의 보고 남아메리카

20세기 남미 문학은 19세기 유럽 문학만큼 양과 질 모두에서 높은 수준을 보여주었다. 그만큼 뛰어난 작가와 시인들도 많았다. 카를로스 푸엔테스, 가르시아 마르케스, 마리오 바르가스 요사, 호르헤 루이스 보르헤스와 같은 소설가와 파블로 네루다, 옥타비오 빠스, 가브리엘라 미스트랄과 같은 시인들은 남미뿐 아니라 20세기 세계문학을 대표한다. 이들은 단순히 서구 문학의 내용과 형식을 답습한 것이 아니라 남아메리카 전통과 문학의 형식을 결합하여 세계문학계에 적잖은 충격을 주었다.

20세기에 남아메리카에서 뛰어난 작가와 작품이 많이 나온 이유는 그 기간 남아메리카의 현실이 문학 생산에 적합했기 때문이다. 이 시기 남아메리카 국가들은 독재와 민주화, 경제 개발과 국가 파산이라는 극단적인 경험을 했다. 구체적인 양상은 조금씩 다르지만 대부분의 남아메리카 지역은 19세기 후반 식민지에서 벗어나 내전과 독재를 겪고 혁명과 반혁명의 아픈 시간을 지나왔다. 그 과정에서 권력을 갖지 못한 사람들은 슬픔과 고통을 겪어야 했다. 이런 불행한 역사는 아이러니컬하게도 문학에 풍부한 자양분을 제공해 주었다. 정치를 통해 정의를 실현하기 어렵고 부당한 권력이 개인의 권리를 억압할 때 문학은 적극적으로 반응하기 때문이다.

역사적으로 보아도 문학은 정체된 지역보다 역동적으로 변화하는 지역에서 크게 발전하였다. 근대 초기 서양에서 소설 양식이 발달하고 좋은 소설 작품이 많이 생산된 것이나 동아시아 근대 문학이 20세기 초 근대화를 경험하면서 발전한 것이 좋은 예이다. 반면 후기 산업 사회로 접어들어 생산보다는 소비가, 산업자본보다는 금융자본이 발달하게 된 곳에서는 문학도 함께 침체하는 경향을 보였다. 서구 선진국이나 동아시아 문학의 예를 다시 들어도 좋을 것이다. 물론 침체가 영원히 가라앉음을 의미하지는 않는다. 새로운 문학이 기존의 '근대문학'을 대체할 수도 있다.

작가나 시인들은 정치가와 달리 큰 이야기가 아닌 작은 이야기로 현실에 접근한다. 정의나 체제와 같은 문제를 직접 다루기보다는 변화를 겪는 사람들의 희로애락을 작품에 담고자 한다. 때로는 이런 접근이 역사보다 핍진하게 시대의 진실을 보여주고, 정치 연설보다 더 강하게 메시지를 전해주기도 한다. 남아메리카가 겪은 시대의 우울은 사회와 유리된 채 내면으로 침잠하는 듯한 개인에게서도 발견된다. 회상이나 상상이라는 장치는 개인의 내면 안에 사회와 역사 문제를 담아내는 유용한 방법으로 활용된다.

혁명의 기억과 식민지의 기억은 남아메리카 문학을 이해하는 데 필수적인 요소이다. 20세기 들어 남아메리카 대부분의 나라는 혁명과 그것의 좌절을 맛보았다. 체 게바라, 카스트로, 아옌데 등 잘 알려진 혁명가들이 평등하고 평화로운 남아메리카를 꿈꾸었지만 그 꿈은 온전히 실현되지 못하였다. 하지만 실현되지 못한 그들의 꿈은 현재까지 기록과 작품으로 보존되고 있다. 또 남아메리카는 현재도 식민지의 경험에서 자유롭지 못하다. 예전의 지배국이었던 스페인과 포르투갈의 손에서는 벗어났지만 여전히 경제적으로 서구의 영향을 크게 받고 있다.

　　　남아메리카에서도 칠레는 세계적인 문인을 많이 배출한 나라이다. 파블로 네루다나 가브리엘라 미스트랄은 대륙을 대표하는 시인으로 모두 노벨 문학상을 수상하였다. 칠레를 대표하는 소설가로는 이사벨 아옌데, 로베르토 볼라뇨, 안토니오 스카르메타, 루이스 세풀베다가 있다. 파블로 네루다, 아옌데, 볼라뇨, 세풀베다의 문학은 독재 체제에 대한 비판을 담고 있는 것으로 유명하다. 이 글에서는 세풀베다의 소설 『우리였던 그림자』와 『연애 소설 읽는 노인』*을 다룬다. 『우리였던 그림자』는 아옌데의 『영혼의 집』, 볼라뇨의 『칠레의 밤』과 함께 피노체트 독재 정권을 다룬 소설이다. 『연애 소설 읽는 노인』은 파괴되어 가는 아마존을 배경으로 한 소설로 생명과 자연의 의미를 생각하게 해준다.

아옌데와 피노체트

　　　칠레는 자유 무역 협상 이후 포도를 비롯한 농산물이 수입되면서 우리에게 친숙해진 나라이다. 칠레의 국토는 우리 영동지방처럼 안데스 산맥의 한쪽 면에 좁게 치우쳐 태평양 쪽으로 긴 수평선을 그리고 있다. 신비로움이 가득한 이스터 섬도 칠레의 영토에 속한다. 우리나라에서는 태평양을 대각으로 가로질러야 갈 수 있는 먼 곳이다. 이런 여러 이미지를 종합해 보아도 칠레는 우리에게 여전히 이국적이라는 느낌을 주는 곳이다.

　　멀리 떨어져 있는 나라이지만 칠레의 근대사는 우리의 흥미를 끌기에 충분하다. 군부의 개발 독재 시대를 거쳐 민주주의를 회복한 노정이 우리의 경험과 비슷하기 때문이다. 경제 발전을 내세우는 독재자가 사라진 후 정치의 안정 속에서 지속적인 경제 발전을 이루고 있다는 점도 주목할 만하다. 21세기의 칠레는 슬픈 역사를 극복하고 자유롭고 평화로운 삶을 향해 전진해 가는 남아메리의 모범적인 국가로 알려져 있다.

　　칠레는 남아메리카 서쪽 해안에 위치하고 있으며, 남북의 길이는 4,200km나 된다. 남극 대륙까지 합하면 총 길이가 약 7,000km이다. 남북으로는 세계에서 가장 긴 나라이다. 상대적으로 동서의 폭은 좁은데 제일 넓은 곳은 460km이고 제일 좁은 곳은 90km이다. 북쪽으로는 페루와 볼리비아, 동쪽으로는 아르헨티나와 국경을 접하고 있다. 칠레의 북부는 16세기 초까지 잉카제국의 영토였으나 1540년 스페인의 정복에 의해 식민지가 되었다. 270년 동안의 스페인 지배를 벗어나 1810년 9월 18일 독립을 선언하였으나 이후 100년간은 영국의 경제 지배를 받았다. 다른 남아메리카 국가에 비해 칠레는 서구 열강이 탐낼 만한 자원이 풍부한 땅은 아니었다. 아이러니컬하게도 이런 이유 때문에 칠레

●루이스 세풀베다Luis Sepúlveda. 소설가이자 환경운동가. 칠레 오바예 출생. 1949년 10월 4일~. 대표작으로 『연애소설 읽는 노인』(1989), 『감상적 킬러의 고백』(1996), 『우리였던 그림자』(2009)가 있다. 이 글의 텍스트는 각각 정창(『우리였던 그림자』), 엄지영(『연애소설 읽는 노인』) 번역의 열린책들판(2012, 2001)이다.

는 서구의 관심을 덜 받았고 침탈의 우선순위에서도 밀려나 있었다. 황금을 찾아 남아메리카를 찾은 식민주의자들은 마야, 잉카, 아마존을 우선시했다.

칠레는 1879년 남아메리카에서 벌어진 태평양 전쟁에서 승리함으로써 초석의 대산지 안토파가스타 지역 및 볼리비아 일부를 획득하여 경제적으로 번영의 시대를 맞았다. 이후 광산의 국유화를 통한 경제 자립 정책이 시행되기도 했으나 제1차 세계대전 후에는 구리 산업을 중심으로 미국자본이 진출한 데다 세계공황에 기인한 사회불안 때문에 경제 침체를 겪었다. 이어 1960년대에 이르기까지 공산당의 지지를 받은 곤살레스 비델라 정부, 독재자 카를로스 이바녜스 정권, 기업인 알레산드리 정권, 중도좌파의 프레이 정권이 이어졌다.

현재의 칠레 정치와 관련된 근대사를 살펴 볼 때 중요하게 언급해야 할 인물은 살바도르 아옌데와 피노체트이다. 1970년에 좌익 연합의 대표 살바도르 아옌데는 대통령으로 당선되어 주요산업을 국유화하는 등 일련의 진보적인 정책을 추진하였다. 그러나 아옌데 정권의 산업 국유화는 많은 난관에 부딪쳤다. 특히 구리 광산의 무보상 국유화에 대한 미국의 보복적인 구리시장 조작은 칠레 경제에 큰 타격을 주었다. 닉슨 정부의 방해공작과 극우파의 방해공작, 극좌파의 정부 공격에 의해 아옌데의 정책은 힘을 잃었다.

1973년 9월 군부 쿠데타로 아옌데 대통령은 피살되고 아우구스토 피노체트 군사정부가 들어섰다. 그때부터 피노체트의 독재가 시작되었다. 쿠데타 직후 군사정부는 아옌데 정부에 가담했던 사람들을 섬, 운동장 및 정보부 사무실에 가두었으며 고문과 학살을 자행하였다. 많은 독재자들처럼 피노체트도 정통성 없는 정권을 경제 성장으로 보상해준다고 광고했으며 집권 당시 약간의 경제성장을 이루기도 했다.

그러나 15년 후인 1988년 10월 5일 야당의 독재정권 반대시위 등으로 인하여 피노체트 정권에 대한 찬반 투표가 실시되었다. 투표 결과 독재 정권에 반대하는 표가 더 많았고, 피노체트 정권은 국민들 앞에 무릎을 꿇었다. 일 년 후에는 정식으로 대통령 선거가 실시되었고, 기독민주당의 빠뜨리시오 엘우인이 새로운 대통령으로 당선되었다. 이것으로 피노체트 정권은 막을 내린 셈인데, 기이하게도 대통령 선거 이후에도 피노체트는 전군 참모총장 자리를 유지하면서 군부를 계속 장악하고 있었다.

피노체트 정권에 대한 조사와 심판은 새로운 세기가 임박해서야 이루어졌다. 2000년 3월 새로운 대통령이 취임하면서 피노체트는 18명에 대한 납치 및 57명에 대한 살인죄로 기소되었다. 피노체트는 가택연금 상태에서 항소하였고, 2001년3월 고등법원에서 죄명이 주범이 아닌 공범으로 바뀌었다. 그는 2006년 보석으로 석방된 상태에서 숨을 거두었다. 그의 장례식은 육군 군장으로 치러졌으며 장례기간 동안 조문객과 반대파들의 데모가 격렬하게 벌어졌다. 피노체트의 죽음은 칠레의 어두운 역사가 마무리 되는 상징적인 사건이었다.

망각과의 전쟁

혁명이 들끓던 시기가 지나고 군사정권에 의해 자유와 민주주의가 유린되던 시절이 있었다. 혁명을 꿈꾸던 많은 사람들이 조국을 떠나 망명의 길을 나섰고 국내에서는 많은 사람들이 여러 가지 부당한 이유로 목숨을 잃었다. 시간이 지나 군사정권의 시대도 지나가고 혁명적이지는 않지만 조용히 자유와 민주주의를 옹호하는 정치가 실현되기 시작했다. 이제 사람들은 군사정권에 대항하던 사람들의 피와 눈물을 기억하지 않는다. 아니 기억하고 있다 하더라도 현재의 삶을 해치지 않는 선에서 필요한 만큼만 기억에서 꺼낸다. 혁명의 시대에 대한 평가도 엇갈린다. 누구는 그 시대를 순수함으로 기억하여 그리워한다. 그러나 많은 사람들은 그 시대의 폭력과 혼란만을 이야기한다. 자유와 민주주의가 낳은 일상을 누리는 사람은 과거 속에 발을 담그고 싶어 하지 않는다. 과격한 말이나 행동을 삼가고 현재 가지고 있는 것을 지키기 위해 하루하루를 유지할 뿐이다.

　　이는 세풀베다의 소설 『우리였던 그림자』의 인물들이 처한 상황이다. 이 소설은 칠레 산티아고의 비 오는 하루를 배경으로 한다. 하룻밤 동안 벌어지는 사건은 그리 복잡하지 않다. '그림자'로 불리던 아나키스트 페드로 놀라스코의 편지를 받은 롤로 가르멘디아는 카초 살리나스, 루초 아란시비아, 코코 아라베나와 함께 카페 건물에 숨겨져 있던 놀라스코의 물건을 찾는다. 그 속에는 돈과 장부가 들어 있었는데 돈은 예전의 혁명 동지들인 그들을 위해, 장부는 과거 시대의 부정을 드러내기 위해 쓰이게 된다. 같은 날 다른 곳에서는 편지를 보낸 후 자살을 하려 했던 놀라스코가 아라베나의 아내 콘셉시온 가르시아가 던진 오디오 턴테이블에 맞아 사망하는 사건이 벌어진다.

　　놀라스코가 동지들을 카페 건물에 불러 모으기로 한 7월 16일은 그에게 뜻 깊은 날이었다. 인쇄소의 노동자였던 그의 할아버지는 1925년 7월 16일 아나키스트 세 명과 공모하여 은행을 털었다. 산티아고 시가 생기고 난 이래로 처음 일어난 은행 강도 사건이었다. 은행을 턴 후 그들은 전혀 어색함 없이 시내를 활보했으며 자신들의 행위에 대해서도 떳떳해 했다. 그들은 자신들이 '서로 작당해서 전 세계의 인민들을 착취하고 있는 자본가들에 대한 정당한 공격'을 한 것이지 시시한 좀도둑질을 한 것이 아니라고 생각했기 때문이다. 이런 할아버지를 닮았던 '그림자' 역시 가난한 사람들을 위해 빵을 나누어주는 등 인민을 위해 살았던 혁명가였다.

혼란스럽긴 했지만 새로운 시대를 그리던 '그림자'들에게 1973년은 위기와 절망을 가져다주었다.

> 목숨이라도 부지하려면 어떻게든 모든 걸 깡그리 잊어야 했다. 그리고 평소에 다니던 길은 되도록 피하고 아무도 만나지 말아야 했다. 혹시라도 길을 가다가 아는 이를 만나면 얼른 몸을 돌려 왔던 길로 되돌아가는 것이 상책이었다. 미래를 꿈꾸던 사람들의 마음은 곧 과거의 망령들만 우글거리는 을씨년스러운 풍경으로 변해 버렸다.(87쪽)

앞에서 살핀 대로 1973년은 피노체트가 선거로 구성된 아옌데 정부를 쿠데타로 무너뜨린 해이다. 이후 칠레는 오랜 군사 독재의 터널을 지났다. 토론과 변혁 그리고 새로움을 이야기하던 시기가 지나고 감시와 형벌, 불안과 공포의 시대가 찾아온 것이다. 물론 자본가들을 비롯한 보수 기득권층에게는 안정된 시대가 돌아온 것이라 할 수 있었다. 새로운 미래를 꿈꾸던 사람들은 자신의 과거와 몸을 숨기며 이 시절을 보냈다. 그들은 자신의 생각을 함부로 드러내지 않았으며, 과거에 만나던 사람들과도 편안하게 만나지 못했다. 현실에서 할 수 있는 일이 아무것도 없었으며, 또 용감히 무엇을 해보겠다고 나서지도 못했다. 이를 작가는 '과거의 망령들만 우글거리는 을씨년스러운 풍경'이라고 표현한다.

　강한 권력 앞에 위축되어 소극적으로 살아가지만 그들이 아옌데 인민 정부 시절의 경험을 완전히 잊어버린 것은 아니었다. 비록 다시 돌아갈 수 없고, 자신들도 어느 정도 변해버렸지만 그 시절의 열정이나 의지에 대해서는 분명히 기억하고 있었다. 이는 등장하는 인물들의 이력을 살펴보아도 알 수 있다. 그들은 모두 오랜 망명 생활을 정리하고 산티아고로 돌아온 사람들이다. 그들이 나름대로 뿌리를 내리고 살던 외국에서 고향으로 돌아온 이유는 분명하다. 어디에서 살았든 그들은 자신들의 조국 칠레를 잊지 못했고, 과거 자신들이 꾸던 꿈을 잊지 못했던 것이다.

　그들의 망명 이력은 다양하다. 그림자의 편지를 받는 롤로 가르멘디아는 예전에 흑표범으로 불리던 사내이다. 그는 아르헨티나를 지나 차우세스쿠의 루마니아로 갔었다. 그곳의 숨 막히는 감시가 싫어 유고로 탈출했다가 칠레로 돌아온 인물이다. 카초 살리나스는 파리로 망명했었다. 코코 아라베나는 마오를 따르는 친중파로 독일로 망명했던 사람이다. 그의 아내는 아직도 베를린을 기억한다. 루초 아란시비아는 어려운 시대에 목숨을 잃은 후안, 알베르토 아란시비아와 함께 칠레에서 정비소를 했다.

　오랜만에 모여 그림자가 남긴 일을 도모하는 인물들 외에 평범해 보이는 닭집 주인 역시 그들과 유사한 이력을 가지고 있다. 그는 1970년대 스웨덴에서 망명 생활을 했고 군부독재가 종식되었을 때 귀국하였다. "술이 몇 잔 들어가자 주인은 자기가 지금도 변함없는 공산주의자라고 털어놓았다. 그건 결코 떼어 낼 수 없는 마음의 혹과 같은 것이라고 했다."(22쪽) 그가 말하는 마음의 혹이 부담이나 상처를 의미하는지 단순히 지난 삶의 일부를 의미하는지 판단하기는 어렵다. 다만 그도 그 시절의 기억을 완전히 떼어내기 어려워한다는 것만은 분명해 보인다.

그렇다고 이 소설이 이들에 대해 무조건 긍정적인 관점만을 보여주고 있는 것은 아니다. 그들은 패배자들이고, 이제는 현실을 움직일 건강한 힘을 가지지 못한 사람들이다. 그들은 열정으로 불타오르던 과거를 곱씹으면서 살아가지만 실제로는 안개처럼 희미한 존재들일 뿐이다. 미래를 낙관하며 힘차게 싸우던 동지들의 미소를 떠올리며 일시적 위안을 받는 것이 현재 그들이 할 수 있는 모든 것이다. 작품에 표현된 대로 고향으로 돌아온 그들에게는 1973년 9월 11일 화요일 포옹을 나누며 헤어질 때의 패기에 찬 모습도, 빛나는 눈빛도 이미 모두 사라지고 없었다.

그들이 인민들에 대해 긍정적인 생각만을 가진 것도 아니었다. 살리나스는 아옌데 시절 겪었던 양계장의 악몽에서 벗어나지 못하고 있다. 아옌데 정권 시절 그는 양계장을 한 적이 있었다. 그는 좁은 닭장 안에 가두어 기르던 닭들에게 자유를 주기 위해 닭들을 넓은 풀밭에 풀어놓았다. 그런데 풀려난 닭들은 벌레도 안 먹고 풀도 안 먹고, 서로 물고 뜯고 난리였다. 이 사건 때문에 그는 닭을 좋아하지 않게 되었다. 그가 보기에 갑자기 닥친 환경의 변화, 즉 자유를 쉽게 받아들이지 못했다는 점에서 닭들과 칠레의 국민은 유사한 점이 있었다.

이제 칠레에서는 그런 인간들을 더 이상 찾아볼 수도 없다. 아니, 우리가 잃어버린 것들 중에 일부라고 하는 편이 더 나을 듯하다. 그들의 빈자리를, 깊게 패인 그들의 상처를 거짓 일상이 뒤덮어 버렸다. 긴 쪼가리 같은 이 땅에서 서로 어울릴 수 없는 두 나라가 천연덕스럽게 공존하고 있으니 말이다. 풍요로운 승리자들의 나라는 우아한 자태를 뽐내며 산티아고 동쪽에 자리 잡고 있다. 아침에 회사에 출근하기 위해 집을 나서는 기업가는 옆집에 사는 하원 의원이나 상원 위원에게 정겨운 인사를 건네고, 텔레비전 방송국의 중역이나 부티크를 운영하는 여자들은 쇼핑몰 테라스에 앉아 한가롭게 카푸치노를 마시면서 하루를 시작한다. 여인네들은 마이애미의 어디에서 세일을 한다는 둥, 파리는 너무 지저분하고 로마는 한마디로 엉망이고 또 마드리드는 악취가 나서 싫고 역시 살기는 우리 칠레가 제일 좋다는 둥, 하얀 이를 과시하면서 잡담을 나눈다. 반면 산티아고의 시내 중심가에서는 수많은 행인들이 고개를 숙인 채 걸음을 재촉한다. 자신들의 일거수일투족을 좇는 감시 카메라와 철창을 두른 초록색 버스 안에서 날카로운 눈매를 번득이는 경찰들, 은행과 기업의 출입을 통제하는 사설 경비 요원들 때문에 잔뜩 주눅이 든 이들은 언제나 주변을 두리번거리는 버릇이 있다. 산티아고의 남쪽과 북쪽, 서쪽의 상황은 더 열악하다. 어른들은 언제 직장에서 잘릴지 모르는 불안과 절망 속에서 하루하루를 근근이 버티는 반면, 삶의 희망을 찾지 못해 어릴 때부터 마약에 찌든 청소년들은 정신 연령이 유치원생 정도에 불과한 사이코패스로 전락한다. 더군다나 이 아이들은 흉악한 범죄도 마다 않아 어른들을 공포에 떨게 만들곤 한다.(197~199쪽)

위 글에는 혁명을 꿈꾸던 시대의 사람들이 바라보는 현실의 모습이 자세히 묘사되어 있다. 꿈이 사라진 지금은 미래에 대한 전망이나 연대의식은 찾아볼 수 없고 거짓 일상만이 넘치는 시대이다. 과거에 열정이 시들어버린 상처에는 의미와는 무관한 생활이 자리 잡았다. 안정된 듯한 일상은 계급 사이에 건널 수 없는 벽을 쌓아 놓았다. 이를 유지하기 위해 일거수일투족을 좇는 감시 카메라가 돌아간다. 삶의 가치와 의미를 떠나 언제 직장에서 잘릴지 모르는 불안과 절망으로 하루하루를 힘들어하는 어른들은 아이들이 흉악한 범죄자가 되는 것을 막지 못한다. 국가 체제는 일부 부자들과 권력자들을 보호하기 위해 존재하고 빈부에 따른 지역적 분리도 점차 강화된다.

위에서 부정적으로 묘사된 산티아고의 현실을 통해 우리는 작가가 꿈꾸는 세상의 모습을 추정해 볼 수 있다. 무엇보다 작가는 너무 많이 가진 사람과 너무 못 가진 사람 사이의 거리를 문제 삼는다. 그는 정치가 경제적 불평등을 조장하고 보호하는 역할을 한다고 생각한다. 경제력과 함께 정치력까지 빼앗긴 사람들의 삶은 세대를 지나 대물림되고 그들에게는 이런 악순환을 해결할 수 있는 어떤 방법도 없다고 말한다. 따라서 작가에게는 이 문제를 해결하는 것이 곧 새로운 세상을 여는 것이다. 결국 문제는 평등의 실현인 셈이다.

탐험과 정주의 삶

루이스 세풀베다는 피노체트 치하에서 반독재, 반체제 운동에 참여하다 망명 생활을 시작했다. 지금은 유럽에 거주하면서 소설과 시나리오를 쓰고 있다. 그를 세계에 알린 대표작 『연애 소설 읽는 노인』은 백인들에 의해 무분별하게 훼손되는 아마존 지역을 배경으로, 환경 파괴를 경고하고 인간 삶의 본질을 성찰하는 소설이다. 아마존의 열렬한 옹호자이자 세계 환경 운동가 치코 멘데스에게 바치는 소설이기도 하다. 멘데스는 발전이라는 이름을 내세우는 자들에게 매수당한 무장 괴한들에 의해 살해당한 유명한 환경운동가이다. 세풀베다 역시 열렬한 환경운동가로 활동하고 있다.

이 소설은 테마가 단순하고 플롯이 복잡하지 않으며 짧은 분량에 무수한 에피소드를 삽입하는 세풀베다 소설의 특징이 잘 드러나는 작품이다. 소설의 배경은 적도 지방인 엘 이딜리오이다. 이곳은 고향을 떠난 정글 개척자와 노다지를 찾는 사람들 그리고 살쾡이나 다른 동물들의 가죽을 찾는 사냥꾼들이 모이는 곳이다. 일 년에 두 번 치과 의사가 찾아오고 공권력의 대변자이자 두려움을 느끼게 만드는 권력자인 읍장이 지배하는 곳이다. 백인들의 관습에 물들어 같은 인디오들에게도 쫓겨난 히바로 족과 스페인 점령자들 그리고 아주 가끔 양키들도 엘 이딜리오를 찾는다.

연애 소설을 좋아하여 치과 의사가 일 년에 두 번 가져다주는 책에 빠져 사는 노인 안토니오 호세 볼리바르 프로아뇨의 살쾡이 사냥과 그의 과거 회상이 소설 이야기의 대부분을 차지한다. 그가 회상하는 자신의 과거는 이렇다.

그는 어린 시절부터 알고 지내던 여인 '돌로레스 엔카르나시온 델 산티시모 사크라멘토 에스투피냔 오타발로'와 결혼했고 가난하게나마 행복하게 살았다. 하지만 주변 사람들의 험담 때문에 그는 고향을 떠나야 했다. 고향을 떠나 그가 정착한 곳이 정부가 약속한 새로운 땅 엘 이딜리오였다. 정부는 밀림 개척을 위해 이주자들에게 땅을 나누어주고 있었다. 그에게도 개간자임을 증명하는 서류와 2헥타르의 밀림이 배정되었다. 그에게 밀림의 삶은 쉽지 않았다. 씨앗을 심었으나 거둘 수 없었고 생전 처음 경험하는 우기도 견디기 힘들었다. 그가 밀림 생활에 절망하고 있을 때 수아르 족 인디언들이 찾아와 사냥하는 법, 물고기를 잡는 법, 폭우에 견딜 수 있는 오두막을 짓는 법, 먹을 수 있는 과일을 고르는 법을 알려 주었다. 아내가 두 해를 버티지 못하고 숨을 거두자 그는 고향에 돌아가지 않고 밀림에 정착했다. 이후 그는 자신이 가톨릭을 믿는 농부라는 사실을 잊고 자유를 느끼며 수아르 족과 함께 살았다.

이후 나이가 들어 수아르 족을 떠나야 한다고 결심한 노인은 엘 이딜리오에 정착했다. 노인은 난가리트사 강 앞에 있는 그의 오두막에서 고독을 달래며 연애 소설을 읽고 또 읽었다. 노인의 나이는 서류에 예순 정도로 되어 있으니 실제 일흔 정도이다. 그는 글을 읽을 줄은 알아도 쓸 줄은 몰랐다. 그가 쓸 줄 아는 글자라고는 그의 이름이 전부였다. 그는 사탕수수대로 엮은 오두막에서 살았다. 밀림을 개발의 대상 또는 이익의 대상으로 알고 찾아오는 외지인들과는 달리 그는 자연에 대해 경외감을 품고 있는 사람이다. 밀림에서 익힌 지식과 경험으로 자연에 대한 인간의 자만심을 경계할 줄도 안다. 그는 인간과 자연의 관계나 문명의 파괴가 가져오는 참혹한 결과에 대해 이론적으로 설명하지는 못하지만 경험을 통해 그것을 알고 있었다. 자연에서 배운 겸손함으로 그의 노년은 고요하고도 평화로웠다.

거대하고 육중한 기계들이 길을 낼 때마다 수아르 족은 그만큼 바쁘게 움직여야 했다. 그들은 이미 한곳에서 3년 동안 머물던 관습을 지키지 못하고 있었다. 3년이란 기간은 자연이 다시 회복할 수 있는 최소한의 시간적 여유였지만 달리 방도가 없었다. 그들은 오두막을 철거하고 죽은 영혼들의 유골을 챙겨 여전히 처녀림을 간직하고 있는 은밀한 지역을 찾아서 동쪽으로 이동했다.(62쪽)

아마존의 무분별한 개발에 대해 작가는 원주민의 관점에서 말한다. 노인이 밀림을 떠난 것은 개인적인 사정 때문이었지만, 밀림에서 자존심을 지키고 살아가는 수아르 족은 의지와 상관없이 거주지를 옮겨야 했다. 자연의 질서에 순응하며 터전에 피해를 주지 않고 살아오던 그들의 생활 방식마저 포기해야 하는 사태에 이른 것이다. 자연이 회복될 수 있는 최소한의 시간을 주는 태도는 자연을 단순한 타자로 인식하지 않고 함께 살아가고 도움을 얻어야 하는 공생의 대상으로 여기는 태도라 할 수 있다. 하지만 밀림 개발은 자연의 질서도 원주민의 생활 방식도 모두 무시하고 당장의 이익만을 위해 강행되고 있었다.

평화롭게 자족적인 삶을 누리던 노인은 강의 상류에서 벌어진 몇 가지 사건 때문에 다시 밀림으로 들어간다. 수아르 족이 양키의 시체를 발견하여 읍장에게 실어온 후 몇 구의 시체가 이어 발견되었기 때문이다. 읍장은 인디오들의 행위라고 의심하지만 노인은 사건을 다르게 이해한다. 양키의 가방에서 발견된 살쾡이 가죽을 보고 노인은 양키가 금지된 사냥을 하다가 암살쾡이의 원한을 사 복수의 희생양이 되었다고 생각한다. 그러나 읍장은 노인의 말을 믿지 않고 고집을 피운다. 그러던 중 한 노다지꾼의 시체를 실은 카누가 읍까지 떠내려 온다. 두 번째 시체이고 두 번째 사건인 셈이다. 주인이 실종된 것으로 보이는 상처 입은 노새까지 발견되자 사람들은 노인의 말을 의심하지 않는다. 오히려 읍장은 자신이 주도하는 수색대에 노인을 참여시킨다.

이렇게 해서 소설은 중심 이야기인 살쾡이 사냥으로 접어든다. 살쾡이 사냥 과정에서 밀림에 대해 전혀 모르는 읍장을 비웃는 듯한 묘사가 자주 등장한다. 읍장으로 대표되는 어리석은 문명인과 밀림의 생리를 아는 노인은 잦은 의견 충돌을 일으킨다. 읍장의 행동 때문에 사냥은 번번이 어려움을 겪고 수색대는 위험에 빠지고 만다. 위험을 감지한 교활한 읍장은 노인만 남겨두고 수색대를 철수시킨다. 밀림에 남은 노인은 홀로 암살쾡이와 대결을 벌인다.

> 먼저 싸움을 건 쪽은 인간이었다. 금발의 양키는 짐승의 어린 새끼들을 쏴 죽였고, 어쩌면 수놈까지 쏴 죽였는지도 몰랐다. 그러자 짐승은 복수에 나섰다. 하지만 암살쾡이의 복수는 본능이라고 보기에 지나치리만치 대담했다. 설사 그 분노가 극에 달했더라도 미란다나 플라센시오를 물어 죽인 경우만 봐도 인간의 거처까지 접근한다는 것은 무모한 자살 행위였다. 다시 생각이 거기까지 이르자 노인의 뇌리에는 어떤 결론이 스쳐가고 있었다.
> 맞아, 그 짐승은 스스로 죽음을 찾아 나섰던 거야.(143~144쪽)

인간에 대한 이해만큼 동물에 대한 이해도 노인에게는 중요하다. 노인에게 동물의 행동은 인간의 행동만큼 나름의 이유가 있는 것이다. 처음부터 노인은 인간을 공격한 살쾡이의 행위가 단순한 복수가 아닐 것이라 짐작한다. 이어 노인은 어쩌면 그 동물이 스스로 죽음을 선택한 것일 수도 있다고도 생각한다. 인간과 동물 사이의 긴장이 유지되는 과정에서 노인은 상처 입은 숫살쾡이의 고통을 덜어주기 위해 총을 발사한다. 그리고는 피하기 힘든 마지막 대결에 임한다. 이 대결은 헤밍웨이의 소설『노인과 바다』에서 노인과 물고기가 벌이는 대결을 떠올리게 한다. 비록 동물과 맞서고 있지만 노인의 시선은 자신에게로 향해 있다. 대결 내내 노인은 지난 삶에 대한 회한, 죽음에 대한 공포, 생명에 대한 연민을 느낀다. 싸움은 인간의 승리로 끝나지만, 노인은 스스로 죽음을 선택한 살쾡이에게 경의를 표한다. 이는 죽은 동물이 사람이나 동물에 의해 침해받는 것을 막기 위해 살쾡이 시체를 강에 던지는 행위로 표현된다.

> 안토니오 호세 볼리바르 프로아뇨는 틀니를 꺼내 손수건으로 감쌌다. 그는 그 비극을 시작하게 만든 백인에게, 읍장에게, 금을 찾는 노다지꾼에게, 아니 아마존의 처녀성을 유린하는 모든 이들에게 저주를 퍼부으며 낫칼로 쳐낸 긴 나뭇가지에 몸을 의지한 채 엘 이달리오를 향해, 이따금 인간들의 야만성을 잊게 해주는, 세상의 아름다운 언어로 사랑을 애기하는, 연애 소설이 있는 그의 오두막을 향해 걸음을 떼기 시작했다.(168~169쪽)

노인은 사냥을 마치고 집으로 돌아온다. 얼마나 될지 모르지만 어차피 그가 살아가야 할 곳은 인간들의 세계이다. 틀니도 끼어야 하고 연애소설도 빌려야 한다. 인간들의 야만성에 저주를 퍼붓더라도 결국 노인은 자신을 둘러싼 비극을 견디는 수밖에 없다. 현재는 사랑을 이야기하는 통속적인 연애 소설을 읽으며 현실을 잊는 것이 노인이 선택한 처세술이다. 물론 노인이 연애소설을 좋아하는 이유가 현실을 잊기 위함만은 아니다. "사랑하는 사람들이 만나서 고통과 불행을 겪다가 결국은 행복하게 되는 내용을 원한다는 노인의 독서취향"(39쪽)은 현실에서의 해피엔딩에 대한 낭만적 꿈이라고 할 수 있다. 고난을 겪지만 결국 행복하게 되는 삶을 꿈꾸면서 노인은 현재의 불행을 견디고 있는 것이다.

남아메리카 소설의 적자

앞서 살펴보았듯이 세풀베다 소설은 분명한 서사의 초점을 가지고 있다. 그는 이야기에 어울리는 인물을 고르고 산만하지 않게 사건을 정리하여 질서 있게 배치하는 법을 잘 알고 있는 작가이다. 그렇다고 세풀베다 소설의 주제가 가볍거나 관점이 편협한 것은 아니다. 그는 우리가 관심을 가져야 하고 관심을 가질 만한 이야기를 들려준다. 이런 장점 덕에 먼 남미의 현실을 배경으로 한 이야기임에도 불구하고 우리는 그의 소설을 비교적 쉽게 읽을 수 있다.

세풀베다는 현재도 활발한 활동을 하고 있는 작가이자 환경운동가이다. 따라서 그의 작품 경향이 어떻게 변화하게 될지는 알 수 없다. 하지만 남아메리카 현실에 대한 그의 관심은 줄어들지 않을 것으로 보인다. 그의 소설은 현실에 대한 관심을 놓지 않으면서도 암울한 분위기에 빠지지 않고 다양한 이야깃거리를 제공해 주는 미덕을 가지고 있다. 비평가들이 그를 남미 소설의 적자라고 부르는 이유도 그의 철저한 현실 인식을 높이 사기 때문이다.

남미의 현실은 강대국의 그늘에서 근대를 경험했던 아시아, 아프리카 나라들의 경험과 유사한 면이 많다. 세풀베다는 그 현실을 사건과 갈등뿐 아니라 인간의 내면을 통해 보여준다. 역사는 사람의 몸에 기억으로 남는다고 했다. 연애 소설 읽는 노인이 살아온 경험들이 그의 자연에 대한 생각을 만들어냈듯이 오래 지난 혁명에 대한 기억도 산티아고의 옛 혁명가들의 몸속에 남아 있었다. 작가는 그들이 어떤 사람이냐는 그들이 무엇을 어떻게 경험했느냐에 달린 것이라는 사실을 잘 보여준다.

군부독재 칠레에 대한 고발과 기억

파블로 네루다, 『네루다 시선』, 정현종 역, 민음사, 2007.

파블로 네루다

파블로 네루다는 칠레를 넘어 남아메리카를 대표하는 시인이다. 소설가 마르케스는 주저 없이 그를 20세기를 대표하는 시인으로 꼽는다. 위대한 민중 시인이라는 평가도 네루다에게는 어색하지 않다. 그는 칠레의 소용돌이치는 역사 속에서 꿋꿋하게 자신의 신조를 지키며 글을 썼다. 그는 시를 통해 칠레의 정치를 비판하는 데 그치지 않고 노동자의 비참과 죽음에 동화되는 모습을 보였다. 『네루다 시선』은 그의 대표 시들을 모아 놓은 책이다.

네루다의 시는 현실에 적응하며 변모하는 시인의 내면을 고스란히 보여준다. 젊은 시절에 쓴 『황혼의 노래』와 『스무 편의 사랑 시와 한 편의 절망노래』에는 서정적이고 관능적인 작품들이 실려 있다. 이어 출간한 몇 권의 시집에는 영적인 자극에 의한 신비로운 작품이 많이 실려 있다. 하지만 그가 스페인 내전 기간에 쓴 시들은 사실성이 강하고 세계에 대한 깨달음을 강조한다. 이후에는 단순한 주제를 다룬 비평적인 시를 쓰기도 했다.

그는 실제 정치인으로서의 활동도 거부하지 않았다. 노동자들의 요청을 받아들인 그는 1945년 상원의원으로 뽑혔다. 문학에서처럼 정치에도 열정을 바쳤지만 우익정부가 들어서면서 그는 몸을 숨겨야 했다. 이후 독재 정부와 그의 숨바꼭질은 죽기 전까지 이어졌다. 1970년 대통령 선거가 실시되자 네루다는 살바도르 아옌데를 지지하였고, 그가 대통령에 당선되자 프랑스 대사로 임명되었다. 그러나 군사 쿠데타가 일어나 아옌데가 죽던 1973년, 네루다도 산티아고에서 세상을 떠났다.

조안 하라, 『빅토르 하라』, 차미례 역, 삼천리, 2008.

아리엘 도르프만, 『죽음과 소녀』, 김명환·김엘리사 공역, 창비, 2007.

가브리엘 마르케스, 『칠레의 모든 기록』, 조구호 역, 간디서원, 2011.

이사벨 아옌데, 『영혼의 집』(전2권), 권미선 역, 민음사, 2003.

파트리치오 구즈만 감독, 〈칠레전투〉(La batalla De Chile, 3부작, 1975)

헬비오 소토 감독, 〈산티아고에 비가 내린다〉(Il Pleut Sur Santiago, 1975)

5. 북아메리카
: 고통을 딛고 일어선 땅

대지를 배반한 혁명가(멕시코_『아르떼미오의 최후』)

이민의 땅 억압의 역사(미국_『뿌리』)

자본주의가 만든 폐허(미국_『분노의 포도』)

대지를 배반한 혁명가

알려진 멕시코와 가려진 멕시코

세계 지도에서 멕시코를 찾기는 어렵지 않다. 작은 나라들이 오밀조밀 모여 있는 중부 아메리카에서 유일하게 넓은 자리를 차지하고 있는 나라이기 때문이다. 멕시코는 미국과 긴 국경을 마주하고 남미대륙 가까이까지 가늘게 이어져 있다. 그러나 우리에게 멕시코는 친숙하거나 잘 알려진 나라는 아니다. 사막과 챙 넓은 모자 그리고 축구 정도가 멕시코에 대해 알려진 이미지일 것이다. 아즈텍 문명이나 잉카 문명이 꽃피웠던 땅이라는 것은 알지만 근대사로 넘어오면 우리에게 알려진 것이 별로 없는 나라이다.

멕시코의 문화를 직접 접할 기회가 적은 사람들은 미국 대중문화에 비친 멕시코 이미지를 여과 없이 받아들이기 쉽다. 그렇게 만나는 멕시코의 이미지는 그리 긍정적이지 않다. 영화나 드라마에서 멕시코는 불법 이민자들이 넘치고 마약이나 폭력이 난무하는 곳이다. 미국에서 범죄를 저지른 사람들의 도피처이거나 악질 범죄자들의 고향이다.

말을 타고 국경을 침범하는 서부 영화의 뚱뚱한 산적들이나 스페인 어를 사용하는 인신매매 조직도 미국 영화에 단골로 등장한다. 하지만 타자에 의해 일방적으로 가공된 이미지로 대상의 실체를 정확히 이해할 수는 없다. 다른 많은 나라들이 그렇듯이 멕시코도 희망과 절망이 공존하는, 단순하지 않은 역사를 가진 곳이다.

미국의 콜로라도 서남쪽 대부분 지역은 19세기 중반까지 멕시코의 영토였다. 19세기 중반에 멕시코는 국토의 절반을 미국에 빼앗기거나 인도하였다. 이렇게 반으로 줄어들었지만 멕시코는 여전히 여러 면에서 큰 나라이다. 현재 멕시코의 국토 면적은 세계 15위이며 인구는 세계 11위이다. 기후도 다양해서 북쪽 지역은 거친 사막인데 비해 남쪽 지역은 열대우림이다. 멕시코시가 위치하고 있는 중앙의 고원은 일 년 내내 온대의 기온을 유지한다. 멕시코는 석유를 비롯한 많은 자원을 보유하고 있는 자원 강국이다. 유카탄 반도를 중심으로 관광 산업도 발달되어 있다.

20세기 멕시코의 역사는 혁명으로 시작했다. 러시아 혁명보다 먼저 시작된 멕시코 혁명은 기존 경제 체계에 대한 전면적 도전이었다는 점에서 무척 파격적이었다. 디아즈라는 독재자에 맞서 일어난 멕시코 혁명은 10년 이상을 끌며 다채로운 드라마를 만들어냈다. 혁명에 참여한 세력들은 철도로 이동해야 할 만큼 넓은 땅을 가진 부자 가문에서부터 무일푼의 농업 노동자에 이르기까지 다양했다. 때문에 혁명에 임하는 사람들의 자세나 혁명을 통해 성취하고자 하는 이념도 각양각색일 수밖에 없었다. 단순히 권력자를 교체하는 것으로 혁명을 끝내려는 지주 세력이 있었는가 하면, 토지 개혁을 통한 경제 기반의 변화까지를 추구한 농민 봉기 세력도 있었다. 멕시코 혁명에서는 배반과 암살 등의 술수와 권력 유지를 위한 혁명의 보수화 등 20세기 다른 지역의 혁명에서 볼 수 있는 제반 요소들을 모두 발견할 수 있다.

멕시코 혁명은 민중들의 요구를 배반한 혁명이었다. 일부 정치인들은 민중의 힘으로 쟁취한 정치권력을 개인의 욕망을 위해 사용하였다. 또, 혁명의 가장 중요한 이슈였던 토지 문제는 혁명으로도 해결되지 않았다. 일단 최초 혁명이 성공하자 정치인들은 혁명이 지속되는 것을 원치 않았고, 농민들이 권력을 갖는 것도 원치 않았다. 이에 비해 농민들은 토지 조사 사업을 통해 빼앗긴 자신들의 기반을 되찾기를 원했다. 가난한 농민들은 토지 문제 해결 약속을 믿고 혁명에 참여했지만, 기득권 세력에 의해 재편된 정치권은 동지였던 농민들을 경계하고 소외시켰다.

멕시코를 대표하는 시인이 옥타비오 빠스라면 카를로스 푸엔테스는 멕시코를 대표하는 소설가라 할 만하다. 푸엔테스의 『아르떼미오의 최후』*는 1962년 발표된 소설로 그의 대표작이기도 하다. 소설 한 편을 읽기 위해 꼭 역사를 공부해야 하는 것은 아니지만, 이 소설은 예외에 속한다. 멕시코 혁명의 역사를 알지 못하면 이 작품을 이해하는 일이 쉽지 않다. 게다가 이 소설은 역사를 사실적으로 기술한 작품과는 거리가 멀다. 시간을 복잡하게 흩어놓은 것은 물론 서술자의 변화를 통해 사건을 바라보는 다양한 시각을 제공한다. 『아르떼미오의 최후』는 이런 구조를 통해 혁명기를 살아온 한 인간의 내면을 치밀하게 묘사하고 있

●카를로스 푸엔테스Carlos Fuentes. 멕시코 멕시코시 출생. 소설가이자 외교관. 1928년 11월 11일~. 대표작으로 『아우라Aura』(1962), 『아르떼미오의 최후La muerte de Artemio Cruz』(1962) 가 있다. 이 글의 텍스트는 김창환 번역의 지학사판(1987)이다.

는 작품이다.

지주의 반란과 농민의 반란

멕시코 혁명은 짧게는 10년 길게는 30년 동안 지속된 긴 혁명이었다. 학자들은 1910년에서 1920년까지를 멕시코 혁명기로 보기도 하고 1910년부터 1940년까지를 멕시코 혁명기로 보기도 한다. 무장 투쟁 중심으로 전개된 초기 10년을 본격적인 혁명전쟁 시기라고 본다면, 이후 20년은 혁명을 제도화한 시기라고 볼 수 있다. 이 혁명을 통해 멕시코는 가톨릭의 지배와 인종 차별로 신음하던 전근대 국가에서 근대 국가로 발돋움할 수 있었다. 혁명을 통해 국민의 대다수를 차지하는 혼혈이 사회의 중심 세력으로 등장하였고, 멕시코 인이라는 국민들의 정체성도 비로소 형성되기 시작하였다. 멕시코 혁명이 지니는 중요성은 비단 역사적 의미에 그치지 않는다. 혁명은 교육을 촉진하여 국민의 지적 수준과 정치의식을 고양시켰을 뿐 아니라, 벽화와 소설로 대변되는 혁명 문화를 탄생시켰다.* 넓게 보면 멕시코 혁명은 1810년 시작된 멕시코 독립의 완성이라고 볼 수 있다.

멕시코의 독립 과정과 혁명 과정에는 많은 인물들이 등장한다. 이념이나 집단의 성격에 의해 정치가 흘러온 것이 아니라 인물들의 성향이 곧 정치에 반영된 것이 근대 초기 멕시코의 특징이었다. 멕시코의 본격적인 독립운동은 1810년 미겔 이달고에 의해 시작되었다고 보는데, 그가 주도한 반란과 1814~15년 호세 마리아 모렐로스가 이끈 반란은 모두 실패로 끝나고 말았다. 그 후 독립운동은 비엔테 게레로 등의 지휘에 따라 게릴라전으로 전개되었다. 1821년 게레로와 스페인 군대의 장교였던 아구스틴 데 이튜비데는 협상을 통해 스페인으로부터의 독립을 얻어냈고, 이어 의회를 구성하였다. 이후 여러 명의 대통령과 황제가 멕시코를 통치하였지만 정치적 안정을 이루지는 못했다.

독립 이후 50여 년 동안 지속된 정치적 혼란 끝에 프랑스와의 전쟁에서 영웅이 된 포르피리오 디아즈가 대통령이 되었다. 정권을 잡은 후 디아즈는 점차 경찰력에 의존하는 독재 체제를 구축해 갔다. 그는 사회진화론의 적자생존 논리를 신봉한 이른바 '과학파'를 등용해 유럽 지향적 근대화 정책을 추진하였다. 과학파들은 멕시코의 원주민과 혼혈인을 근대화의 장애물로 간주하고 멕시코의 인종적 또는 문화적 개조를 시도하였다. 그는 소수의 측근과 외국기업에게 수자원과 철도 개발권을 제공하고 아시엔다(hacienda)라 불린 대농장 위주로 농업의 상업화를 추진했다.

그의 정책 중 가장 악명 높은 것은 '토지조사사업'이었다. 대부분의 전근대 국가가 그랬듯이 멕시코의 토지 소유권도 명확히 문서화되지 않은 채 오랜 세월 이어져 왔다. 디아즈는 관습에 따른 토지 소유권을 인정하지 않고, 토지 조사에 의해 농민들의 땅을 지주들에게 몰아주는 정책을 시행했던 것이다. 이 사업으로 토지를 잃은 대부분의 농부들은 농업 노동자가 되었다. 멕시코의 대농장은 미국과 유럽의 농산물시장을 대상으로 하는 상업 작물을 주로 재배했기 때문에 동양에서 보는 것 같은 소작농을 필요로 하지 않았다. 토지를 아예 소유하지 못했거나, 자급자족할 수준의 토지를 가지지 못한 농민들은 대부분 대농장 내의

●이준명, 『멕시코, 인종과 문화의 용광로』, 푸른역사, 2013, 323~324쪽.

농업노동자로 종사할 수밖에 없었다.[*]

혁명은 1877년 이후 멕시코 대통령의 자리를 지키던 디아스에 대한 반대운동으로 시작되었다. 그의 통치 기간 동안 대다수 멕시코 인들은 빈곤 상태를 벗어나지 못했고 대농장주나 자유주의적 부르주아지 세력들은 정치적으로 배제되었다. 농업의 상업화에 반발해 무장 투쟁에 나선 농민들과 정치에서 배제된 지방 대지주 세력은 이후 멕시코 혁명의 두 축이 되었다. 그러나 디아즈 정권에 반대한다는 공통점을 가진 외에 두 세력 간에 공통점은 그리 많지 않았다. 이러한 혁명 세력 사이의 차이는 디아즈를 몰아내고도 멕시코가 한참동안 혼란을 겪어야 했던 이유가 되었다.

디아즈를 몰아내고 정권을 잡은 이는 프란시스코 마데로였다. 그는 오랫동안 정치적으로 배제되었던 북부 지역의 대농장주 집안 출신으로 자유주의 교육을 받은 인물이었다. 그는 특권층에 속함에도 불구하고 멕시코 현실과 가난한 이들에 대해 애정을 보임으로서 짧은 기간 안에 디아즈를 대체할 정치인으로 떠올랐다. 그러나 그는 우유부단한 성격 때문에 혁명 초기의 개혁 기회를 살리지 못했다는 비판을 받기도 한다. 마데로는 1910년의 선거 이후 디아즈의 재선 반대와 멕시코의 개혁을 요구하는 '산 루이스 포토시 강령'을 발표하였다. 이 강령은 기본적으로 정치 개혁의 성격이 강한 문서였지만, '불법적으로 획득한 모든 토지를 조사하고 법의 남용으로 취득된 모든 토지를 원래 소유자에게 반환할 것'을 명시함으로써 농업 개혁의 가능성을 시사했다.

혁명 과정에서 영웅으로 떠오른 인물들 중에는 농민군 출신도 있었다. 북부에서는 지지 않는 전투 영웅 판초 비야가 유명했다. 비야는 극빈한 생활로 산적 생활을 하다가 혁명군에 참여한 인물이었다. 교육을 받지 못했고 사상적인 배경도 약했지만 대농장주에 대한 강한 적의와 가난한 이들에 대한 애정을 바탕으로 농지 개혁의 필요성을 주장하였다. 남부에서는 농업 노동자 출신의 에밀리아노 사파타의 활약이 두드러졌다. 그는 처음부터 끝까지 토지 분배와 자유의 쟁취를 저항의 목표로 내걸었다. 이후 사파타 운동은 대토지 소유, 상업 농업, 중앙 권력에 저항한 민중 운동의 상징이 되었다. 사파타 운동은 기본적으로 공동체 자치에 기반한 직접 민주주의를 지향하였다. 1990년대 북아메리카 자유무역협정(NAFTA)의 발효에 때맞춰 멕시코 치아파스에서 개시된 원주민들의 투쟁은 사파티스타 해방군(EZLN)의 작품으로 알려졌다. 이름에서 짐작할 수 있듯이 치아파스 원주민들의 투쟁은 '제2의 사파타 운동'이었다.

마데로는 정권을 잡았지만 디아즈 정권의 관료들을 중용하고 토지 개혁 등에 미온적인 태도를 보임으로서 혁명 세력들의 불만을 샀다. 우에르타는 정치적으로 유능하지는 않았지만 대중적 인기가 높던 마데로를 살해하고 정권을 잡았다. 마데로가 암살되자 다시 혁명 세력들이 우에르타 정권 타도를 위해 봉기하였다. 대농장주 출신으로 혁명 전에는 주지사를 지냈던 카란사, 북서사단을 이끈 오브레곤 장군 그리고 비야와 사파타가 중심 세력으로 활약하였다. 결국 혁명군이 멕시코 시를 점령함으로써 전쟁은 봉기군의 승리로 끝났다.

혁명군은 승리했지만 비야, 사파타 파와 카란사, 오브레곤 파의 대립은 화해하기 어려운 수준에 이르렀다. 카란사는 정치 제도 개선에는 관심이 있었지만 농지 개혁 등 사회개혁의 의지는 없는 인물이었다.

●배종국, 『멕시코 혁명사』, 한길사, 2000, 54쪽.

두 파 사이에서 오브레곤은 관계 회복을 위해 노력하기도 하였다. 그는 비록 대농장주였지만 카란사와 마데로처럼 대대로 대농장주는 아니었다. 가난한 생활에서 자수성가하여 부를 쌓은 그는 생각이 유연하여 빈곤한 농민 생활의 개선과 농지 개혁의 필요성을 잘 이해했다. 하지만 결국 오브레곤도 카란사의 편이 됨으로서 정권은 카란사에게 넘어갔다.

혁명의 결과 탄생한 제헌의회는 1917년 진보적인 성향의 새로운 헌법을 만들었다. 멕시코 혁명을 대표하는 문서가 된 이 헌법은 대의제 민주주의와 막강한 권한을 지닌 대통령 중심제를 표방하였다. 대통령과 상하원의원을 포함해 모든 선출직의 재선 금지를 명시했으며, 반(反)교권주의와 세속주의, 토지 개혁, 노동자의 권리, 교육 개혁과 같은 혁신적 조항들을 담고 있었다. 러시아 혁명 이전, 미국의 뉴딜 시대 이전에 발효된 헌법임에도 단결권과 단체교섭권을 보장한 노동자의 권리 조항이 포함되어 있는 점은 이 문서의 혁신성을 상징적으로 보여준다.

1920년 12월 오브레곤이 대통령이 되면서 혁명의 무장투쟁 국면은 막을 내렸다. 1928년 오브레곤이 암살당한 뒤 권력을 잡은 카예스는 여러 실력자들을 규합해 1929년 〈국민혁명당(PNR)〉을 창설하여 정치적 안정의 토대를 마련하였다. 1934년 집권한 라사로 카르데나스는 토지 개혁, 노동 개혁, 석유 자원의 국유화 등 혁신적인 정책을 통해 혁명에 다시 활력을 불어넣었다. 그의 일련의 조치를 통해 멕시코에서는 대농장 중심의 대토지 소유제가 거의 해체되고 민족주의가 고양되었다. 멕시코 혁명은 카르데나스의 시대에 이르러 완결된 것으로 평가된다.

이상에서 보았듯 멕시코 혁명은 다양한 세력이 참여한 긴 여정이었다. 농민들의 역할이 절대적이었던 혁명이었지만 그들의 바람이 실현되는 데는 오랜 시간이 걸렸다. 실제 권력의 교체는 기득권 세력 안에서 이루어진 것이 대부분이었다. 혁명 이전의 약속을 배신한 정치인, 권력을 얻기 위해 신의를 저버린 정치인들도 많았다. 그 과정에서 희생된 사람들의 숫자는 백만 명이 넘는다. 역사에서 자주 확인할 수 있는 바처럼 멕시코 혁명에서도 가장 많은 희생을 감수한 사람들이 가장 큰 혜택을 누린 사람은 아니었다. 공정한 사회를 지향한 혁명조차 공정하지 못한 결과를 낳을 때가 많다는 아이러니를 새삼 느끼게 된다.

푸엔테스의 장편『아르떼미오의 최후』는 멕시코 혁명의 이러한 모순을 소재로 한 소설이다. 혁명군 장교였던 아르떼미오가 점차 기회주의자의 본색을 드러내며 출세하는 과정을 상세하게 그린 작품이다. 아르떼미오는 혁명 후 자신의 이익을 위해 원래의 정신을 잃어버린 혁명 세력을 상징한다고 할 수 있다. 더 나아가 이 소설은 그런 인물들에 의해 훼손된 혁명정신과 멕시코 역사에 대한 애가(哀歌)이자 연가(戀歌)라 부를 수 있다.

아르떼미오라는 인간의 죽음

이 소설은 주인공 아르떼미오의 일대기라고 할 수 있다. 하지만 전통적인 사실주의 소설처럼 한 인물의 출생과 성장을 시간 순서대로 기술하고 있지는 않다. 아르떼미오의 임종을 앞둔 순간에서 시작하여 회상을 통해 그의 과거를 돌아보는 형식으로 되어 있다. 회상의 내용 역시 사건의 연쇄라기보다 의식의 흐름을 따르고 있어 독자들은 전체 스토리를 이해하는 데 약간의 어려움을 겪는다. 소설은 모두 열세 부분으로 나뉘어 있는데, 장 표시는 없고 대신 사건이 벌어지는 날짜가 표시되어 있다.

　한 인물의 의식과 행위를 여러 서술자가 기술하고 있다는 점도 이 소설의 중요한 특징이다. 예를 들어 죽음을 앞 둔 아르떼미오의 의식을 서술하는 서술자와 과거의 아르떼미오 행적을 서술하는 서술자가 다르다. 작가는 아르떼미오의 임종을 서술할 때도 일인칭으로 인물의 의식을 따라가는 방법과 아르떼미오의 의식을 대상화하여 서술하는 방식을 함께 사용하고 있다. 이런 형식 때문에 주인공 아르떼미오를 지시하는 대명사로 '나', '너', '그' 세 가지가 함께 사용된다.

　기법이야 어떻든 이 소설은 아르떼미오 끄루스의 삶에 대한 이야기이다. 그는 백인 아버지와 혼혈 노예 사이에서 사생아로 태어나 노예인 외삼촌의 손에 의해 성장한다. 혁명군에 가담한 그는 사회 혼란을 이용해 상류사회로 진입하고 사업가로 성공한다. 권력자와의 정치적인 거래와 미국 자본과의 결탁으로 많은 재산을 모았지만 죽음을 앞두고 돌아보는 그의 삶은 그리 행복했다고 말하기 어렵다. 그의 삶에서 중요한 일들이라 할 수 있는 사랑했던 여인 레히나와의 추억, 가마리엘의 딸 까딸리나와의 결혼, 아들 로렌소의 스페인 내전 참전, 아르떼미오의 성장 과정, 유산 상속 문제 등이 순서 없이 기술된다.

　실제 서술된 순서를 무시하고 사건이 발생한 순서대로 내용을 정리하면 다음과 같다.*

　① 1889년 아르떼미오 끄루스가 베라크루즈에서 태어난다.(408~411쪽)

　② 1903년 외삼촌 루네오와 아시엔다에서 탈출한다.(366~408쪽)

　③ 1913년 끄루즈 중위가 레히나와 만난다.(83~123쪽)

④ 1915년 비야군의 포로가 되어 곤잘로 베르날을 만난다.(225~275쪽)

⑤ 1919년 가말리엘 베르날의 딸 까따리나와 결혼한다.(48~83쪽)

⑥ 1924년 지역의 경쟁자들을 물리친다.(123~166쪽)

⑦ 1927년 정치적 거래를 통해 이권을 얻는다.(166~195쪽)

⑧ 1934년 파리에서 라우라와 함께 시간을 보낸다.(275~298쪽)

⑨ 1939년 아들 로렌소가 스페인 내전에 참가해 희생된다.(298~327쪽)

⑩ 1941년 자원의 이권을 둘러싸고 미국인들과의 거래한다.(24~48쪽)

⑪ 1947년 해변에서 젊은 여인 릴리아와 시간을 보낸다.(195~224쪽)

⑫ 1955년 자신의 대저택에서 연회를 연다.(327~365쪽)

⑬ 1959년 임종을 맞아 과거에 대해 생각한다.(13~24쪽)

위 서사 번호를 실제 소설의 순서대로 정리하면 ⑬→⑩→⑤→③→⑥→⑦→⑪→④→⑧→⑨→⑫→②→①이다. 첫 장면에 임종을 앞둔 인물이 등장하고 마지막 장면에 그의 탄생에 대한 이야기가 나오는 셈이다. 이를 큰 이야기 단위로 나누어 본다면 ⑤→③→⑥→⑦→⑪→④와 ⑪→④→⑧→⑨→⑫를 유사한 서사로 묶을 수 있다. 앞에 정리한 것들이 혁명기를 거치는 동안 아르떼미오가 어떤 경험을 하고 어떻게 변해가는지를 보여준다면, 뒤에 정리한 것들은 권력을 얻고 나이가 든 후의 아르떼미오를 보여주고 있다. 배치로도 짐작할 수 있듯이 중앙에 걸쳐 있는 ⑪과 ④는 아르떼미오의 성격을 알려주는 핵심적인 이야기를

●정리는 박구병의 논문 「카를로스 푸에테스의 『아르테미오 끄루스의 죽음』(1962)에 나타난 멕시코혁명의 변이 과정」(『이베로아메리카硏究』, 2002.12) 112~113쪽에 정리된 내용을 바탕으로 하였다.

담고 있다. ⑪이 부자가 된 후 아르떼미오의 쓸쓸한 모습을 보여준다면 ④는 혁명을 기회로 삼아 성공을 위해 돌진하는 그의 욕망을 보여준다.

장면의 연결이 긴밀하지는 못하지만 각각의 장면은 단편소설처럼 독자적인 이야기를 담고 있다. 그 이야기들을 통해서 우리는 인물의 성격이나 시대의 분위기를 짐작해 볼 수 있다. 예를 들어 ⑪에서 아르떼미오는 요트를 타고 젊은 애인 릴리아와 바다로 나간다. 돈은 많지만 이제 오십이 넘은 그는 여인을 완전히 가질 수 없다. 여인 역시 돈 때문에 그와 함께 있을 뿐 요트 안의 젊은 청년에게 마음을 빼앗겨 버린다. 그러한 사실을 아르떼미오는 받아들일 수밖에 없다. 일광욕을 위해 옷을 벗고 선상에 누워 있는 릴리아와 배 안에 가만히 앉아 있는 늙은 아르떼미오는 쓸쓸한 대조를 이룬다. ⑦에서 아르떼미오는 하원의원이다. 그는 중앙 정치의 영향력 있는 인물로부터 지지를 요청받는다. 아르떼미오는 버려진 땅에 대한 개발권 이야기를 꺼내 정치적 지지와 경제적 이권을 교환할 수 있음을 내비친다. 이 장면 하나만으로도 독자는 아르떼미오가 어떤 방법으로 부를 추적했는지 충분히 짐작할 수 있다.

사유화된 혁명과 배신당한 멕시코

아르떼미오는 혁명기의 시대적 격변을 틈타 대의보다는 개인의 영달을 추구한 이기주의자이다. 개인의 성격이 아르떼미오를 움직이는 가장 중요한 동기이기는 하지만 시대 역시 그러한 인물이 욕망을 성취할 수 있는 좋은 조건을 마련해 주었다. 그는 혁명의 중심에 있지는 않았지만 혁명의 혜택은 가장 많이 누린 인물이다.

단순하게 보면 아르떼미오는 미천한 출신에서 권력과 부를 쌓은 성공한 인물이라고 할 수 있다. 그의 생부는 베라꾸루스의 대지주 아따나시오 멘차카이지만 생모는 혼혈인 하녀였다. 그를 키워준 외삼촌 루네오 역시 노예 신분이었다. 고향을 탈출한 그는 혁명군에 들어가 자신의 입지를 다지고, 결혼을 통해 부를 축적할 수 있었다. 부자가 된 후에는 정치에도 관여하여 권력까지 손에 넣는다. 혁명이 끝난 이후에는 본격적으로 사업을 확장하여 영향력 있는 기업가로 성장한다.

그는 성공에 집착하는 인물이다. 성공을 위해서는 어떤 방법이라도 사용한다. 그가 까따리나와 결혼하고 그 집안의 재산을 차지하는 과정은 그의 이러한 성격을 잘 보여준다. 까란사가 대통령이 되면서 군대가 해산되자 그는 쁘에블라의 가마리엘 베르날을 찾아온다. 죽은 곤살로 베르날의 이름을 팔아 그의 가족에 접근한다. 어찌 보면 곤살로는 아르떼미오 때문에 죽었다고 할 수 있는 인물이다. 그는 가마리엘의 재산을 확실히 이어받기 위해 그녀의 딸 까따리나와 결혼한다. 그는 그녀를 소유하는 것이 재산을 소유하는 것이라는 사실을 잘 알고 있었다. 그녀를 얻기 위해 그는 그녀가 사랑하는 라몬이라는 청년을 도시에서 쫓아낸다.

그의 성격이 가진 비열함과 교활함은 여러 부분에서 확인할 수 있다. 그는 토지 개혁을 맞이하여 돈 가마리엘에게 토지 개혁을 견딜 수 있는 방법을 알려준다. 그는 시대의 흐름을 막을 수는 없다고 전제하고 농민들에게 일단은 땅의 일부를 인계해 주라고 건의한다. 하지만 그 땅은 기후조건이 나쁜 땅이니까 그들의 소출은 얼마 되지 않을 것이라 말한다. 농민들이 소규모의 경작만 할 수 있도록 작은 단위로 토막 쳐서 나누어 주면 그들은 자신들에게 감사하다는 인사를 할 것이고, 농민들이 척박한 땅에서 농사를 포기하고 기름진 지주의 땅에 와서 일을 하고자 할 것이며, 그러면 아무런 비용이나 애씀도 없이 가마리엘과 자신은 농지 개혁의 영웅이 될 것이라 말한다. 또 다른 사람에게서 거두어들인 좋은 땅은 농민들에게 분배하기 전에 비싼 값으로 팔아넘기는 수법도 사용한다.

가마리엘이 죽고 그는 지역의 대지주가 된다. 그는 부를 축적하는 데 만족하지 않고 정치 활동에도 뛰어든다. 정부에서는 지주로서 그가 한 일들을 긍정적으로 평가해 왔는데, 그 덕에 아르떼미오는 국회위원이 된다. 정부는 그의 혁명 전공은 물론이고 농지 개혁을 수행하기 위한 기초를 마련한 것에 높은 점수를 준다. 나아가 지역 공동체 내에 공권력의 부재 현상을 보충함으로써 세운 그의 탁월한 봉사활동을 인정하고 있었다고 평가한다. 국회의원이라는 자리는 다시 그에게 부를 축적할 수 있는 기회를 제공해준다. 그는 정치적 지지의 대가로 개발되지 않은 땅의 개발권을 따내는 등의 수완을 발휘한다.

이렇듯 혁명의 혼란을 개인적 욕망 충족의 기회로 사용한 아르떼미오지만 처음부터 그가 혁명을 출세의 수단으로 생각했던 것은 아니다. 그에게도 혁명에 대한 순수한 열정이 넘치던 시절이 있었다.

이들의 부대를 지휘하는 장군은 모든 고장을 통과할 때마다 그 고장 근로자들의 노동 조건을 조사하고서는 포고령을 발표하여 하루의 근로 시간을 8시간으로 단축시켰으며 지방민들에게 토지를 재분배하여 주었다. 가는 곳마다 그 고장에 대농원이 있으면 그 산하에 있는 품팔이 농민들이 주인의 장부에 줄로 표를 적고서 외상으로 상품을 구입해오던 상점을 모두 불태워 버리도록 명령을 내렸던 것이다. 또한 가는 곳마다 연방군들과 함께 도주해 버리지 않은 채 그 곳에 남아 있는 고리 대금업자들이 있으면 이들이 갖고 있는 모든 채권을 무효화시켜 버리곤 하였다.(93쪽)

그는 처음에 연방군과 싸우는 농민군 편에 가담했었다. 노예 출신의 어머니에게서 난 혼혈로서는 농민군 가담이 자연스러운 선택이었을 것이다. 외삼촌과 어린 시절을 보낸 곳도 대농장이었고 부자들은 그에게 증오의 대상이었다. 농민군의 혁명 목표는 토지 제도를 바꾸는 데 있었다. 위 예문에서 보듯이 농민군은 노동 시간을 비롯한 노동 조건을 개선하고 농업 노동자들의 부채를 탕감해주는 일을 최우선으로 처리했다. 문제는 이러한 혁명의 소박한 목표가 정치적으로 제도화되는 과정에서 발생하게 된다. 앞서 보았듯이 농민군의 대의는 어느새 사라지고 개인의 욕망 성취로 혁명이 이용되는 형국에 이른다.

혁명이 제도화되면서 발생한 문제는 아르떼미오와 함께 포로로 잡혀있던 곤살로 베르날의 말 속에 잘 나타나 있다.

우리들 모두에게 그 책임이 있는 것이었다. 우리들은 음탕하고 물욕이 강한 자들, 야심가들, 시시하고 평범한 자들 때문에 분열되는 대로 방심하고 있었고 또 그런 자들이 마음대로 지휘하게 내버려 둔 것이야. 진정한 급진적이고도 비타협적인 혁명을 원하는 자들은 불행히도 무식하면서도 피를 흘리는 처참한 자들이란 말이야. 그런데 유식한 자들은 그들에게 유일한 이익이 되는 것 이를테면 명예와 부가 번창하고 잘 살며 돈 쁘르피리오 디아스의 엘리트층만을 대신하는 따위의 일과 양립이 가능한 어중간한 어떤 혁명을 원하고 있을 따름이야. 거기에 멕시코의 극적

인 사건이 전개되고 있는 것이지.(256쪽)

　　실제 멕시코 혁명 초기에 발생했던 문제를 사실적으로 지적하고 있는 부분이다. 베르날은 혁명을 어떻게 관리해야 할 것인가에 대해 구체적인 계획을 갖지 못한 것을 안타까워하고 후회하고 있다. 또 멕시코 혁명이 갖는 가장 큰 문제가 상이한 두 계급이 함께 진행한 혁명이라는 점도 지적한다. 피를 흘리며 혁명을 완성한 사람들은 무식한 사람들이었고 혁명을 통해 이익을 얻은 사람들은 유식한 사람들이라고도 한다. 쉽게 혁명이 완성되지 못하고 오랫동안 전쟁을 치러야 하는 이유도 이러한 모순에서 발생했다고 지적하고 있다. 그가 보기에 혁명은 전 주인들만큼이나 욕심이 많고 의욕적인 새로운 주인들이 구세대의 소유주들을 쫓아내고 그들의 자리에 들어가는 것에 불과한 것이다.

　　아르떼미오가 순수한 혁명의 열정을 잃고 출세주의자가 된 데는 레히나라는 여인의 죽음도 중요하게 작용하였다. 레히나를 만난 시기는 혁명의 열기가 한참 고조되었던 1913년이었다. 그는 까따리나와 결혼하고, 그녀 외에도 여러 여인을 만나지만 진정 사랑한 여인은 레히나였다고 회상한다. 그녀는 군인들을 따라 다니는 전장의 여인에 불과했지만 둘은 서로 사랑하고 아껴주었다. 그는 혁명도 도시도 지나가 버릴 수 있지만 레히나와의 사랑은 영원할 것이라 생각했다. 그는 레히나에게 돌아가기 위해서 자기 목숨을 구하고 싶었고, 전장에서 도망쳤다. 위험에서 벗어나기 위해, 그는 생명을 구할 수 있었던 부상자도 버려두고 탈출을 시도했다. 하지만 그가 돌아오기 전에 레히나는 마을을 점령한 연방군에 의해 교수형에 처해졌다. 그녀의 죽음 이후 아르떼미오는 까란사 군에 들어 농민군의 반대편에 서게 된 것이다.

이후 그가 만나는 여인들은 진정한 사랑의 대상이 아닌 욕망의 대상일 뿐이었다. 까딸리나와의 결혼 생활은 밤과 낮이 확연히 구분되는 그런 것이었다. 그녀 역시 아르떼미오를 경멸했다. 하지만 까딸리나는 부유한 재산 때문에 애정이 없어도 이혼은 하지 않았다. 아르떼미오는 딸 떼레사 역시 자신을 증오한다고 생각한다. 재정적 지원을 전제로 만나는 아가씨 릴리아는 언제든지 그의 곁을 떠날 수 있는 여인일 뿐이다. 까딸리나의 친구이자 자유분방한 이혼녀 라우라도 만나지만 그녀 역시 그에게 큰 애정을 느끼지는 않는다.

과거의 선택과 미래의 가능성

아르떼미오가 본격적으로 돈을 모은 것은 혁명이 끝난 후부터이다.

혁명이 끝날 무렵 쁘에블라 주의 농민들을 상대로 한 단기 고리 대부를 비롯해서 향후의 상승을 예측한 쁘에블라 시 근교의 토지 구입, 차례로 친분이 있는 대통령이 개입해 준 덕분으로 멕시코 시내에 분할해 주는 땅들을 확보했던 일, 수도에 있는 일간 신문사의 매입, 광산주식 매입 그리고 법적 요건을 충족키 위해 네 자신이 앞잡이로 가담한 미국-멕시코 혼합 회사의 창설, 미국 투자가들을 위한 심복 노릇을 한 일, 시카고와 뉴욕 및 멕시코 정부 사이를 주선해 주는 중계인 역할을 한 것, 증권의 값을 등귀시키기도 하고 떨어뜨리기도 하고 또 네 욕심과 네 이익을 위해서 증권을 매입코자 증권 시장을 조작한 일, 알레만 대통령과 함께 결정적인 결탁을 하여 내륙에 있는 여러 도시에서의 새로운 토지 구획 분할을 계획코자 농민들로부터 빼앗은 공유지를 확보하고 목재 개발 이권을 얻은 사실 등에 관해서 얘기하겠지.(22쪽)

위 글은 아르떼미오가 단순한 지주에서 사업가로 변해가는 과정을 보여준다. 사업가가 되어서도 그가 어떻게 경제를 왜곡시켰는지를 확인할 수 있다. 서술자에 의해 주인공은 '너'로 불린다. 예전 정권은 토지 조사 사업을 통해 땅을 지주에게 집중시켜 주었는데, 이제 자본가들은 증권 시장의 조작을 통해, 외국 자본과의 협력을 통해 자본을 축적해 간다. 정치권력이 그 과정에 개입하는 것도 예전과 다르지 않다.

작가는 혁명이 완성된 것으로 평가되는 1940년 이후의 멕시코 사회에 대해서도 비판적 인식을 보여준다. 혁명 이후 계층 간의 신뢰와 사회적 안정이 이루어졌고 경제적으로도 큰 발전이 이루어진 것은 사실이지만 작가는 그 발전이 기업과 굴욕적 지도자들과 방종한 파업자들의 이익을 보호해 준 것에 불과했다고 말한다. 이 시기를 거치면서 본격적인 기업가가 된 아르떼미오는 노동운동을 조직적으로 방해하고 언론을 이용해 경쟁자에 대한 나쁜 소문을 퍼뜨리는 일도 서슴지 않는다.

이 시기는 미국에 대한 멕시코의 의존도가 높아진 때이기도 하다. 미국에 대한 의존은 경제적인 데 그치지 않는다. 서술자는 '너'가 "미국 사람들의 능률과 그들의 편리한 점들과 위생과 그들의 세력과 그들의 의지를 경탄"하고, "이 불쌍한 나라의 무능과 빈궁과 추잡함과 무의지증과 적나라한 모습이 너에게 참을 수 없는 모습"으로 여긴다고 비판한다. 그러나 "아무리 시도를 해 봤자 너는 그 미국 사람들처럼 될 수 없고 기껏해야 그들을 답습하는 모방자나 근사치가 될 수 있을 뿐"이며, 그것을 안 '너'의 괴로움은 커질 수밖에 없다고 지적한다.

이처럼 푸엔테스는 이 소설에서 멕시코 혁명과 함께 그 이후의 사회 변화에 대해서도 이야기한다. 과거 시제를 통해 현대사를 비판하고, 미래 시제를 통해 바람직한 미래의 사회 모습에 대해서도 언급한다.

어제 아르떼미오 끄루스는 에르모시요에서 멕시코 시로 비행기를 타고 날아왔다. 그렇다. 어제 아르떼미오 끄루스가…… 와병하기 전에, 어제 아르떼미오 끄루스가…… 아니야. 병에 걸리지 않았어. 어제 아르떼미오 끄루스는 자기 사무실에 있었으며 몸이 대단히 편치않은 생각이 들었다. 어제는 아니야. 오늘 아침이지. 아르떼미오 끄루스. 병들지 않았어, 아니야. 아르떼미오 끄루스가 아니야, 아니야. 다른 사람이야. 그 병자의 침대 앞에 놓인 거울 속에 있는 그 사람. 그 다른 사람. 아르떼미오 끄루스. 그의 쌍둥이. 아르떼미오 끄루스는 병에 걸렸다. 그 다른 사람. 아르떼미오 끄루스는 병에 걸렸다. 그는 생존하지 않는다. 아니다. 생존하고 있다. 아르떼미오 끄루스는 살았다. 그는 몇 년 동안 살았다…… 몇 년 동안 그리워하지 않았다. 몇 년 동안을 아쉬워하지 않았다. 그렇다. 그는 며칠 동안을 살았다. 그의 쌍둥이. 아르떼미오 끄루스. 그와 똑같은 또 하나의 존재. 어제의 아르떼미오 끄루스는 죽기 전에 며칠 동안만을 산 그 사람이다. 어제의 아르떼미오 끄루스는…… 지금의 나다…… 그리고 그는 또 다른 사람이다…… 어제…… (18쪽)

매우 복잡하고 혼란스러운 문장이지만 작가는 위 설명 이후 본문에서 '그'와 '너', '나'를 구분하여 사용한다. '그'로 표현된 아르떼미오의 생을 통해 그가 살았던 과거를 보여준다면, '나'는 죽음을 맞이하는 아르떼미오의 현재 상태를 보여준다. 아르떼미오를 '너'로 표현한 서술에서는 그가 살았던 시대나 이후의 세계에 대한 서술자의 생각을 사색적으로 기술한다. 작품 밖의 서술자는 아르떼미오를 '그'로 서술한다. 소설 속 서술자가 기술하는 '나'와 '너'는 아르떼미오이지만 죽음을 앞둔 현재의 아르떼미오가 '나'라면 그가 객관적으로 바라보는 어제의 아르떼미오는 '너'이다. 하지만 실제로는 현재나 과거의 아르떼미오도 '너'로 불린다. 어떤 경우는 이루어지지 않은 일을 이야기할 때도 '너'가 사용된다. '나'는 주로 임종을 맞이하는 가족들의 모습을 전해주거나 과거의 자기 모습을 회상한다.

이러한 서사의 변화는 아르떼미오의 삶을 객관적이고 입체적으로 평가한다는 인상을 준다.

> 당신네들은 나의 지난날의 모험을 아나요? 그걸 이해들 하고 있나요? 전부가 아니면 전무라는 사실을 알고 있소? 모든 위험을 걸고서 완전히 망하거나 완전히 흥하는 것이지. 안 그렇소? 나의 근본을 걸고서 모든 위험을 무릅쓰고 나서는 것이지. 이를테면 상류층으로부터나 하류층으로부터 총살형을 당할 각오를 하고 모험을 하는 것이지요. 그렇게 하는 것이 당신들이 좋아했던 어중간한 남자, 화를 잘 내는 사나이, 무절제하게 호령 잘 하는 사나이, 사창가나 술집에 익숙한 사나이, 우편엽서에 나오는 모형적 수컷과 같은 존재가 아닌 진정한 사나이가 되는 것이라오.(160쪽)

자기 자신에 대한 변호를 할 때는 당연히 '나'의 목소리를 사용한다. 과거를 회상하는 아르떼미오는 자기 삶을 '모험'이었다고 말한다. 아무것도 가진 것이 없었기에 그의 인생은 전부를 걸어야 무엇이든 얻을 수 있었다. 완전히 망하거나 완전히 홍하는 모험만이 그를 원하는 위치에 올려놓을 수 있었던 셈이다. 그저 그런 평범한 인간이 아니라 '진정한 사나이'가 되기 위해서 그는 어쩔 수 없이 그렇게 살아야만 했다는 것이다. 이 글에서 아르떼미오는 존경받을 수 없는 위치에서 태어나 존경하지 않을 수 없는 위치까지 오른 자신의 삶을 이해받고 싶어 하는지도 모른다.

물론 작가가 이런 주인공의 변명을 순순히 긍정하는 것은 아니다.

네 자신이 다른 것이 아닌 단 하나의 존재가 되는 것은 결국 네가 선택해야 하기 때문일 것이다. 너의 선택들은 너의 가능한 인생의 나머지를 부정하지는 않을 것이며 매번 네가 선택할 때마다 너의 가능한 나머지 인생은 뒤로 물려 두게 될 것이고 다만 너의 선택들은 오늘에 네 선택과 네 운명이 똑같은 하나가 될 정도로 너의 인생을 가늘게 만들 것이다.(45쪽)

서술자가 아르떼미오의 삶을 평가하고 있는 부분이다. 요약하면 어떤 존재가 되는 것은 무엇을 선택했느냐의 문제라는 말이다. 서술자는 가능한 다른 인생이 없었던 것이 아니라 다만 하나를 선택하면 다른 선택이 사라질 뿐이라 말한다. 과거의 선택이 현재의 너를 만들었을 뿐이라는 것이다. 그리고는 과거를 돌아보며 다른 가능한 선택에 대해서도 이야기한다. 예를 들면서 서술자는 미래 시제를 사용하여 "너는 그 청람색을 칠한 장식이나 가구도 없는 그 방 안에서 그 뚱보에게 안 된다고 거절할 것이다." 또는 "너는 베르날과 또비아스와 같이 있던 그곳에서 함께 남아서 그들과 운명을 같이 하는 길을 택할 것"(이상 323쪽)이라고 쓴다. 실제 선택과 다른 가능성을 몇 가지 보여준 셈이다. 이를 통해 작가는 그의 인생이 선택에 의해 달라질 수도 있었다고 말한다.

인 간 해 방 을 향 한 먼 길

이 소설은 멕시코 혁명을 제재로 하여 아르떼미오라는 한 인간의 삶을 다룬 작품이다. 그의 모순적인 성격을 통해 멕시코 혁명의 긍정적 측면과 부정적 측면을 함께 보여주고 있다. 그는 비천한 신분에서 출발했음에도 불구하고 혼란기를 틈타 사업가로 출세한 인물이다. 그 과정에서 사랑과 행복, 우정과 같은 가치들은 이기주의에 의해 철저히 희생되었다. 이 소설은 그런 아르떼미오의 죽음과 관련하여 그가 살아온 과거에 대한 회상, 그의 생에 대한 평가, 죽음을 둘러싼 주위 풍경 등을 흥미롭게 그려낸 작품이다.

무엇보다 이 소설은 독자들로 하여금 멕시코 혁명의 진행과 결과에 대해 생각하게 해준다. 소설에 따르면 멕시코 혁명은 배반당한 혁명, 미완의 혁명으로 평가할 수 있다. 그러나 혁명의 결과가 만족스럽지 못하다고 혁명의 의의까지 부정할 필요는 없다.

국가와 사회란 살아있는 생명체와 같아서 대외 환경의 변화나 국민의 의식 수준 등에 따라 끊임없이 변화한다. 따라서 혁명은 멕시코의 근대화를 가로막는 걸림돌을 제거하는 과정이었을 뿐, 어느 시대에나 잘 들어맞는 만병통치약은 아니다. 하지만 혁명의 정신 속에는 인류가 추구해야 할 기본적인 사상이 녹아들어 있다. 혁명의 본질은 약한 자에 대한 착취, 인종에 따른 차별, 타 종교에 대한 배척 등 시대를 불문하고 근절되어야 할 부조리에 대한 저항이기 때문이다.[●]

세계는 유토피아와 디스토피아로 단순히 나뉘지는 않는다. 혁명은 개선되지 않고 정체되어 있는 문제를 해결하는 방법 중 하나이다. 혁명으로 모든 악을 해소하고 한 순간에 새로운 시대를 열 수 있다고 생각하는 것이 오히려 비현실적이다. 또 혁명을 원하지 않는 세력의 힘은 언제나 혁명을 추구하는 세력의 힘보다 강하다. 따라서 혁명 이후에도 보수화의 위협은 항상 존재한다. 권력을 잡은 사람들은 혁명의 의의보다 자신들의 기득권에 더 관심을 가지기 때문이다.

혁명이 의미 있는 이유는 그 정신에 인류가 포기하지 말고 추구해야 할 이상이 포함되어 있기 때문이다. 약한 자에 대한 착취를 없애고, 부당하게 가해지는 불평등을 해소하고, 자유로운 인간의 가치를 높이는 것이 혁명이 가진 바람직한 목표이다. 멕시코 혁명 역시 이러한 인간의 가치를 높이기 위해 시작하였다. 혁명 세력들 간의 의견 차이나, 기득권을 향한 인간의 이기주의 때문에 충분히 만족스러운 결과를 낳지 못했지만 그것이 혁명 자체를 부정할 이유는 되지 못한다. 혁명의 혜택을 조금이나마 누리는 사람들은 성취하지 못한 것뿐 아니라, 성취하려고 노력했던 것, 그리고 실제로 성취한 것에도 관심을 가져야 한다. 1910년이라는 아주 이른 시기에 시작된 먼 곳에서의 혁명에 우리가 지금도 관심을 가지는 이유가 여기에 있다.

●이준명, 앞의 책, 324쪽.

멕시코 혁명의 역사와 인물

마르코스, 『분노의 그림자』, 윤길순 역, 삼인, 1999.

사파티스타 민족해방군 마르코스 부사령관

1994년 북미자유무역협정(NAFTA)이 통과되자 멕시코 남부 치아파스 주를 근거지로 하고 있는 반세계화 아나키즘 무장단체 사파티스타 민족해방군은 멕시코 정부에 전쟁을 선포하였다. 원주민의 생존권을 박탈하는 자본과 정부에 맞서 봉기한 이들은 이후 신자유주의에 반대하는 제3세계 민중운동을 상징하는 이름이 되었다. '사파티스타'라는 명칭은 멕시코 혁명에서 활약한 농민 영웅 에밀리아노 사파타의 이름에서 연유했다.

『분노의 그림자』는 사파티스타의 부사령관 마르코스가 세상에 전하는 메시지를 모아놓은 책이다. 이 책에 실린 글의 종류는 연설문, 편지글, 선언문 등으로 다양하다. 이 글들에서 혁명을 말하는 마르코스의 목소리는 의외로 따스하며 여유롭다. 그럴듯한 정치적 구호를 앞세우기보다 고통받고 살아온 멕시코 원주민들의 삶과 염원을 시적 상상력을 통해 형상화한다. 이를 통해 마르코스는 왜 원주민들이 봉기할 수밖에 없었는지, 그들이 무엇을 바라는지를 이해하기 쉽게 이야기한다.

사파티스타의 저항은 멕시코 혁명에서 시작된 20세기 중남미 민중혁명의 새로운 형태라 할 수 있다. 이들은 예전처럼 무력으로 정부를 전복시킬 힘을 가지고 있지 못했고, 실제 정부군의 무력 공세에 쉽게 무너졌다. 애초에 이들이 새롭게 선택한 무기는 자신들의 언어였다. 그들은 책이나 인터넷을 비롯한 매체를 통해 자신들의 생각을 세계에 알렸다. 그 매체 선전의 최전선에 섰던 마르코스는 그의 스키 마스크와 함께 탈냉전시대 자본주의의 세계적 지배에 도전하는 반란의 상징이 되었다.

엔리케 크라우세, 『멕시코 혁명과 영웅들』, 이성형 역, 까치, 2005.

에릭 홉스봄, 『벤디트―의적의 역사』, 이수영 역, 민음사, 2004.

마이크 곤잘레스, 『벽을 그린 남자―디에고 리베라』, 정병선 역, 책갈피, 2002.

유지노 마틴 감독, 〈판초 비야〉(Pancho Villa , 1972)

이민의 땅 억압의 역사

미국의 정체성

미국은 대표적인 다인종, 다민족 국가이다. 그런 만큼 연방 정부는 다양한 문화와 뿌리를 가진 사람들을 하나로 묶어내는 일에 많은 노력을 기울이고 있다. 테러나 살인 등 큰 사건이 벌어질 때면 미국의 정치인들은 예외 없이 '하나'를 강조하는 정치적인 수사를 사용한다. '하나'를 강조하면서도 미국인들은 자신의 민족적 뿌리를 소중히 여긴다. 많은 가정에서 어른들은 조상들의 이야기를 통해 혈통적 뿌리를 잊지 않도록 자식들을 교육한다. 많은 미국인들은 '하나'를 추구하면서 자신의 민족적 정체성을 강조하는 일에 큰 모순을 느끼지 않는 듯하다.

다민족이 함께 살아가는 미국 사회를 흔히 '멜팅 팟(Melting Pot)'이라 표현한다. 다양한 사람들이 모였지만 커다란 용광로 속에 함께 녹아들어가 하나의 문화를 만들어내는 것이 미국 사회의 장점이라는 의미를 담고 있다. 민족의 다양함보다 하나로 묶는 국가의 구심력을 강조한 것이라고 볼 수 있다. 한편 어떤 사람들은 미국 사회를 샐러드 보울(Salad

Bowl)이라 표현하기도 한다. 미국은 샐러드에 담긴 야채와 과일이 제 맛을 지니고 있는 것과 같이 각 민족이 문화적 특성을 지닌 채 조화롭게 살아가는 사회라는 의미이다. 개성을 존중하는 사회라는 긍정적 의미를 담고 있다.

물론 미국 문화를 보는 위와 같은 긍정적 시각과 견해를 달리하는 이들도 있다. 그들은 녹아든다는 말의 의미가 다양한 문화의 공존을 의미하는 것이 아니라, 주류 문화나 기존 질서가 갖는 힘을 역설적으로 보여준다고 생각한다. 또, 민족들이 샐러드 보울의 과일처럼 같이 있지만 서로 섞이지 못하고 각자 따로 놀 수밖에 없는 것이 미국 사회의 특징이라 주장하기도 한다. 이런 견해는 미국이 훌륭하게 통합을 이루어낸 사회가 아니라, 백인 주류 문화 속에 다양한 민족들이 융합되지 못하고 혼합되어 섞여 있는 불안정한 사회라는 입장을 대변한다.

어찌 되었든 미국의 역사는 다양한 인종과 민족의 이민사라 할 수 있다. 아메리카 원주민들이 오랫동안 거주하고 있었음에도 불구하고 유럽의 백인들은 아메리카를 '신대륙'이라 불렀고 새로운 삶을 위해 이주를 시작했다. 이후 영국을 비롯한 다양한 지역으로부터 인구 유입이 진행되었다. 초기 이주민들이 갖는 이점이 거의 사라지기는 했으나, 수백 년에 걸쳐 이어진 외부 인구의 미국 유입은 현재까지 계속되고 있다. 억지로 우리 역사와 비교해 보면, 아메리카 원주민을 제외한 현재의 미국인들은 임진왜란 이후에 아메리카 대륙 밖에서 이주해온 사람들이다. 미국이란 나라는 반도 안에서 수천 년 동안 삶의 터전을 지켜온 우리와 너무나 다른 역사를 가지고 있는 셈이다.

이민의 역사는 많은 기록으로 남아 있을 뿐 아니라 소설/비소설의 소재로도 자주 활용된다. 가족 서사는 이민을 다룬 가장 대중적인 형식이다. 여기에는 자신들의 선조가 어떻게 신대륙에 도착해 파란만장한 과정을 거쳐 현재에 이르렀는지가 기록된다. 역사 기록처럼 과거와 현재를 순차적으로 기록한 이야기에서부터 기억과 회상으로 잠시 등장하는 파편적인 이야기까지 이민 서사의 종류는 다양하다. 현재도 유명 미국인들의 이력을 조회해 보면 그들의 가족이 어디 출신인지 쉽게 확인할 수 있다. 그것은 마치 우리의 본적과 같은 느낌을 준다. 정치가를 예로 들면, 케네디 형제들은 아일랜드 이민 3세대이다. 힐러리 클린턴의 아버지 휴 엘즈워스 로댐은 웨일스 이민 후손이다. 버락 오바마는 영국계 미국인 스탠리 앤 던햄과 케냐 식민지 니안자 주 니양오마 코겔로 출신의 루오 족 버락 오바마 시니어 사이에서 태어났다.

　　알렉스 헤일리의 소설 『뿌리』*는 아프리카 감비아에서 미국 남부 버지니아에 노예로 잡혀온 쿤타 킨테와 그의 후손들에 대한 이야기이다. 이 소설 역시 하나의 가족 서사라 부를 수 있다. 물론 흑인들의 아메리카 유입 과정은 백인들의 그것과 전혀 달랐다. 백인들이 종교적인 이유나 경제적인 이유 때문에 자유와 기회의 땅을 찾아왔다면 흑인들은 고향을 잃고 강제로 낯선 땅에 끌려와 고난의 삶을 살아왔다. 쿤타 킨테 가족의 이야기가 미국 흑인들의 역사를 대표한다고 할 수는 없지만 미국이라는 화려한 제국의 슬픈 과거를 적나라하게 보여준다고 말할 수는 있다.

아메리카 이민의 역사 그리고 노예제

　　쿤타 킨테에서 시작해 그의 가족 7대의 이야기를 담고 있는 『뿌리』는 그 시기 미국의 역사를 배경처럼 깔고 있다. 1760년경 버지니아로 잡혀 온 쿤타의 후손들은 버지니아와 노스케롤라이나, 테네시에서 생활한다. 이들의 삶은 독립전쟁, 아이티 노예반란, 남북 전쟁, 노예 해방이라는 역사적 사건에 의해 큰 영향을 받는다.

미국의 초기 이민자들은 영국 인들이었다. 1607년 버지니아 주 제임스 강가의 반도에 최초의 이민이 들어왔고, 1620년 메이플라워호를 탄 청교도들이 케이프코드에 들어왔다. 앞의 이민자들은 제임스타운 등의 도시를 건설했으며 뒤의 이민자들은 뉴잉글랜드 지역에 퍼져 살았다. 아메리카 원주민들의 도움으로 혹독한 추위를 이겨낸 메이플라워호의 이민자들은 새로운 땅에 뿌리를 내리기 시작했다. 이들의 정착이 이루어진 이후 유럽 개신교도들의 이민이 이어졌다.

초기 이민자들은 비록 종교적인 박해를 피해 신대륙에 정착했지만 영국과의 인연을 완전히 끊은 것은 아니었다. 그들은 영국 왕의 백성이라는 관념은 포기하지 않았고, 아메리카에 영국의 새로운 식민지를 개척한다는 생각을 가지고 있었다. 오히려 신대륙을 두고 다른 나라 식민지와 경쟁을 벌이기도 했다. 18세기까지 당시 지금의 미국 땅은 영국, 프랑스, 스페인이 경계를 나누어 식민지 건설에 열을 올리던 지역이었다. 영국은 대서양 지역, 프랑스는 미시시피 강 중심의 중부 지역, 스페인은 서부 지역을 식민지로 삼고 있었다. 18세기 후반 영국 인들이 건설한 현 미국 동부의 식민지들이 모국인 영국의 정책에 반감을 품고 '독

●알렉스 헤일리Alex Haley. 미국 뉴욕 이시카 출생. 1921년 8월 11일(?)~1992년 2월 10일. 대표작으로 『맬컴 X The Autobiography of Malcom X』(1965), 『뿌리Roots : The Saga of American Family』(1976)가 있다. 이 글의 텍스트는 안정효 번역의 열린책들판상,하(2014)이다.

립'을 선언한 것은, 유럽 자본주의가 세계를 정복해가는 과정에서 벌어진 아주 '이례적'이며 '획기적'인 사건이었다.

독립을 주장하는 미국과 독립을 허용하지 않으려는 영국은 몇 년간의 전쟁을 치렀고 승리한 미국은 독립을 쟁취하였다. 이 당시 영국과 대항한 미국의 식민지는 모두 13개 주로 이루어져 있었다. 이름을 나열하면 뉴햄프셔, 메사츄세츠, 로드아일랜드, 코네티컷, 뉴욕, 뉴저지, 펜실베니아, 델라웨어, 메릴랜드, 버지니아, 노스캐롤라이나, 사우스캐롤라이나, 조지아이다. 영국 왕의 지배를 받는 식민 주였기 때문에 이들은 단일한 정부를 가지고 있지 못했고, 각 주는 대등한 관계에 있었다. 이런 이유로 독립 후에도 미국은 연방제 정부 형태를 택하게 되었고 각 주의 독립성이 최대한 보장되는 방향으로 제도가 만들어졌다.

독립 이후 연방은 서쪽으로 영토를 넓혀갔다. 중부 대부분을 차지하던 프랑스 식민지를 사들이고 스페인, 멕시코로부터 서부 지역을 획득했다. 서부 영화에 자주 등장하기도 하는 이러한 서부 정복 과정은 19세기 중반 태평양에 이를 때까지 계속되었다. 이 과정에서 새로운 이민은 급속도로 증가했다. 서부의 황금에 대한 소문과 때마침 유럽을 휩쓴 기근은 유럽인들에게 북아메리카를 기회의 땅으로 만들었다. 철도 공사 등을 위해 중국인 이민까지 들어왔다. 아메리카 원주민들은 동부의 땅을 백인들에게 내어주고 미시시피 강 서쪽을 자신들의 땅으로 보장받았다. 그러나 서부 황금에 대한 소문과 가난한 백인 이민들의 증가로 연방 정부는 원주민들과의 약속을 저버리고 더러운 '학살'을 자행했다. 인디언 준주(현재 오클라호마)까지 모두 이민자들에게 내어주고 아메리카 원주민들은 보호구역으로 삶의 공간을 제한받게 되었다.

1860년대 초반의 남북 전쟁은 혼란스러웠던 미국의 사회-경제를 정리하고 새롭게 발전할 수 있는 전기를 마련해주었다. 상대적으로 공업화가 많이 진행된 북부 지역과 노예제에 바탕 한 농업경제를 유지하고 있던 남부 지역의 주도권 싸움이었다고 할 수 있는 남북 전쟁은 결과적으로 미국의 자본주의를 발전시키고 영토에 대한 지배권을 강화하는 계기가 되었다. 특히 이 과정에서 실시된 노예 해방은 북부의 경제적 승리를 보장해주었을 뿐 아니라 노동력의 안정적인 공급을 가능하게 했다.

간단히 살펴본 역사에서 알 수 있듯이 미국의 역사는 좋게 보면 독립과 건설의 역사이고 다르게 보면 식민지 건설과 정복의 역사이다. 역사에 대한 판단은 누구의 입장에서 보느냐에 따라 극명하게 달라지기도 한다. 메이플라워호 이민자들은 자신들이 종교적 박해를 피해 오지에 이르러 험난한 고생 끝에 새로운 국가를 건설했다고 말할 수 있을지 모른다. 그러나 백인들이 정복한 땅에서 아메리카 원주민들은 터전을 잃고 쫓겨나야 했고 흑인들은 노예로 끌려와 자신들이 원하지 않는 피와 땀을 흘려야 했다.

이 시기 미국의 역사는 노예제의 역사이기도 하다. 인류사에서 노예 제도가 처음 시작된 연대는 정확히 확인하기 어려우나 신석기 시대 이후 타 부족, 타 씨족을 정복하면서 정복된 부족 또는 부락을 노예로 부린 것에서 출발했다고 한다. 유럽의 경우 근대 이후 유럽 국민들에 대한 노예제는 폐지되었다. 그러나 이는 같은 인종에 한정될 뿐, 다른 인종에 대한 노예 무역은 19세기까지 광범하게 행해졌다. 포르투갈의 항구 도시 라구스에는 15세기 중반에 노예 시장이 생겼고 약 백 년 뒤인 1552년 당시 리스본의 인구 중 10%는 아프리카 흑인이었다. 16세기 후반부터는 노예를 유럽에서 거래하는 대신 아메리카 열대 식민지에 직접 운송하는 방식이 성행하였다. 포르투갈의 경우 특히 브라질로 노예를 많이 보냈다. 스페인 식민자들도 대서양 노예 무역에 뛰어들게 되었는데, 신세계에서 처음으로 아프리카 노예를 부린 사람은 쿠바나 히스파니올라 같은 섬에서 일하는 스페인 사람들이었다.

영국은 대서양 노예 무역에서 중요한 역할을 하였다. 1750년에 노예제는 13개 아메리카 식민지 전체에서 합법적인 제도였으며, 노예 무역과 서인도 대농장의 이익은 산업 혁명 당시 영국 경제의 5%를 차지하였다. 미국 독립 직후에 공식적으로 대서양 노예 무역은 종식되었으나, 노예제는 공업이 발전한 북부와는 달리 농업이 중심인 남부 주에서는 존속하고 있었다. 1780년에서 1804년 사이에 북부 주는 모두 노예 해방 법령을 통과시켰으나 남부 주의 인구가 서부로 이동하면서 노예제도 실시 지역도 확대되었다.

노예제는 순수 인권의 문제뿐 아니라 남부와 북부의 경제와 정치에서 중요한 문제로 부각되었다. 1850년 합의로 새 영토를 노예주•와 자유주••로 분할하게 되면서 노예제를 둘러싼 미국의 정치적 대립이 잠시나마 해결되었다. 그러나 캔자스의 위상이 해결되지 못하면서 노예제 찬성파와 반대파 주민 사이에 유혈 충돌이 벌어지기도 했다. 1860년에 노예제 제한 계획을 내놓은 아브라함 링컨이 미국 대통령에 당선되면서 남부 주가 연방에서 탈퇴하여 남북 전쟁이 일어났다. 당초 링컨은 노예제를 방해할 어떤 의도도 없다고 부인하였으나, 전쟁이 진행되면서 반란 중인 남부 주의 노예들을 해방시키는 노예 해방 선언을 발표하였다. 1865년 12월에는 결국 미국 수정 헌법 13조로 미국의 노예 제도가 완전히 폐지되었다. 하지만 흑인들을 노예로 부리던 인종 차별 의식까지 없어진 것은 아니어서, 이후에도 미국의 흑인들은 백인들로부터 교육, 공공시설, 식당, 교통 시설, 의료, 직업 선택에서 차별을 받았다.

쿤타에서 헤일리까지

이 소설 분량의 절반은 아프리카에서 미국으로 잡혀와 노예 생활을 하게 된 쿤타 킨테에 대한 이야기이다. 그로부터 이백 년의 시간을 다루고 있지만 첫 세대 이야기의 비중이 절대적으로 큰 셈이다. 이어 치킨 조지라 불린 쿤타 킨테의 손자와 조지의 아들인 대장장이 톰이 비교적 비중 있게 다루어진다. 제목 '뿌리'에서 짐작할 수 있듯이 이 소설은 미국에서 살고 있는 흑인들의 기원을 다루고 있고, 그런 만큼 일 세대에 대한 관심은 자연스럽다고 할 수 있다.

쿤타 킨테의 인생은 고향인 아프리카에서의 삶과 새로 시작한 미국에서의 삶으로 크게 나눌 수 있다.

1750년 이른 봄 감비아의 한 마을에서 아이가 태어났다. 만딩카족이 사는 주푸레 마을에서 할아버지 카이라바 쿤타 킨테의 이름을 딴 쿤타 킨테다. 그는 야이사 할머니, 아버지 오모로와 어머니 빈타 사이에

●그 당시 조지아 주, 사우스캐롤라이나 주, 노스캐롤라이나 주, 버지니아 주, 메릴랜드 주, 델라웨어 주, 켄터키 주, 테네시 주, 루이지애나 주, 미시시피 주, 앨라배마 주, 미주리 주, 아칸소 주, 플로리다 주, 텍사스 주.

●●그 당시 펜실베이니아 주, 뉴욕 주, 뉴저지 주, 코네티컷 주, 로드아일랜드 주, 매사추세츠 주, 뉴햄프셔 주, 버몬트 주, 오하이오 주, 인디애나 주, 일리노이 주, 메인 주, 미시간 주, 아이오와 주, 위스콘신 주, 캘리포니아 주, 미네소타 주, 오리건 주, 캔자스 주, 웨스트버지니아 주, 네바다 주.

서 평범한 아프리카 사람으로 행복하게 자랐다. 어린 시절부터 조상들의 삶을 이해하며 자기 연령에 따라 해야 할 일을 배우며 성인이 되었다. 특별한 성인식에서 그는 야간 행군, 길 찾기, 사냥, 동물 소리 흉내 등의 훈련을 받기도 했다. 그는 생존 훈련과 함께 전쟁 방법도 배웠다. 성인이 되면서 그는 혼자만의 자아와 피와 땀을 함께 나눈 더 큰 자아에 대해서도 깨닫게 되었다.

아프리카에서 쿤타의 삶은 풍요롭다고는 할 수 없지만 평화롭고 안정적인 것이었다. 자신을 지켜 줄 어른들이 있었고 자부심을 가질 만한 전통을 배웠고, 마음을 위로해줄 종교(이슬람)가 있었다. 간혹 어른들이 아이들을 거칠게 다룬다거나 마을을 굶주림으로 몰아넣는 자연 재해가 없지 않았지만 그것도 사람들과 함께 견디면 충분히 넘어설 수 있는 고통이었다. 무엇보다 쿤타는 가족과 부족 사람들에게서 삶의 지혜를 배우고 사랑을 느끼며 자랐다. 어린 시절 고향의 삶은 이후에 닥칠 노예 생활과 분명히 대조될 만한 것이었다. 미국에 팔려간 후에도 쿤타는 고향을 잊지 못하고 자기 후손들에게 고향에 대한 기억을 전해 주려 노력한다.

물론 다른 지역과 마찬가지로 주푸레 마을에도 노예는 존재했다. 그러나 그들은 어려운 형편이나 전쟁에서 패배했기 때문에 노예가 된 사람들, 또는 그들의 자식들일 뿐이었다.

그가 이름을 댄 사람들은 모두 노예이기는 했지만, 쿤타도 잘 알 듯, 존경을 받아 마땅한 사람이라고 그는 말했다. "그들의 권리는 우리 선조들의 법에 따라 보장이 된단다."라고 말하고 오모로는 모든 주인은 노예에게 음식과 옷, 집과 반타작할 농토, 그리고 아내나 남편을 마련해

쥐야 한다고 설명했다.

"스스로 멸시를 받을 만한 잘못을 저지른 사람들만이 멸시를 받게 되지." 살인자나 도둑, 또는 다른 범죄자라고 죄가 밝혀져서 노예가 된 사람들이 바로 그런 자들이라고 그는 쿤타에게 말했다.(상,68~69쪽)

비록 노예가 되었다고 해도 그들은 살인이나 도둑, 혹은 범죄를 저지른 사람들과는 달리 멸시를 받아야 할 사람들은 아니었다. 따라서 노예의 매매 같은 것은 원칙적으로 금지되었다. "죄가 밝혀진 범죄자가 아니면 새 주인은 노예가 스스로 수락하지 않는 한 어느 노예도 팔지 못한다."(상,70쪽)고 오모로는 쿤타에게 가르친 바 있다. 이런 주푸레 마을의 노예 제도는 아무 죄 없는 흑인들을 잡아 물건처럼 사고파는 백인들의 노예 제도와는 분명히 다르다고 할 수 있다.

쿤타가 태어나기 전부터 백인들의 노예사냥은 공공연히 벌어지고 있었다. 주푸레 마을에서도 저녁에 혼자 다니거나 숲 깊이 들어가는 일은 금지되었다. 쿤타는 "투봅(백인)이 사람들을 훔쳐서 쇠사슬로 묶어 바다 건너 백인 식인종들의 왕국으로 데려간다는 노예사냥" 이야기를 아버지로부터 들었다. 또, 슬라테라 불리는 흑인 배신자들이 백인들의 일을 돕는다는 사실도 널리 알려져 있었다.

어느 날, 운이 좋지 않았던 쿤타는 투봅과 슬라테들에 의해 강제로 붙잡혀 노예로 팔려가는 신세가 된다. 그는 북 채를 만들 나무를 구하러 숲 속에 갔다가 투봅에게 잡힌다. 저항을 해보았으나 다수를 이기지 못하고 그는 강가로 끌려간다. 이후 더럽고 비위생적인 노예선을 타고 버지니아에 내려 농장으로 팔려간다. 배 위에서 겪게 되는 고통은 이 소설 전체에서도 무척 인상적이다. 백인들에게 잡힌 아프리카 인들은 배의 지하에 쇠줄로 묶인 채 가끔씩만 햇빛을 볼 수 있는 참혹한 환경 속에서 대륙을 건너간다. 전염병까지 돌아 배 안의 많은 노예들은 물론 선원들이 죽어 가는 상황에서 그는 간신히 목숨을 유지한다.

그가 배에서 느낀 백인들의 인상은 다음과 같이 표현된다.

투봅들이 남에게 고통을 주는 짓을 얼마나 즐기는지를 생각했다. 그는 투봅들이 남자들을 (특히 온 몸이 심한 상처로 뒤덮인 남자들을) 채찍으로 때리면서 웃어 대고는, 그들에게로 튄 진물을 더럽다는 듯이 씻어 버리던 장면을 역겨운 기분으로 생각해 보았다. 쿤타는 또한 밤이면 배의 어두운 구석에서 여자들을 겁탈하는 투봅들을 머릿속에서 상상하며 가슴 아파했고, 여자들의 비명이 들려오는 듯한 착각도 들었다. 투봅들에게는 그들의 소유인 여자들이 없다는 말인가? 그래서 그들은 개처럼 남의 여자를 쫓아다니는가? 투봅들은 아무것도 존중하지 않는 듯싶었고, 그들에게는 신이나 숭배할 귀신들조차 없는 모양이었다.(상, 204쪽)

미국 버지니아의 항구에 내린 쿤타는 노예 시장에서 백인 농장 주에게 팔려간다. 노예가 된 후 주인이 임의로 지어준 토비라는 이름으로 불리게 되지만, 그는 이런 미국식 이름을 거부하고 쿤타라는 이름을 자신을 것으로 여긴다. 시간이 지난 후에 쿤타는 자식들에게 아프리카의 조상들 이야기를 들려준다. 이후로 이 집안에는 아이가 태어나면 그 아이에게 조상의 이야기를 들려주는 전통이 생긴다. 조상 이야기는 노예로 잡혀온 흑인들에게 자신들의 정체성을 유지하게 해주는 중요한 수단이었다.

노예로 팔려온 후 쿤타는 네 번이나 탈출을 시도하지만 모두 실패하고 오른쪽 발이 절반 가까이 잘려나가는 처벌을 당한다. 마지막으로 잡혀온 후 그는 윌리엄 월러라는 주인의 집으로 팔려간다. 이곳에서 그는 도망을 포기하고 고향의 가족들을 잊고 새로운 가족을 만들게 되리라는 희망을 갖는다. 쿤타는 그 농장에서 일하는 '벨'이라는 여인과 결혼한다. 그녀는 독실한 기독교도이다. 벨의 영향으로 이후 쿤타의 후손들은 기독교도가 된다. 벨은 키지라는 딸을 낳는다. 딸은 남자 친구의 탈출을 도왔다는 이유로 '리'라는 백인 주인에게 팔려간다. 키지는 당시 흑인 노예 여성들이 많이 당했던 고통을 당하고 만다. 그는 주인 리의 아이 조지를 낳는데 조지는 리의 자식으로 인정받지 못하고 그저 노예로 취급받는다. 성장하면서 조지는 주인의 투계를 돕는 일을 한다.

쿤타의 딸이 다른 집으로 팔려오는 순간 이야기의 초점은 쿤타에서 키지로 옮겨간다. 지금까지 주인공이었던 쿤타 이야기는 다시 등장하지 않고 그와 헤어져 새로운 농장에서 생활하게 된 키지와 그의 주변이 이야기의 중심이 된다. 일반적으로 가족 이야기는 가족 구성원들의 모습을 다양하게 보여주는 것이 보통인데 이 소설은 현재 관점에서 직계가 되는 인물 외의 다른 가족들은 거의 다루지 않는다. 여러 형제가 한 집에서 살아갈 경우라도 가계의 흐름에서 벗어난 경우는 자세히 언급하지 않는다. 조지에게는 아들만 넷이 있었는데 이후 이야기는 톰을 중심으로 전개된다. 톰이 현재 소설을 쓰는 작가의 직계 조상이기 때문이다.

대장장이인 톰은 아버지가 원주민인 아이린과 결혼한다. 리가 망해 치킨 조지는 잉글랜드 투계꾼을 따라 미국을 떠나고 할머니인 키지를 제외한 나머지 가족은 노스캐롤라이나의 다른 농장으로 팔려간다. 5년 만에 미국으로 돌아온 조지는 해방 문서를 갖게 된다. 남북 전쟁이 끝나고 노예해방이 되어 치킨 조지는 29대의 마차를 이끌고 테네시로 이동한다. 톰의 막내딸 산티아는 그곳에서 사위 윌 파머를 얻는다. 그는 목재소를 경영하게 되고 그의 딸 버타는 최초로 대학을 다니게 된다. 테네시에서 태어난 버타의 아들이 이 소설의 작가 알렉스 헤일리이다.

노예에서 이민자로

쿤타에서 7세대 지난 미국인은 순수한 흑인은 아니다. 쿤타의 아내 벨과 그들의 손자 조지는 백인 혼혈이었다. 조지의 아들인 톰은 원주민 혼혈과 결혼했다. 그렇게 해서 아프리카인 쿤타의 후손들은 조금씩 아프리카를 잊고 혼혈 미국인이 되어갔다. 처음에 노예 무역의 문제로 시작한 소설 역시 후반으로 가면 미국에 정착한 흑인의 삶을 보여주는 쪽으로 변화한다. 따라서 이 소설은 가계의 아래에서 보면 한 작가의 뿌리 찾기라고 할 수 있지만, 위에서부터 보면 아프리카 아메리칸이 미국 사회에 자리 잡는 과정이라고 할 수 있다.

후반으로 갈수록 소설의 이러한 성격은 분명해진다. 초반 자유인이 노예가 되는 과정에서 보여주던 격렬한 인간적 갈등은 후반에 이르러 사라지고 노예로서의 일상적 삶이 부각된다. 조지 이후의 인물들은 자신들이 노예라는 자의식에 집착하기보다는 현실에 순응하고 처한 상황에 최선을 다해 적응하려 노력한다. 제도에 대한 관심은 '노예 해방'이라는 외부의 소식으로 간간이 들려올 뿐 인물들의 생활을 통해 드러나지는 않는다. 이들의 일상은 비교적 안정되어 있어서, 때로는 노예 생활이 견딜 만한 것처럼 그려지기도 한다.

후반부를 보면 작가의 관심이 노예제도의 고발이나 백인들의 잔학함을 드러내는 데 있지 않다는 것을 알 수 있다. 노예들에게 가해지는 고통이나 고난이 주는 비참함이 드러나지 않는 것은 아니지만, 죽음과도 같은 절망 속에서도 삶은 지속되어야 한다는 메시지가 소설 전반을 지배하고 있다. 이 소설은 흑인들을 사냥하고 그들을 물건처럼 매매하는 사람들에게 부정적인 시선을 보내면서도 그 사람들에 대한 상세한 관심을 드러내지는 않는다. 흑인 노예를 부리는 백인의 심리상태를 확인할 수 있는 장면도 많지 않다. 앞서 말했듯이 이 소설은 쿤타에서 시작된 '미국인' 흑인 가계를 다루는 데 충실할 뿐이다. 이 소설이 대중적으로 성공한 요인도 물론 여기에 있을 것이다.

노예에서 이민자로의 변화는 쿤타 때부터 일어난다.

그렇다고 인정하기는 부끄러운 노릇이었지만, 그는 다시 도망을 시도했다가는 잡혀서 아마 죽음을 당할지도 모르리라는 확실성에 비하면, 이 농장에서의 삶을 훨씬 더 좋아하게 되었다. 가슴속 깊이 그는 고향을 다시는 가지 못하리라고 생각했으며, 그의 내부에서 소중하고 돌이킬 수 없는 무엇이 죽어 가고 있음을 느꼈다. 그러나 희망은 그대로 살아남았으니, 비록 그가 가족을 다시 보지는 못하더라도, 언젠가 그는 스스로 아들을 낳아 가족을 이루게 될지도 모른다고 생각했다.(상, 308쪽)

쿤타의 마음속에서 절망이 희망으로 바뀌어 가는 과정을 보여주는 부분이다. 위에서 도망을 가도 노예 사냥꾼에게 다시 잡힐 것이 분명하고 설혹 잡히지 않더라도 고향에 돌아갈 수 없을 것이라는 생각은 절망에 해당한다. 반대로 농장에서의 삶이 비교적 견딜 만하다는 생각과 자신도 가족을 이루어 살게 될 것이라는 생각은 희망에 해당한다. 그가 간직하고 있던 고향에 대한 기억은 그가 위험을 무릅 쓰고 네 번이나 탈출을 시도할 수 있게 한 힘이었다. 도망가기를 포기하면서 자신의 내부에 있는 소중한 무엇이 죽어간다고 느끼는 것은 어찌 보면 당연하다. 이 과정을 통해 쿤타는 생활인이 된다. 이전까지 쿤타는 자신이 선택한 것이 아닌 농장 일이나 집안일을 거부하고 있었다. 과거에 그는 "그들 자신에 대한 존경심과 자부심은 모두 철저하게 뿌리가 뽑혀 버"려 "이런 생활을 자신도 모르는 사이에 당연하게 받아들이는" 흑인들을 경멸하기조차 했다. 그들의 관심이 매를 안 맞고, 먹을거리가 충분하고, 잘 곳이 마련되었느냐의 문제에 국한되는 것을 이해하지 못했다. 그러나 쿤타도 점점 그런 사람의 하나가 되어 간다.

쿤타가 마음을 돌리게 되는 한 가지 이유는 자기 주변에 아프리카에서 직접 들어온 흑인의 숫자가 상대적으로 적다는 점 때문이다. 그가 만나는 사람들 대부분은 미국에서 태어난 사람들이다. 그들은 이미 아프리카에 대한 기억을 잃은 지 오래였고 아프리카를 언급하는 것조차 불편해한다. 가능하지도 않은 탈출을 꿈꾸고 아프리카 부족의 전통에 집착하는 쿤타는 흑인들 사이에서도 유별난 존재가 된다. 친하게 지내던 깡깡이라는 흑인은 자신이 아프리카를 모르며 거기 간 적도 없고 갈 일도 없다고 단호하게 말한다. 그에게는 아프리카를 말하는 흑인 노예들이 재앙으로 느껴질 뿐이다. 쿤타의 아내 '벨' 역시 쿤타와 다른 생각을 가지고 있다. 고향 생각을 하거나 자신을 고향 만딩카 여자와 비슷하다고 말하는 남편에게 그녀는 단호하게 '바보 같은 수작'을 하지 말라고 말해 버린다. 그녀는 갈색 피부를 가지고 있었다.

세대를 내려갈수록 주요 사건은 생활의 문제와 밀접해진다. 쿤타의 손자 치킨 조지는 싸움닭을 기르는 데 남다른 열정을 보인다. 주인이 시키기 때문에 마지못해 하는 일이 아니라 자신의 닭을 강하게 만들고 싶은 열정으로 닭에게 온 정성을 쏟는다. 처음에 밍고 할아버지가 주인의 닭을 조련시키는 일을 했고 조지는 보조였다. 수동적으로 자신의 일을 했던 밍고와 달리 조지는 자신의 닭을 강하게 만드는 법을 스스로 연구한다. 버려진 닭을 이용해 작은 싸움에 참여하여 돈을 벌어들이기도 한다. 돈을 벌게 되면서 조지는 자신과 어머니의 해방을 사겠다는 결심도 한다. 하지만 조지에게는 해방이라는 목표 못지않게 닭싸움 자체에 대한 관심도 큰 것처럼 보인다.

조지의 넷째 아들 톰은 대장장이 일에 재능을 보인다. 다른 아들들과 달리 그는 과묵하고 성실한 인물이다. 톰은 주인의 농장 헛간 뒤에다 대장간을 짓고 주인의 고객들을 위해 부지런히 일한다. 그는 남북 전쟁에도 대장장이로 차출된다. 리가 경제적으로 파탄에 이르자 톰은 머리라는 백인에게 팔려간다. 그는 그곳에서 아이린을 만나 결혼한다. 톰은 노예라는 정체성보다 대장장이라는 정체성이 강한 인물이다. 대장장이 직업이 특별하기도 하지만, 톰은 자신의 일 말고는 신분조차도 크게 신경 쓰지 않는다.

조지와 톰의 세대에 이르러 쿤타의 후손들은 자유를 얻었다. 흑인으로서는 성공할 수 있는 기회도 갖게 되었다. 이렇게 보면『뿌리』는 전형적으로 행복한 결말의 소설이라고 할 수 있다. 온갖 고난을 이겨내고 결국은 성공했다는 이야기, 성공한 후 돌아본 과거는 아름답지는 않지만 자부심을 가질 만하다는 이야기이다. 따라서 이 소설이 노예 제도의 문제를 잘 보여준 소설이라고 할 수는 없다. 자칫 운 좋은 흑인의 이야기로 느껴질 수도 있다. 물론 고통으로 가득한 이야기가 더 의미 있다는 뜻은 아니다.

백인 이민자들의 면모

　　링컨의 노예 해방에 대해서는 다양한 견해가 있다. 전쟁에 승리하기 위한 전술이었다거나 노동력 확보를 위한 선택이었다는 이야기는 이제 사실에 가까운 것으로 받아들여지는 것 같다. 노예 해방을 단순히 인도주의적 판단이었다고 보는 순진한 시선은 과거의 것이 되어 버린 듯하다. 그러나 링컨이 노예 해방을 주도했던 것은 사실이고 그것은 당연히 훌륭한 업적으로 인정받아야 한다. 또, 해방이라는 사건뿐 아니라 그 이전까지 노예제가 오랫동안 지속되어 왔다는 사실도 기억해야 한다.

　　모든 흑인 노예들이 같은 강도의 고통 속에서 산 것이 아니듯이, 모든 백인들이 부유한 농장주였던 것도 아니다. 이민의 시기와 방법, 이민 이전의 기반에 따라 백인들의 처지도 천차만별이었다. 유럽의 부를 그대로 가지고 이민 온 사람들이 있었던 반면, 견디기 힘든 가난을 피해 새로운 땅을 찾은 사람들도 있었다. 새로운 땅이라고 찾아왔지만 실패만 거듭하여 비참한 형편으로 떨어진 사람과 운 좋게 일확천금을 얻은 사람도 없지는 않았을 것이다. 이 소설에 등장하는 백인들도 모두 성공한 사람들은 아니다. 이들의 면면을 살펴보는 것도 흥미로운 일이다.

　　우선 쿤타의 주인 월러와 조지의 주인 리는 경제적으로 극명하게 대비되는 인물이다.

　　"버지니아에서 가장 오래된 집안이에요. 사실 물 건너 이곳에 오기 전에, 역시 잉글랜드에서 역사 깊은 집안이었대요. 모두 귀족 칭호 받고,

성공회 신도들이에요. 그중 에드먼드 월러 이름인 쥔님 시를 썼어요. 그리고 그 동생 존 월러 쥔님 이곳 제일 먼저 건너왔죠. 나이 겨우 열여덟이었는데, 찰스 2세 왕이 지금 켄트 카운티의 큰 땅 그에게 하사했다 쥔님 이야기 들은 적 있어요."(상, 367쪽)

쿤타의 두 번째 주인인 월러 가문은 전형적인 영국 인 이민자들이다. 버킹엄셔의 뉴포트 파가넬에서 이주하여 1635년 버지니아에 정착한 존 월러와 메리 케이의 후손들이다. 스폿실베이니아 카운티에 거주하는 명망 있는 집안이다. 성공회 신도인 것으로 보아 종교 때문에 망명온 가문도 아니다. 영국 귀족이 미국으로 터전을 옮긴 경우라 할 수 있다. 그는 노예들과 직접 접촉하거나 그들의 일상에 간섭하는 일이 별로 없다. 노예는 자신을 위해 필요한 일만 해주면 된다는 생각을 가지고 있다. 그는 의사인데 신념에 따라 의술을 베풀고 흑인을 포함해서 불쌍한 사람들을 기꺼이 도와준다. 밭일과 같이 흑인들이 하는 일에 크게 간섭하지도 않는다. 쿤타가 벨을 만나 결혼을 하고 비교적 행복한 가정을 꾸릴 수 있었던 것도 주인의 이러한 성격 때문이었다.

이에 비해 가난뱅이로 성장한 리는 흑인들을 못살게 구는 편이다. 자신의 성욕을 해결하기 위해 노예들을 범하는 것에서부터 그의 자기중심적 성격이 잘 나타난다. 키지가 낳은 아들에게 조지라는 이름을 지어준 이유도 자신이 알기에 가장 열심히 일한 검둥이 이름이 조지였기 때문이다. 월러와 달리 그는 물질적 허세를 부리기도 한다. 옹색하게 생활하며 아껴 모은 돈으로 땅 한 조각을 사고, 알맹이가 비었어도 겉은 그럴듯하게 보이려고 앞쪽만 크게 만든 집을 짓기도 한다. 그는 우연한 계기로 닭 싸움판을 쫓아다니기 시작해서, 마침내는 닭 싸움꾼으로 성공하게 된 인물이다. 물론 그의 몰락을 가져온 것도 닭싸움이다. 몰락한 그는 경제적으로뿐 아니라 육체적, 정신적으로도 회복하기 어려운 지경에 이른다. 미국은 그에게 기회를 제공해 주었지만 곧 그의 행운을 앗아가 버린 땅이었다.

하지만 월러나 리나 흑인에 대한 생각은 특별히 다르지 않다.

누군가는 으레 입에 올리고는 하던 얘기의 내용을 들어 보면, 노예들을 성공적으로 관리하고자 하는 사람이라면 누구든, 아프리카의 밀림에서 짐승들과 함께 생활하던 그들의 과거 습성 때문에, 검둥이들은 태어날 때부터 어리석고 게으르고 더럽기 마련이라는 특성을 우선 이해해야 하며, 하나님으로부터 우월함이라는 축복을 부여받은 기독교인들의 의무는 이런 짐승 같은 자들에게 규율이나 도덕, 그리고 일에 대한 존경심을 가르치기 위해, 물론 시범을 보여 줘야 하고, 그럴 만한 자격을 갖춘 검둥이들에게는 격려와 포상을 베풀어 줘야 마땅하겠지만, 법과 처벌도 분명히 필요하다는 주장이었다.(하, 407쪽)

월러는 흑인들은 어리석고 게으르고 더럽다는 인종적 편견을 숨기지 않는다. 그가 상대적으로 그들에게 잘해주는 것처럼 보이는 이유는 흑인에 대해 다른 백인과 다른 생각을 가지고 있기 때문이 아니라 '축복받은 백인의 의무'를 다한 것에 불과하다. 그에게도 흑인은 격려와 포상, 법과 처벌로 관리해야 할 열등한 인종에 불과했다.

노예 해방 문제에 있어서도 그는 단호하다. 남북 전쟁 당시 노예 해방을 주장하는 북부에 대해 실제로 노예를 다루는 일이 얼마나 어려운지 모르고 탁상공론을 하고 있다고 비판하기도 한다. 그는 노예를 거느리고 있는 남부 사람들이 어려운 일을 맡아 처리하는 수고를 하고 있다고 생각한다. 자신의 노예를 해방시켜 주는 일도 꺼리는 편이다. 쿤타와 함께 지내던 악사 깡깡이는 자신을 해방시켜 주겠다는 월러의 약속을 믿고 700달러를 어렵게 모은다. 하지만 그를 통한 벌이가 좋아지자 2천 5백 달러 정도는 받아야 한다고 말을 바꾼다.

소설에는 노예주가 아닌 다른 유형의 백인도 등장한다.

> 저 사람들 말하자면 계약 흰둥이들요. 이곳 일한 지 이제 두 달가량이고
> 요. 큰물 건너 어디서 왔다는 한가족이에요. 쥔님 저 사람들 뱃삯 물어
> 주었고, 그래서 7년 동안 노예 짓 하면서 그 빚 갚는다 하는 거예요. 그
> 런 다음 다른 흰둥이들 마찬가지 자유인 되죠.(상, 339쪽)

노예주가 되기는커녕 변변한 집 한 채 마련하지 못한 백인들도 있었다. 위에서는 그들을 계약 흰둥이라고 표현하고 있다. 그들은 빈손으로 바다를 건너 와서 노동으로 뱃삯을 갚고 비로소 자유를 얻을 수 있는 백인들이다. 엄밀히 말하면 이들은 노예가 아니라 노동자라 할 수 있다. 매매되거나 자식에게 신분적 제약이 가해지는 사람들은 아니기 때문이다. 그래도 그들의 당장 형편은 흑인 노예들보다 나은 것이 없다.

남북 전쟁 시기 톰이 살고 있는 머리 주인집의 흑인 오두막에 조시 존슨이라는 백인이 찾아온다. 그는 남케롤라이나에서 온 백인으로 흑인과 어울려 함께 일을 한다. 비록 백인이지만 흑인보다 형편이 낫지 않기 때문이다. 노예 해방이 된 후 치킨 조지를 비롯한 흑인들이 무리를 지어 테네시로 이동할 때 조시는 아내와 함께 그들의 무리를 따라간다. 이미 해방이 된 흑인이나 조시는 같은 입장이 된 것이다. 애초부터 가난

했던 그에게는 흑인에 대한 편견을 찾아볼 수 없다. 그에게 흑인은 자신을 도와준 고마운 사람들이며 먼 곳까지 따라가 함께 생활을 설계할 정도로 믿음직한 이웃이다.

가계도 그리기의 한계

『뿌리』는 소설과 사실의 경계에 대해 생각하게 하는 작품이다. 쿤타로부터 이어지는 후손들의 이야기가 흥미롭게 펼쳐지다가 마지막 장에 와서 갑자기 저자가 '나'를 내세워 등장하기 때문이다. 그리고 저자는 자신이 어떻게 조상 이야기에 관심을 갖게 되었고 어떤 경로를 통해 조상 이야기를 정리하게 되었는지 이야기한다. 이를 통해 800쪽 가까이 기술된 이야기들이 거짓이 아니라 자료를 통해 확인한 자기 조상 이야기라는 점을 분명히 한다. 물론 우리는 이 책을 소설로 읽었고 그렇게 여기는 것이 옳다고 생각한다. 사실에 근거한 이야기인지 아닌지는 소설을 구분하는 기준이 되지 못한다. 어디까지가 사실인지 구분할 수 없는 이야기인 경우는 더욱 그렇다. 오히려 마지막 장에 등장한 '나'까지를 소설적 장치로 보는 것이 타당하다.

제목처럼 이 소설은 뿌리에 관한 이야기로, 한 집안의 미국 사회 정착 과정을 다루고 있다. 가계의 세대를 대표하는 개인들의 이야기를 통해 그들이 살았던 시대를 비추어 볼 수 있게 하는 작품이기도 하다. 역사적 사건이 자주 언급되고 역사적 인물들에 대한 평가도 심심치 않게 볼 수 있다. 소설이 가진 장점과 역사가 가진 장점을 동시에 가지고 있다고 할 수 있다. 그러나 다르게 보면 어느 한 쪽에서 온전한 성과를 거두고 있는지 의심스러운 작품이기도 하다. 소설의 관점에서 볼 때는 인물의 사고와 행위에 대한 구체적인 묘사가 부족하고 역사의 관점에서 볼 때는 맥락 없는 이야기들이 자주 등장한다.

중심인물이 옮겨지면서 이전에 중요하게 다루어지던 인물이 소설에서 갑자기 사라지는 것도 이 소설의 서사가 보여주는 흥미로운 특징이다. 방계에 대한 이야기는 줄이고 쿤타에서 현재의 작가에 이르는 단선적 스토리를 따른 것인데, 이는 긴 분량에도 불구하고 이야기에서 입체성을 느낄 수 없게 한다. 유사한 이야기가 되겠지만 노예사냥과 노예 매매, 성폭행 등이 중요한 사건으로 등장함에도 불구하고 이 소설에서는 집단으로서의 노예에 대한 관점을 발견할 수 없다. 노예들은 각자 자기 일을 할 뿐이며, 그들이 노예라는 하나의 커다란 집단이라는 느낌을 주지 못한다.

현재까지 미국 내에서 흑백 문제가 완전히 해결되었다고 보기는 어렵다. 1950년대 전까지만 해도 미국에는 흑인 학교와 백인 학교가 따로 있었고 흑인은 백인 식당을 이용할 수 없었다. 우리가 잘 알고 있는 흑인 인권 운동가 마틴 루터 킹이나 말콤 X는 1960년대 활동한 인물들이다. 그들이 비극적인 죽음으로 생을 마쳤다는 것은 잘 알려져 있다. 이런 상황에서 『뿌리』는 아프리카 이민들의 근본을 추적하고 그들의 역사에 대해 환기시켜 준 의미 있는 소설이다. 비록 가계도에 갇혀 소설이 줄 수 있는 많은 재미를 희생하고 있기는 하지만 말이다.

미국의 흑인인권운동과 문학

클레이본 카슨, 『나에게는 꿈이 있습니다—마틴 루터 킹 자서전』, 이순희 역, 바다출판사, 2000.

마틴 루터 킹 목사

말콤 엑스

1960년대 미국 흑인 운동을 이끈 대표적인 인물은 말콤 X와 마틴 루터 킹이었다. 말콤 X가 시민권운동을 비웃고 흑인분리주의, 흑인의 우월성, 흑인의 자립을 주장한 과격파 무슬림이었다면 마틴 루터 킹은 법률 개정 등을 통한 흑인의 인권과 권리 신장을 주창한 개신교 목사였다. 공교롭게도 두 사람은 1965년과 1968년 대중 집회 도중 암살당했다. 『나에게는 꿈이 있습니다』는 마틴 루터 킹의 자서전이다.

이 책은 사후 편집 자서전이라는 독특한 형식을 취하고 있다. 그가 살아서 남긴 여러 자료들인 연설과 설교, 인터뷰와 편지, 오디오와 비디오 기록물 가운데서 그의 자전적 이야기로 활용될 수 있는 것을 모아 엮은 것이다. 편집자는 시간 순서에 따라 글을 배열하고 장을 구분했으며, 가필이나 윤문으로 원문을 훼손하지는 않았다. 자기 스스로 정리한 글은 아니지만 이 책은 킹 목사 자신의 내밀한 음성을 독자들이 그대로 느낄 수 있게 해 준다.

책 제목이기도 한 「나에게는 꿈이 있습니다」는 1963년 8월 28일, 킹 목사가 미국의 워싱턴 D.C. 링컨기념관 발코니에서 행한 명연설로 유명하다. 이 연설은 흑인과 백인의 평등과 공존에 대한 요구를 담고 있는데 다양한 인유를 사용하여 청중의 감동을 이끌어내었다. 구약성서, 미국 독립선언서, 미국 헌법 등의 문헌은 물론 방대한 미국의 자연이 설득을 위해 동원되었다. 킹 목사는 지금도 미국 흑인인권운동의 상징적인 인물이다. 미국에서 1월 셋째 주 월요일은 루터 킹 기념일로 공식적인 휴일이다.

알렉스 헤일리, 『말콤 엑스』(상. 하), 김종철 역, 창비, 1978.

밀턴 맬, 『랭스턴 휴즈』, 박태순 역, 실천문학사, 1994.

리처드 라이트, 『미국의 아들』, 김영희 역, 창비, 2012.

토니 모리슨, 『빌러비드』, 최인자 역, 문학동네, 2014.

랠프 앨리슨, 『보이지 않는 인간』(전2권), 조영환 역, 민음사, 2008.

자본주의가 만든 폐허

동경의 땅 캘리포니아

오랫동안 미국은 세계에서 가장 강한 국가로 군림해왔다. 냉전 시대에는 소련이 경쟁자였고, 최근에는 중국이 강력한 상대로 발전하고 있지만 실제로 이들이 미국의 세계 지배력을 넘어선 적은 없었다. 대부분의 미국인들이 사용하는 영어는 세계 공용어의 지위를 얻어가고 있고, 그들이 사용하는 달러는 세계 화폐의 지위를 누리고 있다. 미국은 세계에서 유일하게 핵폭탄을 민간인에게 사용한 나라이며 20세기 이후 가장 많은 전쟁에 참여한 나라이다. 자국민을 보호한다는 명분으로 타국의 주권을 아무렇지도 않게 침해하고, 테러범을 잡는다는 명분 앞에서 외국인들의 모멸감은 전혀 신경 쓰지 않는 나라이다.

우리에게 미국은 강한 나라라는 인상과 함께 풍요롭고 평화로운 '낙원'의 이미지를 가지고 있었다. 힘없는 나라에서 기죽어 사는 사람들에게 세계를 호령하며 국민의 자유로운 삶을 보장해주는 듯한 미국은 부러움의 대상이 되기에 충분하였다. 강력한 힘을 가진 나라의 국민이 되기 위한 이민과 자식을 미국 시민으로 만들기 위한 원정 출산, 부자들의 자산 투자와 도피성 유학은 이제 새삼스러운 이야기도 아니다. 맨해튼이나 시카고의 높은 건물, 하버드와 예일을 비롯한 동부의 유명 대학, 양키즈와 다저스 같은 부유한 야구팀, 지평선이 보이는 중부의 밀밭과 옥수수밭, 실리콘 밸리나 애플로 상징되는 최고의 기업, 할리우드나 브로드웨이로 대표되는 최고 수준의 문화가 우리가 알고 있는 미국이다. 아메리카노를 손에 들고 빌딩 사이를 걸어 출근하는 뉴요커나 비행기로 농약을 뿌리는 일리노이의 농부, 높은 천정의 명문대학 강의실에 앉아 있는 대학생, 공원의 잔디밭에서 웃으며 피크닉을 즐기는 가족이 우리가 동경하는 미국인의 모습이다.

　　미국을 동경하는 이들이 비단 우리나라 사람들만은 아니었다. 미국 시민이 되는 일을 대단한 특권으로 생각하고 미국 이민을 꿈꾸는 이들이 세계 곳곳에 넘쳐났다. 하지만 미국이 모든 사람들에게 기회의 땅이 될 수는 없었다. 이민은 미국이라는 국가 입장에서 보면 자본을 받아들이거나 노동력을 받아들이는 일이었다. 다시 말해 미국은 도움이 될 만한 재력이나 능력을 가지고 있거나, 노동을 통해 미국 경제에 보탬을 줄 사람들을 받아들였다. 이것이 경제가 발전하고 있었을 때, 개발해야 할 지역이 많았을 때 미국 이민이 활발하게 이루어졌던 이유이다.

　　어쨌든 현재의 미국을 만든 사람들은 이민자들이었다. 초기에 미국 대륙에 도착한 유럽인들은 주로 동부에 정착하였다. 이후 유럽의 경제 사정이 나빠지면서 이민자가 늘어가자 거주지는 서부로 확대되어 갔다. 미시시피 강을 건너 중부의 평원을 지나 로키 산맥을 건너 태평양에 이를 때까지 이민자들의 서부 이주는 계속되었다. 인구가 적고 땅은 넉넉했던 서부는 어렵게 바다를 건너온 이들에게 희망의 땅이었다. 특히 높은 산을 넘고 사막을 건너 기적처럼 만나게 된 비옥한 캘리포니아는 풍요와 기회의 땅으로 여겨졌다.

하지만 그런 기회도 오래 지나지 않아 시효를 다하게 되었다. 이미 사람들로 가득한 곳에서 선점이 갖는 이로움을 챙길 수는 없었기 때문이다. 미국이 아무리 넓은 영토라 해도 사람들에게 무한정 새로운 땅이 제공될 수는 없었다. 인구는 늘고 땅은 한정되어 있어서 사람들은 토지 소유를 위한 경쟁을 벌이게 되었다. 더 많은 땅을 갖기 위한 싸움에서 진 자는 비참한 생활을 견뎌야 했고, 승리한 자는 더 큰 부자가 되었다. 이런 최초의 자본 축적이 완료되자 계급 분화가 가속화되었다. 자본가는 거대 자본이 되기 위해 자본가들과 경쟁하였고, 노동자는 일자리를 위해 같은 노동자와 경쟁해야 하는 형편이 되고 말았다.

존 스타인벡의 소설 『분노의 포도』*는 우리가 흔히 생각하는 미국과 미국인에 대한 이미지를 재고하게 만든다. 일거리를 잃은 오클라호마의 가난한 농부들은 노동자를 구한다는 내용의 전단지를 보고 캘리포니아로 가지만 그들이 만난 캘리포니아는 기회의 땅과는 거리가 멀다. 도로는 실업자로 넘치고, 일자리는 한정되어 있으며, 그 자리마저 계절에 따라 불규칙하다. 굶주림을 견디다 못한 유민들 사이에서 도둑질이 일상화되고 가족들은 이산을 감수해야 한다. 무엇보다 절망적인 것은 이들의 형편이 나아질 기미가 전혀 보이지 않는다는 점이다. 원 거주자들과 떠돌이 노동자들의 갈등은 여러 가지 사고를 낳기도 한다.

이 소설의 시간적 배경은 1930년대 초반이다. 미국은 물론 세계 경제가 큰 어려움을 겪던 대공황 시기이다. 자본에게는 충분한 자율성이 주어지고 노동자들을 위한 복지에는 큰 관심이 없던 때이기도 하다. 이 소설에 묘사된 미국의 모습은 현재의 미국과는 상당히 다르다. 그럼에도 불구하고 이 소설은 여전히 자본의 속성에 대한 날카로운 인식을 보여준다. 노동자들의 비참한 삶에 대한 현실감 있는 묘사와 그들의 삶에 대한 작가의 애정 어린 시선 역시 눈여겨 볼만하다.

공황이라는 괴물

자본주의의 발달은 필연적으로 공황을 낳는다. 공황은 우연이나 시장 운영 미숙에 의해 발생하는 것이 아니라 자본의 생리에 따른 필연적인 결과이다. 자본주의가 제국주의가 되고 생산의 과잉이 공황에 이르는 과정은 19세기에서 20세기 초에 이르는 서구의 역사가 분명하게 보여주었다. 자본주의가 자기 갱신을 통해 애써 피하려 해도 '경기 침체'라는 이름의 공황은 더 빠른 주기로 찾아와 우리의 삶을 흔들어 놓는다.

자본은 마치 살아있는 유기체와 같이 움직인다. 경쟁이 태생적 운명인 자본주의에서 자본은 끊임없이 생산해야 한다. 생산 능력에서 뒤지는 자본은 거대 자본에 흡수되고, 거대 자본은 다시 생산을 확대해서 독점 자본이 되려 한다. 자본의 성장에 의해 만들어진 과잉 생산물은 소비될 곳을 찾아야 하는데, 시장이 과잉 생산을 충분히 소화할 만한 소비 능력을 갖추지 못했을 때 공황이 발생한다. 발생한 공황은 생산 능력의 저하와 소규모 자본의 몰락으로 이어진다. 공황의 발생을 지연시키

●존 스타인벡John Steinbeck. 미국 캘리포니아 출생. 1902년 2월 27일~1968년 12월 20일. 대표작으로『의심스러운 싸움In Dubious Battle』(1936),『분노의 포도The Grapes of Wrath』(1939)가 있다. 1962년 노벨문학상을 수상하였다. 이 글의 텍스트는 김승욱 번역의 민음사판 1,2(2008)이다.

기 위해 자본은 식민지를 필요로 하고, 자본의 식민지 경쟁은 전쟁으로 이어지기도 한다. 제국주의 발달 과정에서 전쟁이 필수불가결한 요소가 된 이유는 전쟁이 공황을 극복할 수 있는 '현실적인' 방법이기 때문이다.

세계공황이 가장 극적으로 나타난 예는 1930년대 초 미국에서 찾을 수 있다. 1929년 10월 24일 월스트리트의 뉴욕 주식시장에서는 "암흑의 목요일"로 불리는 주가 대폭락이 있었고, 이 사건은 대공황의 계기가 되었다. 그 뒤 2개월간 주식은 평균 42%나 급락하였다. 주가 폭락으로 시작된 공황은 공업 분야뿐 아니라 농업, 금융 분야에까지 영향을 미쳤으며 세계 각국을 휩쓸었다. 이 공황의 이유는 미국이 전쟁 경제에서 얻은 이윤을 투기적으로 주식에 투자함으로써 주가를 과도하게 상승시켰기 때문이었다. 미국 경제의 내부에 과잉 생산이 진행되고 있었던 것도 중요한 원인으로 꼽힌다. 대공황이 오자 많은 은행들이 문을 닫았으며, 실업률도 며칠 사이에 몇 배로 증가하였다. 아무런 준비도 없었던 시민들이나 농민들은 길거리에 나앉게 되었다.

대공황을 겪으면서 미국을 비롯한 서구의 국가들은 자본주의 경제 체제의 문제점을 자각하였다. 자본주의가 자동 회복의 능력을 가지고 있다는 기존의 믿음은 약화되었고, 어떤 식으로든 국가가 자본의 움직임에 개입해야 된다는 생각이 널리 펴졌다. 사회주의 국가들이 공황의 영향 없이 순조로운 성장을 보였던 것도 이런 생각에 영향을 주었다. 미국이 공황 극복을 위해 시행한 뉴딜 정책은 그 대표적인 예이다. 루즈벨트와 그 주변 사람들은 경제 위기가 고전적 자유방임주의에 의해서는 도저히 극복될 수 없다고 생각하였다.

뉴딜 정책은 두 차례에 걸쳐 시행되었다. 1차 뉴딜 정책(1933년)

은 단기적인 경제 회복에 초점을 맞추었다. 루즈벨트 행정부는 은행 개혁법, 긴급 안정책, 일자리 안정책, 산업 개혁 등 연방 차원의 경제 안정 정책을 추진했고, 금본위제와 금주법을 폐지했다. 2차 뉴딜 정책(1935년~1936년)은 노동조합 지원책과 사회보장법, 소작인과 농업 노동자를 위한 원조 프로그램을 포함하고 있었다. 우리에게는 테네시 댐 건설 등 공공사업의 일부만이 알려져 있지만 이처럼 뉴딜 정책은 정치와 정책 분야에서 중대한 변화를 가져왔다. 화폐 공급, 물가, 농업 생산량에 대한 연방 정부의 통제와 간섭도 증가했다. 권리와 이익을 지키기 위한 노동자들의 활동이 더 넓게 보장되었고, 여러 사회 안전 정책이 시행되었다.

경제공황이 낳은 불행한 결과 중 하나는 전체주의의 출현이었다. 공황을 타파하기 위한 국가의 개입은 유럽과 기타 지역에서도 광범위하게 진행되었다. 그러나 경제력이 약한 지역의 경제 회복 정책은 부유한 나라의 그것과 사뭇 달랐다. 국가의 개입이 복지와 권리 증진으로 이어진 것이 아니라 배타적인 국가주의로 발전하였다. 독일의 나치즘, 이탈리아의 파시즘, 일본의 군국주의는 1930년대 이후 출현한 전체주의를 대표한다. 이 밖에도 루마니아나 스페인 등 많은 유럽 국가에서 인종주의를 포함하고 있는 전체주의가 유행하였다.

독일에서는 정부가 가장 큰 투자가인 동시에 가장 큰 소비자였다. 또 정부는 농업, 공업, 상업, 무역, 노동 등 거의 모든 경제부문에 대해서 강력한 규제를 가하였다. 이와 같은 나치 체제 아래 독일은 급속한 경제 회복과 발전을 이룩하였다. 히틀러는 독일이 이런 필요에 의해 선택된 인물이라고 할 수 있다. 그러나 이러한 발전의 이면에는 군비 확장을 위한 국민의 희생이 뒤따르고 있었다. 우리에게 익숙한 나치당의 공식 명칭은 '국가 사회주의 독일 노동당'이었다. 무솔리니에 의해 주도된 파시스트 당 역시 '단결'을 주장하는 전체주의를 내세워 큰 인기를 끌었다.

후발 자본주의 국가였던 일본 역시 같은 시기에 공황을 겪었다. 1920년대 후반까지 성장세를 보이던 일본 경제는 1929년의 공황 개시 후 급격히 가라앉기 시작했다. 섬유공업을 중심으로 한 경공업의 타격과 그 판매 시장의 축소, 군수공업을 중심으로 한 중공업의 타격과 그 원료자원의 축소는 일본을 위기로 몰아넣었다. 이를 타계하기 위해 일본은 1931년 만주 침공을 감행하였다. 일본 정부는 군수산업의 확대를 위하여 국가 예산으로부터 막대한 자금을 지출하였다. 중일 전쟁, 태평양 전쟁으로 이어지는 15년 동안 국가의 자금은 일본 국내에서 제철소의 확대, 병참의 건설, 대규모 기계공업 및 화학공장의 건설에 투입되었다. 전쟁이 필요로 하는 공업 분야에 막대한 '투자'가 이루어지고 '일자리'가 만들어졌던 것이다.

일본의 공황은 우리나라에도 큰 영향을 미쳤다. 주권을 가진 국가가 식민지가 되었다는 사실 자체가 큰 고통이었겠지만, 식민지 후반의 고통은 일본 자본주의가 겪고 있던 공황과도 밀접한 관계가 있었다. 공황으로 식민지 약탈은 더욱 거세졌고, 전쟁을 진행하기 위한 수탈이 더해졌기 때문이다. 1930년대 우리나라 소설에서도 이러한 분위기를 쉽게 확인할 수 있다. 이 시기 소설에는 지식인 실업의 문제가 중요하게 부각되고, 농촌 붕괴와 피폐한 노동자의 삶이 중심 제재로 떠오른다.

고난의 길 66번 도로

이 소설의 전반부는 오클라호마에서 캘리포니아로 이주하는 조드 가족의 여정을 중심으로 펼쳐진다. 후반부는 캘리포니아에서 도착한 조드 가족의 고통스러운 삶이 이야기의 대부분을 차지한다. 공간을 기준으로 하면 소설은 오클라호마–66번 도로–캘리포니아의 세 부분으로 나뉜다고 할 수 있다. 존 스타인벡은 이 소설의 구성을 위해 구약 성서에 나오는 모세의 출애굽 이야기를 참고했다고 한다. 소설의 세 부분은 각각 이집트에서의 박해, 이집트 탈출, 가나안 도착과 일치한다. 은행, 여정, 캘리포니아 사람들은 이집트 사람들, 탈출, 가나안 거주민들과 비교되기도 한다.● 물론 이런 구조를 모른다고 해도 소설 이해에는 큰 어려움이 없다.

소작농인 조드 일가는 3대가 모여 사는 대가족이다. 그들은 비록 가난하지만 단란하게 살아왔다. 그러나 농업 환경이 바뀌면서 그들은 자신들이 오랫동안 살아온 땅에서 쫓겨난다. 마침 퍼지기 시작한 트렉터가 사람들의 일거리를 빼앗고 그들이 살던 집까지 허물어 버린다. 살던 집과 땅을 잃은 조드 일가는 새로운 삶을 찾아 서쪽으로 향한다. 때마침 캘리포니아에서 과일을 수확할 노동자를 필요로 한다는 전단지가 오클라호마에 뿌려진다. 사과, 복숭아, 오렌지 등을 따는 일이 얼마든지 있으며, 품삯도 좋아서 새로운 삶을 설계하기에 적당하다는 내용의 전단지이다.

집안 식구들이 서부로 떠날 준비를 마쳐갈 즈음 본의 아니게 살인을 저지르고 교도소에 있던 둘째 아들 톰이 가석방으로 돌아온다. 가족들은 가재도구와 농기구를 팔아 트럭을 사고 짐칸을 넓혀서 짐과 사

● 이에 대해서는 여형구/박상만의 논문 「"분노의 포도"의 이중적 작품 구조」(『열린정신인문학연구』 제14집, 2013.6.) 참조.

람을 많이 실을 수 있도록 준비를 마친 상태였다. 이렇게 하여 톰의 할아버지와 할머니, 아버지와 어머니, 백부와 형제들 그리고 목사 케이시를 합쳐 모두 13명이 서부 이주 길에 오른다. 이들은 출발부터 불안 요소를 안고 있었다. 캘리포니아까지는 200마일이나 되고, 도중에 사막까지 있었다. 고물차가 무거운 가재도구와 사람들을 싣고 무사히 운행을 마칠 수 있을지도 확실하지 않았다. 거기다 그들이 가진 돈도 충분하지 않았다.

예상했던 대로 이 여행은 고통의 연속이었다. 굶주림과 잠자리의 불편함은 차치하고 여로에서 가족들이 하나둘씩 죽거나 흩어진다. 할아버지는 오클라호마를 떠날 때 이미 죽어 이름도 없이 땅에 묻혔다. 할머니 역시 캘리포니아로 들어설 즈음 생을 다한다. 큰아들 노아는 가족을 떠나고, 처가살이 하던 사위 코니는 가족들이 처한 어려움을 견디지 못하고 혼자 살 길을 찾아 도망친다. 로자샨(샤론의 로즈)은 죽은 아이를 낳고, 톰은 살인을 저지른 후 도피자가 된다. 목사 케이시는 노동 쟁의와 관련되어 억울하게 살해당한다.

일자리를 얻을 수 있으리라는 희망으로 출발한 길이 결국 고난의 길이 된 셈이다.

66번 도로는 이주자들의 도로다. 미시시피 강에서 베이커즈필드까지 지도 위에서 부드럽게 오르락내리락 곡선을 그리며 국도를 가로지르는 이 긴 콘크리트 도로는 붉은 땅과 잿빛 땅을 넘어 산을 휘감아 올라갔다가 로키 산맥을 지나 햇빛이 쨍쨍한 무서운 사막으로 내려선다. 그리고 사막을 가로질러 다시 산으로 올라갔다가 캘리포니아의 비옥한 계곡들 사이로 들어간다.

66번 도로는 도망치는 사람들의 길이다. 흙먼지와 점점 좁아지는 땅, 천둥 같은 소리를 내는 트랙터와 땅에 대한 소유권을 마음대로 주장할 수 없게 된 현실, 북쪽으로 서서히 밀고 올라오는 사막, 텍사스에서부터 휘몰아치는 바람, 땅을 비옥하게 해 주기는커녕 조금 남아 있던 비옥한 땅마저 훔쳐가 버리는 홍수로부터 도망치는 사람들. 이 모든 것들로부터 도망치는 사람들은 좁은 도로와 수레가 다니는 길과 바큇자국이 난 시골길을 달려와 66번 도로로 들어선다. 66번 도로는 이 작은 지류들의 어머니며 도망치는 사람들의 길이다.(1권, 243~244쪽)

미국 국도 제66호선(US Route 66)은 일리노이 주 시카고에서 캘리포니아 주 로스앤젤레스의 산타모니카까지 이어지는 국도이다. 1929년 불어 닥친 대공황 이후 1950년대 후반까지 수만 명의 중서부 농민 그리고 동부 지역 노동자들은 보다 나은 삶을 찾아 캘리포니아로 향하는 행렬을 이루게 되는데, 66번 도로는 그들의 주요 이동 경로였다. 이때 이 주민들을 상대하는 작은 상점들이 중간 중간에 생겨나기 시작했고 그것들은 현재 관광 상품의 역할을 하고 있다. 이 도로는 1985년 미국 지도에서 삭제되었으나 2003년 다시 복원되었다. 현재는 주로 관광객들이 이용하거나 옛 추억을 떠올리는 미국인들이 찾는 도로이다.

서술자는 이 도로에 대한 생각을 위와 같이 펼치면서 소설의 내용과 주제를 요약하고 있다. 66번 도로는 이주자들의 도로이자 도망가는 사람들의 도로로 정의된다. 현재는 과거를 회상할 수 있는 낭만적인 길로 기억될지 모르지만 과거 이 길을 간 사람들에게는 고난만이 기다리고 있는 길이었다. 위 글에서 길이 지나는 환경은 그 길을 나선 사람들의 운명을 상징한다. "붉은 땅과 잿빛 땅을 넘어 산을 휘감아 올라갔다가 로키 산맥을 지나 햇빛이 쨍쨍한 무서운 사막으로" 이어지는 만만 치 않은 길이다. 66번 도로는 '땅의 상실', '사막', '휘몰아치는 바람', '홍 수'로부터 도망가고자 하는 사람들이 모인 길이었다. 시냇물이 강으로 모이듯 좁은 길에서 몰려든 사람은 66번으로 모이고, 고향을 잃은 사람 들은 각자의 희망을 안고 그 길을 따라 서쪽으로 이동해 갔다.

또, 위 예문은 이 소설의 독특한 구조를 보여준다. 앞서 말한 대 로 『분노의 포도』는 오클라호마에서 캘리포니아로 이주한 조드 가족의 이야기이다. 그러나 이 소설에는 조드 가족이 등장하지 않는 이질적인 장이 많으며, 그 장들은 이 소설에서 중요한 기능을 하고 있다. 모두 30 장으로 구성된 소설에서 14개의 장들이 조드 집안의 이야기이고, 16개 의 장은 시대 상황에 대한 정보를 제공해 주는 장들이다. 마치 작가의 현실 이해를 그대로 들려주는 것 같은 해설이 그 장들의 내용을 이루고 있다. 그렇다고 각 장들이 서로 아무런 연관 없이 나열된 것은 아니다. 이 장들은 사회 배경을 제시함으로써 조드가의 처지나 행동을 보편적 인 것으로 만드는 데 일조한다. 예를 들어 제1장은 중부의 지독한 가뭄 을 소개함으로써 조드 가족이 처한 현실을 암시한다. 제5장에서는 은행 가들과 농부들의 대화를 통해 조드 가족이 가난하게 되고 결국 고향을 떠나게 된 이유를 짐작하게 해 준다. 정보를 제공해 주는 장들은 조드 가족뿐 아니라 이주 노동자 일반에 대한 이야기를 들려주기도 한다. 위 의 예문 역시 조드 가족이 나서게 되는 66번 도로의 의미를 작가가 자 신의 목소리로 들려줌으로써 이 소설의 주제를 분명히 해 준다.

이처럼 이 소설은 한 가족이 겪는 고난을 당시 미국인들의 보편 적인 고통으로 확대하기 위해 그들이 나선 66번 도로를 중요한 상징으 로 사용한다. 그것으로도 모자라 작가는 조드 가족의 고통이 갖는 시대적 의미를 사회–역사적 배경까지 설명해가며 풀어주고 있다. 긍정적으로 보면 이런 소설의 구조는 독자들로 하여금 쉽게 소설의 주제에 접근할 수 있도록 도와준다고 할 수 있다. 그러나 부정적으로 보면 인물의 경험을 통해 감동적으로 전달해 줄 수 있는 주제를 너무 평면적인 방식으로 풀어내고 있다고 볼 수 있다.

자본주의 안의 인간

이 소설에서 작가는 인간과 자본주의의 관계를 냉철하게 분석하고 사실적으로 묘사한다. 자본주의는 단순히 물질세계의 변화만을 가져오는 것이 아니라 인간성 자체를 바꾸어 놓는다는 것이 이 작품의 관점이다. 작가는 자본 소유 관계의 변화는 세상을 대하는 인간의 태도를 변화시키고 인간과 인간의 관계를 달라지게 한다고 말한다. 노동자는 노동자대로, 자본가는 자본가대로 자신의 계급의식에 맞는 사고와 행동을 보여주는 것이 당연하다는 점을 강조하기도 한다. 작가는 노동자들 간의 적대의식과 자본가들 간의 경쟁이 어떻게 자본주의를 고도화시키고, 그것이 어떻게 공황이라는 위기로 이어지는지 잘 보여주고 있다.

우선 조드 가족으로 대표되는 오클라호마 농민들이 몰락한 사연은 이렇다. 한때 동부에서 이주해온 농민들은 원주민을 내쫓고 성공을 거두었다. 오클라호마는 그렇게 해서 형성된 주이다. 그러나 홍수와 가뭄이 이어지면서 그들의 삶은 여의치 않게 된다. 자금을 융자하기 위해 농민들은 토지를 은행에 담보로 잡히고 만다. 빚을 갚지 못한 농민은 토지 소유권을 잃고 소작농으로 전락한다. 은행들은 소작농의 토지를 대규모 농장으로 개발하여 기계 농업으로 전환하는 것이 이득이라는 것을 알게 된다. 대규모 개발로 농토를 빼앗긴 농민들은 자신이 살던 땅을 떠나 농업 노동자가 되어 떠돌게 된다.●

이 소설에서 은행으로 상징되는 자본은 농민들의 삶에는 큰 관심이 없다. 얼마나 많은 이윤을 얻을 수 있느냐가 그들에게는 중요한 문제이다. 은행은 소작농을 상대하는 일마저 대리인들에게 넘긴다. 자본과 노동자가 마주쳤을 때 발생할 수 있는 마찰마저 피하려는 의도이다.

"뭣 때문에 이런 일을 하는 건가? 고향 사람들하고 맞서가면서."

"하루에 3달러를 받거든요. 끼니를 해결하려고 비굴한 짓까지 했는데도 굶어야 하는 생활에는 이제 신물이 나요. 처자식도 있으니, 식구들이 먹고 살아야 하잖아요. 하루에 3달러예요. 게다가 매일 그 돈을 받을 수 있고."

"맞는 말이야. 하지만 자네가 하루에 3달러를 벌기 때문에 열다섯이나 스무 집 식구들이 쫄쫄 굶고 있어. 자네가 하루에 3달러를 벌기 때문에 거의 100명이나 되는 사람들이 외지로 나가서 길거리를 헤매고 있다고. 안 그래?"

"그런 것까지 생각할 수는 없어요. 내 아이들부터 생각해야지. 하루에 3달러씩 매일 돈을 받는다고요. 시대가 변하고 있어요, 아저씨. 모르겠어요? 땅이 2000, 5000, 1만 에이커가 되고 트랙터까지 가진 사람이 아니면 땅으로는 먹고 살 수 없게 되었다고요. 농지는 이제 우리처럼 하찮은 사람들의 것이 아니에요. 우리가 포드 자동차를 만들 수도 없고. 전화 회사도 아니라고 해서 불평할 수는 없잖아요. 지금은 농사도 마찬가지예요. 어쩔 수 없어요. 어디서든 하루에 3달러를 벌 수 있는 길을 찾아보

세요. 그 방법뿐이에요."(1권, 77~78쪽)

    은행은 트랙터를 몰아 땅을 고르고 소작인들의 집까지 헐어 농지를 확보하려 한다. 기계 농업에 유리한 환경을 만들기 위해 소작인들을 땅에서 쫓아내는 것이다. 그런데 실제 그 일을 현장에서 진행하는 사람 역시 소작인 출신이다. 이웃에서 농사를 짓던 사람 중 일부는 집을 허무는 일을 하고 나머지는 고향을 떠나야 한다.

    위 예문에는 트랙터를 모는 사람의 논리와 집이 헐리게 된 사람의 논리가 나란히 제시되고 있다. 떠나는 사람은 이웃의 집을 허무는 일이 가진 부도덕성을 지적한다. 트랙터를 몰아 땅을 고르면서 '하루에 3달러'를 버는 사람 때문에 '열다섯이나 스무 집 식구들이 쫄쫄 굶고 있'다고 다분히 감정적인 발언을 한다. 그 가족들은 고향을 잃고 외지로 떠난다는 말도 한다. 같은 형편에 있던 사람으로서 자본가의 편이 된 상대방을 비판하는 셈이다.

    그러나 트랙터를 운전해야 하는 이의 논리는 윤리가 아닌 생존의 문제와 관련되어 있다. 어떻게 해도 먹고살 길이 막막한 데 하루 3달러는 달콤한 유혹이 아닐 수 없다. 식구들을 먹여 살려야 하는 입장에서

● 오클라호마에서 캘리포니아를 향하는 길이라는 점 역시 시사하는 바가 크다. 현재 아칸소 주 서쪽에 위치한 오클라호마 주는 원래 '인디언 준 주'로 불리던 곳이다. 미국 동부에 살던 인디언 부족을 억지로 서부의 낯설고 거친 땅으로 몰아가는 정책에 의해 인디언 보호지로 선택된 곳이다. 동부에서 오클라호마에 이르는 여정은 눈물의 길(Trail of Tears)로 유명했다. 체로키 부족, 크리크 부족, 세미놀 부족, 촉토 부족, 치카소 부족 등 많은 아메리카 원주민 부족들이 자신들의 고향을 떠나 오늘날의 오클라호마로 이주했다. 이 과정에서 많은 아메리카 원주민들은 질병이나 기아로부터 고통을 받았다. 그로부터 백년이 흐른 후 오클라호마에서 캘리포니아로 가는 백인 노동자들의 길도 눈물의 길이라 부를 수 있을 만큼 힘겨운 여정이었다.

다른 가족의 형편까지 살필 여유는 없다. 시대가 변하여 예전처럼 자영농으로 살아갈 수 없다는 것도 그가 자신을 합리화할 수 있는 이유이다. 공장에서 전기나 자동차를 만들 듯이 농사도 이제 자본에 의해 좌지우지 되는 시대가 왔다는 것이다. 그렇다면 일찍 돈을 벌 수 있는 일자리를 찾는 것이 현명한 행동이라고 말한다. '자본주의' 아래서 사는 노동자로서는 당연히 주장할 수 있는 논리이다.

어떤 농민들은 이런 시대의 변화를 받아들이지 못한다. "사람이 자기 땅을 걸으면서 땅을 관리하고, 흉작이 들면 슬퍼하고, 비가 내리면 기뻐하고, 그러면 그 땅이 바로 그 사람이 되는" 그런 시대를 살았던 사람들은 특히 그렇다. 캘리포니아로 떠나는 길에 할아버지 조드가 고향을 절대 떠나지 않겠다고 고집을 피운 것도 이런 생각 때문이다. 물론 변화를 받아들인다고 편안한 미래가 보장되는 것은 아니다. 땅을 잃은 노동자들은 제한된 일자리를 얻기 위해 새로운 경쟁 속으로 뛰어 들어야 한다. 위의 예문을 예로 들면, 마을을 떠나야 하는 노동자는 수십 명이지만 트랙터 운전사의 자리는 몇 개 되지 않는다.

이런 과정을 거쳐 캘리포니아로 간 조드 가족은 그들의 바람과는 달리 쉽게 일자리를 얻지 못하고 오랫동안 길 위에서 떠돈다.

그 작자한테 필요한 건 200명인데, 그 작자는 500명한테 얘길 합니다. 그러면 그 얘기를 들은 사람들이 또 다른 사람들한테 얘기를 하죠. 그래서 그 장소에 가 보면 사람이 1000명이나 모여 있어요. 전단지를 뿌린 사람은 '한 시간에 20센트를 주겠다.'라고 말합니다. 그러면 사람들 중 절반이 그냥 가 버리죠. 하지만 아직도 500명이나 되는 사람들이 남아 있습니다. 그 사람들은 너무나 배가 고프기 때문에 돈 한 푼 안 주고 비스킷만 준다고 해도 일을 할 사람들입니다. 어쨌든 전단지를 뿌린 사람들은 복숭아를 따거나 목화를 솎아 낼 인부를 공급하겠다고 계약을 맺은 사람이에요. 무슨 말인지 알겠습니까? 사람이 많이 모일수록, 그 사람들이 배가 고플수록, 그 작자가 임금을 적게 줄 수 있다는 겁니다.(1권, 398쪽)

조드 가족이 다른 곳이 아닌 캘리포니아로 떠난 이유는 그들이 그곳에 일자리가 많다는 광고 전단지의 내용을 믿었기 때문이다. 광고 전단이 아니었어도 고향에 더 이상 머물기는 어려웠겠지만, 일자리가 많다는 소식은 그들에게 일말의 희망을 주었다. 그쪽에도 이미 사람들이 많아 일자리가 별로 없다는 톰의 말에 어머니는 전단지에 일손이 모자란다고 되어 있고, 일할 사람이 많다면 굳이 그런 전단지를 돌릴 필요가 없었을 것이라고 대응한다. 전단지를 나눠 주는 데도 돈이 적잖이 들 텐데 그 사람들이 돈까지 들여가며 거짓말을 할 이유가 없다는 것이다. 어머니의 이런 반응은 아직 자본주의의 속성을 이해하지 못하고 있거나, 마지막 희망을 쉽게 놓고 싶지 않아 사실을 부정하고 있는 것으로 이해할 수 있다.

위 예문은 필요한 인원보다 더 많은 노동자를 모아 임금을 낮추는 자본의 전략에 대한 설명이다. 그렇게 해서 낮춘 임금은 전단지 제작비를 보충하고도 남는다. 자본가 입장에서는 필요 이상의 노동자들이 캘리포니아로 오는 것이 나쁠 이유가 없다. 떠돌이들이 많아지는 것이 불편한 면도 없지 않겠지만 그들의 임금을 떨어뜨릴 수 있다면 충분히 감수할 수 있는 불편함이다. 산업 예비군은 자본의 이익을 위해 꼭 필요한 집단이다. 산업 예비군의 존재는 임금을 낮추고 노동자들의 단결을 막는 데 도움을 주기 때문이다.

서부로 가는 길에 조드 가족은 동쪽의 고향으로 돌아가는 사람들을 만난다. 고향에서 살 수 없어 떠나온 사람들이 다시 고향으로 간다고 해서 새롭게 일거리가 생길 리는 없다. 그들은 굶어 죽더라도 고향의 아는 사람들 곁에서 죽기를 택한 사람들이다. 서부로 향하는 다수의 사람들은 그들의 생각과 태도를 이해할 수 없다. 캘리포니아에는 좋은 점은 없었느냐는 아버지 조드의 질문에 어떤 이는 풍경은 좋다고 답한다. 이어 그들은 "하지만 당신들은 그 풍경을 조금도 가질 수 없"다고 차갑게 말한다. 풍경은 온전히 부자들의 몫이라는 것이다. 서부의 이런 사정을 알게 된 큰아들 노아는 가족들을 버리고 사라진다.

자본이 자신들의 이윤을 극대화 하는 수단은 노동자들의 임금을 낮추는 방법 말고도 여러 가지가 있다.

대지주와 기업들은 다른 방법도 고안해냈다. 대지주가 통조림 공장을 사는 것이다. 복숭아와 배가 익으면 지주는 과일 값을 후려쳤다. 통조림 공장 사장 자격으로 과일을 싼 값에 사들인 다음 통조림 가격을 높게 유지해 이윤을 올리기 위해서이다. 그래서 통조림 공장을 소유하지 못한 소규모 농부들은 농장을 잃어버렸고, 그 작은 농장들은 대지주와 은행과 역시 통조림 공장을 소유한 기업들 차지가 되었다. 시간이 흐르면서 농장의 숫자가 적어졌다. 소규모 농부들은 도시로 이주하고 시간이 지나면서 돈을 빌려 쓸 곳도 도와줄 친척들도 없어졌다. 그들도 고속도로로 나서야 했다

"기업들, 은행들도 스스로 파멸을 향해 가고 있었지만, 그들은 그것을 몰랐다."(2권, 120쪽)

위 예문에서 서술자는 대지주와 은행이 소규모 농장을 고사시키는 방법에 대해 설명하고 있다. 농업 자본과 공업 자본의 관계에 대해서도 이야기한다. 대자본은 과일 값을 작은 농장이 견딜 수 없을 정도로 떨어뜨린다. 이렇게 떨어진 과일 값은 통조림 가격을 높게 유지해 보충한다. 통조림 공장을 소유하지 못한 자작농은 주변의 도움을 받거나 은행으로부터 빚을 얻어 농장을 유지해 보려 하지만 결국 땅을 잃고 만다. 땅을 잃은 소규모 농부들은 조드 가족처럼 고속도로로 나서는 신세가 되고 만다.

대지주들이 저지르는 '고발할 수 없는 범죄' 역시 이윤을 높이는 방법으로 사용된다. 생산이 시장의 필요보다 많아질 경우 자본가들은 농산물의 양을 조절한다. 오렌지를 땅바닥에 버리고 감자를 강에 버린다. 남는 농산물을 버린다고 대지주가 손해를 보지는 않는다. 공급량이 줄면 상품 가격은 올라가기 때문이다. 길거리에 굶는 사람들이 많더라도 대지주들이 남는 농산물을 소비자에게 싼 값에 공급하는 일은 없다. 절박한 노동자들이 많을수록 임금은 내려가기 때문이다. 대지주들의 이런 계산과 행동은 법적으로는 처벌 받지 않지만 가난한 사람들이 보기에는 분명한 범죄이다.

이렇게 해서 유지되는 대지주들의 농장은 예전 농장과 다른 모습이다. 많은 농장에는 채소도 없고 닭도 없고 돼지도 없다. 그들 농장에서는 한 가지 작물만이 자란다. 목화나 복숭아나 양상추, 오렌지 같은 농작물은 상품으로 재배된다. 이런 농업은 계절에 따라 집중적으로 노동력을 필요로 한다. 복숭아 농장주는 복숭아를 거두어야 하는 철에 많은 노동력을 필요로 하지만, 그 시기를 제외하고는 노동자를 필요로 하지 않는다. 다른 작물을 재배하는 농장도 마찬가지이다. 공장은 그나마

항시적으로 노동자를 필요로 하지만 농업 노동 시장은 단지 계절노동자만을 원할 뿐이다. 조드 가족을 비롯한 소설 속 노동자들이 늘 일자리를 찾아 헤매야 하는 이유 중 하나가 여기에 있다.

이상 사회를 향한 꿈

조드 가족의 서부 행에는 한때 목사였던 케이시가 동행한다. 그는 시대의 변화를 다음과 같이 표현한다.

> 옛날에 나는 악마가 적인 줄 알고 악마와 싸우는 데 온 힘을 기울였습니다. 하지만 악마보다 더한 놈이 지금 이 나라를 붙들고 있어요. 그놈은 우리가 그 손을 잘라내지 않는 한 절대로 우리를 놔주지 않을 겁니다.(1권, 265쪽)

종교에서 싸워야 할 적은 악마이다. 케이시는 목사로서 악마와 싸워왔다. 하지만 현실에 대한 관심을 가지면서 그는 싸워야할 적이 악마가 아니라 자본주의라는 것을 깨닫는다. 악마가 사람을 놓아주지 않듯 자본주의 역시 그 손을 잘라내지 않으면 절대 사람들을 놓아주지 않는다고 생각한다. 깨달음을 얻은 이후 그는 목사임을 포기하고 다른 사람들 앞에서 기도하는 일도 하지 않는다. 악마를 떼어내기 위하여 기도 등의 노력을 기울여야 하는 것과 마찬가지로 자본주의를 떨쳐내기 위해서도 노력이 필요한데, 작품 후반에 케이시는 부당한 임금에 대항하는 노동자들의 시위에 앞장선다.

자본주의가 악마와 비유되는 이유는 그것이 인간의 품성을 망치기 때문이다. 조드 가족이 캘리포니아에 왔을 때 그곳의 가난한 사람들은 스스로 잔인한 사람이 되어 있었다. 그들은 곤봉, 독가스, 총으로 무장을 하고 자신들의 땅에 들어온 이민자들을 경계했다. 그들은 가진 것이 없는 사람임에도 불구하고 이 땅이 자신들 소유라고 믿었다. 가진 것이라고는 서랍에 가득한 차용증뿐이었지만 빚이라도 있다는 것을 굉장한 일인 양 생각했다.

캘리포니아로 온 사람들도 예전 농부였을 때의 품성을 유지하고 있지는 않다. 이주의 경험은 그들을 변화시켰다. 굶주림에 대한 두려움과 끝없이 떠돌아다녀야 하는 생활이 주요 원인이었다. 또한 사람들의 적의도 그들을 변화시켰다. 남자들은 허약해지고 여자들은 억척스러워졌으며 아이들은 거칠어졌다. 그들에게 주변을 돌보거나 내일을 생각할 여유는 사라졌다.

톰은 캘리포니아에서 토마스와 같은 좋은 농장주를 만나기도 한다. 그는 특별히 외지인을 차별하지 않고, 자신도 노동자들과 함께 일한다. 그러나 그런 사람도 주변 대농장의 압력을 받아 노동자들의 임금을 내릴 수밖에 없게 된다. 혼자만 높은 임금을 지불할 경우 은행 등을 통해 불이익을 당할 것이 분명하기 때문이다. 소설은 자본주의는 좋은 사람도 마냥 후한 인심을 쓰며 살 수 없는 세상을 만든다고 말하는 듯하다.

그러나 다른 측면에서 가난은 노동자들을 하나로 뭉치게 만들기도 한다.

저녁이 되면 이상한 일이 벌어졌다. 스무 가족이 한 가족이 되고, 아이들은 모두의 아이들이 되는 것이다. 고향을 잃어버린 슬픔은 모두의 슬품이 되고, 서부에서 황금 같은 시절을 보내게 될 것이라는 꿈도 모두의 꿈이 되었다. 어떤 아이가 아프면 스무 가족에 속한 100여 명의 사람들이 모두 가슴 아파했다. 그리고 천막에서 아이가 태어날 때면 100여 명의 사람들이 모두 밤새 경이로움에 사로잡혀 침묵을 지키다가 아침에 기쁨을 함께 나눴다. 전날 밤만 해도 어찌 할 바를 모르고 두려움에 떨던 사람들이 이제는 새로 태어난 아기에게 줄 선물을 찾으려고 자기들이 가져온 물건을 뒤졌다.(1권, 406쪽)

위 예문은 길가에 만들어진 임시 텐트촌의 사정을 보여준다. 하루 먹을 식량을 구하기도 벅차고, 일자리를 놓고 다른 유민들과 경쟁해야 하지만, 그들 사이에는 어느새 유대감이 형성된다. 과거 비슷한 경험을 했고 현재 유사한 처지에 놓여 있다는 점이 그들을 하나로 묶는 것이다. 슬픔과 기쁨을 함께한다는 말이 어울리게 그들은 서로의 사정을 속속들이 알고 이해한다. 한 가족이 된다거나 아이들이 모두의 아이들이 된다는 말은 이런 현상을 단적으로 표현해 준다.

조드 가족은 일자리를 찾아 떠돌면서 여러 임시 거처에 머문다. 그 중 한 곳에서 그들은 특별한 경험을 한다. 대부분의 천막촌이 더럽고 무질서하며, 천막촌을 해체하기 위한 원주민들의 공격에 취약한 데 비해 위드패치 천막촌은 노동자들의 힘으로 단단한 공동체를 형성한 곳이다. 항시적으로 유지될 수 없다는 한계는 있지만, 그곳은 집단의 힘으로 외부의 압력을 견뎌내고 민주적인 방식으로 천막촌 전체를 운영해 간다. 이런 점에서 위드패치는 가난한 사람들이 만들 수 있는 이상적 공동체라 부를 수 있는 곳이다. 주민 대표가 모든 일을 주관하고 주민들은 자율적으로 천막촌 유지에 참여한다. 다른 곳과 달리 위드패치는 화장실, 샤워실, 취사실 등 필요한 편의시설도 갖추고 있다.

　국영 천막촌인 위드패치는 캘리포니아 거주자들의 농업 조합 사람들에게는 못마땅한 곳이다. 그들은 다른 천막촌들이 위드패치처럼 안정적으로 유지된다면 원 거주자들의 이익을 침해할 수 있다고 생각한다. 농업 조합 사람들은 지역 경찰과 함께 위드패치에서 문제를 일으키려 한다. 폭력 사태와 같은 문제가 발생한다면 그를 빌미로 천막촌을 해체하겠다는 계획이다. 그러나 위드패치는 이런 계획도 주민들의 도움과 위원회의 빠른 조치로 잘 막아낸다. 그곳은 조드 가족이 서부로 온 후 처음으로 편안함과 안정감을 느낄 수 있었던 곳이다.

　하지만 다른 곳에 비해 월등히 좋은 환경을 갖추고 있음에도 불구하고 많은 사람들이 위치패치 천막촌을 떠난다. 근처에 일자리가 없으면 좋은 장소도 의미가 없기 때문이다. 조드 가족 역시 일자리를 찾아 후퍼 농장으로 떠난다. 후퍼 농장에서 톰은 우연히 케이시를 만난다. 그곳에서는 일종의 노동쟁의가 벌어지고 있었는데, 케이시는 쟁의를 이끄는 지도자가 되어 있었다. 둘이 만난 날 밤 케이시는 농장 측 사람들에 의해 죽임을 당하고 옆에 있던 톰은 우발적으로 농장 측 사람을 살해하게 된다. 이후 톰은 가족을 떠나 홀로 숲 속에서 생활한다.

　캐이시의 죽음은 톰에게 새로운 생각을 심어준다. 톰은 국영 천막촌에서의 경험을 자신들과 같은 사람들의 미래와 연결시킨다. 노동자들이 남의 도움 없이 자신의 일을 처리하고, 문제가 생기면 자신들의 힘으로 질서를 잡는 그런 공동체를 꿈꾼다. 공동체에 대한 이런 상상은 그가 캘리포니아에서 경험한 자본주의의 모습에 대한 부정이기도 하다. 대자본의 탐욕과 노동자들의 임금 경쟁, 그에 따른 자본의 집중과 빈곤의 가속화가 그가 캘리포니아에서 확인한 자본주의의 모습이었다.

살인자가 된 톰은 이런 생각을 품고 가족을 떠난다.

하지만 이런 톰의 꿈은 작품 속에서 어떤 식으로도 구체화되지 않는다. 결말 부분에 잠시 언급될 뿐이다.

어머니는 식구들을 문밖으로 몰아내고, 남자 아이와 함께 밖으로 나가 삐걱거리는 문을 닫았다.

샤론의 로즈는 빗소리가 작게 들리는 헛간에서 잠시 가만히 앉아 있었다. 그러더니 지친 몸을 힘겹게 일으켜 이불을 여몄다. 그녀는 천천히 구석으로 가서 남자의 쇠잔한 얼굴을 내려다보며 겁에 질려 크게 뜨고 있는 그 눈을 들여다보았다. 그리고 천천히 그 옆에 누웠다. 남자가 느릿느릿 고개를 저었다. 샤론의 로즈는 이불 한쪽을 열고 자신의 가슴을 드러냈다.

"드셔야 해요."

그녀가 말했다. 그리고 몸을 움직여 가까이 다가가서 그의 머리를 끌어당겼다.(2권, 472~473쪽)

톰이 떠난 후에도 조드 가족의 고된 하루하루는 이어진다. 목화 따는 일을 하기 위해 머문 농장에서 로저샨은 죽은 아이를 낳는다. 이미 여러 일을 겪은 그녀는 예전처럼 자신만 생각하는 철없는 여인이 아니다. 비가 아주 많이 내려 가족들은 거주하고 있던 유개화차를 떠나 높은 지대의 헛간으로 피신하게 된다. 그곳에서 그들은 굶주림으로 죽어가는 남자를 본다. 자식에게는 먹을 것을 주고 자신은 굶어 의식마저 잃어버린 사람이다. 예문에서 보듯 로저샨은 자식을 잃은 슬픔과 여자로서의 부끄러움을 극복하고 남자에게 젖을 물린다. 사람을 살려야 한다는 목적 말고는 아무런 이유나 설명이 필요 없는 순간이다.

사실 위 장면은 감동적이기는 하지만 갑작스럽기도 하다. 로저 샨의 행동을 그녀답다고 이해하기에는 이전의 로저샨의 성격은 그리 이타적이지 않았다. 헛간에서 남자를 발견하게 되는 것도 작위적이라는 느낌을 준다. 그럼에도 불구하고 이 소설이 주장하는 긍정적 가치인 가난한 사람들 사이의 유대나 인간에 대한 연민은 이 장면을 통해 분명히 강조되고 있다.

단순함이 주는 매력과 한계

이상 살핀 대로 『분노의 포도』는 조드 가의 여정을 통해 1930년대 미국의 현실을 그려낸 소설이다. 자본의 속성과 노동자들의 형편을 주로 다루고 있으며 공동체에 대한 꿈을 드러내기도 하는 작품이다. 여러 긍정적 평가에도 불구하고 이 소설은 인물의 성격과 내면을 다루는 데 있어 깊이 있는 성찰까지는 이르지 못했다는 비판을 받는다. 실제 이 소설 속 인물들의 성격은 평면적이고 그들의 관계 역시 단순한 편이다. 현실에 대한 서술자의 직접적인 서술이 많은 분량을 차지하고 있어서 인물의 경험이 주는 감동을 해치고 있다는 인상도 준다.

현실을 비판적으로 그린다고는 하지만, 소설 전반에 흐르는 답답한 분위기는 읽는 이들을 불편하게 한다. 전혀 나아질 희망이 없어 보이는 유랑자들의 생활을 따라가는 일도 그리 유쾌한 것은 아니다. 가족을 떠난 사람들의 행적에 대한 묘사가 전혀 없다는 점도 아쉬움으로 남는다. 노아와 톰, 코니가 가족을 떠난 후 어떻게 되었는지는 남은 가족들의 행적 이상으로 독자들을 궁금하게 한다. 중요한 인물들이 떠난 상황에서 로저샨의 인간애 깃든 행동으로 작품이 마무리 되는 부분도 그리 그럴듯해 보이지는 않는다.

그럼에도 불구하고 이 소설에 담겨 있는 작가의 현실 인식은 매우 날카롭다. 작가는 공황을 자본주의의 운동 안에서 설명하고, 공황이 만들어놓은 비참한 현실을 사실적으로 그려냈다. 그것이 물질세계의 변화뿐 아니라 사람들의 성격까지 변화시킨다는 점도 잘 표현하고 있다. 허드슨 트럭을 타고 서부로 떠나는 십여 명의 조드 가 사람들의 운명은 공황이라는 불행한 시기를 건넌 많은 사람들의 모습을 상징적으로 보여준다. 우연히 범죄를 저지른 사람과 노동 운동에 뛰어든 사람, 가족을 버리고 떠난 사람과 길거리에서 죽은 사람, 강한 여성과 무기력한 남편 등 이 소설에서는 불행한 시대를 살아가는 다양한 인물들의 모습을 만날 수 있다.

『분노의 포도』는 미국이라는 국가가 가진 현재의 이미지가 미국의 전부가 아니라는 것을 보여준다. 미국이 강하고 부유한 나라라는 점은 부인하기 어렵지만, 그런 나라가 만들어지기까지는 많은 사람들의 눈물이 숨겨져 있었던 것도 사실이다. 어떤 역사도 영광스러운 일들만으로 이루어질 수는 없다. 도시거나 농촌이거나 부자가 생기기 위해서는 그보다 많은 가난한 사람들이 생겨야 하고, 번듯한 건물이 서기 위해서는 허름한 건물은 헐려야 한다. 어느 시대에나 민중들의 삶은 힘겨웠으며 그들의 땀으로 현재의 번영은 이루어진다. 미국 소설로, 풍요로운 캘리포니아가 아닌 가난한 사람들의 캘리포니아를 그린 것만으로도 『분노의 포도』는 읽어볼 만한 가치가 있다.

미국의 다른 목소리

존 스타인벡, 『에덴의 동쪽』(전2권), 정회성 역, 민음사, 2008.

『에덴의 동쪽』 표지

1952년 발표된 『에덴의 동쪽』(East Of Eden)은 미국 작가 존 스타인벡의 대표작 중 하나이다. 캘리포니아 주 샐리나스를 배경으로, 아일랜드 이주민인 해밀턴 가와 동부에서 온 트라스크 가, 두 가문의 삼대에 걸친 역사를 그린 작품이다. 소설의 배경이 된 살리나스 계곡은 작가 자신의 고향이며 주인공 새뮤얼 해밀턴은 실제 그의 외조부를 모델로 한 인물이다.

19세기 아일랜드에서 미국 서부 살리나스 계곡으로 이주한 새뮤얼 해밀턴은 척박한 땅을 일구면서 아홉 남매를 키우며 살아간다. 아내 캐시와 함께 동부에서 살리나스 계곡으로 온 재력가 애덤은 부근의 가장 좋은 땅을 사들여 아내를 위한 낙원을 꾸민다. 그러나 남편과 다른 본성과 욕망을 가진 그녀는 이 모든 것에 냉담할 뿐이다. 그녀는 쌍둥이 아론과 칼렙을 출산한 후 애덤을 떠나 도시에서 유곽으로 성공한다. 칼렙은 죽은 줄로만 알았던 어머니가 살아 있을 뿐 아니라 유명한 유곽의 마담이라는 사실을 알고 괴로워한다.

스타인벡은 성경에서 영감을 받아 『에덴의 동쪽』을 썼다고 한다. 에덴의 동쪽은 창세기에서 아담과 이브가 에덴동산에서 쫓겨난 후, 다시 돌아오지 못하게 신이 천사와 불칼로 막은 방향이다. 또, 카인이 동생 아벨을 살해한 후 추방된 장소이기도 하다. 두 신화는 이 소설에서 남편 아담의 천국에서 뛰쳐나간 캐시와 쌍둥이 형제의 갈등으로 다시 살아난다. 이 소설은 인간의 원죄라는 주제에 천착하여 그로 인해 고통스러워하는 인간 군상의 모습, 나아가 구원에 이르려는 끈질긴 노력을 감동적으로 그려낸 작품으로 평가된다.

하워드 진, 『미국민중사』(전2권), 유강은 역, 이후, 2008.

노암 촘스키, 『미국이 진정으로 원하는 것』, 문이얼 역, 시대의창, 2013.

업튼 싱클레어, 『정글』, 채광석 역, 페이퍼로드, 2009.

6. 동아시아
: 시대를 견디는 방법

사람이 살아가는 이유(중국_『인생』, 『허삼관 매혈기』)

전쟁의 피해자와 가해자(일본_『검은 비』, 『포로기』)

운명을 받아들이는 태도(베트남_『그대 아직 살아 있다면』)

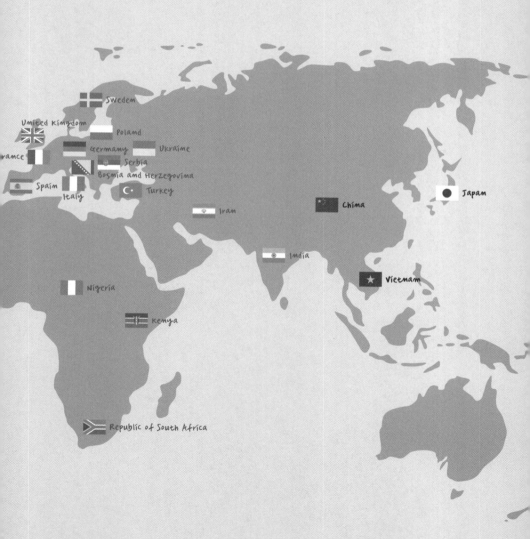

사람이 살아가는 이유

근대 이후의 중국

　　일부 유럽을 제외한 대부분의 지역에서 근대화는 외세에 대응하기 위한 민족운동과 함께 전개되었다. 자본주의를 지향했든 사회주의를 지향했든 근대화의 중요한 목적은 제국주의에서 민족의 생존을 지키는 것이었다. 어떤 체제를 선호하느냐에 따라 민족 구성원들 간에 갈등을 겪은 경우도 적지 않았다. 해방 후 한반도는 민족국가 건설이라는 과제를 어떻게 수행할 것인지를 두고 극단적 대립을 보인 대표적인 예라 할 수 있다. 동유럽이나 아프리카, 남아메리카에서도 비슷한 예를 쉽게 찾을 수 있다.

　　중국의 근대화 과정도 크게 다르지 않았다. 중국은 근대 이전까지만 해도 세계에서 가장 문명이 발달한 곳이었다. 유럽 대륙만 한 땅에 수많은 왕국이 생몰하면서 중국은 다양하고 찬란한 문화를 꽃피웠다. 수천 년 전 문자인 갑골문에서 청나라 도자기에 이르기까지 그곳의 문명을 증명할 증거들도 차고 넘친다. 종이, 화약, 나침반 등의 기술, 유학과 불교의 철학, 한시로 상징되는 문학, 연극과 건축 등의 예술 분야에서 늘 다른 지역에 앞서 있었다. 하지만 청나라 말기에 이르러 이런 사정은 많이 달라졌다. 오랑캐로 여기던 서양 국가들에게 패해 불평등 조약을 맺고 땅을 조차하고 배상금을 물었다. 이런 상황에서 중국인들은 근대화의 필요성을 절감하게 되었다.

20세기 초 청나라가 무너진 후 위안스카이 등 군벌이 활개 치던 시기를 지나 쑨원의 정부가 수립되었는데, 여기에는 자본주의 지향의 인사들과 사회주의 지향의 인사들이 혼재해 있었다. 일본에 맞서는 동안 이들은 협력 관계에 있었지만 곧 갈등 관계에 놓이게 되었고, 결국 국민혁명군을 대만으로 내쫓은 인민해방군이 대륙을 통일하게 되었다. 현재의 중국, 즉 중화인민공화국은 이런 과정을 통해 수립되었다. 정부 수립 후에도 근대화는 평탄하게 진행되지 못했다. 자본주의 세계의 위협으로부터 체제를 보호한다는 명분으로 새로운 '운동'이 전개되었다. 부르주아 잔재와 봉건 잔재의 청산을 내세운 이런 '운동'들은 전체주의적 폭력으로 이어지기도 하였다. 이는 오히려 생산력의 저하와 인명의 손실을 가져왔다.

이후 자본주의적 경제 체제를 도입한 중국은 세계 경제의 중심으로 자리 잡았고, 과거를 돌아볼 만큼의 여유를 갖게 되었다. 그리고 다시금 자신들이 세계의 중심이라는 중화사상을 자신 있게 내세운다. 이천 년 동안 세계 중심이었던 그들은 이백 년 동안 잃었던 자존심을 회복하는 일을 당연한 것으로 여긴다. 반봉건을 주창하던 사회주의 중국은 21세기 들어 자국에서 개최된 올림픽을 중국 전통 문화의 우수성을 세계에 알리는 기회로 이용하였다. 부정되었던 공자 사상도 중국 문화를 알리는 첨병으로 오래전 부활하였다. 오래된 그들의 실용주의는 자본주의 국가의 그것 이상으로 자본주의적이다.

　　위화의 소설은 이러한 중국의 근대사를 중요한 제재로 사용하였다. 특히 1990년대 중반 발표된 소설『인생』과『허삼관 매혈기』[*]는 주인공의 생애를 통해 중국 근대사를 재구성한 작품들이다. 이 소설들은 역사가 평범한 사람들의 인생에 어떤 영향을 미치는지, 어려운 환경 속에서 사람들은 어떻게 자기를 지키며 살아가는지를 감동적으로 보여준다. 개인이 감당하기에 너무나 무거운 시대를 살면서도 소설 속 인물들은 비장함보다는 웃음으로 그것을 견뎌낸다.[**] 이를 통해 두 작품은 삶에 대한 깊은 '공감과 연민의 마음'을 독자들에게 전달한다.[***]

　　두 소설의 또 다른 공통점은 주인공들이 삶을 대하는 태도이다.『인생』서문에서 작가는 "사람은 살아가는 것 자체를 위해 살아가지, 그 이외의 어떤 것을 위해 살아가는 것은 아니라는 사실"을 강조한다. 두 주인공 푸구이와 허삼관은 많은 교육을 받은 인물도, 깊은 사색을 하는 인물도 아니다. 한 가지 고민을 깊이, 오래 간직하고 살지도 못하는 인물이다. 하지만 그들은 살아간다는 것의 의미를 묻지 않고도 언제나 자

---

[*] 위화余華. 중국 저장성 항저우 출생. 1960년 4월 3일 ~ . 대표작으로『인생』,『허삼관 매혈기』가 있다. 이 글의 텍스트로 각각 백원담, 최용만 번역의 푸른숲판『인생』(2009)과『허삼관 매혈기』(2005)이다.

[**] 이러한 평가는 위화의 1990년대 이후 소설을 대상으로 한 것이다. 그의 1980년대 소설은 기이하고 모호한 사건으로 이루어져 있으며 살인, 폭력 등 잔혹한 묘사를 통해 인간의 추악한 면모를 부각시키고 있다. 또, 전통적 이야기 형식을 따르기보다 기존 소설에 대한 의식적 전복을 추구하고 있다.

[***] 심혜영,「1990년대 위화 소설의 휴머니즘과 미학」,『중국현대문학』, 제39집, 2006, 356쪽. 박노종,「위화 가족 소설의 서사적 구조와 이데올로기성에 대하여」,〈세계문학비교학회 정기학술대회 발표자료집〉, 2013년 가을, 31쪽.

신들의 삶에 충실하다. 기분대로 살다가 실수를 범하기도 하지만 그것 때문에 절망에 빠지지도 않는다.

『인생』과 『허삼관 매혈기』는 위화의 이름을 세계에 알린 작품들이다. 이 소설들은 외국인들에게 중국의 역사와 인간을 만날 수 있는 기회를 제공해 주었다. 비극과 희극을 넘나드는 독특한 표현 방식도 관심의 초점이 되었다. 역사적 배경을 중요하게 사용하지만, 가족 이야기를 중심 서사로 삼은 것도 많은 독자들을 확보할 수 있는 이유가 되었다. 이 소설들은 우리 정서에도 낯설지 않다. 동양적인 정서가 묻어나는 가족 관계는 물론 소설 속에 펼쳐진 근대화 과정이 우리에게 매우 익숙하기 때문이다.

국공내전에서 문화대혁명까지

『인생』과 『허삼관 매혈기』는 국공내전에서 문화대혁명에 이르는 중국 근대사의 주요 사건들을 직간접으로 다루고 있다. 두 작품이 유사한 시기, 유사한 사건을 배경으로 하지만 국공내전은 『인생』에서, 문화대혁명은 『허삼관 매혈기』에서 더 비중 있게 다루어진다. 문화대혁명의 전사라 할 수 있는 대약진 운동 역시 중요한 사건으로 등장한다. 소설의 관심은 이 사건들이 주인공의 삶에 어떤 영향을 미쳤는지에 모아져 있지만, 인물들의 고난을 다루는 과정에서 역사적 사건에 대한 작가나 인물의 판단 역시 드러난다.

국공내전은 1927년에서 1949년까지 지속된 국민당과 공산당 사이의 전쟁이다. 1911년 청나라가 무너진 이후 중국은 군벌의 시대로 돌입하였다. 군벌 세력을 제압하기 위해 쑨원을 중심으로 뭉쳤던 세력(국민당과 공산당)은 이후 갈라져 대립하였다. 이후 장제스와 마오쩌둥을 대표로 하는 두 세력은 오랜 전쟁에 들어갔다. 초반에는 장제스의 국민혁명군이 공산당의 홍군을 크게 무찔러 승리하는 듯했다. 홍군은 괴멸에 가까운 피해를 입었지만 필사적인 후퇴 전술을 택해 중국 대륙을 돌아 산시 성에 이르는 이른바 대장정(紅軍大長征)을 감행하여 국민혁명군의 추격을 뿌리쳤다. 1936년 시안사변을 겪으면서 두 세력은 내전을 중지하고 항일 통일 전선을 형성하였다.

　　　일본이 패망한 직후 국민당과 공산당 사이에 다시 긴장이 고조되었다. 내전을 피하기 위한 양측의 노력이 있었지만 결국 합의안을 만드는 데는 실패하였다. 이에 2차 국공내전이 발생했는데, 초기의 전세는 병력, 장비, 보급 등 모든 면에서 우수한 국민혁명군이 공산당의 인민해방군보다 유리하였다. 그러나 국민혁명군은 점령지를 늘려 병력을 지나치게 분산시키는 전략적 오류를 범하게 되었다. 부정부패와 경제의 붕괴로 인해 민심도 국민당에서 급속히 떠나고 있었다. 1948년 가을 린뱌오가 지휘한 동북 인민해방군이 만주에서 국민혁명군을 격파한 것을 시작으로 전세가 역전되고 힘의 균형이 깨지고 말았다.

　　　인민해방군은 1949년 1월 31일 베이징에 입성하였고, 파죽지세로 양쯔 강을 건너 난징과 상하이까지 함락시켰다. 내전이 완전히 끝나지 않은 1949년 10월 1일 마오쩌둥은 베이징에서 중화인민공화국의 수립을 선포하고 국가 주석에 취임하였다. 광저우와 임시 수도였던 충칭마저 함락되자, 장제스는 12월 10일 국민당 정부의 대륙 최후 거점인 청두에서 타이완으로 탈출했다. 12월 27일 중국 인민해방군이 청두에 입성함으로써 국민당 세력은 대륙에서 완전히 쫓겨났다.

소설『인생』의 주인공 푸구이가 경험하는 전쟁은 2차 국공내전이다. 그는 국민혁명군에 강제로 징집되어 오랜 고생을 하고 인민해방군의 포로가 되어 고향으로 돌아온다. 두 군대에 대한 푸구이의 경험을 통해 작가는 국공내전이 갖는 성격을 압축적으로 보여준다. 국민해방군이 총을 쏘면서 병사들의 탈출을 막은 것과 달리 인민해방군은 여비까지 주면서 포로들을 고향으로 돌려보내 준다. 작가는 국민혁명군을 권위적인 장교들의 군대, 외부 물자에 의존해 싸우는 열정 없는 군대로 표현함으로써 그들에 대한 비판적 관점을 분명히 보여준다.

두 작품에 공통적으로 등장하는 공동식당 운영, 솥 수거는 이른바 '대약진 운동' 시기의 대표적인 정책이었다. 마오쩌뚱의 주도로 1958년에 시작된 대약진 운동의 목표는 식량과 철강 생산을 늘려 단번에 선진국으로 발돋움하는 것이었다. 정부는 산업 발달의 척도가 되는 철강 생산을 위해 전국적으로 각 마을마다 재래식 고로(철광석에서 선철을 만드는 노)를 세우도록 하였다. 또 다른 목표인 식량 증산을 위해서 농촌에 존재하던 소규모 협업 조직을 해체하고 집단 농업과 집단 동원을 위한 인민공사를 설립하였다.

하지만 대약진 운동은 실패로 끝나고 말았다. 농민들이 농사보다는 질 낮은 철을 생산하는 데 몰두했기 때문에, 전 산업계는 혼란에 휩싸였다. 철 생산에 주력하다보니 농업 생산은 급격히 감소하였고, 무분별한 벌목으로 여름마다 홍수가 났다. 집단화된 농업의 비효율까지 겹쳐 중국에는 건국 이래 최고의 기근이 발생하였다.『허삼관 매혈기』에서 허삼관 가족이 옥수수 죽으로 몇 달을 견디는 시기, 국수를 먹기 위해 삼관이 피를 파는 시기가 이 때이다. 홍수로 삼관의 집 안까지 물이 차는 일도 이 때 벌어진다.

대약진 운동이 끝나고 몇 년 후 다시 중국은 문화대혁명의 소용돌이 속에 빠져들었다. 이 운동은 1966년 5월 16일 중국 공산당의 중앙위원회 주석이었던 마오쩌둥의 제창으로 시작되었다. 그는 자본주의와 봉건주의, 관료주의가 공산당과 중국 사회 곳곳을 지배하고 있으니 이를 제거해야 한다고 주장하였다. 그는 "혁명 후의 영구적 계급투쟁"을 통해 이런 것들을 분쇄해야 한다고 하였다. 이러한 주장은 중국 전역에서 벌어진 홍위병의 움직임으로 구체화되었다.

　　문화대혁명의 목표는 자본주의의 길을 걷는 모든 당국자들과 투쟁하여 이들을 분쇄하고, 반동적인 부르주아 계급의 이념을 비판 및 규탄하는 것이었다. 학생운동으로 시작한 문화대혁명은 노동자, 농민, 그리고 병사들이 참여하는 전국 규모의 대중운동으로 변해 갔다. 운동에 앞장섰던 홍위병들은 낡은 사상, 낡은 문화, 낡은 풍속, 낡은 관습의 4구(四舊)의 척결과 종교 활동을 탄압하는 데 폭력을 사용하기도 했다. 구타와 폭력을 이기지 못한 많은 이들이 자살을 선택하기도 했다.『인생』에서 현장이었던 춘성의 죽음은 이런 시대적 분위기를 드러내고 있다. 허삼관의 가족들도 익명의 대자보 때문에 어머니이자 아내인 허옥란을 비판해야 하는 처지에 놓인다.

　　문화대혁명의 일환으로 '상산하향(上山下鄕)' 운동도 전개되었다. 이는 지식청년들이 농촌으로 가서 다시 배워야 한다는 운동으로, 도시에 살고 있는 많은 지식 청년들은 농촌으로 가서 육체노동을 하도록 명령받았다. 주로 10대 후반의 청년들이 대상이 되었는데, 1970년 후반이 되어서야 청년들은 도시로 돌아올 수 있었다. 허삼관의 아들 일락과 이락이 농촌에 내려가 노동에 종사하게 된 것도 이 운동의 일환이었던 셈이다.

문화대혁명은 마오쩌둥 사후 평가를 받기 시작했다. 문화대혁명을 긍정적으로 평가하는 사람들은 혁명 기간 동안 산업이 급속도로 성장하였고, 이것이 이후 고도성장을 가능하게 했다고 주장했다. 자본주의 지향적인 관료제의 폐해를 우려한 마오쩌둥의 생각은 옳았다는 것이다. 하지만 1981년 중국은 공식적으로 문화대혁명에 문제점이 많았다는 점을 인정했다. 그래서인지 1980년대 이후 창작된 많은 소설에서 문화대혁명은 인민들의 일상을 파괴하고 삶을 피폐하게 만든 '악'으로 묘사된다.

두 남자의 고단한 생애

두 소설은 전통적인 이야기 양식인 전(傳)을 떠올리게 한다. 시간의 흐름에 따라 사건 중심으로 이야기가 전개된다. 『인생』은 민요 수집을 위해 시골에 내려온 서술자 '나'가 농촌 노인 푸구이를 만나 그의 인생 이야기를 듣는 형식을 택하고 있다. 『허삼관 매혈기』는 허삼관의 삶을 시간 순서에 따라 서술하는 형식이다. 두 소설은 주인공들의 유사한 경험을 반복해서 보여주어 전체 서사의 통일성을 부여한다. 『인생』의 주인공 푸구이는 주변 사람들의 죽음을 반복해서 경험한다. 『허삼관 매혈기』에서 허삼관은 반복해서 피를 판다. 단순하게 말하면 푸구이의 인생은 주변 사람들의 죽음을 지켜보는 것이고, 허삼관의 인생은 가족들을 위해 피를 파는 과정의 연속이었다.

『인생』의 주인공 푸구이는 늙은 소 한 마리를 데리고 농사를 짓고 있는 평범한 농촌 노인이다. 하지만 그의 지난 삶은 파란만장이라는 말이 부족할 만큼 힘겨웠다. 백 묘의 땅을 가졌던 부잣집 아들이었던 그는 노름으로 재산을 탕진하고 가난한 농민의 생활을 시작했다. 뒤늦게 자신의 잘못을 깨닫고 열심히 살아보려 하지만 세상은 그리 녹녹치 않았다. 영문도 모르는 채 전쟁에 끌려갔고, 대약진 운동과 문화 혁명에 휩쓸려 온갖 어려움을 겪었다. 외로운 노년을 맞은 푸구이는 삶의 경험을 통해 생명에 대한 깊은 연민을 느끼고, 도살 직전의 늙은 소를 사와 농사를 지으면 소박한 말년을 보낸다.

그는 평생 일곱 사람과 가족이라는 관계를 맺고 살았다. 그런데 아버지, 어머니, 아내, 딸, 아들, 사위, 손자들은 모두 그보다 먼저 세상을 등졌다. 그의 가족들이 죽은 사연을 나열하면 자연스럽게 작품의 서사가 정리된다. 아버지는 아들이 도박으로 재산을 다 날리고 이사하던 날 자신의 넓은 땅을 바라보며 똥통에 넘어져서 숨을 거둔다. 어머니가 병이 나서 쓰러져 의원을 모시러 성 안으로 들어갔던 푸구이는 국민혁명군에 끌려가 두 해 가까이 지난 다음 고향으로 돌아온다. 어머니는 푸구이가 없는 동안에 세상을 뜬다. 아들 유칭은 어처구니없게도 병원에서 너무 많은 피를 뽑아 사망한다. 완얼시와 결혼한 딸 펑샤는 아이를 낳다 죽는다. 아내 자전은 오랜 병 끝에 많은 사람들의 죽음을 목격하고 딸을 따라 숨을 거둔다. 사위 얼시는 작업을 하다 시멘트 판 사이에 끼어 죽는다. 펑샤의 아들 쿠건은 가난과 푸구이의 어리석음 때문에 죽는다. 가족들의 죽음은 푸구이가 행복을 느끼기 시작하는 시점에서 발생해 그의 삶을 더욱 힘들게 만든다. 잠시의 행복과 그를 허용하지 않는 죽음의 연속은 푸구이에게 주어진 고통스러운 운명이었다. 그런 운명을 푸구이는 악착같이 살아낸다. 그는 자신에게 부여된 삶은 피할 수도 없고 누가 대신해 줄 수도 없는 것이라 생각한다.

가족은 아니지만 룽얼과 춘성의 죽음도 시대의 변화를 보여준다
는 점에서 가족들의 죽음 못지않게 소설에서 중요한 의미를 갖는다. 룽
얼은 도박으로 푸구이 집안의 재산을 모두 얻게 된 인물이다.

> 내가 돌아왔을 무렵 마을에서는 토지 개혁이 시작되었지. 나는 다섯 묘
> 의 땅을 배분받았는데, 바로 내가 예전에 룽얼에게 빌렸던 다섯 묘 그대
> 로였다네. 그런데 룽얼은 오히려 낭패를 보게 됐지. 지주가 되어 우쭐댄
> 지 사 년도 안 됐는데, 해방을 맞았으니 완전히 끝장난 게 아니겠나. 공
> 산당은 그의 재산을 몰수해 이전의 소작인들에게 나눠줬지. 그는 죽어
> 도 잘못을 인정할 수 없다는 듯 소작인들을 위협했다네. 자기를 무시하
> 는 사람들은 찾아가 패기까지 하면서 말이야. 룽얼은 화를 자초했던 게
> 야. 인민정부는 룽얼을 잡아들여 악덕지주로 몰았다네. 성안의 감옥에
> 들어간 후에도 그는 정세가 어떻게 돌아가는지 제대로 파악하지 못한
> 모양이야. 어찌나 고집이 센지 거의 바위덩어리 수준이었다니까. 그러
> 다 끝내는 죽임을 당했지.(『인생』, 109쪽)

룽얼은 "푸구이, 너 대신 내가 죽는구나."라고 소리 지르며 숨을
거두었다고 한다. 푸구이가 생각하기에도 룽얼은 정말 운이 없는 사람
이었다. 정작 죽어야 할 사람은 자신인데 다른 사람이 죽었다는 생각을
한다. 자신은 전쟁터에서 목숨을 건졌는데, 룽얼은 지주 아들인 자기 대
신 죽었다는 데서 가책을 느끼기도 한다. 물론 이 일로 푸구이에게 책임
을 물을 수는 없다. 룽얼도 땅을 내놓고 변화에 적절히 적응했다면 목숨
을 잃지는 않았을 것이다.

춘성의 경우는 문화대혁명의 분위기 속에서 자살을 선택한 인물

이다. 그는 어린 나이에 푸구이와 함께 국민혁명군에 끌려가 인민해방군의 포로가 되었다. 푸구이가 여비를 받고 고향으로 돌아오는 선택을 한데 비해 춘성은 해방군에 남아 전쟁을 계속했다. 그리고 전쟁이 끝난 후 그는 푸구이의 마을 현장으로 파견되었다. 하지만 춘성의 출세는 불행으로 이어진다. 문화대혁명이 시작되면서 현장인 춘성은 척결되어야 할 관료로 비판의 대상이 된다. 푸구이와 그의 아내는 춘성에게 어떻게든 살 것을 권유하지만 그는 굴욕과 고통을 참지 못해 자살하고 만다.

　　두 사람의 죽음 역시 행복이 시작되는 지점에서 발생한다는 공통점을 가지고 있다. 부자가 된 것과 현장이 된 것은 마땅히 기뻐해야 할 일이다. 하지만 그런 기쁨이 죽음으로 이어진 것은 아이러니를 넘어 비극으로 느껴진다. 그것도 시대의 변화가 가져온 개인의 불행이다. 다른 인물들에게도 시대의 변화는 개인의 삶을 지배하는 강력한 힘으로 작용한다. 주인공들을 비롯한 인물들은 자신에게 닥친 이런 시련에 저항할 수 없고 저항하려는 의지도 없다. 그저 운명으로 여기고 수용하는 태도를 보인다. 이 점 역시 두 소설의 중요한 특징이라 할 수 있다.

　　『허삼관 매혈기』의 허삼관은 작은 성의 생사 공장에서 누에고치 대 주는 일을 하는 노동자이다. 그는 같은 생사 공장에서 꽈배기를 파는 미모의 '허옥란'과 결혼하여 아들 셋을 둔다. 허씨 부부와 일락, 이락, 삼락 세 아들은 격동의 역사 속에서 힘겹지만 자신을 잃지 않는 삶을 살아간다. 그런데 첫째 아들 일락이 허삼관의 아들이 아니고 하소용과 허옥란 사이에서 태어났다는 사실이 밝혀지면서 여러 가지 사건이 발생한다. 허삼관과 일락의 관계는 독자로 하여금 웃음을 자아내게 하는 동시에 가족애의 의미를 생각하게 해 준다.

　　앞서 말했듯 '매혈'은 이야기 전개에서 중요한 역할을 한다. 이가

다 빠지고 백발이 성성한 노인이 될 때까지 허삼관의 삶의 여정은 곧 피를 팔아 살아가는 과정이기도 했다. 피를 판 이유는 가족을 위해 쓸 돈을 마련하기 위해서였다. 어려서 부모와 친척을 잃은 허삼관은 '굶어 죽지 않을 정도'로 살기에도 벅찬 형편이었다. 집에 아픈 사람이 생기거나 해서 목돈이 필요할 때 허삼관은 피를 팔아서 돈을 마련했다. 일반적으로 생각하는 바대로 매혈은 다른 방법이 없을 때 최후로 선택하는 '벌이'이다. 가볍게 서술되지만 허삼관은 피를 팔면서 피땀 흘려 번 돈이라는 말의 의미를 깨닫는다고 생각한다.

　　그가 처음으로 피를 팔아 한 일은 허옥란과의 결혼이었다. 두 번째로 피를 판 이유는 아들 일락이 대장장이 장씨의 아들을 다치게 해서 치료비를 물어주어야 했기 때문이다. 허삼관은 가뭄에 57일간 이어져 옥수수 죽만 먹은 가족들에게 국수라도 먹이기 위해 네 번째로 피를 팔았다. 다섯 번째 이후로는 몸이 아픈 일락이를 위한 돈을 마련하기 위해 피를 팔았다. 그는 상해에 입원한 일락의 병원비를 마련하기 위해 도시를 옮겨가며 무리하여 피를 팔다가 건강을 심하게 해치기도 했다. 다쳐 누운 임분방이라는 여인을 위해 피를 판 것을 제외하고는 모두 가족을 위해 피를 팔았던 셈이다. 마지막으로 자신을 위해 피를 팔려고 했을 때, 허삼관은 나이가 많다는 이유로 매혈을 거부당한다. 돈이 없어서가 아니라 자신을 위해서도 피를 파는 일을 하고 싶었지만 이제 허삼관은 나이가 들어 그것조차 할 수 없게 되었다. 사는 형편은 나아졌지만 이미 허삼관을 늙어버렸던 것이다.

아버지와 아들 이야기

　　개혁 개방 이후 중국에서 두드러지게 나타나는 사회적 현상의 하나는 혈연관계의 빠른 복구이다.● 급격히 변화하는 시대에 대한 불안 감은 가족을 중심으로 한 혈연관계를 중시하는 경향을 가속화하고 있 다. 두 편의 소설은 중국 사회의 이러한 변화를 어느 정도 반영하고 있 는 것으로 평가된다. 푸구이와 허삼관의 가족은 전통적인 의미의 가족 정서를 그대로 간직하고 있다.

　　『허삼관 매혈기』는 허삼관의 매혈이 중심 서사이지만 그에 못지 않게 허삼관과 일락의 관계가 큰 비중을 차지한다. 일락은 커가면서 동 네 사람 하소용을 닮아간다. 이에 허삼관은 구 년 동안 키워온 일락을 하소용에게 보내고, 하소용은 자기 아들이 아니라며 발뺌을 한다. 어쩔 수 없이 아들을 거두어들인 허삼관은 전과 달리 일락을 다른 아들들과 차별하여 대한다. 허삼관은 자신이 일락이 아버지가 아니라고 책임을 부정하지만 일락에게 문제가 생기면 끝내 피를 팔아 사태를 해결하곤 한다.

　　작품 중반 이후 아들에 대한 허삼관의 애정은 곳곳에서 드러난 다. 대약진 운동 기간 닥친 가뭄으로 허삼관의 가족은 두 달 가까이 옥 수수 죽으로 연명하였다. 그나마 허옥란이 감추어둔 곡식이 있어서 완 전히 굶지 않고 살 수 있었다. 허삼관은 가족들에게 국수라도 먹이기 위 해 피를 팔게 되는데, 자신의 피를 판 귀한 돈으로 남의 아들인 일락이 에게 국수를 먹일 수는 없다고 생각한다. 자신에게는 군고구마만 사주

●유경철, 「'운명'과 이에 대면한 위화의 인물들」, 『중국현대문학』제46호, 2008, 122쪽.

고 나머지 가족들이 국수를 먹으러 가자 일락은 허삼관은 자기 아버지가 아니라며 가출을 시도한다.

> "이 쪼그만 자식, 개 같은 자식, 밥통 같은 자식……. 오늘 완전히 날 미쳐 죽게 만들어 놓고는……. 가고 싶으면 가, 이 자식아. 사람들이 보면 내가 널 업신여기고, 맨날 욕하고, 두들겨 패고 그런 줄 알거 아냐. 널 11년이나 키워 줬는데, 난 고작 계부밖에는 안 되는 것 아니냐. 그 개 같은 놈의 하소용은 단돈 1원도 안 들이고 네 친아버지인데 말이야. 나만큼 재수 옴 붙은 놈도 없을 거다. 내세에는 내 죽어도 네 아비 노릇은 안 할란다. 나중에는 네가 내 계부 노릇 좀 해라. 너 꼭 기다려라. 내세에는 내가 널 죽을 때까지 고생시킬 테니……."(『허삼관 매혈기』, 187쪽)

위 글에는 일락에 대한 허삼관의 복잡한 심리가 그대로 담겨 있다. 우선 일락의 가출은 허삼관을 '미쳐 죽게 만드'는 행위였다. 아들에 대한 애정이 없었다면 허삼관은 이런 감성을 느낄 수 없었을 것이다. 물론 그것이 아들에 대한 순수한 애정이 아니라 주변의 시선을 의식한 감정일 수도 있다. 자신이 일락을 학대한 의붓아버지로 비춰지는 것도 싫었을 것이다. 그러나 무엇보다도 허삼관은 지금까지 친자식처럼 키워 왔음에도 자신이 일락의 계부로 취급받는 것에 가슴 아파하고 있다. 아들에게 아무것도 해준 게 없는 하소용이 일락의 아버지인 것도 그에게는 억울한 일이다. 다시 말해 허삼관은 일락이 미운 것이 아니라 일락이 하소용의 아들이라는 점이 분한 것이다. 위에는 '고생'이라는 말이 사용되는데, 자식을 키우는 일과 함께 집을 나가 허삼관의 마음을 상하게 한 것까지 '고생'에 포함되는 느낌이다. 집으로 돌아온 아들에게 위와 같이 퍼붓고 나서 둘은 국수집으로 향한다. 일락이 "아버지, 우리 지금 국수 먹으러 가는 거예요?"라고 묻자. 허삼관은 온화한 목소리로 "그래."라고 대답한다. 아들을 미워하는 마음과 자신의 처지를 한탄하는 마음이 있었겠지만, 그럼에도 불구하고 허삼관은 아들과의 인연을 어쩌지 못하는 것이다.

일락이의 아버지가 하소용이라는 사실이 알려진 후, 허삼관은 자라대가리(아내가 바람을 피운 못난 남자)가 되어 동네에서 망신을 당하며 살았다. 하지만 이런 주변의 시선을 걷어버리는 사건이 발생한다. 어느 날 일락의 친아버지인 하소용이 교통사고를 당한다. 병세가 좋아지지 않자 사람들은 친아들이 지붕에 올라가 아버지의 이름을 세 번 부르면 영혼이 집을 떠나지 않는다는 미신을 들먹인다. 하지만 주변의 여러 부탁에도 불구하고 일락은 끝까지 하소용의 이름 부르기를 거부한다. 허삼관은 거부하는 아들에게 하소용이 나쁜 짓을 한 것은 알지만 사람 목숨은 소중한 것이니 살려야 한다고 말한다. 일락이 지붕에서 내려 올 때 허삼관은 하소용의 집으로 들어가 식칼을 들고 나온다. 그리고는 하소용의 집 대문 앞에 서서 식칼로 자기 얼굴과 팔을 그어 선혈이 낭자한 상태로 자신과 일락에 대한 이후의 어떤 말도 용서하지 않겠다고 구경 온 마을 사람들에게 경고한다. 이 사건으로 그들의 부자관계와 관련된 갈등은 모두 사라진다.

한편, 앞서 말했듯 푸구이의 삶은 주변 사람들의 죽음을 바라보는 것으로 점철되어 있었다. 그중에서도 아들의 죽음을 견뎌내는 푸구이의 모습은 연민을 자아내게 한다.

구덩이 속에 누워 있는 유칭은 보면 볼수록 작아 보였다네. 십삼 년이나 산 아이라기보다는 자전이 이제 막 낳은 아이 같았어. 손으로 흙을 퍼서 그 위를 덮고 작은 돌멩이들을 골라냈지. 행여 그것들이 유칭의 몸을 아프게 하지는 않을까 걱정이 됐거든. 유칭을 묻고 나니 어슴푸레 날이 밝아왔지. 천천히 집으로 걸어가면서 몇 걸음마다 한 번씩 뒤를 돌아봤다네. 그렇게 걸어서 대문 앞에 이르니, 이제 더 이상 아들을 볼 수 없다는 생각에 울음이 터져 나왔지. 하지만 자전이 들을까 봐 입을 틀어막고 그 자리에 주저앉았다네. 그렇게 한참을 앉아 있다가 사람들이 일하러 가는 소리를 듣고서야 일어나 집으로 들어갔지.(『인생』, 195쪽)

푸구이가 유칭에게 늘 자상한 아버지였던 것은 아니다. 그를 흔쾌히 학교에 보내지 않았고, 학교에 찾아가 엉뚱한 행동을 해서 아들을 창피하게 만들기도 했다. 형편이 어려워지자 아들이 애지중지 키우던 양 두 마리를 성 안으로 끌고 가 팔기도 했다. 그는 아들에게 신발이 닳는다고 뛰어다니지 말라는 말을 하면서도 그의 해진 신발을 보며 안타까워한 적도 있다. 하지만 위 글에는 죽은 아들을 손수 묻은 아버지의 감정이 잘 나타나 있다. 아이가 유난히 작아 보인다고 느끼거나, 누운 아이가 돌멩이 때문에 아플까 걱정하는 장면은 아들에 대한 그의 애정이 매우 깊었음을 잘 보여준다. 걸음을 옮기며 자꾸 뒤를 돌아보는 모습도 인상적이다. 아들을 묻을 때까지 억지로 참아왔던 그의 눈물은 집에 돌아와 결국 터지고 만다.

푸구이는 유칭의 죽음을 아내에게 알리지 않기 위해 아들이 여전히 병원에 입원해 있는 것처럼 연극을 한다. 아들이 죽은 날부터 푸구이는 낮에는 밭에서 일하고 저녁이면 성안 병원에서 유칭을 돌보는 것처럼 행동한다. 실제로는 일이 끝나고 날이 어둑어둑해지면 유칭의 무덤 앞에 가서 우두커니 앉아 있곤 한다. 밤이 깊어져 바람이 얼굴 위로 불어오면 그는 죽은 아들과 두런두런 이야기를 나눈다. 그렇게 한밤중까지 앉아 있다가 집으로 돌아온다. 여러 가지 이유로 아들에게 충분한 사랑을 주지 못한 아버지의 회한에 젖은 애처로운 모습이라 할 수 있다.

역사와 개인의 이분법

위화 소설에서 중국 근대사의 주요 사건들은 단순한 배경이 아니라 인물들이 삶에 직접적인 영향을 미친다.

금년이 1958년, 인민공사, 대약진, 제강생산운동…… 또 뭐가 있지? 아, 우리 아버지 땅하고 넷째 삼촌의 논밭이 다 회수됐지. 앞으로는 자기 소유의 논밭을 가질 수 없는 거라구. 전부 국가에 귀속되는 거지. 즉 국가로부터 논밭을 빌려서 농사를 짓는 거라 이거야. 수확할 때 역시 당연히 국가에 공납을 해야 하고. 에에, 국가가 결국은 이전의 지주가 되는 것이지. 물론 국가가 지주란 뜻은 아니고, 인민공사라고 해야겠지…….(『허삼관 매혈기』, 145쪽)

문화대혁명이 무엇이냐? 개인적인 원수를 갚을 때 말이지. 예전에 누가 당신을 못 살게 굴었다 치자구. 그러면 대자보를 한 장 써서 길거리에 붙이면 끝이야. 법망을 몰래 피한 지주라고 써도 되고, 반혁명분자라고 써도 좋다. 아무렇게나 써도 된다고. 요즘은 법원이라는 것도 없고, 경찰도 없다구. 요즘에 제일 많은 것이 바로 죄명이야. 아무거나 하나 끌어와 대자보에 써서 척 붙여 버리면 당신은 손쓸 필요도 없이 다른 사람들이 잡아다 작살을 내 버린다. 이 말씀이야······.(『허삼관 매혈기』, 212쪽)

대약진 운동과 문화대혁명에 대한 허삼관의 해석이 담겨 있는 부분이다. 작가가 운동이 현실에서 어떻게 이해되고 실현되었는지를 비판하는 대목이기도 하다. 실제로 대약진이라는 이름으로 행해진 많은 일들이 실패로 끝났고, 이 실패 때문에 마오쩌둥은 정치 일선에서 잠시나마 물러나야 했다. 허삼관처럼 개인의 땅이 국가 소유로 바뀌는 것을 지주가 바뀌는 것 정도로 이해하는 것은 매우 소박한 인식이기는 하다. 하지만 철 생산을 위해 솥을 부시고, 참새를 잡기 위한 작전을 펼치던 당시의 정책들 역시 터무니없는 것들이었다. 정책의 실패는 단순히 정치적인 데 그치는 것이 아니었다. 그 여파는 심한 기근으로 나타났는데, 두 소설에서 다루는 굶주림은 그 기근의 결과였다.

문화대혁명은 자본주의적 유재를 철폐한다는 취지를 가지고 출발하였다. 하지만 허삼관의 눈에 비친 혁명은 개인적인 원한을 갚기 위한 좋은 기회 이상도 이하도 아니었다. 그는 언론의 자유를 위해 활용되었던 대자보도 타인을 모함하는 수단 정도로 전락했다고 본다. 법과 경찰은 없고 홍위병의 득세 속에 죄만 넘친다는 말도 당시 분위기를 짐작하게 해 준다. 실제 허삼관의 부인 허옥란은 하소용과의 관계 때문에 행실 나쁜 여자로 몰려 비판의 대상이 된다. 그녀는 자아비판을 위해 목에 나무 판을 걸고 성 안의 거리에 서 있어야 했다. 한번 비판의 대상이 된 사람을 섣불리 변명했다가는 그것조차 반동으로 몰리던 시절이었다. 허삼관에게 문화대혁명 기간은 인정이나 설득이 통하지 않는 복수의 시대였다.

그런데 이렇게 역사적 사건을 그것도 비판적으로 언급하고 있음에도 불구하고 두 소설은 역사가 개인에게 가하는 압력 이상을 말하지는 않는다. 분명 『인생』과 『허삼관 매혈기』에는 중국의 근대사가 고스란히 담겨 있다. 그리고 그러한 역사 때문에 고통받았던 사람들의 모습도 잘 그려져 있다. 하지만 두 소설 모두 개인에게 고통을 주었던 사회 질서에 대한 탐색이나, 고통받은 개인의 내면 천착은 미흡한 편이다. 이런 특징 때문에 위화 소설은 애초부터 세계와 현실에 대한 구체적인 이해와 관점을 갖고 있지 않다는 비판을 받기도 한다. 위화 소설에서 현실의 질서는 흔히 '운명'이라는 말로 표현된다. '운명'이라는 말은 거역할 수 없는 외부의 강한 힘을 강조할 수 있지만, 한편으로 그 힘의 실체를 파악할 수 없다는 체념을 담고 있기도 하다. 또, 작가가 그것을 파악할 의지가 없음을 암시하기도 한다.●

결국 위화가 강조하는 것은 잘못된 현실 구조에 대한 비판이 아니라, 단순히 어렵게 살아가는 사람들에 대한 애정일지 모른다.

허리띠로 콕 목을 매 죽고 싶었다네. 그런 생각을 하며 다시 걷는데, 느릅나무 한 그루가 보이더군. 하지만 그냥 물끄러미 쳐다보기만 했을 뿐, 허리띠를 풀 생각은 애당초 없었다네. 사실 난 죽고 싶었던 게 아니라 나 자신에게 화낼 방법을 찾았던 것뿐이거든. 게다가 내가 죽는다고 노름빛이 없어지는 게 아니란 생각도 들었다네. 그래서 이렇게 혼잣말을 했지.

"그만 두자, 죽지 말자구."

<hr />

●유경철, 「'운명'과 이에 대면한 위화의 인물들」, 『중국현대문학』제46호, 2008, 122쪽.

그 빚은 없어지기는커녕 아버지한테로 넘어가겠지. 아버지를 생각하자 가슴 한 구석이 저려왔다.(『인생』, 43쪽)

노름으로 재산을 날리고 죽음을 생각한 푸구이가 다시 삶의 의욕을 보이는 장면이다. 죽고 싶었던 것이 아니라 자신에게 화가 났었다는 것을 깨닫기 위해 그는 시간이 필요했을 뿐이다. 비록 죽음을 생각한 이유가 지극히 개인적인 차원이긴 하지만, 다른 고통을 느낄 때도 그의 반응은 크게 다르지 않다. 푸구이는 현실적으로 벌어진 일은 어쩔 수 없고, 살아 있는 한 사람은 어떻게든 살게 마련이라는 생각을 가진 인물이다. 그는 역사적인 문제에도 유사한 반응을 보인다. '나'에게 과거 이야기를 들려주면서 그는 평범한 백성인 자신은 나라 일에 관심이 없는 게아니라 뭐가 어떻게 돌아가는지 잘 몰랐고 그래서 주어진 대로 살았다고 말한다. 그는 상부의 말을 들었고 상부에서 뭐라 말을 하면 그런가보다 하고 행동했다는 것이다. 사실 그는 아무것도 예상하지 못했으며 어떤 결과도 감내하며 살아왔을 뿐이다.

다음은 자신의 죽음을 준비하는 푸구이의 태도를 알 수 있는 글이다.

나는 편히 생각하기로 했다네. 내가 죽을 차례가 되면 편안한 마음으로 죽으면 그만인 거야. 내 주검을 거둬줄 사람을 구태여 바랄 필요가 없단 말일세. 마을 사람들 중에서 누군가는 와서 묻어줄 거 아닌가. 그렇게 하지 않으면 냄새가 나서 견딜 수가 없을 테니. 나는 남들한테 공짜로 나를 묻어 달라 하지는 않을 거라네. 베개 밑에 십 위안을 넣어뒀는데 그 돈은 내가 굶어 죽는 한이 있어도 건드리지 않을 거야. 마을 사람들 모두 그 돈이 내 시체를 거둬줄 사람 몫이라는 걸 알고 있어. 또 내가 죽은 다음 자전이랑 우리 애들이랑 함께 묻히고 싶어 한다는 것도 알고 있고 말이야.(『인생』, 278쪽)

죽음에 대한 초연한 인물의 태도를 볼 수 있다. 이제 노인이 신경 쓰는 것은 죽음 자체가 아니라 자신의 죽음 이후이다. 그는 자신의 시체를 거두어줄 가족은 없지만 누군가 자신을 거두어줄 것이라 믿는다. 사람들이 특별히 인정이 많아서이거나, 자신이 남들에게 특별히 잘한 일이 많아서 그렇다고 생각하지는 않는다. 그는 살아 있는 사람들이 죽은 이의 냄새를 견딜 수는 없다고 생각한다. 죽은 이는 치워야 하고 산 자는 살아야 하는 것이 인생임을 그는 알고 있다. 그렇더라도 푸구이는 자신을 치워줄 사람에 대한 예의를 갖추려 노력한다. 자신은 죽은 가족 옆으로 갈 것이고 베개 밑 십 원은 자기를 치워준 사람에게 갈 것을 믿기 때문에 푸구이는 큰 걱정이 없다.

일반적으로 소설 속 인물은 같은 시대를 살았던 다양한 사람들의 모습을 종합해 보여준다. 이 소설 역시 그렇다. 푸구이와 허삼관은 다른 성격을 가졌지만 가난 속에서 정치에 휘둘리며 살았던 수많은 인물들을 대표한다. 두 사람을 보며 우리는 삶은 왜 이렇게 고단한지, 대체 사는 게 뭔지, 우리는 무슨 목적을 위해 사는지 등의 질문을 하게 된다. 이 질문에 대한 소설의 답은 명확하다. 작가는 자신의 서문에서 밝힌 대로 사람은 사는 것 자체를 위해 사는 것이지 다른 어떤 목적을 위해 사는 것은 아니라고 두 인물을 통해 주장하고 있다.

삶의 무거움과 가벼움

위화의 소설은 한국 소설이 잃어버린 근대에 대한 관심을 놓지 않고 있다. 그의 소설에는 인간의 구체적이고 일상적인 삶이 담겨 있으며, 과거와 현재의 변화가 녹아 있다. 무엇보다 역사를 여전히 문제 삼고 있다는 점에서 위화의 소설은 '근대 소설적' 매력을 가지고 있다. 앞의 두 소설만 해도 굵직굵직한 역사적 사건을 다루는 것은 물론 거기에서 비롯되는 가족의 문제, 삶의 문제를 주제로 삼고 있다.

심각하고 무거운 상황을 웃음과 가벼움으로 담아내는 것은 위화 소설의 장점이다. 위화 소설의 인물들은 어둡고 절망적인 현실에 놓여 있지만 결코 자신의 삶을 포기하지 않는다. 그들은 뚜렷한 목표를 가지고 있거나 남다른 의지를 품고 있지 않지만, 주어진 환경을 받아들이며 자신 앞에 놓일 길을 묵묵히 걸어간다. 이런 삶을 묘사하는 위화의 문체는 가볍고 어조는 익살스럽기까지 하다. 이런 가벼움은 비관적인 시선으로 현실을 바라볼 때보다 더 큰 슬픔을 만들어내기도 한다.

『인생』과 『허삼관 매혈기』는 전통적인 이야기 형식을 따르고 있다. 갈등하고 고민하는 인간이 아니라 행동하는 인물이 겪은 일을 사건 순서에 맞추어 기술하고 있다. 우리는 작가로부터 그들의 '기막힌 인생'에 대한 이야기를 듣는 셈이다. 이념을 내세우지도 남에게 해를 끼치지도 않는 사람들의 힘겨운 삶을 통해 독자들은 역사가 개인에게 가한 고통을 새삼 돌아보게 된다. 작가가 직접 말하고 있지는 않지만, 순박하고 단순한 인물들이 쉽게 살아갈 수 없는 시대는 마땅히 비판과 야유를 받을 만하다.

두 편의 소설은 모두 가족, 특히 아버지를 중심으로 전개된다. 아버지는 격변의 시대를 고통스럽게 살아온 개인들의 모습을 대표한다. 하지만 위화 소설은 힘겹게 살아온 개인의 삶은 잘 보여줄지언정, 그들을 둘러싼 사회 질서에 대한 깊이 있는 천착을 시도하지는 않는다. 개인에게 역사는 거역할 수 없는 힘으로 존재할 뿐, 이해하거나 저항할 수 있는 대상은 아니다. 이것이 우리가 위화가 그린 현실에 감동하면서도 그의 소설에서 무언가 부족함을 느끼는 이유이다.

중국 문화혁명 세대의 새로운 소설들

모옌, 『홍까오량 가족』, 박영애 역, 문학과지성사, 2007.

『홍까오량 가족』 표지

『홍까오량 가족』은 각기 지면을 달리하여 발표된 다섯 편의 중편을 하나로 엮은 연작 장편소설이다. 이 소설의 작가 모옌은 현재 국내외가 인정하는 중국어권 최고의 소설가로 꼽힌다. 그는 2012년 노벨 문학상을 수상한 바 있다. 이 소설은 대략 1920년대 중반부터 1940년대 초반까지의 중국 산둥 성 까오미 현을 그 배경으로 하고 있는데, 착취와 부역 등 일제의 억압에 맞서는 중국 민초들의 모습을 사실적으로 묘사하고 있다.

소설은 병을 앓고 있는 고량주 양조장집 아들에게 팔리듯 시집가던 따이펑리옌이 꽃가마를 메던 위잔아오와 사랑에 빠져 '나'의 아버지를 잉태하는 것으로 시작한다. 위잔아오는 양조장집 부자를 살해해 따이펑리옌이 그 안주인이 되도록 한 뒤에 양조장에 일꾼으로 들어간다. 그는 점차 영웅적인 면모를 보이며 인근의 민중들을 통솔하기 시작한다. 그는 중국을 침략하여 민중들에게 이중의 고통을 강요한 일본 세력에 강하게 저항한다. 그의 조직은 부패한 관료사회를 믿지 않는다는 점에서 다분히 반체제적인 성격도 띠었다.

모옌은 소설의 배경이 되는 붉은 수수밭은 산둥 사람들의 민족정신을 상징한다고 말한다. 그의 고향인 까오미 현은 해마다 여름과 가을만 되면 홍수가 나서 키 작은 농작물을 심을 수 없는 곳이었다. 오로지 키가 큰 수수만 심을 수 있었다. 수수는 자연재해 앞에서도 가장 높은 자리에 알알이 열매를 맺는데, 이것이 험난한 역사적 격랑 속에서도 굴하지 않는 민초들의 모습과 닮았다는 것이다. 이 소설 중 일부 내용은 장이모우 감독에 의해 〈붉은 수수밭〉이란 영화로 제작된 바 있다.

옌롄커, 『인민을 위해 복무하라』, 김태성 역, 웅진지식하우스, 2008.

류전윈, 『닭털같은 나날』, 김영철 역, 밀리언하우스, 2011.

쑤퉁, 『쌀』, 김은신 역, 아고라, 2013.

장이모우 감독, 〈인생〉(1994)

전쟁의 피해자와 가해자

해방, 승전, 패전

1945년 8월 15일은 공식적으로 제2차 세계대전이 끝난 날이다. 이날 오후 일본 천황의 목소리가 방송을 통해 흘러나오고, 종전 소식은 세계 곳곳에 전해졌다. 전쟁이 끝남으로 인해 20세기 초반 일본에 의해 주도되던 동아시아 질서에도 변화가 일어났다. 군사력과 경제력 면에서 다른 동아시아 국가를 압도했던 일본의 힘은 긴 전쟁을 통해 약화되었고, 미국이라는 거인이 동아시아 질서를 이끄는 주역으로 등장했다. 뒤늦게 아시아 지역 전쟁에 참여한 소련도 이 지역에 대한 영향력을 높여갔다. 전쟁 기간 동안 진행된 중국 대륙의 변화는 사회주의 정권의 탄생을 준비하고 있었다. 두 나라 사이에 낀 한반도는 미국과 소련에 의해 분할 점령되는 불운을 맞이하였다.●

총소리는 멎었지만 한-중-일 세 나라에게 종전의 의미는 달랐다. 우리에게 종전은 패전국 일본으로부터의 해방이었다. 미국-영국-소련과 함께 태평양 전쟁의 교전 당사국이었던 중국에게 종전은 당연히 승전의 의미를 갖고 있었다. 반대로 연합국의 항복 요구를 받아들인 일본은 스스로 어떻게 규정하든 객관적으로 패전국이 될 수밖에 없었다. 종전의 의미가 달랐던 만큼 전쟁에 대한 각국의 의미 부여도 당연히 달랐다. 중국에게는 침략자 일본에 대한 항전이 승리한 것을 기뻐할 충분한 이유가 있었다.

하지만 일본과 우리나라의 사정은 조금 복잡했다. 일본의 경우 전쟁에 대한 책임을 자인하는 이들이 많았지만, 일부는 자신들은 가해자가 아니라 피해자라는 인식을 가지고 있었다. 대동아 공영권이라는 명분과 원폭에 대한 분노가 이런 생각을 이끈 것으로 보인다. 일본의 식민지였던 우리는 전쟁에 주체적으로 참여할 수 있는 입장이 아니었다. 따라서 승전국이 될 수 없었다. 오히려 일본과 마찬가지로 무장 해제를 위한 점령군을 받아들여야 하는 처지였다. 대다수의 민족구성원들은 일본의 패전을 환희로 받아들였지만 일부 구성원들은 지지하던 일본 군대의 패전을 두고 복잡한 심경에 빠질 수밖에 없었다. 본의든 아니든 많은 이들이 일본의 승전을 기원했었고 우리의 일본화를 당연한 것으로 받아들이고 있었다.

이런 다양한 사정 때문에 우리에게 종전은 문제의 종식인 동시에 새로운 문제의 시작이었다 할 수 있다. 먼 곳에 흩어져 있던 병사·노동자들의 귀환, 전쟁 책임자에 대한 처벌, 새로 건설될 국가의 형태 등

●일본이 연합국에 항복 조항이 있는 포츠담 선언을 받아들이겠다고 선언한 날은 8월 14일이다. 포츠담 선언에 서명하여 일본이 공식적으로 항복한 날은 1945년 9월 2일이다. 현재 중국은 9월 3일을 승전일로 기념하고 있다. 우리 역시 정부가 들어선 것은 1948년이 되어서이다. 이 글에서는 이렇듯 의미 있는 여러 날짜를 모두 고려할 필요는 없다고 생각해 1945년 8월 15일에 의미를 집중시켰다.

산적한 문제가 너무도 많았다. 국내적으로는 분단 상황의 해결과 친일 잔재의 처리가 당면 문제였다. 중국은 전쟁 기간 불거진 공산당과 국민당의 갈등을 어떻게든 해결해야 했다. 패전국 일본에게는 경제 재건은 물론 전후의 절망적 분위기를 추스르기 위한 노력이 절실히 필요했다. 이 모든 문제를 해결하기 위해 삼국은 모두 미국과 소련이라는 새로운 강대국의 눈치를 보아야 했다.

각기 다른 속사정을 안고 있었기에 세 나라는 상대방의 사정을 깊이 생각할 여유가 없었다. 서로 큰 영향을 미칠 형편도 아니었다. 이런 당시의 상황은 지금도 크게 달라지지 않았다. 각기 자기 사정을 절실히 내세우고 있지만, 현재까지도 상대방 입장을 이해하려는 노력은 부족한 편이다. 경험자의 증언, 교과서, TV드라마, 역사 소설 등 대중들이 접할 수 있는 역사에서는 여전히 자국 중심으로 서사를 재생산해내고 있다. 어쩌면 전쟁과 같이 피아의 구분이 확실한 행위에서 객관적인 상호 이해를 찾는 일이 무리일지도 모른다.

해방 이후 철저히 민족주의 교육을 받은 우리 국민들은 일본이 전쟁의 피해자라는 생각을 하기 어렵다. 알려진 대로 전쟁을 일으키기 전부터 일본은 우리 국토를 수십 년 동안 침탈해 왔다. 그들의 전쟁에 동원되어 얼마나 많은 젊은이들이 목숨을 잃었고, 얼마나 많은 여성들이 고통을 당했는지를 생각하면 그들에 대한 일말의 동정도 아까울 수 있다. 하지만 많은 일본인들은 기울어 가는 전쟁에 '굳이' 두 발의 원자폭탄을 떨어뜨린 미국의 행위를 용서하려 하지 않는다. 그들은 그로 인해 죽은 이들에 대해 안타까워하고 있다. 원폭이 가져온 엄청난 피해를 강조하면서 자신들이 저지른 상대적으로 '소소한' 행위들에 대한 반성을 뒤로 미루는 이들도 있다. '난징 대학살', '정신대 문제', '포로 학대 문제'는 일본 우익들에게 그리 큰 문제가 아닌 것 같다.

　여기서 살펴볼 두 편의 소설은 일본의 패전 전후를 다루고 있다. 『검은 비』•는 히로시마 원폭 피해자들을 다루고 있는 소설이고, 『포로기』••는 필리핀에서 미군의 포로가 된 일본 병사의 이야기이다. 앞의 소설은 원폭 피해의 양상과, 원폭 피해를 입고 살아가는 사람들의 비참한 현실을 다룬다. 뒤의 소설에는 억지로 끌려온 전쟁에서 적의 포로가 된 지식인의 사색이 담겨 있다. 우리로서는 조금 생소한 패전국 국민들의 상태를 다루고 있다는 점에서 두 소설은 관심을 가져볼 만하다. 두 편의 소설을 통해 종전 전후의 일본에 대해 모두 이해하는 일은 불가능하겠지만, 일본인이 경험한 전쟁은 어떤 것이었는지 조금은 짐작해 볼 수 있을 것이다.

태평양 전쟁의 시작과 끝

　19세기에서 20세기 초까지 근대화에 뒤처진 많은 지역이 제국주의 국가들의 침략을 받고 식민지로 전락하였다. 인도나 동남아시아, 아프리카는 대표적인 예라 할 수 있다. 남아메리카는 이미 전부터 서구 열

●이부세 마스지井伏鱒二. 일본 히로시마 현 가모 출생. 1898년 2월 15일~1993년 7월 10일. 대표작으로 『요배 대장遙拜隊長』(1950), 『검은 비黑い雨』(1966)가 있다. 이 글의 텍스트는 김춘일 번역의 소화출판사판(1999)이다.
●●오오카 쇼헤이大岡昇平. 일본 도쿄 출생. 1909년 3월 6일~1988년 12월 25일. 대표작으로 『포로기俘虜記』(1948), 『무사시노 부인武藏野夫人』(1950)이 있다. 이 글의 텍스트는 허호 번역의 문학동네판(2010)이다.

강들의 식민지였고 오히려 독립을 위한 노력을 경주하고 있었다. 이 시기 동아시아는 아서구(亞西歐)를 자임한 이웃 국가의 침략을 받았다. 근대화가 늦은 만큼 일본의 이웃 침략도 시기적으로는 서구에 뒤졌다. 하지만 그 속도는 전혀 뒤지지 않았다.

19세기 말부터 일본은 끊임없이 전쟁을 도발했다. 청일 전쟁(1894)과 러일전쟁(1904)의 승리로 대만과 조선을 식민지로 삼고, 만주에까지 손을 뻗었다. 1931년에는 만주사변을 통해 푸이를 황제로 한 괴뢰국가 만주국을 세웠다. 1937년 7월에는 루거우차오사건(蘆溝橋事件)을 조작해 중국을 본격적으로 침략하기 시작하였다. 일본군은 순식간에 베이징을 점령하고 중화민국 수도였던 남경까지 점령하였다. 그러나 중국도 수도를 충칭으로 이전하고 미국 등의 지원을 받아 일본에 대응하기 시작하였다. 이에 중일 전쟁은 일본의 의도와는 다르게 장기화의 길로 접어들었다. 이 과정에서 일본은 난징 대학살을 저질러 도덕적으로 치명적인 상처를 입게 되었다.

1930년대 일본의 전쟁은 세계적인 경제공황과 떼어 생각하기 어렵다. 공황을 극복하고 자본주의의 지속적인 발전을 이루기 위해 일본은 전쟁과 식민지가 필요했다. 전쟁은 대량의 생산과 소비를 유지할 수 있는 좋은 방법이었기 때문이다. 그러나 전쟁이 장기화되면서 일본은 전쟁을 위한 지하자원 및 원료의 부족으로 심각한 어려움에 부딪혔다. 게다가 미국은 일본의 전쟁에 항의하여 1939년 미일 통상 조약을 파기하였다. 이후 미국은 일본에 대한 석유, 철광 등 지하자원 수출을 완전히 중단했다.

태평양 전쟁은 1941년 12월 8일 궁지에 몰린 일본이 미군의 해군기지 진주만을 기습 폭격한 사건으로 시작되었다. 하지만 태평양 전쟁은 일본이 기왕에 수행 중이던 중일 전쟁과 동남아시아 침략의 연장 선상에 놓인다 할 수 있다. 기름을 얻기 위해 진행하던 인도차이나 반도 침략에 대해서 미국은 즉각 철수를 요구했지만 일본은 받아들이지 않았다. 이어지는 미국의 금수조치와 미국 내 일본인 재산 동결은 일본을 더 궁지로 몰아넣었다. 이에 일본은 미국을 직접 공격한 후 협상을 통해 태평양에서의 권리를 보장 받으려 하였다.

동남아시아 전역으로 전쟁을 확대하면서 일본은 대동아공영권(大東亞共榮圈)을 구축한다는 논리를 내세웠다. 대동아공영권은 서방 세력의 영향을 몰아내고 독립된 아시아 블록을 만들자는 주장을 담고 있다. 일본에 의하면 이는 아시아 각국의 공동번영을 모색하는 새로운 국제질서의 창안이며, 아시아에 번영과 평화를 가져올 수 있을 구상이었다. 물론 이는 1930년대 시작되어 태평양 전쟁까지 이어진 일본의 아시아 침략 행위를 정당화하기 위한 궤변에 불과했다. 일본은 서양 제국이 차지하고 있는 자리를 자신들이 대신하고 싶었을 뿐이다.

일본의 긴 침략 전쟁은 한반도에도 많은 영향을 미쳤다. 중일 전쟁부터 제2차 세계대전에 이르는 기간 동안 일본에서는 전시 국가총동원을 비롯한 여러 가지 비상조치가 시행되었는데, 식민지였던 한반도에서는 그것들이 더욱 심하게 실시되었다. 일제는 이 시기에 이른바 내선일체(內鮮一體)라는 구호를 내걸고 민족말살정책을 추진했다. 내선일체는 일본과 조선은 한 몸이라는 뜻으로, 조선인의 정신을 말살하고 조선을 착취하기 위하여 만들어 낸 구호였다. 이를 위해 일제는 한반도에서 일본어 교육을 실시해 나갔으며, 모든 민족적인 문화 활동을 금지하였다. 이밖에도 일제는 황국신민화(皇國臣民化) 정책을 실시해 황국신민의 서사제창, 신사참배 등을 강요했다. 이 정책은 조선인에게 일본제국,

천황에 대한 충성을 강요하는 것이었다. 이에 따라 조선인에게도 황국 신민의 의무라는 징병, 징용 등이 강제되었다.

　　1945년 이전에 전세는 이미 기울어져 가고 있었지만 일본은 본 토에서 끝까지 항쟁한다는 각오를 다지고 있었다. 이러한 일본의 의지 를 꺾고 이른 전쟁의 종식을 가져온 것이 두 번의 원자폭탄 투하였다. 첫 번째 폭탄은 히로시마에, 두 번째 폭탄은 나가사키에 떨어져 교전국 에게 이전의 전쟁에서는 볼 수 없었던 엄청난 피해를 안겨주었다. 원자 폭탄 투하는 인간의 무기가 어디까지 발전할 수 있는지, 얼마나 파괴적 일 수 있는지를 실제로 보여준 사건이었다. 히로시마에 떨어진 폭탄의 이름은 역설적이게도 '리틀보이'였다. 나가사키에 떨어진 폭탄의 이름 은 '팻맨'이었다.

　　당시 히로시마는 산업 도시였으며 군사적으로 중요한 거점이었 다. 많은 병영이 설치되어 있었으며 일본 제국 육군 5사단 사령부와 일 본 영토 남쪽 전체 방어를 지휘하는 제2 육군사령부가 위치해 있었다. 또한 이 도시는 제2차 세계대전 당시 미군의 폭격을 당하지 않는 몇 안 되는 도시들 중 하나였다. 이러한 요인들로 인해 히로시마는 원자폭탄 투하 시 폭발 규모를 측정하기에 좋은 조건을 갖춘 곳이기도 하였다.

　　1945년 8월 6일 아침 8시 9분 B29에서 폴 티베츠 대령은 원자폭 탄 리틀보이를 투하했다. 60킬로그램의 우라늄 235가 담긴 리틀보이는 히로시마 현지 시각 8시 15분에 투하되었다. 리틀보이는 옆바람 때문에 본래 조준했던 아이오이 다리에서 240 미터 벗어난 시마 외과 병원에 투하됐다. 이 폭탄은 TNT 13킬로톤에 상응하는 폭발을 일으켰으며, 반 경 1.6킬로미터 이내의 모든 것을 파괴했다. 미국은 도시의 12제곱킬로 미터가 파괴된 것으로 측정했으며, 일본은 히로시마의 건물 69%가 파괴됐으며 나머지 건물의 6~7%도 손상을 입었다고 보고했다. 7만 명이 원폭 투하 당시 그 자리에서 즉사하였으며, 1945년 말까지 90,000명에서 166,000명이 사망하였다. 사흘 뒤 나가사키에도 원자폭탄이 떨어지고 일본은 연합국이 예상했던 날짜보다 이른 14일 항복을 통보하였다.

　　누가 시작했든 전쟁은 일본의 패전으로 마무리되었고, 전쟁을 겪은 일본인들은 그들 나름의 상처를 딛고 새로운 출발을 도모해야 했다. 개인이란 어차피 현재를 살 수밖에 없고 주어진 조건 안에서 가능한 삶을 유지할 수밖에 없다. 전쟁을 겪은 일본인의 입장에서 그들의 침략 전쟁 전체를 조망하는 일은 쉽지 않았을지 모른다. 극소수를 제외한 사람들에게 전쟁은 무엇보다도 고통스러운 일이었을 것이다. 히로시마 원폭을 다룬『검은 비』나 포로 체험을 담은『포로기』나 전쟁이 준 고통의 기록이라는 점에서는 다르지 않다.

수 기 형 식 의 소 설

　　폭탄이 떨어지기 전 히로시마 시민들의 일상을 상상해보자. 전쟁에 필요한 물자는 징발되고, 식료품 등 생활 물자는 부족하다. 늘 부족한 물품들 때문에 암시장이 활성화되고 불리한 전황 때문에 모두 불안한 마음으로 하루를 시작한다. 저녁에는 등화관제가 실시되어 불을 켤 수 없거나 두꺼운 커튼으로 창문을 가리고 생활한다. 낮에도 공습경보가 울리면 방공호를 찾아 대피해야 한다. 공장은 거의 군수물자를 생산하는 데 동원되었으므로 노동자들도 전쟁에 필요한 물자를 만들게 된다. 정부에서 본토 사수의 결전을 강조하는 것으로 보아 전세가 기울고 있다는 사실을 짐작할 수 있지만, 전쟁 상황에 대한 비관적인 이야기를 함부로 하는 사람은 없다.

그리고 인류사에서 최초로 원자탄이 히로시마 시내에 떨어졌다. 사람들은 고성능 폭탄이 떨어졌다는 짐작은 했지만 그 파괴력이 어느 정도인지는 아무도 알지 못했다. 히로시마 시내에 있던 사람들의 피해가 막심했던 것은 말할 것도 없고 시내에서 수십 킬로미터 떨어진 곳에 있던 사람들도 피해를 입었다. 섬광을 본 사람, 열에 노출된 사람, 낙진에 접촉한 사람들은 직접 목숨을 잃지 않더라도 평생 병을 안고 살아가야 했다. 『검은 비』는 이런 피해를 입은 히로시마 사람들에 대한 이야기이다. 죽은 사람, 장애를 입은 사람, 후유 장애를 입은 사람들의 규모는 통계를 통해서도 확인할 수 있다. 그러나 소설로 읽었을 때의 느낌은 기록이나 숫자로 볼 때와는 매우 다르다.

고바다케촌의 시즈마 시게마쓰는 조카딸 야스코의 혼사와 관련하여 부담을 느껴왔다. 그녀가 원폭증 환자라는 소문이 나서 혼사가 이루어지기 어려웠기 때문이다. 그녀가 폭격 당시 히로시마 시내의 제2중학교 봉사대로 일하고 있었다는 소문이 난 것인데, 사실 그녀는 그날 아침 히로시마 외곽인 일본 섬유 주식회사에 출근하고 있었다. 원폭에 영향을 받아 머리가 빠지고 기력이 쇠약해 지는 증상을 앓고 있는 이는 사실 시게마쓰 자신이었다. 그는 출근길에 피폭되었다. 전쟁 후 수년이 지난 지금도 그는 노동은 물론 산보조차 오래 하지 못한다.

전쟁 후 몇 년이 지난 시점에서 시게마쓰는 자신의 경험을 후세에 전하기 위해 전쟁 직후 썼던 '피폭 일기'를 정서하는 데 힘을 기울인다. 야스코 역시 원폭을 당하던 날 전후의 일을 일기로 기록해 두었는데, 시게마쓰는 아내에게 그 일기를 정서하는 일을 맡긴다. 그러나 몇 년이 지난 후 야스코에게서도 피폭 증상이 나타나기 시작한다. 전쟁 직후에는 증상이 없었는데 시간이 지나면서 예기치 못한 증상이 나타난 것이다. 병원에 입원한 야스코는 병상 일기를 쓴다. 시게마쓰는 투병 중인 그녀에게 힘을 주기 위해『히로시마 피폭 군의 후보생 이와다케 히로시의 수기』를 얻어 읽는다.

　　이처럼 이 소설에는 네 편의 일기 혹은 수기가 등장한다. 야스코의 원폭증과 관련된 현재 이야기에 전쟁 체험과 관련된 세 편의 글이 삽입되는 것이다. 야스코의 병상 일기는 이들 세 편과 성격을 조금 달리한다. 1945년 8월 6일 전후를 기록한 세 편의 글을 통해 이 소설은 원폭 당시의 상황을 생생하게 전달하고 있다. 폭탄의 파괴력은 물론 피폭이라는 미증유의 사태에 대응하는 사람들의 모습을 섬세하게 그려낸다. 그중 가장 많은 분량을 차지하는 것은 시게마쓰의 피폭 일기이다. 이 일기의 첫 장에는 "1945년 9월, 피난처인 히로시마현 안사군 후루이치마치의 한 셋방에서 시즈마 시게마쓰 이를 쓰다. '피폭일기(被爆日記)'라 이름 붙이노라."(48쪽)라고 쓰여 있다. 이후 날짜별로 자신의 행적과 주변의 풍경을 세세히 기록하고 있다.

　　야스코 일기의 핵심은 '검은 비'에 관련된 내용이다. 시게마쓰 부부는 그녀의 일기를 정서하는 과정에서 이 부분은 고의로 생략한다. 정서된 일기를 결혼 중매인에게 보여줄 예정이기에 야스코의 피폭에 대해 좋지 않은 기록을 남길 필요가 없다고 판단했기 때문이다. 그녀의 일기 중 검은 비를 다룬 부분은 다음과 같다.

　　오전 10시쯤인 듯, 우레 소리가 요란히 울리며 검은 구름이 시내 쪽에서 밀려와 만년필 굵기 정도의 장대비가 쏟아지고 있었다. 한여름인데도 오싹오싹할 정도로 추웠다. 비는 금세 멈췄다. 나는 멍한 상태였던 것 같다. 여름날 오후에 소나기가 쏟아진 것은 트럭에 타고 있을 때부터 가 아닌가 하고 생각되었다. 나의 감각은 퍽이나 그 기능이 떨어져 있었음이 분명하다. 검은 소나기는 나의 감각을 따돌리기라도 하듯이 휙 왔다가 사라져 갔다. 거짓말처럼 잠시 내린 비였다. (중략) 나는 우물가로 가서 몇 번이고 씻어 보았으나 검은 비의 얼룩은 지워지지 않았다. 그것이 염색제(染色劑)라면 큰일이라고 생각했다.(45~46쪽)

폭탄이 투하될 때 야스코는 히로시마에서 10킬로미터 떨어진 곳에 있었다. 그녀는 직접 빛이나 열에 노출되지는 않았지만 '검은 비'를 맞은 탓에 병을 앓게 된다. 인류 최초로 사용된 폭탄이라서 사람들은 그 폭탄의 피해가 어떤지 잘 알지 못했다. 위 예문에서 말한 얼룩은 단순히 피부에 닿아 지워지지 않는 자국일 뿐 아니라 핏속까지 침투해 후유증을 유발하는 폭탄의 파괴력을 상징하기도 한다.

몇 년이 지난 후 발병한 야스코의 증상은 빠르게 악화되어 갔다. 구체적인 증상은 이명, 식욕 부진, 탈모 현상이다. 염증과 종양으로 잇몸도 현저하게 부어올랐다. 이런 증상은 혈액 이상에서 비롯된다. 검사 결과 그녀의 적혈구는 일반인의 절반 이하로 줄어있었다. 정황으로 볼 때 야스코는 낙진(落塵)의 피해를 입은 것으로 보인다. 낙진은 핵폭발이 일어났을 때 대기권 상층으로 퍼져나가 잔류하는 방사성 물질을 말한다. 그녀는 대기권으로 퍼져 나간 뒤 비에 섞여 내린 낙진에 노출된 것이다. 핵폭발로 인해 직접적으로 증발한 물질이든 폭발에 노출되어 방사능을 띠게 된 것이든 간에 이 방사성 먼지들은 극도로 위험한 오염 물질이다.

이와다케 히로시의 수기는 자신이 어떻게 히로시마에 오게 되었는지, 그리고 어떻게 병을 치료하게 되었는지를 기술한 책이다. 그는 히로시마에 주둔하고 있던 병사였고 가까운 곳에서 폭탄의 영향을 받았다. 그러나 꾸준한 관리와 강한 정신력으로 병을 이겨낸 인물이다. 많은 피폭자들이 육체적인 병 못지않게 정신적인 병을 앓는 것에 비추어보면 매우 예외적인 인물이다. 그의 수기는 야스코나 시게마스와 다른 피폭 경험을 보여준다는 점에서 의미가 있다.

　　원폭이라는 큰 사건을 배경으로 하고 있지만 이 소설은 일상의 작은 부분을 섬세하고 그리고 있다. 일상에 대한 이런 세세한 묘사는 일본 소설이 가진 특징이기도 하다. 이런 소설들은 서사의 흐름에 중요하지 않은 것들까지 상세히 묘사하여 현장감을 최대한 살리는 효과를 거둔다. 또, 이런 묘사는 자연스럽게 사건보다는 인물의 심리 중심으로 소설이 흐르게 되는 결과를 낳기도 한다. 외부의 풍경에 대한 묘사는 그것과 쌍으로 존재하는 내면에 대한 발견으로 이어진다. 이는 심리 묘사나 의식의 흐름 기법을 주로 하는 서구의 모더니즘과도 구분되는 특징이라 할 수 있으며, 전통적인 사실주의 소설을 읽을 때와도 다른 느낌을 준다.

　　이런 소설이 가진 문제점도 많이 지적되어 왔다. 이 소설은 소설 안에 몇 편의 수기를 두어 개인의 경험이 갖는 진솔함을 강조하고 있다. 독자는 수기를 통해 사건을 이해함과 더불어 그러한 사건을 만나는 인물의 심리 상태를 만나게 된다. 그런데 독자가 개인의 진솔한 심리상태라는 관점에서 인물을 받아들이게 되면 인물과 사건에 대한 독자의 객관적 거리는 확보되기 어렵다. 독자는 세계를 조망하기 전에 인물이 받은 상처나 고통에 공감하기를 요구받는다. 이러한 소설이 시대 현실을 얼마나 입체적으로 보여줄 수 있는지는 의문이다. 일상에 대한 세세한 묘사를 강조하다 보면 일상을 넘어서는 전체의 경험을 놓치게 될 가능성이 있다.

히로시마의 피해자들

역사적 배경 때문에 우리는 일본의 전쟁 책임에 대해서는 자주 이야기하지만 일본의 전쟁 피해에 대해서는 잘 이야기하지 않는다. 일본은 우리에게 전범 국가로 지탄을 받아야 할 대상이지 피해국으로 동정을 받아야 할 대상은 아니었다. 그들은 침략자들이고 그들이 전쟁에서 진 것은 우리에게 다행스러운 일이기도 했다. 일본으로부터 받은 피해가 워낙 컸기 때문에 생긴 자연스러운 감정이라 할 수 있다.

하지만 일본이라는 국가가 아니라 일본인이라는 살아 있는 생명체를 기준으로 보면 많은 일본인들은 전쟁의 피해자가 분명하다. 군국주의 국가가 저지른 잘못된 행위는 마땅히 비난받아야 하지만 국가를 구성하고 있는 모든 이들에게 그 책임을 물을 수는 없는 일이다. 시골에서 농사를 짓던 노부부가 왜 전쟁의 책임을 나누어 가져야 하는지, 중학교를 다니던 학생이 왜 전쟁의 책임을 나누어 가져야 하는지 설득력 있는 답을 내기는 어렵다.

원자폭탄은 군인과 이런 '죄 없는' 민간인들을 구별하지 않고 공격했다. 원폭과 관련하여 일본이 스스로 피해자임을 강조하고, 국제사회가 어느 정도 이를 인정해주는 이유가 여기에 있다. 폭탄이 떨어진 자리에서 150미터 떨어진 곳에 있던 히로시마 산업 전시관은 현재 히로시마 평화 기념관으로 명명됐으며 1996년 미국과 중국의 반대에도 불구하고 유네스코 세계 유산으로 지정되었다. 이곳에는 히로시마 원폭 투하 희생자들을 기리는 위령비도 세워졌다.

『검은 비』에는 피해자들의 비참한 모습이 여러 번 등장한다.

부상자들은 다다미(疊) 위를 데굴데굴 구르고 있고 모두 얼굴이 불에 타 문드러졌기 때문에 누가 누군지 분간할 수가 없었다. 그중에는 머리카락이 있어야 할 데가 민둥민둥 벗겨져 뒤틀린 머리띠를 둘렀던 것으로 보이는 흔적만이 제대로 남아 있고 양쪽 볼이 노파의 젖처럼 늘어진 사람도 있었다. 부상자들은 귀는 들을 수 있었기 때문에 한 사람 한 사람 이름을 확인하여 알몸이 된 사람은 살갗에다 먹물로 이름을 쓰고 천조각이 조금이라도 붙어 있는 사람에게는 거기에 이름을 적었다.(17쪽)

이 소설에는 폭탄의 피해를 입은 사람들의 모습이 적나라하게 묘사되어 있다. 가까운 곳에서 당한 피해는 주로 열에 의한 피해였다. 얼굴이 문드러지고 머리카락이 타버린 환자들이나 피부가 늘어진 환자들도 있었다. 옷은 모두 타버리고 얼굴마저 상해 신원을 파악할 수 없어서 살갗에 이름을 쓸 정도의 상황이었다. 시게마쓰는 "머리, 얼굴, 손, 가슴, 넓적다리 어디선가 피를 흘리고" 있는 사람, "뺨이 크게 부풀어서 돈주머니 모양으로 덜렁 매달린" 사람들을 만났다. "등 한쪽에 칠면조의 볏 모양으로 울퉁불퉁하게 문드러져 피부가 기름 종이장과 같이 말려 있는" 피해자도 있었다. 의사들도 역시 피해를 입어 수용소에는 환자들을 돌볼 인력이 턱없이 부족했다.

앞서 야스코의 증상에서 보았듯이 원폭 피해는 잠복기를 거쳐 나타나기도 한다. 시게마쓰는 피폭 후 2년이 지났으므로 새로운 증상이 나타나리라고 생각하지 않았다. 그러나 어느 날 갑자기 치아 2개가 건들건들 움직이기 시작하더니 힘 안 들이고 뺄 수 있을 정도가 되었다. 계속해서 4개의 치아가 흔들리고 손가락으로 잡아당겼더니 아무 통증도 없이 빠져, 그의 윗니는 모두 의치로 대체되었다. 일을 해서 피곤해지면 머리에 콩알만 한 발진(發疹)이 생기기도 했다.

> "아주머니, 우리들은 원폭병 환자로 의사의 권유도 있고 해서 붕어를 낚고 있소. 팔자 좋은 사람이란, 우리가 병자이기에 팔자가 좋다고 생각했단 말이요? 나는 일이 하고 싶어, 얼마든지 일을 하고 싶단 말이요. 그러나 우리는 힘든 일을 하면 온몸이 절로 썩어 가요. 무서운 병이 나타난단 말이요."
>
> "어머나, 그래요, 그렇지만 당신 말투는 피카돈(원자탄:필자)에 당한 것을 자랑스럽게 떠들어대는군."
>
> "뭐야, 그런 바보 같은 소리 좀 작작 하세요. 내가 히로시마에서 왔을 때, 그때 아주머니가 나한테 문병 온 것을 잊었단 말이요? 나를 보고 소중한 희생자라며 흘리던 눈물은 거짓 울음이요, 무엇이오. 눈물 흘리던 일을 잊었단 말이오?"
>
> "어머, 그래. 그것은 종전일(終戰日)보다 앞서 있었던 일이지, 누구든지 전쟁 중에는 그 정도의 말은 다 했단 말야. 새삼스레 지금 그런 말을 하는 건 트집을 잡으려는 거지 뭐야."(36쪽)

원폭 환자들의 피해는 육체적인 데 그치지 않는다. 이 소설은 그들이 겪는 정신적 고통에 대해서도 이야기한다. 시게마쓰가 사는 마을에는 열 명 남짓한 원폭증 환자가 있었다. 그들 중 시게마쓰, 쇼기치, 센지로는 공동으로 새끼 잉어를 키우기로 했다. 세 사람은 모두 영양과 휴양에 조심하며 병의 진행을 억제하고 있었다. 가벼운 산책 같은 것을 하면 좋지만 시골 마을에 산책을 하는 전통은 없었다. 그래서 이들은 산책 대신에 낚시를 하면 어떨까를 생각해냈다. 의사들도 낚시는 정신적으로 뿐 아니라 영양식 보급에도 도움이 될 것이라 하였다. 이들도 한창 나이에 낚시질이나 하고 있으면 분주하게 일하는 사람들에게 오해를 받을 수 있다고 걱정하기는 했다. 이케모토야 아주머니는 연못 제방에서 낚시를 하고 있는 세 사람에게 불편한 심기를 드러냈고, 이어 위와 같은 다툼이 벌어졌던 것이다.

바쁜 농번기에 낚시질이나 하면서 지내는 것이 당연하냐는 아주머니의 논리에는 원폭 환자들도 위축될 수밖에 없었다. 물론 원폭 환자들의 주장이 그리 잘못된 것은 아니다. 하지만 여기서 중요한 문제는 사람들이 이제 이들을 이해하려 하지 않는다는 사실이다. 사람들은 히로시마나 나가사키의 원폭에 대해서 잊으려 한다. 전쟁에 대한 기억이 희미해지면서 그들의 병 역시 잊혀야 하는 처지에 놓이게 된다. 겉으로 분명히 드러나지 않는 증상에 정상인들은 큰 관심을 보이지 않는다. 다른 사람들은 모두 일상으로 돌아왔는데 환자들만이 일상으로 돌아오지 못하고 전쟁의 연속된 시간을 살고 있는 셈이다.

다음은 세 번째 수기의 일부이다.

그 주된 목적은 본토 결전에서 적 전차부대에 대해 폭탄을 껴안고 뛰어드는 전술을 배우는 것이었다고 한다. 목조 모형 전차를 향해 돌진해서 그물이 달려 있는 폭탄형 각재(角材)를 내어 던지고 재빨리 엎드리는 연습을 매번 10번이 넘게 반복했다. 훗날, 훈련소 배치가 된 후 알게 된 일이지만, 이 징벌소집 부대는 해변 방위대에 배치되어 일인일살(一人一殺)로 적전차 한 대를 파괴하면 임무 완료라는 계획인 것 같았다.(329쪽)

앞의 두 피폭 일기는 폭탄에 의한 피해를 집중적으로 다루고 있다. 세 번째 피폭 일기라 할 수 있는 이와다케 히로시의 수기 역시 크게 다르지는 않다. 단지 그의 수기에서는 원폭 이전에 그가 이미 전쟁의 피해자였다는 점이 분명하게 드러난다. 그는 1945년 7월 1일부로 히로시마 제2부대에 입영하라는 소집장을 받고 나고야, 오사카를 거쳐 히로시마에 왔다. 45세까지 소집 대상이었는데 그는 45세 빠듯한 나이였다. 그는 간단한 신체검사를 받고 보병 부대에 인도되어 훈련을 받다 8월 6일을 맞았다. 현재 그는 병을 치료하고 도쿄에서 병원을 개업하고 있다고 한다.

위 예문은 히로시마에서 그가 받은 훈련의 내용과 목적을 알려준다. 그는 원폭이 아니었으면 아마 본토 결전에 동원되어 목숨을 잃었을 것이다. 상륙하는 적의 전차에 폭탄을 던지는 단순한 연습을 통해 인명을 적의 무기와 바꾸는 전술에 동원되었을 것으로 보인다. 그는 긴 시간이 걸리는 정상적인 군사훈련을 생략하고 일인일살(一人一殺)에 필요한 기술만 가르치는 약식 훈련을 받았다. 위 글은 원자탄의 끔찍한 파괴력을 보여주고 있지만, 그 이전에 전쟁이 가진 끔찍함에 대해서도 충분히 말하고 있다.

앞에서 살펴본 대로『검은 비』는 피해자의 입장이 강조되는 소설이다. 그것도 매우 구체적으로 피해의 내용이 묘사된다. 그러나 전쟁에서 가해자와 피해자를 분명히 구분하기는 쉽지 않다. 피해자가 가해자가 되고 가해자가 피해자가 되는 일이 전쟁에서는 비일비재하기 때문이다. 예를 들어 히로시마를 폭격한 미국은 가해자이지만 피해자라고 주장하는 일본은 진주만을 폭격하여 많은 미국인 피해자를 만들었다. 이런 이유 때문에, 우리는『검은 비』의 수기들을 읽으면서 그들의 고통에 공감하면서도 일본인들이 일방적인 피해자로 그려지는 것에 불편함을 느끼게 된다.

『포로기』는『검은 비』와 다른 관점에서 전쟁의 피해를 다루고 있는 소설이다. 이 소설의 서술자 역시 자신이 전쟁의 피해자라는 인식을 분명히 가지고 있지만 교전 상대방만을 가해자로 생각하지는 않는다. 자신을 전쟁으로 내몬 제반 환경과 사람들을 가해자로 인식하고 있다. 미군 포로수용소에 수감된 서술자는 문명국의 방식으로 포로들을 대하는 미국보다 전쟁을 일으키고 국민들을 원치 않는 죽음으로 몰아낸 일본에 대해 더 큰 적개심을 가지고 있다. 앞의 소설과 마찬가지로 수기라는 형식을 띠고 있으며, 현실을 구체적으로 묘사함은 물론 서술자의 심리 상태까지 섬세하게 드러내고 있다.

서술자 '나'는 1945년 1월 25일 필리핀 민도로 섬 남쪽의 산속에서 미군의 포로가 되었다. 그는 말라리아를 앓고 있어서 본대와 떨어져야 했고, 고통스러운 시간을 보내는 도중 미군에게 발견되었다. 미군은 그에게 전투 의지가 없다고 판단하고 포로로 잡아 수용소 병동에 입원시켰다. 이때부터 일본으로 돌아가는 12월까지 그의 포로 생활이 이어졌다. 처음에는 병을 치료하기 위해 병동에서, 병이 나은 이후에는 규모가 큰 포로수용소에서 생활했던 11개월간의 기록이 이 소설의 내용이다.

서른여섯 살의 지식인인 그는 전선에 투입되면서도 자기 존재에 대한 고민, 자신이 처한 어처구니없는 현실에 대한 고민을 멈추지 않는다. 그는 고베의 조선소에서 사무원으로 일하고 있었다. 전쟁 중인 일본의 배 건조 상황을 보고 그는 조국의 패배를 예감하고 자신의 죽음도 예감하며 필리핀의 섬에 왔다. 기묘한 우연에 의해 '문명국'의 포로가 되어, 새로운 상황에 맞닥뜨려 망연해진 상태에서 그는 전쟁과 포로 생활에 대한 생각들을 글로 남긴 것이다.

그는 포로수용소의 시설과 미군의 친절 그리고 일본 포로들의 행태에 당황해한다.

미군이 포로들에게 자국 병사들과 같은 피복과 식량을 준 것은 반드시 온정에서만은 아니었다. 그것은 루소 이래의 인권사상에 입각한 적십자정신이었다. 인권의 자각이 희박한 일본인이 이것을 이해하지 못하는 것은 당연하다면 당연했다. 그러나 포로의 입장에서 보았을 때 적십자정신 자체에 상당히 사람을 당혹시키는 요소가 있었던 것 또한 사실이다.(93쪽)

가는 곳마다 담배꽁초가 보였다. 그리고 웬디의 지시에 따라 갖은 방법으로 거듭 주의를 주어도, 포로들에게 담배꽁초를 아무 곳에나 버리는 행동이 좋지 못하다고 이해시키는 것이 도저히 불가능했다. 실내에도 재떨이를 네 명에 하나 꼴로 준비하도록 명령했지만 실행되지 않았다.

이런 점에서는 포로라는 신분에서 오는 자포자기만으로 설명할 수 없는 일본 민족의 습성이 보이는 듯했다. 전체주의에 익숙해진 그들은 형벌이 없는 곳에서는 기분 내키는 대로 행동한다는 태만함을 극복하지 못했다.(309쪽)

일본군인의 관점에서 볼 때 미군들은 위생관념도 뛰어나고 막사관리도 합리적으로 한다. 무엇보다 물자가 풍부하다. 화장실의 관리나 병충해 예방을 위한 노력 등은 서술자를 감탄하게 한다. 포로수용소에서 일본군 포로들은 부족하지 않게 물자를 공급받는다. 일본인이 생각하는 포로는 존중을 받을 가치가 없는 패배자에 불과한데 미군은 적군 포로를 같은 인간으로 대우해 준다. 포로들은 다행스럽다거나 고맙다는 느낌 이전에 당혹스러움을 느낀다. 이에 대해 일본군 포로들은 이해하기 어려운 은혜에 필요 이상으로 비굴해지기도 했다. 어떤 자는 자신들이 회유당하고 있다며 의심했고, 어떤 자는 '할 테면 하라고 놔둬' 하는 식의 음침한 시니시즘으로 미군의 태도를 받아들였다. 그리고 오랜 시간이 지나는 동안 모두 무감각해져서 멍하니 포로의 허탈감에 몸을 맡겼다.

　미군이 포로를 대하는 태도는 일본군이 포로를 대하는 태도와 많이 다른 것이었다. 일본군은 전쟁 포로를 학대한 것 때문에 전후에도 큰 비난을 받았다. 대표적인 사건이 '죽음의 바탄 행진'이었다. 일본군은 1942년 4월 9일 필리핀 바탄 반도 남쪽 끝 마리벨레스에서 산페르난도까지(약 88km) 포로들을 강제로 행진하게 했다. 전쟁 포로 70,000명이 행진 과정 중 구타, 굶주림 등을 당했고 낙오자는 총검에 찔려 죽었다. 결국 행진 도중 7,000명~10,000명의 전쟁 포로들이 사망했고 54,000명만 수용소에 도착했다. 이 사태를 초래한 쓰지 마사노부 중좌는 처벌은 커녕 전범으로 기소되지도 않았다.

포로 생활 동안 서술자는 자신들이 강조하던 일본 정신이 얼마나 허약하고 허위에 가득 찬 것이었는지를 깨닫는다. 두 번째 예문은 질서와 위계를 강조하지만 실제로는 힘의 강요 밖에서는 작은 규칙도 지키지 못하는 포로들의 모습을 단적으로 보여준다. 형벌을 통해서만 유지될 수 있는 전체주의 질서에 대한 서술자의 비판적 인식이 드러나기도 한다. 이밖에도 대부분의 일본군 병사들은 포로가 되어 달라진 모습을 보인다. 주둔 중에 상관에게 충성하고 부하에게 친절하던 한 하사관은, 패잔병이 됨과 동시에 갑자기 자신의 목숨밖에 생각하지 않는 에고이스트로 변한다. 배급으로 나온 담배로 노름을 한다든지, 남는 물자를 침대 밑에 숨겨두었다 귀국길에 가져가려 하는 등 포로들은 '천황의 군대'로서 유지하고 있던 예전의 모습을 모두 내려놓는다. 서술자는 그것이 이들의 본 모습이라고 생각한다.

> 나는 생물학적 감정에서 진지하게 군부를 증오했다. 전문가인 그들이 절망적인 상황을 모를 리 없다. 또한 근대전에서 일억옥쇄* 따위가 실현될 리가 없다는 사실도 물론 알고 있을 것이다. 그러한 그들이 원자폭탄의 위력을 보면서도 여전히 항복을 연기하고 있는 것은, 오로지 그들 자신이 전쟁 범죄자로 처형되고 싶지 않기 때문일 것이다. 그들이 이 전쟁을 시작한 원인은 여러 가지가 있고, 상황이 그들의 뜻대로 되지 않았다는 점은 알겠지만, 이러한 시점에서 아무런 대응책도 없이 시간을 보내는 것은 그들의 자기 보존이라는 생물학적 본능이라고밖에 할 수 없다. 따라서 나는 그들을 생물학적으로 증오할 권리가 있다. (357쪽)

히로시마에 원자탄이 떨어졌다는 소식이 수용소에 퍼진다. 포로들은 그것이 하나만으로도 사방 십 마일을 초토화시키는 폭탄이라는 점도 알게 된다. 서술자는 전쟁의 명분에 대해 생각한다. 그는 실제로 폭탄이 떨어지기 전에 전쟁의 승패는 갈려 있었다고 생각한다. 그런데 심지어 폭탄이 떨어진 상황에서도 군부가 전쟁을 지속하는 이유는 그들의 개인적 안위를 위해서라고 생각한다. 그는 복잡한 정치나 경제 논리가 아니라 생물학적 관점, 즉 인간의 관점, 생명의 관점에서 그들을 증오한다고 말한다. 사실 이것은 세상을 보고 판단하는 가장 보편적이고 중요한 관점이기도 하다. 위 글에서 그는 일억옥쇄의 주장이 터무니없다는 점도 지적한다. 인권을 비롯한 근대정신이 구현되고 있는 시대에 개인의 목숨을 왕을 위해 바치는 구시대적 발상이 가당키나 한가. 더 슬픈 일은 이런 논리로 아까운 목숨을 잃은 젊은이들이 실제로 많았다는 사실이다.

특히 그가 분노하는 것은, 원폭 이후 며칠 동안에도 많은 사람들이 죽어야 했다는 사실이다. 천황제의 보존을 위해 일본은 항복을 미루었는데, 포로의 생물학적 감정에 따르면 원폭 이후 며칠 동안 무의미하게 죽은 사람들만 고려해도 천황의 존재는 유해하다. 그는 전쟁에서 천황의 역할에 대해서도 분명한 관점을 가지고 있다. 그는 이 소설에서, 일본의 자본가들이 그들 기업의 위기를 침략 행위로 타개하고자 했고 모험적인 일본 육군이 그에 동조한 결과 벌어진 것이 이번 전쟁이며, 그들이 국민들로부터 전쟁의 명분을 얻기 위해 동원한 것이 '천황'이라는

●一億玉碎 : '일억 명의 일본인은 천황 폐하를 위해 몸이 부서져 죽도록 충성할 각오가 되어 있다.'는 의미.

존재였다고 적는다.

개인의 경험과 역사

　　소설은 때로 시대의 기록으로 읽힌다. 집단이 겪고 있는 문제를 다루든 개인의 독특한 체험을 다루든 결국 문학이 뿌리를 내리고 있으며, 표현해야 하는 대상은 작가가 기반하고 있는 현실이다. 그 현실이 역사적 사건이 벌어지고 있는 현장이든 지루한 일상의 특별하지 않은 하루이든 작가는 개인과 세계의 작용에 대해 말할 수밖에 없다

　　『검은 비』와 『포로기』는 태평양 전쟁이라는 역사적 사건을 배경으로 하고 있음에도 불구하고, 다루고 있는 내용은 매우 개인적인 경험처럼 보인다. 작가가 선택한 '수기'라는 형식은 경험의 개인적 성격을 더욱 강조하고 있다. 『검은 비』는 히로시마에서 원폭 피해를 입은 사람들의 일기라는 형식으로, 후유증으로 시달리는 인물들의 괴로움을 담은 소설이다. 『포로기』는 필리핀 전선에서 미군 포로가 된 서술자가 포로 체험과 전쟁을 일으킨 자신의 조국에 대한 생각을 적은 기록이다. 세밀하게 묘사된 서술자와 인물들의 심리를 읽는 데서 이 소설들의 재미를 발견할 수 있다.

　　이렇듯 '수기'라는 개인적인 글쓰기 형식을 빌고 있지만 소설은 개인에 대한 관심만큼이나 시대에 대한 관심을 불러일으킨다. 피해를 강조하는 앞의 소설에서 우리는 보이지 않는 가해자를 상상하게 된다. 원자폭탄을 떨어뜨린 이들은 많은 사람들에게 고통을 가져다준 가해자임에 틀림이 없다. 폭탄이 아니었으면 원폭증은 존재하지도 않았을 것이

다. 두 번째 소설을 읽으면서 우리는 미국의 인도주의와 일본의 야만을 떠올리게 된다. 포로에게도 인간적인 대우를 해 주고 그들의 노동에 대해 일당까지 지급하는 전쟁 문화에 대해 당혹스러움마저 느끼게 된다.

한두 편의 소설이 보여주는 현실이 시대 전체의 모습일 수는 없다. 역사에 대한 해석을 한두 사람의 개인적인 경험에 의지할 수도 없다. 개인의 경험을 넘어서는 보편적 관점이 만들어질 때 역사는 하나의 체계가 된다. 이런 이유로 역사가 소설이 아니듯이 소설도 역사가 아니다. 역사라는 추상 속에는 다양한 인물들의 삶이 존재하며 그들의 삶은 어떤 식으로든 정리된 것이어야 한다. 『검은 비』나 『포로기』의 경우 인물들의 경험이 가진 강렬함 때문에, 그것을 당시를 살았던 사람들의 보편적인 경험으로 직접 연결시키기에는 무리가 있어 보인다. 물론 이런 개인들의 경험이 쌓이고 모여 역사가 된다는 것도 틀림없는 사실이다.

근대 일본의 형성과 전후(戰後)

허버트 빅스, 「히로히토 평전—근대 일본의 형성」, 오현숙 역, 삼인, 2010.

「히로히토 평전」 표지

히로히토(裕仁, 1901-1989)는 우리에게 낯설지 않은 이름이다. 그는 1926년부터 집권해 제2차 세계대전을 이끌었으며, 히로시마와 나가사키에 원자폭탄이 투하된 후, 무조건항복 선언을 한 인물이다. 전범 국가의 수장이었으면서도 종전 후에는 상징적 지위에 머물면서 심지어 평화를 설파하곤 했다. 『히로히토 평전』은 20세기 대부분의 시간을 살아간 그의 생애를 다양한 자료와 증언을 통해 복원해내고 있는 흥미로운 책이다.

이 책에 따르면 일본 제국주의 형성과 전개에서 히로히토의 역할은 절대적으로 중요했다. 메이지 천황의 아들 요시히토는 천황에게 주어진 사상 초유의 막강한 권력과 권위에도 불구하고 강력한 카리스마를 세우지 못했다. 그의 시대에는 의회정치 실현을 추구하는 정치가, 언론인, 지식인 들이 등장했고, 미국 문화와 개인주의가 부상했다. 요시히토의 아들이자 메이지의 손자인 히로히토는 강한 천황의 부활이라는 일본 우익의 기대를 만족시켜준 인물이었다. 그는 천황으로 태어나 천황으로 길러졌으며, 자기 자신을 전제군주이자 신격을 가진 존재로 인식하며 성장했다. 또, 그는 필요에 따라 다른 가면을 쓸 줄도 알았다.

하지만 종전 후 일본 우익과 미국은 암묵적 공조 속에 히로히토에게 유약하고 유명무실한 천황이라는 가면을 씌워 태평양 전쟁에서 그의 이름을 지우려 했다. 그리고 이 시도는 어느 정도 성공하였다. 이 책의 저자 허버트 빅스는 이러한 세간의 인식을 뒤엎으려 한다. 그는 일왕 히로히토가 태평양 전쟁에서도 누구보다 주도적인 역할을 했으며, 따라서 전쟁 책임 문제에서 결코 면죄부를 받을 입장이 아님을 적나라하게 밝히고 있다.

노마 필드, 『죽어가는 천황의 나라에서』, 박이엽 역, 창비, 2014.

권혁태, 『일본 전후의 붕괴』, 제이앤씨, 2013.

강상중, 『오리엔탈리즘을 넘어서』, 이경덕 역, 이산, 1997.

리처드 플레이셔 감독, 〈도라! 도라! 도라!〉(トラ！トラ！トラ！ Tora! Tora! Tora!, 1970)

운명을 받아들이는 태도

베트남에 대한 이해

영화나 소설을 좋아하는 사람들에게 베트남 전쟁은 어느 정도 익숙하다. 정글에 숨은 베트콩과 그들을 향한 대규모의 폭격, 숲을 태우기 위한 네이팜탄, 베트콩들의 끝이 없는 동굴, 늪과 그 위를 날아다니는 헬리콥터, 늪과 숲을 헤치고 걸어가는 검은 피부의 한국인 병사 등이 전쟁의 이미지로 남아 있다. 〈플레툰〉처럼 현장의 생생함을 다룬 작품이 있는가 하면 그 후유증을 다룬 〈7월 4일생〉과 같은 영화도 있다. 황석영의 「탑」은 명분 없는 전쟁의 허위를 보여주고, 안정효의 『하얀 전쟁』은 전쟁이 망쳐 놓은 한 평범한 인간의 정신적 외상을 다룬다. 〈지옥의 묵시록〉은 전쟁으로 파괴되어 가는 인간의 내면을 보여준 매우 독특한 스타일의 영화로 기억된다.

그런데 위의 어느 작품도 베트남 전쟁을 치른 당사자인 베트남 사람을 본격적으로 다루지는 않는다. 미군이나 한국군이 주인공으로 등장하는 것은 물론이고 상대방인 베트남군이나 베트콩은 인격을 가진 사람으로 취급되지도 않는다. 작은 몸집에 검은 피부를 가진 깡마른 사람들이 마치 그림자처럼 화면이나 배경에 스치고 지나갈 뿐이다. 베트남 입장에서 보면 베트남 군인들은 자신의 땅을 지키기 위해 외세에 맞서 싸운 용사들이다. 그러나 영화나 소설에서 그들은 마치 미군이나 한국군을 전쟁에 끌어들인 나쁜 사람들처럼 그려진다. 베트남 사람들의 심리, 그들의 고민, 생각, 윤리 등을 진지하게 다룬 작품은 아직까지 많이 보지 못했다. 전쟁 당사자가 미국과 베트남이라면 양쪽을 같은 비중으로 이해하는 것이 공정한 자세일 텐데도 말이다.

사실 이는 베트남 전쟁에 한정된 문제도 아니다. 2차 세계대전을 다룬 영화에서도 패전국의 입장을 보여주는 할리우드 영화는 그리 많지 않다. 한국전쟁을 다룬 영화에서 강제로 끌려온 어린 인민군 병사들의 마음을 다루고 있는 작품도 쉽게 찾기 어렵다. 식민지의 고통을 겪었던 우리는 히로시마와 나가사키에 살던 죄 없는 일본 사람들의 피해에 대해서 애써 관심을 가지려 하지 않는다. 자기의 관점 혹은 자신과 관련된 입장에서 세상을 파악하고 이해하는 것은 어쩌면 당연한 일인지 모른다. 누구도 자신이 처한 위치를 완전히 뛰어넘지는 못하기 때문이다.

그렇더라도 한쪽 입장에 치우쳐 다른 입장을 거들떠보지도 않는 태도는 세상을 바르게 이해하는 데 도움이 되지 않는다. 같은 일이라도 어떤 입장에서 보느냐에 따라 이해가 많이 달라지기 때문이다. 베트남 전쟁에 나가 상처를 입은 미국 군인들을 보면 베트남 군인들이 잔인하고 미울 수 있지만 미군의 폭탄에 희생된 베트남 민간인들의 시체를 보면 미군의 잔인성에 경악하게 될 수도 있다. 우리 입장에서 보면 베트남 참전이 '혈맹'인 미국을 도와주기 위한 것이었지만, 베트남 입장에서 한국군의 참전은 이해할 수 없는 침략이었다.

반레의 소설『그대 아직 살아 있다면』*은 베트남전을 다루고 있는 소설이다. 베트남 작가가 쓴 베트남전 소설이라는 점에서 우리에게는 매우 의미 있는 작품이다. 지금은 많이 달라졌다고 하지만 베트남전에 대한 우리의 시각은 매우 제한되어 있었다. 과거를 정당화하기 위해 베트남은 악, 우리와 미국은 선이라는 도식에 빠져 있었다. 우리는 베트남에서 우리의 많은 청년들이 목숨을 잃었다는 생각은 하지만, 우리의 총에 의해 베트남 사람들이 얼마나 희생되었는지에 대해서는 잘 생각해보려 하지 않았다. 이 소설은 그동안 우리 안에 숨어 있던 베트남에 대한 무의식을 깨워준다. 베트남 사람들이 단순히 전쟁의 타자가 아니라 우리와 같은 생각을 하는 나약한 인간이었음을 새삼 깨닫게 해주는 작품이기도 하다.

현재 우리나라와 베트남 사이에는 활발한 물적, 인적 교류가 이루어지고 있다. 관광으로 많은 사람들이 베트남을 방문하고 있으며, 많은 이들이 상사 주재원으로 베트남에 나가 있다. 베트남 사람들 역시 한국을 기회의 땅으로 생각하고 많은 사람들이 이주 노동자로 일하고 있다. 현재 상황으로만 보아서는 과거에 두 나라 군대가 총을 맞대고 있었다는 사실을 잊을 지경이다. 최근에는 베트남 소설도 몇 편 번역되어 읽히고 있다. 베트남전과 베트남 사람들의 정서를 이해하는 일은 이런 분위기를 바른 방향으로 이끌어가기 위해서도 필요한 일이라 생각한다.

인도차이나의 슬픈 역사

인도차이나 반도는 그 이름만큼이나 슬픈 역사를 가지고 있다.

인도차이나는 인도(印度)와 중국(秦, china)사이에 위치한 땅이라는 뜻이다. 식민지 쟁탈이 한창이던 19세기에서 20세기 초 태국을 제외한 인도차이나 지역은 모두 영국과 프랑스의 식민지였다. 역사 속 베트남은 한족, 몽고족, 여진족이 세운 나라들에 복속되어 자치를 보장받는 대신 조공을 바치는 위치에 있었다. 베트남은 한자어 월남(越南)의 현지어 발음인데 이 역시 청나라에 의해 강요된 이름이라 한다. 더 이전 당나라 때는 안남(安南)이라는 이름으로 불렸다. 이 역시 남쪽을 평정하여 평안하게 되었다는 당의 입장을 그대로 담은 이름이었다.

　　제2차 세계대전이 끝나고 우리나라를 비롯한 패전국의 식민지들은 독립을 얻게 되었는데 베트남은 그렇지 못했다. 베트남은 승전국의 식민지였을 뿐 아니라, 인도차이나를 둘러싼 제국들의 이해관계가 복잡하게 얽혀 있었기 때문이다. 근대 이후 베트남의 식민 역사를 간단히 정리하면 다음과 같다.

　　베트남은 19세기 청나라의 보호 아래 있다가 청불전쟁(1884~1885)을 계기로 프랑스의 보호로 넘어가게 되었다. 1941년 프랑스·일본의 공동 통치 기간을 지나 1945년 들어서는 태평양 일대를 장악한 일본군의 지배 아래 들어갔다. 일본의 전쟁 패배로 베트남에 대한 통치권을 두고 강대국들 사이에 갈등이 빚어졌다. 베트남은 우여곡절 끝에 다시 프랑스의 식민지로 돌아가게 되었다. 일본이 제2차 세계대전에서 항복한 지 채 2개월도 되지 않아서 베트남 독립동맹의 지도자 호치민(胡志明)은 베

●반레Van Le. 베트남 북부 난빈성 출생. 1949~ . 소설가, 영화감독. 대표작으로 소설『그대 아직 살아 있다면』(1994), 영화 〈사이공, 1968년〉(2000)이 있다. 이 글의 텍스트는 하재홍 번역의 실천문학사판(2002)이다.

트남이 프랑스로부터 독립했음을 공식적으로 선포했다. 베트남 독립동맹은 베트남 북부 지방에서는 인민들로부터 강력한 지지를 받고 있었다. 그러나 프랑스는 인도차이나에서 자신들의 지배권을 다시 주장하고 싶어 했다.

이후 프랑스와 그에 맞선 베트남 사이에 전쟁이 벌어졌고 이 전쟁은 제네바 협약으로 마무리되었다. 제네바 협약에 따라 베트남은 북위 17도를 경계로 남베트남과 북베트남으로 나뉘었다. 협약에 의해 1956년 7월 이전에 남북 베트남 총선거가 실시될 예정이었으나 남베트남은 협약 실행을 거부하였다. 북베트남의 호치민의 승리가 예상되었기 때문이었다. 이후 프랑스가 철수하고 북베트남과 남베트남은 각자의 길을 걸어가게 되었다. 북에서는 호치민이 가난한 사람들 위주의 정치를 편 것에 비해 남에서는 고 딘 디엠(吳廷琰)이 기득권자 우선의 정책을 펼쳤다. 당연히 남쪽 민중들의 불만이 높아질 수밖에 없었다.

이러한 상황에서 북베트남은 통일 전쟁을 일으켰고 이 전쟁에 당사자도 아닌 미국이 참전하였다. 미국은 중국의 공산화에 이어 베트남, 라오스, 캄보디아 등이 연쇄적으로 공산화 되는 것을 걱정하고 있었다. 미국의 참전에도 불구하고 전쟁은 북베트남의 승리로 끝났다. 1975년 4월 30일 사이공 함락으로 베트남은 오랜 숙원이던 통일 독립 국가를 이루었다. 남베트남의 중심지인 사이공은 베트남 통일의 큰 원동력을 제시한 북베트남의 호치민의 이름을 따서 호치민 시로 그 명칭을 바꾸어 현재에 이르고 있다.

베트남 전쟁은 미국이 패배한 유일한 전쟁으로 알려져 있다. 명분 없는 전쟁에 대한 내부의 반발이 가장 심했던 전쟁이기도 하다. 반대로 베트남은 미국의 군대를 물리친 최초의 국가가 되었다. 당연히 베트남 전쟁은 미국인들에게는 기억하고 싶지 않은 전쟁이다. 베트남의 물적 피해는 미국에 비교할 수 없을 만큼 컸지만 승리가 가져다준 자부심은 미국이 안고 가게 될 정신적 상처와는 달랐다. 수많은 전쟁을 치른 미국이 유독 영화, 소설, 다큐멘터리 등에서 베트남 전쟁을 이야기할 때 자국의 부정적인 면과 전쟁의 부정적인 면을 부각했던 이유도 이러한 상처 때문이라고 할 수 있다.

패전 이후, 미국은 물론 전 세계에 베트남 전쟁은 부도덕한 전쟁이었다는 인식이 퍼져 나갔다. 베트남 인들의 의사를 무시한 미국의 개입부터 비판거리가 되었다. 미국은 분단 해소를 위한 민족 전쟁에 자국의 이익을 위해 임의로 군사 개입을 시도한 것이기 때문이다. 전쟁 중 미군이 사용한 무기도 문제가 되었다. 베트콩이나 북베트남군들의 게릴라전에 대응하기 위해 미군은 에이전트 오렌지 같은 고엽제들을 다양한 방법으로 살포하였다. 이 고엽제들은 본래 목적이었던 베트남의 산림과 농업을 황폐화시켰을 뿐만 아니라 전쟁에 참여한 군인이나 민간인들에게 감당하기 어려운 후유증을 남겼다.

전쟁에 개입하기 위해 미국이 일으킨 '통킹 만 사건'은 이후 커다란 스캔들로 비화되기도 하였다. 남베트남의 꼭두각시 고 딘 디엠이 살해되고 남·북베트남에 유화 분위기가 조성되자 미국은 전쟁에 개입할 명분을 만들어야 했다. 통킹 만 사건은 남지나해를 거쳐 통킹 만에 접근한 미 해군 구축함을 북베트남군이 공격했다고 미국이 날조한 사건을 말한다. 이 사건이 조작이었음은 1971년 미국의 한 신문을 통해 밝혀졌지만 전쟁은 1975년까지 지속되었다. 이 전쟁에서 미국은 2차 세계대전 당시 투하되었던 폭탄 총량의 두 배가 넘는 1천 6백만 톤의 폭탄을 베트남의 대지에 퍼부었다. 12만의 해병대를 포함하여 상주병력 55만의 미군이 4백 50척의 함정과 1만 2천대의 항공기를 동원하여 베트남을 쑥대밭으로 만들었다.

　　그런데 실제 베트남 전쟁은 북베트남과 남베트남(미국)의 전쟁이기도 했지만 남베트남 내 활동하던 베트남 민족해방전선의 군사 조직인 베트콩(Viet Nam Cong San)과 미국의 전쟁이기도 했다. 소련이나 중국과의 관계 때문에 미국은 북베트남에 대한 지상군 투입에 어려움을 겪었고 폭격도 제한된 지역에 한정할 수밖에 없었다. 폭격은 북베트남과 베트콩의 인적–물적 교류가 이루어지던 호치민 루트에 집중되었다. 전쟁의 양상도 미국이 경험한 이전의 그것과는 너무나 달랐다. 지형 탓에 전차 등 중장비는 제대로 활용할 방법이 없었고, 보병이 홀로 정글 속으로 들어가야 했다. 미군에게 베트콩은 자신들이 싸우고 싶을 때 나타나고, 불리할 때는 숨어버리는 새로운 형태의 적이었다. 이 새로운 전장과 새로운 형태의 전투 때문에, 미군 역시 새로운 전략을 갖게 되었다. 우리가 영화에서 자주 보았던 대로, 헬리콥터를 타고 정글로 들어간 M16 소총을 든 미군이 잘 보이지도 않는 적과 싸우는 전형적인 장면이 베트남전 내내 펼쳐졌다.

　　1968년 베트남 전쟁은 고비를 넘게 되었다. 베트콩과 북베트남군은 설 연휴 동안의 관습적 휴전을 이용해 공격을 감행하였다. 이것이 유명한 베트콩의 구정 공세다. 구정 공세가 벌어지는 동안 베트콩들은 남베트남의 주요 기관들을 공격하였으나 군사적으로는 성공을 거두지 못했다. 도리어 치명적인 타격만 입고 말았다. 하지만 구정 공세는 전쟁에 대한 국제 여론을 바꾸어 놓았다. 미국 대사관 등이 공격당하는 모습이 TV를 통해 미국에 중계 되었고, 미국인들은 이에 심한 정신적 충격을 입었다. 그 해는 미국 대통령 선거가 있는 해였고, 반전여론은 급격히 고조되었다.

이후의 베트남 전쟁은 승패도 없는 지루한 소모전 속에 몇 년을 더 끌었다. 1973년 휴전 협정으로 미군은 완전히 베트남을 떠났고 부패하고 힘도 잃은 남베트남은 북베트남에 의해 통일되었다. 통계가 확실하지는 않지만 이 전쟁에서 베트남 인 300만 명이 죽고, 450만 명이 부상당했으며, 지금도 200만 명의 고엽제 환자들이 고통스럽게 살아가고 있다고 한다. 통일된 후에도 베트남은 중국과 국경 문제로 전쟁을 하게 되지만 이전에 프랑스나 미국을 상대로 한 전쟁보다는 규모가 작은 전쟁이었고, 기간이나 피해 규모에서도 차이가 많았다. 서쪽으로 이웃한 사회주의 국가들과도 분쟁을 겪었다.

이상은 역사가 기록한 베트남 전쟁이다. 그러나 역사의 기록에서는 구체적인 사람들의 목소리가 느껴지지 않는다. 얼마나 많은 사람이 죽었는지를 말하는 순간 실제 죽어간 사람의 모습은 잘 떠오르지 않는다. 전쟁을 실제로 경험하지 못한 세대들에게 역사는 아마도 영원히 남의 이야기처럼 느껴질지도 모른다. 그나마 문학은 그 경험에 가까이 갈 수 있는 기회를 제공해 준다. 비록 그 역시 간접적인 경험이라는 점은 분명하지만. 무엇보다 문학이 간접적인 경험으로나마 구체적인 전쟁의 실상에 접근해 보려 노력하는 이유는 그것을 실제 경험으로 겪지 말아야 한다는 바람 때문이다.

전쟁을 견디는 다양한 인물들

전쟁의 현장을 다루고 있는 소설이지만『그대 아직 살아 있다면』

은 이승과 저승의 이야기를 교차하여 진행하는 독특한 구조를 가지고 있다. 죽은 후의 세계와 현실의 세계를 병치함으로써 전쟁을 객관적으로 볼 수 있는 시선을 작품 안에서 확보하고 있다고 할 수 있다. 이를 통해 소설은 전쟁의 참혹함과 그것이 만들어낸 피폐한 인간들의 모습만을 보여주는 데 그치지 않고, 파괴되지 않는 인간성이라는 궁극의 가치를 이야기하고 있다.

소설의 주인공은 응웬꾸앙빈이다. 그는 17세의 나이로 1966년 4월에 입대했다. 두 달만 더 있으면 고등학교 졸업시험을 치르는 때였으나 그는 입대 연기 신청을 하지 않았다.

> 그렇게 빈은 고향 마을을 떠나왔다. 사랑하는 사람들을 뒤에 두고 멀리 떠나왔다. 가난하고 남루한 인생을 사는 사람들, 단지 배불리 먹을 밥 한 그릇과 소박한 옷가지 하나를 바라며 평생을 살아온 고향 사람들이었다. 복잡한 것을 모르고 자신의 결점을 감출 줄 모르는 사람들, 앞날을 믿지 못하지만, 자신의 행동과 결정을 전적으로 믿는 사람들. 고향을 멀리 떠나고, 고향 사람들 곁을 멀리 떠난다는 것은 빈에게 있어 도저히 견디기 힘든 형벌이었다. 그것은 하나의 극형과 같은 것이었다.(67쪽)

고향을 떠나 군에 입대하는 주인공의 심정이 드러난 부분이다. 그가 생각하는 고향 사람들의 모습에서 그들에 대한 빈의 애정이 묻어난다. 이런 사람들을 지키기 위한 전쟁이기에 그는 기꺼이 어린 나이에 목숨을 걸고 전쟁에 나갈 수 있었다. 고향 사람들을 떠나는 것이 극형과 같은 형벌이듯이 그에게는 자기 민족이 외부의 폭력에 의해 고통당하고 있다는 사실 역시 참을 수 없는 괴로움이었다. 기본적으로 빈은 동양적인 세계관인 불교와 유교의 영향을 많이 받은 인물이다. 그는 개인보다는 마을을 마을보다는 민족 공동체의 안녕과 운명을 중요하게 생각한다.

빈은 아름다운 베트남의 북부 마을에서 부모 없이 할아버지와 함께 살고 있었다. 그는 집안에 마지막 남은 남자로 가계를 이어야 하는 책임을 안고 있었다. 그의 할아버지는 빈이 전쟁에 나가면 집안의 대가 끊길 수 있다는 것을 알고 있었다. 그는 속으로는 가문의 미래에 대해 생각하지만 전쟁에 나가기로 한 빈의 결정을 지지한다. 할아버지 역시 개인보다는 가족, 가족보다는 더 큰 공동체를 생각할 줄 아는 사람이다.

주인공이 군대에서 만나는 인물들의 면모는 무척 다양하다. 하지만 누구도 영웅으로 그려지지는 않는다. 영웅이 있다면 뛰어난 능력을 가진 영웅이 아니라 윤리적 영웅이 있을 뿐이다.

부이쑤언팝 부분대장은 대표적으로 긍정적 이미지를 가진 인물이다. 큰 전투를 앞두고 군인들은 영양보충 기간을 갖곤 했다. 오랜 기간 잘 먹지 못하고 남쪽으로 내려가야 하기 때문에 미리 몸에 영양을 보충해 두는 것이다. 이때는 군대에 음식이 충분하다 못해 넘쳐났다. 중대에서는 먹고 남은 음식은 땅에 묻거나 냇물에 쏟아버리도록 지침을 내렸다. 이때는 많은 이들이 빵과 과일을 서로 던지며 놀기도 했다. 부이쑤언팝 부분대장은 인민들이 굶주려 있는 이때에 음식을 낭비하는 행위를 참을 수 없어 한다. 그런 짓은 마귀들이나 할 수 있는 짓거리라 여긴다. 뜻을 같이 한 빈과 팝은 먼 길을 걸어 남은 음식을 굶주린 인민들에게 전해주었다. 이 밖에 '눈 한번 깜짝하면 사라져버릴 공허한 명예'에 아랑곳하지 않는 판웃 준위, 병들어 죽어가는 아내의 눈을 제 손으로 감겨주기 위해 죽음을 선택하는 소대장 따꾸앙론 역시 스스로 평범한 인민의 모습을 하고 있는 윤리적인 영웅들이다.

　소설에는 사랑 이야기도 빠지지 않는다. 빈은 일생 동안 세 여인을 만난다. 고향을 떠날 때 그에게 평소 좋은 마음을 가지고 있던 여인 낌, 전장에서 만난 여인 칸, 죽은 후 만난 여인 꾸에지가 그들이다. 낌은 빈이 고향을 떠나기 전에 그를 만나 그의 아이를 갖겠다고 말한다. 아이를 낳아 빈 가문을 잇겠다는 생각이다. 칸은 전장에서 만난 여인으로 빈이 사랑한 인물이다. 그녀의 죽음은 빈을 분노하게 하고 이성을 잃은 그는 주의를 게을리 하다 미군의 총에 맞게 된다. 꾸에지는 황천에서 만나 서로를 위로하게 되는 인물이다. 이들 여인들과 빈의 관계는 인간적인 연민과 유대에 의지하고 있다. 그것은 흔히 사랑이라 말하는 격정의 감정이 아니라 타인의 삶에 대한 이해를 바탕으로 한 차분한 공감의 감정이다. 비슷한 입장에서 서로의 영혼을 편안하게 해주고 위로해 주는 것이 이 소설에 등장하는 사랑이라 할 수 있다.

　물론 이 소설에는 부정적인 인물도 여럿 등장한다. 부소대장 부이반꼼 상사는 편협하고, 가혹하고, 시기심이 가득한 인물로 부대원들과 잘 섞이지 못하는 인물이다. 공부를 많이 하지 못한 것에 대한 열등감과 인민에 대한 사랑이 부족한 데서 오는 시기심이 그의 인간성을 비뚤어지게 만들었다. 정치국원 역시 부정적인 인물이다. 폭격으로 전우들이 죽어가는 현장에서 시의에 맞지 않는 긴 연설을 하는 등 자신만을 내세우는 허위에 가득 찬 인물이다. 빈이 황천에서 만난 여인 꾸에지를 살해한 견습 의사 후인반바오 역시 나쁜 사람이라 부를 수 있다. 그는 자신의 출세를 위해 아이를 임신한 여자 친구를 살해한 후안무치(厚顏無恥)의 인간이다.

　이 소설에서 주인공 빈 다음으로 중요한 인물은 황천강 사공 노인이다.

> "누구나 다 언젠가는 죽게 되어 있는 것뿐이야. 백정이나 황제나, 거지
> 나 만석꾼이나, 범부나 대장부나 다 죽게 되어 있어. 죽음은 자연이 인
> 간에게 내린 가장 공평한 선물이야. 사람들은 본래 비양심적으로들 살
> 지. 그래서 옥황상제가 사람들에게 선하게 살기를 충고하는 거야. 그러
> 나 사람들은 제멋대로들 살아. 자연은 인류에게 전 세계를 내주었지만,
> 인류는 자신들의 터전을 죄업과 불안, 질병의 덩어리로 만들어놓았네.
> 이곳에서 저 황천강을 건너면 다른 세계가 있네. 그 세계에는 과거도 없
> 고, 원한이나 계급, 민족 따위도 없네. 그곳에서 죄를 씻고 나면 모든 영
> 혼이 동등해지지."(14쪽)

세상살이에 대한 달관을 보여주는 황천강 나루꾼 천년기 노인의
등장은 이 소설을 특별하게 만든다. 그는 주인공과 독자들에게 동양적
인 '교훈'을 전해주는 인물이다. 위 예문은 천년기 노인이 빈에게 죽음
이 갖는 의미에 대해 말하는 부분이다. 현실에서의 계급이나 영예가 죽
은 후에는 다 무용한 것이라는 불교적인 사고가 담겨 있다. 사후에 대한
이러한 생각은 현실에서 어떻게 살아야 할 것인지를 결정한다. 노인과
주인공이 이처럼 물질적인 것을 중요하게 여기지 않기에 이 소설에서
는 윤리적인 문제, 명예의 문제가 자연스럽게 부각될 수 있었던 것이다.

안전한 전쟁이 어디 있겠는가만, 미군에게 베트남 전쟁은 정말로 위험한 전쟁이었다. 북베트남의 정규군과 전선을 마주하고 화력과 기동력으로 정면 승부를 겨루는 것이 아니라 보이지도 않는 베트콩의 은거지를 찾아 폭파하고 불태우고 묻어버려야 했기 때문이다. 낮에는 나타나지 않다가 밤만 되면 나타나 기습 공격을 하고 사라지는 게릴라들에게는 아무리 비싼 장비도 소용이 없었다. 그럴수록 인명 피해를 줄이기 위한 미군의 물량 공세는 커져만 갔다. 미군은 적의 이동로나 은거지로 의심되는 곳에 B29를 통한 융단 폭격을 퍼부었고, 지상군의 투입은 폭격 상황을 정리한 후에 이루어졌다. 그것도 도보를 통한 점진적인 지역 점령이 아니라 몇몇 포스트를 대상으로 헬리콥터를 통한 부대의 투입과 철수가 반복되었다. 늪이나 정글은 미군들에게 낯설 뿐 아니라 점령할 수 없는 자연이었다.

이상이 우리가 알고 있는 베트남전의 특색이다. 그런데 생각해 보면 우리에게 익숙한 이러한 설명은 베트남에서 싸우기가 얼마나 어려웠는가에 대한 미군의 '변명'을 포함하고 있다. 이야기를 좀 더 확대 해석하면 미국의 패전을 설명하는 데도 그대로 적용될 수 있는 '변명'이다.

입장을 바꾸어서 베트남 사람들이 겪은 베트남 전쟁에 대해 생각해 보자. 제1차 세계대전 이전의 일반적인 전쟁은 전방과 후방이 분리된 군인들만의 전쟁이었다. 아군과 적군이 특정한 곳에서 만나 전력을 다해 정면으로 충돌하고 그 격돌에서 승리한 편이 전쟁의 승자가 되었다. 차이는 있지만 마라톤 전투나 이스탄불 함락작전, 워털루 전투가 그러했다. 그러나 현대전은 지루한 참호전을 비롯한 긴 기간의 전투, 전방과 후방이 따로 없는 총력전, 전투 병력보다 민간인의 피해가 더 큰 말살전의 양상을 띤다. 이미 세계대전을 통해 확인된 현대전의 이러한 특징이 극명하게 드러난 것이 베트남전이었다 할 수 있다.

북베트남군이나 베트콩의 입장에서도 보이지 않는 적과 싸운다는 점에서는 미군과 크게 다르지 않았다. 비교가 되지 않는 화력에 대항하여 게릴라 전술을 취한 것은 피할 수 없는 선택이었고, 그럼에도 불구하고 끝없이 쏟아지는 폭탄은 엄청난 위협이 되었다. 우세한 공군력으로 대지를 초토화시키는 미군의 물량 공세는 지형에 익숙한 게릴라들로서도 견디기 어려운 것이었다. 『그대 아직 살아 있다면』의 전투 장면이 폭격과 동굴로의 피신 그리고 폭격 후의 처리로 이어지고 있는 이유가 여기에 있다. 이런 상황에서는 총 한 번 제대로 못 쏘아보고 죽음을 맞이하는 병사들도 많았다.

빈은 눈이 붉게 충혈될 만큼 온몸으로 바위를 끌어안고 힘을 썼다. 감정에 복받친 몇몇 소대원이 울음을 터트렸다. 그 울음소리에 모두들 따라 울었다. 그들은 불가항력의 상황을 안타까워하며 울었다. 눈앞에서 동료들이 죽어가는 것을 보면서도 구해줄 아무런 방법이 없었다.
그날 오후가 가까워서야 부대로부터 위생병과 공병의 지원을 받을 수 있었다. 아래쪽 방공호의 환자들을 병원으로 후송해 가는 것과 동시에 공병들이 산으로 올라왔다. 다이너마이트로 동굴 입구를 막고 있던 바위를 부쉈다. 동굴 안으로 들어갔을 땐 단 한 명의 생존자도 없었다. 모두들 이미 질식해 숨을 거둔 다음이었다.(140쪽)

위 글에는 동굴에서의 생활과 폭격 그리고 동료의 생명을 구하지 못하는 이들의 안타까운 심정이 잘 드러나 있다. 빈을 비롯한 동료들은 폭격받은 산속 동굴의 입구가 큰 바위로 막혀 안에서 울부짖는 동료들을 가까이 두고도 아무것도 하지 못한다. 오후에 공병의 지원을 받아 바위를 부수기는 했지만 이미 굴 안의 동료들은 세상을 떠난 후였다. 소리가 들릴 듯한 거리에서 동료들이 죽어가는 것을 지켜보는 이의 아픔과 어둡고 좁은 공간에서 숨 쉴 공기가 부족하여 벽을 손으로 긁어 파며 괴로워했을 이들의 고통을 작가는 여러 곳에서 표현하고 있다.

우리는 위 글을 통해 동굴 혹은 땅굴에 대한 교전 당사자의 생각이 얼마나 다를 수 있는지도 확인할 수 있다. 상대방의 입장에서는 꼭꼭 숨어 찾아낼 수 없는 미로 같은 동굴이 실제 당사자들에게는 죽음과 삶의 경계를 넘나들게 하는 갇힌 공간일 수 있었다. 그곳은 미래의 공격을 위한 쾌적한 대기소가 아니라 우세한 화력으로부터 목숨을 연명해야 하는 최소한의 공간이었다. 우리는 주로 미군과 같이 게릴라를 찾아 섬멸하는 이들의 시선으로 동굴에 접근해 왔는데, 이 소설은 몸을 숨기기 위해 지하로 들어가야 했던 사람들의 시선으로 동굴에 접근하고 있다.

더 처참한 장면 묘사도 쉽게 찾을 수 있다.

진지를 따라 아군과 적군의 시체가 가득 넘쳤다. 대부분의 시체들이 형체를 알아볼 수 없을 만큼 찢긴 채로 서로 한 덩어리를 이루며 여기저기에 쌓여 있었다. 처참한 죽음들이었다. 시체들 주변은 피가 흘러넘쳐 메마른 땅을 갯벌로 만들었다. 피가 고인 곳에서는 땡볕을 받아 검은 아지랑이가 솟아오르고 있었다. 널브러진 살점들은 마치 진흙 덩어리처럼 응고되어 있었다. 코를 찌르는 피비린내에 빈은 속이 메슥거려 울컥 구

토를 하기 시작했다.(207쪽)

　위 글은 밤새 전투가 있었던 산 중턱의 풍경을 그리고 있다. 진지를 따라 적군과 아군의 시체가 쌓여 있고, 시체에서 흘러나온 피가 포탄으로 초토화된 땅을 질퍽하게 적시고 있다. 더운 날씨 탓에 피에서는 아지랑이가 피어나고 지독한 냄새가 사방으로 퍼진다. 시체라고 하지만 사람의 형체를 알아볼 수 있을 만큼 온전한 것은 별로 없다. 죽은 사람을 많이 보아 익숙해질 만도 하지만 주인공 빈은 속이 메슥거려 구토를 한다. 소설에서 이런 장면을 구체적으로 보여주는 이유는 독자의 눈을 자극하여 관심을 끌려는 데 있지 않다. 전쟁의 잔혹함을 실감나게 보여줌으로써 전쟁에 대한 경각심을 높이려는 데 묘사의 목적이 있다. 작가는 이런 장면을 통해 전쟁은 영웅을 생산하는 곳이 아니며 비루한 인간들의 처참한 현실만이 존재하는 곳이라는 사실을 보여주려 한다.

　앞서 말했듯이 이 소설에는 흔한 전쟁 영웅이 등장하지 않는다. 작가는 타인을 위해 자신의 목숨을 던진 숭고한 영웅조차 다루지 않는다. 많은 베트남 청년들이 조국을 위한 자부심과 책임감으로 용감히 전쟁에 나서기는 하지만 그들 역시 비참한 최후를 맞는 나약한 인간에 불과하다. 일당백의 용사 역시 존재하지 않는다. 전장에도 일상처럼 좋은 사람과 나쁜 사람이 있고, 사랑하고 미워하는 사람들이 있을 뿐이다. 무엇보다 현실에서의 인간은 떨어지는 폭탄에 산산조각 나 대지에 뿌려지는 나약한 육체를 가진 존재이다.

　황천 뱃사공을 통해 작가는 전쟁은 자신들의 이익을 위해 다른 사람의 비극에 눈 감게 한다고 말한다. 실제로 전쟁은 도살자를 영웅으로 만들고, 사기꾼을 위대한 인물로, 지식인을 쓸모없는 사람으로 만든다. 생활 기반을 파괴하고 진보를 물러나게 한다. 전쟁터에서 사람들은 다른 사람의 성과물을 무시하고 그들의 문화유산을 파괴하는 데 만족 감까지 느끼게 된다. 전쟁은 인간이 가진 가장 추악한 면을 전면적으로 드러내고, 그것이 아무것도 아닌 것처럼 취급받도록 만든다. 소설에서 강조하는 것처럼, 이것이 어떻게든 전쟁을 피해야 하는 이유이다.

침략을 해 본 적이 없다?

역사 시간에 쉽게 흘려듣던 말에 이런 내용이 있다. "우리 민족 은 반만년 동안 수많은 외침에 견뎌왔으면 은근과 끈기로 우리 역사를 지켜왔다. 그러면서도 단 한 번도 남을 침략한 적이 없는 자랑스러운 전 통을 가지고 있다." 대충 이런 내용의 역사관이 중등학교 과정에서 강 조되곤 했다. 그러면서도 우리는 고려나 조선 시대의 장군들이 여진, 거 란 등 오랑캐를 정복한 이야기를 자주 한다. 대조영 등 고구려 유민이 만주의 여러 종족을 복속시켰다는 사실도 자부심을 가지고 배운다. 이 일들은 모두 침략에 넣지 않는다.

현대사로 눈을 돌리면, 우리는 평화를 지키기 위해 세계 곳곳에 군대를 파견한 바 있다. 한국군은 이라크나 아프가니스탄에서 평화유 지군으로 활동하였다. 그곳 토착 세력에게 한국군은 입장에 따라 반갑 기도 하고 그렇지 않기도 했을 것이다. 그래도 유엔을 돕는 평화유지군 에게 '침략'이라는 단어를 쓰기는 어색하다. 그럼 베트남전은 어떤가? 비록 우리가 베트남 땅을 점령하거나 그들의 재화를 빼앗기 위해 참여 한 것은 아니지만 베트남 사람들에게 한국군은 침략군으로 보였을 가능성이 크다. 한국군이 자신들의 통일과 해방을 방해하는 미군의 편을 들어 강력한 화력으로 무장하고 밀림을 누빈 것이 사실이기 때문이다. 그래서인지 오랫동안 우리에게도 베트남 전쟁은 기억하고 싶지 않은 역사의 상처였다.

한때 '월남에서 돌아온 새까만 김상사'로 시작하는 노래가 크게 인기를 끈 적이 있었다고 한다. 월남전 내내 우리는 전투 부대를 파견했고, 많은 젊은이들이 그곳에서 목숨을 잃었다. 전쟁의 상처는 지금도 남아 있어 많은 참전 군인들이 미군의 고엽제 후유증에 시달리고 있다. 전쟁에 참여한 군인들 중 한국군이 가장 용감했다는 소문도 있고, 반대로 가장 잔인했다는 소문도 있다. 참전에 대한 평가도 자유세계를 지키기 위한 고귀한 노력이었다는 데서부터 미국의 전쟁에 용병으로 동원되어 아까운 젊은 목숨만 잃었다는 평가까지 다양하다.

당시 참전했던 부대는 2개 사단 1개 여단이 가장 유명하다. 수도사단(맹호부대), 9보병사단 (백마부대), 2해병여단(청룡부대)과 이들을 지원하기 위한 100군수사령부(십자성 부대) 등이 베트남으로 갔다. 한국군의 베트남 파병에 따라 얻어진 전시 특수는 한국 경제 발전에 큰 도움이 되었다고 한다. 대표적으로 대외원조삭감정책으로 전환하고 있던 미국으로부터 군사원조 삭감중지와 1억 5천만 달러의 장기차관 도입에 성공했다. 또, 베트남 특수라는 새로운 무역외 수입이 생겼다. 무역 외 수입으로는 군납, 파월장병 송금, 파월기술자 송금 등이 포함된다.

조국 경제 발전에 도움이 되었다는 것을 제외하면, 베트남 파병은 아무런 명분도 없는 결정이었다. 병사들 입장에서도 조국을 지킨다는 명분도 없고, 분명히 보이는 적들도 찾기 어려운 애매한 전쟁이었다. 그럼에도 유신 시기 베트남전에 대해 언급하는 것은 유신의 정당성을 문제 삼는 것만큼이나 위험한 일이었다. 권력자 입장에서는 절대 건드리지 말아야 할 치부였던 것 같다.

그럼에도 이런 전쟁의 실상을 알리기 위한 노력이 전혀 없지는 않았다. 문학 역시 이 추악한 전쟁에 관심을 보였다. 자신이 직접 전쟁에 참여하기도 했던 황석영은 베트남전의 실상을 알 수 있게 해 주는 두 편의 소설을 내 놓았다.

「탑」은 베트남 전쟁의 참혹함을 실감나는 전투 묘사로 보여주는 소설이다. 주인공은 보충병으로 차출되어 본대로부터 작전 지역인 R.POINT에 도착한다. 그의 부대가 맡은 임무는 오래된 탑을 지키는 일이다. 베트남 사람들의 감정에 큰 영향을 미치는 상징적인 물건인 탑을 적이 옮겨가지 못하게 지키라는 것이었다. 근처 B교량 쪽에서 미군들은 화력을 뿜내고, 결국 폭음과 흰 연기와 함께 교량은 파괴되었다. 교량의 파괴는 한국군의 철수가 지연된다는 의미였다. 다음 날 교각을 지키던 미군이 철수하자 R에는 한국군만 남게 된다. 밤 10시쯤 적의 사격으로 시작된 격렬한 전투 속에서 적의 인질이 된 소총수와 통신병과 나이 어린 분대장이 목숨을 잃었고, 살아남은 부대원은 탈진하여 굳어진 시체 사이에 넘어져 졸기 시작했다. 다음 날 시체와 장비를 싣고 R을 나온 한국군 뒤로 미군은 캠프와 토치카를 지을 요량으로 불도저로 바나나 밭을 밀어버리며 탑마저 무너뜨렸다. 한국군이 목숨을 바쳐 밤새 지켜낸 탑을 미군이 가볍게 무너뜨리는 마지막 장면은 이 전쟁이 갖는 의미를 상징적으로 보여준다. 무엇을 위해 목숨을 걸어야 하고, 목숨을 걸게 만든 명분이 얼마나 하잘 것 없는 것인지를 깨닫게 해준다.

베트남전을 다룬 다른 소설 『무기의 그늘』의 배경은 정글이 아닌 월남의 도시 다낭이다. 주인공 '안영규'는 미군–베트남군–한국군 합동

수사대 한국군 파견대의 시장조사원으로서 다낭 시의 암시장을 감시하게 된다. 암시장에서 특히 문제가 되는 물품들은 미군의 전투식량과 무기류 그리고 의약품이다. 이런 품목들은 민족해방전선(베트콩)에 넘어가서는 안 되는 물품들이기 때문이다. 안영규가 속한 합동수사대의 임무는 군수품의 암거래들을 적발해내는 것이다. 그런데 미국, 베트남, 한국 각각의 합동수사대는 함정 수사를 위해 때로는 스스로의 이익을 위해 암거래에 참여하면서 서로의 암거래 사실을 묵인하거나 때로는 견제하기도 한다.

소설의 또 다른 주인공 팜민은 부유한 부르주아 가정에서 태어나 명문 의과대학에서 공부한 인텔리겐치아였다. 그는 자신의 신념에 따라 민족해방전선에 투신하게 된다. 그는 출신 성분의 특성상 정글이 아닌 그의 고향 도시인 다낭 시의 도시 게릴라가 되어 활약한다. 그의 임무는 암시장에서 군수품들을 민족해방전선으로 빼돌리는 것이다. 그의 형 팜꾸엔은 한때는 학생운동에 가담했다가 전향하여 이제는 베트남 정부군의 소령이 된 인물이다. 이 두 인물과 함께 미군 PX 사무원 출신의 한국인 오혜정 등이 다낭 시의 암시장을 또 다른 형태의 전장으로 전쟁을 벌인다.

이 소설의 특징은 안영규를 중심으로 한 한국군의 입장과 팜민을 중심으로 한 민족해방전선의 입장, 팜꾸엔을 중심으로 한 베트남 정부의 입장, 크라펜스키 소령을 비롯한 미군의 입장, 수석 보급병 스태플리로 대표되는 미국 내 반전 세력들의 입장이 입체적으로 드러난다는 점이다. 작가는 정글이 아닌 도시의 암시장이라는 베트남 전쟁의 또 다른 공간을 배경으로 등장인물들의 정치적, 경제적 이해관계와 그에 따른 행동들을 보여준다. 이를 통해 베트남 전쟁이 미국과 한국의 기득권 세력, 한국과 베트남 군인들에게 어떤 의미의 전쟁이었는가를 냉철하게 묻고 있다.

과거와 화해하는 방법

남북전쟁 이후 미국은 자국에서 전쟁을 치르지 않았다고 한다. 이 부분이 미국인들에게 어떤 영향을 미쳤는지에 대해 작가 반레는 재미있는 해석을 내 놓는다. 자국에서 전쟁을 겪지 않았기에 미국인들은 전쟁의 참혹함에 대한 인식을 잘 할 수 없게 되었다는 것이다. 잔혹한 전쟁을 그토록 자주 일으키는 이유에 대한 역설적인 설명이다. 그만큼 베트남 인들에게 미국의 침략은 도저히 이해할 수도 용납할 수도 없는 행위였다.

소설의 결말 부분에서, 황천강을 건너지 못하던 빈은 칠월 보름을 맞아 할아버지를 만나러 간다. 아직 황천강을 건너지 않았기에 마지막으로 가족들과 이별을 하고 돌아올 수 있는 것이다.

> "환생을 해서 더 나은 삶을 누리게 되는 걸 더는 바라지 않게 되었어요. 저는 결코 망각의 죽을 먹지 않을 거예요. 가족과 고향, 절친한 친구들과 사랑하는 사람을 잊고, 제가 살아온 날들을 잊고, 인간의 삶에서 제가 받았던 그 아름다운 정감들을 모두 잊으면서까지 얻고 싶은 것은 없어요."(295쪽)

위 예문에서 빈은 환생을 해서 더 나은 삶을 누리게 되는 것보다는 자신의 기억에 남은 가치 있는 것들을 잃어버리지 않는 쪽을 선택하겠다고 말한다. 이러한 결심을 하게 된 데는 과거를 너무나 쉽게 잊어버리고 사는 세상 사람들에 대한 경계가 포함되어 있다. 빈이 황천에서 현실로 다시 돌아와 보니 시간이 꽤나 지나 있었다. 전쟁은 이미 오래전에 끝났다. 그가 보기에 "요즘 사람들은 민족과 조국을 위해 일했던 과거를 아예 잊어버리고 사는 것 같았다."(292쪽) 여기서 기억을 잃지 않겠다는 말은 인물 한 사람의 의지를 표현한 것에 그치지 않는다. 집단이 그 기억을 잊어서는 안 된다는 작가의 의지를 간접적으로 표현한 것이라 할 수 있다.

우리는 쉽게 과거와의 화해를 말한다. 그러나 화해가 어떻게 이루어져야 하는지에 대해서는 깊게 생각하지 않는 것 같다. 지난 일에 대한 기억을 버리고 모두 잊어버리는 것이 화해인가? 잘못한 쪽을 널리 용서하는 것이 화해인가? 아니면 과거의 피해에 대해 합당한 물적 보상을 완료하는 것이 화해인가? 정답을 말하기는 어렵지만 어떤 경우에도 화해에 기억의 상실이 포함되어서는 안 된다. 화해는 지난 일을 분명하게 정리하고 기억하는 데서 출발한다. 피해자와 가해자를 분명히 가르고 가능한 범위의 보상이 이루어질 때 화해의 가능성이 생긴다. 섣부른 화해의 언어에 지난 일을 덮어두자는 의미가 담겨 있다면 그것은 어떤 현실의 변화도 가져오지 못하는 정치적 쇼에 불과할 뿐이다. 현재의 베트남을 대하는 우리의 태도는 어떤지 생각해 볼 일이다.

베트남 전쟁과 문학예술

프랜시스 포드 코폴라 감독, 〈지옥의 묵시록〉(Apocalypse Now, 1979)

〈지옥의 묵시록〉 영화 포스터

그들이 유일하게 패한 전쟁인 베트남전에 대한 미국인들의 관심은 거의 신경증에 가깝다. 그들은 이 전쟁에서 자신들이 받은 충격과 상처를 픽션과 논픽션 그리고 영화를 통해 끊임없이 재생하고 있다. 프랜시스 코폴라의 영화 〈지옥의 묵시록〉은 올리버 스톤의 〈플래툰〉과 함께 베트남전을 다룬 대표적인 영화로 꼽힌다. 두 영화 모두 전장의 참혹함과 타락한 인간성을 통해 전쟁의 본질을 고발한다.

영화의 서사는 콘레드의 소설 『암흑의 핵심』의 모티브를 따르고 있다. 특수임무를 마치고 사이공으로 귀환한 벤저민 윌러드 대위는 임무 중 받은 스트레스로 인해 정신적 혼란을 겪는다. 이런 그에게 새로운 임무가 부여된다. 자신의 부대를 탈영하여 내륙에서 독립왕국을 세워 미군의 사기를 떨어뜨리고 있는 커츠 대령을 암살하라는 임무였다. 사령부는 그에게 해군경비정 한 대를 내주고는 강을 거슬러 올라가 캄보디아 국경까지 접근해 커츠의 왕국에 잠입하라는 명령을 내린다. 윌러드는 임무를 달성하기 위해 강을 거슬러 올라가면서 갖가지 전쟁의 광기를 목격하게 된다.

많은 좋은 영화처럼 이 영화는 스토리만으로 설명하기 어렵다. 영화 전체에 흐르는 광기는 실제 관객들에게 지옥을 체험하는 듯한 느낌을 준다. 바그너나 도어스 등 장면마다 적절히 삽입된 음악은 보는 이들의 호흡을 지배한다. 커츠 대령 역의 말론 브란도가 발하는 카리스마 역시 압도적이다. 영화가 끝나도 그의 귀기 어린 마스크는 좀처럼 뇌리에서 지워지지 않는다. "Apocalypse Now"라는 제목처럼 이 영화는 관객들에게 낭만적 허상이 빠진 실제 전쟁을 체험하게 해 준다.

황석영, 『무기의 그늘』(전2권), 창비, 2006.

바오 닌, 『전쟁의 슬픔』, 하재홍 역, 아시아, 2012.

올리버 스톤 감독, 〈플래툰〉(Platoon, 1986)

마이클 치미노 감독, 〈디어 헌터〉(The Deer Hunter, 1978)

스탠리 큐브릭 감독, 〈풀 메탈 자켓〉(Full Metal Jacket, 1987)

〈미스 사이공〉(Miss Saigon, 1989)

7. 서아시아
: 개인을 이끌어가는 힘

문화의 혼종성과 정체성(인도_『한밤의 아이들』)

종교의 굴레와 혁명의 허울(이란_『나의 몫』)

천년 유목 제국의 종말(터키_『바람부족의 연대기』, 『독사를 죽였어야 했는데』)

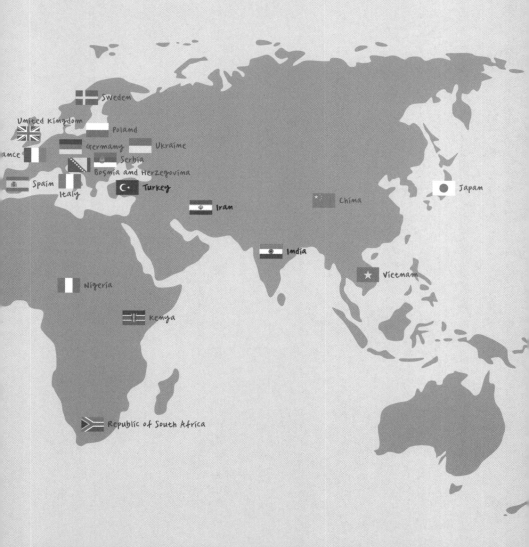

문화의 혼종성과 정체성

소설가 살만 루슈디

소설이 신성한 종교를 모독했다고 판단한 종교 지도자가 소설의 작가를 죽이라는 명령을 내린 사건이 있었다. 1989년 이 명령을 내린 지도자는 이란의 호메이니였고, 암살 대상은 살만 루슈디였다. 문제가 된 소설은 1988년 출간된 『악마의 시』였다. 예언자 무하마드를 부정적으로 그리고, 그의 아내를 창녀에 비유하면서, 코란의 일부를 부정적으로 언급했다는 것이 이 소설과 작가가 받은 혐의였다.

이 사건으로 영국은 이란과 단교하였고, 루슈디는 오랜 세월 피신해 살아야 했다. 이란 외의 이슬람 국가에서도 이 소설에 대한 발간 중지 명령이 내려졌고, 그들은 비이슬람 국가에 발간 중지를 요구하기도 했다. 명령 후 10년이 지난 1998년, 모하메드 하타미 이란 대통령은 영국과 대사급 관계 복원을 위해 루슈디에 대한 사형선고를 철회하였다. 세속주의를 지향하는 대부분의 국가들은 『악마의 시』 사건을 충격으로 받아들였다. 사람들은 정치와 종교가 분리되지 않은 지역이 아직도 지구상에 많다는 사실을 새삼 깨닫게 되었다.

　　작가 살만 루슈디는 1947년 6월 19일 뭄바이의 무슬림 가정에서 태어났다. 그가 태어난 지 두 달 후 인도아대륙은 영국으로부터 독립하는 동시에 두 나라로 분열되었다. 8월 14일에 파키스탄이 독립하고, 8월 15일 인도가 독립한 것이다. 그는 영국 명문 학교 럭비스쿨을 거쳐 1964년 케임브리지 대학에 입학해 역사학을 전공했다. 같은 해 그의 가족은 인도에서 파키스탄의 카라치로 이주했다. 1965년 인도-파키스탄 전쟁이 발발했을 때 루슈디는 파키스탄에서 전쟁을 목격했다. 1975년 『그리머스』로 작가 활동을 시작했고, 1981년 『한밤의 아이들』로 부커상, 제임스 테이트 블랙 메모리얼 상 등을 수상했다. 이후 『무어의 마지막 한숨』, 『광대 샬리마르』 등을 출간하였다.

　　인도의 이슬람 집안에서 태어나 영국에서 교육받았다는 점은 그의 문학에서 중요한 의미를 갖는다. 기본적으로 그의 문학에는 식민지에서 벗어난 인도에 대한 관심, 독립 전후 갈라진 이슬람 국가 파키스탄에 대한 관심이 담겨 있다. 비록 인도 출신이지만 그의 문학적 기반을 이룬 것은 영국 문학이었다. 그는 영국의 식민지 통치가 갖는 문제점을 인식하면서도 독립된 나라에 대한 민족주의적 열광을 보이지 않는다. 특정 종교에 대한 선호도 없는 것처럼 보인다. 소설 형식에 있어서도 그는 아시아의 이야기 전통과 서구 소설 전통을 혼합하여 사용하는 것으로 알려져 있다.

　　문학 외적인 이유로 『악마의 시』가 주목받았지만 루슈디의 대표작은 1981년 출간된 『한밤의 아이들』*이다. 이 소설은 인도아대륙의 근대사를 배경으로 주인공 살림과 그의 가족사를 다룬다. 주인공이 태어나기 전 32년의 시간과 서술 시점에 이르는 31년의 시간 동안 벌어진

472

일들이 시간 순서대로 서술된다. 서술자인 주인공은 독립하는 날 태어났는데, 이 소설은 그와 비슷한 시간에 1001명의 아이들이 태어났다는 설정에서 출발한다. 서술자는 한밤의 아이들이 겪는 일들을 인도아대륙의 역사와 연관 지어 소설 속 청자인 파드마에게 들려준다.

이 소설은 포스트모더니즘과 탈식민주의 관점에서 자주 논의되어 왔다. 역사를 보는 관점이나 시대를 표현하는 방법에서 전통적인 사실주의 소설과 구분되는 여러 가지 특징을 보여주는 소설이기 때문이다. 작가의 이력이 그렇듯이 『한밤의 아이들』은 혼종성을 특징으로 한다. 이 소설은 환상과 현실을 구분 없이 사용한다든지, 역사를 자유롭게 조작하여 사용하기도 한다. 식민지와 독립을 바라보는 관점도 주목을 받았다. 분명히 역사적 공간과 시간, 그리고 격동의 사건들을 다루면서도 그는 그것의 심층이나 논리에 접근하지 않는다.

『한밤의 아이들』은 읽기에 그리 녹록한 소설은 아니다. 천 쪽에 이르는 양이 주는 부담도 크지만, 현실과 환상의 구분 없이 흘러가는 서사를 따라가는 일이 수월하지 않다. 소설에는 실제 역사적 사건과 인물이 자주 등장하고 그렇지 않은 인물과 사건도 실제처럼 기술된다. 인도의 역사와 문화에 대한 지식이 없다면 독서의 어려움은 더 커질 수 있다. 그럼에도 불구하고 이 소설은 충분히 읽을 만한 가치가 있다. 비평과 언론의 찬사가 아니더라도, 전통적인 이야기의 형식을 따르면서도 새로운 이야기 방법을 다양하게 수용하고 있는 흥미로운 소설이다.

●살만 루슈디Salman Rushdie. 인도 뭄바이 출생. 1947년 6월 19일~ . 대표작으로『한밤의 아이들Midnight's Children』(1981),『악마의 시The Satanic Verses』(1988)가 있다. 이 글의 텍스트는 김진준 번역의 문학동네판1,2(2011)이다.

인도아대륙의 역사

    이 소설은 인도 독립 전후 약 60년간을 시간적 배경으로 한다. 그 사이에 있었던 중요한 사건을 날짜와 함께 상세히 제시하고 있다. 역사에 영향을 미쳤던 주요 인물들은 실명으로 등장한다. 공간적 배경 역시 인도아대륙 역사의 중심지들이다. 인도-파키스탄 분쟁의 핵심 지역인 카슈미르나 영국과 인도의 문화가 혼합되어 있는 봄베이(뭄바이), 그리고 인도-파키스탄 전쟁이 한창인 뱅골 지역이 주요 배경으로 등장한다. 앞서 말했듯 이 소설의 인물들은 역사와 긴밀히 연관되어 있기에, 인도아대륙의 역사에 대한 지식은 소설을 읽는 데 필수적이라 할 수 있다.

    인도아대륙은 인구 구성이나 종교가 매우 다양하여 하나의 문화권으로 묶기 어려운 지역이다. 수천 년에 걸쳐 발달한 다양한 문화가 나름의 독자성을 유지하며 공존하고 있는 곳이다. 인도 문명은 기원전 2500년경의 인더스 강 유역에서 발생한 인더스 문명에서부터 시작했다. 그러나 기원전 1500년~1200년경 아리아 인들이 이란 고원을 넘어 인도로 침입하여 인더스 문명은 파괴되었다. 이후 아리아 인들은 갠지스 강 유역에 정착하여 도시를 건설하였다. 이 시기에 아리아 인들의 베다 신앙에서 힌두교가 탄생하였고, 불교와 자이나교는 이보다 늦은 기원전 6세기에 등장했다. 10세기를 전후해서는 이슬람교도들이 인도에 들어오기 시작했다.

    본격적으로 서구의 영향을 받기 전 인도아대륙은 이슬람 왕조인 무굴 제국에 의해 통치되고 있었다. 16세기 말 악바르왕 때 전성을 누렸던 무굴 제국은 1605년 그가 죽을 때까지 북인도의 전 지역을 지배하게 됨으로써 데칸과 뱅골 만 및 아라비아 해에 이르는 대제국을 건설하였다. 그러나 악바르가 죽은 후, 무굴 제국에는 분열의 조짐이 나타나기 시작했다. 대외적으로는 힘의 균형이 깨졌고, 대내적으로는 힌두교도와 이슬람교도 간의 반목이 재연되었기 때문이다. 특히 마라타 족의 흥기는 무굴에게 큰 위협이 되었다. 마라타는 한때 무굴의 수도 델리까지 공격했으나, 1761년 아프가니스탄 군대에 패함으로써 더 이상 세력을 확장하지는 못했다. 18세기 중반 이후 인도는 아프가니스탄과 마라타, 쇠퇴하는 무굴 제국의 경쟁으로 혼란과 분열을 거듭하고 있었다. 이 혼란의 와중에 유럽 열강들은 인도아대륙을 넘보기 시작했다.

인도를 차지하기 위한 유럽 열강의 경쟁은 17세기부터 시작되었다. 먼저 해안의 상권을 장악한 세력은 포르투갈이었으나 이후 영국, 프랑스, 네덜란드가 인도 시장을 차지하기 위해 뛰어들었다. 영국 동인도 회사는 차츰 경쟁관계에 있던 다른 식민 세력들을 몰아내고 1757년에 무굴 제국을, 1818년에는 마라타 왕국을 굴복시킨 뒤 인도를 통치하기 시작했다. 영국 동인도 회사를 통한 영국의 통치는 세포이 항쟁(1857년) 이후인 1858년에 영국 정부의 직접 통치로 바뀌었다.

식민지 지배 하의 인도 민족주의 운동은 인도 국민회의(1885)와 전인도 이슬람 연맹(1906)의 창설로 본격화되었다. 1857년의 세포이 항쟁 후 거의 60여 년 동안 대다수의 인도인들이 영국의 지배에 순응하였으나, 제1차 세계대전 이후에는 이슬람교도와 힌두교도 모두 영국의 식민통치에 반대하기 시작했다. 1920년 간디가 이끄는 인도 국민회의가 영국의 식민통치에 대한 비협력운동을 전개하자 영국은 1919년과 1935년 인도 행정법을 통해 인도에 제한된 범위의 자치권을 허용하는 조치를 취했다. 그러나 간디를 비롯한 인도인들은 완전한 독립을 요구했다. 결국 2차 세계대전이 끝난 후에 인도는 두 개로 분리된 채로나마 독립을 성취하였다.

두 개의 공화국으로 나뉜 인도아대륙은 독립한 지 오래 지나지 않아 여러 차례의 전쟁을 겪었다. 인도와 파키스탄은 종교에 의해 나뉘었지만 영토 문제는 완전히 해결되지 않은 상태였다. 특히 카슈미르는 계속 분쟁 지역으로 남아 있었다. 카슈미르 지역은 영국 통치 아래서도 자치 왕국의 지위를 유지하고 있었다. 이 지역 인구의 대부분은 이슬람교도들인데 지배층은 힌두교도들이었다. 독립 후에도 이런 인구 구성은 크게 바뀌지 않았고 인도와 파키스탄은 서로 이 지역의 권리를 주장하였다. 이 지역의 지배권을 둘러싸고 양쪽의 긴장이 고조되면서 인도와 파키스탄은 1965년 전면전을 벌였다.

독립 당시 파키스탄이 둘로 나뉜 것도 문제의 불씨가 되었다. 파키스탄은 인도 영토를 사이에 두고 지리적으로 서로 떨어진 동파키스탄과 서파키스탄으로 이루어져 있었다. 거리가 떨어져 있었지만 실제 정치적으로는 서파키스탄이 동파키스탄을 지배하는 형국이었다. 동파키스탄에서는 벵골 인 자치에 대한 요구가 높아졌으며, 마침내 1971년 동-서파키스탄 사이에 내전이 일어났다. 인도군의 도움에 힘입어 동파키스탄은 1972년 방글라데시라는 독립국가로 분리되었으며, 서파키스탄은 파키스탄이라는 이름을 그대로 유지했다. 인도와 파키스탄이 나뉜 이유는 종교 문제 때문이었지만 두 개의 파키스탄이 갈라선 이유는 민족 문제 때문이었다.

인도아대륙의 독립과 독립된 공화국 사이의 갈등이 이 소설의 가장 중요한 배경이지만 중국-인도 국경 분쟁과 인디라 간디의 통치도 소설의 중요한 배경이 된다. 인도와 중국은 국경선을 둘러싸고 대립하였는데, 1959년 9월에 양군 사이에 무력 충돌이 일어나 1962년 11월에는 대규모 충돌로 발전했다. 주도면밀하게 준비하고 선제공격을 했던 중국 인민해방군이 승리하면서 국경은 인도 쪽으로 조금 이동하게 되었다. 이 전쟁은 인도에 큰 충격을 주었고, 이후 인도가 핵을 개발하게 되는 계기가 되었다.

건국 초기 인도를 이끈 총리 네루의 딸인 인디라 간디(마하트마 간디와는 무관)는 1966년 1월 19일부터 1977년 3월 24일, 1980년 1월 14일부터 1984년 10월 31일 암살될 때까지 두 차례에 걸쳐 총리를 지냈다. 소설에서 '미망인'으로 불리는 그녀는 동파키스탄의 독립 전쟁에서 승리하였고, 비상사태로 인도를 불안으로 몰아넣었다. 부정선거와 관련하여 그녀는 1975년 6월 법원으로부터 당선무효 판정을 받았다. 인디라 간디는 이에 대응하여 국가비상사태를 선포, 정적들을 구속하고 국민의 자유권을 제한하는 일련의 법안들을 통과시켰다. 그녀는 이후 선거에서 패해 물러나게 되지만 다시 재기하였다. 소설에서 인디라 간디의 비상사태 시기는 마치 우리의 유신 시대처럼 암흑으로 그려진다.

진실 없는 역사

이 소설의 서술자이자 주인공인 살림 시나이는 파드마에게 지나온 자신의 삶을 이야기하면서 스스로의 글쓰기를 반추한다.(그는 회고록 비슷한 글을 쓰고 있다.) 살림이 들려주는 이야기는 한 사람이 경험했다고 보기에는 너무나 다채롭다. 세부적인 이야기에는 현실성을 의심할 만한 내용들도 많이 포함되어 있다. 과거를 돌아보는 형식이기에 지난 시대에 대한 서술자의 논평도 적지 않게 볼 수 있다.

소설은 모두 3부로 구성되어 있다. 1부는 살림의 외할아버지가 외할머니를 만나 결혼하는 데서 시작하여 살림이 태어나는 1947년 8월까지의 이야기이다. 2부는 독립 후 인도-파키스탄 전쟁이 일어나는 1965년까지, 3부는 파키스탄 내전이 발생하고 인디라 간디 수상이 권력을 휘두른 1970년대까지를 다루고 있다. 양으로는 2부가 가장 많고, 긴 기간을 다루고 있는 만큼 이야기의 속도는 1부가 가장 빠르다. 3부에 오면 역사적 사건의 직접적인 언급이 앞에 비해 현저히 많아진다. 이 소설의 일관된 관심 중 하나는 '역사'이다. 역사에 대한 관심은 크게 둘로 나눌 수 있다. 이미 벌어진 역사에 대한 비판이 첫 번째라면 역사 자체에 대한 의심이 두 번째이다.

1부의 내용부터 살펴보자. 주인공의 외할아버지 아담 아지즈는 고향 카슈미르에서 지주 가니의 딸 나심과 결혼하여 암리차르로 옮긴다. 펀자브 지역에 속하는 그 도시에서 외할아버지와 외할머니는 딸 알라이, 뭄타즈, 에메랄드와 아들 하니프, 무스타파를 낳는다. 둘째 딸 뭄타즈는 인조가죽 장사꾼 아흐메드 시나이와 결혼하여 봄베이로 이사하고 그곳의 한 병원에서 주인공이자 서술자인 살림 시나이를 낳는다.

배경이 되고 있는 카슈미르와 암리차르, 봄베이는 인도의 현대사가 압축되어 있는 지역이다. 아담 아지즈를 비롯한 카슈미르 사람들은 자신들을 인도인이라 생각하지 않는다. 그들은 카슈미르 인으로서의 정체성을 언제나 강조한다. 펀자브 지역은 독립과 함께 인도와 파키스탄으로 분리되었다. 암리차르에 아지즈와 나심이 머물고 있을 때 잘리안왈라 바그 학살 사건이 벌어진다. 이곳은 이슬람 국가의 분리 독립을 두고 이슬람 단체 사이의 대립이 발생한 지역이기도 하다. 봄베이는 영국 사람들이 건설한 도시로 서구 제국주의의 흔적이 많이 남아 있는 곳이다. 영국 인들은 섬이었던 이곳을 내륙으로 만들고 그들만의 양식으로 건물을 짓고 살았다. 봄베이는 다른 언어를 사용하는 두 지역의 경계에 있어 행정상의 분류로도 갈등을 겪었던 지역이다.

1부에서 가장 큰 사건은 인도아대륙의 독립과 분리이다. 작가는 분리 독립의 명분에 대해 일관되게 부정적인 태도를 보인다. 소설의 주요 인물들은 인도나 파키스탄이 아닌 카슈미르 인의 입장에 서 있다. 작가는 나디르 칸이라는 시인을 통해 인도를 분할하자는 무슬림 연맹에 대한 비판적인 견해를 드러낸다. 분리를 지지하는 이들은 카슈미르의 평범한 민중이 아니라 기득권을 지키려고 전전긍긍하는 지주들이라는 것이다. 그들은 종교를 내세우지만 무슬림과 아무 상관이 없으며, 영국 인의 입맛에 맞추어 정부를 만들려고 하는 사람으로 매도된다. 이런 시각에는 실체로 믿고 있는 파키스탄의 정체성이 실상 영국 사람들이 만들어낸 관념에 불과하다는 생각이 깔려 있다. 하지만 인도 분할은 실현되고 인도에 흩어져 살던 아담 아지즈의 가족들도 인도 사람과 파키스탄 사람으로 갈라진다.

2부는 살림이 태어난 봄베이를 배경으로 전개된다. 인도에 거주하는 이슬람교도들의 자산 동결 조치, 마하트마 간디 암살, 인도-파키스탄 전쟁이 이 시기의 중요한 역사적 사건이다. 역사적 사건도 중요하지만 무엇보다 2부는 주인공의 성장을 다루고 있다. 성장 과정을 통해 살림은 자신이 남들과 다른 특별한 능력을 가졌음을 알게 된다. 그가 얻은 능력은 일종의 독심술이었다. 그는 자신이 먼 곳에 있는 사람과 교신할 수 있는 텔레파시 능력을 가진 것도 발견한다. 그런데 이러한 능력은 살림만이 아니라 독립의 순간 태어난 1001명의 아이들에게 비슷하게 주어진 것이었다. 이런 사실 역시 살림이 알아낸다.

살림은 독립 후에 벌어지는 중요한 역사적 사건에 직간접으로 영향을 받는다. 실제 많은 일을 경험하기도 한다. 그런데 현재의 살림은 자신이 겪었던 사건들이 실제 벌어진 일이었는지 아니었는지 확신하지 못하고 있다. 이는 이 소설 곳곳에서 발견할 수 있는 역사 자체에 대한 회의라는 관점과 연관된다.

1965년 카슈미르에서 있었던 인도-파키스탄 전쟁은 인도아대륙의 현대사에서 매우 중요한 사건이다. 하지만 살림은 그 사건이 과연 일어났는지, 어떻게 전개된 것인지 잘 알 수 없다고 말한다. 그는 카슈미르에서 일단의 파키스탄 군인들이 민간인 복장으로 휴전선을 넘어 인도 점령 지역으로 침투한 것이 사실인지를 의심한다. 이 사건을 두고 델리에서는 인도를 전복시키기 위한 대규모 침투 작전이라고 보도했지만, 파키스탄에서는 카슈미르 토착민들이 독재 타도를 위해 봉기한 사건에 파키스탄이 관여했을 뿐이라고 주장했다. 전쟁의 진행 과정은 더 진실을 알 수 없게 했다. 수치로만 보면, 전쟁 발발 후 닷새 만에 '파키스탄의 목소리'는 인도가 실제로 보유한 숫자보다 더 많은 비행기를 파괴했다고 발표했다. 여드레째 되던 날은 올 인디아 라디오가 파키스탄군을 최후의 한 명까지 전멸시키고 나서 상당수를 더 죽였다고 보도했다.

십년이 지난 후에도 살림은 역사에서는 어느 것이 진실인지 알 수 없다고 말한다. 특히 그는 "진실이 명령에 따라 제멋대로 왜곡되는 나라에는 문자 그대로 현실이라는 것이 아예 존재하지 않고, 따라서 우리가 현실이라고 들은 내용만 빼고는 무슨 일이든지 가능하"(2권, 187쪽)다고 말한다. 이러한 의심은 살림만이 아닌 작가의 의심처럼 느껴진다.

3부는 1970년에서 시작한다. 전쟁에서 기억을 잃어버리고 붓다라 불리게 된 살림은 서파키스탄의 군인이 되어 동파키스탄의 전장에 참가한다. 주인공이 전쟁에 참여한다고 해도 실제 전장에서 벌어지는 일이 소설에서 자세히 묘사되지는 않고, 전쟁에 대한 살림의 생각이 주로 서술된다.

동파키스탄과 서파키스탄은 광활한 인도 영토를 사이에 두고 멀리 떨어져 있었다. 이런 두 지역을 하나로 묶어주는 공통점은 종교였다. 그리고 종교는 시간적인 면에서 각 지역의 특성을 극복하고 과거와 현재를 혼합해 하나로 묶어주는 접착제와 같았다. 그러나 실제 전쟁은 이런 의식을 무색하게 만들었다. 알라의 병사들은 파키스탄의 분열을 막는다는 명분으로 화염방사기, 기관총, 수류탄으로 같은 종교를 믿는 사람들의 도시를 초토화시켰다. 그러한 행동이 종교와 무슨 상관이 있는지 서술자는 의심스런 목소리로 스스로에게 묻는다.

전쟁이 끝나고 나서 살림은 인디라 간디의 비상사태 시기를 경험한다.

헌법이 개정되어 총리에게 절대권력에 가까운 힘을 쥐어주었을 때 나는 허공에 떠도는 고대 제국의 유령들이 풍기는 냄새를 맡았는데……노예왕조와 무굴제국, 냉혈황제 아우랑제브와 마지막으로 등장했던 분홍색 피부의 정복자들까지, 그렇게 수많은 망령들이 배회하는 이 도시에서 나는 다시 전제정치의 매캐한 냄새를 들이마셨다. 기름에 전 걸레를 태우는 냄새와 비슷했다.(2권, 382쪽)

대법원에서 불리한 판결을 받은 후 인디라 간디는 비상사태를 발표하여 인권을 탄압하고 언론 검열을 실시하였다. 비상사태로 전국이 침묵과 공포에 휩싸였다. 서술자는 비상사태에서 과거 전제 정치의 냄새를 맡는다. 비상사태가 발효되던 날 살림의 아내는 아들을 낳는다. 아들의 이름은 아담 시나이였고, 1975년 6월 25일 열두시 정각 어둠에 잠긴 빈민굴에서 태어났다. 살림은 그 캄캄한 시간의 어떤 신비로운 횡포 때문에 아기는 불가사의하게 역사에 손목이 묶여버렸고 그의 운명은 조국의 운명과 하나로 이어져 불가분의 관계가 되었다고 말한다.

　　살림이 자신의 과거를 회상하면서 중요하게 생각한 것은 역사나 종교와 같은 추상적인 문제가 아니라 개인의 안위 문제이다. 앞서 언급한 살림의 관점을 정리하면 이렇다. 카슈미르 사람들에게는 인도의 독립이 갖는 의미가 델리 사람들의 그것과 같지 않았다. 인도-파키스탄 전쟁은 전쟁으로 무언가를 의도한 사람들에게 의미가 있었을지 모르지만 대다수의 국민들에게는 의미 없는 혼란에 불과했다. 종교 문제도 그렇다. 인도와 파키스탄을 갈라놓은 종교가 동서파키스탄의 전쟁에서는 아무런 힘을 갖지 못했다. 인도가 동파키스탄을 도와준 이유는 종교 때문이 아니라 국경을 넘어오는 이민자들을 감당할 수 없어서였다. 카슈미르를 놓고 벌인 서파키스탄과의 전쟁의 앙금도 남아 있었을 것이다. 작가가 보기에 역사라는 이름으로 기록된 사건들은 개인들에게 고통을 강요할 뿐이다. 그리고 작가는 어떤 것이 실제 벌어진 역사였는지도 불명확한 상태에서 역사에 대한 과도한 집착을 갖는 것을 경계한다.

이야기 형식의 전시장

　　앞 장에서 살펴 본 바와 같이 『한밤의 아이들』은 개인에게 각인된 인도아대륙의 역사를 다룬 소설이다. 작가는 대륙의 독립 그리고 분리에 이르는 과정에서 벌어지는 중요 사건들을 중심으로 서사를 이끌어가고 있다. 하지만 이 소설을 읽는 재미는 단순히 역사적 사건을 확인하는 데 있지 않다. 끊임없이 이어지는 이야기들을 만나는 것이야 말로 이 소설을 읽는 재미라 할 수 있다.

우선 이 소설은 천일야화를 떠올릴 정도로 재미있는 에피소드들을 나열하고 있다. 서술 상황도 천일야화의 그것과 비슷하다. 피클 공장에서 일하는 서술자가 자기를 사랑하는 여인이자 공장 직원 파드마에게 이야기를 들려주는 것으로 서술 상황이 설정되어 있다. 서술자는 자신이 살아오면서 겪었던 인상적인 경험을 매일 조금씩 그녀에게 들려준다. 파드마는 궁금한 내용을 묻기도 하면서 살림의 이야기를 듣는데, 가끔 살림의 지난 행동이나 생각을 평가하기도 한다. 그리고 대화를 주고받는 둘의 관계는 소설의 뒷부분에 가서야 분명히 밝혀진다.

전체 서사와 무관하게 작은 이야기들이 주는 재미도 빼놓을 수 없다. 살림의 외할아버지 아담 아지즈의 결혼 이야기도 그 중 하나이다. 의사인 아지즈는 지주인 가니의 딸의 병을 치료하게 되었다. 가니는 딸의 전체 모습은 보여주지 않고 작은 구멍으로 아픈 부위만을 보여주면서 치료할 것을 요구했다. 그런데 그녀는 의사가 찾을 때마다 매번 다른 부위가 아프다고 말했다. 복통을 호소하다가 약간 접질린 발목이 아프다고 했고, 종아리 아래 베인 상처를 보여주기도 했다. 그밖에도 그녀는 온 몸에 크고 작은 병을 앓았고 의사는 병을 치료해 주었다. 닥터 아지즈는 거미줄투성이 집에서 부위별로 분할된 환자의 무수한 증상을 상대로 전면전을 치러야 했다. 이러다 점차 병이 가슴과 허벅지 등으로 옮겨갔고 이를 치료하면서 둘은 결혼에까지 이르게 되었다. 소설은 이 과정을 옛이야기처럼 흥미진진하게 들려준다.

주인공의 어머니가 결혼하는 과정 역시 하나의 독립된 이야깃거리가 된다. 파키스탄 독립에 반대하던 지도자의 비서로 있던 시인 나디르 칸은 쫓기는 몸이 되어 아지즈의 집 카펫 밑 지하실에 숨어 지내게 되었다. 어쩌다 둘째 딸 뭄타즈가 그를 도와주게 되는데, 이 과정에서 둘은 사랑에 빠졌다. 이를 알고 아지즈는 둘을 결혼시켰다. 지하에서 신혼 생활을 시작해 한참을 함께한 후에도 둘이 잠자리를 하지 않았다는 것을 안 아지즈는 나디르 칸을 쫓아내 버린다. 이후 뭄타즈는 이혼 경험이 있는 아흐메드 시나이를 만나 결혼하게 된다.

또, 이 소설은 환상과 현실이 혼재한 상황을 통해 독자의 호기심을 자극하기도 한다. 제목이기도 한 '한밤의 아이들'의 성격이 이미 환상적인 요소를 전제하고 있다. 이 아이들은 인도가 독립되는 시점인 1947년 8월 15일 자정부터 한시 사이에 태어났고, 그들의 숫자는 정확히 천 명하고 하나였다. 그 아이들은 남다른 특성을 가지고 태어났다. 서술자는 그들이 생물학적인 돌연변이였는지 그 순간에 초자연적인 존재가 개입했는지 단순한 우연인지 알 수 없다고 한다. 그들 모두는 한 명도 빠짐없이 그야말로 기적적이라고 말할 수밖에 없는 특색이나 재주를 가지고 태어났다.

그 아이들의 재능이 모두 바람직한 것은 아니었다. 본인마저 싫어하는 재능도 있었다. 살아남기는 했지만 재능을 잃어버린 아이도 있었다. 변신 능력을 가진 아이, 몸 크기를 마음대로 늘이고 줄일 수 있는 아이, 지하 수맥을 찾을 수 있는 아이, 쇠를 먹을 수 있는 아이, 사막에서 농사를 지을 수 있는 아이 등 그들의 재능은 무척 다양하였다. 한 가지 놀라운 사실은 탄생 시각이 자정에 가까울수록 더 큰 재능을 타고났다는 점이다. 정시에 태어난 아이는 두 명이었다. 살림과 시바. 시바에게 그 시간은 전쟁의 재능을 주었다. 그리고 살림에게는 사람의 머릿속과 가슴속을 들여다 볼 수 있는 재능을 주었다.

현실에서는 터무니없어 보이는 이러한 아이들의 능력이 소설에서는 사실처럼 그려진다. 그리고 서술자는 아이들의 운명을 새로 독립한 인도아대륙의 운명과 연결시킨다. 아이들은 결국 재주를 펴지 못하고 인디라 간디의 정부에 의해 죽거나 능력을 잃게 된다. 이는 마치 수많은 가능성으로 탄생한 독립 인도가 모든 희망에도 불구하고 불행한 역사를 겪어야 했던 것과 같다. 특정한 시대에 태어난 아이들이 그 시대의 영향에서 자유로울 수 없다는 생각은 크게 이상해 보이지 않는다.

이처럼 개인의 삶과 역사를 알레고리로 표현하는 것 역시 소설의 특징 중 하나이다. 살림은 "나는 불가사의하게 역사에 손목이 묶여 버렸고 나의 운명은 조국의 운명과 하나로 이어져 불가분의 관계가 되었기 때문이다. 그때부터 30여 년 동안은 벗어날 길이 없었다."(1권, 26쪽)는 말로 회고를 시작한다. 주인공 살림의 인생은 인도라는 새로운 독립 국가가 형성되어 가는 과정의 알레고리이다. 그의 출생은 인도의 탄생을 의미하고, 그가 커가면서 겪은 고통은 그의 조국이 형성되는 과정에서 겪는 고통과 결부되어 있다.

무엇보다 살림의 태생적 정체성은 이 소설의 주제를 암시한다. 그는 이질적 가문의 혼합물이며 결정체이다. 그의 아버지는 인도에서 파키스탄으로 이주한 부유한 이슬람 상인이었다. 하지만 그의 실제 아버지인 영국 인 메스월드는 동인도 회사의 고급 관리였다. 메스월드는 거리에서 떠도는 악사인 위 윌리 윙키의 아내 바니타를 유혹하여 주인공 살림을 낳았다. 살림은 식민지 지배자인 영국 인 아버지와 식민지 피지배자인 인도 여성 사이에서 태어난 인물인 것이다. 그는 병원에서 부모가 바뀐 상태에서 성장하는데, 주인공의 부모를 바꾼 사람은 메리 페리라는 영국계 인도 간호사이다. 그의 태생이 가진 이런 복잡성은 인도 아대륙이 가진 복잡성과 혼종성을 상징적으로 보여준다고 할 수 있다. 이 혼종성이야 말로 이 소설의 가장 중요한 특징이기도 하다.

분열과 혼종을 보는 눈

인물에 내재한 혼종성은 아담 아지즈의 이력을 통해서도 드러난다. 그는 카슈미르에서 태어나 독일에서 공부한 의사이다. 앞서 말했듯 그는 자신이 인도 사람이 아니라 카슈미르 사람이라는 의식을 더 강하게 가지고 있는 사람이다. 그는 인도가 유럽인들에 의해 '발견'되었다는 사실도 의식한다. 식민지인들의 정체성은 유럽인들에 의해 만들어졌다는 것을 그는 유학 생활을 통해 일찍이 깨달았던 것이다. 따라서 그에게 자신이 인도 사람으로 분류된다는 사실은 전혀 중요하지 않다.

그가 인도와 파키스탄의 분리에 반대하는 이유는 인도와 파키스탄을 분리해서 생각하는 것조차 서구에 의해 만들어진 것이라 생각하기 때문이다. 사실 무슬림을 힌두와 다르다고 간주하여 그들을 인도의 역사에서 분리한 것은 영국이었다. 영국 지배자들은 인도에서 새로 발견된 역사적 유물과 유적을 '힌두'와 '무슬림'의 유적으로 구분하여, 그때까지 그러한 구분 없이 유적을 관리해온 인도 여러 왕들과 다른 입장을 드러냈다. 인도 역사를 고대=힌두 시대, 중세=무슬림 시대, 근대=영국 시대로 나눈 것도 영국 지배자였다. 물론 이는 통치의 편의를 위해서였다.•

더 나아가 이 소설은 민족이 근대에 만들어진 개념이며 실제 인도아대륙의 역사는 혼종의 역사라 주장한다. 작가는 역사와 소설 속에서 벌어지는 전쟁이 혼종을 인정하지 않고 자신과 다른 타자를 배제하면서 발생했다고 말한다. 실제로 인도 민족주의자들은 힌두라고 가정되는 구성원의 결속을 공고하게 다지려고 무슬림을 배제했다. 인도에 동화되지 않은 '타자'이자 폭력성과 공격성이 다분하다고 여겨진 무슬림은 영국을 대신하여 매를 맞는, 푸코가 말한 '일탈자'가 되었다. 어네스트 르낭이 '잊는 것이 국가를 세우는 결정적 요소'라고 말한 것처럼 힌두들은 무슬림을 잊음으로써 '우리'를 인식했고, 무슬림도 과거를 잊으면서 '인도 무슬림'이 되었다.**

그런데 이 모든 문제의 핵심은 민족도 종교도 아니고 일부 지배자들의 욕망이라는 것이 이 소설의 관점이다.

> 넌 아무것도 몰라, 메리, 지금은 북풍이 부는데 그 속에 죽음이 가득하다고. 이 해방은 부자들을 위한 해방일 뿐이고 가난한 사람들은 서로 파리 떼처럼 죽일 수밖에 없단 말이야. 펀자브에서도, 벵골에서도. 그저 폭동, 또 폭동, 빈민과 빈민의 싸움뿐이지. 이 바람에서 그게 느껴져.(1권, 228쪽)

위 지문은 조지프 드코스타가 메리 페레이라에게 한 말이다. 이는 마치 독립된 인도아대륙의 미래를 예언하는 말처럼 들린다. 기독교

● 이옥순, 『인도현대사』, 창비, 2007, 214쪽.
●● 같은 책, 216쪽.

인 조지프는 독립과 관련하여 비관적인 인식을 가지고 있다. 식민지 편자브 인들, 벵골 인들에게 파키스탄의 독립과 인도의 독립은 어떤 의미가 있을까? 독립 이후 그들을 기다리고 있는 것은 피와 죽음뿐이었다는 것이 이 소설의 관점이다. 독립이 된다고 해서 그들에게 민족이나 종교가 새삼스럽게 중요해질 이유는 없다. 사실 명분은 독립으로 얻는 것이 많은 부자들에게나 중요할 뿐이다.

그렇다고 이 소설이 국가와 종교의 부정적인 성격에 대한 본격적인 비판을 수행하고 있다고 보기는 어렵다. 이 작품이 국가 일반에 관해 얘기한다고 하더라도 그것은 폭력성이건 다른 무엇에 관해서건 어떤 숨겨진 내재적 메커니즘이나 내적 필연성을 밝히는 방식은 아니다. 때로는 살림의 마술을 막연한 희망과 대안으로 또 때로는 그만큼 막연한 자기중심적 욕망이나 탄압의 도구로 그려 보임으로써 국가의 여러 양상을 '비추어주는' 일에 가깝다.* 따라서 비판이나 정당화, 재해석과 대안 제시 같은 개념은 이 작품에 잘 들어맞는 잣대가 아니라고 할 수 있다.

물론 현실이 비유적 내용을 내포할 수도 있지만, 그렇다고 현실성이 줄어들지는 않는다. 천 명하고도 한 명의 아이들이 태어났다. 일찍이 어디에도 존재하지 않았던 천 개하고도 한 개의 가능성이 나타났다가 천 개하고도 한 개의 막다른 길로 끝나 버렸다. 한밤의 아이들은 보는 사람에 따라 다양한 의미로 풀이할 수 있다. 가령 그들은 신화가 지배하는 우리나라에서 시대에 역행하는 온갖 구태의연한 것들의 마지막 잔재였고, 따라서 근대화를 향해 나아가는 20세기 경제의 맥락에서 그들의 실패는 오히려 아주 바람직했다고 생각할 수도 있다. 혹은 그들이야말로 자유의 희망이었는데 이제 영영 사라져버렸다고 생각할 수도 있다. 그러나 횡설수설하는 한낱 정신병자의 기상천외한 망상이라고 생각해서는 안 된다.(1권, 425~426쪽)

위에서 서술자는 1001명의 아이들 이야기가 현실의 비유일 수 있지만 그것 자체도 현실성을 가지고 있다고 주장한다. 아이들이 가진 다양한 함의가 바로 현실성이라는 의미로 들린다. 실제로 알레고리와 환상성은 인도의 역사를 흥미롭고 쉽게 이해하는 데 도움을 줄지 모른다. 그러나 그것을 통해 깊이 있는 역사의식을 보여주는 일은 그리 쉬워 보이지 않는다. 실제 존재하는 '구태의연한 것들의 잔재'나 '근대화를 향해 나가는 맥락'은 1001명의 아이들과 비유되어도 그 구체적인 실체를 드러내지 못한다. 1001명의 아이는 다양한 의미로 해석되고 비유될 수 있는데, 구체적인 역사는 아이들과 비유됨으로써 오히려 깊이 있는 파악이 어렵게 된다.

어쩌면 이 소설에서 깊이 있는 역사 인식을 논의하는 것은 무의미할지도 모른다. 작가는 역사라는 것이 만들어진 것이고, 혼종일 뿐이며 권력에 의해 좌우되는 것이라 생각하기 때문이다. 실제가 비유보다 더 현실에 가깝다거나, 벌어진 현상을 설명할 수 있는 본질이 존재한다는 데 작가는 동의하지 않을지 모른다. 역사라는 이름의 큰 흐름을 생각하는 것조차 권력을 향한 의지에 불과할 뿐이라 주장할 수도 있다. 작가가 보기에 역사는 개념적 사고를 통해 타자를 배제하고 목적을 위해 인간을 희생했던 과거의 권력이 주장한 허상일 수도 있다.

● 황정아, 「거울의 '마술'과 역사 다시쓰기」, 『영미문학연구』9, 2005, 210쪽.

작가의 시대 경험과 소설

넓게 보면 이 소설은 주인공 살림 시나이의 가족사라 할 수 있다. 하지만 이 소설에서는 가족사에 영향을 미치는 인도아대륙의 역사가 더 큰 비중을 차지한다. 대부분의 아시아 지역처럼 인도아대륙도 식민지를 경험했고, 제2차 세계대전 후 독립했다. 독립 이후에 몇 차례의 전쟁을 겪었고 독재 정부를 경험하기도 했다. 이 소설은 이런 인도아대륙의 역사를 비교적 상세히 다루고 있다.

소설의 배경이 되는 카슈미르와 암리차르, 봄베이, 벵골, 델리는 인도의 현대사가 압축되어 있는 지역이다. 카슈미르와 펀자브는 인도와 파키스탄의 국경지역이고, 벵골은 동-서파키스탄의 전쟁이 벌어진 지역이다. 무굴 제국의 도시 델리는 인도에서도 가장 중요한 도시이다. 이 지역을 배경으로 소설은 잘리안왈라 바그 학살 사건, 인도-파키스탄 전쟁, 중국의 침략, 이슬람 인도인의 이동, 공산주의 운동, 인디라 간디의 독재 등을 다루고 있다.

이런 역사를 다루는 작가의 관점은 전통적인 관점과는 차이를 보인다. 그의 역사 인식은 포스트모더니즘의 그것에 가깝다. 포스트모더니즘은 역사적 진실이란 궁극적으로 허구적 실재이며, 역사는 기록할 때 일어난 일 그대로를 세세하게 옮긴다고 해서 진실을 드러낼 수 있는 것이 아니라 주장한다. 이런 관점에서 루슈디는 인도나 파키스탄은 역사의 산물이 아니라 환상의 산물이라 말한다. 그는 소설에서 환상적 요소도 적절히 사용한다. 작가는 이를 통해 소설에서 다루는 역사가 실제 역사와 다를 수 있다는 관점, 역사 자체가 구성된 것이라는 관점을 모두 보여준다.

이 작품은 식민지에서 벗어난 독립국가와 민족이 겪는 문화적 정체성과 갈등을 보여주는 소설이라 평가할 수 있다. 한 개인의 정체성은 국가의 정체성과 분리될 수 없는 것이며 국가의 정치적–사회적–문화적 상황은 한 주체의 정체성을 결정하는 주된 요소가 된다는 점도 강조한다. 더불어 강조되는 것은 혼종성인데, 그것은 영국 식민지의 흔적 위에 복잡한 종교와 언어로 구성된 인도아대륙의 특징이다. 작가는 독립과 함께 태어난 한밤의 아이들의 운명을 통해 이를 비유적으로 보여주고 있다.

거대한 인도를 이해하기 위한 독서목록

라빈드라나트 타고르, 『기탄잘리』, 장경렬 역, 열린책들, 2010.

『기탄잘리』 표지

오랜 역사와 문화를 가지고 있지만 인도의 근대문학은 19세기 초 본격화된 서양과의 접촉으로 시작되었다. 서양의 힘과 문화에 자극되어 인도에서는 옛 전통에 새로운 활력을 불어넣으려는 노력이 활발하게 시도되었으며, 서양의 새로운 요소들을 과감하게 흡수하려는 노력도 꾸준히 이어졌다. 이러한 노력이 가장 광범위하고도 철저하게 이루어진 지역은 벵골이었는데 이 지방은 지금까지도 인도문학의 중심 역할을 하고 있다.

라빈드라나트 타고르(1861~1941)는 벵골을 대표하는 시인이다. 그는 인도 콜카타에서 태어나 런던에서 법학과 문학을 전공하였으며, 시집 『기탄잘리』로 1913년 노벨 문학상을 수상하였다. 타고르는 이 시집의 작품들을 모국어인 벵골어로 썼으며, 그 자신이 직접 영어로 번역하기도 했다. 이 시집은 번역되자마자 유럽 문단에서 커다란 반향을 불러일으켰다. 우리나라에는 김억에 의해 번역되었다.

'기탄잘리'는 '신(神)에게 바치는 송가(頌歌)'라는 뜻이다. 이 시집은 현세와 피안의 두 세계를 왕래하며 자신이 갈망하는 피안의 임을 현세에서 찾는 성자의 노래라 할 수 있다. 신에게 바치는 송가이지만 시인은 신을 절대화하지 않고 사랑의 대상으로 설정하여 소박한 사랑의 감정을 표현한다. 여기서 신은 '임'으로 표현되는데, 그는 인간에게 무한한 생명과 사랑을 불어넣어 주는 존재이기는 하지만, 인간 가까이에서 따스한 손길로 감싸 주는 친구이기도 하다. 무엇보다 화려한 수사 없이 담담하게 시인의 소박한 정신을 표현한 것이 이 시집이 감동을 주는 이유이다.

쿠쉬완트 싱, 『델리』, 황보석 역, 아시아, 2014.

로힌턴 미스트리, 『적절한 균형』, 손석주 역, 아시아, 2009.

E. M. 포스터, 『인도로 가는 길』, 민승남 역, 열린책들, 2006.

조지프 러디어드 키플링, 『킴』, 하창수 역, 문학동네, 2009.

카란 조하르 감독, 〈내 이름은 칸〉(My Name is Khan, 2010)

종교의 굴레와 혁명의 허울

중동에 대한 우리의 지식

에드워드 사이드는 서양의 정체성을 확립하는 데 동양에 대한 왜곡된 관념이 중요하게 작용했다고 주장했다. 그에 따르면 근대 서양인들은 동양인들을 무능하고 게으르다고 여겼고, 자신들보다 두뇌나 신체 면에서 열등하다고 생각했다. 그는 서양 제국주의의 동양 재구성 과정에서 나온 이데올로기라 할 수 있는 이러한 사고를 오리엔탈리즘이라 불렀다. 이러한 오리엔탈리즘은 서양인뿐 아니라 동양인들에게도 발견할 수 있는데, 이는 동양을 바라보는 서양의 시각이 동양인들에게 내면화된 것이라 했다.

이때 사이드가 주로 염두에 둔 동양은 중동이라 불리는 이슬람 지역이다. 근대 서양 사람들에게 중동이 타자로 기능한 것은 중세 내내 서양이 그들과 활발히 교류하며 지냈기 때문이다. 희망봉을 돌고 콜럼버스가 대서양을 건너기 전까지 서양이 자주 접한 문명이 중동이었고, 서양은 그들에게서 많은 영향을 받았다. 그래서인지 비록 아시아에 속하지만 중동은 서양보다 아시아 동쪽에 위치한 우리에게 더 낯설고 먼 지역이었다. 역사 기록에 가끔 아라비아 상인이 등장하기는 하지만, 일반인들에게 본격적으로 중동에 대한 인식이 생긴 것은 20세기 중반을 한참 지나서였다.

중동은 지중해 동해안과 남해안 주변 지역, 아라비아 반도에서 이란에 이르는 지역을 통칭해 부르는 이름이다. 사막과 고원 지대 등 지형은 다양하고 인종도 단일하지 않지만 이슬람 종교 지역이라는 것으로 한데 묶인다. 같은 종교를 믿는 카프카스나 중앙아시아, 아나톨리아를 중동이라 부르지 않는 것으로 보면 아라비아 반도가 중요한 의미를 갖는 것으로도 보인다. 중동 지역은 유럽과 가까이 붙어 있다는 이유로 언제나 그들의 경계 대상이 되었다. 중동과 유럽은 고대부터 많은 전쟁을 치렀고 최근에는 석유 등을 놓고 갈등을 이어가고 있다. 중동에는 19~20세기 중반까지 서구의 식민지를 경험한 지역이 많으며 현재도 친서구 지역과 그렇지 않은 지역이 섞여 있다.

이란은 21세기 들어 미국 등 서구와 갈등을 겪고 있는 대표적인 나라이다. 할리우드 영화에 테러 집단으로도 자주 등장하는 이란은 핵 문제 등으로 미국의 경제 제재를 받고 있다. 중동 지역에 위치해 있지만 이란은 인접한 이라크나 아라비아 반도 국가들과 달리 아랍 문화권에 속하지 않는다. 인구 구성도 아랍 민족과 다른 이란 민족이 다수를 차지한다. 언어 또한 파르시(페르시아 어)를 쓰고 있다. 이란은 지리적으로 이란 고원이라는 땅 안에서 오랫동안 하나의 문화권을 형성하고 있었다. 이슬람 학자들은 이란이 외세의 지배를 받기는 했지만 '결코 땅과 나라 이름을 잃은 적은 없었다.'고 말한다.

이란은 과거 페르시아 제국의 중심 지역이었다. 고대 지중해 역사에 자주 등장하는 다리우스나 크세르크세스가 지배하던 페르시아는 지중해 건너 그리스까지 지배했던 대제국이었다. 아테네를 중심으로 한 그리스 연합군이 온 힘을 다해 싸운 고대의 전쟁은 대등한 싸움이었 다기보다는 그리스 연합이 페르시아의 지배로부터 벗어나기 위해 싸운 해방 투쟁이었다고 할 수 있다. 페르시아는 다른 중동 지역과 달리 조로 아스터교를 믿었는데, 이후 이슬람 지역으로 편입되었다. 현재는 이라 크와 함께 이슬람 안에서도 시아파가 다수를 차지하는 지역이다. 많은 석유가 매장되어 있고 이집트를 제외하면 중동 지역에서 인구가 가장 많은 나라이다.

　이슬람도 우리에게 익숙한 종교는 아니다. 아브라함에서 출발한 메소포타미아 유일신교의 최종 버전 정도로만 알고 있다. 간간이 접하 는 이슬람의 이미지는 우리 문화와 매우 다르다는 느낌을 준다. 중동에 서 벌어지는 축구 경기 중계방송을 보면 몇 만 명을 수용하는 경기장에 남성들만 가득한 장면을 볼 수 있다. 여성들은 차도르나 부르카를 두르 고 외출을 한다고 알고 있다. 비교적 개방된 지역에서도 여성들은 히잡 을 쓴다. 일부 지역에서는 최근까지 일부다처제가 허용되었다고 한다. 다른 문화권에서 볼 때 이슬람 종교는 여전히 봉건적인 문화를 강요하 는 것처럼 보인다.

　하지만 지금까지 이슬람이나 중동 지역을 보는 우리의 사고는 기독교적인 시선 혹은 서구적인 시선에 오래 머물러 있었다. 그들을 이 해하기 위해서는 그들의 관점에서 만들어진 매체를 접해야 하는데 우 리에게는 그럴 기회가 자주 주어지지 않았다.『아라비안나이트』정도가 우리가 쉽게 접할 수 있던 그들의 저작이었다. 이에 비해 서구적 시선에 서 그들을 다룬 서적이나 영상물은 너무나 쉽게 접할 수 있었다. 십자군 전쟁과 관련된 이야기, 유대인 이야기, 중동을 다룬 영화 등은 대부분 중동이나 이슬람을 야만인으로 묘사한다. 지금까지 우리는 큰 고민 없이 그들의 시선을 받아들여 왔다. 중동에 대한 균형 잡힌 시각이 필요하다는 목소리가 힘을 얻고 그들의 문화에 대한 이해 필요성이 강조된 것은 비교적 최근의 일이다.

이란 작가 파리누쉬 사니이의 소설 『나의 몫』●은 이슬람에 대한 신앙을 다룬 소설은 아니다. 현실에 대해 비판적인 목소리를 담고 있지만 그것이 서사의 중심에 놓인 소설도 아니다. 이슬람 사회에 사는 여성이 일생동안 겪어야 하는 고난과 슬픔을 한 여인의 삶을 통해 보여주는 소설이다. 남자들 위주로 만들어진 이슬람의 사회 질서 속에서 오랫동안 여성은 소수이며 희생자였다. 이 소설은 그러한 환경 속에서도 강한 의지로 생활을 유지하고 자식들을 훌륭하게 키워낸 여인의 이야기이다. 낯선 문화적 환경을 배경으로 하고 있지만 우리에게 익숙한 서사여서 읽기에 큰 어려움이 없는 소설이다. 더불어 이란이라는 나라의 사람들이 어떻게 살아가고 있는지 짐작하는 데 도움을 줄 수 있는 작품이다.

근대 이후의 이란

이 소설은 대략 1960년대에서 2000년대까지를 시간적 배경으로 한다. 그 사이에 벌어졌던 이란 혁명과 이란-이라크 전쟁은 주인공 마

●파리누쉬 사니이Parinoush Saniee. 1949년 이란 출생. 대표작으로 『나의 몫The Book of Fate』이 있다. 이 글의 텍스트는 허지은 번역의 문학세계사판(2013)이다.

수메 사데기의 삶에 중요한 영향을 주었다. 이란 혁명은 세속 군주를 종교 세력이 물리친 근대에 보기 드문 사건이었고, 이어지는 전쟁은 혁명의 확산을 막기 위한 서구 세력들의 합작품이었다. 이란은 지정학적으로 중요한 자리에서 여러 나라와 국경을 맞대고 있을 뿐 아니라 세계 석유 공급에 큰 영향을 미치는 나라이다.

근대 이란은 카자르(Qajars) 왕조(1795~1925) 때부터 시작된다고 할 수 있다. 19세기 비유럽의 대부분 국가와 마찬가지로 이란의 근대화는 외세의 침탈에 맞서는 지식인 집단에 의해 시작되었다. 1906년 입헌 혁명이 성공함으로써 이란은 입헌군주제 국가가 되었다. 그러나 강대국의 틈바구니에 끼인 이란은 1907년 러시아와 영국의 보호 지역으로 분할되었다. 제1차 세계대전 중에는 중립을 선포하였으나 영국, 러시아, 터키군의 전쟁터가 되어 큰 피해를 입었다. 1919년 이란은 러시아의 혁명으로부터 보호한다는 명목 아래 영국의 보호령이 되었다.

이후 이란 인의 극도로 고조된 반영 감정 속에 코자크 부대 사령관인 레자 칸(Reza Khan)은 쿠데타를 일으켰다. 그는 1926년 샤로 등극, 팔레비 왕조를 열었다. 레자 샤는 과감하고 체계적인 서구화를 추진하였다. 군대를 혁신하여 왕권을 강화하였고, 관료제를 정비하여 중앙 집권을 강화하였다. 전국을 포괄하는 교육 제도를 도입하고 근대적인 대학을 만들었다. 그는 터키와 같은 '세속국가'를 지향했으며, 이란에 서구적, 합리적, 근대적 국민 의식을 심으려 하였다. 레자 샤는 근대적 사법 체계를 도입해서 성직자들의 자의적인 판결 관행을 중지시켰고, 1936년에는 여성들의 차도르를 없앴다. 하지만 개혁을 밀어붙이기 위해 반대 세력과 언론을 강하게 탄압하기도 했다.

이러한 개혁은 봉건적 특권을 누리던 이슬람 세력을 적으로 만드는 결과를 낳았다. 이때부터 시작된 왕가와 성직자들의 대립은 1979년 이슬람 혁명이 일어날 때까지 이어졌다. 근본적으로 레자 샤의 근대화 정책은 봉건적 토지 소유 제도를 혁파하는 데에는 이르지 못했고, 개혁을 위한 세금 때문에 민중의 지지를 얻지도 못했다. 레자 샤는 과거 자신들의 국토를 침략했던 소련과 영국을 견제하기 위해 나치 독일과의 경제 관계를 강화했다. 이에 소련과 영국은 1941년 이란을 침공해 레자 샤를 압박하기 시작했고, 위기감을 느낀 그는 결국 아들 모하마드 레자 팔레비에게 왕위를 넘겨주었다. 이후 이란은 연합국의 병참기지가 되었고, 영국과 소련의 경제적 침탈도 심해졌다.

이런 상황에서 반외세 민족주의 운동을 이끈 이는 모하마드 모사데크(Mohammad Mossadeq)였다. 그가 이끄는 국민전선이 약진을 보이자 여론에 밀린 팔레비 국왕은 1951년 그를 총리에 임명하였다. 모사데크 총리는 취임과 동시에 유전 국유화를 단행했다. 이란 유전을 독점하고 있던 영국은 이란에 경제적 압박을 가했다. 더욱이 모사데크가 공산주의 세력과 협력할 움직임을 보이자, 미국까지 나서서 모사데크를 쫓아내려 하였다. 모사데크를 쫓아낸 팔레비는 친미, 친영 노선을 노골화하고 비밀경찰(SAVAK)을 동원해 반대파를 탄압했다. 이후 서방의 유명 석유 회사들이 이란의 유전을 장악했고, 팔레비 국왕은 1959년 미국과 방위조약을 체결, 미군 주둔을 허용하였다.

1963년 팔레비는 6개항의 개혁조치를 국민투표에 부쳐 이른바 '백색혁명'을 시작했다. 주요 내용은 토지 개혁, 근로자에 회사 이윤 분배, 삼림과 목초지 국유화, 국영 사업장 매각, 선거법 개정, 문맹 퇴치 지원 등이었으며 여성에게도 투표권을 부여했다. 특히 역점을 두어 추진하였던 토지 개혁은 아버지 레자 샤 시절 무산됐던 것으로, 팔레비 국왕이 솔선해서 왕실 토지를 농민들에게 분배하기도 했다. 토지 개혁 등 일련의 개혁 조치들은 기존 지배층의 힘을 약화시킬 수 있었기에 바로 성직자들의 반발을 샀다. 국왕 반대 세력은 아야툴라 루홀라 호메이니의 지도 아래 반(反)백색혁명 운동을 벌였다. 호메이니는 가택 연금 후 망명길에 올랐다.

내정이 안정되자 팔레비는 중동의 경찰 역을 자임하고 군비 강화에 나섰다. 내용은 실상 미제 무기 수입이었다. 국민들은 이런 친미노선에 굴욕감을 느꼈고, 이슬람 전통을 무시한 서구화 정책에 반감을 가졌다. 국방비 증액과 인플레이션, 생필품 부족 등도 국민들의 불만을 샀다. 실속 없는 과시성 사업과 군비 강화에 예산을 낭비한 결과, 이란 경제는 1976년 후반부터 눈에 띄게 악화되기 시작했다. 왕정의 무능과 부패 속에 빈부 격차는 더 커졌다. 모사데크 국민전선의 한 분파인 이란 자유 운동, 호메이니가 이끄는 이슬람 세력, 페다인(특공대 혹은 민병대)과 무자헤딘(이슬람 전사) 등 무장 단체들이 모두 반 팔레비 전선에 나서기 시작했다.

1978년 팔레비 정부는 호메이니를 음해하는 기사를 친정부지(誌)에 게재, 국민을 자극하고 쿰 시에서 열린 신학생 데모를 유혈 진압하였다. 이스파한의 바자르(시장)가 항의 표시로 철시하고 시위에 나서자 다시 무자비하게 해산하는 등 새해 벽두부터 시위와 유혈 진압의 악순환이 시작됐다. 8월 아바단에서는 시위 군중이 경찰을 피해 들어간 극장에 불이 나서 400여 명이 숨지는 사고가 났다. 9월에는 테헤란 잘레흐 광장에 운집한 군중을 향해 경찰이 무차별 발포하는 유혈극이 벌어졌다. 호메이니는 프랑스 파리로 망명했는데, 그의 프랑스 망명은 오히려 이란 반정부 운동이 국제적 주목을 받게 되는 계기가 되었다. 12월 팔레비 국왕은 온건파인 국민전선 지도자 바크티아르(Bakhtiar)와 협상, 바크티아르에게 총리직을 맡기고 출국하기로 결정한다. 이듬해 1월 팔레비는 이란을 떠났다.

1979년 출범한 바크티아르 정부에 대해 호메이니는 '불법'임을 선언하고 타도령을 내렸다. 군부까지 호메이니 지지로 돌아서자 바크티아르마저 망명해버리고 2월12일 왕정은 완전히 종식됐다. 1979년 2월 5일 호메이니는 메흐디 바르자간(Mehdi Bazargan)을 임시 정부 수반으로 지명하였다. 하지만 이슬람 최고 혁명 위원회가 사실상의 정부였고, 정규군과 별도로 이슬람 혁명 수비대가 만들어져 무력으로 위원회를 뒷받침했다. 12월에는 이슬람 공화국을 표방한 새로운 헌법이 채택되었다. 흔히 말하는 이란 이슬람 혁명은 이렇게 마무리되었다.●

이란 혁명 직후인 1980년 7월 이라크는 주변 아랍 국가들의 명시적, 암묵적인 지지 속에 이란을 침공하였다. 이란-이라크 전쟁은 오래된 두 나라의 갈등과 서구의 이해 때문에 발생하였다. 사담 후세인이 집권한 이라크는 인구의 65%가 시아파임에도 수니파가 오랫동안 집권하고 있었다. 이웃한 이란 인구의 대부분은 시아파였다. 또한 양국은 제각기 이슬람 정통의 계승과 페르시아 왕국의 상속자임을 자처하였고, 호르무즈 해협 3개 섬과 샤트알아랍 수로의 영유권을 주장, 오랫동안 분쟁을 겪어오고 있었다.

중동 석유에 경제체제를 의존하고 있던 미국과 서유럽 국가들은

●이란 혁명에 대한 평가는 복잡하다. 이란 혁명은 민중의 투쟁으로 독재정권을 물러나게 한 시민혁명이라는 의미가 있지만, 혁명 직후 친 팔라비 파와 좌파인사를 탄압하면서 새로운 국가폭력을 탄생시켰다는 비판을 받기도 했다.

이란에 등장한 반서구정권이 못마땅하였다. 이웃 국가들로 이슬람 원리주의가 퍼져 반미–반서구 물결이 일 것을 염려하였다. 이에 서구 국가들은 이란과 대립 관계에 있던 이라크의 후세인 정권에 막대한 경제적–군사적 지원을 마다하지 않았다. 영국과 프랑스는 전쟁 초기부터 이라크에 상당량의 무기를 판매하였으며, 미국은 사담 후세인 정권의 무차별적인 화학무기 사용과 민간인 학살도 묵인하였다.

개전 후부터 몇 년간은 이라크가 주도권을 잡았으나, 1982년 말부터 이란이 초기의 열세를 극복하고 반격에 나섰다. 이란은 국민들의 '혁명 수호 의지'로 패전을 면할 수 있었지만 인명 피해는 이란 쪽이 훨씬 컸다. 외부의 침공은 이란 내 혁명 분위기를 공고하게 만드는 효과를 낳기도 했다. 1989년 6월 호메이니가 사망한 후, UN의 중재로 9월 전쟁이 종료되었다. 1989년 새로운 대통령이 취임하면서 자유화 조치들이 시작되었지만, 이후 다시 이슬람주의 정권이 들어섰다. 서구와의 불편한 관계는 이란의 외교는 물론 국내 정치에도 큰 영향을 미치고 있다.

여자의 일생 이야기

이 소설은 총 10개 부분으로 구성되어 있다. 주인공인 마수메 사데기의 어린 시절에서 시작하여 결혼과 출산을 거쳐 삼남매를 모두 출가시키는 약 40년간의 이야기가 시간 순서대로 전개된다. 구성으로 보아 『나의 몫』은 우리 소설에서도 자주 볼 수 있는 '여자의 일생' 이야기에 속한다.

각 부분의 내용을 정리하면 다음과 같다. 1부는 마수메의 어린 시절에서부터 하미드와의 결혼까지를 다룬다. 그녀는 학생 시절 사이드라는 대학생에게 사랑의 감정을 느끼지만 집안의 반대로 하미드와 급한 결혼을 하게 된다. 2부는 결혼 후부터 두 아들의 출산까지를 다룬다. 그녀는 얼굴도 모르고 결혼한 하이드가 지하에서 공산주의 운동을 하는 사람이라는 사실을 뒤늦게 알게 된다. 3부는 하미드가 체포되고 친정아버지와 작은오빠가 죽게 되는 몇 년 동안의 이야기이다. 4부는 혁명의 열기가 고조되면서 하미드가 석방되는 시점까지를 다룬다. 마수메에게 무관심하던 큰오빠 마흐무드가 식량을 보내오는 등 갑자기 그녀의 집에 관심을 보이기 시작한다. 5부는 이슬람 혁명 전후의 고조된 사회 분위기를 다룬다. 6부는 혁명 후 이슬람 정부에 의해 마수메 가족이 겪는 고통을 다룬다. 마수메는 다니던 직장에서 해고되고 하미드는 처형당한다. 7부에서는 무자헤딘에 관여하던 큰아들 시아막의 수감과 망명을 다룬다. 8부에서는 작은아들 마수드의 전쟁 참전이 중요한 사건이다. 9부는 세 남매의 결혼 이야기로 채워진다. 10부에서 마수메는 첫사랑 사이드를 다시 만난다. 하지만 자식들의 반대로 재혼은 하지 못한다.

> 할머니 역시(신이시여, 할머니의 영혼을 편히 쉬게 하소서!) 내가 학업을 계속하는 것을 못마땅해하셔서 어머니에게 끊임없이 잔소리를 하셨다. "마수메는 할 줄 아는 게 아무것도 없으니, 시집을 보내면 한 달 만에 다시 친정으로 쫓겨올게다." 그리고 아버지에게도 말씀을 하셨다. "계집애한테 돈을 들이는 이유가 대체 뭐냐? 계집애들은 쓸모가 없어. 어차피 다른 사람에게 줘야 하는걸. 그리고 그렇게 힘들게 일을 해서 저 아이에게 돈을 들여 봤자, 나중에 시집보낼 때 더 많은 돈이 들어갈 뿐이야."(10쪽)

위 예문은 시집가기 전 마수메의 집안 분위기를 잘 보여준다. 여전히 여성의 삶을 옭아매고 있는 중세적 세계관을 확인할 수 있다. 할머니는 여자가 교육받는 것을 못마땅해 하고, 시집을 보내면 그만이기 때문에 돈을 들일 필요가 없다고 말한다. 그녀가 생각하기에 여자들에게 필요한 것은 바느질 기술 정도의 살림 능력이다. 할머니는 어머니에게 이런 여성관을 전수하고 어머니는 딸에게 다시 이런 여성관을 전수한다. 이란 소설이라는 점을 가리고 본다면 이 부분에서 종교적인 색채를 느끼기는 어렵다. 마수메는 교육받은 여성으로 이런 현실을 못마땅해 한다. 하지만 이런 현실을 거부할 만큼 강한 확신을 가진 인물은 아니다. 그녀 역시 시대의 관습적 사고에서 자유롭지 못하다. 신의 결정을 따라야 한다거나, 각자의 운명은 태어날 때 이미 정해져 있다거나, 현실에서 각자의 몫은 정해져 있다는 당시 많은 여성들이 가지고 있던 세계관을 따르는 인물이다.

　　그녀가 주어진 운명을 따르는 대표적인 예는 결혼이다. 마수메는 열여섯 살에 약대 3학년에 재학 중인 똑똑하고 준수한 청년 사이드 자이레를 만나 사랑의 감정을 키운다. 하지만 마수메의 집안에서는 여성의 연애는 큰 죄이며 가족의 명예를 더럽히는 일이라고 생각한다. 특히 그의 작은오빠는 칼을 들고 사이드를 찾아가 가족의 명예를 더럽힌 복수를 감행하려고까지 한다. 결국 마수메는 다니던 학교도 그만두게 되고, 며칠 동안 집안에 갇혀 사경을 헤맨 끝에 가족이 정해주는 사람과 결혼을 하고 만다. 물론 집안의 결정을 따르면서도 그가 현실을 순순히 인정하는 것은 아니다. "2년 동안이나 봐 오면서 서로에 대해 알아가고 사랑을 키워 지구 끝까지라도 함께 갈 준비가 된 남자와 몇 마디를 주고받았다고 나를 죽이려 들더니, 이제는 생판 모르는, 두렵기만 한 남자의 침대에 밀어 넣"(127쪽)는 가족들을 철저히 원망한다.

마수메의 이런 결혼은 그녀 주변에서 특별한 일이 아니었다. 그녀의 결혼을 중매한 이웃집 여인 파르빈은 젊은 시절 마수메와 비슷한 경험을 한 적이 있다. 그녀는 자신의 결혼 생활이 가져다 준 불행 때문에 마수메에게 동정적이고, 어려운 일이 있을 때마다 마수메를 물심양면으로 도와준다. 그녀는 스물다섯이나 많은 마흔 살의 남자와 열다섯 살에 결혼하였다. 아버지는 땅도 있는 부자라고 원하지 않는 남자에게 딸을 시집보낸 것이다. 그녀 역시 각자에게는 각자의 운명이 있고, 운명과 싸워 이길 수는 없다는 세계관을 가지고 있다. 파르빈은 자살을 생각하는 주인공에게 미래에는 행복한 삶이 기다리고 있을지 모른다고 위로하기도 한다.

그녀는 하미드와의 결혼이 마수메에게 차선의 선택은 된다고 생각한다.

> 너는 십오 년, 이십 년 전의 나와 똑같아, 너희 가족들은 어떻게 해서든 널 빨리 결혼시키려고 하지, 저 무능력한 사이드에게서는 아무런 소식이 없지. 나는 네가 적어도 결혼식 다음 날 주먹으로 널 때려 시퍼런 멍이 들게 하지 않을 남자와 결혼해야 한다고 생각했어. 품위도 있고, 언젠가는 너도 좋아할 수 있는, 그런 사람과. 네 마음이 열리지 않는다 해도, 네 삶을 살게끔 해줄 수 있는 사람과.(121쪽)

자신이 마수메에게 급히 중매를 서게 된 이유를 설명하는 부분이다. 파르빈은 어차피 마음에 드는 사람과 결혼할 수 없다면, 우리 모두는 삶에게 복수할 방법을 찾고 우리 존재를 견딜 만한 것으로 만들 방법을 찾아야 한다고 마수메에게 말한다. 물론 이러한 생각은 단순히 자기 삶에 절망하는 것보다 더 비참하게 느껴질 수도 있다. 하지만 이런 생각이 현실을 견디는데 도움이 되는 것도 사실이다.

물론 마수메 주변에는 그녀와 다른 삶을 사는 친구도 있다. 그녀의 가장 친한 친구 파르바네 아흐마디라는 마수메에 비해 개방적인 집에서 자라 전통에서 비교적 자유롭다. 그녀는 학교 갈 때 히잡을 쓰지 않으며, 가끔씩 남자 형제들이 자기를 때리면 같이 치고받으면서 싸우기도 하는 인물이다. 근대화된 서구 여인처럼 자유연애를 하거나 독립된 생활을 하지는 않지만 자신의 삶을 주체적으로 살아야 한다는 생각을 가지고 있는 여인이다. 마수메의 남편 역시 여성에 대해 그녀의 가족들과는 다른 생각을 가진 인물이다. 그는 비록 부인의 현실적인 삶에 큰 도움을 주지는 못하지만 관념적으로나마 여인의 삶이 처한 어려움을 인식하고 있다.

어쩌면 이 소설에서 종교는 여성의 삶을 압박하는 결정적 요인이 아닐지도 모른다. 이슬람 지역이 아닌 곳에서도 여성에 대한 차별은 오랫동안 지속되어 왔기 때문이다. 같은 종교적 기반을 가지고 있는 사람들 중에도 다른 생각을 하는 사람들이 많다는 점도 시사하는 바가 크다. 이는 종교의 문제가 아니라 인간의 이성이 깨어나는 순서의 문제이다. 역사적으로 이란은 중동의 이슬람권 중에 일찍 서구화가 진행된 나라였다. 팔레비 왕조가 일찍 친미정책을 쓴 이유로 여성에게도 상대적으로 많은 자유가 주어진 곳이다. 이 소설은 그럼에도 불구하고 여전히 강하게 남아 있는 봉건적 요소들에 대해 말하고 있는 셈이다.

집안에서 급하게 서둘러 이루어진 결혼이지만 하미드는 가족들과는 달리 자유로운 사상을 가진 사람이었다. 남편은 시시콜콜 여성의 의무를 이야기하지 않는다. 그는 넉넉한 집에서 자랐고 교육도 많이 받았다. 그는 결혼할 생각이 없었으나, 그를 집안에 잡아두려는 가족들이 서둘러 적당한 여성을 골라 강제 결혼을 시킨 것이다. 하미드 가족은 역시 봉건적인 생각을 가진 사람들이었고, 마수메는 적당한 여성으로 선택된 것이다.

주인공이 결혼한 시기는 1970년대 중반이었다. 이때도 이란에는 팔레비 왕조에 반대하는 여러 세력이 있었는데, 하미드는 공산주의 계열의 운동에 참여하고 있었다. 그의 혁명 사상은 과격하고, 관념적이었다. 열정은 충분히 가지고 있었지만 어떻게 혁명을 이룰 수 있는지는 생각하지 못하는 초보 혁명가였다. 혁명의 수단으로 폭력을 중요하게 생각하지만, 어떤 식으로 민중들의 동의를 얻어낼 수 있을지에 대해서는 무지한 편이었다. 그는 민중적 지도자의 모습을 전혀 가지고 있지 못한 인물이었다.

마수메 역시 그의 이러한 성향을 뒤늦게나마 파악한다. 그가 가족을 돌볼 줄 모르는 사람일 뿐 아니라 가족들에게서 크게 영향을 받지 않는 사람이라는 것도 알게 된다. 무엇보다 그녀는 남편이 자신을 동반자로 인정하지 않는다는 것을 가슴 아파했다. 남편은 자신과 결혼을 했으면서도 자신이 모르는 친구들과 함께 살아갔다. 생활의 문제는 시집에서 보내는 돈으로 해결했지만 자식들이 태어난 이후 마수메는 아버지 없이 아이들을 혼자 돌보아야 했다. 시아버지가 죽은 후에는 경제 문제까지 그녀의 책임이 되었다.

혁명의 열기가 고조되던 중 폭력 사건과 관련되어 하미드의 동료들이 체포되는 일이 발생한다. 그들은 비밀경찰 사바크의 손에 넘겨지지 않기 위해 수류탄을 품고 자살한다. 하미드의 오랜 동료들이 사라진 것이다. 그런데 그 거사에 하미드는 초대받지 못했다. 지도자 격인 샤흐자드가 가정이 있는 하미드를 명단에서 제외시킨 것으로 짐작된다. 하미드는 동지들이 거사에 자기를 제외시킨 일 때문에 괴로워한다. 자폭 현장에는 없었지만 하미드 역시 사건의 관련자로 체포되어 15년 형을 받는다.

하미드가 수감되어 있는 동안 이란 혁명이 발생하고 그는 영웅이 되어 돌아온다. 정치범으로 수감 생활을 한 그는, 운동의 기초를 마련하기 위해 자신을 희생한 위대한 영웅이라는 평가를 받게 된 것이다. 그런데 이런 영웅 대우는 마수메에게 다른 혼란을 가져다준다.

더 커다란 혼란은 대부분 마흐무드가 만들어낸 것이었다. 신기한 물건을 발견하기라도 한 듯 오빠는 매일 새로운 구경꾼들을 이끌고 나타났다. 나의 불평을 막기 위해, 그는 직접 사람들의 식사를 챙겼고 남은 것은 필요한 사람에게 주라며 끊임없이 우리 집에 음식을 가져왔다. 그가 그렇게 너그럽게 구는 것이나 돈을 펑펑 쓰는 것이 나에게는 놀랍기만 했다. 무슨 거짓말을 꾸며냈는지 정확하게는 알 수 없었지만, 그는 자신의 노력으로 하미드가 석방된 것처럼 굴었다. 그럴 수만 있다면, 마흐무드는 하미드를 발가벗겨 관객들에게 그의 상처를 보여 주었으리라.(380~381쪽)

어릴 적부터 이슬람 원리에 충실했던 마수메의 큰오빠 마흐무드는 이전까지 혁명가 하미드를 거들떠보지도 않았다. 하지만 그가 혁명 영웅으로 돌아오자 갑자기 그를 챙기고 자신이 그의 가족임을 강조한다. 심지어 자신의 힘으로 하미드를 석방시킨 것처럼 행동하기도 한다. 정작 어려울 때는 아무런 도움을 주지 않더니 갑자기 먹을 것과 돈을 대주겠다고도 한다. 마수메는 그의 이런 행동에 어떤 의도가 있을 것이라 짐작한다.

행복했던 혁명 후의 시간은 그리 오래 가지 않았다. 혁명 세력들 사이에 새로운 갈등이 벌어졌고, 공산주의 사상을 가진 하미드와 종교 원리주의자인 마흐무드의 관계 역시 급격히 악화되었다. 급기야 하미드와 마흐무드는 서로에게 모욕적인 말을 서슴지 않는 사이가 된다. 둘 중 누구도 상대를 용인하지 않았다. 하미드는 인간의 권리와 자유와 재산의 압류와 부의 배분과 민중 대표들로 구성된 정부에 대해 이야기했고, 마흐무드는 믿음도 없고 신을 모르는 죽어 마땅한 무신론자라고 하미드를 공격하더니 배신자에 외국 간첩이라는 말까지 내뱉었다. 그 말을 들은 하미드는 마흐무드가 독단적인 냉혈한이자 전통주의자라고 맞받아쳤다. 결국 이슬람 원리주의가 득세하자 신을 인정하지 않는 하미드는 다시 수감되고 목숨마저 잃고 만다. 이란은 이제 종교원리주의자들의 세상이 된다.

남편의 죽음이 그녀의 삶에 결정적인 영향을 주지는 않는다. 마수메에게는 일자리가 있었고, 시간이 지나면서 남편의 생각에 대해 비판할 수 있는 능력을 갖춘 여인이 되어 있었기 때문이다. 특히 남편의 부재는 그의 모성을 자극했다. 그녀는 자신이 세 아이를 길러야 할 책임이 있는 엄마라는 점을 깨닫는다. 다른 사람들의 동정심에 기대 아이를 기르는 엄마가 되고 싶어 하지 않는다.

　남편의 혁명 사상을 추상적이라 생각했던 그녀는 이슬람 원리를
내세우는 마흐무드의 행태에 대해서도 비판적이다.

　　장사에 미치는 종교의 영향은 단 하나, 수입의 오분의 일을 봉헌해야 하
　　는 이슬람 신자의 의무를 다하는 것뿐이었다. 그래서 그는 매월 말이
　　되면, 한 달간 번 돈을 모두 콤에 있는 에흐테람의 아버지에게 보냈다.
　　우리의 이모부이자 마흐무드의 장인인 에흐테람의 아버지는 그 돈 중
　　의 아주 적은 일부만 취하고 나머지는 다시 마흐무드에게로 돌려보냈
　　다. 이른바 이런 '손 바꾸어 타기'에 의해 마흐무드의 돈은 이슬람 계율
　　에 따라 정결해진 돈이 되었다. 그러니 그가 걱정할 이유는 전혀 없었
　　다.(248쪽)

　어릴 적부터 그녀가 종교를 긍정적으로 생각한 것은 아니었다.
자신의 삶을 억압하는 전통이 사실은 종교에 기초한 것이었기 때문이
다. 또 두 오빠에 대한 생각도 좋지 않았다. 그들은 자신들의 삶을 진지
하게 생각하지 않았을 뿐 아니라 아무렇게나 해도 좋다는 남자들의 우
월의식을 가지고 있었기 때문이다. 위 글은 겉으로는 종교에 충실한 것
같이 행동하면서도 실제로는 속되기 그지없이 행동하는 오빠의 행위를
비판하고 있다. 말하자면 오빠는 경건함과 독실함을 가장하고 실리를
취하는 위선자였던 것이다. 그녀가 보기에 오빠는 사랑과 믿음이 충만
한 삶이라는 종교의 본질적인 기능과는 무관하게 그저 자신의 이익에
기여하는 것으로 종교를 선택한 속물이다. 물론 주인공의 이런 생각이
종교 비판으로 직접 이어지지는 않는다. 이 소설은 종교를 그렇게 이용

하는 사람들에 관한 이야기로 비판을 한정한다.

　마수메는 원리주의를 가장해서 부를 쌓는 오빠 마흐무드나 관념적인 사상을 드러내는 남편 하미드 모두를 긍정적으로 생각하지 않는다. 그녀가 긍정적으로 보는 인물은 남편의 동료인 여성 샤흐자드이다. 그녀는 종교에 대해서도 포용적인 태도를 가지고 있는 인물이다. 일부가 종교를 미신이라고 가볍게 생각하지만 그녀는 어려울 때 신앙을 찾게 되는 것이 현실이라고 말한다. 그는 치기 어린 공산주의자들의 말하는 방식이 잘못되었다고 지적하기도 한다. 그들의 언어는 사람들을 공격하고 겁먹게 만들어 도망가게 만들 뿐이라고 말한다. 사실 그녀는 이 소설에서 유일하게 종교와 혁명, 전통과 여성 사이에서 균형 감각을 유지하고 있는 인물이다. 마수메가 마음속에 그리는 바람직한 여성이기도 하다.

선택과 저항

　이 소설에는 많은 여성들이 등장한다. 다른 여성들의 삶과 비교해 볼 때 마수메의 삶은 특별히 비극적이다. 그 비극의 책임은 당연히 봉건적인 사회에 있다. 하지만 그녀의 성격이 갖는 결함도 빼놓을 수는 없다.

　나에게도 나만의 운명이라는 게 있을까? 있기나 한 걸까? 아니면 난 내 인생의 남자들, 나를 자신들의 신념과 목적의 재물로 삼은 남자들의 삶을 지배하는 운명의 일부인 걸까? 아버지와 오빠들, 남동생은 자신들의 명예를 위해, 남편은 자기의 이념과 목표를 위해 나를 제물로 바쳤어. 그리고 아들들의 영웅적인 행동과 애국심에 다시 희생양이 되었지. 결국, 나는 누구일까? 반란자, 반역자의 아내? 아니면 자유를 위해 투쟁한 영웅의 아내? 반체제를 꿈꾸는 아들의 어머니? 자유를 사랑하는 투쟁가의 희생정신 투철한 부모? 그들이 나를 꼭대기에 올려놨다가 끌어내린 게 대체 몇 번이지? 아무런 자격이 없는 나를. 그들은 나의 능력이나 업적 때문에 나를 추앙한 것도 아니었고 내 실수 때문에 나를 내던진 것도 아니었어. 마치 나라는 존재는 있지도 않은 것 같아.(621쪽)

주인공이 지금까지 살아온 자신의 삶을 돌아보는 장면이다. 그녀의 삶은 마치 유교의 삼종지도를 따른 것처럼 느껴진다. 어릴 적에는 아버지의 뜻을 따르고, 결혼해서는 남편의 뜻을 따르며, 나이가 들어서는 자식들의 뜻을 따르며 살아온 인생이다. 결정적인 판단은 그들의 뜻을 따랐지만 생활의 문제는 자신이 해결하면서 살아왔다. 그녀는 자신이 어떻게 평가되는 지에도 관심을 갖는다. 불행히도 자기를 규정할 수 있는 말들은 모두 스스로가 아닌 가족들과의 관련 아래에서 이루어진다. 영웅의 아내라든지, 투쟁가의 부모는 사실 자신의 정체성으로 평가받는 말이 아니다. 가족들에 의해 평가될 만큼 그녀가 그들의 행위와 생각에 모두 동의했던 것도 아니다. 자신의 능력이나 실수는 자신을 평가하는 데 아무런 역할을 하지 못한다. 그녀는 자신에게 운명이란 것이 있다면 그들에게 부속되는 것이 아닐까 의심도 한다.

하지만 이런 호소는 그녀의 삶 전체를 바꿀 만큼 강하지는 않다. 그녀는 기본적으로 한 사람의 힘으로 사회 전체의 분위기를 바꿀 수 없다고 생각한다. 어쩌면 스스로 이 사회에 순응하는 것이 습성이 되어버렸는지도 모른다. 그녀는 자기 운명을 개척하려는 의지와 자기 몫의 삶을 충실히 살아야한다는 의지 사이에서 갈등하고 언제나 자기 몫의 의무를 따르면서 살아왔다. 혁명적인 변화가 그녀의 삶에 결코 긍정적인 영향을 미치지 못했다는 점도 그녀가 이런 생각을 형성하는 데 기여했으리라 짐작할 수 있다.

결말 부분에서 그녀는 자신의 감정을 회복하고 꿈을 실현할 수 있는 기회를 맞는다. 어린 시절 사랑하던 남자 사이드를 다시 만난 것이다. 아이들도 모두 결혼한 상태여서 그녀는 큰 구속 없이 새 삶을 시작할 수 있었다. 사이드 역시 그녀와의 새로운 출발을 간절히 바란다. 하지만 그녀는 자식들의 명예를 위해 자신의 새 출발을 포기한다. 그녀는 '평생 한 번만이라도 당신의 가슴이 시키는 대로' 자신을 '자유롭게 봐주라'는 사이드의 권유를 물리친다. 어릴 때 그녀의 사랑을 막은 것은 아버지와 오빠들이었다. 그들은 마수메가 가족의 "명예"를 더럽혔다고 흥분했다. 이번에 그녀의 결혼을 막은 것은 세 남매였고 그들 역시 가족의 "명예"를 들먹인다. 며느리까지 재혼이 갖는 사회적 시선을 의식하고 얌전히 수양하면서 노년을 보내는 여인상을 강조한다. 수십 년의 시간이 지났지만 여인을 보는 그들 가족의 시선을 변하지 않았으며 그에 대한 마수메의 반응 역시 크게 달라지지 않았다.

관습에 얽매인 삶을 극복한 주인공이 자신의 꿈을 찾아가는 행복한 결말을 기대했던 사람들에게 이 소설의 결말은 실망스럽다. 그러나 현실성의 차원으로 볼 때 이러한 결말이 더 그럴듯하다는 생각이 드는 것도 사실이다. 오랜 전통의 굴레에서 한 번에 벗어나는 일은 그리 쉽지 않을 것이다. 개인이 처한 환경에 따라 전통의 부하가 다르다는 것도 분명한 사실이리라 짐작된다. 이 소설은 영웅이 아닌 생활인으로서의 삶을 통해, 그가 살아가고 있는 현실의 모습을 가감 없이 보여준 것으로 충분히 가치 있는 작품이라 평가할 수 있다. 특히 이란과 같이 여전히 문학에 대한 제약이 많은 사회를 다룬 작품으로는 더 그렇다.

운명이라는 현실

우리에게 이란은 물리적으로나 심리적으로나 아주 멀리 있는 나라이다. 그러나 실제 소설을 통해 들여다 본 이란 사람들의 삶은 우리의 그것과 크게 다르지 않아 보인다. 작품의 주요 배경이 되는 1970년대는 실제 우리나라의 1970년대를 떠올리게 한다. 인큐베이터에서 아이를 낳고, 피아트 자동차를 구입하고, 시집가면서 혼수를 마련하는 제 일상들이 상당히 익숙하다. 단지 여성을 대하는 사회적 분위기가 우리보다 훨씬 보수적이라는 인상을 줄 뿐이다.

근대 이란의 역사는 성과 속의 대결이라 해도 좋을 만큼 세속화를 지향한 세력과 신정을 지향한 세력의 긴장 속에서 흘러왔다. 그 갈등의 정점에는 이란 혁명이 놓인다. 이 소설은 성과 속 어느 한 편에 치우친 시선을 보내고 있지는 않다. 종교 원리주의는 평화와 사랑이 넘치는 진정한 종교와 대비됨으로서 비판의 대상이 된다. 무장 혁명을 주장한 공산주의자들 역시 현실과 괴리된 이상주의자들로 취급된다. 정치와 같이 큰 문제가 아니라, 고난 속에서도 생활을 유지하기 위해 노력하는 여인의 삶이 긍정적으로 강조되고 있다.

이 소설의 주인공 마수메는 자신의 운명을 개척하는 인물이 아니라 자기에게 주어진 운명에 순응하는 인물이다. 그렇다고 패배 의식에 젖어 있거나 좌절하는 인물은 아니다. 그녀가 생각하는 운명은 자신에게 주어진 몫을 충실히 이행하는 것이다. 자신에게 주어진 몫이 무엇인지는 애매하지만, 그는 자식들을 바르게 기르고 스스로도 그들을 실망시키지 않는 삶을 선택한다. 자신의 감정이나 꿈을 만족시키는 데 관심을 갖기보다 주어진 책임을 다하는 것을 중요하게 생각하는 것이다.

　　소설 한 편으로 이슬람과 이슬람 여성의 삶을 말하기는 어렵다. 다양한 지역의 수많은 사람들이 이슬람을 믿고 있으며, 지역이나 나라마다 여성들을 대하는 태도도 매우 다를 것이기 때문이다. 이 소설을 통해서도 이슬람 여인들의 삶이 종교의 굴레 안에 완전히 갇혀 있는 것이 아니라는 점 정도는 확인할 수 있었다. 등장하는 많은 여인들이 가정환경이나 신앙의 정도에 따라 조금씩은 다른 삶을 살아가고 있었다. 언론에 보도되는 것과 같은 이슬람 여인에 대한 터무니없는 억압이나 잔혹한 대우가 분명 있긴 하겠지만, 그들의 구체적인 삶을 들여다보기 전에 무엇이든 섣불리 말하기가 어렵다는 사실을 다시 한 번 확인하게 된다.

혁명 이후 이란의 문학과 예술

압바스 키아로스타미, 〈내 친구의 집은 어디인가〉(Where Is the Friend's Home?, 1987)

〈내 친구의 집은 어디인가?〉
영화 포스터

방과 후 집에 돌아온 주인공 아마드는 숙제를 하기 위해 가방을 열다 친구 네마자데의 공책을 자신이 가져온 것을 알게 된다. 숙제를 못해 선생님께 혼날 친구가 걱정되어 그는 친구의 집을 찾아 나선다. 네마자데가 산다는 포시테에 도착한 아마드는 친구를 찾아 이곳저곳 헤맨다. 하지만 그는 여러 가지 사정으로 친구의 집을 찾지 못하고 어두워 져서 집으로 돌아온다. 그 과정에서 벌어지는 에피소드들이 영화의 주요 내용이다. 압바스 키아로스타미 감독이 만든 이 영화의 제목은 〈내 친구의 집은 어디인가〉이다.

영화는 친구의 집을 찾아 하루 종일 길거리를 돌아다니는 아미드를 따라간다. 그를 따라가면서 관객들은 그의 선생님과 주변 어른들 그리고 친구들을 보게 된다. 이란 북부 작은 시골 동네 안팎의 모습도 들여다 볼 수 있다. 영화 전편에 펼쳐지는 아름다운 자연의 모습, 그리고 그 속에서 생활하고 있는 마을 사람들의 모습은 논픽션을 보는 듯한 느낌도 준다. 이 영화에서 우리는 우리와 매우 다르지만 그렇다고 크게 다를 것도 없는 이란 사회와 사람들의 모습을 확인할 수 있다.

할리우드 영화에 익숙한 사람들의 눈에 이 영화는 낯설게 보일지도 모른다. 하지만 드라마틱한 사건과 장면을 보여주기보다는 잘 눈여겨보지 않는 일상을 꼼꼼하게 재현하는 이 영화의 스타일은 나름대로 매력적이다. 무엇보다 주인공을 비롯한 아이들의 순수한 모습은 관객들을 웃음 짓게 한다. 영화 내내 소년이 길을 달리기만 하는 것 같은데도 별 이유 없이 이 영화는 재미있다.

샤리아르 만다니푸르, 『이란의 검열과 사랑이야기』, 김이선 역, 민음사, 2011.

마지드 마지디 감독, 〈천국의 아이들〉(The Children Of Heaven, 1997)

압바스 키아로스타미, 〈체리 향기〉(The Taste Of Cherry, 1997)

압바스 키아로스타미, 〈바람이 우리를 데려다 주리라〉(The Wind Will Carry Us, 1999)

천년 유목 제국의 몰락

동서양의 가교 터키

역사적으로 터키는 동양의 문화와 서양의 문화가 만나는 중간 지점에 위치해 있었다. 서사시 일리아드에 등장하는 지중해 연안의 고대 그리스 도시(트로이 등)와 동로마 제국 도시들은 아무래도 서양 문화권에 속하는 지역이었다. 이오니아 문명의 중심지였던 에페소스는 헤라클레이토스와 탈레스가 태어난 곳이기도 하다. 반면에 쿠르드 족이 살고 있는 남동부 지역은 이란 북부와 함께 쿠르드스탄 지역에 속한다. 카펫과 같은 중앙아시아 유목민의 문화가 남아 있는 것은 물론 언어나 종교에서 서쪽 나라들보다는 동쪽 나라들과 더 가깝다.

현재 터키가 위치한 아나톨리아* 지방은 실상 오랫동안 독립된 왕국이나 국가로 존재했던 지역은 아니다. 아나톨리아는 이웃한 카프카스 지역과 함께 동서양 제국이 지나다닌 길목이었다. 동쪽과 서쪽에서 강해진 제국들은 어디보다 먼저 이 지역을 자신들의 영토로 삼았다. 페르시아, 마케도니아, 로마, 셀주크 투르크, 몽고, 오스만 투르크는 이 지역을 지배한 대표적인 제국들이다. 이런 이유 때문에 현재 이 지역에는 제국을 구성했던 다양한 소수민족들이 섞여 살고 있다. 또, 터키와 그 주변에 사는 유목민들의 생활공간은 근대에 확정된 영토와 일치하지 않는 경우도 있다. 터키 동부의 쿠르드 족이 대표적인 예이다. 이는 아나톨리아 지역뿐 아니라 흑해-카스피 해-파미르 고원에 이르는 중앙아시아의 특징이기도 하다.

우리에게 터키는 한국전쟁에 참전한 16개국의 하나로 각인되어 있다. 터키는 미군이 주도한 UN군 중 지상군을 파견한 몇 안 되는 나라 중 하나이다. 당시 소련과 국경을 맞대고 있었고, 북대서양 조약기구에 가입하려는 의지가 강했다고는 하지만 그들이 우리를 위해 적지 않은 규모의 군인들을 파견한 것은 사실이다. 최근 들어 터키는 한국인들이 선호하는 관광지로 각광받고 있다. 동서양의 오래된 문화를 볼 수 있고 지중해를 볼 수 있다는 점에서 터키는 분명 매력적인 곳이다.

최근에는 터키의 문학도 많이 번역되고 있다. 가장 많은 작품이 소개된 작가는 『내 이름은 빨강』, 『새로운 인생』을 쓴 오르한 파묵일 것이다. 노벨 문학상을 탔다는 유명세가 그의 명성에 기여한 바 크지만 그의 문학적 성취에 대해서는 큰 이견이 없는 듯하다. 그의 작품은 이슬람 문화와 서구 문화가 혼합된 터키의 전통에 기반하고 있어 가볍게 읽히지는 않는다. 하지만 깊이 있는 인간의 탐구로 많은 생각할 거리를 제공해 준다. 『생사불명 야샤르』와 『제이넵의 비밀 편지』로 유명한 아지즈 네신 역시 터키를 대표하는 작가이다. 그는 독재에 반대하여 수차례 수

●예전에 소아시아라 부르던 지중해와 흑해에 면한 반도를 포함한 지역으로 시리아, 이란, 이라크와 접해 있다.

감과 유배를 당하면서도 날카로운 풍자를 통해 세상의 불의와 권위를 비판하는 작품을 써왔다.

우리가 만나게 될 야샤르 케말은 터키 리얼리즘 문학의 거장이자 터키 문단의 최고봉으로 꼽히는 작가이다. 그는 어릴 적부터 공장, 목화밭에서 노동을 하면서 학업을 병행했다. 이후 그는 정치적으로도 터키 사회의 모순을 개선하기 위해 적극적으로 노력했으며 그 결과 옥고를 치르기도 했다. 그는 여성, 소수민족, 가난한 사람들의 이야기를 현대의 신화로 다시 창조해낸 작가라는 평가를 받는다. 굳이 구분하자면 파묵의 소설이 조금은 관념적이라는 인상을 주는 데 반해 야샤르 케말의 소설은 사실적이라는 느낌을 준다.

여기서 다룰 장편『바람부족의 연대기』와 단편집『독사를 죽였어야 했는데』*는 아나톨리아 소수민족의 역사와 전통을 현대의 비극이라는 관점에서 살려낸 케말 문학의 특성을 잘 보여준다.『바람부족의 연대기』는 마지막 유목민 투르크멘 족의 몰락을 제재로 한 작품이다.「독사를 죽였어야 했느데」는 납치혼과 관련된 살인을 다룬 소설이다.「아으르 산의 신화」는 전설이 되어버린 슬픈 남녀의 사랑과 함께 소수민족들에게 가해진 차별의 역사를 이야기한다. 우리에게는 유목민족의 삶을 대상으로 한다는 점만으로도 흥미를 끌기에 충분한 작품들이다.

아나톨리아의 역사와 현재

다른 지역도 마찬가지이기는 하지만 아나톨리아의 역사는 단순히 그 지역만의 독립적인 역사로 기술되기 어렵다. 많은 국가/민족과 접하고 있어 이 지역은 주변 지역의 흥망성쇠에 따라 운명이 결정되는 일이 많았다. 동쪽으로는 카프카스와 메소포타미아, 서쪽으로는 그리스와 로마의 영향을 받아왔고 근대에 들어서는 러시아와도 갈등을 겪었다. 이런 지정학적 특성은 지역 내 민족과 종족의 다양성을 가져왔다. 다양한 시기에 다양한 경로를 통해 유입된 이주민들은 그들 나름의 문화를 만들면서 이 지역에 정착했다. 대부분은 근대 이후 형성된 국가의 틀 안에 포섭되었지만 일부 민족과 종족들은 현재도 터키라는 이름으로 포섭되는 것을 거부하고 있다.

아나톨리아는 유목 부족들과 식민주의자들의 지나가는 길목이자 군소 국가들이 흥망성쇠를 반복하던 지역이었다. 근대 이전까지 주변의 강력한 왕조는 예외 없이 이 지역을 지배하거나 이 지역 일부를 점령하여 영향력을 행사하였다. 고대 히타이트와 아시리아가 이 지역에 많은 유적을 남겼으며, 고대 그리스 문명의 흔적 역시 많이 남아 있다. 이 지역 최초의 강력한 제국이라 할 수 있는 페르시아 왕조는 아나톨리아 전역을 지배하였다. 이때가 대략 기원전 6세기에서 기원전 5세기였다. 페르시아의 패권은 기원전 4세기 마케도니아의 알렉산드로스 대왕이 아나톨리아를 침략함으로써 끝나고 만다. 기원전 2세기에는 아나톨리아 서부 지역에 아시아 최초의 로마 속주가 수립되었다. 이후 그리스도교가 들어와 점점 아나톨리아 전 지역으로 퍼지면서 큰 변화가 일어났다. 기원후 395년 로마 제국이 양분될 때 아나톨리아는 콘스탄티노플

●야샤르 케말Yaşar Kemal. 터키 남부 아다나 시 출생. 1923년 10월 6일~2015년 2월 28일. 대표작으로 「아으르 산의 신화」(1970), 『바람부족의 연대기』(1971)가 있다. 이 글의 텍스트는 오은경 번역의 문학과지성사판 『독사를 죽였어야 했는데』(2005)와 실천문학사판 『바람부족의 연대기』(2010)이다.

을 수도로 하는 동로마 제국에 속하게 되었다.

동로마 제국은 이후 15세기까지 이어지지만 오랜 기간 이슬람 세력에 의해 위협을 받게 된다. 7세기에는 페르시아의 강력한 군주 크로스로우 2세가 아나톨리아를 침략해서 보스포루스 해협에 진지를 세웠고, 668년에는 아랍인들이 아나톨리아로 쳐들어와 콘스탄티노플을 포위했다. 이후로 3세기 동안 비잔틴 제국과 바그다드의 칼리프들은 간헐적으로 전쟁을 벌였다. 강력한 제국을 이룬 셀주크 투르크는 로마누스 디오게네스 황제를 사로잡았고, 니케아를 점령했다. 12세기에는 셀주크 인들이 아나톨리아의 여러 지역을 지배했으며, 이집트, 그리스, 아르메니아 인들도 아나톨리아의 일부 지역을 지배하였다.

이어 세계 제국을 건설한 몽골은 셀주크의 술탄을 굴복시키고 아나톨리아 지역의 지배자가 되었다. 셀주크가 무너지자 여러 부족들 사이의 권력 투쟁이 벌어졌다. 잇따라 일어난 권력 투쟁에서 오스만투르크가 마침내 패권을 쥐고 브루사에 왕국을 세웠다. 오스만은 15세기가 시작될 즈음 유프라테스 강 서쪽 지역을 거의 석권했으나 몽골에게 패해 세력이 잠시 꺾이기도 했다. 그러나 지중해까지 진출했던 몽골의 티무르가 죽자 다시 오스만은 이 지역에서의 패권을 되찾았다. 그 뒤의 수백 년 동안 아나톨리아 역사는 오스만 제국의 역사 안에 포함되었다.

오스만 제국은 동서양에 걸쳐 거대한 제국을 형성하였다. 1299년 아나톨리아의 서북 지역에서 건국된 왕국은 1396년 코소보 전투 등으로 발칸 반도로 세력을 확장하였다. 1402년 앙카라 전투에서 티무르에게 패하였으나 이후 세력을 회복하여 1453년 역사적인 콘스탄티노플 함락에 성공하였다. 15세기 말에는 흑해 북해안과 에게 해의 섬들까지 복속시켰다. 16세기에는 이집트와 메카와 메디나를 포함한 아라비아 지역까지 점령하여 이슬람의 맹주가 되었다. 1526년에는 헝가리군을 대파하고 헝가리 땅의 대부분을 차지하였다. 1529년에는 신성 로마 제국의 수도 빈을 일 개월 이상 포위하여 서유럽 전체를 위협하기도 하였다. 서부 유럽까지 진출하지는 못했지만 오스만 제국은 17세기 말까지 발칸의 대부분을 지배하였다. 하지만 19세기 들어 서방 국가들과의 대결에서 열세를 면치 못하다가 1912~1913년의 발칸 전쟁으로 오스만 제국은 유럽에서 완전히 물러나게 되었다.

지금의 터키가 아나톨리아 지방을 차지하고 독립 공화국이 된 것은 제1차 세계대전 이후이다. 투르크는 이 전쟁의 패전국이었다. 전후 영국-프랑스-이탈리아는 아나톨리아의 남부와 남동부를 각국 세력 범위 지역으로 나눈 3국 협정을 맺었다. 그러나 무스타파 케말이 이끄는 투르크 민족주의 운동은 무장 투쟁을 통해 외부 세력을 몰아냈다. 이후 로잔 조약을 통해 좁은 범위의 아나톨리아에 대한 투르크의 주권이 인정되었다. 로잔 조약과 함께 터키와 그리스는 주민 교환협정을 맺었으며, 그 협정에 따라 약 100만 명의 그리스 인들이 아나톨리아 서부 지역에서 그리스와 마케도니아로 이주했다. 그리스 역사에 빈번히 등장하는 아나톨리아의 지중해 지역도 터키에 속하게 되었다.

오스만 제국이 바로 터키가 된 것은 아니지만 터키가 오스만을 이어받은 것은 분명하다. 아나톨리아 안에도 다양한 민족 집단이 거주하고 있었는데 국민에 대한 구속력이 강한 근대 국가가 성립하면서 여러 가지 문제가 발생했다. 그 중 민족의 자치권 문제는 자주 갈등의 이유가 되었다. 한때 흑해와 지중해를 지배하던 오스만 제국은 제국 내 지역의 자치를 인정하는 정책을 폈다. 하지만 근대 국가가 된 터키는 예전과 같은 수준의 소수 민족 자치권을 허용하지 않았다. 이러한 변화는 터키 중앙 정부와 지방의 소수 민족들이 마찰을 일으키는 원인이 되곤 하였다. 『바람부족의 연대기』와 『독사를 죽였어야 했는데』는 이러한 변화 속에 휩쓸린 투르크멘 족과 쿠르드 족의 현실을 작품의 배경으로 삼고 있다.

『바람부족의 연대기』의 배경이 되는 추쿠로바는 라마잔 왕조(투르크멘 왕조)•가 다스리던 지역이다. 1352년 왕조의 창건자 라마잔은 이집트의 맘루크 술탄으로부터 추쿠로바에 있는 오구즈 투르크멘의 위초크 지역 지도자로 승인되었다. 이후 라마잔 왕조는 이집트의 직할령이 되었다가 오스만의 도움으로 왕국을 회복하기도 했다. 하지만 3세기 가까이 이어져 오던 라마잔 왕조의 추쿠로바는 1610년경 오스만 제국에 편입되었다.

『독사를 죽였어야 했는데』는 쿠르드 족의 전통과 신화에 대한 이야기이다. 쿠르드 족은 대부분 이란-이라크-터키 인접 지역인 쿠르디스탄에 거주하나 이란 북동부의 호라산••지역에도 상당수가 살고 있다. 인구는 아르메니아-레바논-시리아에 사는 부족들까지 포함해 1,500만 명 정도로 추정되지만 종족학적 특징, 종교, 언어 등 서로 다른 기준을 적용할 때마다 숫자가 달라진다. 전통적으로 쿠르드 족은 메소포타미아 평원과 터키와 이란의 고지대에서 양과 염소를 치는 유목생활을 해왔고, 최소한의 농사만을 지었다. 제1차 세계대전 이후 시작된 각 나라의 국경강화조치로 계절적인 유목생활이 가로막혀 대부분 전통적인 생활방식을 포기하고 부락을 이루어 정착 농경 생활을 시작하게 되었으며, 나머지 사람들은 새로운 직업을 갖게 되었다. 터키에는 천만 명 정도의 쿠르드 족이 거주하고 있는 것으로 알려져 있다.

『바람부족의 연대기』는 터키 남부 추쿠로바 지역에 살고 있는 한 유목 부족의 고난과 몰락을 다루고 있다. 터키의 유목민들은 대부분 자신들의 오랜 전통을 포기하고 농경을 선택하거나 도시로 이주하였다. 그러나 이 소설의 카라출루 부족은 시대의 변화를 따르지 않고 유목생활을 계속한다. 시대의 흐름을 거부하고 자신들의 전통을 끝까지 지키려는 그들의 노력은 읽는 이를 안타깝게 한다. 시대가 변하면서 사라지는 것들이 많지만 유목이라는 수천 년 내려온 전통도 이제 지구상에서 발붙일 곳이 없겠다는 생각을 하면 씁쓸한 기분이 들기도 한다. 우리는 그들의 몰락에 대해 사회 변화에 적응하지 못한 이들의 피할 수 없는 운명이라고 쉽게 생각할 수도 있다. 그러나 이 소설은 운명이든 무엇이든 사람들을 이토록 가혹하게 궁지로 몰아넣을 권리가 누구에게 있는지 반문하게 한다.

이 소설은 실제 제2차 세계대전 이후 소멸된 추쿠로바 지방 유목민 부족의 실화를 바탕으로 하고 있다. 원 제목은 "빈보아 신화(Binboga Efsanesi)"이며, 총 29장으로 구성되어 있다. 작품의 각 장이 시작하기 전에 제시된 프롤로그가 미리 그 장의 내용을 암시해준다. 이것은 테케르레메(tekerleme)라는 터키 구전문학의 한 형식에서 차용된 것이다. 야샤

● 『바람부족의 연대기』에 자주 등장하는 '라마잔오울루'는 작품 속 투르크멘 부족의 지도자를 의미한다.

● 떠오르는 태양의 땅이라는 의미를 지닌 이름으로 이란 북부에 위치하고 있다. 현재 여러 종족이 호라산 주변에 살고 있으며 여러 유목민족의 지나는 길이자 신성한 땅으로 알려져 있다. 『바람부족의 연대기』 추쿠로바 투르크멘들도 자신들이 여기에서 왔다며 영예로워 한다.

르 케말의 거의 모든 작품이 터키 구전문학과 민속적 요소에 그 근본적 토대를 두고 있다는 점을 고려할 때, 현대소설과 구전문학을 접목시키려는 작가의 독창적 시도로 볼 수 있다.*

소설의 시간적 배경은 5월 5일에서 시작해서 다음 해 같은 날까지 일 년이다.** 이야기는 알라 산에서 시작한다. 카라출루 부족은 5월 5일에서 6일로 이어지는 밤을 맞이하여 소원을 빈다. 이날은 바다 신인 일야스와 땅의 신인 흐즈르가 만나는 날이다. 부족 전설에 의하면 이날 별이 만나거나 물이 멈추는 순간 소원을 빌면 그것이 이루어진다고 한다. 부족의 대장장이 하이다르 무스타의 소원은 "우리 부족이 겨울을 날 수 있는 땅과 알라 산에 있는 밭"(24쪽)을 달라는 것이다. 이는 모든 부족원이 순간을 준비하고 마음속에 두고 있어야 할 소원이다. 그러나 실제로 부족들은 집단의 미래를 위한 소원보다 개인적인 소원을 마음속에 두고 있다. 하이다르의 손자 케렘은 송골매를 갖게 되기를, 연장자 뮈슬림은 영생을 갖게 되기를, 어린 휘세인은 불빛이 보이는 도시에서 일하게 되기를, 두루순은 아버지가 감옥에서 나오기를, 처녀 제렌은 사랑하는 할릴과 잘 되기를 각각 소망한다. 작품 첫 장을 보면서 독자들은 부족의 운명이 그리 순탄하지 않을 것임을 짐작할 수 있다. 특히 젊은이들이 갖게 되는 소원은 시대의 변화를 짐작하게 한다.

카라출루 족은 여름은 산 속에서 보내고 겨울이면 평지로 내려온다. 그런데 근대국가가 들어서 토지에 대한 소유권이 정리되면서 그들이 지낼 곳이 점점 사라진다. 어느 곳에도 정착하지 못한 이들은 과거에 인연이 있던 땅을 돌아다니며 텐트를 칠 최소한의 공간을 찾는다. 그러나 수천 년의 전통도 새로 만들어진 근대 제도 앞에 힘없이 무너져 내린다.

1876년 추쿠로바에서는 투르크멘족과 오스만 왕조 사이에 커다란 전투가 벌어졌다. 오스만 왕조는 유목민 투르크멘족들에게 강제 정착령을 내렸다. 뿐만 아니라 세금을 거두고, 병역의무를 부가하였다. 투르크멘족은 이에 대해 거세게 반발하였지만 전투는 뜻대로 되지 않았다. 투르크멘족이 전투에서 참패했기 때문에 강제정착령을 받아들일 수밖에 없었다. (중략) 강제정착령이나 추방령과 무관하게 그들은 여전히 그들 나름대로의 삶을 지속하고 있었다. 이리저리로 떠도는 유목생활을 결코 포기하지 않았던 것이다. 그러나 유목생활은 이제 갈수록 난관에 부딪힐 수밖에 없게 되었고 결국 오늘날 이 지경까지 오게 된 것이다. 더 이상은 빠져나갈 구멍이 없었다.(59쪽)

전체 줄거리에서 알 수 있듯이 이 소설은 역사 시대 내내 이어져오던 농경민족과 유목민족의 대립을 중심 내용으로 한다. 카인과 아벨의 신화에서부터 미국 서부 영화에 이르기까지 정주하여 땅을 일구는 세력과 가축과 함께 떠도는 세력은 갈등을 겪는 경우가 많았다. 시대의 변화는 이들의 성패를 분명히 갈라놓았는데, 근대화가 시작되고 나서 유목민들의 입지는 점점 좁아졌다. 아메리카 대륙에서 인디언이 몰락했듯이 터키에서 유목민도 오스만의 군대 앞에 굴복하고 말았다. 정착을 요구하는 권력 앞에 유목민들은 전통과 문화를 내세워 도전하지만 점점 그 세력은 약해질 뿐이다.

●오은경, 「야샤르 케말의 빈보아신화(Binbo a Efsanesi)에 나타난 노마디즘 연구」, 『中東硏究』, 2008, 제27권 2호, 128-9쪽.
●●여기서 날짜는 그레고리우스력이 아닌 이슬람 역을 따른다. 이슬람력에서는 622년 7월 16일 헤지라(무함마드가 메카에서 메디나로 이주)를 첫날로 여긴다.

유목민이 공유지에 머물려고 하면 여기저기서 돈을 강탈하려는 사람들이 나타난다. 한 마을에서 받으면 다른 마을도 요구하고, 헌병대마저도 돈을 받는다. 돈이 없어 주지 못하면 자신들을 무시한다고 생각하고 이들을 공격한다. 유목민은 가끔 사기를 당하기도 한다. 델리보아 평원에 도착했을 때의 사건은 대표적인 예이다. 정착민인 쾨세 알리는 만 오천 리라에 델리보아 평원을 카라출루 족에게 파는 것으로 약속을 하고 계약금으로 삼천 리라를 받는다. 땅 문서를 만들어주는 것까지 약속을 하지만 쾨제 알리는 이곳을 찾는 유목민에게 같은 수법으로 돈을 받아내는 사기꾼이다. 이런 쾨제 알리도 원래는 유목민이었다. 작가는 정착민들의 소유욕은 땅뿐만 아니라 돈으로 스며들었고, 이제 정착민들은 그 맛을 잊지 못하고 중독되었다고 말한다. 불과 수십 년 전 어쩔 수 없이 먼저 정착한 유목민은 자신의 과거를 잊고 이제 유목민을 수탈하는 사람이 되어 자신의 부족과 대립한다.

어찌 되었든 아주 옛날 모든 왕들이나 권력자가 흠모하던 부족도 이제는 겨울을 보내기 위해 힘겹게 여기저기의 눈치를 보고 뇌물을 주면서 돌아다녀야 하는 형편이 되었다. 물론 정착민들이 유목민들을 막는 데는 분명한 이유가 있다. 정착민들은 유목민들이 자신들의 농작물을 망치고 다른 여러 가지 문제도 일으킨다고 생각한다. 유목민들조차 자신들이 정착민들의 밭을 망치고 있다는 사실을 인정한다.

> 얘는 아이든 출신 유목민이야. 그 사람들은 땅이 없어, 정착했다가도 금방 떠나버리지. 곡식도 훔쳐 먹어. 사람도 죽이고. 경찰서에서 그랬는데, 강도짓도 하고, 사람들을 죽을 만큼 두들겨 패서 조각조각 잘라버린대. 애들도 잡아가지. 이 사람들은 무덤도 없어. 우리 아버지가 그랬어.

이 사람들은 유목민이고, 무덤도 없는 족속들이라구.(216~217쪽)

지나가는 곳마다 밭들을 불이 난 곳처럼 만들었잖소. 추쿠로바 사람들
이 우리에게 적이 되는 것도 당연해, 가난한 사람, 없는 사람, 오갈 데 없
는 사람들의 권리를 우리 가축들이 먹어치우는 것이잖소. 추쿠로바 사
람들은 어떻게 하라고? 우리를, 곡식 도둑들을 머리맡에서 지켜 서 있
을 수도 없고……(313쪽)

첫째 예문은 유목민들에 대한 정착민들의 생각이다. 정착민들은
유목민을 무덤도 없는 족속이라고 폄하한다. 물론 유목민들에게도 무
덤이 없는 것은 아니다. 정착민과 달리 그들은 죽은 자리에 무덤을 쓸
수밖에 없다. 그러나 정착민들은 이런 그들의 입장을 이해하려 애쓰지
않는다. 굶주린 유목민들이 곡식을 훔치고 강도짓을 하는 것도 사실이
다. 정착민 입장에서는 유목민들이 왜 그런 행위를 하는지에 대해서도
관심이 없다. 자신들의 삶에 미치는 영향이 중요할 뿐이다.

두 번째 예문은 추쿠로바의 유목민 쉴레이만 카흐야가 길에서
만난 같은 처지의 유목민 코자 타누쉬에게 한 말이다. 그는 자신들이 농
경민의 땅을 망치고 있다는 점을 알고 있다. 이미 사라져버린 초지 대신
가축들에게 밭에서 나는 싹이라도 먹여야 하는 것이 유목민의 형편이
었으니 이 또한 피하기 어려운 일이라 할 수 있다. 특히 부자나 상인들
이 아니라 어렵게 땅에 정착한 사람들에게 자신들이 해를 미치는 것에
대해서도 가슴 아파한다. 유목민들은 궁지에 몰려 어떤 선택도 하기 힘
든 지경에 와 있는 것이다. 무조건 자기 변호만을 할 수 없는 형편이라
는 것을 알고 있기에 부족의 지도자 쉴레이만 카흐야는 더욱 절망감에

빠질 수밖에 없다.

영 예 로 웠 던   삶 의   기 억

      부족의 운명을 다루고 있지만 이 소설은 몰락을 맞이하는 부족 구성원들의 성격을 뛰어나게 형상화한다. 집단의 운명이라는 다소 추상적인 주제보다 그를 맞이하는 인물들의 다양한 태도들이 독자들에게 더 큰 재미를 선사한다. 대장장이 하이다르 우스타와 부족의 지도자 쉴레이만 카흐야는 이전 유목민 전통을 굳게 지키고자 하는 인물들이다. 수장 가문의 할릴과 아름다운 처녀 제렌은 영예로운 과거 부족의 자존심을 상징하는 인물이다. 소년 켈렘과 부랑자 무스탄 역시 성격화가 잘 이루어진 인물들이다.

      시대가 어찌 되었든 부족의 운명을 되살리려고 하는 그들의 노력은 눈물겹다. 하이다르 우스타는 비록 시대착오적이란 느낌은 있지만 고귀한 성품을 그대로 유지하고 있는 인물이다. 그는 자신이 대장장이의 후손임을 자랑스럽게 여긴다. 자신이 만든 칼을 바치면 자기 부족들이 정착할 땅을 얻을 수 있으리라는 희망을 품고 도시로 간다. 좋은 칼을 소유하는 것을 무엇보다 영예롭게 여기던 예전 유목민의 전통이 여전히 유효하다고 생각하는 것이다. 하이다르 우스타는 라마잔오줄루인 휘르쉬트 족장을 만나기도 한다. 그러나 기대와 달리 족장은 이제 힘없는 노인일 뿐이었다. 족장은 오히려 시대가 변한 것을 알지 못하는 하이다르 우스타를 안타깝게 생각한다. 또 변해버린 자신들의 처지를 생각하며 비애감에 젖는다. 족장은 하이다르 우스타에게 지주들, 부자들,

상인들이 모든 것을 장악했으며 그 사람들은 돈만 아는 이들이고, 그들의 알라는 돈이라는 사실을 알려준다. 노인은 이후에도 몇몇 힘 있는 사람을 찾아가지만 자신이 30년 걸려 만든 검의 가치를 알아주는 사람은 아무도 만나지 못한다. 그들은 대장장이를 문전박대하거나 정신병자로 취급할 뿐이다. 도시에서 돌아온 하이다르 무스타는 자신이 정성스럽게 만든 칼을 녹여 새로운 무언가를 만들다 풀무에 쓰러져 죽고 만다. 대장장이 노인의 죽음은 그들의 시대가 끝났음을 상징적으로 보여준다.

부족의 실질적인 지도자인 쉴레이만 카흐야는 부족과 자신이 함께 사라져 갈 것을 직감하고 있다. 대장장이 노인과 달리 시대의 변화를 인정하는 편이다. 시대의 변화를 느끼면서 그는 부족의 운명을 비겁한 방법으로 유지해갈 것인지, 영예로운 소멸을 택할 것인지 선택해야 한다고 생각한다. 그는 힘겹게 부족을 이끌고 있지만 전통을 버릴 생각은 없다. 전통을 지키는 것이 그의 삶의 이유이기 때문이다.

카라출루 부족은 사라져 버릴 것이다. (중략) 위대한 이 세상이 멸망하고 있다. 그 안에 나도 포함된다. 너도…… 함께 죽는다, 영웅으로. 어쩌면 내 세대를 마지막으로 위대한 투르크멘족은 끝이 날 것이다. 세상이 만들어지고 지금까지 면면히 이어져오던 투르크멘 혈통이 이제 끝나가는구나. 우리 눈앞에서 우리의 생명이 끝나가고 있다.(251쪽)

그동안 우리는 많은 것을 겪었어. 그래도 여자들과 아이들은 건드리지 않았어. 연인들과 사랑하는 사람들에게는 상처 주지 않았어. 어머니들에게도 고통을 주지 않았어. 이것마저 깨뜨린다면 이제 마지막이 될 거야. 정말 모든 게 끝나는 거야. 사람들은 모두 떠날 거야. 그러나 제렌에

게 희생양이 되라고 어떻게 말을 한다는 말인가?(202쪽)

첫 번째 예문에는 자기 부족이 사라져 버리는 것에 대한 비통한 감정이 드러난다. 조상들이 만들어놓은 위대한 전통도 함께 사라질 것에 대한 안타까움이 무엇보다 크다. 두 번째 예문에서는 부족의 일시적인 안정을 위해 처녀를 정착민과 결혼시키는 문제에 대한 그의 생각이 드러난다. 부족민들은 미녀 제렌이 지주 하산의 아들인 옥타이에게 시집가길 원한다. 지주의 아들과 결혼하면 지주가 그들에게 겨울을 보낼 땅을 제공해 줄 것이라는 기대 때문이다. 그러나 그녀에게는 할릴이라는 사랑하는 남자가 있다. 부족 사람들은 카흐야가 제렌에게 시집가기를 명령하기 바라지만 그는 부족 전통에 따라 이를 거부한다. 그는 비록 부족의 운명이 기울어졌다고 하지만 여자와 아이들을 지켜온 전통마저 포기한다면 정말 모든 것이 끝나고 만다고 생각한다. 그는 '오스만 왕조는 우리에게 조카뻘밖에 안 된다. 우리는 호라산에서 왔다.'는 자부심을 잃지 않으려 한다. 이 고집은 힘겹고 위험하고 불안한 이주를 계속하게 만드는 이유 중 하나가 되고 부족 사람들이 할릴과 제렌에 대한 증오를 키우는 이유가 된다.

제렌은 타고난 아름다움으로 주변의 모든 남자들을 반하게 하는 여인이다. 그녀는 정착민의 마을에 불을 지르고 달아나 수배자가 된 부족의 수장 할릴을 기다린다. 상황이 나빠지자 부족의 처참한 운명을 견디지 못하고 지주의 아들에게 갈 결심을 하지만 때마침 찾아온 할릴과 야반도주함으로써 부족의 바람을 배반한다. 부족의 수장인 할릴은 고귀한 남자로 그려진다.

그밖에 등장인물로는 무스탄과 케렘이 인상적이다. 무스탄은 예전부터 할릴에게 질투를 느껴온 남자이다. 고귀한 인물로 대접받는 할릴과 무시만 당하던 자신을 늘 비교한다. 결국 할릴을 죽이려다 반대로 죽음을 맞는다. 할릴과 제렌처럼 뛰어난 면이 없는 평범한 부족민으로 개인적인 고민에 빠져 파탄에 빠지는 인물이라 할 수 있다. 송골매를 얻은 우스타의 손자 케렘은 소년의 욕망에 충실하다. 그는 물이 멈추는 순간을 보고도 부족의 땅을 기원하지 않고 자신의 개인적인 소망을 기원한다.

소설의 마지막 장은 첫 장의 시간에서 일 년이 지난 후이다. 일 년 동안 부족의 많은 사람들이 죽고 떠났다. 마을에 오면 위험하다는 것을 알면서도 부족의 수장인 할릴은 중요한 날의 행사를 위해 부족의 텐트로 돌아온다. 예상대로 할릴은 부족 젊은이들에 총알 세례를 받아 죽음을 맞고 제렌은 부족을 떠난다. 수장이 죽었으므로 사람들은 부족의 상징이던 수장의 텐트와 그 부속물들도 불에 태워버린다. 연장자와 수장을 잃어버린 부족은 더 이상 집단으로 존재하기 어렵게 된다. 부족은 자신들의 운명에 스스로 마지막 칼을 꽂았다고 할 수 있다. 부족의 명예보다는 개인의 안녕에 집착하는 이들에 의해 부족의 역사는 끝을 맺는다.

그럼에도 불구하고 부족의 전통에 대한 자부심까지 영원히 사라진 것은 아니다. 그들의 역사는 기억으로 영원히 남는다.

호라산에서 왔도다. 우리 어깨 위 빛나는 인장들. 늑대 무리처럼 이 세상 서쪽, 동쪽으로 가득 흩어졌도다. 붉은 홍옥 같은 눈동자, 키가 커다란 말을 타고 우리는 신디 강으로, 나일 강으로 달렸도다. 마을을 만들고 성곽을 세우고, 도시를 사고, 나라를 세웠도다. 하란 평원, 메소포타미아 평원, 아라비아 사막, 아나톨리아, 카프카스 산, 넓은 러시아 스텝

지역에 만 아니 십만 개나 되는 검은 텐트를 치고 독수리처럼 내려앉았도다.(422쪽)

작가는 소설의 마지막에 위 단락을 삽입하여 사라져 가는 부족에게 경의를 표하고 있다. 역사는 문서와 유물 속에만 남아 있는 것이 아니다. 신화와 전설, 무엇보다 기억은 과거를 담고 있는 가장 오래된 그릇이다. 그 속에는 단순히 사실만이 아니라, 부족민들이 느꼈던 온갖 감정도 함께 담겨 있다. 수천 킬로미터의 들판을 누비던 부족들의 장엄한 행진, 장관을 이루던 텐트의 무리, 전사들의 용감한 전투 등 그들의 기억 속에 남은 영광스러운 순간은 부족의 후손이 모두 사라질 때까지 사라지지 않는다. 이 소설은 부족에 대한 기억, 혹시 사라질지도 모를 역사에 대한 기록이라 할 수 있다.

관습이라는 이름의 고통

야샤르 케말의 아나톨리아 소수 민족에 대한 관심은 다른 소설에서도 확인할 수 있다. 「독사를 죽였어야 했는데」와 「아으르 산의 신화」는 모두 아나톨리아에 거주하는 유목 민족의 삶을 배경으로 한 소설이다. 두 소설 모두 과거의 전통과 현재의 부조화를 다루고 있으며, 이루어지지 못한 남녀 간의 사랑을 중심 서사로 한다.

할릴도 에스메를 사랑했다. 에스메를 끔찍이 사랑했다. 할릴은 집요하게 프로포즈를 했지만 번번이 거절당하자 어느 날 밤 드디어 작업에 들어갔다. 장정 여섯 명을 데리고 몰래 에스메 집에 잠입해 들어가 에스메를 납치해 왔다.(『독사를 죽였어야 했는데』, 31쪽)

이곳에는 전통이 있었다. 한 청년이 여자를 납치해 어느 집에든 숨게 되면, 그 여자의 아버지가 누구라도 집주인은 여자를 아버지에게 내줄 수가 없었다. 그는 신부대를 지불하고 결혼식을 치러주어야 했다. 그래서 납치된 여자 때문에 수없이 많은 사람이 피를 흘렸다.(『아으르 산의 신화』, 197쪽)

두 소설의 중심 갈등은 모두 중앙아시아의 납치혼 전통에서 시작한다. 납치혼이란 서로 약속된 사이가 아니어도 남자가 여자를 납치해서 함께 시간을 보내게 되면 그것을 결혼으로 인정하는 관습이다. 쉽게 여자를 얻을 수 없었던 유목민들의 생활 여건 때문에 공공연한 전통으로 굳어진 것이라 짐작할 수 있다. 지금의 관점에서 보면, 여성들의 인권을 염두에 두지 않은 남성들의 폭력적인 행위를 정당화하는 나쁜 관습이라는 데 이견을 달기 어렵다.

첫 소설부터 살펴보자. 아름다운 여인 에스메는 압바스란 남자를 사랑하고 압바스 역시 그녀를 사랑한다. 그런데 부자이자 유력 인사인 할릴 역시 그녀를 사랑한다. 할릴은 그녀에게 프로포즈 하지만 거절만 당한다. 따로 사랑하는 사람이 있는 에스메로서는 당연한 대응이었을 것이다. 그러나 여인의 의지와 상관없이 할릴은 납치를 통해 그녀와 결혼하고 아들 하산을 낳는다. 사랑하는 사람을 빼앗긴 압바스는 오랫동안 할릴의 집 근처를 배회하다 결국 할릴을 죽이고 만다. 사랑하는 여인을 빼앗은 자에 대한 복수라 할 수 있다.

그런데 소설의 갈등은 할릴의 죽음 이후에 벌어진다. 친척과 동네 사람들 사이에 외간 남자와 놀아나 남편을 죽게 한 에스메를 죽여야 한다는 여론이 형성된다. 중앙아시아 여러 부족들은 아내나 누이가 몸을 더럽혔을 때 가까운 가족이 그녀를 죽이는 명예살인의 관습을 가지고 있었다. 할릴이 죽은 후 그의 아들 하산은 주변으로부터 어머니를 죽여야 한다는 무언의 압력을 받는다. 할머니와 숙부를 비롯한 친척들은 모두 하산의 어머니 에스메를 증오할 뿐 아니라, 그녀를 살해하지 못하고 살려두고 있는 자신들이 다른 이들의 조롱거리가 된다고 생각한다.

이 소설은 이러한 상황 아래에서 갈등하는 하산의 심리를 묘사하는 데 많은 지면을 할애하고 있다. 친척들은 자신의 어머니가 바람을 피웠으며 그 때문에 아버지를 죽게 했다고 말한다. 마을 사람들은 친척들이 어머니를 죽이지 않으면 어리지만 하산이 어머니를 죽이게 될 것이라 생각하고, 심지어 어머니조차 자신이 언젠가 죽게 될 것이라고 아들에게 말한다. 하산은 이런 상황을 피하기 위해 가출도 해보고 저항도 해보지만 아무런 소용이 없다. 심신이 날로 피폐해진 나머지 그는 어머니를 아궁이에 몰아놓고 총을 쏘고 만다. 결국 이 소설의 주요 인물 어머니, 하산, 할릴, 압다스, 친척들 모두는 관습의 희생자가 된다.

두 번째 소설의 납치혼은 앞의 것과 성격이 다르다. 첫눈에 사랑하게 된 오스만 제후의 딸 궐바하르와 그녀의 아버지 성에 잡혀 있던 쿠르드 족 청년 아호멧이 다른 성으로 달아난다. 제후 마흐뭇은 납치혼의 관심을 인정하지 않고 아호멧이 머무는 성과 전쟁을 치르는 등 주변 부족들과 갈등을 겪는다.

이 소설에서도 작가가 납치혼을 긍정적인 시선으로 바라보고 있지는 않다. 갇혀 있는 아호멧을 빼내기 위해 궐바하르는 자신을 짝사랑하던 메모의 도움을 받는데, 아호멧은 자신을 구하기 위해 메모에게 부탁을 한 귈바하르의 순결을 의심한다. 도주 후 아호멧은 자신을 살리기 위해 모든 것을 버린 귈바하르를 멀리하기까지 한다. 이에 절망에 빠진 귈바하르는 사랑했던 연인 아호멧을 죽이고 만다. 순수하고 아름다운 사랑이 여성에 대한 성적인 통제로 협소해지면서 관계가 파탄에 빠지고 만 것이다.

사랑 이야기가 중심이지만 이 소설은 아나톨리아 동부 지역에서 투르크 족과 오스만화 된 제후가 겪는 갈등을 보여준다. 소수 민족의 정착과 중앙집권화에 대한 알레고리인 셈이다. 마흐뭇은 원래 쿠르드 족이었으나 오스만화 되어 부족의 전통을 인정하지 않는다. 쿠르드 사람들은 그가 정의, 권리, 전통에 대해 모르는 사람이 되었다고 비난한다. 물론 마흐뭇이 새로운 질서에 적응했다고 비난하는 것은 그들의 입장일 뿐이다. 우리는 시대가 그의 편이라는 것을 이미 알고 있다.

작가는 쿠르드 족의 역사와 자부심을 소설에 삽입하는 일을 잊지 않는다. 이는 아나톨리아 쿠르드 족의 정체성을 드러내려는 의도로 보인다. 아호멧의 아저씨 소피는 "동부 지방에서, 아니 카프카시아 지역 전체에서 이란은 말할 것도 없고 터키 인들이 흩어져 사는 곳을 전부 통틀어 제일 유명한 피리꾼"(114쪽)으로 표현된다. 여기서 제시된 지역이 모두 그들의 생활 범위라는 점이 은근히 드러난다. 제후는 아호멧의 부족을 찾으려 할 때 "만일 사람들이 저 멀리, 이란으로, 호라산으로 떠나버렸다면? 아니면 카프카스 산맥으로 모두 숨어버렸다면?"(127쪽) 어떻게 찾을 것인가 걱정한다. 역시 부족의 생활 범위가 자연스럽게 드러난다.

많은 관습이 집단(가족, 부족)의 안녕과 질서 유지를 위해 발생하고 유지된다. 말하자면 필요에 의해 만들어진 제도라고 할 수 있다. 모든 제도가 그렇듯이 이미 만들어진 제도는 자칫 최초의 의도를 스스로 배반하기도 한다. 시대의 변화를 따라가지 못하는 납치혼이나 명예살인과 같은 관습을 전형적인 예로 들어도 좋을 듯하다. 무엇보다 이러한 관습에는 보편적인 인간에 대한 애정이 결여되어 있다. 두 관습은 여성이라는 대상을 타자화하고 남성의 권력을 유지하기 위한 방법으로 사용되어 왔다고 할 수 있다. 작가 역시 인물의 생각을 빌어 "여자 한 명 납치한 것 때문에 가난한 사람들만 죽어날 것이다. 이런 전통을 도대체 누가, 어떤 멍청한 호족이, 어떤 멍청한 놈이 만들었단 말인가?"(208쪽)라고 한탄한다. 케말은 당연히 관습이 아닌 인간의 편에 서 있다.

터키 소설을 읽는 재미

비록 유럽에 속하지만 터키는 제3세계의 특징을 많이 가지고 있다. 변방에서 늦게 공화국으로 독립했다는 점, 전통과 근대가 혼재한다는 점, 독재를 경험했다는 점은 그 대표적인 예이다. 오스만 제국에서 해방된 발칸 반도가 겪었던 만큼은 아니지만 민족 문제를 앓고 있다는 점도 터키를 이해하는 데 빠져서는 안 될 요소이다. 아르메니아 인 학살 문제, 쿠르드 족 문제는 근대 터키 역사에서 지우기 어려운 상처이다.

터키 문학이 본격적으로 소개되기 시작한 지는 그리 오래 되지 않았다. 그럼에도 불구하고 우리나라에서 터키문학은 꽤 높은 인기를 누리고 있다. 이슬람과 중앙아시아 문화를 문학을 통해 접할 수 있다는 점은 터키 소설을 읽는 재미 중 하나이다. 번역된 소설에 한정하더라도

터키 문학은 동서양 문화의 교차점에서 겪게 된 정체성 갈등을 주제로
한 작품에서 현실의 모순을 사실적으로 드러낸 작품에 이르기까지 다
양한 양상을 보여준다. 터키 문화가 가진 깊이와 혼종성은 우리 문학에
도 신선한 자극을 줄 것이라 예상한다.

　　　야샤르 케말의 문학은 근대화되는 터키가 안고 있는 문제의 일
단을 잘 보여준다. 『바람부족의 연대기』나 『독사를 죽였어야 했는데』는
터키 내 존재하는 소수 민족의 문제를 다룬 소설이다. 위의 소설들은 부
족의 운명을 다루지만 동시에 개인의 운명에 대해서 관심을 보인다. 사
라져 가는 부족을 다루지만, 그의 소설에서 시대의 변화를 아쉬워하거
나 유목민의 운명을 거스르고자 하는 의지는 발견할 수 없다. 그럼에도
명예나 자존심과 같은 과거의 미덕은 자주 강조된다.

　　　그렇다고 그의 소설에서 현재가 바람직하게 그려지는 것은 아니
다. 그의 관점에게 현재는 과거 전통에서 발견할 수 있는 장점들을 온전
히 유지하지 못하고 있다. 알라신의 자리를 돈이 차지하고 있다는 언급
은 대표적인 예이다. 그는 세상이 돈이나 권력을 향해서는 명예나 자존
심마저 쉽게 포기하는 속물들이 득세하는 곳이 되어 버렸다고 말한다.
이제 과거의 영화는 되찾을 수 없고, 현재의 부정성은 받아들일 수 없
다. 작가는 이러한 시대의 변화를 감내하며 살아야 하는 유목민들의 삶
을 안타까운 시선으로 그려내고 있다.

터키: 동서양 문명의 교류 혹은 충돌

도널드 쿼터트, 『오스만 제국사-적응과 변화의 긴 여정, 1700~1922』, 이은정 역, 사계절, 2008.

『오스만 제국』 표지

오스만 제국은 중세에서 근대까지 중동과 발칸 반도, 아프리카의 일부를 통치한 크고 오래된 제국이었다. 오스만 제국의 유산은 유럽과 중동 지역의 문화 속에 아직도 뿌리 깊게 남아 있다. 도널드 쿼터트의 『오스만 제국사』는 오스만 제국의 경제-사회-문화를 압축적으로 기술한 책이다. 이 책은 한때 오스만 제국이 통치했던 유럽과 이슬람 지역의 과거와 현재를 이해하는 데 도움이 되는 많은 정보를 담고 있다.

오스만 제국은 14세기 서아나톨리아 지방에서 발흥하여 다른 투르크 국가들을 누르고 중동 지역의 맹주가 되었다. 1453년에는 비잔틴 제국의 수도 콘스탄티노플을 점령하며 동서양을 아우르는 대제국으로 발전하였다. 16~18세기 문명화가 더디었던 유럽은 번성한 오스만 제국을 모범으로 삼았다. 제1차 대전의 패전으로 오스만 제국은 거의 대부분의 영토를 잃었다. 승전국인 영국은 이라크, 이스라엘, 팔레스타인, 요르단을 얻었고, 프랑스는 시리아와 레바논을 차지했다. 그리고 1922년 오스만 제국은 아나톨리아 중심의 터키 공화국이 되었다. 아시아, 유럽, 아프리카를 잇는 교차로를 장악했던 오스만 제국은 그 역사 내내 타종교와 타민족들에 대한 관용적인 태도를 보여주었다. 제국 안에 무슬림 외에 기독교인, 유대인, 정교회 신자 등과 투르크 인 외에 아르메니아 인, 쿠르드 인, 아랍 인 등 여러 집단들의 엄청난 다양성이 공존하였다. 그러나 마지막 19~20세기 들어 여러 민족문제가 불거지면서, 중심이었던 아나톨리아에서조차 제국의 기억은 급속히 잊혀졌다. 오스만 제국은 실제 위상에 비해 역사에서 가장 홀대받는 제국이 되었다.

전국역사교사모임, 『처음 읽는 터키사』, 휴머니스트, 2010.

야샤르 케말, 『의적 메메드』(전2권), 오은경 역, 열린책들, 2014.

오르한 파묵, 『내 이름은 빨강』(전2권), 이난아 역, 민음사, 2009.

아지즈 네신, 『생사불명 야샤르』, 이난아 역, 푸른숲, 2006.

8. 주변부 유럽
: 가버린 시대에 대한 기억

방향을 잃은 고독한 기마병(스페인_『폴란드 기병』)

신이 사라진 시대의 인간(폴란드/이탈리아_『원수들, 사랑 이야기』, 『이것이 인간인가』)

멀어진 백 년의 서사(스웨덴_『창문 넘어 도망친 100세 노인』)

방향을 잃은 고독한 기마병

화려한 제국의 기억

　　서양 소설의 기원을 한 시점으로 단정 지어 말하기는 어렵겠지
만 세르반테스의 『돈키호테』는 중세 문학을 넘어 근대 소설로 가는 중
요한 이정표 역할을 한 작품으로 알려져 있다. 이 소설은 중세 기사 소
설에 심취한 라 만차의 시골 양반 알폰소 끼하노의 시대착오적인 기사
행각을 풍자적으로 그려냄으로써, 새로운 시대에 어울리지 않는 과거
의 인간상을 조롱하고 있다. 이 소설이 출간된 17세기 초는 스페인이 전
세계에 막강한 힘을 뻗치던 시기였다. 19세기 서유럽 국가들에게 주도
권을 빼앗기기 전까지 스페인은 "해가 지지 않는 나라"로 번영을 누렸
다. 지금도 종종 사용되는 스페인 무적함대라는 표현은 당시의 스페인
이 가졌던 힘을 단적으로 말해준다.

　　20세기 초 스페인의 역사에서는 이전의 화려했던 영화를 찾아볼
수 없다. 정치, 군사, 경제면에서 서유럽 국가들에 뒤져 유럽의 변방 취
급을 받았으며, 남미의 광대한 식민지를 모두 잃고 정치적으로도 매우

혼란스러운 시기를 보냈다. 19세기 말부터 왕정과 공화정을 반복했던 것은 물론 3년간(1936년~1939년)의 치명적인 내전을 겪은 후 37년간 프랑코 총독의 긴 독재 터널을 지나왔다. 내전으로 국토는 황폐화되었으며 많은 인사들이 국외로 망명하였다. 그래도 암울한 20세기를 보낸 현재의 스페인은 정치적으로 비교적 안정된 상태에 있다. 경제적으로 어려움을 겪고 있는 것은 사실이지만 문화와 관광 산업으로 새로운 이미지를 만들어내고 있다.

　　프랑코 시대를 다룬 작품으로 가장 성공한 소설로 알려져 있는 안토니오 무뇨스 몰리나의 『폴란드 기병』*은 20세기 100년의 역사를 시간적 배경으로 마히나라는 가상의 도시를 공간적 배경으로 한다. 역사적 사건을 전면에 내세우지 않고 그 시대를 살았던 사람들의 현재 삶에 영향을 미치고 있는, 살아 있는 현재로서의 역사를 그려 낸다. 등장인물들은 역사의 결정적인 사건에 영향을 미칠 만한 중요한 사람들은 아니다. 또 역사의 방향을 논하며 적극적으로 역사의 변화에 참여한 인물들도 적다. 그럼에도 불구하고 그들의 내면에는 과거의 상처가 자리 잡고 있다. 이들을 통해 작가는 평범한 사람들에게도 영향을 미치고, 거기서 벗어날 수 없도록 만드는 역사의 힘을 보여준다.

　　구체적인 역사를 배경으로 그 시대를 살아간 사람들의 이야기를 다루고 있음에도 이 소설은 읽기가 그리 녹록지 않다. 시간 순서대로 이야기가 진행되지 않고 주로 주인공 마누엘의 기억과 상상에 의해 서사가 구성되기 때문이다. 서술자 스스로 사실 여부에 자신 없어 하는 부분에서는 독자도 사건의 진위 여부를 의심하는 혼돈에 빠지게 된다. 특히 초반부에는 전체 소설 맥락과 상관없어 보이는 에피소드들이 출현하여 독자를 당황스럽게 한다. 과거를 회상할 때뿐 아니라 소설의 현재(1991

년)를 배경으로 한 이야기도 혼란스럽기는 마찬가지이다. 주인공의 의식이 흘러가는 대로 이야기가 진행되기 때문에 인물의 생각을 따라가는 것만도 쉽지 않다. 그럼에도 불구하고 소설의 후반으로 갈수록 혼란이 사라지고 이야기의 맥락이 분명해진다는 것이 이 소설을 읽는 재미이다. 마치 추리소설처럼 모르고 지나갔던 사건들의 의미가 후반으로 가면서 하나씩 밝혀진다. 밝혀진 내용을 바탕으로 다시 앞의 서사를 짜 맞추면 완전하고 흥미로운 이야기가 된다.

　『폴란드 기병』은 전체 3부로 구성되어 있다. 제1부 '목소리들의 왕국'은 주인공 마누엘과 나디아의 가계를 거슬러 올라가 그들의 조상(?) 이야기를 다양한 사람들의 목소리를 통해 들려준다. 제2부 '폭우 속의 기병'은 스페인을 떠나 통역사로 살아가는 마누엘의 고립된 삶을 보여주고 있다. 그의 과거 경험을 통해 혼란스러운 시대를 살아온 세대의 내면을 보여준다. 제3부 '폴란드 기병'은 열일곱 살 주인공이 첫사랑에 실패한 후 나디아를 처음 만나게 된 일과 고향을 벗어나 먼 곳으로 가고 싶었던 그의 어린 시절 열망을 그리고 있다. 첫 장면에 등장했던 70년 전 미라와 렘브란트의 그림이 지닌 상징에 대해서도 이야기한다.

●안토니오 무뇨스 몰리나Antonio Muñoz Molina. 스페인 안달루시아 하엔 출생. 1956년~ . 대표작으로 『리스본의 겨울El invierno en Lisboa』(1987), 『폴란드 기병El Jinete Polaco』(1991)이 있다. 이 글의 텍스트는 권미선 번역의 을유문화사판 상,하(2010)이다.

　이 소설은 남녀 주인공의 가족사에 스페인 내전의 발발과 프랑코의 독재, 민주 이행기와 같은 스페인 역사를 겹쳐놓고 있다. 시간으로 보면 '스페인의 대재앙'이 일어난 1898년부터 걸프 전쟁이 발발한 1991년에 이르는 기간을 다룬다. 소설 속 사건은 대부분 스페인의 작은 도시 마히나에서 벌어지지만, 마누엘과 나디아가 함께 지내는 미국의 한 아파트도 배경으로 자주 등장한다. 3부에서는 마누엘이 잠시 거주했던 마드리드의 풍경도 묘사된다.

　이 소설을 이해하기 위해서는 소설의 배경이 되는 스페인 역사를 이해할 필요가 있다. 15세기까지 이베리아 반도는 800년 가까이 이슬람 제국의 지배를 받았다. 1469년 아라곤의 왕위 계승 후계자 페르난도 2세와 카스티야의 왕위 계승 후계자 이사벨이 결혼하면서 여러 왕국으로 갈라져 있던 이베리아 반도에 공동 국왕이 지배하는 기독교 왕국이 성립되었다. 공동 왕국은 1478년에 카나리아 제도를 복속하고 1492년 무슬림의 마지막 보루였던 그라나다를 정복하였다. 이후 포르투갈 제국과 통합을 시작한 1580년부터 19세기 아메리카 대륙의 식민지를 잃을 때까지 스페인은 세계에서 가장 큰 제국으로 위용을 떨쳤다.

　스페인 역사에서 1898년은 제국의 몰락을 최종적으로 확인해 주는 슬픈 해로 기록된다. 스페인은 19세기 내내 식민지 지배권을 잃고 경제 위기를 겪었는데, 세기 말에 이르러 마지막 주요 식민지였던 필리핀과 쿠바에서도 민족주의 분리 독립운동이 일어났다. 두 식민지를 놓고 벌어진 경쟁에서 스페인은 미국에 패배하고 만다. 이 전쟁은 당시 스페인 사람들에게 '재앙'으로 받아들여졌고 이 전쟁을 겪은 세대는 '98세대'라 불렸다. 반대로 이 전쟁에서 승리한 미국은 한 세기 이상 세계를 지배하고 있다.

20세기에 이르러 스페인은 잠시 예전의 영화를 회복하는 듯하였다. 서사하라와 모로코, 적도기니를 식민지로 차지했고 유럽 열강의 아프리카 대륙 침탈에 동참하기도 했다. 하지만 모로코와의 전쟁을 겪으면서 시민들은 군주제에 대한 의문을 갖게 되었다. 스페인 군인으로서 모로코의 반란을 진압하는 데 앞장섰던 미구엘 프리모 데 리베라는 쿠데타를 일으켜 국가를 좌지우지하는 독재자로 군림하였다.(1923년) 그러나 세계적 공황을 맞아 리베라는 사퇴하고 1931년에 스페인 제2공화국이 들어섰다.(제1공화국은 1873년에 수립되어 1874년까지 유지된다.)

1936년부터는 스페인 내전으로 사회 전체가 혼란에 휩싸였다. 20세기 초 스페인은 좌파와 우파 간의 대립이 고조되고 있었고 당시 스페인은 로마 가톨릭 교회가 전 국토의 대부분을 차지할 정도로 부가 편중되어 있었다.(이베리아 반도는 중세 내내 마녀사냥이 합법화되어 있었고, 활발히 진행되던 곳이다.) 이를 바로잡기 위해서 사회주의 정권인 인민전선이 등장하였고 그들은 1936년 총선에서 승리하였다. 이때 군부는 토지 개혁 등 개혁 법안이 실행될 것에 두려움을 느낀 보수주의 세력을 등에 업고 반란을 일으켰다. 모로코에서 군사반란을 일으킨 프랑코는 점차 반란군의 대표가 되었다. 이렇게 시작된 인민전선과 파시즘 반란군의 내전은 3년간 지속되었다.

스페인 내전이 벌어지던 1930년대는 세계적으로도 이념의 각축이 활발히 진행되던 시대였다. 자본주의가 민족주의와 파시즘 형태로 변하여 강력한 힘을 얻었고 반대편에서는 사회주의가 세를 넓혀가고 있었다. 따라서 스페인 내전에 대한 세계의 관심은 클 수밖에 없었다.

인민전선과 프랑코 반란군의 대립은 곧 가난한 노동자-농민 지지 세력과 지주-자본가-가톨릭 세력의 대립이었다. 세계적으로도 사회주의를 지원하는 세력과 파시즘 세력의 대결이었다.

프랑코는 반란 전에 독일과 이탈리아의 지원을 약속 받은 것으로 알려져 있다. 대중의 지지를 받고 있던 인민전선에 맞서기 위해서는 군사력의 우위가 절대적으로 필요했기 때문이다. 히틀러가 집권하고 있던 독일은 스페인 내전에 적극적으로 참가하였다. 특히 콘돌 군단이라는 이름의 공군과 비행기를 파견한 것이 유명하다. 소련도 독일과 마찬가지로 지원자 형식으로 대규모의 공군을 스페인에 파견했다. 영국을 비롯한 서방 세계는 내정 무간섭주의를 내세우며 스페인 내전에 무대응 방침을 유지하였다.

정규군은 아니지만 서유럽 등에서는 민간인 부대가 내전에 참여하기도 하였다. 공화국 편에서 싸운 외국인 지원자로 이루어진 이 부대를 흔히 국제여단(International Brigades)이라 부른다. 당시 많은 지식인들은 파시즘과 싸우는 것이 시대적 정의라고 생각하여 '남의 나라' 전쟁에 자원하였다. 참가자 중에는 후에 서독 수상이 된 빌리 브란트, 작가 어니스트 헤밍웨이, 조지 오웰 등도 있었다. 사진작가 게르다 타로와 로버트 카파는 내전에 참여해 많은 사진을 남겼다.

결국 풍부한 군사 경험을 가진 프랑코 파의 승리로 내전은 끝이 났다. 내전으로 인해 약 50만 명이 희생되었고, 수많은 사람들이 프랑스 등으로 떠났다. 프랑코는 집권 후 좌파 학살, 비밀경찰을 통한 감시 등 독재정치로 국민들을 억압했다. 독재 아래 합법적으로 인정받은 당은 팔랑헤당뿐이었다. 우파 연합이라 할 수 있는 팔랑헤당은 1937년 창립 후 반공산주의와 로마 가톨릭, 민족주의에 큰 영향을 미쳤다. 결과적으로 스페인 내전은 제2차 세계대전의 전초전이었다고 할 수 있다. 제2차 세계대전 후까지 지속된 프랑코 정권은 유럽에서 마지막까지 집권한 파시스트 정권이었다.

　　내전 중 벌어진 게르니카의 참사는 피카소의 그림 제목으로 더 잘 알려져 있다. 피카소는 독일군 비행기에 의한 게르니카 지역의 민간인 학살 사건을 그림으로 남겼다. 1937년 스페인 바스크 지방에 위치한 도시 게르니카는 군사적으로 중요한 도시였다. 공화국 군대가 이쪽을 통해 후퇴하고 있었고, 독일의 콘돌 군단은 그곳에 위치한 다리를 끊기 위해 폭격을 감행하였다. 하지만 첫 번째 폭격 편대가 폭격에 실패하여 이후에도 다리 위치를 가늠하기가 힘들어지자 독일 공군은 아무 곳에나 폭탄을 투하하였다. 그 결과 폭탄은 민간인 거주 구역에 떨어졌고, 상당한 수의 민간인 사상자가 발생했다.

　　프랑코 사후 스페인은 정치적으로 안정을 찾아갔다. 1981년에는 군부에 의해 반동 쿠데타 시도가 있었으나 후안 카를로스 1세가 방송으로 군부를 질타하여 불발로 끝나게 되었다. 덕분에 카를로스 1세는 프랑코에 의해 옹립된 허수아비 국왕이란 초기의 평가를 뒤엎었다. 지금은 프랑코 사후의 스페인을 대대적으로 혁신하는 데에 앞장선 모범적이고 인기 있는 국왕으로 자리 잡고 있다. 20세기 말 이후 스페인은 올림픽을 개최하고 서방 국가들이나 남미 국가들과 관계를 돈독히 하는 등 국제사회에서도 위치를 확보하려 노력하고 있다.

청년의 우울한 성장기

　　한 사람의 삶에서 가장 중요한 시기는 언제일까? 어떤 사람은 유년기의 기억을 소중하게 간직하며 일생을 살아가고, 어떤 사람들은 청소년기의 경험을 평생 잊지 못한다. 과거의 경험 따위는 신경 쓰지 않고 현재와 미래의 가치를 소중히 여기며 사는 사람도 물론 많을 것이다. 하지만 그들도 과거의 영향에서 자유롭지는 못하다. 과거 없이 현재가 만들어지기는 불가능하기 때문이다. 그렇다면 좋은 기억이 삶에 미치는 영향과 그렇지 못한 기억이 삶에 미치는 영향은 어느 쪽이 클까? 아마도 좋지 못한 기억의 영향이 훨씬 클 것이다.

　　인식하지 못한 채 자신을 사로잡고 있는 좋지 못한 기억을 넓은 의미로 '트라우마'라 부를 수 있다. 트라우마는 무의식에 내재한 상처 혹은 부정적 기억 정도로 풀이된다. 이러한 기억은 지극히 개인적인 차원의 것일 수도 있지만 사회적으로 경험하게 되는 집단적인 것일 수도 있다. 개인의 상처는 심리학적이고 정신 병리학적 문제이지만 집단적인 문제의 경우는 아마도 사회학적 관심 대상이 될 것이다. 문학은 이 두 영역에 동시에 관심을 가지고 있다. 문학은 개인과 그 개인이 살아가는 사회의 상호 작용을 다룰 뿐 아니라 그렇게 해서 형성된 내면 자체를 중요한 탐구 대상으로 삼는다. 『폴란드 기병』은 개인 안에서 사회의 기억을 읽고, 사회 안에서 개인을 발견하는 소설이다.

　　이 소설은 주인공 마누엘과 그의 연인 나디아가 겪었던 과거의 기억을 복원하는 형식으로 진행된다. 나디아의 아버지 갈라스 소령이 남긴 궤짝 속에 담긴 사진을 통해 그들의 기억과 함께 마히나의 역사가 복원된다. 이 과정에서 마누엘은 자신이 벗어나고 싶었던 젊은 시절과 화해하고 자기 정체성의 근원이 거기에 있음을 알게 된다. 따라서 마누엘을 중심으로 볼 경우 이 소설은 한 편의 성장 소설이라 할 수 있다. 또 그들이 복원해내는 마히나의 역사에는 백 년의 스페인 근대사와 거기에 휘말려 살아간 민중들의 삶이 담겨 있다.

> 그는 폭풍우가 휘몰아치는 겨울밤 촛불 아래서 태어나, 마히나의 농장과 올리브 밭에서 성장했다. 그는 열넷이나 열다섯 살이 되면 학교를 그만두고 아버지와 조부모 곁에서 땅을 일구다가, 일정한 연령이 되면 어렸을 때부터 알았던 누군가를 애인으로 삼아 7년이나 8년쯤 맥 빠지는 연애를 하다가 하얀 웨딩드레스를 입혀 제단 앞으로 데리고 가야 할 운명이었다. 손재주가 없고 뚱한 데다 조용하고 반항적인 그는 분노로 이글거리는 자신의 불행을 학교 공책에 일기로 쓰며, 자기가 살고 있는 도시와 자기가 알고 있는 유일한 삶을 증오했다.(12쪽)

마누엘은 마히나의 농장과 올리브 밭에서 성장하였고 지금은 동시통역사로 일하고 있다. 아버지의 성실하지만 피곤한 농부로서의 삶이나 주변 사람들의 무기력한 모습이 모두 싫었던 어린 시절, 그는 어떻게든 고향을 떠나고 싶었다. 한때 마리나라는 소녀를 사랑했지만 그녀에 대한 실망과 좌절은 고향을 떠나고 싶은 그의 마음을 더욱 강렬하게 만들었다. 그는 다행히 마드리드로 떠나왔고 지금은 직업상 세계를 떠돌아다니며 살고 있다.

고향 마히나는 알 수 없는 우울로 그를 압박하는 곳이었으며 늘 사람을 외롭게 만드는 곳이었다. 그는 노래와 영화를 통해 알게 된 다른 삶으로 합법적으로 떠날 날을 기다리며 살았다. 그는 에드거 앨런 포,

짐 모리슨, 에릭 버든과 같은 영웅들처럼 머리카락을 어깨까지 기르고 먼 곳에서 살고 싶었다. 어린 시절 고향에 대한 반감은 스페인과 스페인 적인 것에 대한 반감으로 이어졌다. 이런 이력으로 볼 때 그가 현재 스페인이 아닌 벨기에 브뤼셀에서 거주하는 것은 자연스럽게 느껴진다.

> 이제 나는 스페인에 대한 향수는 거의 느끼지 못한다. 휴가 때마다 돌아 갔었는데, 촌스럽고 시끄러운 나라라는 느낌이었다. 모두들 아무데서 나 담배를 피워대고 항상 고함치듯 말하는 탓에, 일주일만 지나면 떠나 고 싶어졌었다.(393쪽)

나디아에게도 마히나는 절망과 방황의 기억으로 가득하다. 어머 니를 잃고 나이 많은 아버지와 찾아간 스페인의 도시 마히나는 그녀에 게 아무런 희망도 없는 곳이었다. 그녀에게 마히나는 아버지와는 단절 된 채 프락시스라는 공산주의 사상을 가진 교사와 사랑에 빠졌던 곳이 다. 그녀는 스페인 내전이 벌어진 후 미국으로 망명해 결혼도 하지만 진 정한 사랑을 찾지 못하고 살았다.

스페인에 대한 좋지 않은 기억을 가진 두 사람은 성인이 되어 우 연히 만난다. 한 도시에 살던 그들은 초면은 아니었다. 마누엘은 엘리슨 이라는 전 남편의 이름을 적은 명찰을 달고 있는 그녀를 마치 초면인 것 처럼 만나지만 강한 끌림을 억제하지 못한다. 마누엘과 달리 나디아는 그를 기억하고 있었다. 그날, 사랑하는 여인 마리나에게 실망하고 절망 에 빠져 하시시로 멍해 있던 다섯 시간동안 마누엘은 나디아와 함께 있 었다. 그녀의 집으로 가 '폴란드 기병'의 그림이 걸린 거실에서 함께 시 간을 보내고 집으로 왔지만 그는 그녀를 기억하지 못할 뿐이다.

18년이라는 긴 시간이 흐른 뒤 서로 다시 만난 주인공 마누엘과 나디아는 이제 "몇 달 전이 아닌 18년 전에 왜 우리에게는 용기와 현명함, 아이러니, 지혜가 부족했을까"를 묻는 성인이 되어 있다. 사진사 라미로가 어느 날 갈라스 소령에 맡겼고 그의 죽음으로 나디아 갈라스가 보관하게 된 궤짝 안에 들어있는 사진들은 이들을 마히나로 이끈다. 사진들은 갈라스와 마히나, 갈라스와 나디아, 나디아와 마누엘, 마누엘과 갈라스, 마누엘과 가족을 이어주는 역할을 한다.

　　1991년 1월 8일에서 열흘 동안 뉴욕의 52번가 한 아파트에서 나디아와 함께 지내면서 마누엘은 기억의 줄거리를 잡고, 고향 마히나에 대한 새로운 감정을 갖게 된다. 그는 이제 낯선 미국의 도시가 자신을 아프게 할 수도 붙잡아 둘 수도 없다는 것을 느낀다. 오히려 나디아와 함께 고향으로 돌아가 그녀가 기억하지 못하는 것을 보여주어야 한다는 생각에 이른다. 마누엘은 이제 자신을 구속한다고 느끼고, 피하고만 싶었던 고향으로 돌아가 기꺼이 가족과 기억을 만날 수 있게 된다.

　　　하지만 내가 아버지에게 마음에 든다고 말했을 때는 거짓말한 게 아니다. 그리고 아버지가 트럭을 몰기가 얼마나 쉬워졌는지 설명하는 동안 예의 바르게 경청한 것도 연극이 아니다. 아버지가 한 번에 시동을 걸어 부드럽고 노련하게 핸들을 돌리며 만족스러워하는 모습을 보는 게 좋다.(774쪽)

　　그는 이제 혼자 살고 싶지도 않고 무국적자가 되고 싶지도 않다고 생각한다. 고향이 아닌 유럽이나 미국 도시에서 한밤중까지 열려 있는 바들을 돌아다니며 여자들을 찾거나, 아니면 텔레비전 앞에서 꾸벅 꾸벅 졸며 중년을 맞고 싶지도 않다고 생각한다. 자신은 혼자가 아니라는 점을 이제 와서 깨닫게 된다. 그리고는 생각을 실행에 옮긴다. 독자는 위 예문을 통해서 달라진 주인공의 마음을 쉽게 확인할 수 있다. 아버지가 트럭에 대해 이야기할 때 이제 그는 진심으로 귀를 기울인다. 아버지가 트럭에 만족해 하는 모습에 자신도 만족감을 느낀다.

그렇다면 그토록 떠나고 싶던 고향에 대한 새삼스러운 친근함은 어디에서 비롯되는가. 실제로 고향은 크게 달라진 것이 없다. 생활 형편이 나아지고 정치적으로 안정을 찾았지만 여전히 유럽은 전쟁을 겪고 있었다.(1991년은 걸프전이 진행되던 시기이다.) 변한 것은 과거가 아니라 과거를 보는 그 자신이었다. 뉴욕에 머무는 동안 그는 사진을 통해 과거 기억을 회복하였고, 그곳에서 살았던 사람들에 대해 새로운 시각을 갖게 되었다. 다시 말해 가족들, 나디아 그리고 그녀의 아버지인 갈라스 소령에 대한 인간적인 이해가 그의 변화를 이끈 것이다.

가족에 드리운 역사의 그림자

그렇다면 성인이 된 마누엘이 회상하는 마히나의 사람들 모습은 어떤가? 비록 개인의 기억 속에서 살아나는 것이기는 하지만 그들의 모습을 통해 우리는 스페인의 역사와 그 시간을 힘겹게 견뎌왔던 민중들의 삶을 만나볼 수 있다. 그들의 삶에는 마누엘로 하여금 스페인을 떠나게 만든 모습이 포함되어 있고, 이제 다시 스페인으로 돌아올 수 있게 한 모습도 담겨 있다.

이 소설의 시간적 배경은 주인공이 태어나기 전에 사망한 의사

메르쿠리오(Mercurio)가 마히나에 처음 발을 내디딘 시점인 1870년대 초부터, 쿠바 전쟁, 스페인 내전, 프랑코 통치기, 프랑코 사망과 전환기를 거쳐 걸프 전쟁이 진행되는 현재인 1991년까지이다. 외증조부에서부터 시작하여 마누엘에 이르기까지 4대에 걸친 인물들이 등장하며 가족과 연관된 인물들이 곁가지로 뻗어 서사를 이룬다. 갈라스 소령이나 차모로 중위, 페레스 형사, 라파엘 아저씨가 대표적이다.

우선 페드로 엑스포시토 외증조부는 고아로 양부모 밑에서 자란 인물이다. 엑스포시토라는 말은 아버지가 없다는 뜻이다. 밭농사를 짓는 아주 가난한 농부가 고아원에서 그를 데려다 길렀으며, 그는 태어나자마자 자기를 버린 가족을 다시는 만나고 싶어 하지 않았다. 그는 자기를 입양한 남자와 여자에게 항상 부모님이라 불렀고, 심지어 누군가 찾아와 친가족을 만나면, 많은 돈을 물려받고 들에서 막노동을 하지 않아도 된다고 했을 때도, 그는 가난한 양부모를 따랐다. 그는 쿠바 전쟁에 참전했으며, 증기선을 타고 스페인으로 돌아오는 길에 카리브 해에서 난파당했다가 간신히 살아남았다. 앞서 살펴보았듯 쿠바 전쟁은 1898년에 발생한 사건으로, 제국으로서 스페인의 운명이 완전히 기울었음을 보여주는 상징적인 의미를 갖는다. 마누엘 집안의 가족사는 이렇게 기울어가는 스페인 역사와 함께 시작되었다.

마누엘 외할아버지는 어리석고 눈치 없는 무능력한 인물로 그려진다. 그는 늘 위축되어 있어서 부자가 될 가능성은 전혀 없었다. 정치 논쟁에서는 말하는 사람 각자의 입장을 번갈아 취하곤 했다. 그리고 신문의 입장에 고민 없이 동의하는 자세를 취하는 그런 사람이었다. 전설처럼 내려오는 사건도 있었다. 그는 적군이 점령한 상태에서 거리낌 없이 돌격대 군복을 입고 시내에 들어갔다가 포로로 붙잡혀 2년이 지난 후에 돌아왔다. 공화정과 왕정이 반복되던 혼란스러운 시기였기에 벌어졌음직한 사건이었다.

　　마누엘의 아버지는 열 살 때부터 어른들과 함께 농장에서 일했다. 아버지는 유년 시절 없이 산 세대이다. 그들은 전쟁이 시작되자 학교에서 멀어졌으며 어른 남자들 없이 어린 시절을 지냈다. 남자들이 없었기 때문에 그들은 장작이나 기름 무게에 짓눌려 어깨가 주저앉는 것부터 배웠다. 과수원과 집을 사고, 셋방살이의 눈치에서 벗어나고, 암소와 올리브 나무들을 소유하고, 시장에서 그 누구보다 더 많은 채소를 파는 게 아버지 인생의 목적이었다. 그도 다른 사람들처럼 자기도 모든 것을 버리고 마히나를 떠날 것이라 생각한 적이 있었다. 하지만 어쩌지 못하고 시골에 눌러 앉은 사람이다. 주인공의 어머니는 특별히 예쁘거나 매력적인 아가씨는 아니었다. 전쟁 초에 수업이 중단되었고, 전쟁이 끝났을 때는 공부를 다시 시작하기엔 이미 늦었던 탓에, 그녀는 제대로 글을 쓸 줄 몰랐다. 아버지 세대는 마누엘에게 직접적인 영향을 미쳤다. 그들은 최근의 역사인 스페인 내전을 겪었고 아직 살아 있는 세대이다. 주인공이 어떻게 생각하든, 아버지 세대는 전쟁에 영향을 받은 세대이고 전쟁의 여파로 어느 정도 삶의 굴곡을 겪은 사람들이다.

　　아버지 세대 인물로 차모로 중위와 라파엘 아저씨가 자주 등장한다. 이들은 아버지의 친구로 주인공이 농장 일을 하며 자주 볼 수 있었던 사람들이다. 차로모 중위는 바로셀로나 군관 학교를 졸업한 후 군사 반란을 도왔다는 죄목으로 14년 동안 감옥에 수감되었다가, 석방된 후 22일 만에 다시 붙잡혀 들어간 경험이 있었다. 그는 출소되자마자 프랑코를 처단하겠다며, 프랑코가 사슴 사냥을 하고 있던 마히나 산에 가겠다는 정신 나간 생각을 했던 인물이다.

라파엘의 전쟁 경험은 이색적이면서도 인간적이다.

내가 총을 너무 못 쏴서, 눈을 감지 않았다 해도 아무도 맞히지 못했을
것이다. 화약 냄새만 맡으면 나는 양손과 무릎이 부들부들 떨리고, 눈앞
이 뿌예지면서 물체가 두세 개로 보였단다. 그러면 나는 생각했다. 두고
봐야 해. 건너편 참호에 있는 사람들이 나에게 아무 짓도 하지 않았는
데, 그들이 나한테 무슨 짓을 하겠어. 나는 그들을 제대로 알지도 못하
는데. 그러고는 두 눈을 질끈 감고 방아쇠를 잡아당기며, 하느님의 뜻대
로 되길 바란다고 말했다. 하지만 가만히 생각해 보면 화가 났다. 덩치
가 집채만 한 남자들이 해야 할 일은 하지 않고 총이나 쏴 대면서 진군
생각만 하고 있다는 게 말이다.(149쪽)

아버지 세대에 속하는 라파엘은 불행한 운명의 연속으로, 오랜
군대 생활을 해야 했다. 제대하려는 순간 전쟁이 터져 다시 전방으로 끌
려가 싸워야 했고, 그 전쟁이 끝나자 이제는 프랑코파들이 새로 징병해
갔다. 개인의 선택이 아닌 시대의 요구, 필요에 휘둘리며 살아온 삶이라
할 수 있다. 그가 살아온 시절에 어찌 군대 문제만 이런 식이었겠는가.
다른 분야의 일도 미루어 짐작하기 어렵지 않다. 위 예문은 내전에 나섰
던 평범한 농사꾼의 생각을 읽을 수 있는 부분이다. 그는 전쟁이 갖는
의미가 무엇인지, 무엇을 위한 전쟁인지 철학적으로 말하지는 않는다.
하지만 그는 경험을 통해 전쟁의 무위-무용함을 충분히 느꼈고, 그것을
어떤 논리를 동원했을 때보다 설득력 있게 전달한다.

홀로 가는 이의 외로움

소설의 전반부를 읽으면서 독자들은 두 가지 의문을 갖게 된다. 첫째는 '폴란드 기병'이라는 그림이 갖는 의미가 무엇인가이고, 둘째는 귀족 집안의 폐허 속에서 발견된 '미라'의 정체가 무엇인지이다. 그림 '폴란드 기병'의 이미지가 이 소설 전반의 분위기를 말해준다면 미라와 관련된 사연은 주인공 가문의 기원을 말해준다.

우선 그림부터 보자. '폴란드 기병'은 어두운 하늘을 배경으로 흰 말을 타고 어디론가 가고 있는 기병을 그린 그림이다. 그의 어깨에는 활과 화살이 메여 있고, 손에는 홀이, 말안장 사이에는 한 자루의 칼이 끼여 있다. 무기를 갖추었음에도 말을 달려 적을 무찌르는 용맹한 기사의 느낌은 없다. 얼굴에서는 강인함과 확신이 느껴지기 보다는 외로움과 두려움이 느껴진다. 특히 진행 방향이 아닌 옆을 보고 있는 그의 눈에는 고뇌가 담겨 있는 듯하다. 말을 탄 사람의 초상화는 화려한 의복과 혈통 좋은 말의 힘찬 외모가 함께 묘사되어 권위적인 영웅화풍으로 그려지는 것이 보통이다. 그러나 '폴란드 기병'은 그러한 양식적 특성을 전혀 보여주고 있지 않다. 말마저 윤기를 읽고 힘겨워하고 있다. 기병이 타타르 인 모자를 쓰고 있는 것도 특이하다. 기독교 문화권에서 그려진 그림인데도 병사에게서는 이슬람의 분위기가 느껴진다.

이 그림을 그린 화가는 렘브란트이다. 그는 당대 회화가 수행해야 마땅한 관습적 기능과 지위를 뛰어넘어 인간 내면의 복잡하고 알 수 없는 심연까지를 보여주고자 했던 화가였다. 그렇다면 이 기병은 어디에 있는 것일까? 어두워져서 집으로 돌아가는 것일까? 그리고 왜 혼자 있는 것일까? 고향을 떠나 먼 곳에 홀로 떨어져 있는 것은 아닐까?

다음은 이에 대한 소설의 해석이다.

기병은 곧 날이 밝아 오거나, 아니면 곧 해가 질 풍경을 배경으로 말을 달리고 있었다. 그 기병은 외롭고, 침착하고, 경계심 많고, 자존심 강한 나그네였다. 그 기병은 미소를 머금은 듯한 모습으로 성(城)의 그림자가 보이는 언덕을 등지고 있었다. 그림에는 보이지 않는 어딘가를 향해, 목적도 없이 말을 달리는 것 같았다. 기병의 이름은 아무도 몰랐다. 기병이 말을 몰아 달려가는 나라의 크기와 위치 역시 아무도 모르는 것처럼.(23쪽)

소설 속에서 이 그림의 이미지에 가장 잘 어울리는 인물은 나디아의 아버지인 갈라스 소령이다. 갈라스는 침착하고, 경계심 많고, 자존심 강한 성격의 소유자였고 그러기에 늘 외로워 보이는 사람이었다. 그는 좋은 가문 출신으로 군인으로 성공할 수 있는 조건을 갖추고 있었다. 군인으로서는 훌륭했지만 외롭고 굳센 성격 때문에 일상인으로서는 매력적이지 못했다는 점도 그가 천상 군인이라는 것을 역설적으로 보여주었다. 그러나 굴곡으로 점철된 현대사를 살았던 많은 사람들처럼 그도 역사의 파도를 피해가지 못했다. 그 역시 스페인 내전에 휩쓸리고 만다.

선거를 통해 들어선 정부에 군인들이 반기를 들고 일어선 것이 1936년 내전의 시작이었다. 작은 도시 마히나에 주둔하고 있던 갈라스 소령에게도 판단의 순간이 다가온다. 군부대 안의 대세는 반란에 참여하는 쪽이었다. 특히 그의 부대 젊은 장교들은 명령을 기다리며 상사들에게 무언의 압력을 넣고 있었다. 이 순간 갈라스 소령은 "오랜 세월 명령에 복종하며 살다가 10초도 안 되는 짧은 순간에, 이제는 더 이상 복종하지 않겠다고 결심한 남자."(470쪽)가 된다. "그는 면도를 하면서, 연병장에서 명령을 내리는 소리와 부대원들의 군화 소리를 들으면서, 반란을 일으킨 대위와 중위들의 일개 그룹이 자기 명령에 불복종해 군기를 깨는 것을 참을 수 없다고 자기 자신에게 말했고"(313쪽), 도전적으로 서 있는 중위를 향해 총을 쏘았다. 군인들이 반란을 일으켰고 군인들이 병영에서 나와 시청을 점령할 거라는 얘기가 돌고 있을 때 그는 시장 앞에서 부동자세를 취함으로서 소문이 사실이 아님을 보여주기도 했다.

사진사는 이 장면들을 사진으로 찍었고 사진은 궤짝 속에 남아 현재까지 전해진다. 결과적으로 갈라스는 이 판단으로 인해 자기편을 배신하고 스스로의 미래를 망쳤다고 할 수 있다. 오래지 않아 그는 스페인을 떠나 망명길에 오른다. 기병처럼 '성(城)의 그림자가 보이는 언덕을 등지고', '어딘가를 향해, 목적도 없이 말을 달리는' 처지가 된다. 그러나 그의 명성은 이후에도 오랫동안 유지된다. 그는 근무 시간 이외에는 병영의 도서관에서 학문적인 백과사전만을 탐독하는 서른두 살의 엄격한 소령, 자기네 편을 배신한 변절자, 스페인 내전의 초창기 몇 달 동안 마히나의 공화파 신문들의 영웅 등으로 기억된다.

그때 차모로 중위가 갈라스 소령과 그의 딸이 도시를 떠났으며, 어쩌면 스페인을 떠났을 거라고 우리에게 얘기해 주었다. "불쌍한 나라야." 그는 페페 아저씨와 라파엘 아저씨가 상당히 감탄스럽게 생각하는 목소리로 말했다. "항상 좋은 머리들은 결국 망명을 떠나고." "그리고 여기는 우리처럼 물렁한 사람들이나 남아 있고." 라파엘 아저씨가 탄원 기도에 답이라도 하듯 중얼거렸다. "이제 이놈도 곧 우리 곁을 떠날 텐데."

차모로 중위가 나를 가리키며 말했다. "자, 녀석아 우리한테 영어로 말해 봐라." 나는 쑥스럽지만 쉽게 외국어를 말하는 나의 능력을 은근히 과시하며 그들에게 Riders on the Storm의 가사를 가능한 한 빨리 읊어 주었다.(550쪽)

차모로 중위는 머리 좋은 사람들이 망명을 떠나고 물렁한 사람들만 남아 있는 땅이 스페인이라고 한탄한다. 이 말은 외롭게 밖으로 떠도는 인물이 갈라스 하나만은 아니었다는 사실을 암시한다. 주인공 마누엘은 어릴 적부터 고향을 떠나고 싶어 했고 영어를 좋아했다. 그리고 '폭풍 속을 달리는 기사'를 동경해 왔다. 요절한 가수 짐 모리슨의 이미지가 그에게는 폴란드 기병의 다른 모습이었다. 더 확대해서 생각해보면 작가는 지난 백 년 스페인 사람들의 삶이 곧 폴란드 기병 그림과 같다고 말하는지도 모른다. 사실 주인공과 그의 조상들 그리고 갈라스 소령을 비롯한 마하나의 사람들은 한 곳에 정주하지 못하는 삶을 살았다. 그들의 정신도 항상 안정을 찾지 못하고 떠돌았으며, 외로움과 두려움 속을 헤맸다.

이 소설에서 가장 늦게 밝혀지는 의문은 의사 돈 메르쿠리오와 미라의 관계이다. 그림과 함께 소설의 서사를 흥미롭게 이끄는 소재는 수류탄에 의해 파괴된 귀족 집의 지하실에서 발견된 미라이다. 70년 전의 것으로 추정되는 시체에 대해서는 여러 가지 소문이 나돈다. 대표적으로 젊은 사내와 귀족 아내의 염문설이 제기된다. 그런데 그런 미라가 발견된 지 며칠 후 사라지는 기이한 일이 벌어진다.

다발로스 백작이 간통한 젊은 아내와, 서원과 주인에 대한 충성을 이중으로 배신한 사제 신부를 죽였을까? 그가 카사 데 라스 토레스의 지하실 벽에 아내를 생매장하고, 시녀의 침묵을 돈으로 산 후 시녀를 아내처럼 보이게 하기 위해 베일로 얼굴을 가리고 아내의 옷과 여행용 망토를 입혔을까? 여보게 친구, 연재소설이며 가짜 수염이고, 종이 비스킷일세.(186-187쪽)

벽에 매장된 여자의 미라가 발견되었을 때 돈 메르쿠리오는 이미 90대였다. 그는 사진사와의 대화에서 사람들이 알고 있는 사건의 전말, 소문이 사실이 아니라는 점을 이야기한다. 독자는 왜 의사가 이렇게 말하는지 이해하지 못할 뿐 아니라 그게 그렇게 중요하다는 느낌도 받지 않는다.

미라와 관련된 이야기의 전말은 의사의 심부름을 했던 택시 기사 훌리안에 의해 밝혀진다. 의사 돈 메르쿠리오가 이 도시에 처음 왔을 때, 그는 낯선 인물의 방문을 받는다. 의사는 아무런 설명도 듣지 못하고 눈을 가린 채 그들을 따라 알 수 없는 곳으로 가서 아이를 받는다. 그리고 다시 눈을 가린 채 집으로 돌아온다. 그리고 70년이 지난 후 발견된 미라에서 그는 "몇 시간 진통 끝에 탯줄을 목에 두른 아이를 낳은 공포에 질린 젊은 여인."(181쪽)의 얼굴을 다시 본다. 아이를 낳았던 여인이 젊은 모습 그대로 벽에 시체로 갇혀 있었기 때문이다. 20대였을 때 그는 미라가 된 여인을 아주 많이 사랑했었다고 말했다.

다시 말해 백작 부인과 금지된 사랑을 나눈 인물은 신부가 아니라 젊은 의사였던 것이고, 눈을 가린 채 불려가서 받은 아이는 자신의 아들이었던 것이다. 부정한 아내는 죽은 후 벽장에 미라로 갇히게 되었고 그 아들은 고아원에 버려졌다. 그리고 이후에 그 아들을 알게 된 의사가 아들을 키우려 했으나 아들은 가난한 양부모와 함께 사는 것을 원했다. 이쯤 미라와 관련된 내용이 밝혀지면 고아원에 버려진 아이가 페드로 엑스포시토, 주인공의 외증조부였다는 점은 쉽게 짐작할 수 있다.

그림자를 벗어나 새로운 어둠으로

이 소설은 스페인의 근대를 살았던 많은 사람들의 이야기이며, 그들이 살았던 시대에 대한 이야기이다. 그러면서도 역사적 사건을 서사의 전면에 내세우기보다는 그것이 개인의 삶에 미친 영향이나 정신에 미친 상처에 집중하고 있는 소설이다. 작품에 나오는 말대로 인물들을 개성 있게 다루면서도 "우리의 말이나 기억과 마찬가지로, 우리의 얼굴도 모두 우리의 것은 아니다."(200쪽)라는 사실을 분명히 드러내고 있다.

주인공 마누엘은 실제 작가와 비슷한 면을 가지고 있다. 동시통역사 마누엘은 1991년 현재 작가와 같은 나이이고, 그가 태어난 마히나(Mágina)는 작가의 고향인 안달루시아 하엔 지방의 우베다(Úbeda) 지역의 산맥 이름인 마히나를 참고한 것이고, 주인공이 생활하는 공간 또한 작가의 과거 집주변을 다양하게 재현한 것이며, 작품에 등장하는 거리 이름들 또한 대부분 우베다의 실제 거리 이름들과 동일하다.● 작가와 인물의 관계가 작품 감상에 절대적인 영향을 미치는 것은 아니지만 이

● 안금영, 「안토니오 무뇨스 몰리나의 "폴란드 기병"」, 『지중해지역연구』, 제13권 제2호, 2011. 5, 114쪽.

소설처럼 '세대론'적 이해가 필요한 경우 그 관계 역시 놓쳐서는 안 되는 요소이다.

작가는 사진, 그림 등을 과거의 기억을 복원해 내는 장치로 사용하고 있다. 우연히 발견한 상자 속 사진을 통해 인물들의 기억이 되살아나고 그것이 종합되면서 시대에 대한 조망이 이루어진다. 젊은 시절 받아들이기 어려웠던 사실들이 시간이 지난 후에 이해되는 경우가 자주 있다. 이 소설의 두 주인공은 어둡고 우울한 이미지 속에 가두어 두었던 자신들의 과거를 현재로 꺼내 의미 있는 것으로 복원해낸다. 그것은 단지 개인의 기억에 머무는 것이 아니라 그 시대를 살았던 사람들의 기억 일반을 대표한다.

프랑코의 시대는 우리 유신 시대와 자주 비교된다. 군사 반란으로 정권을 잡은 세력이 오랜 기간 초법적인 권력을 휘두르며 국가를 통치한 야만의 시대로 기억된다. 이 시기 젊은이들이 겪었을 시대의 절망도 우리와 유사하지 않았을까 싶다. 세대 간의 반목과 질시, 계층 간의 갈등, 무엇보다 암담한 미래는 그들로 하여금 탈출을 꿈꾸게 하였을 것이다. 길거리에 나와 시위하거나 비주류 문화에 빠져 기성과 자신을 구분하려 했던 젊은이들의 모습이 눈앞에 그려진다. 그러나 겉으로 보이는 야만의 시대가 지났다고 문제가 모두 해결된 것은 아니다. 미래의 암담함을 이야기하던 그 세대가 기성이 되어 살아가고 있는 이 시절도 그렇게 건강하지만은 않기 때문이다. 여전히 지금의 젊은이들에게도 미래는 암담하고 현실은 절망적이다. 이 소설에서 시대 탓을 노골적으로 하지 못한 이유가 거기 있지 않을까 싶다.

스페인 내전의 역사와 문학예술

어니스트 헤밍웨이, 『누구를 위하여 종은 울리나』, 이종인 역, 열린책들, 2012

『누구를 위하여 종은 울리나』 표지

스페인 내전은 20세기 모든 이념의 격전장이었다고 불린다. 좌파인 인민전선에는 아나키즘, 공산주의, 노동당, 사회주의, 급진공화, 생티칼리즘이 우파인 국민전선에는 파시즘, 가톨릭, 왕당파, 팔랑헤, 우파 공산주의가 참여하였다. 예술가들도 스페인 전쟁에 직-간접적으로 참여하였는데, 피카소, 오웰, 헤밍웨이는 인민전선을 지지한 대표적 인물들이다. 『누구를 위하여 종은 울리나』(1940)는 헤밍웨이가 직접 전쟁에 참여했던 자신의 경험을 바탕으로 쓴 소설이다.

이 소설은 로버트 조던이라는 미국 청년과 스페인 처녀 마리아의 사랑 이야기이기도 하다. 반파시스트 군으로 스페인 내전에 참가한 로버트 조던은 작전상 중요한 교량을 폭파하는 임무를 띠고 파블로가 이끄는 게릴라 부대에 협조를 요청한다. 그리고 파시스트에게 부모를 잃고 게릴라 부대에 숨어있던 마리아를 만나 사랑에 빠지게 된다. 하지만 작전이 가까워 올수록 조던과 파블로의 갈등은 심해지고, 결국 파블로는 대원들을 배신하고 한밤중에 달아나 버린다. 여러 어려움에도 불구하고 조던은 철교를 폭파하지만 부상을 당해 마리아를 보내고 홀로 전장에 남는다.

『누구를 위하여 종은 울리나』는 헤밍웨이의 소설 중 가장 방대한 작품이다. 작가는 자신이 체험한 전쟁의 잔혹함과 비인간적인 모습을 생생하게 묘사하지만, 공동의 가치나 연대의 중요성도 함께 부각시킨다. 이전보다 긍정적이고 원숙해진 헤밍웨이의 사회의식을 발견할 수 있는 작품으로 평가된다. 이 소설은 1943년에 동명의 영화로 제작되었는데, 당대 최고 배우였던 게리 쿠퍼와 잉그리드 버그만이 출연하여 큰 인기를 끌었다.

안토니 비버, 『스페인 내전』, 김원중 역, 교양인, 2009.

조지 오웰, 『카탈로니아 찬가』, 정영목 역, 민음사, 2001.

카밀로 호세 셀라, 『파스쿠알 두아르테 가족』, 정동섭 역, 민음사, 2009.

하비에르 세르카스, 『살라미나의 병사들』, 김창민 역, 열린책들, 2010.

켄 로치 감독, 〈랜드 앤 프리덤〉(Land and Freedom, 1995)

신이 사라진 시대의 인간

　　제2차 세계대전 중 유럽에서 벌어졌던 나치의 유대인 학살은 20세기의 가장 충격적인 사건이었다. 수백만의 민간인들이 전투가 아닌 상황에서 특별한 '인종'이라는 이유로 살해되었다. 학살이 진행되는 동안 가까운 곳에서조차 그러한 만행이 벌어지는 것을 알지 못했고, 전쟁이 끝나서야 사건의 실체가 밝혀지기 시작했다. 수백만의 유대인들이 비인간적인 대우를 받으며 수용소 생활을 했고, 대부분 끔찍한 방법으로 살해되었다. 간신히 목숨을 건진 사람들도 과거의 기억에서 벗어나지 못하고 힘겹게 남은 세월을 견뎌야 했다. 그래서인지 생존자 중 적지 않은 이들이 자살을 택했다. 이 사건은 유대인과 큰 상관이 없는 사람들까지 분노하게 했으며, 깊은 절망에 빠지게 만들었다.

　　유대인 학살은 전후의 서양 사회를 이해하는 중요한 열쇠이다. 직접적인 가해자인 독일과 동유럽은 물론 방관자라는 평가를 받을 수밖에 없는 서유럽 국가들에게도 이 사건은 큰 상처를 남겼다. 전후 전범

처리 과정에서도 유대인 학살 관련자는 가장 중한 처벌을 받았다. 전쟁 이전부터 유대인들은 자신들에게 비우호적인 유럽 대륙을 떠나 새로운 곳에 자리를 잡기 시작했는데, 이런 움직임은 전쟁이 끝난 이후에도 이어졌다. 많은 유대인들이 미국으로의 이민을 택했다. 다른 민족에게 증오의 대상이 되었던 시오니즘은 학살 후 사라지기는커녕 더욱 극단적인 형태를 띠게 되었다.

　　나치에 의해 희생된 이들의 정확한 숫자를 확인하는 일은 쉽지 않다. 현재 여러 주장을 종합해 보면 400만에서 600만 명에 이르는 유대인이 나치에 의해 살해된 것으로 보인다. 유대인 학살을 지칭하는 용어도 통일되어 있지 않다. 현재 제노사이드, 쇼아, 홀로코스트라는 용어가 함께 쓰이고 있다. 제노사이드는 국가나 민족이 다른 인종에게 자행한 학살 행위를 뜻한다. 쇼아는 히브리어로 '이 지구상에서 존재할 수 있는 재앙 중 가장 큰 재앙'을 뜻한다. '재현 불가능성'을 이 단어가 특징 짓고 있다는 점에서 점점 사용 빈도가 높아지고 있다. 홀로코스트는 앵글로 색슨계 국가들과 이스라엘에서 자주 쓰는 용어이다. '신에게 바쳐진 성스러운 희생양'이라는 종교적 의미를 띠고 있다. 실제 학살과 용어의 의미 사이에 차이가 있어 현재 많은 비판을 받고 있는 용어이다.*

　　유대인 학살은 인간 이성에 대한 불신과 인간성 자체에 대한 의심을 낳았다. 무엇보다 이것이 광기에 휩싸인 충동적인 살인이 아니라 철저한 계산 아래에 이루어진 학살이라는 점이 충격적이었다. 유대인 학살이 히틀러의 창의적인 발상이 아니라는 점도 절망의 깊이를 더했다. 나치의 유대인 학살은 유럽 사회에 오랫동안 내재되어 있던 반유대

●이상빈, 『아우슈비츠 이후 예술은 어디로 가야 하는가』, 책세상, 2001, 26-27쪽.

주의의 극단적인 형태였다. '아우슈비츠'가 본격적으로 유명해지면서 사람들은 히틀러 이전에 행해졌던 유대인 박해에 대해서도 관심을 갖게 되었다.

인간성에 대한 절망은 가해자와 피해자 양쪽에 걸쳐 있다. 인간이 인간을 말살하겠다는 발상을 가졌다는 점, 이를 실현하는 데 국가 단위의 조직이 동원되었다는 점은 당연히 충격적이다. 또, 이런 범죄를 저지른 사람이 특별한 '악마'가 아니라 우리와 비슷한 그저 평범한 사람들이었다는 점도 그러하다. 반대로 그러한 학대에 저항하지 못하고 수많은 사람들이 '순순히' 죽음을 받아들였다는 점도 충격적이다. 많은 사람들이 아무런 저항 없이 어떻게 그리 쉽게 죽음을 받아들일 수 있었는지 이해하기 어렵다.

오래전부터 유럽 사람들에게 유대인은 배제의 대상이었다. 현재도 유대인에 대한 좋지 않은 소문은 이어지고 있다. 팔레스타인에 자리 잡는 과정에서 그들이 이웃들에게 보여준 부도덕한 행동은 비난받아 마땅하다고 주장하는 사람들이 있다. 지금도 유대인들이 강력한 권력으로 세계를 지배하려 한다고 생각하는 사람도 있다. 어디까지 사실인지를 따지는 일은 우리에게 중요하지 않다. 학살은 학살의 관점에서 보아야 하기 때문이다. 유대인이 권력을 가지고 있든 없든, 일부 유대인이 아리안 족의 이익과 어떤 관계에 있든 없든, 실제 죽은 유대인 이야기를 할 때는 소중한 목숨의 소멸에 대해 생각해야 한다.

유대인은 어느 민족보다 종교적인 민족으로 알려져 있다. 자신들은 신에 의해 선택받은 민족이라는 선민의식을 가지고 있다고 한다. 그러나 신의 실험으로는 너무나 잔인한 시간을 보낸 후 많은 이들이 신의 존재를 의심했고 자신들의 가혹한 운명을 한탄했다. 그러한 경험은 세계관의 변화를 가져오기도 했다. 전후 유대인들의 문학과 철학은 이러한 경험을 충실히 남아내고 있다. 아이러니컬하게도 유대인 학살이라는 극한의 경험과 절실한 사유는 훌륭한 작품들의 생산으로 이어졌다.

여기서는 유대인의 상처를 다룬 두 편의 글을 보게 된다. 아이작 바셰비스 싱어의『원수들, 사랑 이야기』*는 1972년에 출간된 소설로 전쟁 후 뉴욕에 거주하는 유대인 생존자들의 이야기이다.『이것이 인간인가』**는 아우슈비츠 수용소의 생존 작가 프리모 레비의 기록 문학이다. 앞의 소설이 전쟁 이후 유대인의 삶을 다루고 있다면, 뒤의 책은 수용소에서의 삶을 과장 없이 담담하게 기록하고 있다.

계획된 살인 유대인 학살

근대 유럽의 반유대주의 분위기는 중세 이후 지속적으로 이어져 왔다. 종교적인 이유에서 시작한 반유대주의는 이후에 경제적인 문제, 인종적인 문제가 더해져 매우 복잡한 양상을 띠었다. 반유대주의는 유럽 전체에 광범위하게 퍼져 있었지만, 20세기로 들어서면서 유대인 인구가 집중되어 있던 중동부 유럽에서 더욱 강하게 나타났다. 나치는 오

●아이작 바셰비스 싱어Isaac Bashevis Singer. 폴란드 출생. 1902년 11월 21일~1991년 7월 24일. 대표작으로『염소 즐라테Zlateh the Goat』(1967),『원수들, 사랑 이야기Enemies, a Love Story』(1972)가 있다. 1978년에 노벨 문학상을 수상하였다. 이 글의 텍스트는 김진준 번역의 열린책들 판(2008)이다.
●●프리모 레비Primo Levi. 이태리 토리노 출생. 1919년 7월 31일~1987년 4월 11일. 대표작으로『이것이 인간인가』(1956),『주기율표』(1978)가 있다. 이 글의 텍스트는 이현경 번역의 돌베개 판(2007)이다.

래된 기독교의 반유대주의 정서와 19세기의 사이비 과학적인 반유대주의를 강력한 이데올로기로 결합시켰다. 나치가 집권한 이후 유대인 문제는 종교의 문제에서 인종의 문제로 전환되었다. 유대인들이 세계 지배를 위해 음모를 꾸미고 있다는『시온 장로 의정서』•도 나치의 손을 거치면서 '세계 위협'의 증거가 되었다. 나치는 유대인들의 세계 지배 음모에 관한 루머들을 한데 모아 유대인들이 서유럽의 금권주의 정치와 러시아 볼셰비즘을 배후에서 조종하고 있다는 식으로 구체화하였다.••

유대인 학살은 인간의 비이성이 만들어낸 감정적이고 우발적인 재앙이 아니었다. 철저한 계산을 바탕으로 한 합리적인 행위였다. 특히 독일과 동유럽 경제와 관련하여 유대인 처리 문제는 독일 기술 관료들이 오래 고민한 문제였다. 그들은 강력한 제국을 건설하기 위해 무엇보다도 낙후되어 있는 동유럽 지역의 경제를 독일 수준으로 끌어올리는 일이 시급하다고 판단했다. 이들이 볼 때 동유럽 지역의 근대화를 막는 가장 큰 문제는 지나치게 많은 인구였다. 이들은 빈곤과 낮은 생산성, 그리고 과잉 인구로 이어지는 경제적 악순환의 원인이 유대인들에게 있다고 보았다. 기술 관료들은 이미 오스트리아 합병 후 경제를 독일 수준으로 끌어올리기 위해 유대인 소유 재산을 몰수 하는 등 일련의 경제 합리화 조치를 단행한 바 있다. 이들은 폴란드에서도 산업시설이 집중되어 있는 서부 지역의 과잉 인구를 다른 곳으로 방출하기 위해 유대인 제거가 불가피하다고 정부에 건의했다.•••

나치의 유대인 '처리'는 차별, 축출, 절멸로 나눌 수 있다. 유대인에 대한 차별은 종교보다는 인종의 차에 근거하였다. 혈통 중심의 배제 원칙에 따라 유대인은 집시와 함께 열등한 민족으로 대우 받았다. 나치 집권 이후 유대인의 법적, 경제적, 사회적 권리는 점차 제한되었다.

1933년 4월 1일 첫 국가적 반유대주의 캠페인인 유대인 기업 상품 불매운동이 일어났다. 1935년 히틀러는 아리안이 유대인과 성적 관계를 맺거나 결혼을 하는 것을 금지시키는 법을 제안했다. 실행되지는 않았지만, 전쟁 이전 나치는 유럽으로부터 유대인을 대량 강제 추방하는 것도 고려했다.

　　폴란드 침공 이후 나치는 편입된 영토에 게토를 설치하였다. 지금은 소수 민족이 모여 사는 지역을 이르는 말로도 쓰이지만 게토는 원래 유대인이 모여 살도록 법으로 규정해 놓은 도시의 거리나 구역을 가리켰던 말이었다. 게토 안에서는 유대인의 자치가 이루어졌다. 유대인들은 게토 밖에서는 유대인임을 나타내는 표지(보통 노란색)를 달아야 했다. 나치가 만든 게토로는 바르샤바의 것이 가장 유명했다. 게토는 유대인들이 유럽 밖으로 추방될 때까지 임시로 거주하는 곳으로 여겨졌다. 그러나 추방은 일어나지 않았고 게토의 주민들은 바로 수용소로 보내졌다.

　　강제수용소는 히틀러가 정권을 잡은 직후부터 설립되었는데, 애초부터 사람을 죽이기 위한 곳으로 설계된 것은 아니었다. 처음에는 단순히 감금을 위한 곳으로 사용되었다. 그러던 것이 1939년 이후부터는 많은 수용소에서 강제 노역과 유대인 처형이 함께 이루어졌다. 수감자는 죽음에 이를 때까지 고된 노역을 멈출 수 없었다. 체력적으로 일을

●간단히 『시온 의정서』라고도 불리는 위서(僞書)이다. 전 세계를 정복하려는 유대인의 계획을 담고 있는데, 반유대주의 정서를 조장하기 위해 만든 책이라는 견해가 지배적이다. 1903년 러시아에서 처음 출판된 이후 여러 언어로 번역되었으며, 20세기 초반에 전 세계에 퍼졌다.

●●최호근, 『나치 대학살』, 푸른역사, 2006, 58-59쪽.

●●●같은 글, 80-83쪽.

할 수 없게 되면 수감자들은 독가스에 의해 죽거나 총에 맞아 죽었다. 노역은 전쟁용품 생산에 집중되었다. 아우슈비츠 등의 수용소는 수감자의 몸에 수감번호를 새기기도 하였다.

학살은 독일 점령 지역 전역에 걸쳐서 조직적으로 자행되었다. 가장 심했던 지역은 중부와 동부 유럽이었다. 실제 얼마나 많은 유대인이 학살되었는지는 학자에 따라 견해가 다르다. 안전한 방식으로 희생자를 계산할 경우 소련 지역에서는 290만 명 정도, 폴란드 지역에서는 270만 명 정도가 학살당한 것으로 보인다. 헝가리의 경우는 정확한 희생자 연구가 미진한 편인데 아우슈비츠에서 죽은 유대인 100만 명 가운데 헝가리 유대인이 40만 명에 달한다고 한다. 독일에서는 15만 명 전후, 네덜란드에서도 10만 명 전후의 유대인이 희생되었다. 체코슬로바키아와 루마니아에서도 각각 15만에서 20만 명의 희생이 있었던 것으로 추정되고 있다.•

나치당은 자신들의 유대인 학살을 "유대인 문제의 최종 해결"이라고 표현하였다. 이 '해결'을 위해 독일의 모든 부서가 관여하였다. 교회와 내무부는 유대인들의 출생 기록을 제공하였고, 우체국은 추방과 시민권 박탈 명령을 배달했으며, 재무부는 유대인의 재산을 몰수하였다. 기업들은 유대인 노동자를 해고하고 유대인 주주들의 권리를 박탈하였다. 독일에서 유대인 수송 차량은 철로 상에서 최고 우선권을 가졌다. 심지어 1942년 스탈린그라드 전투로 지독한 소모전이 벌어지던 상황에서도 유대인 수송 우선의 철칙은 지켜졌다.

전쟁 막바지에 나치는 사람들을 조직적으로 살해하려는 목적으로 가스실을 구비한 수용소를 지었다. 이는 유대인 학살의 끔찍함을 단적으로 보여준다. 인간을 집단으로 살상하는 것이 유일한 목적인 시설은 이전까지 존재하지 않았다. 1942년에는 아우슈비츠와 5개의 수용소들이 집단학살 수용소로 지정되었다. 이중 헤움노(Chełmno)와 마이다네크(Majdanek) 두 수용소는 이미 노동 및 전쟁포로 수용소로 기능하고 있었기에 단순히 거기에 학살기능만 추가하면 되었다. 그러나 베우제츠(Belzec), 소비버(Sobibór), 트레블링카(Treblinka) 세 곳의 수용소는 오로지 유대인들을 더 많이, 더 빨리 살상하기 위한 목적으로 건설되었다.

나치의 학살에 대한 유대인 공동체의 저항은 미미하였다. 당시 유럽을 전체적으로 살펴보더라도 유대인들의 저항기구 수립이나 무장활동에 대한 기록은 없다. 그들은 완전히 무방비 상태였다. 오히려 독일은 유대인을 체포하고 이송하는데 있어서 유대인 사회의 순종적인 참여에 상당 부분 의존하는 경향까지 보였다. 대학살은 유대인들이 사용하고 있던 이디시어의 운명에도 큰 영향을 미쳤다. 제2차 세계대전 이전 약 1,100~1,300만 명이 이디시어를 쓰고 있었지만, 유대인 학살로 종교, 일상생활이 파괴되면서 이디시어의 상용자가 급격히 줄어들었다. 학살의 피해자 중 약 500만 명이 이디시어를 쓰고 있었다.

패전의 기운이 감돌면서 수용소에서 벌어진 일들을 은폐하기 위한 나치의 노력이 시작되었다. 가스실은 해체되었고, 화장터는 폭파되었으며, 집단 매장지의 시체들은 화장되었다. 또한 폴란드 농부들에게 그 자리에 식물을 키우도록 강제하여 그러한 장소가 존재하지 않았다는 인상을 주고자 하였다. 지역 지휘관들은 전쟁이 끝날 때까지 계속해서 유대인들을 죽이고 '죽음의 행군'을 통해 수용소 간 이동을 실시하였다.

●같은 글, 35-38쪽과 34쪽의 표1 참고.

세 명의 아내를 둔 남자

　이디시어*로 창작된 소설로 싱어의 노벨 문학상 수상에 결정적 역할을 한『원수들, 사랑 이야기』는 유대인 학살의 상처를 안고 살아가는 사람들의 이야기이다. 히틀러 치하의 유럽에서 간신히 살아남아 미국으로 망명한 유대인 헤르만 브로데르는 뉴욕에서 동시에 세 명의 아내와 살아 간다. 그는 브룩클린, 브롱스, 맨해튼에 다른 집을 두고 며칠씩 나누어 거주한다. 헤르만은 다른 여인들과의 관계를 숨기며 세 여인들과의 줄타기 같은 삶을 유지하는 것이다. 세 여인과의 관계는 유럽에서부터 이어져 온 것이어서 그는 어느 하나의 인연도 쉽게 끊어버리지 못한다. 헤르만은 언젠가 닥칠 자신의 파멸을 예감하면서도 다르게 살 수 있는 길을 찾지 못한다.

　주제를 먼저 말하면, 이 소설은 과거에 강박되어 파괴된 정신으로 현재를 살아갈 수밖에 없는 지식인 주인공의 내면을 보여주는 작품이라 할 수 있다. 비록 헤르만이 여성에 대한 남다른 욕정을 가진 인물이기는 하지만, 그의 기괴한 생활은 분열된 그의 정신 상태를 보여주는 역할을 한다. 첫 문장에서부터 독자들은 그의 정신 상태를 짐작해 볼 수 있다. 그는 아침에 눈을 뜨면 자신이 깨어난 곳이 미국인지, 폴란드의 치프케프인지, 아니면 독일의 수용소인지 알쏭달쏭해 한다.

　서두의 '작가의 말'에서 밝히고 있듯이, 이 소설의 등장인물들은 나치의 피해자들일 뿐만 아니라 자신의 성격과 운명의 피해자들이기도 하다. 한 남자와 세 여자는 서로 사랑하면서도 무수히 많은 원한을 품고 있다. 서로 사랑하는 것 같지만 미워하고, 미워하는 것 같지만 사랑하고 있는 사람들이다. 헤르만은 이혼까지 생각했던 사랑하지 않는 실제 아내를 버릴 수 없게 되었고, 사랑하는 여인과는 정상적으로 살 수 없는 상황이다. 또, 자신의 목숨을 구해주었고 자신을 사랑하는 여인은 차마 버리지 못한다.

　죽음을 피해 뉴욕까지 왔지만 헤르만은 현실에 발을 디디고 살지 못하는 허깨비와도 같은 인물이다. 그는 전쟁 때부터 회의주의에 빠져 있었다. 그의 정신은 인간이 신뢰하던 학문과 신에 대한 의심으로 가득하다. 그렇게 수많은 생명이 목숨을 잃었는데, 철학이 무슨 의미가 있는지 신이 어떻게 존재할 수 있는지 의심한다. 이러한 회의는 자연스럽게 자신의 삶에 대한 애착도 약하게 만든다. 역설적으로 여인들과의 복잡한 동거는 잠시나마 그에게 삶을 유지할 수 있는 이유를 제공해 준다.

　세 여인과 헤르만의 공통점은 유대인 학살을 피해 살아남았다는 점이다. 헤르만은 전쟁 마지막 3년을 자신의 집에서 하녀로 일하던 폴란드인 야드비가의 고향 마을 립스크에서 보냈다. 그녀의 집 건초 다락에 숨어 순전히 그녀의 도움으로 살아남았다. 그녀는 헤르만의 아버지 집에서 하녀 노릇을 할 때부터 이미 그를 사랑하고 있었다. 그리고 미국으로 건너와 헤르만의 아내가 되었다. 그러나 헤르만을 대하는 그녀의 태도를 보면 두 사람이 아직도 폴란드 시골에 남아 있고, 그녀는 여전히 하녀 노릇을 하고 있는 듯했다. 하지만 헤르만은 이런 어울리지 않는 결혼을 깨버릴 수가 없다. 그는 이혼은 야드비가를 죽이는 일이라 생각하기 때문이다.

●이디시어(Yiddish language)는 중부 및 동부 유럽 출신의 유대인들과 그 후손들이 사용하는 언어이다. 이디시어는 히브리 문자로 표기되며, 유대인이 살고 있는 거의 모든 나라에서 찾아볼 수 있다. 히브리어-아람어와 함께 유대 역사상 가장 중요한 3대 문어이다.

야드비가가 아니었으면 그는 아마도 살아 있지 못했을 것이다. 실제로 그의 부모와 자식들은 모두 숨을 거두었다. 아내 타마라마저 총살 당했다는 소문이 돌고 있었다. 헤르만은 여전히 전쟁의 기억에서 완전히 벗어나지 못했다. 그는 길을 걸으면서도 눈은 나치가 뉴욕에 쳐들어올 경우에 대비하여 끊임없이 은신처를 물색했다. 방공호가 될 만한 곳을 주목하며 그들을 향해 사격하기 좋은 위치를 물색해 볼 때도 많았다.

헤르만은 판매를 위해 먼 곳으로 여행을 떠난다고 야드비가를 속이며 마샤의 집을 방문한다. 헤르만과 마샤는 독일에 있을 때부터 서로 사랑하는 사이였다. 그녀는 게토와 강제 수용소에서 몇 년을 보내고 살아남은 여자였다. 헤르만은 뉴욕에 도착한 후 우연히 마샤를 만날 수 있었다. 마샤와 그녀의 어머니 시프라 푸아 그리고 그녀의 남편 레온 토르치네르는 헤르만보다 일찍 미국으로 건너왔다. 그녀는 자신이 남편과 이혼을 하고 헤르만이 야드비가와 이혼을 해 둘이 함께 살기를 바랐다.

마샤 모녀에게도 유대인 박해의 기억은 고스란히 남아 있다. 마샤의 어머니 시프라 푸아는 언제나 검은 옷만 입었다. 아직도 게토와 수용소에서 숨을 거둔 남편과 부모와 형제자매의 죽음을 애도하고 있는 것이다. 빵을 먹으면서도 그녀의 검은 눈동자에는 죄의식이 깃들어 있었다. "그토록 많은 독실한 유대인들이 굶주림으로 죽어 갔는데 자신만 이렇게 맛있는 음식을 먹어도 되는가" 하는 생각 때문이다. 마샤는 늘 악몽에 시달렸다. 잠든 상태에서 독일어, 러시아어, 폴란드어로 고함을 지르곤 했다. 죽은 사람들이 꿈속에 자꾸 나타나는 것이었다.

헤르만은 마샤가 자신에게 악마와 같은 존재라는 것을 알고 있다. 마샤는 그를 잡기 위해 쉽게 거짓 맹세를 하지만, 다른 남자들의 관심도 거부하지 않는 여인이다. 이를 알면서도 헤르만은 그녀를 사랑하는 마음을 멈출 수 없다. 그 사랑 때문에 자신이 파멸하게 될 것도 알고 있다. 그러나 헤르만은 자신의 한심한 인생을 그나마 의미 있게 해주는 사람이 바로 마샤라고 생각한다. 그녀가 떠나 버린다면 다른 여인들은 거추장스러운 짐에 지나지 않을 것이라 생각한다.

세 번째 여인은 죽은 줄 알고 있었던 아내 타마라다. 그녀는 아이 둘을 잃었지만 어렵게 목숨을 부지하여 남편을 찾아 뉴욕에 나타났다. 둘은 나치가 폴란드를 침공했던 그해 여름에 헤어졌다. 헤르만은 처음에 치프케프에 숨어 있다가 나중에는 립스크에 있는 야드비가의 집에 숨었다. 그래서 게토와 수용소의 강제 노동을 면할 수 있었다. 그러나 타마라는 나치를 피하지 못해 두 자식을 잃은 뒤 자신도 죽을 고비를 넘겨야 했다.

헤르만과 그의 첫 아내 타마라는 처음부터 사이가 좋지 않았다. 쇼펜하우어를 신봉했던 헤르만은 결혼도 자식도 바라지 않았다. 하지만 그녀가 헤르만이 원치 않았던 아이를 가지면서 둘은 결혼하게 되었다. 둘의 사이는 좋았던 적이 없었으며 전쟁이 터질 무렵 그는 이혼을 결심했었다. 헤르만이 생각하는 그녀는 한마디로 대중의 화신이었다. 그는 그녀를 자신의 의견은 하나도 없고, 그저 이러러런 슬로건에 도취되어 언제나 지도자의 뒤만 졸졸 따라다니는 사람으로 취급했다. 그러나 죽은 사람들 사이에서 그녀가 돌아오면서 그녀에 대한 헤르만의 태도도 바뀐다.

타마라는 전보다 더 예뻐졌고, 더 침착해졌고 더 흥미로워졌다. 그녀는 마샤보다 더 지독한 지옥을 경험했다. 그런 그녀와 이혼한다는 것은 그녀를 다른 남자들에게 쫓아내는 짓이나 다름없다. 사랑에 대해서라면,

전문가들은 마치 그것을 명확하게 정의 할 수 있다는 듯이 그 말을 사용한다. 일찍이 사랑의 진정한 의미를 알아낸 사람은 아무도 없었는데도.(102쪽)

죽은 줄 알았던 타마라가 돌아오자 헤르만은 그녀와 살기로 결심한다. 그는 두 자식을 잃고 수용소에서 마샤보다 더 험한 시간을 보냈던 그녀를 버릴 수 없었다. 과거에는 원수처럼 여기던 타마라가 이제는 연민과 동정의 대상이 되고, 헤르만이 살아가는 이유가 된다. 굳이 사랑이라는 용어를 세속적으로 적용한다면 마샤와의 관계가 그것에 가까울지 모른다. 그러나 야드비가에 대한 고마움과 타마라에 대한 연민을 사랑이라 부르지 못할 이유는 없다. 위 예문에서 서술자는 지금까지 사랑의 진정한 의미를 알아낸 사람이 없다고 말한다. 헤르만의 입장을 십분 이해하자면, 어려운 시기를 보낸 사람에 대한 인간으로서의 예의를 사랑이라 정의해도 좋을 것이다.
　　세 여인과 살아가는 헤르만의 비밀은 페셸레스라는 인물에 의해 들통나고 만다. 야드비가의 집을 방문한 적이 있는 그가 파티에서 마샤와 함께 있는 헤르만을 보게 된 것이다. 페셸레스는 헤르만에게 일거리를 주는 랍비 램버트와도 가까운 사이이다. 자신의 비밀이 밝혀지고, 이어 헤르만과 결혼하기 위한 마샤의 거짓 맹세와 행동이 드러나면서 헤르만은 마지막 남은 삶의 중심마저 잃고 만다. 타마라만이 중심을 잡고 생활을 정상으로 돌리려 노력하지만 이미 헤르만은 생활의 의욕을 상실한 상태였다.

살아남은 자의 슬픔

 유대인 학살 이후 많은 사람들이 인간에 대한 희망을 접었다고 한다. 인간이 만들고 기댔던 이념에 대한 기대 역시 무너졌다고 한다. 학살을 직간접으로 경험한 사람들은 종교는 신뢰할 수 없고, 철학은 무기력하며, 진보의 약속은 헛되다고 말한다. 앞서 살폈듯이 이 소설의 사건들은 세 여인과 살게 되는 헤르만의 기괴한 생활에서 비롯된다. 하지만 주제는 유대인 학살로 인해 상처받은 헤르만의 의식에서 찾을 수 있다. 그는 무기력하고, 희망을 잃었으며, 신을 의심한다.

 여전히 자기 자신도 인류 전체도 신뢰하지 못하는 그는 자살 직전의 우울한 기분으로 살아가는 숙명론적 쾌락주의자였다. 종교는 거짓말만 늘어놓는다. 철학은 처음부터 무력한 것이었다. 진보라는 이름의 헛된 약속은 모든 시대의 희생자들을 모독하고 그들의 얼굴에 침을 뱉는 것에 지나지 않았다. 시간이라는 것이 정녕 인식의 한 형태, 또는 이성의 한 범주에 불과하다면 과거도 오늘 못지않게 현재일 것이다.(40쪽)

 위 글은 서술자가 헤르만을 평가하는 부분이다. 헤르만의 회의주의가 세계에 대한 비관적 인식에서 비롯되었음을 알 수 있다. 반대로 헤르만을 쾌락주의자라 평가하기도 하는데, 그것은 자살 직전의 우울한 기분에서 비롯된 것이라 말한다. 간신히 죽음의 위험에서 살아남은 헤르만에게 학살은 과거가 아니라 현재 진행형이며, 그의 마음속 아우슈비츠에서는 유대인들이 아직도 불타고 있다고 말한다. 이 정도로도 헤르만에게 과거는 영원히 벗어날 수 없는 숙명처럼 보인다.

헤르만처럼 스스로 삶을 끝맺을 용기도 없는 자들이 이런 상황을 벗어날 수 있는 길은 하나뿐이다. 자신의 의식을 마비시키고 기억을 질식시키고 마지막 한 가닥 희망마저 포기해 버리는 것이다. 그런 이들은 온전한 정신으로는 현실을 견딜 수 없기 때문에 퇴폐적이고 자기 파괴적인 생활을 피하지 않게 된다. 세 여자와 위태롭게 살아가는 헤르만의 비정상적인 삶은 이런 상황 아래에서 가능해진다.

　　그는 과거를 치유하려는 노력에 대해서도 부정적이다. '더 나은 세상'이니 '더 밝은 내일'이니 하는 말들이 그에게는 고통받으며 죽어간 이들의 유해를 모독하는 일처럼 느껴질 뿐이었다. 희생자들의 죽음은 결코 헛된 것이 아니라는 식의 상투적 표현을 들을 때는 분노마저 느꼈다. 그가 보기에 세상은 편안한 마음으로 과거를 위로하며 아무것도 아니라는 듯이 새 삶을 설계하고 있었다. 그리고는 남의 일인 양 과거를 너무 쉽게 잊는 것 같았다.

　　독일은 물론이고 미국에서도 신나치 정당들이 결성되고 있었다. 공산주의자들은 레닌과 스탈린의 이름으로 늙은 교사들을 고문했고 한국과 중국에서는 〈문화혁명〉이라는 미명하에 마을 전체를 말살해 버리기도 했다. 뮌헨의 술집에서는 아이들의 두개골을 가지고 공놀이를 하던 자들이 큼직한 잔으로 맥주를 마시고 교회에 가서 찬송가를 불렀다. 모스크바에서는 유대인 작가들을 숙청해 버렸다. 그런데도 뉴욕, 파리, 부에노스아이레스 등지의 유대인 공산주의자들은 오히려 살인자들을 찬양하고 어제의 지도자들을 비난했다. 진실? 이 정글엔 없다. 뜨거운 용암 위에 떠 있는 이 지구라는 이름의 접시 위에 진리 따위는 존재하지 않는다. 하느님? 누구의 하느님이란 말이냐? 유대인의? 파라오의?(270쪽)

헤르만이 보기에 인간들은 과거를 잊은 것은 말할 것도 없고 과거를 반복하고 있다. 정의가 살아있다면 신나치 정당과 전체주의의 부활은 가능하지 않아야 한다. 하지만 과거의 가해자들은 아무 일 없었다는 듯이 새로운 삶을 시작하고, 유대인에 대한 박해는 계속되고 있다. 뮌헨과 모스크바는 멀쩡하고 여전히 피해를 입는 것은 유대인이다. 그는 신과 가장 가깝다고 자부하던 민족인 유대인이지만, 이러한 참혹한 일들을 보고도 침묵만 지키고 있는 하느님이라면 그것은 하느님이 아니라고 말한다. 그리고 자문한다. 파멸을 경험하고 살아남은 사람들이 어떻게 전능하신 하느님과 그의 자비로우심을 믿을 수 있는지를.

위 글에는 마치 유럽에서의 대학살이 없었던 일인 양 모르는 체하는 전통파 유대인들에 대한 반감도 담겨 있다. 그가 뉴욕에서 유대인 공동체를 굳이 가까이 하지 않으려는 이유가 여기 있다. 하지만 그 역시 세상을 치유하기 위해 아무런 노력을 하고 있지 않다. 오히려 자기 의지에 반하는 악행을 저지르고 있다. 그가 생계를 꾸려 가는 방법은 지금까지 그가 겪어 온 다른 일들에 못지않게 괴상망측한 것이었다. 그는 한 랍비의 대필 작가가 되어 사람들에게 에덴동산 같은 '더 나은 세상'을 약속하고 있었다.

이처럼 헤르만의 삶은 모순으로 가득 차 있다고 할 수 있다. 그런데 헤르만의 모순은 어찌 보면 심각한 것이 아니다. 그의 경험에 의하면 스피노자를 신봉하는 사람도 나치가 될 수 있고, 헤겔의 현상학에 정통한 사람도 스탈린주의자가 될 수 있다. 신을 믿는 사람도 절멸에 참여할 수 있고, 절멸에 참여한 사람도 신의 이름으로 양심의 가책을 피할 수 있다. 헤르만은 단지 그런 삶의 모순을 '아주 조금' 안고 있을 뿐이다.

물론 나는 알고 있다. 오직 운이 좋았던 덕택에

나는 그 많은 친구들보다 오래 살아남았다. 그러나 지난 밤 꿈속에서

이 친구들이 나에 대하여 이야기하는 소리가 들려 왔다. "강한 자는 살

아남는다."

그러자 나는 자신이 미워졌다.*

　

브레히트의 위 시는 주인공의 내면을 어느 정도 설명해준다. 강한 자가 살아남은 것이 아니라 운이 좋은 자가 살아남은 것이다. 헤르만을 비롯한 생존자들은 살아있다는 것이 자랑스럽기는커녕 부끄럽고 원망스러울 뿐이다. 이런 심리 상태가 개인을 파멸로 이끄는 것은 그리 이상하지 않다. 세 여자 중 누구도 버리지 못하는 헤르만도 이런 '살아남은 자의 슬픔'을 느끼고 있을 것이다. 인간과 신을 신뢰하지 못하면서 자기 삶의 정당성까지 의심하게 되는 잔인한 슬픔을.

죽음과 다른 죽음 사이

유대계 이태리인 프리모 레비는 지옥과 같았던 아우슈비츠에서 살아남은 작가이다. 전후에 자신의 수용소 체험을 다룬 여러 편의 글을 써서 세계적인 주목을 받았다. 끔찍한 경험을 했음에도 불구하고, 그의 글은 상황에 대한 자극적인 표현이 아니라 경험에 대한 차분하고 깊은 성찰을 보여준다. 그의 첫 번째 책『이것이 인간인가』는 수용소로의 이동에서부터 수용소가 해방되는 시점까지를 다루고 있다. 우리는 이 책을 통해 당시 유대인들에게 닥친 상황과 그 상황을 담담하게 기록하는

저자의 내면을 함께 볼 수 있다.

그는 유격대 활동을 하다가 파시스트 민병대에 체포되었다. 그가 이른 곳은 상슐레지엔의 아우슈비츠 근처 모노비츠였다. 원래 이 지역은 독일 인과 폴란드 인이 섞여 살고 있던 곳이었다. 포로들은 약 일만 명 정도 되었는데, 일종의 고무인 부나를 만드는 공장에서 일했다. 그래서 수용소 이름도 부나였다.

먼저 그가 기록한 수용소와 유대인 학살의 모습을 요약해 보자. 수용소로의 수송은 주로 기차로 이루어졌다. 기차는 하루에 한 번, 많게는 다섯 번까지 사람들을 실어 날랐다. 사람들은 앞서 도착했던 '화물'들의 운명을 알지 못한 채 이곳에 당도했다. 도착한 이들 중 열에 아홉은 가스실에 들어갔다. 때로는 실려 온 그대로 사람들이 가스실로 보내지기도 했지만, 대개 수용소 군의관이 검사하여 강제노동 수용소로 보낼 극소수의 인부를 선별하곤 했다. 그리고 나머지는 접수 플랫폼으로 보내지고 여기서 모든 소지품들은 나치의 전쟁 자금 마련을 위해 압수되었다. 그리고 알몸으로 가스실로 몰아넣어졌다. 간수들은 대개 방역을 위해 샤워를 시키는 것이라고 알리고는 입실이 완료되면 외부에서 '입욕' 등과 같은 신호를 주고받았다. 가끔씩 입실 전에 비누나 수건을 쥐어주어 혹시 모를 유대인들의 공황상태를 예방하기도 했다. 심지어 긴 여정으로 인해 갈증을 호소하는 인원들에게는 샤워 후에 지급될 커피가 식고 있으니 빠르게 씻을 준비나 하라고 이야기하기도 했다.

잔여가스를 모두 제거하고 시신들을 치우는 등 가스실의 사후처리 작업에는 최대 4시간이 걸렸다. 화장하기 전 여성의 모발을 잘라내

●브레히트, 「살아남은 자의 슬픔」, 『살아남은 자의 슬픔』, 김광규 역, 한마당, 1991, 117쪽.

고 치과의사 포로를 이용해 금니들을 뽑았다. 이어 비워진 가스실의 바닥을 청소하고 벽을 흰색으로 덧칠하는 작업이 실시되었다. 이 모든 작업은 유대인 포로 작업반인 존더코만도에 의해 수행되었다. 시신 처리 작업이 끝나면 SS대원이 적출된 금니의 개수와 시신의 구강상흔 수를 맞춰보고, 만약 금이 누락된 것으로 간주된다면 해당 포로는 그 자리에서 소각로에 던져졌다.

수용소로 이동하기 전부터 사람들은 자신들이 결국 죽게 될 것을 알고 있었다. 죽음을 맞이하는 인간들의 표정은 다양했다.

> 모두 자신에게 가장 어울리는 방법을 찾아 삶과 작별했다. 기도를 하는 사람도 있었고 일부러 곤드레만드레 취하는 사람, 잔인한 마지막 욕정에 취하는 사람도 있었다. 하지만 어머니들은 여행 중 먹을 음식을 밤을 새워 정성스레 준비했고 아이들을 씻기고 짐을 꾸렸다. 새벽이 되자 바람에 말리려고 널어둔 아이들의 속옷이 철조망을 온통 뒤덮었다. 기저귀, 장난감, 쿠션, 그리고 그 밖에 그녀들이 기억해낸 물건들, 아이들이 늘 필요로 하는 수백 가지 자잘한 물건들도 빠지지 않았다. 여러분도 그렇게 하지 않았겠는가? 내일 여러분이 자식들과 함께 사형을 당한다고 오늘 자식들에게 먹을 것을 주지 않을 것인가?(15쪽)

작품에서 유일하게 고귀한 인간의 본성을 만날 수 있는 부분이다. 죽음 아니라 더한 것이 닥쳐도 어머니들은 아이들을 씻기고 먹이고 편하게 재운다. 인간이라면 누구나 가지고 있다고 믿는 모성이다. 하지만 수용소에서는 이러한 모성도 확인할 수 없다. 작가는 수용소 사람들은 스스로 존엄을 지킬 수 없었다고 말한다. 사랑하던 사람뿐 아니라 집, 자신의 습관, 옷 그리고 가지고 있는 모든 것을 다 빼앗겨버린 사람에게는 남아 있는 것이 없었고 지킬 것도 별로 없었기 때문이다. 사람들은 고통과 욕구만 남은 존재, 존엄성이나 판단력을 잃어버린 존재, 텅 빈 존재가 되어 갔다고 한다. 그들에게는 노동과 죽음만이 기다리고 있었다. 그와 같은 객차를 타고 이송된 사람은 총 45명이었다. 그중 집으로 돌아간 사람은 불과 네 명이었다. 그 객차가 가장 운이 좋은 경우였다고 한다.

수용소에서도 사람들은 자신에게 죽음이 닥칠 것을 알고 있었다. 여기서 나가는 길은 굴뚝으로 나가는 길뿐이라는 말이 퍼질 정도였다. 그러면서도 사람들은 어떻게 온순하게 수용소 생활을 견뎌낼 수 있었을까? 작가는 완벽한 행복이란 실현 불가능하듯이 완벽한 불행도 있을 수 없다고 말한다. 미래에 대한 우리의 늘 모자란 인식은, 어떤 때에는 희망이라 불리고 어떤 때에는 불확실한 내일이라 불리는, 압도하는 불행으로부터 끊임없이 우리의 관심을 돌려놓는다. 예를 들어 겨울 추위가 가시면 사람들은 배가 고프다는 것을 느끼게 된다. 그리고 오늘 "배만 고프지 않다면!"하고 더 나은 삶이 기다리고나 있는 듯 말한다.

작가는 자신이 살아남을 수 있었던 결정적인 이유는 그가 체포된 시기가 나치가 노동력을 필요로 하던 1944년이었기 때문이라고 말한다. 수용소 청산이 진행될 때 그는 병원에 입원한 상태였기 때문에 독일 중심부로 수인을 집결시킨 죽음의 이송 작전에서 빠질 수 있었다. 작가는 수인들의 환경을 다음과 같이 말한다.

하지만 다음 사실도 관심을 기울일 만하다. 인간들을 뚜렷하게 구별짓는 두 개의 범주가 존재한다는 것 말이다. 그것은 구조된 사람과 익사한 사람이라는 범주다. 상반되는 다른 범주들(선한 사람과 악한 사람, 지혜로운 사람과 멍청한 사람, 비겁한 사람과 용기 있는 사람, 불행한 사람과 운 좋은 사람)은 그다지 눈에 띄게 구별되지 않고 선천적인 요소가 적어 보이며, 무엇보다 복잡하고 수많은 중간 단계들을 허용한다.(132쪽)

수용소에서 수인은 삶 아니면 죽음이라는 두 가지 선택 외에 다른 아무런 가능성도 가지고 있지 않았다. 삶 역시 스스로의 힘으로 이루어질 수 없어서 누군가의 구원으로만 가능하였다. 이는 물에 빠진 사람이 구조되거나 익사하는 두 가지 가능성만을 가진 것과 같다.

작가는 이러한 구분이 보통의 삶에는 뚜렷이 나타나지 않는다고 한다. 보통의 삶에서는 한 사람이 완전히 혼자서 길을 잃는 일이 자주 발생하지는 않기 때문이다. 사람은 보통 혼자가 아니기 때문에 옆 사람의 운명과 연결된다. 그러므로 누군가가 한없이 힘을 키워나가거나 실패를 거듭하거나 파멸의 나락에 떨어지고 마는 일은 아주 예외적이다. 게다가 보통 사람들은 정신적, 육체적, 그리고 재정적인 면에서 나름의 방책을 가지고 있다. 그래서 난파를 당하거나 삶과 직면하여 완전히 빈털터리가 될 가능성 역시 아주 적다. 또 인간이 스스로에게 부여한 법률인 양심이 중요한 완충작용을 할 때도 있다. 실제로 한 국가가 문명화될수록, 비참한 사람은 너무 비참해지지 않도록, 힘 있는 사람은 지나치게 많은 힘을 갖지 못하도록 하는 지혜롭고 효과적인 법률들이 더욱 더 많아진다. 그러나 익사한 자와 구조된 자의 구분은 이러한 안전장치를 모두 제거한 상태에서 이루어진다.

구조된 자들은 어찌 보면 선택된 자들이다. 작가가 보기에 살아남은 사람들은 의사, 재봉사, 구두 수선공, 음악가, 요리사, 매력적인 젊은 동성애자, 수용소 권력자의 친구거나 동향 사람들이다. 성격적으로는 잔인하고 비인간적인 사람들이 많다. 영리함과 힘으로 늘 성공적으로 일을 조직해서 물질과 명성을 얻어내는, 수용소 권력자들로부터 특혜와 호평을 받은 사람들도 있다. 이들은 우리가 피억압자들에 대해 갖는 이미지와 일치하지 않는다. 피억압자들은 저항을 하거나 고통을 참으면서 서로 결속한다. 그러나 살아남은 자들 중에는 피억압자들과의 결속보다는 억압자들과의 화해를 택한 이들이 많았다고 한다.

수용소 경험을 통해 작가는 신의 존재, 건강한 인간성에 대한 의심을 떨칠 수 없게 되었다. 그는 아우슈비츠가 존재했었다는 사실만으로, 우리 시대에 그 누구도 신의 섭리에 대해 말할 수 없으리라 말한다. 그러나 그는 그 시간, 극한 상황에서 구원을 받는 성서의 모든 일화들이 바람처럼 모두의 머릿속을 스쳤던 것도 사실이라고 고백한다. 절망을 견디지 못하는 나약함 때문이든 미래를 볼 수 없는 인간의 특성 때문이든 그는 신이 사라진 시대에도 신을 찾았던 셈이다. 이 역시 그가 익사한 사람이 아니라 구조된 사람이기 때문에 가능한 일이었다면 너무 냉소적인 판단일까?

악의 평범성이라는 문제

전쟁이 끝나고 아우슈비츠의 비극이 세계적으로 알려지자 많은 지성들은 어떻게 이런 일이 벌어질 수 있었는지에 대해 연구하고 토론했다. 지금까지도 많은 사람들이 인간의 어떤 본성이 그런 일을 가능하게 했는지 고민하고 있다. 가해자와 피해자 모두가 연구의 대상이겠지만 결국 가해자에 대한 관심이 더 클 수밖에 없었다. 그들은 인간이 인간에게 가할 수 있는 가장 잔인한 모습을 보여주었기 때문이다. 그러나 실제 가해자들을 알고 있는 사람들은 그들이 가진 평범함에 놀라곤 했다. 그들은 악마도 아니고 폭력적이지도 않은 사람들이 민족 절멸 작업에 참여하여 충실히 그 일을 해냈다는 사실에 충격을 받기도 했다. 왜 평범한 사람들이 이토록 끔찍한 일에 동의하고 기꺼이 행동했을까? 이러한 가해자들의 심리상태를 이해하는 데 유대인 철학자인 한나 아렌트는 의미 있는 해석을 내 놓은 바 있다.

> 그의 말을 오랫동안 들으면 들을수록, 그의 말하는 데 무능력함(inability to speak)은 그의 생각하는 데 무능력함(inability to think), 즉 타인의 입장에서 생각하는 데 무능력함과 매우 깊이 연관되어 있음이 점점 더 분명해진다. 그와는 어떠한 소통도 가능하지 않았다. 이는 그가 거짓말하기 때문이 아니라, 그가 말(the words)과 다른 사람들의 현존(the presence of others)을 막는, 따라서 현실 자체(reality of such)를 막는 튼튼한 벽으로 에워싸여 있었기 때문이다.•

유대인 학살의 주범 중 한 사람인 아돌프 아이히만은 독일 패망 이후 아르헨티나의 부에노스아이레스 외곽에 숨어 있었다. 이스라엘 비밀경찰은 끈질긴 추적 끝에 1960년 5월 11일 그를 체포하였고, 1961년 4월 11일 예루살렘의 지방법원에서 유명한 '아이히만 재판'이 열렸다. 재판에서 그는 나치스의 최종 해결책을 열정적으로 실행에 옮긴 대표적인 인물로 지목되었다. 판사가 아이히만에게 '최종 해결'과 관련하여 양심의 가책을 받은 적이 없느냐고 질문했을 때 그는 자신이 명령 받은 일을 하지 않았다면 양심의 가책을 받았을 것이라고 답했다. 명령받은 일이란 수백만 명의 목숨을 상당한 열정과 세심한 주의를 기울여 죽음으로 보내는 일이었다.

이 재판을 처음부터 끝까지 세심하게 관람한 아렌트는 아이히만에게서 적지 않은 충격을 받았다. 그녀가 아이히만에게서 발견한 특징은 말하기의 무능성, 생각의 무능성, 그리고 타인의 입장에서 생각하기의 무능성이다. 이러한 무능성 때문에 그는 외부와의 소통이 불가능한 인간이 되었다. 특히 세 번째에 대해서는 판단의 무능성이라 정리한다. 판단의 능력은 옳고 그름을 가리는 능력일 터인데 아이히만에게는 그 능력이 없다는 말이다. 아렌트가 보기에 그는 타인의 관점에서 바라볼 수 있는 능력이 없기에 상투어가 아니고는 단 한 구절도 말할 능력이 없다. 상투어는 자신을 위로하는 끔찍한 기능도 한다. 상투어만으로 말하는 아이히만은 진심으로 자신의 행위에 대해 반성할 줄 모른다고 할 수 있다. 이를 통해 아렌트는 두려운 사실, 즉 말과 사과를 허용하지 않는 악의 평범성(banality of evil)을 발견한다.

히틀러에 대한 아이히만의 존경 역시 상투적인 언어로 가득하다. 그가 끝까지 믿은 것은 성공이었고, 이것이 그가 알고 있던 '좋은 사회'의 주된 기준이었다. 그는 히틀러의 모든 것이 틀린 것이 아니라고 말한다. 특히 그가 노력을 통해 독일 군대의 하사에서 거의 8,000만에 달하는 사람의 총독의 자리에 오른 것은 사실이고 그런 성공만으로도 사람들이 그에게 복종해야 할 충분한 증거가 된다고 주장하였다. 그가 생각하는 '좋은 사회'에서 그가 열정을 가지고 반응하는 동안 그의 양심

● 한나 아렌트, 『예루살렘의 아이히만』, 김선욱 역, 한길사, 2006, 106쪽.

은 휴면 상태에 있었다. 그는 양심의 소리에 귀를 기울일 필요가 없었다. 그가 양심을 갖고 있지 않아서가 아니라 그의 양심은 그의 주변에 있는 존경할 만한 목소리를 따랐기 때문이다. 아이히만은 상투적인 목소리만을 낼 수 있을 뿐 말하기, 생각하기, 판단하기에는 무능성을 지닌 '악의 평범성'의 전형이라 할 수 있다.

그렇다면 우리의 지금 모습은 어떠한가? 아이히만에게서 발견한 악의 평범성에서 우리 사회는 얼마나 자유로운가? 우리는 살아남은 자의 슬픔은 느끼기는 하는가? 유대인 학살이 먼 곳에서 과거에 벌어진 일임에도 불구하고 지금 우리에게 중요한 이유는 그것이 여전히 이러한 질문을 던져주기 때문이다.

이스라엘과 팔레스타인: 홀로코스트와 제노사이드

수아드 아마리 외, 『팔레스타인의 눈물』(개정증보판), 오수연 역, 아시아, 2014.

『팔레스타인의 눈물』 표지

팔레스타인 땅은 유럽과 아시아, 아프리카 사이에 위치하여 오래전부터 강대국들의 말굽에서 자유로운 적이 없었다. 팔레스타인 땅에 위치한 예루살렘은 유대교, 기독교, 이슬람교 3대 종교의 성지이기도 하다. 제2차 세계대전 이전까지 이천 년 가까이 이곳은 팔레스타인 사람들의 땅이었다. 하지만 영국의 모순된 외교, 유대인의 시온주의 운동, 서구의 압력으로 1948년 이 땅에 유대인 국가가 건설되었다. 이 때부터 팔레스타인 인들은 땅을 빼앗기고 고국을 떠나야 하는 신세가 되었다. 지금도 그곳에서는 이스라엘의 점령 아래 유혈사태가 끊이지 않고 있다.

팔레스타인 작가 13인의 산문을 모은 『팔레스타인의 눈물』은 외국인으로서 취재나 접근이 어려운 팔레스타인 문제의 진실을 현장의 목소리를 통해 전해준다. 이 책에 담긴 팔레스타인의 우울하고 참담한 현실은 자식이 죽는 모습을 보기 싫어 아이를 낳지 않겠다고 결심하는 가자 지구 사람들, 동료들의 배반에도 불구하고 잔혹한 고문을 견뎌낸 젊은 여인, 이스라엘 지배 아래 저주가 되어버린 팔레스타인 신분증, 이웃 국가들로 망명을 갔다가 다시 돌아오고 또다시 나가는 사람들의 불안한 순환 등에서 볼 수 있다.

『팔레스타인의 눈물』은 팔레스타인 지역 분쟁을 올바르게 이해하는 데 많은 도움을 준다. 저자들은 내일을 기약할 수 없는 일상 속에서도 적을 향한 시선을 자신의 내면으로 돌려 자기 성찰을 시도한다. 분노와 증오를 희망으로 승화시키려는 노력마저 보인다. 이 책이 고난에 대한 정직하고 핍진한 기록이며, 인간의 존엄과 품위를 언어로 구현해낸 문학적 성취로 평가되는 이유이다.

한나 아렌트, 『예루살렘의 아이히만』, 김선욱 역, 한길사, 2006.

일란 파페, 『팔레스타인 현대사』, 유강은 역, 후마니타스, 2009.

프리모 레비, 『가라앉은 자와 구조된 자』, 이소영 역, 돌베개, 2014.

조 사코, 『팔레스타인』, 함규진 역, 글논그림밭, 2002.

아트 슈피겔만, 『쥐』, 권희종·권희섭 공역, 아름드리미디어, 2014.

멀어진 백 년의 서사

새로운 근대의 시작

이 책을 시작하면서 우리는 "자본주의 정신을 가슴에 품고, 여행하지 않고는 견딜 수 없는 심리 상태를 가진 인물 '로빈슨 크루소'에서부터 근대 소설이 시작된다."고 하였다. 21세기를 사는 우리는 로빈슨 크루소의 유산을 계승하면서도 그와는 전혀 다른 세상을 경험하고 있다. 종교적인 신념이 지배하는 시대는 지나갔으며, 지금은 무인도에 자기만의 식민지를 세우는 꿈도 이루어지기 어려운 시대이다. 미지의 땅을 찾아가는 모험은 단지 색다른 경험을 위한 여행으로 변했다.

어찌 되었든 로빈슨의 시대에 시작된 자본주의가 전 지구적 '발전'을 이룩한 것은 사실이다. 경제적으로 인류는 과거에는 상상할 수 없었던 풍요를 누리고 있다. 이제 분배만 잘 이루어진다면 전 지구인을 먹여 살릴 수 있을 만큼의 식량을 생산할 수 있게 되었다. 기술의 발전은 일상생활에 안락과 편리를 제공해 준다. 200년 전만 해도 80일 안에 이루어진 세계 일주를 경이롭게 생각했었는데, 지금은 하루 안에 지구 대부분의 지역으로 이동할 수 있다. 인권 개념의 보편화와 자유—평등 개념의 확산 역시 그간 인류가 이룬 성과이다. 실제와 상관없이 이제 지구상의 대부분 국가는 민주주의를 내세울 수밖에 없게 되었다. 빈부 격차가 심화되고 지역에 따른 생활수준의 차이가 큰 것은 사실이지만, 현재 우리는 과거와는 비교할 수 없는 '인간다운' 삶을 누리고 있다.

한편 경제적인 풍요는 많은 사람들을 현실에 안주하도록 만들었다. 절대 빈곤 인구가 줄고 전반적인 생활수준이 향상되면서 사람들은 자본주의 안에서의 평화를 거부하지 않게 되었다. 정치적으로 절차적 민주주의의 확립은 혁명이라는 과격한 수단을 폐기처분하도록 만들었다. 잘사는 자본주의 국가에서는 정치에 대한 무관심이 보편적 현상이 되었다. 부의 집중과 계급 격차의 심화, 국가 사이의 불평등 등 여전히 많은 문제를 안고 있음에도 불구하고 그것들은 수면 위로 좀처럼 떠오르지 않는다. 다른 한편, 사회 안전망이 잘 갖추어진 것 같은 나라에서도 터무니없는 사고가 발생하며, 지구를 한 번에 무너뜨릴 수 있는 핵의 위협은 상존하고 있다.

20세기 사회주의의 탄생과 몰락은 자본주의 사회에 큰 영향을 미쳤다. 강력한 상대를 만나 자본주의는 자신의 경제 체제가 갖는 단점들을 보완해갔다. 빈곤 국가에 대한 일방적 착취가 가져온 부작용을 실감한 자본주의는 제3세계에 대한 지원을 확대했다. 냉전기라는 이름으로 불린 시간 동안 자본주의와 사회주의 진영 모두 괄목할 만한 성장을 이루었다. 두 체제의 경쟁은 우주과학 기술 등의 발전을 가져왔으며 서구나 제3세계에 사회주의 정권의 탄생과 사회주의 시스템의 도입을 가져왔다.

냉전이 끝난 후에는 이념이나 역사에 대한 불신이 새로운 시대의 조류가 되었다. 베버가 발견한 자본주의의 긍정적 정신은 이미 사라진 지 오래여서, 초기 부르주아가 보여준 발전하는 계급의 건강함으로는 현재의 부르주아를 설명하지 못한다. 그들에게 최소한의 긴장감을 심어주었던 사회주의마저 사라진 후 이런 현상은 심화되어 가고 있다. 국경이나 이념의 벽까지 약화되어 이제 아무것도 자본의 질주를 막을 수 없을 것처럼 보인다. 세계화라는 이름을 붙이든, 전 지구적 자본주의라는 이름으로 부르든 이런 추세는 당분간 계속될 것으로 보인다.

새로운 자본주의는 새로운 정신을 낳는다. 탈근대 사고라는 새로운 자본주의 정신이 프로테스탄트의 자본주의 정신을 대체하고 있다. 이 정신은 근대성을 벗어난 근대성을 주장한다. 역사의 진보를 믿지 않으며 그것을 단지 희화화의 대상으로 삼는다. 개인과 세계의 인과성은 허위라 주장하고, 모든 것은 우연이고 현재 외에 중요한 것은 없다는 사고를 드러낸다. 집단의 삶이 갖는 중요성은 권력과 욕망이라는 기준에 의해 통렬히 비판되며 현재 개인의 삶이 가장 중요한 가치로 부각된다. 그것은 모든 것을 의심하며 아무런 체계도 세우지 않는 것을 자랑으로 삼는다. 눈에 보이는 것조차 환상일 수 있으니 세계를 보는 주체도 의심해야 한다고 주장한다. 권력과 욕망으로 설명되지 않는 현상은 없으며 정치는 욕망과 무의식의 발현일 뿐이라 믿는다.

『창문 넘어 도망친 100세 노인』*은 스웨덴 작가 요나스 요나손의 소설이다. 이 소설의 인물들은 하나같이 명랑하다. 소설 속에서 벌어지는 사건들은 매우 심각하지만 작가는 그것들을 가벼운 일처럼 다룬다. 실제 가능하지 않을 것 같은 일들이 천연덕스럽게 사실로 펼쳐지기도 한다. 사건 사이의 인과성을 찾기 어려우며 인물들의 행위 동기도 짐작하기 어렵다. 무엇보다 작가는 실제 역사에 허구의 옷을 입혀 역사를 희화화 하고 있다. 이 소설에서 역사는 새로운 해석을 위해서가 아니라 재미있는 이야기로 동원되고 있을 뿐이다. 스웨덴 작가의 소설임에도 불구하고 이야기의 배경은 스웨덴에 한정되지 않는다. 주인공은 냉전이 펼쳐지던 중요한 지역에서 믿을 수 없는 활약을 펼친다.

단기 20세기 극단의 시대

이 소설은 크게 두 가지의 서사로 이루어져 있다. 좌충우돌 모험을 겪는 백 세 노인의 이야기가 하나이고, 노인이 살아온 백 년에 대한 기록이 다른 하나이다. 첫 번째 이야기가 소설 속 현재의 스웨덴을 중심으로 펼쳐진다면, 두 번째 이야기는 20세기 유럽과 아시아 곳곳을 배경으로 한다. 러시아 혁명에서 레이건 시대의 전략 방위 계획까지 언급된다. 러시아 혁명은 주인공의 아버지가 겪은 사건이지만, 스페인 내전에서부터 핵무기 경쟁에 이르는 시기의 사건은 주인공이 실제 겪은 것으로 되어 있다. 그의 경험에 일관성을 찾기는 쉽지 않지만, 주로 냉전 시대 미국과 사회주의 진영의 갈등이라는 큰 테두리로 사건의 성격을 설명할 수 있다.

냉전(冷戰, Cold War)은 제2차 세계대전 이후 1950년대 초반부터 1980년대 말까지 미국과 소비에트 연방(소련)을 중심으로 한 양측 동맹

●요나스 요나손Jonas Jonasson. 스웨덴 백시에에서 출생. 1961년 7월 6일~ . 대표작으로『창문 넘어 도망친 100세 노인』(2009),『셈을 할 줄 아는 까막눈이 여자』(2013)가 있다. 이 글의 텍스트는 임호경 번역의 열린책들판(2013)이다.

국 사이에서 벌어진 대립을 이르는 말이다. 무기를 들고 직접 싸우는 전쟁과 다른 형태의 전쟁이라는 의미로 사용되어 왔다. 당시에 냉전 중심 국가의 군대가 직접 서로 충돌한 적은 없었으나, 두 세력은 군사 동맹, 재래식 군대의 전략적 배치, 핵무기, 군비 경쟁, 첩보전, 대리전, 그리고 우주 진출과 같은 기술 개발을 통해 서로 경쟁하였다.

　　냉전은 전후 유럽의 정세 변화로부터 시작되었다. 제2차 세계대전이 끝나고 유럽은 두 개의 블록으로 나뉘었다. 마셜플랜에 따라 미국의 원조를 받은 서유럽 국가들은 미국의 세력권에 들게 되었고, 소련은 동유럽 여러 나라에 공공연히 공산 정권을 수립하였다. 미국과 영국은 소련의 항구적인 동유럽 지배와 서유럽 등에서 공산당이 집권할 가능성을 우려했다. 한편 소련은 독일의 군사위협 재발을 방지하기 위하여 동유럽에 대한 지배를 계속하려 했다. 이데올로기적인 이유에서 공산주의 체제를 세계적으로 보급시키려는 의지도 숨기지 않았다. 이런 상황에서 미국과 그 동맹국들은 소련의 유럽 주둔에 대항할 방위동맹체로서 북대서양조약기구(NATO)를 결성했다(1949). 이에 자극 받은 소련 블록 국가들은 1955년 방위동맹체인 바르샤바 조약기구(WTO)를 결성하였다.

　　미국과 소련은 유럽뿐 아니라 아시아, 아프리카 대륙에서도 정치-군사-경제 분야의 세력 경쟁을 벌였다. 냉전 초기에 벌어진 대표적인 충돌이 한반도에서 벌어진 한국전쟁이었다. 소련의 지원을 받은 북의 공산정권은 1950년 미국이 후원하는 남쪽을 침공하였고, 남북은 1953년까지 승패 없는 전쟁을 계속했다. 한국전쟁은 북대서양조약기구가 군사 기구로 발전하는데 영향을 미쳤다. 냉전의 절정은 쿠바 미사일 위기라 할 수 있다. 1962년 소련은 미국의 도시들을 공격할 수 있는 핵미사일을 비밀리에 쿠바에 배치하려고 했다. 미국은 자신들의 턱 밑에 미사일 기지가 설치되는 것을 좌시할 수 없었다. 이 쿠바 미사일 위기로 두 강대국은 전쟁 일보직전까지 갔으나, 양국은 가까스로 미사일 철수에 합의하였다.

미국과 소련은 전면전을 벌이지는 않았지만 무기 개발 전쟁을 멈추지 않았다. 양쪽 모두 핵무장을 추구하고 상대 영토를 타격할 수 있는 장거리 무기를 개발하는 데 주력하였다. 1957년 8월, 소련은 세계 최초로 대륙간 탄도미사일(ICBM)을 발사하는데 성공하였으며, 10월에는 최초의 인공위성 스푸트니크호를 발사하였다. 스푸트니크호의 발사는 미소 양국의 우주 경쟁에 불을 붙였으며, 경쟁은 아폴로 호의 달 착륙에서 정점에 이르렀다. 우월한 우주 비행 로켓이 곧 우월한 대륙간 탄도미사일이라는 점을 생각하면 우주 경쟁은 곧 무기 경쟁이었다.

국공내전에서 공산당이 승리해 중국을 통일한 것도 냉전이 지속되는 데 영향을 미쳤다. 일제와 대항하면서 공동 전선을 펴던 중국 공산당과 국민당은 세계대전이 끝나자 대륙의 지배를 놓고 전쟁을 벌였다. 1948년 12월에는 공산군이 양쯔 강 연안까지 진출했고, 1949년의 연두 성명에서 장제스는 평화를 제안, 공산당과의 교섭을 시도했으나 실패로 끝났다. 공산군은 단기간에 중국을 장악하고 1949년 9월 중국인민정치협상회의를 소집했으며 10월 1일 중화인민공화국의 성립을 선포하였다. 장제스가 이끄는 국민당은 12월 타이완으로 정부를 옮겼다.

냉전이 절정에 이른 시기에도 전 세계가 완전히 두 진영만으로 나뉘어 있었던 것은 아니었다. 아시아, 아프리카, 라틴 아메리카의 여러 신생국들은 이러한 동서 경쟁에서 어느 한쪽 편에 서기를 거부하였다. 1955년, 인도네시아의 반둥 회담에서 제3세계 수십 개국 정부는 냉전 대립에서 벗어나기로 결의하였다. 이 합의는 반둥에서 1961년 비동맹 운동 창설로 결실을 맺었다. 그러는 사이 소련은 인도와 여타 중요한 중립국과 관계를 넓혔다. 제3세계 운동 덕분에 전후 질서는 유럽 중심에서 아프리카와 중동, 아시아와 라틴 아메리카의 다원적인 체제로 바뀌었다.

1980년대 소련의 경제 상황이 악화되면서 냉전 체제도 막을 내리게 되었다. 1980년대 후반에 이르러 소련의 군사지원을 받지 못한 바르샤바 조약기구 소속 국가의 공산당 지도자들은 하나둘 권력을 잃었다. 소련 내부에서도 연방공화국 간의 유대가 약화되었으며, 1991년 12월 연방이 해체되었다. 발트 3국은 소련에서 완전히 독립하고자 하였고, 연방내 공화국들은 중앙 정부에 대해 자치를 요구하였다. 이후 자치 공화국들은 차츰 독립의 길을 걸었다. 1989년 이후 몇 년 안에 폴란드, 헝가리, 체코슬로바키아, 불가리아와 같은 동부 유럽의 소련식 공산 국가들이 체제 변화를 겪었으며, 소비에트 블록에 남은 루마니아 공산당 정부 역시 폭력을 통해 전복되었다.

냉전이 종식된 이후의 세계는 미국 중심의 단극 체제로 흘러갔다. 소련에서 독립한 유럽 국가들은 친서구 정책을 펼치고 있으며, 비동맹 노선을 걷던 유고슬라비아는 여러 개의 민족국가로 분리되었다. 독일과 일본은 냉전의 가장 큰 수혜자라 할 수 있다. 소련의 팽창을 견제하기 위한 미국의 지원으로 이들 나라는 전쟁 이전의 경제력을 회복하였다. 러시아는 소련의 계승자로서 힘을 키워가고 있지만 뒤늦게 출발한 자본주의 경제 체제는 장점만큼 많은 단점을 노출하고 있다. 이 사이 제국주의 위협으로부터 자유로워진 중국이 새로운 강국으로 부상하였다. 냉전이 이념 대립을 전제하고 있었다면 냉전 이후의 세계는 이념 없는 경쟁의 시대라 할 수 있다.

　　냉전의 원인에 대한 역사학자들의 시각은 세 가지 정도로 정리할 수 있다. 각각 '전통주의', '수정주의', '탈수정주의'라 불린다. 전통주의자들은 냉전의 책임을 소련에 돌린다. 그들은 소련이 동유럽으로 세력을 확장한 것이 냉전의 원인이라고 주장한다. 그들은 세계 혁명을 지향했던 마르크스-레닌주의로 말미암아 소련은 원칙적으로 서방 세계에 공격적인 노선을 취할 수밖에 없었다고 본다. 또 긴장 완화 시기에 양 진영의 관계가 실용적 측면에서 어느 정도 개선되긴 했지만 소련의 팽창 야욕은 결코 줄어들지 않았다고 주장한다.

　　수정주의는 냉전의 책임을 소련보다 미국에 두는 입장이다. 수정주의자들은 미국이 제2차 세계대전 종전 전부터 소련과 거리를 두며 대립했던 것이 냉전의 원인이라 생각한다. 스탈린의 세력 확장 정책도 제국주의적 의도가 아니라 소련을 유지하고 공고히 하기 위한 자위적 목적에서 비롯되었다고 본다. 그러므로 냉전의 원인은 오히려 끊임없이 새로운 판매 및 원료 공급 시장의 개척을 꾀했던 미국의 정치-경제 구조에서 찾아야 한다는 것이다. 냉전 기간 동안 미국이 공세적 입장에 있었고 소련이 수세적 입장에 있었다는 시각이다.

　　탈수정주의는 냉전의 원인을 놓고 앞의 두 시각을 절충하여 더욱 균형 있는 시각을 찾고자 한다. 탈수정주의자들은 양 진영의 오판이 냉전을 급속도로 조장하고 위험한 양상으로 발전시켰다고 주장한다. 즉 서로를 이해하지 못한 데서 비롯된 잘못된 결정이 상황을 악화시켰다는 것이다. 그동안 폐쇄되었던 문서고가 개방되면서 최근에 밝혀진 많은 사실들이 탈수정주의 해석에 힘을 실어주고 있다. 새로운 사실들이 드러나면서 냉전의 좀 더 미묘한 면도 밝혀지고 있다. 그러나 냉전 당사자, 당사국이 여전히 남아 있는 상황에서 냉전에 대한 객관적 시각을 바라기는 쉽지 않아 보인다.

유쾌하고 명랑한 노인의 탈출

이 소설은 자신의 백 세 생일 축하연 준비가 한창인 양로원을 빠져나와 대책 없이 여행을 떠난 어느 못 말리는 노인의 이야기이다.

그는 좀 더 일찍 결정을 내려 남자답게 그 결정을 사람들에게 알리는 것이 좋지 않았을까, 생각할 수도 있으리라. 하지만 알란 칼손은 행동하기 전에 오래 생각하는 타입이 아니었다.

다시 말해 노인의 머릿속에 그 생각이 떠오르자마자 그는 벌써 말름셰핑 마을에 위치한 양로원 1층의 자기 방 창문을 열고 아래 화단으로 뛰어내리고 있었다.(7쪽)

주인공 알란 엠마누엘 칼손은 1905년 2월에 태어났다. 그는 무슨 일이든 오래 생각하는 법이 없다. 그리고 생각한 일은 갈등 없이 실행하는 인물이다. 그는 특별한 준비 없이 양로원을 떠났으며, 갈 곳을 정하지도 않았다. 실내에서 신던 슬리퍼를 끌고 지폐 한 장을 주머니에 넣고 사람들에게 들키지 않기 위해 창문으로 '급히' 탈출한 것이다. 그는 백 년을 살았으면서도 여전히 다른 곳에서의 삶을 꿈꾼다. 비록 늙었지만 양로원을 그의 마지막 거처로 여기지 않으며, 다른 곳에서 죽는다고 크게 달라질 것이 없다고 생각한다.

양로원에서 도망 친 후 노인은 버스 정류장에서 '네버 어게인'이라는 갱단의 돈 가방을 훔치는 '사고'를 저지른다. 역시 계획 없이 우발적으로 남의 가방을 들고 버스를 타버린 것이다. 노인은 가방을 찾기 위해 노인을 추적해 온 볼트와 헨리크 홀텐이라는 젊은 갱을 본의 아니게 살해하고, 두목인 페르군나르 예르딘에게는 부상을 입힌다. 이런 소동 가운데서도 그는 우연히 만난 좀도둑 율리우스 욘손, 핫도그 장사 베니 융베리, 욕 잘 하는 여인 베르군나르 예르딘과 어울려 술을 마시고 느긋한 시간을 즐긴다. 경찰에서는 사라진 두 청년 때문에 알란 노인과 그들의 무리를 쫓는다. 노인과 그의 친구들은 가방 속 돈을 이용하여 버스를 구입하고, 예르딘의 코끼리와 개까지 싣고 경찰을 피해 길을 나선다. 공동체에 가까운 생활을 하는 이 집단에 페르군나르 예르딘, 베니의 형 보세, 형사 예란 아론손도 합류한다. 급기야 이들은 여객기 한 대를 세내어 인도양의 섬으로 날아간다. 그 섬에서 알란은 옛 친구인 84세의 여인 아만다 아인슈타인을 만나 결혼하여 새 삶을 시작한다.

　　지난 백 년의 삶이 그랬듯이 그는 여전히 깊은 고민 없이 즉흥적으로 행동한다. 그러나 좌충우돌 주변을 시끄럽게 만들기는 해도, 그에게는 아무런 심각한 문제도 생기지 않는다. 마땅히 갈 곳이 없어서 찾아간 집에서 늘 환대를 받으며, 만나는 사람들마다 그와 행동을 같이한다. 심지어 두 사람을 살인한 일도 큰 문제없이 쉽게 해결된다. 첫 번 희생자 볼트의 시체는 목재소 짐에 실려 아프리카로 간다. 한 어시장에서 광신도에 의해 자살 폭탄 테러가 벌어지는데, 산산이 부서진 시체 옆에서 볼트의 신분증이 발견된다. 두 번째 시체는 라트비아의 리가 시 남쪽 교외에 위치한 폐차장의 압착기에서 발견된다. 두 시체 모두 스웨덴 밖으로 빠져나가 두 번째 죽임을 당한 셈이다. 경찰은 두 사람이 모두 외국

607

범죄조직과 연관되어 살해되었다고 결론을 내린다.

　　알란이 여행 중 만나는 인물들은 모두 혼자 살고 있다. 각자의 사정은 다르지만 그들은 성년이 된 후로 늘 혼자 살아온 사람들이기에 노인과 함께하는 생활을 즐긴다. 70대 좀도둑 욘손은 알란 때문에 살인에 가담한다. 트렁크 속의 돈 때문에 자신이 위험에 빠질 수도 있다는 점을 알면서도 "따분하던 내 삶에 조금이나마 활기를 가져다"(34쪽) 준 것에 감사한다. 다른 인물의 경우도 크게 다르지 않다. 베니와 예리딘은 처음부터 좋은 감정을 느껴 결국 결혼에 이른다. 함께 모이기 전 이 소설의 인물들은 생활을 근근이 유지하면서 무미건조한 일상을 살아가던 사람들이다. 양로원에 갇혀(?) 백 세가 된 기념 파티를 해야 하는 알란과 크게 다르지 않은 처지였다고 할 수 있다.

　　주인공 알란의 성격은 이전 사실주의 소설의 인물과 재미있는 대조를 이룬다. 그는 부양할 가족도 없고 오래 두고 연락하는 친구도 없는 외로운 사람이다. 어린 나이에 부모를 잃고 가난 때문에 학교도 제대로 다니지 못했다. 억울하게 정신병원에 끌려가 거세당하고, 투옥되고, 수용소에 갇히고, 전 세계를 유랑하며 끊임없이 사선을 넘나들었다. 전통적인 사실주의 소설의 기준으로 보면 그는 격렬하게 세계와 대결하며 고난의 삶을 살아온 인물이다. 영웅적인 면모가 부각될 수 있는 이력을 가진 인물이라 볼 수도 있다. 그러나 이 소설에서 그의 삶은 비장하지도 영웅적이지도 않다. 거의 백치 같은 성격으로 '현재'만을 살아가는 인물이다. 세상의 그 어떤 어둠이나 고난도 알란의 단순함과 긍정의 정신을 꺾지 못한다. 그는 자신이 처한 환경을 원망하지 않으며, 새로운 삶에 대해 큰 기대를 걸지도 않는다. 그렇다고 순응적이지도 않다. 그저 주어진 환경 속에서 자기 몸이 원하는 대로 거침없이 행동할 뿐이다.

다른 인물들의 성격 역시 일반적인 독자의 예상을 벗어난다. 마약 밀매 범죄 조직 '네버 어게인'의 조직원과 보스는 한껏 폼을 잡고 악당 티를 내지만 실제 노인들에게 죽임을 당하거나 차 사고로 큰 부상을 당하는 무력한 인물들이다. 게다가 보스 페르군나르 예르딘은 자신을 죽일 뻔했고, 조직의 돈을 강탈한 노인 그룹에 복수하기는커녕 거기에 일원으로 합류한다. 웨이트리스 출신의 무식한 여인 아만다 아인슈타인은 정치적으로 성공하여 도지사와 프랑스 대사를 지낸다. 명석하게 백 세 노인 실종 사건을 추리하던 라넬리스 검사는 꼬여버린 사건의 실마리를 찾지 못하고 백기를 들고 만다. 현실적인 기준에 의하면 이 소설의 인물들은 자기 자리나 직분에 어울리는 평범한 인물과 거리가 멀다.

인물뿐 아니라 서사도 일반적으로 생각하는 인과성에서 크게 벗어나 있다. 알란이 양로원을 탈출한 이후의 이야기는 탐정소설 혹은 추리소설의 서사를 따르고 있지만 전통적인 소설과는 다른 진행을 보인다. 이 소설에서는 한 건의 절도 사건과 두 건의 살인 사건, 한 건의 교통사고가 벌어진다. 형사와 검사는 이 사건의 전모를 파악해야 하는 자리에 있다. 그들은 인과성 중심으로 사건을 추리해간다. 경찰은 처음에 젊은 조직원이 노인을 납치했으리라 생각한다. 노인이 범죄 조직원들을 납치–살해하고 시체를 유기했으리라는 가능성은 그들의 추리 안에 없었다. 결국 경찰은 계획 없이 즉흥적으로 움직이는 범인들을 잡지 못한다. 두 조직원이 죽은 이유는 우습기까지 하다. 볼트는 밤새 냉동실에 갇혀 얼어 죽었다. 노인들은 그를 죽일 생각까지는 하지 않았다. 단지 나이가 들어 냉동실 스위치 내리는 일을 잊었을 뿐이다. 다른 조직원은 코끼리가 싸놓은 배설물 속에서 코끼리 엉덩이에 깔려 죽는다.

이처럼 이 소설은 별로 그럴듯하지 않은 인물과 사건들로 짜여 있다. 작가는 이야기에서 세부의 진실을 따지는 것에 큰 관심을 두지 않는다. 권두의 헌사에서 말하듯 작가의 목적은 독자들을 이야기에 빠져들게 하는 데 있다. "진실만을 얘기하는 사람들은 내 이야기를 들을 자격이 없"다는 작가의 할아버지의 생각은 작가의 생각이기도 하다. 그러나 여전히 소설을 통해 작가가 무엇을 말하려 하는지, 어떤 방법으로 말하는지에 대해서는 관심을 가져볼 만하다.

극단에 대한 조롱

      앞서 이 소설은 2005년 5월 2일 백 살을 맞이한 알란의 현재와 그의 과거 이야기가 이중으로 전개된다고 했다. 분량으로 보면 양로원을 탈출한 현재의 이야기보다 그가 살았던 20세기에 대한 이야기가 더 많다. 지난 백 년 그가 살아온 인생은 파란만장이라는 말이 부족할 정도로 강렬한 경험의 연속이었다. 그는 마치 만화 주인공처럼 중요한 역사적 순간마다 그 자리에 있었다.

      그가 현장에서 경험한 역사적 사건들은 대부분 냉전 또는 이념 경쟁과 관련된다. 다이너마이트 공장을 하던 그는 친구를 따라 스페인에 가서 스페인 내전을 경험하고 미국에서 제2차 세계대전을 맞이하였다. 전쟁이 끝나고 중국에서 국공내전이 터지자 장제스를 돕기 위해 중국을 방문하였다. 러시아를 거쳐 한국전쟁 때는 북한도 방문하였다. 히말라야를 걸어서 넘다가 이란 혁명가들을 만난 적도 있다. 그는 이란에서 긴 수감 생활을 했다. 1960년대에는 인도네시아 발리에서 편안한 시간을 보내다 대사가 된 친구를 따라 프랑스 파리에서 생활하였다. 핵무기 감축 협상이 진행되던 시기에는 미국과 소련의 스파이전에 관여했다. 냉전이 종식되어 가는 1980년대 그는 모국인 스웨덴으로 돌아왔다.

그가 만난 사람과 사건들도 우리에게 매우 익숙하다. 그 모든 일을 알란이 해냈다는 점은 물론 낯설다. 그는 학교를 오래 다니지 못했지만 어릴 적부터 다이너마이트 공장에서 일했고, 훌륭한 폭탄 기술자로 성장했다. 스페인 내전에서 그는 폭발물이 설치된 다리를 건너려던 프랑코 총독을 구했다. 미국에 가서는 원자탄 기술의 핵심인 기폭 기술을 J. 로버트 오펜하이머를 비롯한 미국 과학자들에게 알려주었다. 이를 계기로 투르먼과 친해진 그는 폭파기술을 이용해 장제스를 돕기 위해 중국으로 갔다. 막상 중국에 가서는 마오쩌둥의 아내 장칭의 목숨을 구해내었다. 블라디보스톡 수용소에 갇힌 그는 폭발물을 이용해 블라디보스톡 시내를 완전히 날려버리고 북한에 와서 김정일과 김일성을 만났다.

이러한 사건을 겪으면서도 알란의 명랑하고 긍정적인 정신은 변하지 않는다. 복잡한 생각이나 이념에는 애초에 무관심한 그는 즉흥적으로 행동하며 현재의 생활에 대한 불만을 갖지 않는다. 그러면서도 떠날 때가 되었다고 여기면 어떤 방법을 써서라도 다른 곳을 향해 출발한다. 새로운 곳에 적응하며 그는 또 한참을 잘 지낸다.

그는 자신의 처지에 대해서는 항상 긍정적이지만 세상에 대해서는 지극히 비판적이다. 특히 그가 이해하지 못하는 것은 세상을 바꾸려는 사람들의 노력이다.

알란과 에스테반이 도착해 보니 스페인은 혼란이 극에 달해 있었다. 국왕은 로마로 도망갔고 대신 공화정이 수립되어 있었다. 좌파는 혁명을 부르짖고 우파는 스탈린이 지배하는 러시아에서 일어나는 일들을 보며 덜덜 떨었다. 스페인도 같은 운명을 겪지 않을까 하고.

에스테반은 알란이 본질적으로 비정치적 인간이라는 사실을 잠시 잊어버리고 그를 혁명주의자들의 진영에 끌어들이려 했지만, 알란은 늘 그래 왔듯 거부했다. 여기서나 스웨덴에서나 사람들이 주장하는 논리들은 똑같았다. 왜 사람들은 항상 세상을 이전과 정반대로 바꾸려고 그렇게 애를 쓰는 건지 도무지 이해가 되지 않았다.(97~98쪽)

세상을 정반대로 바꾸려는 노력을 흔히 혁명이라 부른다. 그는 하나의 혁명은 역방향으로서의 또 다른 혁명을 낳을 뿐이라 여겨 좋아하지 않는다. 그는 어느 쪽이 옳은 방향인가에는 애초에 관심이 없다. 이런 생각은 흔히 보수주의자들에게서 많이 발견된다. 그러나 알란을 보수주의자라고 부르기도 조심스럽다. 그는 자신이 어떤 주의자도 아니라고 생각하기 때문이다. 소설 전반의 내용으로 봤을 때, 알란이 관심을 갖는 것은 사람의 품성이다. 그는 거만한 사람, 예의 없는 사람, 비현실적인 사람, 권력을 누리려는 사람들을 모두 부정적으로 평가한다.

그는 특히 이념으로 편을 나누는 것을 싫어한다. 그는 젊은 시절을 외롭게 보내야 했다. 그는 자신이 차린 다이너마이트 회사로 제법 돈을 모았지만 주변 사람들과 어울릴 수 없었다. 사회주의자들은 노동 운동에 참여하지 않는다는 이유로 그를 경멸했다. 반대로 일을 너무 많이 하는 데다 악명 높은 아버지를 둔 까닭에 부르주아들도 그를 자신들의 그룹에 받아들여주지 않았다. 그는 스페인에 가서도 진영에 상관없이 활동한다. 공화주의자들을 위해 다리에 폭약을 설치하는 일을 하던 그는 훈장을 가득 달고 다리를 건너오는 키 작은 사나이를 구해낸다. 다른 곳에서도 그의 이런 행동은 계속된다. 미국 핵무기 개발에 결정적 단서를 주었던 그는 소련에도 기꺼이 그 기술을 전수해줄 의향이 있었다. 장제스를 돕기 위해 갔던 중국에서 그는 마오쩌둥을 돕는다.

　　이념이나 진영에 대한 비판 말고도 이 소설에서는 역사적 사실 혹은 현상에 대한 삐딱한 시선이 느껴진다. 친구 에스테반과 함께 스페인에 가면서 그는 혁명은 그것이 스페인 혁명이든 어떤 다른 혁명이든 간에 전혀 흥미가 없다고 말한다. 이는 동시대의 많은 지식인들이 스페인 혁명에 대해 특별한 관심을 가졌던 사실을 떠올리게 한다. 그가 스페인으로 간 이유는, 스페인은 스페인을 제외한 모든 나라와 마찬가지로 외국 중의 하나이고, 단지 진짜 외국을 한번 구경해 보고 싶은 마음이 들었기 때문이다.

　　이 난리를 시작한 것은 성 해방을 주장하고 베트남 전쟁을 반대한 몇몇 학생 녀석들이었다. 그러더니 자기들의 불만을 표출하기 위해 사회 시스템 전반까지 문제 삼고 나선 것이다. 지금까지 드골은 조금도 걱정하지 않았다. 원래 학생 애들이란 언제나 불평거리를 찾아내야만 직성이 풀리는 녀석들이니까.(390쪽)

　　어느 날 〈SALT Ⅱ〉라고 명명한 협정이 조인되고 얼마 지나지 않아, 브레즈네프는 아프가니스탄이 자신의 도움을 필요로 한다고 생각했다. 그래서 이 나라에 정예 부대를 파병했는데, 이들이 어쩌다가 당시 아프가니스탄 대통령을 죽였고, 브레즈네프는 부득이하게 자신이 고른 인물을 대통령 자리에 앉히지 않을 수 없었다.(470쪽)

　　인도네시아 대사를 따라 머물게 된 프랑스에서 마침 68혁명이 일어난다. 혁명 자체를 싫어하는 그에게 이 사건 역시 좋게 보일 리가 없다. 위 글에는 아예 '난리'라는 표현이 사용되었다. 그는 몇몇 학생들이 자신들의 불만을 표출하기 위해 국가의 시스템을 문제 삼는다고 비판한다. 그런데 그 불만을 표출하던 학생들이 성 해방을 주장하고 베트남 전쟁을 반대하던 이들이다. 성 해방 주장과 전쟁 반대를 단순한 불만 표출로 볼 수 있을지 의문이지만 알란에게는 모두 비슷해 보인다. 사회 시스템을 문제 삼는 이유가 불만을 표출하기 위해서라는 논리는 혁명을 세상을 이전과 반대로 바꾸려고 하는 행위로 표현한 것과 같은 맥락에 놓인다고 할 수 있다.

　　말할 것도 없이 위 글에는 현상에 대한 가치 판단이 빠져 있다. 불만을 표출한 것인지 아닌지보다는 그것이 무엇을 지향하는지가 중요할 터인데 알란은 그것에 대한 관심은 보이지 않는다. 그러나 이어지는 문장에 드골의 판단을 보여줌으로써 앞선 비판을 다시 생각하게 한다. 드골은 학생들은 원래 불평거리를 찾아내려 한다고 생각해 학생들의 움직임에 대해 조금도 걱정하지 않는다. 그러나 역사에서는 드골이 걱정하지 않았던 일이 실제로 벌어지고 만다. 학생들이 거부하고 저항하고자 했던 일은 드골과 같은 기성세대의 권위였다. 이제 드골의 판단이 잘못되었다면 앞선 문장의 내용도 신뢰할 수 없게 된다. 그렇다면 위 글에서 조롱하는 대상은 학생이 아니라 드골이 될 수 있다. 아니면 양쪽 모두 비아냥거림의 대상이 될 수도 있다.

　　두 번째 글의 서술자도 평범하게 말하지는 않는다. 위 글은 역사적으로 동서 데탕트가 위기를 맞는 장면을 이야기한다. 1970년대 후반 브레즈네프는 아프카니스탄을 침략하여 친소련 정부를 세웠다. 현재까지 이어지고 있는 아프카니스탄 사태의 기원이라고 할 수 있다. 그러나 서술자는 아프카니스탄 침공을 브레즈네프 입장에서 서술한다. 대통령을 죽인 것은 의도가 아닌 '어쩌다가'로 표현된다. 새로운 인물을 대통령에 앉힌 것도 어쩔 수 없는 선택이었다고 말한다. 이런 식이라면 도대체 역사에서 의도를 가지고 행해진 일이 얼마나 있을까 싶다. 그렇다면 이 소설을 역사적 인물에 대한 조소로 읽는 것도 가능하리라 생각한다.

진영 논리와 권력

에릭 홉스봄은 20세기를 다룬 그의 저서 제목을 『극단의 시대』라 지었다. 지난 세기는 어느 시대보다 극단적으로 이념이 대립한 시대였다는 의미이다. 다음은 극단의 시대를 돌아보는 글의 일부이다.

> 1980년대 말에 산산조각 난 세계는 1917년 러시아 혁명의 영향에 의해서 형성된 세계였다. 우리 모두가 러시아 혁명의 영향을 받았다. 이를테면 우리는, 서로를 배제하는 양자택일로서의 '자본주의'와 '사회주의'라는 두 대립물-후자는 소련을 모델로 조직된 경제와 동일시되고, 전자는 나머지 모든 경제와 동일시된다-의 견지에서 현대 산업경제를 생각하는 데에 익숙해졌던 것이다. 이것이 특정한 역사적 맥락의 일부로서만 이해할 수 있는, 자의적이고 어느 정도는 인위적인 구성물이었다는 것이 이제는 분명해졌다.●

● 에릭 홉스봄, 『극단의 시대』상, 이용우 역, 까치, 17쪽.

위 글에 따르면 극단의 시대는 사회주의와 자본주의의 대립이라는 두 대립물의 견지에서 사회를 생각하게 만들었다. 그것이 자의적이고 인위적인 구성물이었다는 사실은 현실 사회주의가 붕괴된 이후에야 분명해졌다. 지금은 과거 사회주의를 산업경제의 발달을 꾀하는 다른 방법으로 존재한 체제였다고 평가하기도 한다. 많은 나라에서 제국주의의 위협으로부터 자기를 보호하기 위한 방법으로 사회주의를 선택한 것도 사실이다. 역사적 맥락에서 보면 두 체제의 대립은 한시적이었으며, 자본주의는 사회주의의 장점을 수용하여 더욱 강력한 자본주의로 진화해왔다. 현재 우리가 경험하고 있는 자본주의는 산업혁명 직후의 그 자본주의는 아니다.

극단의 시대는 극단적인 사고방식을 낳았다. 극단적 사고의 원인으로는 이념 대립에서 비롯된 적대감이 가장 크게 작용하였지만 단순한 권력욕이 이념의 탈을 쓰기도 하였다. 어느 진영이든 이러한 극단적 사고는 억울한 희생자를 만들었다.

자카르타에서는 수카르노의 뒤를 이어 수하르토가 권좌에 올랐는데, 이 새 지도자는 전임자와 달리 정치적 이견을 가진 사람들을 부드럽게 대할 생각이 없었다. 그는 먼저 공산주의자들을 공격했다. 더불어 공산주의자로 추정되는 자들, 공산주의자로 의심되는 자들, 어쩌면 공산주의자일지도 모르는 자들, 공산주의자가 될 가능성이 농후한 자들, 그리고 약간의 죄 없는 사람들을 공격했다. 아주 짧은 시간 만에 20만에서 2백만 사이의 사람들이 이런 식으로 죽어갔다. 사망자 수를 정확히 추산할 수 없는 이유는 수많은 화교가 공산주의자로 낙인 찍혀 인도네시아에서 추방되어 중국으로 피신해야 했는데, 그 나라에서 그들은 자본주

의자로 몰렸기 때문이다.(371쪽)

이념을 이용하여 자신의 반대 세력을 제거하는 전술은 냉전 기간 내내 전 세계에서 유행하였다. 혁명 후의 소련과 중국에서 행해진 숙청은 말할 것도 없고, 전후 미국의 매카시즘도 근거 없는 마녀 사냥을 일삼았다. 이 시대에는 분명한 적의 편인가를 문제 삼기보다 내편인지 아닌지를 우선 문제 삼는 일이 많았다. 이 소설에서 다룬 것처럼 실제로 양 진영은 서로의 정보를 캐기 위해 많은 스파이들을 이용하기도 하였다. 그 과정에서 상대방 편으로 몰려 억울한 일을 당한 사람도 적지 않았을 것으로 추정된다.

적과 친구의 이분법은 제3세계에서 극단적인 형태로 나타났다. 제3세계는 세계대전 후 독립하였고, 산업 발단 수준이 낮은 지역의 국가들을 통칭해 부르는 말이다. 주로 아시아, 아프리카, 남아메리카 지역의 국가들이 여기에 속한다. 이들 국가는 비록 독립은 했지만 취약한 경제적 기반 때문에 자본주의든 사회주의든 어느 쪽의 지원을 받아야 했다. 넓은 의미에서 냉전은 이들 국가에 대한 두 진영의 영향력 확대 경쟁이라고 볼 수도 있다. 유고슬라비아와 같이 비동맹 노선을 유지한 나라도 있었지만 많은 지역은 두 이념의 각축장이 되곤 했다. 앞서 우리는 아프가니스탄의 예를 보았다.

인구가 일억이 넘고 풍부한 천연자원을 가진 나라 인도네시아의 정치는 지금도 불안하다. 독재가 오래 지속되었고, 소수민족의 독립을 막기 위해 폭력을 동원한 일도 있는 나라이다. 수하르토는 인도네시아뿐 아니라 아시아를 대표하는 독재자로 꼽힌다. 그는 공산주의자들을 강하게 탄압한 것으로 유명하다. 서술자는 그가 공산주의자를 골라낸 방법을 재미있게 기술하고 있다. 우선 공산주의자들을 공격하고, 공산주의자로 추정되거나 의심되거나 가능성이 있는 사람들을 공격했다고 한다. 그리고 그것도 모자라 죄 없는 사람들까지 공격했다. 특히 수많은 화교들이 추방되었는데, 공산주의자로 몰려 추방된 화교들은 중국에서 다시 자본주의자로 몰려 어려움을 겪게 되었다.

위에서는 "정치적 이견을 가진 사람들"이라는 표현을 썼는데, 정치적 견해가 다르다고 모두 공산주의자는 아닐 것이다. 하지만 위와 같이 실제로는 모두 공산주의자 취급을 받을 수도 있었다. 이런 어처구니없는 역사는 먼 나라를 돌아볼 것도 없이 가까운 곳에서도 발생했다. 그리고 현재도 많은 나라에서 벌어지고 있는 일이다. 위의 경우 공산주의에 대한 태도는 이념의 문제만이 아니라 권력의 문제와도 연결된다. 이념은 이용하기 좋은 핑계였을 것이다. 이런 구분을 통해서 그들이 얻는 것은 권력과 돈이다. 이념에 따라 움직이는 것처럼 보이는 사람들도 실제로는 경제적 동기를 따르는 경우가 많다. 굳이 공산주의자와 화교를 골라낸 인도네시아 독재자의 의도도 결국은 그것이었음이 밝혀졌다. 돈은 권력과 한 쌍을 이룬다.

부정과 부패도 결국 돈과 권력의 문제다. 다음의 에피소드는 이에 대한 조소로 느껴진다. 알란의 친구이기도 한 웨이트리스 출신의 니와얀 락스미는 인도네시아에서 자유민주진보당을 창설해서 도지사가 되었다. 그녀는 부패에 대한 경각심을 높이기 위한 수업을 발리의 학교에 도입하려 했다. 덴파사르 시의 한 교장은 이 수업이 오히려 역효과를 가져올 수 있다고 판단하여, 그녀의 시책에 반대하려고 했다. 그러나 아만다가 그를 교육감으로 임명하고 월급을 두 배로 올려 주자 그는 즉시 잠잠해졌다. 권력과 돈이 사람을 바꾸어 놓은 단편적인 사례이지만 제3

세계 현실의 일면을 잘 보여준다.

극단적인 사고는 정치적인 문제에 국한되지 않는다. 세계를 불안하게 하는 다른 요소는 종교이다. 주인공과 이란에 함께 잡혀 있던 케빈 퍼거슨 신부 역시 세상을 바꾸려던 사람이다.

> 그가 여기 도착한 것은 10년 전인 1935년이었다. 이후 그는 수도에서부터 활동 범위를 점차 넓혀 가며 다른 종교들을 하나하나 공격했다. 처음에는 다른 종교의 예배 장소 안으로 쳐들어갔다. 이슬람교 사원, 유대교회당 등으로 몰래 들어가 숨어 있다가, 적당한 때에 갑자기 튀어 나가의식을 중단시키고 진정한 신앙을 설교하기 시작한 것이다.(210쪽)

알란은 세계대전이 끝나고 이란에 감금되어 있었다. 그곳에서 한 성공회 신부를 만났다. 그는 이슬람 지역의 선교를 위해 오래전부터 테헤란에 들어와 있었다. 그의 선교 방식은 매우 공격적이었다. 그는 다른 종교 사원에 들어가 종교 의식을 중단시키고 자신의 종교를 선전하는 방식을 택했다. 이런 방법이 효과를 거둘 리 없지만, 그는 선교를 위해서라면 무엇이든 할 사람이었다. 알란과 함께 탈출할 기회가 생겼을 때 신부는 자신은 테헤란에 남겠다고 말한다. 그는 잡혀 있는 동안 이란의 정보안전국이 가진 힘을 느꼈고, 그래서 비밀경찰들을 모두 성공회 신자로 만들어버리겠다는 계획을 세운 것이다. 그 다음에는 이 나라를 모두 복음화 한다는 포부도 밝힌다. 알란은 그에게 스웨덴에 좋은 정신병원을 소개해주겠다고 제안하며 황당해 한다.

새로운 시대의 소설을 위해

　19세기 서구에서는 사실주의 소설이 주류를 이루었다. 현실을 어떻게 소설에 담을 것인가가 당시 작가들의 관심이었다. 현실에 대한 관심이 달라지면서 20세기 초에는 모더니즘 소설이 크게 일어났다. 앞으로도 세계에 대해 이전과 다른 인식을 보여주는 소설, 이전과 다른 기법을 적용한 소설이 과거 소설들을 대체하게 될 것이다.

　20세기 중반 이후 각광받는 형식 중 하나는 역사적 사건을 허구로 재구성하는 소설이다. 이 소설들은 역사 속의 한 개인을 대상으로 삼는 것이 아니라, 역사책에 기록될 만큼 잘 알려진 사실에 허구를 가미한다. 역사는 배경에 그치지 않고 패러디 혹은 조소의 대상이 된다. 아르헨티나의 보르헤스나 이탈리아의 움베르토 에코 같은 20세기 대표 작가들의 소설에서 쉽게 확인할 수 있는 경향이다.『창문 넘어 도망친 100세 노인』에서 역사를 다루는 방식도 이와 비슷하다. 역사의 현재적 의미를 탐색하기보다는 지난 역사를 단순한 이야기 대상으로 삼고 있다는 인상을 준다. 역사가 갖는 현재적 의미나 사건들의 연관성 등 이전에 소설에서 주목하던 가치들에 대해 이 소설은 큰 관심을 두지 않는다.

　역사에 대한 이런 태도는 소설 주인공 알란의 세계관이기도 하다. 그의 인생철학에 가장 큰 영향을 미친 것은 어린 시절 그의 어머니가 그에게 했던 말이다. 그것은 "세상만사는 그 자체일 뿐이고, 앞으로도 무슨 일이 일어나든 그 자체일 뿐"이라는 지극히 현실주의적인 가르침이다. 이는 현재를 과거와 미래의 맥락에 묶어둔 채 사고하지 말라는 탈역사적 세계관과도 연결된다. 알란은 실제 이런 가르침에 어울리게 행동한다. 그는 깊이 생각하지 않고 후회하지도 않으며, 미래에 대해 걱정하지도 않는다. 알 수 없는 미래를 위해 현재를 바꾸려는 노력은 아예 꿈꾸지도 않는다.

이 소설은 21세기 문학의 중요한 흐름을 보여준다. 이는 현실과의 연관이나 이야기의 인과성을 중시하던 정통 소설의 틀에서 벗어나, 자유로운 상상력으로 비현실을 현실로 끌어들이는 경향이다. 이러한 추세는 단지 몇몇 소설가의 의지로 이루어지는 것이 아님은 분명하다. 경제적 측면이든 사회적 측면이든 시대의 요구가 어떤 식으로든 수용된 것이라 할 수 있다. 삶의 양식이 달라지면 문학의 양식이 달라지는 것은 당연하다. 사회나 문화 안에서 문학 양식이 차지하는 위치나 역할 자체가 달라질 수도 있다. 그래도 '가치'를 지향하는 인간의 노력은 쉽게 끝나지 않을 것이다. 문학이 그 역할을 담당할 수도 있고, 다른 무엇이 그것을 대신할 수도 있는 일이다. 그 변화에 맞추어 문학이 할 수 있는 일이 무엇인지 고민하는 일이 문학으로 살아온 사람들이 할 수 있는 최선의 대응이다.

냉전의 역사와 풍자

에릭 홉스봄, 『극단의 시대-20세기 역사』(전2권), 이용우 역, 까치글방, 1997.

『극단의 시대』 표지

긴 인류사 속에서 백 년은 그리 긴 시간이 아닐 수도 있다. 조선은 오백 년을 지속했고 인류의 진화에는 백만 년이 넘게 걸렸다. 하지만 백 년을 못 사는 인간에게 지난 백 년의 시간은 우리가 경험한 전부이며 우리가 볼 수 있는 전 세계일 수도 있다. 영국의 역사가 에릭 홉스봄은 『극단의 시대』에서 지난 세기를 단기 20세기 혹은 극단의 시대라고 부른다.

홉스봄은 세계대전 발발(1914)과 소련 붕괴(1991)를 이 시대의 경계로 삼고, 그 전반부를 '재앙의 시대'로 후반부를 '황금의 시대'로 구분했다. 이 책에 따르면 재앙의 시대에는 두 번의 세계대전과 러시아 혁명이라는 역사적 사건이 있었다. 사회주의는 초기부터 무력했고 갑자기 닥쳐온 공황에 시장은 과격한 민족주의를 낳았다. 전반기의 실패는 1945년 이후의 사회를 바꿔놓았다. 두 번의 전쟁 후에는 승전국도 제국을 유지할 수 없었고 희생을 감내했던 민중들도 더 이상 침묵하지 않았다. 반면 개인적인 것이 정치적인 것을 대신하기도 했다.

지난 세기 가장 큰 사건은 사회주의 실험이었다. 그는 소련 체제가 후진 농업국의 생활조건을 개선하는 데는 유효했지만, 그것이 인류가 선택할 만한 바람직한 체제였다고 보지는 않는다. 그러면서도 그의 글 속에는 자본주의의 현실적 대안이 사라진 것에 대한 비애도 담겨 있다. 그는 사회주의의 이상마저 떠나보내지 않기 위해 현실적 비애를 누르고 냉정하고 날카롭게 지난 시대를 분석한다. 우리는 이 책에서 이상의 실현은 사실에 대한 치열한 인식 속에서 가능하다는 것을 잊지 않는 강인한 역사가의 모습을 볼 수 있다.

밀란 쿤데라, 『참을 수 없는 존재의 가벼움』, 이재룡 역, 민음사, 2009.

조지 오웰, 『동물농장』, 도정일 역, 민음사, 1998.

펠릭스 헤른그렌 감독, 〈창문 넘어 도망친 100세 노인〉(The 100-Year-Old Man Who Climbed Out the Window and Disappeared, 2013)

찾아보기

세계문학여행

소설로 읽는 세계사

2015년 4월 20일 1판 1쇄 펴냄
2018년 1월 31일 1판 5쇄 펴냄

지은이   김한식
펴낸이   윤한룡
편집   정미라, 성유빈
디자인   한시내
관리·영업   이승순, 박민지

펴낸곳   (주)실천문학
등록   10-1221호(1995. 10. 26)
주소   서울특별시 성북구 보문로 82-3 (보문동 4가, 통광빌딩)
전화   322-2161~5
팩스   322-2166
홈페이지   www.silcheon.com